当代江苏学人学术精萃丛书

江苏省哲学社会科学界联合会 主编

周毅之自选集

周毅之 著

凤凰出版传媒集团

凤 凰 出 版 社

图书在版编目(CIP)数据

周毅之自选集/周毅之著. —南京:凤凰出版社,
2010.6

(当代江苏学人学术精萃丛书. 第1辑)

ISBN 978-7-80729-636-2

Ⅰ. 周…　Ⅱ. 周…　Ⅲ. ①政治学—文集②哲学—文集
Ⅳ. D0-53　B-53

中国版本图书馆CIP数据核字(2009)第242859号

书　　名	周毅之自选集
著　　者	周毅之
责任编辑	王华宝
出版发行	凤凰出版传媒集团
	凤凰出版社(原江苏古籍出版社)
	南京市中央路165号　邮编210009
	发行部电话025—83223462
集团网址	凤凰出版传媒网　http://www.ppm.cn
照　　排	南京凯建图文制作有限公司
印　　刷	南通印刷总厂有限公司
	南通市通州经济开发区朝霞路180号　邮编:226300
开　　本	718×1005毫米　1/16
印　　张	23
字　　数	413千字
版　　次	2010年6月第1版　2010年6月第1次印刷
标准书号	ISBN 978-7-80729-636-2
定　　价	42.00元

(本书凡印装错误可向承印厂调换,电话:0513—80237871)

总 序

滚滚长江东逝水，浪花淘尽英雄。

江苏，地处中国第一大河流——长江下游，千百年来，她不仅汇聚着奔涌不息的一江春水，更蕴育了代代学界巨擘。从言子、枚乘、董仲舒，到范仲淹、王艮、冯梦龙、金圣叹、顾炎武、王念孙、阮元、王韬、薛福成、马建忠，再到柳亚子、顾颉刚、费孝通……一个个宛如耀眼的繁星，辉映在历史的长空，汇聚成蔚为大观的精神文化遗产。正因有了众多学术大家和他们的创造，江苏被世人誉为物华天宝、人杰地灵，堪称当之无愧。

新中国成立以来，一代江苏学人秉承前辈优良的治学传统，孜孜不倦，奋力勉耕，创造了大量无愧于历史、无愧于时代的学术成果，谱写了上个世纪后半叶江苏学界辉煌夺目的篇章。面对这些弥足珍贵的思想与学术精华，当梓行之，传播之，倡扬之，发展之。自 1999 年起，江苏省哲学社会科学界联合会用 5 年时间，组编并相继出版了《当代江苏学人丛书》。该丛书以在全国具有重要影响的江苏籍著名学者为收录对象，多角度、较全面地反映他们的家世生平、治学经历、学术成就、道德修养和生活情趣。这套由近 50 部书组成的学人丛书，不仅成为弘扬江苏人文精神，展示文化强省建设的学术成果，而且在对广大人民群众进行社会科学知识普及中发挥了应有作用。

然而随着时间的推移，一个不容回避的现实摆在人们面前：《当代江苏学人丛书》收录的对象大多已经辞世，少数健在者也都过了古稀甚至是耄耋之年。面对如此状况，有人不禁会问：曾经群星耀眼的江苏哲学社会科学界会不会后继乏人？让我们颇感欣慰的是，当历史跨入改革开放的新时代，特别是进入新世纪以来，为了回应实践对理论的急切呼唤，进一步繁荣发展江苏哲学社会科学事业，社科界一批中年学者承继着前辈学人的治学精神，继续在这块充满希望的土地上辛勤耕耘，并已取得丰硕的成果。他们或着眼于对当下重大现实问题的深入思考，或着眼于对中华民族发展轨迹的历史追寻；或潜心于精深的学理探析，或专注于相关学科理论的系统爬梳。其思想观点之丰富，学术见解之深刻，理论原创性之显著，令学界刮目。可以说，江苏哲学社会科学界一批学术带头人正在崭露头角。面对这一喜人的局面，在我的提议下，2009 年初召开的江苏省哲学社会科学界联合会七届理事会第五次会议通过了编辑出版《当代江苏学人学术精萃丛书》的决定。

《当代江苏学人学术精萃丛书》作为江苏省哲学社会科学界联合会组织实施的"人文江苏系列研究"工程的重要项目，计划用 5～8 年的时间，出版数十部。这套丛书与前述那套丛书有所不同，她是以现今活跃在江苏哲学社会科学界的在全国有重要影响的著名专家学者为收录对象，以"自选集"的形式选编其在国内具有权威性或国际上具有影响力的中文报刊上公开发表的论文为主体，这些论文应当能够体现其研究的学术成就和水准，曾在国内外学术界产生了较广泛的影响，对推动所属领域的学科发展发挥了应有作用。同时介绍他们治学的心路历程、经验体会以及收录他们全部论著的目录。组织编辑出版《当代江苏学人学术精萃丛书》，既是为了向世人展示当今江苏学人的成果和风采，也是为了激励他们继续努力攀登新的高峰，还是展示近些年来江苏文化大省和社科强省建设的成就。

诸事成功，人才为基。在新的历史起点和新的时代条件下，要开创哲学社会科学的崭新局面，创造哲学社会科学新的辉煌，星星点点的学者群体显然力不从心，而是需要愈来愈多的社科工作者凝心聚力，用自己的辛勤劳动和热忱点燃智慧的火炬，实现科学文化一代接一代的薪火相传。正因如此，我们组织编辑出版这套丛书，还有一个相对长远的目的，就是要通过这套丛书推介这些学界成功者的学术品质、治学之道和人文精神，给后学带来深刻的昭示与启迪：面对异彩纷呈的商品世界，只要我们不为物欲所动，不为世俗偏见所左右，耐得住清贫，耐得住寂寞，坐得起冷板凳，凭着对哲学社会科学事业的一腔赤诚，执着追求，锲而不舍，就一定能开拓更加缤纷璀璨、洋洋大观的学术天地，一定能攀登人文社会科学的学术峰巅。

浩浩江流，前浪后浪。我们不仅仅期许有更多的学者和他们的成果入编丛书，而且格外希望在各种学术活动中不断增添新面孔，汇聚新生力量，壮大学术队伍——也许江苏新一代学术大师就在他们中间诞生。

洪银兴

2010 年 1 月

目　录

第二编　当代社会主义问题思考

关于政治解放的当代追问

（代学术小传）

在政治学思考中，我非常敬重马克思用“政治解放”这一范畴表述造就近代民族国家的民主革命的成就。尽管这场革命所实现的解放依然是政治的，是“政治天国”的，因而是抽象的和形式上的，但在整个社会文明进步中无疑是一个解放意义上的重要事件。直到当下，这一政治解放故事仍在继续演绎着新的纷繁情节，并引起人们一再为这一故事中的情节逻辑作出合理性论证。但是，在生活真实的泥沼里所发生的情节却呈现出另一种逻辑，这里的众生相从各个侧面不断向那种天国里的形式满足扮着鬼脸。生活反复诘难着形式理性，这种诘难一再勾起我关于政治解放当下故事的追问。此中主要有三：其一，仍可归在政治解放名义下的当下故事情节是否改变了以往的逻辑特性？其二，在当代意义上能否继续坚持超越政治解放的申明和何以能够超越？其三，在历史的非线性观察中，中华政治文明传统为当下中国政治发展准备了什么？这些问题常使我寝食难安。事情明摆着，必须捍卫虽然只是在形式意义上但仍应珍惜的文明成果，同时必须坚持探索超越形式的满足并从形式走向实质，这在理论和实践都实属不易，而在情况特别复杂的世界背景和国情条件下，更会常常处于一种两难境况。以我有限的思维能力，实难堪此重负。但我自信仍然努力追寻，明知“路漫漫其修远”，依然“上下而求索”。尽管日常事务占去很多时光，有时有一天赶四五个会场的境况，仍不敢稍有懈怠。我属牛，就像牛一样干活。

一

政治学思考在我的意识中心，始终是中国的政治文明，尤其是当下中国的政治文明。上世纪 80 年代，我所特别关注的对象是中国政治的传统根基。在这一话题中，我甚至还以楚汉之争为背景写过一部电影文学剧本。当时我借用了文化人类学的研究手段，从祖宗崇拜的观察延及君主崇拜，琢磨上古“记忆”中的共同体生活基因。在此“记忆”中，万民一切福利，包括火、房、舟、车、农耕、作牧等等生活中所有主要器物与技术都是“怀保小民”者所发明和赐予。恩泽被于四方，万民望风而从，即所谓“庶民子来”，便是天理。但是，按此德者即获正义认可的逻辑，绝难理解希腊神话中普罗米修斯带给人类火与文明，却遭到主宰者的残暴惩罚。我在上中学时就对这一惩罚百思而不得其解。虽然说宙斯有私心，但私心却可以以正义的名义行事，因而不得不追问正义究竟是什么。原来在希腊神话的逻辑中，正义主要并非恩泽，而主要是秩序。神带给人类的主要不是恩泽，而是秩序和规则。秩序和规则呈现为一种普遍主义的形式。在西方，普遍主义的形式才是真正的“神意”。人类的福利应该由人类在秩序规则的范围内自己去寻找，而非来自主宰者的恩泽，主宰者恩泽的扩张乃是对规则的违犯。这种对普遍性的形式的崇拜，在对中国政治文明的思考中是不能无视的一个重要参照系。更不用说当下世界日益“连成一气”，素来以兼容万方、汇于一炉为民族生存荣耀的中国更应关注这一文明的当下成果。但是，事情又并非如读书人时常所想的那么简单，在当下世界，横亘着一个无法绕开的问题，即到上世纪八、九十年代，对西方式自由民主已经终结人类历史的强势论证蔓延全球，大有逼我就范之势。既要兼容万方，又不能束手就范，就必须冷静地审视一下站在身边儿的是何等样人物。所以我就把注意力转向了西方话题，并以对西方民族国家合理性论证的反思为博士论文的选题，由此渐次展开各个层面上的思考和对话。就此话题所发表的二十多万字的论文，基本代表了这个时期思考的积淀，论文之外还有一些专题在高等院校及境内外学术机构中作过交流。有一点需要说明，此间发表于境外的英文论文是出于家内子严翅君教授的译笔。

在这一领域中的思考，我始终贯彻一个方法论原则，即坚持生活真实在政治观察中的优先性。因为以政治解放的名义所实现的一切成果，都包含着形式与实质的对立，只要这种形式与实质的对立不消除，一切政治设施无论在形式论证中具有何等完满的合理性，都依然只是形式的，只是存活于“政治天国”的，只是“被真实地想象”着的。以这种形式的满足宣布为人类生活的极致，实现着“历史的终结”，充其量也只是弥赛亚们带给人类的“应许之地”。所以，在政治学观察中，我尽管常常首先从西方民族国家各种说明形式的合理性逻辑入手，并且在这种合理性逻辑中发现形形色色的矛盾和冲突，但绝不停留于此。我的本意并不在揭示这些合理性说明中内在的矛盾和冲突，而在于说明生成所有这些政治现象、包括形式论证中的矛盾和冲突的更深层次的原因。这个原因的决定性来自生活实践。所以，在为了观察20世纪以来政治生活形式及其理论说明，因而不得不对近代以来西方民族国家合理性论证的范式流变作一梳理的时候，我清楚地发现，这是一个资产阶级民族国家政治生活主题变迁所决定的过程，是这一生活主题变迁对国家合理性论证实行选择性干预的过程。当时我必须从头开始工作，对西方民族国家从胎动于封建军事专制国家开始，直到当今时代的全部意识形态作一全面回顾，发现了两个基本事实：第一，西方民族国家自始至终以合理性范畴为自己的意识形态，用普遍主义的合理性为自身的合法性作说明，以期从合理性方面获得社会的合法性信念和对其权威服从的认同。这种寻求合理性论证的过程，一开始就是高扬理性，用“理性王国”取代“神性王国”的过程。第二，西方民族国家寻求合理性论证的过程，不是一次终结的，而是代代嬗变的，在不同时代呈现出不同的合理性意识形态，并且需要不同的说明方式为其范式工具。尽管合理性有其共同特性，但实现合理性说明的范式呈现为一个流变过程。这个过程有三个阶段：在革命时期为伦理合理性论证，在制宪时期为功利合理性论证，在管理时期为技术合理性论证。此中，伦理合理性论证是服务于新兴资产阶级夺取国家政权的正义性说明，功利合理性论证是服务于夺取政权后权力分配的规则说明，而自19世纪末开始并贯穿于20世纪的技术合理性论证则是服务于权力所有者对国家生活和社会生活的有效管理。由此可以看出，所有论证范式的变迁都来自于国家政治生活主题的变化而实行的选择性干预。在这里，要把握理论事件，首先要把握生活事件，生活事件是理论事件的基础性铺垫。在我面对关于西方民族国家的各种理论事件时，深感这应该是观察和理解政治学成果、特别是当下成果的一个重要视角，是解开许多云嶂雾绕的论证谜团的一条路径。

当然，在西方民族国家合理性论证的全部进程中，我所关注的主要点只能是当下的理论事件，集中在20世纪以来。经过从19世纪末到20世纪初的交替，资产阶级民族国家已经获得了稳固的统治秩序，政治生活的中心课题转向如结构——功能主义政治家们所表述的，如何在宪法框架内更加有效率地实施公共管理。这一政治生活主题的突显，也与大垄断资本的形成和市场力量过度膨胀并越来越难以驾驭的现象相联系。即如西奥多·罗斯福所说，美国到了需要一个“总管家”的时候。塔尔科特·帕森斯就是这样认定政治是“社会组织(在‘宪法的框架内’)起作用的方面”,国家只是一个提出“集体的”目标并动员社会去实现的“集体”。而麦肯齐则视奥克肖特的政治定义为英国最普遍的定义,即政治是“参加一个社会的全面的管理的过程”。在这个时候,即如韦伯所描述的那样,国家的组织结构和组织功能的技术合理性被提到最优先的地位,这时候的人们关注国家的总体理性形象,是以一种貌似纯科学的态度来关注它的技术功能。这一政治生活主题造就了资本主义政治史上、甚至也可说是欧、美政治史上从未有过的“巨型国家”、高踞社会之上的“技术巨灵”,实行着史无前例的“技术集权主义”。即使到20世纪晚期,这个“技术巨灵”遭遇严重危机,新理性主义者重新提起“正义”话题,新保守主义关注国家的价值独立性、连后期行为主义政治学者们也开始调整自己的学理传统,但是用超越性的纯净科学的态度来说明国家政治生活的基本范式没有变。所发生的明显调整在于两点:一是把原先作为政治学对象的技术化观察纳入经济学的分析框架之中,用经济学的抽象普遍性工具来承担对于政治学对象的技术合理性观察。二是适应现代民族国家在管理意义上的内部秩序关系局部调整,把“正义”理念从19世纪曾占据主导话语地位的伦理学含义移向实证理念中的政治学含义,为新的权力关系格局创设一个超越性的“多元的完备理性”,因而具有普遍技术政治意义的论证。这实际上是“正义”理念的一次技术合理化论证,或者说不仅在公共管理上,而且在政治层面上重新阐述了技术合理性意识形态。关于当下政治,我首先面对的就是这种论证中的技术政治巨灵。

众所周知,在整个20世纪直到今天,在被这种技术合理性充分论证了的技术政治巨灵的旁边,始终站着一批对之实行价值批判的学者。甚至对之实行过完备论证的韦伯,也时常为这种“钢铁外套”式的非人格秩序而陷于苦恼,视之为“无生命的机器”、“灵魂的分割”。我在上世纪80年代开始接触西方马克思主义学者们的观点时,就已经常常感受到这一点。但是我的工作决不停留在这一点。在这个问题上我所抱持的态度,仍然如前所述,要把握理论事件,首先要把握生活事件;要有来自理性对理性的批判,但更根本的是来自生活对理性的批判。这显然是一个更为冷峻的话题。

价值批判者们,尤其是人学批判者们的批判,牵动着人们的怨怒,我并非无动于衷。我当然反对“灵魂的分割”,深知韦伯式苦恼的内涵。但其实,生活中的事件远非如此简单。批判者们该说的,都已经说了,我自觉不必总是重复着这些无休止的怨怒。可以说,当下不少“现代性”批判论者还仍然停留在这种怨怒之中,这于情可以理解,于事则难有裨益。重回原来的话题,我所做的思考主要是指出，“灵魂的分割”并非来自理性本身，而是来自生活事件的干预。比如，人们对韦伯所论证的非人格秩序的神话的不安，只是一种理性完备性层面上的不安，是一种面对形式分析的悖论而产生的忧伤。在生活的真实当中，技术政治巨灵并非因韦伯而从神灯中被释放出来，也并非如神话中的巨灵那样特立独行、法力无边，甚至其只不过是社会强势集团手中的一个玩物而已。当这一巨灵的诅咒者们在抨击坐拥“官员统治”的官僚制独立性即默顿所称谓的“群体稳固性”时，生活中的情节却是“官员被统治”、政府被俘获和役使；当诅咒者们一再痛斥非人格秩序权威对人性实施“灵魂分割”时，生活中的情节却是这种“钢铁外套”其实只是社会某些强势集团合身的技术工装或显示身份的政治礼服，是拥有这套技术工装或合身礼服的人对其他人实施着“灵魂分割”。人们首先是不知不觉间被韦伯引导着把非人格秩序权威“真实地想象”出来，并使之神话化，然后再对这一神话造就的异化实行否定。思想中的逻辑是完成了，但在生活中却不被理睬，因为生活中的秩序权威的非人格特性其实只是一种“真实的想象”。当然，之所以被“真实地想象”，恰是因为这种“真实的想象”是必要的和有用的，甚至是必然的，因为这种技术合理化神话为俘获并役使政府的人提供了华丽炫目的礼服，并利用对其“独立性”的批判更有效地强化着这种俘获与役使。这便是事实，我要做的首先是指出这一事实。我在相关这些话题的论文中，言辞可能刻薄了些（我自认为自己不是一个刻薄的人），但绝无不尊重他人、他论之心，我只是说实话，想说就说。

上述思考，形成了我对政治学西方事件的基本立场。因为这些思考大多集中于上世纪90年代，所以也可说是在特定视角下对20世纪政治生活和政治理论的一个小小的盘点。而在世纪之交及其后，许多日常事务把我缠住，我也自己以为“盘点”后当有一个“学术喘息”的时期。其实不然，我天生缺乏“花开花落、云卷云舒”的淡定，读到、看到一些事，总是心神不宁。在世纪之交，思想家们、包括国内不少的学界同仁又像当年韦伯赤诚地论证科层制合理性一样，一往情深地叙述以治理学说、善治理论为代表的新学说的合理性，视之为更换科层制“钢铁外套”以及更换因市场失败而备受牵累的诺齐克式“最小政府”设计的最佳选择。由于这一理论放弃了政府与市场对峙关系的传统视野，引入了“第三方”即引入了社会范畴，强调政府与社会的合作，倡导“还政于民”、公民自治、社会自组织体系、第三部门发育、谈判共识、“无形协议”以及谈判共识的制度供应等，因而看上去确是一件取代“钢铁外套”、颇具飘柔特点的新外套。

当时，我琢磨了来自各个方面的资料，从全球化、巨型跨国公司、世界银行、主权国家、主权国家内部多元价值群体、令人心酸的现代社会病等等生活事件所构成的反光镜中观察治理学说、善治理论，反复品味创制者的原始意蕴，渐渐发现这些理论“新外套”里的故事依然似曾相识，还是老情节。这些理论的重大特点是在政治构思中引入社会范畴，并坦然认可社会中存在着多元价值主体，然后就通过“元治理”提供的体现权利平等、程序正义的制度供应，达成谈判共识（“无形协议”），实现治理中的合法性。在这里，即使把后续环节中的诸多悖论略去不论，仅在最基础层面上首先就遇到“元治理”困境。因为“元治理”所提供的制度正义，其实只能是一种抽象的理性预设。这里的权利平等、程序正义，有如罗尔斯“无知之幕”中的生成物一样，不过是一种超越性的形式满足（特别要指出一个最具讽刺力的事实：在现代社会中，霸权价值的实现最需要的、最离不开的正是这种形式满足）。在思想者那里，形式中的故事情节总是这样安排的，即“先定规则，后分牌”；真实生活中的情节则恰恰相反，是“先分牌，后定规则”。因而在事实的世界里，“好牌”的拥有者同时也拥有规则制定的优先权，拥有在规则谈判中的话语霸权，拥有主导“元治理”制度供应的实际资格。思想者们总是寻求形式上权利平等的满足，在治理的逻辑链接中寻求基于“反思的理性”、基于“交往和理解”而形成的谈判共识，由此来消解原先政府自上而下的专横，消解固有的市场外部性困境，实现社会、政府、市场间的和解。应该说，承认价值重叠、崇尚“反思的理性”、尊重谈判共识，较之于技术合理性、公共意志、科层制这些“钢铁外套”确实要有感情色彩，显得华丽而宽松。但是，在这件华丽而宽松的外套里，真实的故事仍是原先的情节，社会中的强势集团总是能够利用对价值重叠的承认来强化自己的价值优势，总是能够利用对“反思的理性”的崇尚而一再迫使弱势群体妥协，总是能够利用对谈判共识的尊重巩固已经注入了自身价值取向的契约的权威。当思想者们在国家、市场的序列中引入社会范畴，强势集团则实际操控着真实的社会；当思想者们描述着社会自组织体系，强势集团则实际把持着社会自组织体系；当思想者们谈论着“对相互保证安全的广泛协议和预期”，强势集团早已自诩是“相互保证安全”秩序的实际恩赐者。难怪一向强调自身不介入主权国家内部政治事务的世界银行极力倡导善治理论，倡导全球治理学说，却又把善治理论政治化为一种具有霸权色彩的尺度，使之成为对发展中国家贷款的主导政策思想，成为评估受援国条件的主要标准之一。一个倡导善治的国际权威机构以善治的名义实施着霸权，善治在这里遭到了可怜的嘲弄。这就迫使我们不得不严肃地思考一个问题：如果真有依据治理原则设计的制度环境，那也不得不警惕现代巨型公司以社会的名义实际俘获本国政府，又役使发展中国家政府；不得不警惕一些巨型国际经济或社会组织以社会的名义超越别国主权，实际实施着某些大国的霸权意图；不得不警惕一个国家内部坐视强势群体与弱势群体的不对称谈判，或以“为纳税人服务”的名义，实际实施着社会强势集团和政府的利益捆绑；不得不警惕话语霸权的实际拥有者以共识的名义迫使其他社会群落一再作出妥协。说实在的，我这样提出问题，并非无根据的“杞人之忧”，也并非存心和哪个理论过不去，甚至我还认为治理学说在公共管理方面给了我们很多有益的启示，但是我不能盲目附和，应该说实话，尤其是该给人们提个醒的地方不能不提个醒。

回顾这一段思考的历程，我自感没讨得什么巧。坚持生活真实在政治观察中的优先性，是一条荆棘丛生的路，走起来很苦，远不如换个“不同的方式解释世界”来得松泛和自如，更不如穷家孩子夸富家理财经验那样特能吸引人的眼球。在当下的理论故事圈里，不敢说已经结束了“用词句反对词句”的情节。企求通过各种词句的“解构”使现代国家“碎片化”的，依然不绝如缕。但是，这一切只是发生在哲学云端里的故事，风吹云去，地上的山还是那座山，地上的水还是那条水。在当代政治的思考中，不能仅是站在哲学的云端来反对现实的陆地，“问题在于改变世界”，这是学问家们不可不思考的一个大问题。在这个问题上站稳了，才能有底气谈论享有政治解放的文明成果和谈论对政治解放的超越。

二

关于20世纪资产阶级民族国家合理性论证的追问的后续问题，首先就是在当代意义上能否坚持超越政治解放的申明和何以能够超越。这实质上是一个关于当代社会主义问题的思考，特别是中国社会主义问题的思考。前面已经说到，上世纪90年代我把注意力转向西方话题，其本意仍在于中国，在于世界里的中国，在于当今世界条件下中国独特的发展之路，尤其在于当代中国的政治文明。

显然，这是一个严肃的、但也极富挑战性的话题。中国改革开放30年，在这个问题上的责难之声几乎如影随形，至今仍不绝于耳。中国改革开放的成就举世瞩目，尤其以经济业绩令世人赞叹，连长期自视为对手者也不能不瞠目于当下情景，以致在非技术层面上一时无从发难。因而责难者的矛刺所向，主要是集中在政治发展，据以责难的主要尺度便是“西式典范的自由与民主”，其主要涵义即马克思所界定的政治解放意义上的制度成果及规则。在这些责难之中，有森严的意识形态屏障所引起的种种偏狭，有不绝如缕的冷战思维所留下的解不开的情结。但于我们自身，也确有“剪不断，理还乱”的思绪没有理清。对手的矛刺所向，也许就是我们的“阿喀琉斯之踵”。因而学人之中，有视之为畏途，绕道而行；有因风起帆，只满足于做些意识形态烘托的工作；也有激愤者，意气所指，发泄为快。而在我，实不敢学如此作派，审慎持重，士之本心。

从上世纪80年代开始，我长期在这个领域中作观察与思考。而在所有这些观察与思考中，处处都遇到一个挥之不去的阴影，即20世纪社会主义政治史中一些令人痛心的事件。这个阴影常常会折损社会主义在超越政治解放方面所作努力的自信心。邓小平对此作过一个概括，他认为解放以后，“没有自觉地、系统地建立保障人民民主权利的各项制度，法制很不完备，也很不受重视”(《邓小平文选》第2卷，第332页)。他举毛泽东为例说，“斯大林严重破坏社会主义法制，毛泽东同志说过，这样的事件在英、美这样的西方国家不可能发生。他虽然认识到这一点，但是由于没有在实际上解决领导制度以及其他一些原因，仍然导致了‘文化大革命’的十年浩劫。这个教训是极其深刻的”。因此，“我们今天再不健全社会主义制度，人们就会说，为什么资本主义制度所能解决的一些问题，社会主义制度反而不能解决呢?”(《邓小平文选》第2卷，第333页)显然，邓小平在这里陈述着20世纪社会主义政治史上一个不容回避的悲剧性事实：当资本主义以“政治解放”的名义为人类政治文明所提供的成果特别是制度成果高度成熟时，以超越资本主义政治文明成果为己任的社会主义政治实践却显得如此不成熟，乃至于在资本主义政治框架中都已解决好的问题，在社会主义政治实践中还未能解决好。这样的阴影总是压在心中，再加上当今世界的制度成果仍主要是以政治解放为基本含义的制度成果，并处于强势状态，而我国又仍然处于社会主义初级阶段，市场经济制度是一个绕不开的选择，而市场经济又总是发出形式平等驱逐事实平等的政治隐喻，此三重因素构成一个特定的语言环境，使超越政治解放的言说遭遇种种困难。

在这样的语言环境中，我总是告诫自己：得沉住气。如果放弃对超越政治解放申明的坚持，那就是在西方式制度成果中被迫就范。关于这种西方式制度成果究竟是怎样的，当时我不敢凭道听途说就随声附和、不敢望文生义而妄加揣测。所以，如前所述，上世纪90年代我一度静下心来细细品味西方政治生活合理性论证的各种言说，观察西方政治生活中的各色事件。此间的工作坚定了我的一个看法：政治解放只是形式的解放，并未解决塞拉西马科斯对苏格拉底所说的“正义乃强者的利益”这个千年难题；政治解放是人类政治文明的一个进步，但不是人类政治文明的终极状态；应该享有政治解放的文明成果，但必须坚持对政治解放的超越；如果丧失对于超越政治解放的自信，那就会在西方式制度框架中遭到捆绑。由此，我所做的工作主要在思考如下几个基本方面。

其一，社会主义是20世纪人类的成功选择。对超越政治解放的自信，说到底是对社会主义前景的自信。对此，在20世纪末的一些人当中有明显的不乐观色彩，其中的一个重要原因就是对20世纪社会主义的历史价值不敢充分肯定。这里需要的不是训导，而是理由，是对历史事件的真实说明。我把20世纪的宏观进程分作三大场景，一是危机和战争，二是战后大繁荣，三是晚期困境与震荡。在第一场景中，是社会主义为人类提供了走出危机的调控理念，同时也是成功拯救人类免遭法西斯蹂躏的决定性力量，甚至如霍布斯鲍姆所说"救下它的死敌一命"。在第二场景中，是社会主义为广大后发工业化国家的迅速工业化提供了政治环境和政策基础，也为发达国家战后繁荣输入了政策理念。在第三场景中，新的危机中出现了社会主义的低潮，但是资本主义对困境的解决并无灵丹妙药，走出困境(甚至包括2008年由美国引发的金融危机)仍然不得不引入社会主义的政策智慧。因而可以说，社会主义参与了20世纪所有重大问题的解决，作出了毫不逊色于资本主义的价值贡献，可以毫无愧色地说社会主义是20世纪人类的成功选择。当下的生活事实仍然在证明，社会主义在解决当代资本主义所难以解决的人类困境问题和争取人类文明进步中展现自身的生命力。超越政治解放的自信，首先就是基于对历史的这一宏观把握。

其二，社会主义政治实践的挫折并不证明"历史终结论"。诚实的理论工作者必须面对困难的话题，我明白自己必须面对20世纪社会主义政治实践的挫折。而当时的西方学界，当然也包括政界正用社会主义政治实践的挫折论证西方政治理念的普遍价值，论证历史演进的"走向完成"、论证西方式自由与民主理念如何实现了历史的终结。即使到新世纪已走过近10年的今天，尽管"应许之地"的夸张式表述连福山自己也渐生疑虑，但是仍有不少人把对政治生活的观察框架定格在这种表述的终极性上，至少视之为当下的典范模式。所以，当时我不得不极为认真地审视社会主义政治实践的挫折，包括原苏联、东欧地区的失败，发现这样一个基本事实：20世纪晚期被称之为社会主义挫折和失败的东西，其实早已不是真正意义上的社会主义，而是社会主义词句包装着的落后的传统社会机制，或者说是强迫幼稚的社会主义背负着的落后国土上的沉重历史包袱，是列宁所意识到的俄罗斯所存在的"低于资产阶级文化水平"的东西。所以，这些挫折和失败虽然毁损了社会主义的名声，却并未毁损社会主义的真谛。政治剧变使社会主义进入低潮，但也使社会主义终于摆脱了充斥传统社会"辉煌垃圾"的沉重历史包袱，重新赢得了自身。到了这个时候，可以说社会主义终于走完了在落后国土上行走的"幼稚阶段"，走出了一段历史阶段上的"炼狱"，站到了一个新的历史起点上。社会主义在这一段"炼狱"中的行走，并没有给资本主义价值的永恒性提供证据，进入新世纪头一个十年就遇上的席卷全球的金融危机再次对此作了说明。

其三，超越政治解放应该包括对政治解放文明成果的享有。这应是一个在历史辩证法视域中把握的命题。旧中国没有真正享受政治解放的成果，新中国因为革命意识的极度强调也几乎拒绝思考对政治解放成果的承接。于是，在中国这块特定土地上以实现超越政治解放为规定性的政治发展实践，就发生了对政治解放成果的政策立场问题。如何把握这个政策立场？我在完成“邓小平政治思想研究”的规划课题时，反复研读邓小平从根据地时期直到改革开放时期前后达半个世纪中的各种论著，反复比较分析了各种历史资料和研究成果，清晰地看到有一个在政治建设意义上“从世界各国吸取进步因素”的思想线索。他把缺乏民主习惯、缺乏民主政治斗争的常识和锻炼，甚至搞“以党治国”视为国民党的不良传统，视为“最大的蠢笨”。他在肯定的语义上讲述社会主义所没有解决的问题却在英美这样的国家得到解决，强调防止“在英、法、美这样的西方国家不可能发生”的事情在中国发生。由此我领悟到，在邓小平的思考中存在着这样一种政策立场：以超越政治解放为规定性的中国政治发展，历史性地包含着对政治解放文明成果的承接和享用。

在思考这个政策立场的问题时，我深感一种哲学立场的需要。也就是说，在超越政治解放中包含对政治解放文明成果的承接与享用，这需要一种历史批判上的更高立场，一种和马克思建立从政治解放走向人类解放的命题相通的哲学立场。马克思的结论是，对于中世纪“动物时代”的政治蒙昧来说，“政治解放是一大进步”，尽管“它不是一般人类解放的最后形式”。人尽管被迫在这种分裂的人格中生存，但毕竟已不是蜷曲在中世纪马厩里的“动物化”的人，而至少已是具有普遍性质的“政治天国”中的普遍性公民。由这一解放而形成的以形式平等为核心的民主、自由原则以及与此相适应的政治设施，是政治解放给人类政治文明所提交的一份历史礼品。如此在历史合理性方面肯定政治解放的成果，并不是为了论理过程上的一种满足，而是要在超越政治解放的意义上合理利用政治解放的成果。政治解放不是人类解放，但是如果没有政治解放，就难以设想有人类解放；如果没有政治解放的成果，就难以设想有人类解放的现实进程。当政治解放使人被迫在双重人格中生活的时候，虽然政治生活中的平等只是一种“政治天国”中的平等，但毕竟在形式上实现了平等。于是，历史形成的任务是消除形式平等和事实不平等的对立，而不是消灭平等及其各项原则本身。实现人类解放和克服市民社会是一个统一的过程，克服市民社会是要消除形式平等的形式性，而不是消灭平等本身；是要从形式和实质的对立走向统一，而不是以实质的名义去消灭形式。如果把对政治解放的超越理解为对民主、自由等形式规则的清除，那就等于重回政治蒙昧。所以，在中国的政治发展中承接和享有政治解放成果，既是一种政策立场，又是一种哲学立场。

其四，超越政治解放从革命操作走向文明积累。超越政治解放如何成为现实的社会行动与成果，这在社会操作上至少应包含两个基本事项：一是在权力归属的意义上工人阶级和劳动人民“争得民主”；二是在人类社会文明进步的意义上创设实现人的全面自由发展的关系体系和公共生活的文明方式。我称前者为革命操作，称后者为文明积累。由此来观察20世纪社会主义国家的政治实践，就可以看到，人们在革命操作上投注了主要的精力和更多的注意力，而在文明积累上却疏于关注，留下了不少急需展开画图的空白地带。

为什么会是这样？我做了两方面工作。一是找寻马克思主义政治思想史中对政治实践关注的重点取向。可以看到，马克思在阐述政治解放时包含了许多关于现代政治文明发展的“卓越的、有益的部分”，但这些部分与对资本主义民主政治的批判捆绑在一起，尤其是后来马克思、恩格斯对19世纪中后期欧洲资本主义发展的成熟程度估计过高，因而理论注意力更多地集中在资本主义关系的危机和社会的革命性变革上。这样，对资本主义民主政治批判的主题日显突出，并逐渐占据了理论的主导视野。这种理论注意力的转移，是后来马克思主义政治理论中关于民主的阶级属性分析的主题优先性、对资本主义民主否定的优先性这一理论习惯的先期原因。这种以“两个优先性”为特征的理论习惯，在后来的革命背景中一再受到激励，从而走向极端并成为后来从事社会主义政治实践和理论工作的人们在观念上的一种包袱。这种观念上的包袱使通过革命而“争得民主”的人们常常陶醉于意识形态中的历史优越感，而松懈了政治文明积累和进步意义上的建设性努力，乃至“资本主义制度所能解决的一些问题，社会主义制度反而不能解决”。

另一项工作是观察20世纪社会主义国家政治实践过程的演变特性。这一过程变化表明，革命操作方式的惯性力量传入政治建设之中，对文明积累过程产生了负面影响。20世纪社会主义革命主要是在落后国家发起的冲击。在专制传统深厚、小农像汪洋大海一样存在的国度里，实现革命必须启动传统的权威手段，主要包括超越法制的暴力、集中制的权威组织、意识形态灌输而发动的群众运动等等。在落后的国土上，没有强大的杠杆，便不能撬动巨大的石块。所以这一强大杠杆的选择无疑是合理的，而且是极为成功的。然而，巨大的杠杆有时会带来巨大的惯性，成功的经验有时会被教条化，从而导致政治建设实践中依然保留了对传统权威手段的过度崇尚，包括对暴力的过度肯定、对国家强制力职能的过度强调，对集中制乃至个人权威的过度尊崇，对“政治动员”的过度仰赖和对行政统制方式的不恰当的颂扬等等。这显然给文明积累意义上的政治实践带来了负面制约因素。在这样一个20世纪社会主义国家政治实践演变的总图景下，我清晰地看到了邓小平所作的卓越贡献，那就是突破这种负面制约因素的束缚，推进超越政治解放在文明积累意义上的实践进程。我由衷地敬佩邓小平对中国政治建设的贡献，这也是他对超越政治解放这一马克思主义政治理论与政治实践的贡献。我关于邓小平政治思想的研究，也主要集中在这一主题上。

三

粗略回顾了上世纪90年代至新世纪以来约20年里关注的重点和研究的心路历程，再重新回到上世纪80年代。前面已经说过，政治学思考在我的意识中心，始终是中国的政治文明，在上世纪80年代特别关注过中国政治的传统根基。当时有一个对传统文化作反思的热潮，尽管各色言说各存其心，但热门的取向似乎是重启“脱亚入欧”、“脱中入西”之说。我深知中国传统政治中有“礼教杀人”之弊，但是全部传统却并非一句“礼教杀人”就能完全概括得了的。中华文明绵延数千年而能历久弥新，虽历尽风雨坎坷而能生生不息，必有其存在的道理。尤其令人生疑的是，满地球那么多人，难道命中注定都要按照欧洲式理性政治的设计来生活吗？或者说，如果不按照这一设计生活，就注定要被“开除球籍”吗？各个文明群落自有构思自身生存图景的思维方式，难道最终都注定要按欧洲式的理性传统来“统一”思维模式吗？如果把问题阈再放宽一点，人类的各种文明历程异彩纷呈，是否都服从着从柏拉图到黑格尔的思维中的线性过程？如果是，那么理性是否是在执行着上帝的功能？如果不是，又何必把满世界的人都往欧洲式的普罗克拉斯提斯之床上硬塞？这些问题一个个地敲打我，回到主题，就定格为这样一个问题：如果存在着一个历史的非线性观察视域，那么在这个视域中，对政治解放的超越是否一定是按照政治解放的原初叙述逻辑所安排的线路才能够实现？由此变换一个表达方式，那就是，如果人类文明进程并非一个理性安排的线性过程，那么在中国这样的文明境域中超越政治解放就应该而且能够有自己的独特方式。于是问题就转向这样一个方面：如果超越政治解放在中国有自己的独特方式，中华政治文明传统又为这种超越作了哪些准备，提供了哪些构筑自身特性的基础质料？

这个话题就是我在上世纪80年代撰写《周恩来的行政哲学》时所关注的主要之点。当时对问题的把握并未如今天这样清晰，当时的立意是以周恩来政务活动中的哲学理念为案例，探寻中华政治文明传统中有哪些是具有当代价值的基础质料。当时，我在书中有这样一段描述：“西方世界中对于人的价值的肯定与尊重，始终没有摆脱超越于世俗人之上的抽象绝对物的阴影。”“他们崇尚超越一切的绝对物，反复地追索着对象世界、‘彼岸世界’，在漫长的中世纪，这个超越一切的绝对物便是万能的上帝，而在文艺复兴后则是万能的理性。在中世纪人是上帝的奴仆，而在文艺复兴后人则是理性的工具。因而，对人的价值的肯定，必须以对抽象理性的肯定为前提。而在中华文明中，人在认识自身的价值时，决无这种来自彼岸世界的伟大而神秘的阴影的笼罩。在数千年里，人们视天地万物为阴阳男女所化育，一切都完全‘人化’。人的地位和价值在此岸世界中获得肯定和尊重，因而这种肯定和尊重显得那么真实，那么切近，那么温厚，那么可靠地实现于自身之中。”书中我用“中华人文精神”对这一文明特质作表述，并进而指出：“这种人文精神，肯定与尊重人的存在与价值，但并不表现为对个人利益和个人成功的强烈追求与崇尚，而是极度尊崇人们相互依存的共同体的整体利益的实现，强调个人价值在整体价值中的实现，因而视社会的整体价值为人的价值本位。这种人文精神，肯定人对于自身所处社会关系和社会交往的维系，并不仰赖抽象绝对物对利益各别的个人的权利和义务的维系，而是充分相信相依共存的人们由于共处需要而产生的惠加对方的自然德性。”（参见周毅之著《周恩来的行政哲学》第 23—24 页）这种自然德性大体相当于传统哲学理念中的“仁”，即注重二人关系的存在及二人关系中的“仁者爱人”。《周恩来的行政哲学》这本书的写作有赶任务的特色，有些问题把握粗疏，不少见急就章的痕迹。但是，这本书在学界和社会的接受程度远出乎我的意料之外，上海人民出版社按第一版连续加印三次，并评为当年“十佳沪版图书”之一，发行除大陆外，先及香港、台湾地区，再及东南亚国家和日本，不少高校列此书为研究生重要阅读书目。想到其中粗疏之处，真是不胜惶恐。但我有把握的是，此书立意在中华文明基因中必有为当下所必不可少者，必有在当今世界中构成为民族文明基石的基础质料，这一点是靠得住的。

同期我在《帝王思维》这本著作中，借用文化人类学的方法，探索了中华政治文明传统的生成源头。在文化人类学的观察与比较中可以看到，远古人类的男女自身崇拜，有演变为欢乐崇拜，有演变为生殖崇拜，有演变为谷神崇拜，而中国则同化于祖宗崇拜。这种同化，“使普遍存在于人们思维中的神秘‘心象’与社会权威体系的意识把握合为一体，进而产生出维护与血缘有关的各种社会秩序的意识功能，在中国人的思维中积淀下深深的血缘权威意识”（参见周毅之等著《帝王思维》第 8 页）。这种血缘权威意识表述着血缘关系共同体构建的权威机制。在这个共同体中，一切现存关系都是属人的，属于现世生活的。每个共同体成员在血缘关系体系中诚恳地以赤子之心体悟着惠加对方、整体优先的价值追求。

共同体中的权威是与每个共同体成员生命活动密切相关的“祖”，因而同样是属人、属于现世生活的，他们以恭俭自守、宽厚仁慈的角色形象有如怀保子女般的怀保庶民。这种血缘关系共同体的集体心象孕育着由生命意识冲动所一再激励的仁爱之心，即所谓民胞物与，仁者爱人。这种共同体中和存共生的文化积淀，也是中国人对于生存和生命认知的积淀。这种文化积淀和生命价值认知，也许正是中华民族生生不息的重要原因。顺带说一句，在新世纪初持续至今的“中华文明探源工程”第二阶段考古工作结束时，中国社会科学院考古所所长、该工程负责人王巍先生有段对当下研究社会科学的学者们应有启发的话：“我们目前所套用的国家、文明、私有制等等概念都是从国外输入的，它们在历史研究特别是关于社会进化方面的研究的表述上有无可比拟的长处。但中国古代固有的一些概念，比如邦、城、国、氏、姓等等，在文明起源的讨论和表述上也许更有优势。”（参见《人民日报》2009 年 11 月 13 日第 17 版）这是考古事实给我们提供的研究理念，说的是历史，而在政治学，乃至其他学科又何尝不是如此，在学说流变中也应呈现多元并进的态势。

当然，在上世纪 80 年代关于这一主题的思考中，我不能回避和存共生、整体优先的文化积淀在传统社会中蜕变为“礼教杀人”的事实。在社会分化和变迁中，和存共生、整体优先中的“整体”会蜕变、幻化为一个代表符号，而这个代表符号则以整体的名义、“民”的名义、“恩泽万民”的名义对整体中的现实个体实现主宰，主宰者也就是专制者。也正是在这个意义上说，专制的内涵在于恩赐。我在《周恩来的行政哲学》中，把这一异化、蜕变过程的结果表述为打在中华人文精神上的三个烙印。其一是“名分”。中华人文精神只在此岸世界中肯定人生，在人群的相互依存中肯定人生，因而显示出人间情怀的温馨。而社会分化毒化了这种人间情怀的温馨，使共同体内相互依存的自然要求蜕变为“恩赐”和“依附”，把共同体内相互惠加对方的努力变成“父慈子孝”、“兄友弟恭”、“主明臣忠”的关系，森严的等级关系由此冷却了人间的情怀。其二是“礼”。和存共生的共同体中的相互关系规范本依赖于惠加对方的冲动，因而呈现出温柔敦厚、恭敬礼让的特性。但在社会分化中，这种关系规范模写了血缘等级图式，固化为“君君臣臣、父父子子”的礼制秩序。这种礼制秩序走向极端，便是“君要臣死，臣不得不死；父要子亡，子不得不亡”。其三是“灭人欲”。和存共生的共同体存在仰赖相互依存的自然德性，而这种自然德性与个人生存冲动之间矛盾的解决，仰赖于道德反省和道德自律。而在名分政治和礼教规范之中，这种反省和自律的极端形式就是“灭人欲”，视“灭人欲”为“成仁”，为“存天理”，为守名分、循礼制的终极条件。这实质上用已经异化了的整体利益否定了合理存在的个人利益，用人的伦理关系网络上的共同性角色特征否定了人的个性发展，用人与人之间的相忍为安取代了人与人之间的正常竞争（参见《周恩来的行政哲学》，第26—28页）。《周恩来的行政哲学》这本书本来的立意是探寻中华文明传统中能够构成为当代中国文明发展的基础质料，但是我并没有回避曾经存在过的"礼教杀人"的事实。问题在于剥去异化了的"礼教杀人"的外壳，重新发现和存共生的中华人文精神的内核。这大体是我在上世纪80年代关注的主题，但后来这个主题被搁置了。

在这个主题被搁置的约20年时间里，如前所述我关注的主要是西方国家在政治解放定义下的当代事变及其中各种特性的变迁，尤其是在当代意义上、特别是在当代中国意义上如何言说对于政治解放的超越。而在此思考中，我历来坚持生活事件优先于理论事件，只要坚持这一点，就可以发现，生活事件中屡屡展示出使理论言说者百思不得其解甚至惊得目瞪口呆的意外情节，当代世界中的当代中国尤其如此。我故然必须沿着关于政治解放的理论逻辑参与超越政治解放的讨论，但是生活事实一再溢出理论逻辑的渠道，也许历史的非线性观察的思考方式在这里就显示出特有的说明优势。由此就接上了我被搁置了约20年的上世纪80年代的话题。首先，不能简单地用在西方政治生活背景中生成的理性主义政治思维方式来框定中华政治文明传统，不能强制性地把中国政治生活的历史与现实硬塞在西方理性主义概念工具和逻辑技术打造的普罗克拉斯提斯之床，并在这架逻辑机器中生产出结论。其次，中国政治生活历史中有过"礼教杀人"之事，已经做的和还应继续做的是革除"礼教杀人"之命，而不是也不可能是把中华民族稳定存在、生生不息之中赖以构思自身关系秩序的思维方式与机制一并"开除球籍"。要做的是敲碎这个"杀人礼教"的冰冷的外壳，救出中华人文精神的温馨内核。"杀人"事多，远的不说，近的如卡缪所定义的当代技术合理性国家对社会的"合理谋杀"，按其思路应是实行对这种"合理谋杀"的反叛而"自杀"。而现代西方批判者们一再宣称，自从"上帝死了"之后，便是"人死了"。现在要在这些哲学意义上的"杀人事件"中救出"人"来，是救出一个原子式的、孤立的因而是排他的个人呢，还是和存共生、知仁爱人的人呢？显然这是一个困难的话题。而在中国，显然不能从"礼教杀人"中救出"人"来，又送到卡缪定义的"合理谋杀"的刀口之下。如果中国能坚持"走自己的路"，就必须十分珍惜自身政治文明中的基础质料。再其次，当代世界满地球人的生活理念纷繁复杂，约略归并，大体有三种。一是强胜弱汰的竞争方式，其极端方式便是你死我活。这种方式给财富生产注入活力，甚至有时能在交易的对偿中实现技术上的两利，但人类至今没有找到抵制其走向你死我活的极端境界的办法。二是"吾与汝偕亡"的绝望方式，恐怖主义活动为其极端方式。三是和存共生、同舟共济的方式。这种方式有令人向往的理想境界，是“你死我活”和“吾与汝偕亡”等等选择取向的消解剂，但人们还难以完全仰赖它来构思生活，这种方式有时还会遭遇各种类型的扭曲。但正是这种和存共生，对于时下物欲亢奋、贫富对峙、生态环境告急、恐怖主义横行的世界来说，应是比“你死我活”，“吾与汝偕亡”更为合适的一种选择。而这种和存共生的价值基因，正是维系中华民族历数千年而顽强存在的精神缆绳。思考当代中国的政治文明建设，不能无视这份宝贵的基础砖石。这正是我曾经搁置起来，今天想接着往下说的一个话题。

第一编

当代政治问题批判

近代以来西方民族国家合理性论证的范式流变

——一个政治生活主题变迁所决定的过程

近代以来西方民族国家的形成与成长过程，是一个不断寻求合理性意识形态的过程，因而也是国家合理性论证的范式演变过程。从革命时期的伦理合理性论证，经制宪时期的功利合理性论证到管理时期的技术合理性论证，乃是一个资产阶级民族国家政治生活主题的变迁对国家合理性论证范式实行选择性干预的过程。把握住这一过程的生活实质，是观察和理解当代西方政治学、政治哲学现象的一个重要视角，是阐释国家合理性论证何以矢志于操作超越“具体”的抽象普遍性话语的一把钥匙。

近代以来西方民族国家合理性论证的范式流变，是一个西方政治社会生活主题的变迁所决定的过程。把握住这一流变过程的线索，把握住生活事件对于理论事件的基础性的铺垫，把握住生活主题对于理论范式的选择性干预，是观察和理解当代西方政治学现象的一个重要视角，也是解开许多云遮雾绕的论证谜团的一条路径。

近代以来的西方民族国家从胎动于封建军事专制国家母腹中的时候起，就以对宗教神学权威和传统权威的否定为旗帜，以合理性范畴为自己的意识形态，用普遍主义的合理性为自身的合法性作证明，以期从合理性方面获得社会的合法信念和对其权威服从的认同。因而，近代民族国家的形成过程，是一个不断寻求合理性论证的过程，是高扬理性、用“理性王国”取代“神性王国”的过程。此间经历了两次大的思想解放运动，一是欧洲中世纪晚期开始的文艺复兴运动，二是18世纪的启蒙运动。文艺复兴运动的旗帜是以人本主义反对神本主义，而启蒙运动的旗帜是用理性精神取代传统蒙昧主义。两次运动的精神相通之处就在于对具有抽象普遍品格的理性的人的主体地位的追求，并从而构筑资产阶级民族国家所需要的合理性论证。随着民族国家政治生活主题经革命到制宪、再到管理的变迁，此种合理性论证的范式（借用库恩的范畴）也在一轮继一轮的“集体选择”中发生流变。

一

资产阶级民族国家从封建君主专制国家中苦苦挣扎而脱胎出来的时期，政治生活的主题是革命。这一脱胎的过程，在近两个世纪的时日里，伴随着一幕幕由刀剑、枪炮、绞架、断头台组成的革命场面。其中之典型事件，在英国是 17 世纪中期及以后的革命和内战，在美国是 1775 年开始的独立战争，而最后则以 1789 年法国大革命作了总结。这场革命的根本含义，是要最终解决国家的最高政治权力从封建君主手中向资产阶级贵族手中转移，因而这是一场向资产阶级民族国家签发历史出生证的革命。这一场革命的旗帜上写的是“自由”、“平等”、“独立”、“人权”（“博爱”是后来因和传统贵族阶层妥协而加进去的）等等理性原则，因而这是资产阶级民族国家向社会公布自身的理性原则的革命，也是理性精神对神秘宗法关系和宗教蒙昧主义取得胜利的革命。列菲伏尔说，这种“现代国家”是“通过法国革命出生到人世间，并且由编写了身份卡片的黑格尔命了名”[1]。这一命名的称谓就是“理性国家”[2]。

毫无疑义，在这个革命时期，民族国家对自身合理性形象的塑造带着浓烈的伦理色彩。政治学作为独立的学科还没有出现，一切关于政治的观察、分析、思考、批判都存在于哲学、伦理学之中。而这个时期中的哲学家，可以说绝大多数首先是政治哲学家，并且扮演着近代民族国家合理性所要求的哲学革命家的角色。他们的思维方式，如美国新政治学运动中人物所描述的，从主流方面说是本质主义的、规范式的、形而上的。这种思维方式，与古希腊哲学思维有着某种意义上的因承关系，乃是试图通过由理性揭示的原理从整体上去解释世界，从现象的多样性中去解释世界的统一性；是通过解释自身理性经验的途径，来思考世界的存在或世界的统一性；而与中世纪蒙昧精神相对立，既不是宗教神学的，也不

---

① 列菲伏尔，《论国家》，第 5 页，重庆出版社，1988 年版。

② 黑格尔在这里陷入了后人公认的矛盾之中。他一方面从法国大革命、拿破仑看到了世界精神，宣布了理性精神在现代国家中的实现；另一方面又把普鲁士的君主立宪国家定位在终极理性的实现上。这使他的国家学说陷于后来的分裂。

是更宽泛的世界宗教意义上的伦理宇宙起源学的。这就是政治哲学的“近代话语”,也是近代民族国家的“合理性话语”。

这种近代的规范意义上的“合理性话语”是当时民族国家的自身实现所能选择的。历史学家们发现了法国大革命的秘密之一,就是要解决当时在英国已基本解决的地产私有制问题。这里的地产私有制和一般意义上的土地私有制概念不同,是指中世纪特有的、以长子继承权为保障因而直接和政治等级合一的固定的地产制度,是和后起的工商业中的资产流动制相对立的。关于这一点,马克思在《黑格尔法哲学批判》中已作了详尽的分析。以这种地产制度、长子继承权为构成物的封建君主国家,是一个自然特殊性的国家,“政治动物”化的国家,因而也是神秘主义的、不具有理性意义上的合理性的国家。近代民族国家乃是这种君主制国家的直接对立物,它以工商业发展和流动的资产为基础,和市民社会实行着分离,因而是在社会意义上具有形式的普遍性的国家,是形式上获得独立化的人的国家。这种国家要从君主制国家中脱胎出来,首先要解决的是作为新的权力主体必须瓦解以长子继承权为核心的“政治动物化”等级的身份体系,建立“自由、平等、独立”的伦理身份地位的问题。唯其如此,才能实现革命,才能完成国家政治权力在不同社会阶级力量间的转移。革命无疑基源于经济利益关系,但必须有中介。中介之一就是合理性和合理性的规范式论说(而首先的还不是技术论说)。所以,近代民族国家的合理性首先必须在伦理形式上获得实现。而这种合理性的伦理性表述,最合适的当然是“人人生而平等”或“自然权利人人平等”的自然权利学说,以及以流行于工商业中的合同制为隐喻的契约论学说。而可以作为革命胜利宣言的美国独立宣言、法国人权法案中所表述的,正是这些学说中所论证的关于资产阶级民族国家的合理性原则。

当然,政治生活中的革命性主题也需要工具意义上的功利的或技术的合理性说明,但是,这个时期的这些论证性说明乃是在伦理合理性的框架中展开,服从于伦理合理性的“话语霸权”。这里不能不说到具有悠久经验主义传统、出了像培根这样伟大的实验科学鼻祖和工具理性主义哲学家的英国。英国这个时期极具代表性的洛克的自然法理论和契约论学说,毫无疑义有着自他父亲那里就产生的清教徒职业伦理观念的影响。马克斯·韦伯对此作了甚为清晰的说明。他在分析新教伦理精神与资本主义发展的关系时说:“资本主义企业的现代理性组织在其发展过程中如若没有其他两个重要因素就是不可能的,这两个因素就是:把事务与家庭分离开来,以及与此密切相关的合乎理性的簿记方式。”[①]对于

① 马克斯·韦伯,《新教伦理与资本主义精神》,生活·读书·新知三联书店,1987年版。

资本主义企业组织的合理性来说，这两个因素中，前者使合理性成为可能，而后者使合理性成为现实。这种关系投射到民族国家的领域之中，则要求必须割除国家原先所具有的带着自然特殊性的地产私有制、长子继承权、采邑封赏权等等关系基础，必须实行政治国家和市民社会的分离，必须完成如马克思早期在《德法年鉴》时期所表述的“政治解放”[①]。同时，正如资本主义企业中簿记方式的“合乎理性”，进一步实现了“事务和家庭分离”的合理性，近代民族国家在“合乎理性”的意义上被论证为“是一个拥有理性的成文宪法和理性制订的法律、并具有一个受理性的规章法律所约束、由训练有素的行政人员所管理的政府这样一种政治联合体”，从而在程序、规章、行政管理等工具意义上的形式平等性中实现了本质意义上的普遍合理性[②]。

二

法国大革命以近代政治革命的最高代表的身份，宣布了国家合理性对国家神秘性的历史性取代，宣布了近代民族国家对封建君主专制国家的取代。在近代欧洲政治史上，只有这场革命“是第一次真正把斗争进行到底，直到交战的一方即贵族被消灭而另一方即资产阶级获得完全胜利”[③]。革命后，在国家领域中资产阶级和封建贵族的拉锯战仍延续了很长时间，“维也纳会议”是一次典型的反动努力，但这已经是主体战役已成定局后的局部、零星的战斗。即使在“维也纳会议”的与会国内，君主制政权也不得不作出制定成文宪法和实行代议制度的承诺，尽管这种承诺是空洞的和虚伪的，最终被证实是欺骗性的。成文宪法和代议制度，是法国大革命后一个世纪内欧洲的政治主题。革命已使国家政治权力的阶级归属问题在总体上获得了解决，民族国家所要解决的已不是从封建君主专制国家中脱胎出来的问题，而是要措置各阶段、阶层的政治力量在国家生活中的关系布局，完善权力分配，建立自身应有的政治秩序问题。英国 1832 年的议会改革就是要实现工业资产阶级的参政权的运动，1840 年的宪章运动乃是解决普选权的运动；美国的南北战争，乃是宪制从北方向南方推进，从而在全国普及化的战争；1848 年欧洲革命风潮既是扫除封建残余的斗争，但更主要的是各国在宪制选择上的斗争，从更长远意义说乃是工人阶级作为独立政治力量走上历

① 《马克思恩格斯全集》第 1 卷，人民出版社，1957 年版。
② 马克斯・韦伯，《新教伦理与资本主义精神》，生活・读书・新知三联书店，1987 年版。
③ 《马克思恩格斯选集》第 3 卷，人民出版社，1972 年版。

史舞台后，资产阶级为根据新的阶级关系格局建立自己的政治统治秩序而和工人阶级发生的首次大型遭遇战。这场遭遇战中形成的某些立法概念，在后来以约翰·密尔等为代表的修正的自由主义理论中仍有表现。可以说，进入19世纪的欧洲，资产阶级作为政治统治者的地位在总体上已经确立，政治生活的历史主题已从革命转向制宪。与这一历史主题的转换相适应，近代民族国家的合理性内部构成及其相互关系，也相应发生了变动。

美国政治哲学史家萨拜因在阐述这一转变时，首先讲到法国大革命的影响。他说："革命时代的天赋权利哲学同19世纪自由主义之间在气质和精神上有着深刻的差别。天赋权利哲学实质上是一种革命信条，在基本权利受到侵犯的场合它不容许折衷。但是法国革命在许多方面培植了对革命的反动。……法国革命在各国都造成了对其过火行为的反感，所有的革命也历来如此；把这些过分行为归结于哲学和人权已成为当时的时尚。"①但是，这种由于法国大革命的震慑而产生的对稳定秩序的追求，从本质方面说不是对传统旧秩序的回复，而是对资产阶级所要求的新秩序的追求，是对建立在新阶级力量关系对比上的秩序的追求。萨拜因对此进一步作了说明。他认为，对上述转变"影响更大的无疑是，随着商业和工业资产阶级的地位和影响变得更加巩固，他们的观点也自然而然地发生了变化"，"这个阶级的社会地位使得它在世界观和方法论上逐渐失去它的革命性。……随着时间的推移，开明政治改革越来越超出意识形态的领域，过渡到体制重建的领域。行政的现代化、法制程序的改进、法院的改组、卫生法规和工厂检查制度的创建，所有这些具有开明特征的改革，都不是以革命热情而是靠艰苦的、从实际出发的研究，并且仔细地起草立法来实现的。自由主义的理想是革命时代的后果，但是它的成就却大部分是高水平的务实的才智应用于具体问题的产物。它的理论仍然是理性主义的，但这一理性主义却受到理想必须对大量具体事件起作用这种认识的限制。非常自然，它的哲学逐渐变为功利主义的，而不是革命的了。"②

萨拜因所叙述的这种从革命到立法，从天赋权利哲学到渐趋现实、保守的功利主义的转变过程，并非截然划分于法国大革命。它在资本主义经济关系发育较快、且具有长期经验主义哲学传统的英国来得要早一些。当天赋权利哲学还等待着在法国发挥"革命溶剂"的功用时，这种功用在英国已经过时。在英国，捍卫革命的任务已随着洛克而终结，保守性已较早地显露出来。休谟一方面用他那把锋利的"休谟的铡刀"把"是"与"应该"之间的联系截断，对后世一些哲学流

①② 乔治·霍兰·萨拜因，《政治学说史》，商务印书馆，1986年版。

派的形成发生了不可估量的影响；另一方面，也正是在这一方法论框架内，把经验事实与伦理合理性的直观中的联系断开，从而对自然法体系实现了批判和打扫，这十分符合当时“辉格党寡头统治”的保守性要求。据说英国政府为此给了休谟以奖赏①。而在哲学上并无过人建树的边沁，正是用他的功利主义为19世纪民族国家的立法合理性作了很合时宜的说明，因而获欧洲数国立法顾问的殊荣。

边沁对于19世纪民族国家合理性说明的贡献，不在于他在哲学上的天赋，而恰恰在于他在哲学上缺乏天赋。对于资产阶级来说，这已不是一个需要伟大的理性主义哲学家的时代。经过革命而获得统治地位的资产阶级并不希望出现一个哲学的天才，带来一场由于伦理激情所搅动的革命。革命中既已获得的理性成果已经足够，资产阶级现在所需要的是稳定、秩序和效率。这正是边沁“最大多数人的最大幸福”的功利主义原理所阐明的合理性内容。所以，边沁的贡献不在哲学，而在法理学。他按照自己的“最大幸福原则”阐述的法理学原理，实际建树了分析法理学的全部观点，这也是19世纪英、美律师中普遍知晓的几乎唯一的体系②。他认为法理学的真正职能是“审查”，而为了“审查”就必须有一个尺度，这个尺度只能是功利性的。政府的合理性只在于满足人类的需要，满足“最大多数人最大幸福”的要求，而不在于任何不证自明、不可废除的权利学说或契约限制学说。为了实现这种以功利为尺度的审查，他不借助于伦理学而借助于心理学，通过“四维”（快乐和痛苦的密集程度、时间长短、继某一特定行动之后发生的必然性以及发生的时间距离）来对快乐和痛苦实行计量和测算。尽管他并不精通心理学，但他的经验主义方法论却推动他一心一意希望通过感觉论心理学而成为“伦理科学的牛顿”。

边沁关于民族国家的法理学说明，突破了革命时期伦理合理性的规范或界限，提出了合理性的功利主义论证，这更接近于资产阶级职业活动中的新教伦理原则，并且再度重现英国自然科学早期发展中的实证传统。整个19世纪的激进派自由主义哲学家，包括边沁和他的哲学同道詹姆士·密尔，以及其后对自由主义学说作了修正的约翰·密尔等，他们的学说走出了洛克、杰斐逊等所代表的伦

① 恩格斯在《反杜林论》中叙述过这一点，指出由于休谟对“辉格党寡头统治”的拥护，英国政府“为了酬谢他的这些功劳”，最初给了他“巴黎大使馆秘书的职位”，后来又给了他“更重要的、收入更多的副国务大臣的官职”。见《反杜林论》，第240页。

② 需指明的是，这个法理学体系在人们的认识中却更多地和约翰·奥斯丁联系在一起，其实这是奥斯丁把散见于边沁的各部著作中的法理思想系统归纳起来，而于1828年至1832年在边沁主持下新成立的伦敦大学学院里讲学，而后整理成书出版。

理合理性光环，打破了民族国家合理性说明的原先格局，使现实的功利合理性的地位提到了前台。参与这一论证或为这一论证提供了方法论武器的还有孔德的实证主义理论，斯宾塞的社会有机体论等等，连后来对自由主义作出重大修正的伦敦新黑格尔主义者托马斯·格林也没有完全脱离这一论证传统。

当然，资产阶级民族国家合理性中的伦理性原则，并没有因为上述转变而被完全搁置。获得了政治统治地位的资产阶级在形成自己社会的政治关系新秩序时，并没有丢弃在革命中建树起来的价值前提。即使如边沁，在他热爱的秩序、效率的后面，还是有"真正自由"为先决条件的，即所有人都能过像"人"的生活这一价值准则。当他在运用他的伦理学实证方法计量"最大幸福"时，不得不以每个人"只算一个，谁也不比另一个人更多一些"为前提，显然他借用了自然法的平等原则。即使是当法国大革命中的暴力和恐怖使整个欧洲为之震颤时，资产阶级在重建政制、恢复秩序的努力中，抛弃的仍只是人权的抽象教条式的说教，而不是实际体现资产阶级权利要求的原则本身。即如目睹了大革命的惨酷而在革命后成为基督教宣道者的夏多勃里昂[①]所说："我们必须保存作为革命果实的政治创造……但是我们必须从这项创造中抹去革命。"自大革命后的整个19世纪，是资产阶级民族国家在制宪立法中实现其合理性的世纪，这也是一个法学家和立法者的世纪。他们把从革命过程中，尤其是从启蒙运动中继承过来的理性信念和从功利主义哲学中获得的专业智能结合起来，共同在制宪立法和法律改革中发生作用，力求使民族国家既保持资产阶级所希望的开明的伦理形象，又更有效率地实现其功利目标。

民族国家的制宪时期和下一个时期即管理时期的交替，大约发生在19世纪末至20世纪初。以此时间为界限，此前时期资产阶级在国家政制领域中解决了两大政治课题，从而使民族国家政治统治秩序在总体上形成并走向定型。这两大政治课题，一是以19世纪三四十年代英国议会改革、宪章运动和1848年欧洲革命风潮为标志，用具有形式合理性的民主宪制取代了传统君主政制；二是以19世纪末、20世纪初主要发达资本主义国家相继出台一系列"社会法案"为标志，被迫承认了工人阶级作为独立的政治力量在民族国家中的政治存在和法律存在。资产阶级力图通过这些立法，把工人阶级的阶级斗争按"合法"的方式纳入具有形式合理性的资产阶级政治关系秩序之中，力图使之成为资本主义政治秩序自我调节机制的一个构成部分（除非工人阶级采取非法的、暴力的行动）。这表明

① 夏多勃里昂（1768—1848），法国作家，早年抱怀疑主义思想，宣扬个人自由，革命后则转而以基督教宣道者自居。

资产阶级民族国家的形式合理性在政治统治秩序、在法的规范领域中已总体上包揽无遗，呈现出某种普遍性的品格。民族国家的政治范式已经成熟。20 世纪 20 年代在俄国十月革命影响下主要资本主义国家中的无产阶级革命风暴的沉寂，在一定意义上说明这一政治范式在这些国度里彻底否定的时机还没有到来。自这一时期之后，民族国家领域中开始了以公共管理为合理性关注中心的时期。

三

经过从 19 世纪末到 20 世纪初的交替，资产阶级民族国家已获得了稳固的统治秩序，紧接着的中心课题就是如结构—功能主义政治学家所关注的，如何在宪法框架内更有效率地实施公共管理。因而，这个时期的民族国家，是最需要享用技术合理性哲学滋养的国家，如果我们可以在更广泛的意义上，而不仅仅是在技术主义理论家们所使用的意义上使用哲学这个词的话。这个时期自 19 世纪末、20 世纪初开始，延伸到 20 世纪晚期，依本文之见至今仍在以局部变异的方式继续延伸(后文将展开说明)。要理清这一时期民族国家合理性说明方式，有几个基本线索上的要点必须指出。

其一，在这个时期的开始，资产阶级民族国家的合理性遇到了一场极为严峻的非理性的反动，即建立在哲学唯意志论取向中的，以民族崇拜、种族崇拜、英雄崇拜为文化特性的法西斯国家的出现。两次世界大战在民族国家领域中也可说是合理性和非理性的一场战争。自黑格尔以来，除作为马克思主义哲学而外，哲学在国家问题上分裂为经验主义和唯意志论。以海洋法系国家为代表，采取多元妥协式政制的国家大多以经验主义为哲学取向；而采取个人专制式政制的国家则大多取唯意志论的取向。后种取向受到了非理性主义哲学的一再鼓励。这种非理性主义的力量，可上溯到对法国大革命进行反向批判的浪漫主义派和历史法学派，借助于黑格尔国家学说中的保守性方面，潜流而下，有卡莱尔的英雄崇拜，有以自然科学为幌子，实际宣扬“种族神”崇拜的戈比诺的种族不平等论，当然也不能不说到至少在间接意义上提供了哲学养料的叔本华的生命意志论、尼采的“超人”哲学、斯宾格勒的“文化沉落”理论和海德格尔的“被抛入境况”等等。这种非理性主义力量，经长时期酿造，按照它的方式，给了曾是法国大革命和现代民族国家精神旗帜的伦理学理性主义以毁灭性破坏。两次大战的完结造就了如下几方面的成果：第一，国家领域中的先验主义哲学从此声名狼藉，一蹶不振。这种先验主义国家观的破灭，甚至殃及国家范畴的哲学存在，有些经验主义哲学家由此甚至羞言“国家”。第二，由于先验主义国家观声名扫地，使得国家的经验主义哲学取向从反面获得了鼓励，这与现代民族国家所需要的技术合理性论证一拍即合。第三，在非理性主义力量对伦理学理性主义的这场毁灭性破坏中，早已存在于民族国家合理性中的经验主义、实证主义力量不但从反面获得了鼓励，而且也从另一侧面参与了这场破坏。自此以后，伦理学理性主义的完整修复已难有作为。第四，国家领域中非理性主义力量彻底转向，转而展开对当代民族国家技术合理性（“异化”）的文化批判。

其二，伦理学理性主义的陷入困境，并没有使民族国家中由它阐明的、且作为整整一个多世纪立法成果的合理性被一笔抹杀。但是，就像法国大革命结束时的新统治阶级接受革命成果而抹去革命一样，现代民族国家的宪法中仍然赫然写着“自由”、“平等”、“独立”、“人权”等等，而实际关注的却是在已经成熟并定型化的政治秩序框架中对全社会实行行政管理。戴维·伊斯顿就是从两项功能方面来界定他的政治系统：“它们必须能够把价值分配给社会，并且必须设法使社会中多数成员像接受义务一样接受这种分配，至少在大部分时间里能够做到这一点。这两个特点使政治系统和其他社会系统相区别。”（伊斯顿：《系统分析：功能主义的一个例子》）[①]由此形成他关于政治的含义界定，即为社会价值的权威性分配。伊斯顿的功能主义的政治定义并未涵盖政治的全部真实内容，但是却指明了当代资本主义社会中人们关于政治的主要关注之点，或者说是政治的当代之要义，即社会资源的权威式、行政式分配。伊斯顿有意无意地舍弃了一个问题：“是谁拥有权威力量来对社会资源进行权威式分配？”这很正常，因为在民族国家中政治权力的分配已经在制宪时期定型（或者基本定型，而后有的调整不过是局部环节上的微调），现在的主题已是在既定权力结构框架中对社会价值的分配。如果说前种分配需要通过革命或革命后从接受革命成果为主旨的立法来确认，而后种分配无疑是通过行政来实现。美国结构—功能主义政治学创始人之一塔尔科特·帕森斯就是这样认定政治乃是“社会组织（在‘宪法的框架内’）起作用的方面”，视政府为一个提出“集体的”目标并动员社会去实现的“集体”[②]。而英国政治学家麦肯齐在述及政治定义时则指出：“目前在英国最通用的定义是奥克肖特的定义，即政治是‘参加一个社会的全面的管理’的过程。”[③]

公共管理主题在当代民族国家中的突显，也与大垄断资本的形成和市场力

① 古尔德和瑟斯比，《现代政治思想》，商务印书馆，1985年版。

② （前苏联）姆什韦尼耶拉泽，《政治现实与政治意识》，中国社会科学出版社，1990年版。

③ 麦肯齐，《政治学》，载联合国教科文组织：《社会和人类科学中研究的主要潮流》，巴黎1970年版。

量过度膨胀，并越来越难以驾驭的现象相联系。在自由竞争的资本主义时代，按照亚当·斯密和曼彻斯特学派的古典经济学观念，经济运行的调节主要依靠市场力量，因而国家只能是“小政府”的形象，公共行政和管理也不可能成为民族国家生活中的突出主题。但是，放任的自由竞争使市场力量日益膨胀，并带来大垄断资本的出现，而大垄断资本的形成又使放任的市场力量变得更加无法驾驭。20 世纪 30 年代大危机乃是这种态势蓄之已久的必然爆发，并宣告了调节经济运行的“市场神话”的破灭，宣告了对经济运行实施宏观的“公共干预”已势在必行。罗斯福新政，正是这种大规模国家干预全面启动的标志，也可以说是民族国家在宏观历史进程的意义上已步入行政时期的标志。

其三，进入管理时期的资产阶级民族国家，特别需要技术合理性的哲学滋养。由于政治走向“管理化”，国家的行政职能迅速膨胀，而且，国家干预的主要对象乃是经济生活的运行，这是与人们的物质目的密切相关的，且如韦伯描述的资本主义伦理精神中效率、效益原则浸染最深的领域，这就势必使国家的组织结构和组织功能的技术合理性被提到最优先的位置。这个时期的各种资产阶级政党，尽管多数都有渊源于近代政治的传统背景，但现在的分歧和争斗主要不是传统意义上的政治分歧和政治斗争，而主要乃是集中于政策上、技术上的歧见和争斗。传统政治意义上的资产阶级政党已经淡去，代之而起的是看上去更像一种新型的“政策联盟”。受其影响，甚至一些原来颇具激进的乃至革命倾向的政党也开始把自己的长远目标搁置在文件上，而把注意力集中在对于近期政策的关注上。对于民族国家，各种社会力量曾经以极大热情关注它的伦理合理性，关注它的总体理性形象，而现在则以一种貌似纯科学的态度来关注它的技术功能。

正是这个转变，使价值问题在民族国家的合理性说明中遭到排斥，而技术合理性则成为主流派政治学的理论主题。20 世纪多数时间中的西方主流派政治学，从政治的科学主义者，到结构—功能主义者、行为主义者和后行为主义者，绵延至今，他们都反对作为理论的政治哲学的存在，认为现代国家已经摒弃了支撑现代政治理念的形而上的先验逻辑前提，国家乃是一个可理解、可预见、可操作、可检测的技术对象。他们作为经验论者，不像理性主义者那样追求某种“理想类型”（在理性的科学主义者那里这也是一种技术合理的非人格秩序），而从效率、效益出发追求某种“现实类型”。他们认为自己可以如实验科学那样，把各种社会现象（包括心理、意识因素在内，如霍桑实验那样）作为变量，通约为政治数理模型中的“技术参数”，从而在更宽泛的意义上阐明资产阶级国家的技术合理性，尽管他们不喜欢“合理性”这个词。甚至由于他们对整体社会生活的高度“机制化”的肯定性把握，因而把国家视为一种抽象功能性的管理机关，“通约”于社会技术的一般过程之中，这导致了主流派政治学视野中国家范畴的失落。自20世纪20年代美国“新政治学”运动以来，西方政治学主流学派就反复说明国家乃是一种“近代现象”，是属于近代的“不自觉地带有国家主义的时代精神的偏见”，应该舍弃国家作为政治理论核心概念工具的地位，而代之以“无国家政治系统”①。这种理论转折的方法论意图是十分清楚的。以行为主义政治学为代表的主流政治学派一再申明，要和自柏拉图延伸而来的哲学思辨方法实行完全分离，要从近代欧洲民族国家形成过程中的理性主义政治哲学，从本质主义、规范主义的政治学说研究中摆脱出来。而国家，则被认为是这一学理传统中的政治学说的核心范畴。他们与这种学理传统相对应，用纯粹“经验取向”(行为主义政治学者们一再这样申明)的、实证主义的方法论来说明现代民族国家的现实，把社会学、经济学、自然科学、数学的方法论和技术方法大量引入政治学研究，力图按照可以抽象还原、可以定量计算的标准化逻辑，用一种技术化了的方式来研究政治结构和功能，研究政治领域中的功能目标和功能手段。这实际上正是用一种特殊的合理性框架——技术合理性——来说明现代民族国家。

四

20世纪晚期，阐释现代化民族国家的技术合理性范式遭遇到一场危机，并因此而产生了局部变异。引起合理性论证危机的，是民族国家自身遭遇到的困境。20世纪早期进入全面管理阶段的资产阶级民族国家对经济、社会展开了大规模的干预，并造就了资本主义世界在五六十年代的繁荣，但同时也造就了资本主义政治史上、甚至也可以说是欧、美政治史上从未有过的“巨型国家”、高踞社会之上的“技术巨灵”，或如马尔库塞所批判的“技术集权主义”。这是“一个调度和编排程序的世界”(丹尼尔·贝尔)。到70年代，在这个“技术巨灵”调度和编排下的世界里出现了接踵而至的矛盾和危机，如经济衰退、通货膨胀、公共福利危机、税收增加、权力集中、多元主义政治理想的幻灭、贫富差距的扩大和社会对立、环境污染和生态危机、文化悲观主义和社会道德危机等等。20世纪被技术合理性论证了的政治“技术巨灵”，乃是一种患了特殊“国家巨人症”的国家。这种国家的哲学养料——技术合理性的技术配方本身并不合理。于是，新理性主

① 参见卡特林，《政治理论是什么?》，美国：《政治学季刊》1953年第3期。戴维·伊斯顿，《国家重围下的政治系统》，美国：《政治理论》1985年第9期。周毅之，《国家范畴在西方政治学中的复归及其原因考察》，《社会科学战线》1996年第5期。

义者重新提起"正义"话题，以期在超越价值歧异的新基地上重建合理性论证的方式；新保守主义经济学家十分积极地考察执行着对经济、社会实行干预的技术官僚集团的独立的价值取向，以及技术官僚制的经济学本性，试图按照古典经济学的思路对现代国家的技术合理性作重新审视；后期行为主义政治学也不得不重新审理早期行为主义政治学的学理传统，从纯技术的社会政治过程中过滤出关于政府形象、公共政策、国家公职人员价值偏好等等对象，并重新对其作技术观察；而新起的"国家—社会关系"学说则从国家的价值独立性的角度对后期行为主义政治学展开了挑战。在所有这些重新审视当中，有两点值得关注。

其一，把原先作为政治学对象的技术化观察纳入经济学的分析框架之中，用经济学的抽象普遍性工具来承担对于政治对象的技术合理性观察。因为 20 世纪 70 年代以后对国家生活的审察常常和对凯恩斯主义"积极国家"的批判相联系，因而经济学方法大量向政治学领域渗透。詹姆斯·布坎南在 1986 年(这一年他因公共选择理论而获得诺贝尔经济学奖)说："公共选择理论与 20 世纪 50 年代的理论福利经济学中出现的'市场失败论'一样，试图提供一个'政府—政治活动失败论'。"①公共选择理论以非市场决策的政治决策、集体决策、政治行为尤其是政府行为为研究对象，但使用的是传统经济学延伸而来的方法，即把原先政治学研究的对象纳入经济学的分析框架之中。传统经济学沿革到新古典主义阶段，主题就成为稀缺性资源的如何配置，侧重点是研究市场交易行为，其基本方法是"成本—收益分析法"。公共选择理论把这种"交易经济学"和"经济人"假设延伸到政治领域，政治过程就是政治市场中的交易过程，参与这一政治的交易过程中的人在本质上和市场交易过程中的人并无二致，都是"经济人"，即理性地追求效用最大化的个体。这种政治市场的交易过程即公共选择。这样，抽去了本质关系而具有技术同质性的市场交易过程，就成为政治市场交易行为分析的逻辑母体。参与政治市场交易的各方，包括选民、纳税人、政治家、政府官员等等，他们都作为"经济人"而对交易中发生的个人的成本与收益进行核算，以期使收益大于所需承担的成本，并追求效用最大化。交易经济学指明，决定这种效用最大化的不是主体的单方面选择，而是交换、交易的过程。因而在政治活动中，决定性的因素不是集团的决策，而是这些集团之间以及组成集团的个体之间出于自利动机而进行的一系列的交换。国家不是公共利益的代表者，而是参与政治活动者相互交易的市场。公共选择学派通过这种个体主义、人的经济学和交易理论，证明了政府缺陷的必然性。其中包括：政府垄断公共物品供给，缺乏竞争

① 布坎南·李伯特，《布赖顿的政府和市场》，威特舍夫书籍股份有限公司，1986 年版。

机制；公共物品生产难以实行有效成本核算，既缺乏降低成本的外部监督，又缺少降低成本的内部激励；政府机构不可避免的自我扩张趋势，包括人员增加和财政支出增加；政府的寻租行为和利益集团通过政府的寻租行为。通过“经济人”假设和交易理论，公共选择理论证明了任何公共决策不存在“公共利益”的根据，在与公众有关的决策中，找不到“根据公共利益进行选择”的过程，而只存在各种特殊利益的讨价还价、相互妥协的“缔约”过程。而在国家机关内部的决策，并不存在向外界公开宣布的“公共利益”依据，而是以外部服务为借口实行的内部交易和相互服务，这种“内部效应”必然导致政府缺陷，导致公共物品供给和公共坏物品的克服的成本大大上升，社会资源大量浪费，经济效率大为降低，社会福利水平受损并难以为继。

这是一个政府失败论。但这决不意味着否定政府，就像凯恩斯主义证明了一个市场失败论，但决不意味着否定市场。公共选择理论证明了一个政府失败论，是为了批判凯恩斯主义的市场失败论，从而有效保护和利用市场机制，并把政府也纳入市场运作；有如凯恩斯主义证明了市场失败论，是为了有效发挥政府干预的功能，使市场在政府的干预下有序运作。为此，凯恩斯主义提出的政策思路是通过财政渠道实施有效需求管理的刺激增长，而公共选择理论开出的药方是对政府的各种公共项目进行“成本—收益分析”，在政府内部启动竞争机制（比如让不同政府部门提供同一种公共物品或公共服务），允许私人生产者进入提供公共物品的领域，从而展开竞争等等。所以，凯恩斯主义和公共选择理论（也包括其他新保守主义经济学理论）的分歧是政府优先和市场优先的分歧，是把交易过程看作管理过程还是把管理过程看作交易过程的分歧，是担心“被钉死在灯柱上”而采取的政策和根本没有“被钉死在灯柱上”的担心而采取的政策的分歧。他们有一个共同点，即都拒绝对过程、交易过程中的社会关系问题作出回答。对于他们来说，规范性问题争论的时期已经成为过去，这个已经成为过去的时代已经为他们奠定了巩固的价值前提，因此他们研究的范例就是过程（管理过程、交易过程），就是技术合理性。

其二，适应现代民族国家在管理意义上的内部秩序关系调整，把“正义”理念从19世纪曾占据主导话语地位的伦理学含义移向实证理念中的政治学含义，为新的权力关系格局创设一个超越“多元的完备理性”、因而具有普遍政治技术意义的论证。这就使民族国家的超越性技术说明从管理方式领域延伸到管理权力配置及其秩序关系领域。或者从一定意义上说“重返”政治领域。历史表明，资产阶级民族国家内部权力关系配置过程必然伴随着“正义”原则的论争，为政治生活秩序的合理性寻找一个“正义”的应然性说明。20世纪以前的这种说明主要建立在伦理学的基础上，而在进入20世纪后这种说明方式逐渐被技术过程说明所取代。20世纪后期现代民族国家的管理危机，使人们对于这个"技术巨灵"的管理过程、管理方式的关注，不得不转向管理权力配置及其调整的关注。正如从丹尼尔·贝尔所说的"调度和编制程序"的关注，转向对"调度者"、"编程者"及其内部关系的关注。新管理主义理论、新公民社会理论、治理理论、善治理论、远程民主及协商民主理论等等的出现，即是这种关注转向的体现。但是，正因为这一阶段权力关系秩序的调整，只是广义管理系统意义上的调整，本质上区别于19世纪及此前零和博弈式的权力秩序变动，所以对这一权力秩序调整的阐释自然不同于19世纪时的伦理学"正义"论证，不同于以一种价值对另一种价值实行否证的论证，而是企求一种超越于具体价值歧异的、具有抽象普遍性的政治技术意义上的"正义"说明。这方面工作做得最为引人注目的当是罗尔斯。罗尔斯在从《正义论》到《政治自由主义》的理论立场延伸中，把一种普遍范围的道德正义学说与一种严格的政治正义学说作了区分。他通过"重叠共识"理念使"正义"论证有了对于价值歧异的超越性前提，通过"权利观念优先于善观念"的理念使"正义"论证有了超越性规则，通过"公共理性"理念使"正义"论证有了超越性路径。而针对罗尔斯的具有代表性的理论操作，也主要是在罗尔斯提供的框架里实行，正如威尔·金里卡在《现代政治哲学》中所阐述："要想了解当代的各种正义理论，罗尔斯的理论是一个自然的出发点"①②。罗尔斯所推动的"正义"理论操作，是在"多元的完备理性"前提下的操作，正好反映了当代民族国家内部权力秩序调整只是一种技术性的调整，因而关于权力秩序调整的说明也仍然是建立在技术合理性的基地上，只是不再呈现为20世纪70年代以前局限于管理过程说明时的景观。

说到这里，就可以明白为什么在当代资产阶级民族国家合理性论证中特别喜欢操作超越于价值歧异的技术合理性范式，而且由此也可以明白为什么在既往阶段也特别喜欢以超越性的普遍价值形式操作民族国家的合理性论证。因为，但凡如此，便能超越"具体"，便能避免陷于对具体社会价值问题发言的尴尬境地，也最能在抽象普遍性中阐释形式平等，论证形式的"终极性"，而通过形式平等在事实上成就个别社会力量的霸权地位。技术合理性，正是当代资产阶级民族国家最好的哲学营养剂。

（原载《江海学刊》2004年第3期）

① 威尔·金里卡，《现代政治哲学》，刘莘译，上海三联书店，2004年版。

② 戴维·伊斯顿，《政治生活的系统分析》，华夏出版社，1989年版。

技术合理性的政府阐释逻辑及其在20世纪的命运

技术合理性的论证逻辑是20世纪政府生活阐释的主导话语。这种话语体系，在资本主义经济实践的形式规则中获得基本范型。当技术合理性成为政府合法性论证的主要基础时，便毁损了19世纪累积起来的民主价值，而代之以效率原则。效率原则受挫宣告了这种关于政府及其行为体系的说明逻辑的困境。

20世纪以来，西方学界主流派人物渐渐在理性"悬设"的总名义下把原先关于政府的说明方式搁置起来，而启用了以科学主义、技治主义、技术合理性为规则的语言系统。新康德主义（特别是弗莱堡学派关于事实知识和价值知识的二元化论证）、欧洲实证主义传统、美国实用主义精神为此提供了哲学背景。所以，我们的话题将从韦伯开始。反思这段思想历程，庶几有益于把握新世纪人类国家生活说明方式的走向，亦愿有助于形成中国特色的政府生活说明思路。

一、技术合理性逻辑范型的构建

系统地把现代意义上的政府阐释为拥有技术合理性的理性组织类型，首推马克斯·韦伯。韦伯视这种合理性的铸造和训练成型乃在于具有新教文化背景的职业生活之中，在于"和平性"（形式上的）获利的经营活动之中，或谓"我们现代生活中最决定命运的力量——资本主义"之中[①]。如果说韦伯把合理化的源头定位在

① 马克斯·韦伯，《新教伦理与资本主义精神》，北京：三联书店，1987年版。

"新教伦理"上，定位在"西方文化特有的理性主义"上，而整个生活的合理化形式则是铸就于资本主义经济实践之中。资本主义经济实践的形式规则也就成为包括国家生活在内的技术合理性论证的逻辑范型，成为政府及其行为体系得以说明的方法框架。

这里首先涉及韦伯给资本主义这一范畴的界说。韦伯认为："获利的欲望，对营利、金钱(并且是最大可能数额的金钱)的追求，这本身与资本主义不相干"，"对财富的贪欲，根本就不等同于资本主义，更不是资本主义的精神。倒不如说，资本主义更多的是对这种非理性(irrational)欲望的一种抑制或至少是一种理性的缓解。不过，资本主义确实等同于靠持续的、理性的资本主义方式的企业活动来追求利润并且是不断再生的利润。"①为了说明这一点，他把获利分为形式上"和平的行为"和"靠暴力的行为"两大类。前者是通过平等的双边自由交换来实现获利的行为，后者是有超经济性原因(当然主要表现为强制力量或暴力)介入其中的获利行为。他承认，企业发家者、大规模投机商、特许权猎取者、更为近代的那些热衷于发战争财的金融资本的获利行为中有非和平的、非理性的因素，但这不是本来含义上的资本主义。他说："让我们给我们的术语下一个比通常的泛泛而言多少更加精当些的界说吧。我们可以给资本主义的经济行为下这样一个定义：资本主义的经济行为是依赖于利用交换机会来谋取利润的行为，亦即是依赖于(在形式上)和平的获利机会的行为。"②简单地说，资本主义是获利，但是是在这种"纯净的"市场交易中的和平式获利。只有这种市场交易中的获利，才是理性的经济活动，才呈现出资本主义独有的经济理性或合理性精神。很显然，这里的资本主义，已不具有本质关系方面的含义，当然更不具有现实生产关系方面的含义。这里的资本主义，仅是一种经济活动的功能状态和运作形式，或者说是经济生活的一种技术方式。这种以及类似于这种给资本主义作定义界说的方法论，在20世纪颇为流行。但也正是在这种方法论框架中，市场交易过程便得以失去资本主义生产关系方面的一切含义，而成为形式合理性的逻辑载体。

正是在这种"纯净的"市场交易中，经济理性才得以成长(不是发源)，具有普适性的技术合理性才有了自己的逻辑范型。这是因为：其一，市场交易被设想为完全独立、平等的双边自由交换，排斥任何情感因素和传统因素的介入。任何超经济性因素对市场的介入都会破坏交易原则。所以，任何进入市场交易的活动(韦伯称之为"事务")都必须和家庭分离，这是技术合理性的首要前提。这是从传统社会走向现代社会的、并且"绝对支配着现代经济生活"的因素。桑巴特用

①② 马克斯·韦伯，《新教伦理与资本主义精神》，北京：三联书店，1987年版。

来表述这一现象的是“需要的满足”和“获利”两个范畴的对立。即支配经济活动的形式和方向的目的如果是个人需要的满足，那么物质利益的（非形式的）、价值的因素就会引入经济行为，这是传统社会的特点；而只有摆脱了这种个人需求满足的获利目的，才能造就理性的市场交易，这是现代社会的特征。正因为排除了这种物质利益的、价值的因素介入，排除了个人情感因素以及其他传统因素的介入，才可能有信用关系的拓展，也才可能有经理群体的出现，因而，才能有理性的经济组织和理性的组织行为。这是技术合理性的首要前提。

其二，理性的市场交易要求具有数学精确性的预计和核算，要求合乎理性的簿记方式。“只要资本主义的获利活动是按照理性来追求的，相应的行为就总要根据资本核算来调节。这就意味着，这种行为要适合于以这样一种方式来有条不紊地利用商品或人员劳务作为获利手段：在一个商业周期结束时，企业在货币资产上的收付差额（或者在一连续营业的企业中，资产的定期估算货币价值）要超过资本，亦即要超过用于在交换中获利的物质生产资料的估算价值。……在任何时候都具有重要意义的事实是，要以货币形式进行资本核算，无论是用现代的簿记方式，还是用其他不管多么原始和粗野的方式”，“只要这种交易是理性的，交易的合伙人每采取一步行动都要进行核算”①。正是在这个意义上，桑巴特把资本主义的整体精神概括为“布尔乔亚的精于计算和理性的企业精神”②。

其三，市场交易之区别于其他任何交换活动的一个根本点，是它拥有作为一般等价物的货币为媒介。货币作为交换价值的符号化身，使一切交换物在形式上都获得了同质性，因而都可以在交换价值这个统一的尺度下实行有效计量，并相互比较和按等价原则交换。这有如近代开始的科学中把自然数学化的逻辑方法那样，把在自然属性上相互区别的物品实行了形式上的相互通约，这使一切交易行为中的统一、明晰、准确的预算和核算成为可能，并对一切违反这种统一尺度计量与比较的行为实行否决。

其四，市场交易为获利行为（与个人需求满足相对称的）得以实现的目标提供了可以无限加大的可能性，这种可能性就是交换价值的可以无限加大的积聚。这种交换价值可以无限加大的积聚，不仅从根本上否定了个人需求满足的界限，而且不断产生着在效益和成本比较中追求精神预见的合理性的永无止境的冲动。韦伯在《新教伦理和资本主义精神》中引用本杰明·富兰克林很长一段格言式的“教导”，其中一段为：“切记，金钱具有孳生繁衍性。金钱可生金钱，孳生的

① 马克斯·韦伯，《新教伦理与资本主义精神》，北京：三联书店，1987 年版。

② 汪丁丁，《经济发展与制度创新》，上海：上海人民出版社，1995 年版。

金钱又可再生，如此生生不已。五先令经周转变成六先令，再周转变成七先令三便士，如此周转下去变到一百英镑。金钱越多，每次周转再生的钱也就越多，这样，收益也就增长得越快。”[①]这本是楚迪南德·古恩伯格在《美国文化揽胜》中予以尖刻讽刺的所谓“美国佬的一份自白”，而韦伯则从中看到了增加自己资本的无穷责任和通过精确预见实现资本扩张的无限冲动。

上述四个方面，前二者通过市场交易阐明了技术合理性的逻辑前提和必发性，后二者则通过市场交易阐明了技术合理性的逻辑条件和内在驱动力。如果仅从形式分析的方面观察，韦伯关于形式合理性和市场交易的逻辑联系的阐述是颇为准确的。正是这种市场交易（理性的，因而也是“纯净”的）用形式上的统一性否定了自然本性上的差别性，用统一的尺度对各种不同质的物品和服务实行统一的计量、比较和核算，这正是技术合理性的逻辑本性。马克思称商品是“天生的平等派”，商品的本性是“随时准备不仅用自己的灵魂而且用自己的肉体去同任何别的商品交换”[②]。马克思精确阐明了的市场交换中的形式上的平等性、同质性和统一性，给韦伯很大启发。但是，马克思在阐明了这种形式上的统一和平等之后，还有关于事实上的不平等（雇佣劳动关系）方面的更深刻更丰富的内容，而韦伯则在形式分析上“就此打住”。其后的实用主义者、功能主义者、凯恩斯主义者以及其他学派，大多把资本主义经济分析闭锁在这种市场交易过程分析、形式分析的界限之内。凡是马克思看到“雇佣劳动关系”的地方，他们所看到的只是交易过程的“形式合理性”；凡是马克思看到“剩余价值剥夺”的地方，他们所看到的只是“市场交易中的和平获利”。于是，资本主义就成为理性化的市场交易过程，或者说市场交易中可以无限延伸的获利过程，这一过程所追求的是非人格化[③]的过程效率（“效益/成本”分析）。关于这种效率的精确核算，就是技术合理性。或者说，技术合理性也就是关于可以精确核算的效率原则。这成为20世纪关于政府生活说明的一个重要方法论思路，或者说构成为一种政府哲学。

二、效率原则对民主价值的替代

韦伯“承认经济因素具有根本的重要性”，尽管在他那里，问题最终归结为

① 马克斯·韦伯，《新教伦理与资本主义精神》，北京：三联书店，1987年版。

② 马克思，《资本论》第1卷，北京：人民出版社，1975年版。

③ 这里“非人格化”概念的含义，是指超越了个人需求满足、同时也排斥任何感情因素和传统因素介入的抽象形式上的含义，也就是韦伯和桑巴特所界定的含义。

"实际是一个关于西方文化特有的理性主义的问题"。由于有这种"理性化的神秘观照","所有这些领域均可按照完全不同的终极价值和目的来加以理性化"[①]。除去这种关于"理性化的神秘观照"的新康德主义概念,可以看到,关于精确计算的效率原则(经济性、经济合理性)及其延伸的技术合理性,便成为政府生活的主要说明工具。这是20世纪流行的政府哲学的一个重要开头。不仅学界、包括社会的一般政治意识中,这种被认为可以精确核算的效率原则,这种技术合理性也成为政府合法性论证的主要基础。这一学理走向的出现,因应了欧美国家当时的政治潮流,即在国家生活领域中谋求权力配置秩序的制宪时期已基本结束,从而转向执行全面管理、全面干预时期的开始。转向技术合理性的资产阶级国家,优先选择的目标渐渐不再是民主的价值理想,而是效益和效率。它所做的第一件事就是用效益目标、效率目标驱逐了近代以来在国家生活中占据了主导地位的民主价值。所以列宁曾把这种转向称之为针对民主制的"政治反动"[②]。列宁所指出的对一般民主的否定,和韦伯所描述的因官僚制的迅速成长而使19世纪议会民主制理想失落的挽歌式的悲哀,所讲的是同一个过程,即资产阶级国家的制宪时期的近代传统意义上的民主价值的失落。

这个转折时期的资产阶级民族国家出现了两个危机:一是议会权力的危机,二是法律的"教条主义"的危机。这两个危机,都与科学主义的效率目标对于规范意义上的民主理想的冲击有关。议会权力危机直接导源于议会腐败和行政效率低下。19世纪议会制国家通行的政府管理原则是"官位恩赐制"(英国)、"政党分肥制"(美国),实际上是议会选举中获胜的多数党在"民主战场"上收缴获利品,并在自己内部实行分赃。因而在英国竟出现把掌玺处秘书职位预留给自己4岁的亲戚,让自己的儿子在政府中挂名而后让他拿公款去巴黎挥霍的怪事;而在美国则以官位公开贿选,最终发生总统被选举支持者因谋职未遂而暗杀的怪事[③]。普遍泛滥开来的腐败、政府效率低下、财政浪费和危机、政潮迭起,表明议会民主制的政治能量已经耗尽,资产阶级国家需要一次"制度创新"。实现这一创新的旗帜,当然不再是传统意义上的民主价值,而是技术意义上的效率目标。在制度实践方面代表这一趋势的是现代公务员制度(或称文官制度)的出现。这一制度的出现至少包含两层含义:其一,从理论设计上说,这是一个"价值中立"、只服从效率目标的、可以按现代意义上的技术理性操作的合理性管理组织。这

① 马克斯·韦伯,《新教伦理与资本主义精神》,北京:三联书店,1987年版。

② 《列宁全集》第23卷,北京:人民出版社,1985年版。

③ 张郧,《中国政府管理百科全书》,北京:经济日报出版社,1992年版。

正是韦伯所说的理性组织的典型类型。因为它被设计为“价值中立”、“政治中立”，因而唯一有资格对它发号施令的就是效率原则。同时它也最有资格把自己的管理对象在技术上实行“同质化”，实行以用数量模型来进行预测与核算为基础的高效管理。在它的组织内部，也最有可能通过职位的同质性实行非人格化的技术秩序，使之成为抽象的高效率的技术机械。其二，这一制度的出现意味着议会权力的架空和失落。这一公务员组织以其技术上的统一性和组织内部的协同机制，实际成为资产阶级国家统治权力的真正的组织基础。资产阶级国家把那些表面热闹的问题摔给了议会中喋喋不休的“民主争吵”，而把真正的管理理性和管理权力留给了政府。

与这一议会制权力危机密切相关的政治学理论表现，是关于行政和政治相分离的理论和具有实证科学色彩的公共行政理论的出现。行政和政治相分离的观点在官僚制发达的德国，在斯坦因、布隆赤里那里，以及在法国的狄克洛克那里已经有了。但真正在政治生活中产生巨大影响力的，是在19世纪末的美国，是通过“新民主运动”的理论旗手伍德罗·威尔逊和弗兰克·古德诺而获得广泛认同。此前在美国发生的“新个人主义思潮”努力维护日益腐败的议会权力，认为自由、民主已经在议会制中“一劳永逸”地解决，剩下的只是在民主猎场上捕获猎物。主张者中的经济实力派利用手中财力对议会发起攻势，影响议会决策，这使立法权的声望不断下降。“新民主运动”猛烈批判了早期的民主主义要求，反对权力分散和权力制衡，认为正是在18—19世纪中为追求宪政原则上的“高级目标”而培养起来的舆论至上、多数原则、个体至上等等民主物品，阻碍着国家的改革，阻止着行政效率的提高。所以，威尔逊说：“行政管理是置身于‘政治’所特有的范围之外的。行政管理的问题并不属于政治问题。虽则行政管理的任务是由政治加以确定的，但政治却无需乎自找麻烦地直接指挥行政管理机构。”[①]他认为必须给行政机关充分授权，且把权力集中到首脑手中，因为“巨大的权力和不受限制的自由处置权限在我看来是承担责任的不可缺少的条件”[②]。在民主的问题上“孟德斯鸠的意见并不是最后的结论”[③]。

与议会权力危机相伴随或稍后一点发生的资产阶级国家的法律“教条主义”危机，同样以法律的社会效用对于僵化的“民主教条”的替换为特点。由于政治腐败使立法权的声望直线下降，议会制民主的政治理性主义趋于幻灭，而标榜效率、秩序和价值中立的行政权日益上升，这就和近代传统的宪政原则发生了冲

①②③ 威尔逊，《行政学研究》，彭和平、竹立家等编译，《国外公共行政理论精选》，北京：中共中央党校出版社，1997年版。

突。伍德罗·威尔逊在竞选新泽西州州长时，声称将总揽州行政事务责任，如果这样做是违宪的话，他准备做一个违宪的州长。他认为："宪法是生活的工具，不是生活的源泉，""我所追求的是宪法的生命，而非宪法的文本；是行政的实践，而非行政的法规。"[①]传统的自然法学说这时候遇到了挑战，实用主义的哲学方法论、心理学和社会学的研究成果被引入法学领域。这里，首先是新康德主义对于自然法的重新解释，使自然法和实践法发生了不可逾越的分离，从而为批评实证法打开了通道。同时出现了心理法学派、社会法学派、"有利于自由法的运动"等等，其中以社会法学派最具代表性。社会法学派以实用主义哲学为自己的方法论基础，反对法的逻辑一元论，不赞成"天赋人权"的先验逻辑，认为"流通习惯"、"切身利益"、"物的本性"、"实际关系"、"法院判决"等等都可列为法，认为"法官的自由心证"、"社会同情"甚至"心理情绪"都会是法的渊源。因而反对死守法律的僵死文本，而主张法是"实践中形成的事实上的秩序"，是"生活关系"。他们不认为法是某种先验的理性逻辑的体现，而认为法只是"社会工程"的工具，是社会的稳定器，其实际的目的是社会妥协，即社会各种愿望、要求和利益的调和与协调，从而实现社会协作与社会稳定。所以，社会法学派认为自己的任务就是提高法充当社会监督的工具和达成社会妥协的工具的效率。

在这一番危机中，19 世纪高高飘扬在资产阶级国家上空的民主理性的旗帜被扯了下来，而代之以冉冉升起的技术理性的旗帜、效率价值的旗帜。经验的、实用主义的多元利益之间的协作和妥协（在 20 世纪下半期多元主义者的后期理论中，和在后行为主义的公共决策理论中，这种协作和妥协被进一步技术量化，从而成为可以通过数理模型运算的各政治实力集团的交易过程），取代民主价值理想而在政府学说领域中成为不断受到鼓励的范畴。20 世纪初协作主义理论在欧洲的声望便是一例。

"协作"，本来就是孔德社会静力学中的一个范畴，是一个反对规范性概念的实证主义的范畴。协作主义理论用实证主义方法论发挥迪尔凯姆的"社会劳动分工"理论，认为社会集团（包括社会阶级）的划分只是社会范围中的技术性劳动分工，而这种劳动分工又是社会存在之必需，所以各参与分工者应该在社会生产体系中相互妥协，相互协作，相互承担义务。协作主义者反对规范论逻辑，其核心就是反对关于"个体的自然权利"的学说，主张个体对于社会的责任理论、义务理论。协作主义者雷·布尔茹阿在他的《协作关系》（1896 年）一书中，主张用《义务宣言》来补充《权利宣言》。协作主义理论代表人物莱翁·狄骥从有机体的细胞服从有机体的规

① 王沪宁，《当代西方政治分析》，成都：四川人民出版社，1988 年版。

律的社会生物学的观点出发，猛烈攻击“主体权利”，认为：“我们非常清楚地意识到，个人不是目的，而仅仅是手段。个人仅仅是社会有机体这个大机器上的一个齿轮。我们每一个个人存在的意义仅仅在于在社会建设事业中完成一定的工作。”[①]从否定“主体权利”开始，狄骥进而批判了“形而上学的国家学说”，认为卢梭的《社会契约论》虽然燃起过几代人的热情，并成为法国大革命的座右铭，但现在看来，在其华丽形式的背后，仅仅只是一系列的诡辩。他认为不存在任何关于公共权力的形而上的设定（“人民总意”、“公我”等等），“承认有一种人格化的集体意志，那么这种意志永远是一种人类的意志，我们就不明白为什么这种集体意志高于个人意志，因为二者都是人类意志，我们不可能证明一种人类的意志会高于另一种人类的意志”[②]。他认为应该从社会职业分工的角度来观察国家[③]。这种国家只以公共服务性的职业分工为特点而区别于其他社会组织。在这种国家中，不再存在“人民主权”、“国家主权”，而只有“社会权力——工团的权力”。在这里“公务概念就代替了公共权力的概念；国家变成一个劳动集团，不复是一种发号施令的权力。而握有公共权力的人们只有为了确保共同的合作才能使这种权力合法地动作起来”[④]。这种被视作为“劳动集团”的国家，狄骥称之为“工团国家”。这种作为“劳动集团”的“工团国家”，对社会具有职业性质上的“积极义务”，对有关国计民生的事业负有责任，需要实现促进教育进步、工业生活进步的职能，还包括保健、社会保险、劳动保护的职能。一句话，即国家对社会的全面管理、全面干预和这种管理中视同于经济、职业部门的积极的效率性。

但是，狄骥的“工团国家”理想后来颇不走运。极富讽刺意味的是，它被实现于 1922 年至 1943 年意大利的“同盟和组合院”中，实现于希特勒的“工人和企业主联合会”中，法西斯军事专制的垮台宣告了这种“工团国家”理想的荒唐和破产。由此也可以获得一点启示：任何在职业、职能、功能技术的层面上反复拨弄国家概念的理论，都可能随时成为政治反动力量手中的玩物，或者成为这种力量的最后的殉葬品。因为这种理论所特具的政治保守性和方法论上的非批判性，以及拒绝关于国家的价值提问，最适宜于为政治上的极权势力所利用。在古典

---

① 莫基切夫，《政治思想史（下）》，北京：中国社会科学出版社，1979 年版。

②④ 狄骥，《宪法论》，北京：商务印书馆，1959 年版。

③ 狄骥的社会分化理论认为，社会分化的第一阶段是基于人类本身生理之上的分化，诸如性别、智力体质等方面的差别，与之相适应的是神化自然的神学国家，父权权威的个人专制国家。社会分化的第二阶段是人类在数量上的分化，人数众多的集团和人数较少的集团之间的差异，与之相适应的是阶级的权力的国家，多数原则权威的国家。第三阶段是社会分工和职业间的差异，与之相适应的国家只是公共服务性的职业技术机关——工团国家。

自由市场经济进程中，自由市场经济培育了垄断资本，因而也培育了自己的两个复仇力量，一个是法西斯国家，一个是“福利国家”。此两者在外形上相距甚远，但本质上都是极权的“大政府”类型，都是对近代传统意义上的民主价值的否定。所以，狄骥的“工团国家”在法西斯国家中遭到毁灭性的破产，但其中关于职能国家的理论、服务国家的理论、国家的积极义务的理论，却在英美的多元主义国家学说中颇有影响和同道。

在英国，哈罗德·拉斯基早期主张的多元主义国家观便是协作主义的隔海呼应。早期拉斯基视自己的理论任务为反对神秘一元主义的主权论国家观时，他所用的多元主义国家观一词，即来自于杜威的世界多元性中的多元主义(pluyalism)一词。他认为国家问题不在于神秘一元论的国家逻辑，而在于国家的管理职能。国家是“分”(distributive)，而不是“集”(collective)，国家内部的各个部分从总体上来说和国家一样真实与自足。在整个社会中，国家不过是人类众多形式的团体中的一种，与诸如工会、职业组织、俱乐部等团体并无根本的不同。因此他批判“夜警国家”，称之为“消极国家”；主张“积极国家”，即“社会服务国家”。但是，他反对国家对经济事务的干预，这是他一个精明的预见，也是他无法解决的矛盾，这导致他后期理论的自我调整。他的这种预见和理论困境，和协作主义者莫里斯·奥里乌默然相通。奥里乌鼓吹行政制度的成长，维护官僚制的技术优越性，但是警告要防止日益增长的官僚机关干预企业主动精神的自由。其实，这一矛盾不仅仅是、甚至主要不是国家理论以及政府学说中的矛盾，而是垄断资本出现后资本主义经济关系中的现实矛盾的政治反映，是20世纪始终困扰着资本主义国家政治生活和经济生活的难题。

但在20世纪30年代的危机之前，拉斯基、奥里乌所预见的问题并没有尖锐化，而在30年代美国“新政”和波及世界各国的“凯恩斯革命”的巨大声浪中这一矛盾则被视为已经毫无疑义地获得解决。30年代初的大危机，宣告了资本主义经典发展时代的终结，从而宣告了近代传统的民主制的终结，开始了以国家为“总经理处”的现代资本主义发展时期。替代近代国家民主理想的是“社会服务国家”、“劳动组织国家”、“积极国家”、“多元主义国家”、“福利国家”、“无国家政治系统”，是关于现代国家的功能目标和效率预算。这一过程以美国为代表。所以，20世纪西方政治学主流派乃成长于美国。在这个学派中，尽管还有一层“民主”的窗户纸没有捅破，但在他们真正的哲学理念中，是相信民主政制还是相信专制，这已经是一个“喜欢咖啡而不喜欢茶”①的问题，一个“可以争论到世界末日”②的问题。

①② 罗伯特·达尔，《现代政治分析》，上海：上海译文出版社，1987年版。

三、“政府失败”和效率原则受挫

民主价值的失落，在一段时期内给资本主义换来了效率“红利”，换来了福利国家的“甜饼”。战后资本主义世界的繁荣，从制度和技术层面上分析，这种系统化的组织管理应该是决定性的。这种效率原则指导的经济—技术协调系统有时会取得爆发性的效果。30 年代英美的自由主义资本家们因为害怕“有一天会钉死在灯柱上”而被迫放弃了“粗朴的个人主义”，接受了政府干预；而到五六十年代，他们惊喜地发现，做大了的福利国家“蛋糕”使他们获得了比自由体制下多得无可比拟的财富。在这个犹如“鲜花着锦，烈火烹油”的气氛中，马尔库塞发出如此悲天悯人的叹息：“可以这样来概括：由技术合理性的政治所造成的遏制变革的前景，取决于福利国家的前景。福利国家似乎能够提高被行政管理的生活标准，这是一切发达的工业社会所固有的能力。在这些社会里，作为支配并超越个人之上的独立力量而建立起来的流水线技术装置，在其作用上则取决于生产力的猛烈发展和扩张。在这种情况下，削弱自由和对立，不是道德或精神的堕落与腐败的事情。毋宁说，就大量增长的商品和服务的生产与分配使顺从成为一种合理的技术态度而言，这是客观的社会进程。”①

但是，被马尔库塞所痛恨的“福利国家似乎能够提高被行政管理的生活标准”的情形，并没有维持很久。法国经济学教授米歇尔·博德描述这段历史说：“六十年代，危机似乎令人难以置信。七十年代，危机却已来到了，随之而来的后果是无法控制、无从管住。增长减退、失业增加、通货膨胀扩大、工人购买力下降，变化无常、焦虑不安、隐患潜伏；在欧洲和美国右派得势。第一次世界大战曾经在第一次‘大萧条’之后，而第二次世界大战是由第二次世界‘大危机’引起的；现在则存在着对这次第三次‘大危机’导致第三次世界大战的担心害怕。我们是怎么达到这一论点的呢？资本主义增长的必然性就意味着如此：这种积累方式的推动产生了积累所遇到的障碍。七十年代危机的种子就是六十年代繁荣所提供的。”②参与造就资本主义五六十年代繁荣的技术合理性政府，并不是保障资本主义永久繁荣的机器。保障资本主义永久繁荣的机器并没有铸造出来，而且也永远不可能铸造出来。60 年代末开始出现的持续的“滞胀”，使凯恩斯主义的扩张政策陷于走投无路的困境，也使对这一经济学合理性作了充分论证的“积极政

① 马尔库塞，《单向度的人》，重庆：重庆出版社，1988 年版。

② 米歇尔·博德，《资本主义史：1500—1980》，北京：东方出版社，1986 年版。

府”，在执行“积极义务”中合理而有效率的政府陷于十分尴尬的境地。于是发生了对“积极政府”的效率原则的全面质疑。发动这场质疑的主要力量来自经济学，因为全面干预的合理性和福利国家的效率性论证正是经济学提供的，同时20世纪的经济学由于放弃了规范主义的价值论而变得更加能够洞明市场的技术性，且更加精于计算。所以，伊斯顿称这个时期的国家理论存在于经济学中。

参与这场围剿凯恩斯主义、同时也是围剿“积极政府”的经济学派，其经济哲学的核心都是个人主义、自由主义、理性利己主义，以复兴资本主义古典式自由主义为标榜，因而常被统称为新保守主义。其中以货币主义学派、供应学派和理性预期学派为代表。米尔顿·弗里德曼代表的货币主义学派秉承芝加哥学派自由主义经济哲学的传统，把自由作为最终目标，把个人作为社会的最后实体。这个学派显然抓住了货币所具有的技术同质性的特征，以现代数量学派的形象力主采取控制货币数量的金融政策以消除通货膨胀，确保自由竞争市场的正常运行。他们深信自由竞争市场机制的巨大效率，而认为政府虽也追求效率，但是政府职能极有局限，政府行为极易出偏差，因而政府自身效率无可保障。同时如果采用建立在扩大政府权力逻辑上的“财政最重要”的凯恩斯主义政策，则势必破坏市场所拥有的巨大效率，造成全社会的低效率。

供给学派重新启动“供给会自动创造自己的需求”的萨伊定律，攻击凯恩斯主义鼓动下的福利国家政策，认为政府无限制地扩大普遍享有的福利开支以刺激需求，这是造成“滞胀”的根源。这一理论“使经济学家们首先关心各个生产者的动机和刺激，使他们从专心于分配和需求转过来，并再次集中于生产手段”，“集中在供给、集中在刺激的能力或资本的投资方面”①。因此，他们认为对政府干预的依赖是对效率原则的破坏。他们的经济哲学是“效率优先”，而平等则是竞争的机会均等，因而是自由竞争的保障条件。他们在设置了绝对机会均等的假设前提后，认为机会均等条件下的自由竞争才产生积极性、生产力和创新精神，这才是具有根本保障的效率。由此，他们论证了积极政府及其政策的低效率和无效率。

理性预期学派用“理性预期”假设反对凯恩斯预期分析中的“无理性预期”，用具有个体主体性的因而也是理性的经济主体的效用最大化预期，来反对凯恩斯分析中在政府主体意识面前没有可靠基础的预期，从而证明政府的总需求管理不能实现产量和就业等真实变量的稳定，甚至短期稳定也不可能实现。

上述理论共同展示的，是凯恩斯主义“积极政府”对于整个社会的效率的破

① 吉尔德，《财富与贫困》，上海：上海译文出版社，1985年版。

坏，尤其是对于市场机制所产生效率的破坏。而公共选择理论则集中分析政府自身效率的低下，从而论证了一个“政府—政治活动失败论”。公共选择理论以非市场决策的政治决策、集体决策、政治行为尤其是政府行为为研究对象，但使用的是传统经济学延伸而来的方法，即把原先政治学研究的对象纳入经济学的分析框架之中。传统经济学发展到新古典主义阶段，主题就成为稀缺性资源的如何配置，侧重点是研究市场交易行为，其基本方法是“成本—收益分析法”。公共选择理论把这种“交易经济学”和“经济人”假设延伸到政治领域，政治过程就是政治市场中的交易过程，参与这一政治的交易过程中的人在本质上和市场交易过程中的人并无二致，都是“经济人”，即理性地追求效用最大化的个体。这种政治市场的交易过程即公共选择。这样，抽去了本质关系而具有技术同质性的市场交易过程，就成为政治市场交易行为分析的逻辑母体。参与政治市场交易的各方，包括选民、纳税人、政治家、政府官员等等，他们都作为“经济人”而对交易中发生的个人的成本与收益进行核算，以期使收益大于所需承担的成本，并追求效用最大化。交易经济学指明，决定这种效用最大化的不是主体的单方面选择，而是交换、交易的过程。因而在政治活动中，决定性的因素不是集团的决策，而是这些集团之间以及组成集团的个体之间出于自利动机而进行的一系列的交换。国家不是公共利益的代表者，而是参与政治活动者相互交易的市场。

公共选择学派通过这种个体主义、人的经济学和交易理论，证明了政府缺陷的必然性。其中包括：政府垄断公共物品供给，缺乏竞争机制；公共物品生产难以实行有效成本核算，既缺乏降低成本的外部监督，又缺少降低成本的内部激励；政府机构不可避免的自我扩张趋势，包括人员增加和财政支出水平增加；政府的寻租行为和利益集团通过政府的寻租行为。通过“经济人”假设和交易理论，公共选择理论证明了任何公共决策不存在“公共利益”的根据，在与公众有关的决策中，找不到“根据公共利益进行选择”的过程，而只存在各种特殊利益的讨价还价、相互妥协的“缔约”过程。而在政府机关内部的决策，并不存在向外界公开宣布的“公共利益”依据，而是以外部服务为借口实行的内部交易和相互服务，这种“内部效应”必然导致政府缺陷，导致公共物品供给和公共坏物品的克服的成本大大上升，社会资源大量浪费，经济效率大为降低，社会福利水平受损并难以为继。公共选择理论证明了一个政府失败论，是为了批判凯恩斯主义的市场失败论，从而有效保护和利用市场机制，并把政府也纳入市场运作；犹如凯恩斯主义证明了市场失败论，是为了有效发挥政府干预的功能，使市场在政府的干预下有序运作。为此，凯恩斯主义提出的政策思路是通过财政渠道实施有效需求管理的刺激增长，而公共选择理论开出的药方是对政府的各种公共项目进行“成本一收益分析”,在政府内部启动竞争机制(比如让不同政府部门提供同一种公共物品或公共服务),允许私人生产者进入提供公共物品的领域,从而展开竞争等等。所以,凯恩斯主义和公共选择理论(也包括其他新保守主义经济学理论)的分歧是政府优先和市场优先的分歧,是把交易过程看做管理过程还是把管理过程看做交易过程的分歧,是担心“被钉死在灯柱上”而采取的政策和根本没有“被钉死在灯柱上”的担心而采取的政策的分歧。他们有一个共同点,都拒绝对过程、交易过程中的历史本质关系问题作出回答。对于他们来说,规范性问题争论的时期已经成为过去,这个已经成为过去的时代已经为他们奠定了巩固的价值前提,因此他们研究的范例就是过程(管理过程、交易过程),就是技术合理性。这一研究范例之启端如果说可上溯到19世纪晚期马歇尔的经济学“边际革命”,那么完成转换的正是凯恩斯。新保守主义经济学的出现,在政策思路上对凯恩斯主义作出重大调整和补充,但总体上说仍然处于凯恩斯完成的范例转换的常规发展时期。这正是一个与当代资本的关系秩序相适应的时期。在这个学术时期,他们的理论,无论是凯恩斯主义者还是新保守主义者,都注定要陷于“政府干预”和“政府失败”的矛盾中。

我们并不想用某种短期的、暂时性的经验材料来说明具有长期倾向的历史趋势,但应该允许我们指出这样的历史事实:以技术合理性为论证逻辑的政府哲学毁损了19世纪累积起来的民主传统价值,却没有真正一劳永逸地给政府赢得技术合理性所证明的效率形象。这就是技术合理性的政府哲学在20世纪的命运。同时我们还看到,当众多西方学者把政府效率危机作为技术危机来治理的时候,也有企求从理性规范主义方面开出的药方,然而能否解技术合理性的逻辑之困,亦未见回天之工。此类问题容后再议。

(原载《南京邮电学院学报(社会科学版)》2004年第3期)

关于公共管理国家的马克思主义观察

——对上世纪以来西方国家学说的一个侧面作反思

主张政治国家和公共管理国家的分离，在国家功能中实现对国家本质的消解，并进而抽象为“国家二重性”命题，这是一种值得关注的政治学现象。对这一现象作马克思主义分析，具体解剖对象是上世纪以来西方国家学说在这方面的典型阐述。在功能的视角下，政治统治就是公共管理；在本质的观察中，公共管理就是实现着的政治统治。

近年来，在功能主义的方法框架中观察国家现象和说明国家问题，已被不少人引为政治研究和一般政治思维的方法论立足点。这种方法论主张政治国家与公共管理国家的分离，在国家的功能中实现对国家本质的消解，并由此抽象为“国家的二重性”命题。这是一个需要审慎探讨的问题。本文以上世纪以来西方国家学说中关于这一问题的主要学术立场为分析对象，对“国家的二重性”问题、对抽象化为不受世俗“污染”的公共管理国家问题作马克思主义方法立场上的观察。

一、关于国家功能和国家本质的分裂

如果说 19 世纪是资产阶级国家的法理精神备受敬重的时代，20 世纪则是资产阶级国家的技术功能最为走红的世纪。然而，在国家学说的法理主义时期所无法回避的应有与实有相对立的难题，在 20 世纪的国家学说中依然无法回避。黑格尔曾经在他的辩证法体系中，通过“时间”和“永恒”的历史关系，使应有和实有获得了统一，使他的绝对理念在国家中得到实现。马克思扫去了笼罩着这种辩证法体系的神秘主义迷雾，把颠倒的“头足”再颠倒过来，在通过经验确定的、现实个人的、以物质生产活动为基础的实践中使现实和本质获得了统一。因而，马克思的国家观，不承认关于国家的任何先验的、形而上的本质前提，也不承认国家就是没有任何本质联系的各种功能活动的累积，而认为正是在国家的功能活动（实有）中包含着、并展开着国家的阶级本质、社会本质、历史本质。这种方法论对于应有与实有、国家功能和国家本质的统一性的寻求，无论是在法理主义时代，还是在技术功能主义时代都应是有效的指南。

曾被认为是第一个起来批判逻辑经验主义、但其实并未真正脱离逻辑经验主义框架的卡尔·波普，对马克思的这种国家观发起了攻击。他说，“就马克思试图探求在社会生活中法律制度的实际功能是什么来说，它是制度主义的理论；然而从马克思并不探求这些制度可能完成哪些不同的目的，以及为了使国家能够实现其理想应作哪些必要的改革这两点来看，它又是一种本质主义的理论。马克思不提他对国家、法律制度、政府的功能有什么要求和建议，反而问：‘什么是国家？’这意味着他试图要发现法律制度的本质性功能。”①波普不承认国家的制度功能和制度本质之间有统一性。他先按自己的逻辑框架把国家本质问题舍弃，只留下国家的功能活动，然后来评价马克思，认为马克思的制度主义方面的理论带来真知灼见，而在本质主义方面的理论则导致错误。这显然与马克思的原意已相去甚远。

在关于现代国家的学说中，这种国家功能和国家本质的分裂，是一个至为重要的理论关节点。波普只是关于这一分裂的众多观点中的一个。在孕育和培植了当代主流派政治学的美国，尤其是如此。这与从上世纪末开始的哲学气候大变化有关，更与美国根深蒂固的实用主义哲学传统有关。声称在政治哲学方面实现着“哥白尼式的变更”的杜威，就为上述这种“分裂”的理论不断创建方法论基础。他认为“我们所要明了的是个人的这个集体或那个集体，这个或那个具体的人，这个或那个特殊制度和社会组织，而传统所接受的逻辑却以关于诸概念的意义和概念的相互的辩证关系的讨论来代替这种研究的逻辑。而这些讨论又是用‘国家也者’、‘个人也者’或普通所谓社会那样的制度的性质等字句演述出来的。”②认为只有杜威和自己继承了马克思、认为自己比马克思还要懂得马克思的悉尼·胡克，就是依据这种方法论人为制造马克思国家学说的内部分裂。他只

① 卡尔·波普，《开放社会及其敌人》，台北：桂冠图书股份有限公司，1984年版。
② 杜威，《哲学的改造》，北京：商务印书馆，1983年版。

承认马克思国家学说的"依据经验"的内容，而不承认马克思国家学说中任何关于国家的定义。他认为，所有错误的基础，"是在可以被称为国家的实体性概念和功能性概念之间的一种重大的混淆"，即"根据功能性概念来说，国家就是它的所作所为，而在任何特定的时期内，它通常的所作所为就赋予它一种阶级性。根据实体性概念来说，国家是由一整套制度所组成的，这些制度的本质是由阶级决定的，即使当它以最不同的方式来表现这种性质时也是一样。"①他认为必须清除这些功能性概念和实体性概念的混淆。他只承认国家的功能活动，如"农民们通过对立法者行使高度的压力而得以牺牲城市消费者的利益来赢得他们的好处"，"一个工业家集团由于撤销了某种歧视性立法而使他们的利益丧失给了另一个工业家集团"，"一种政府的公用事业或赋税政策使一个私人垄断组织蒙受不利影响"，"一项有利于工人的劳动关系法案不顾雇主们有组织的反对而获得通过"②；他不承认通过这些功能活动能够表述国家作为阶级统治的某种本质关系，而且认为关于这种本质关系表述的寻求是徒劳的、无意义的、形而上的。

这种把国家功能活动和国家本质分裂开来，继而否定国家本质问题的存在，只承认国家功能活动的方法论，为美国称雄20世纪政治学讲坛的主流派理论提供了丰厚的哲学土壤。美国现实主义政治学思潮三巨头之一的劳伦斯·洛威尔把自己出任全美政治学会会长职位时的演说题目定为"政治生理学"，即声明用生理学的方法来研究政治现象，认为生理学研究不是生命的本质、灵魂，而是人体器官的功能；政治学研究的不是"文本"、"教条"(针对"历史——比较分析"学派而言)，而是政治器官的功能。20世纪20年代兴起的"新政治学"运动，以反对"在假设的范围内提出问题"的"哲学家的方法论"为旗帜，力主应采用实证的社会学、心理学、地理学、人类学、生物学、统计学的方法来促进政治学研究，认为应向物理学学习，放弃本质思维的逻辑，走向功能和过程。过程论国家观和无国家政治过程的观念逐步形成。战后行为主义政治学的重要代表人物戴维·伊斯顿就在这一基础上用"无国家政治系统"取代了国家范畴。战后行为主义方法论、结构——功能主义方法论的兴起，大大强化了上述方法论取向，形成了这样一些基本的学理观念，比如：(1) 政治学应是一门"科学"(科学主义意义上的)，应以经验为取向，必须放弃本质思维的逻辑，排斥任何"价值介入"。戴维·伊斯顿反复宣称自己的理论是"关于经验取向之政治理论"。为了逃避来自各个方面对他的实证主义的批评，他声明不能把自己的"科学方法全然等同于早先的实证

①② 悉尼·胡克，《理性、社会神话和民主》，上海：上海人民出版社，1965年版。

主义者不证自明的数学方法"[1],"我所采取的科学事业概念,就比实证主义者对于科学的阐释中有关科学事业的特定概念要活泛得多"[2]。所谓"活泛得多",不过是在完整的实证主义框架内,加些波普、库恩等科学哲学改良,用"猜想和反驳"以及后来的"范式转换"来取代"不证自明的数学方法",而把政治生活中的本质性关系推动到盲目的黑暗世界之中,或者不负责任地推给神学和形而上学。(2)国家就是国家的功能活动。国家的"结构必须以功能的需要为前提"。功能活动是这样一种活动,即可以通过计算和预测的技术性方式确定功能目标,并以同样的技术性方式选择实现目标的手段和途径。在这里,"正确的罗各斯是技术学"(马尔库塞语)。表现在政治观念上即"技治主义",认为在一个政治系统中起决定影响的是管理技术和管理的技术人员。詹姆士·布恩汉姆在《经理革命》中,把生产经理、行政工程师、监督技术人员、政府行政人员都归入经理范畴。多元主义者认为政治国家不过是和企业组织、社团组织性质一样的组织群体,所不同的仅仅是所生产的不是"个别产品",而是"公共产品"和"公共政策"。于是,国家在这里实际获得了"经理处"、"管理处"的隐喻。(3)国家作为"公共产品"的生产者,其功能活动必然与社会各阶级、阶层发生各种关系,承认这些阶级、阶层对于国家功能活动的作用,但拒绝回答"国家是什么"的问题,拒绝对国家作"实体性"说明、"价值性"说明,当然更拒绝承认"国家是阶级统治工具"的观点。多元主义者认为当代政治国家是一个分为许多阶层的复杂体系,在每一个阶层中的人们都组成自己的利益集团(压力集团),通过各种机制向政治系统施加压力,因而政治不过是各种社会力量在国家所提供的舞台上角逐各种价值物的"矢量之和",国家只是这种角逐的舞台和舞台监督,一个技术化的、因而也是"价值中立"的公共管理处,即如圣地亚哥·卡里略(原西班牙共产党总书记、"欧洲共产主义"路线创始人之一)批判法国乔治·布尔多教授的"新资本主义理论"所说,"根据布尔多教授的概括,这种国家的根本性质就是'技术打进了国家',就是'技术专制主义',它将决定国家的目标,并把各种问题排除出政治和社会斗争的领域,仅仅置于技术发展所需的没有阶级性的、有效能的无菌地带。这些观点是对现实的歪曲和混淆","是用技术这个新的神取代今日已被弃置的神授的政权"[3]。

---

①② 戴维·伊斯顿,《政治生活的系统分析》,北京:华夏出版社,1989年版。

③ 圣地亚哥·卡里略,《"欧洲共产主义"与国家》,北京:商务印书馆,1982年版。

二、国家的“经理处”隐喻和垄断资本主义

通过国家功能活动和国家本质的分裂和对国家本质问题的拒绝，国家在20世纪获得了公共管理的技术合理性论证，获得了一种“经理处”的隐喻。这首先与近代以来资产阶级政治发展密切有关。由于资产阶级通过对封建主的政治革命，已把国家作为战利品夺到自己手中，继而在近一个世纪的时间里通过各种政治力量的反复较量和妥协，形成了稳定的统治秩序和秩序调节机制，从而继制宪时期之后，资产阶级国家的政治主题转向在既定秩序框架内对“共同事务”的管理。而这种对“共同事务”的管理，又被演绎为现代国家的全部内涵。关于这一点，马克思是有过预见的。马克思在19世纪50年代曾描述并预测过在“资本统治”的各个时期中，国家对于资本主义经济生活的功能性质将发生的变化。他说：“只要资本的力量还薄弱，它本身就还要在以往的或随着资本的出现而正在消逝的生产方式中寻求拐杖。而一旦资本感到自己强大起来，它就抛开这种拐杖，按它自己的规律运动。当资本开始感到并且意识到自身成为发展的限制时，它就在这样一些形式中寻找避难所。”[①]马克思在这里所说的“拐杖”，是指资本主义在重商主义时代对国家干预的依赖和为自身的生存而在国家中寻求的支撑，这在国内表现为国家禁令和国内关税，在世界市场上表现为闭关自守、禁止性关税、保护性关税和“炮舰政策”。这里马克思区分了三个时期，即“资本主义力量还薄弱”的时期、“资本主义感到自己强大起来”的时期、资本感到“自身成为发展的限制”的时期。对于资本主义经济生活来说，在第一个时期，国家意味着“皮鞭、绞架、关税和炮舰”；在第二个时期，国家意味着“守夜人”；而在第三个时期，资本重新到国家中来“寻求避难所”，但是这个时期国家对于经济生活的干预，已和“绞架政策”、“炮舰政策”、“守夜人角色”迥然相异，尽管某些传统手段仍然保留，但更多的是出现了马克思所未曾亲身经历的新的特点。其一，国家和垄断集团联手协调国内经济生活和在国际市场上的政策，私营公司中的“计划部门”和公共经济中的“政府部门”迅速成长[②]，并共同主宰着整个国民经济的运行。国家作为“总资本家”的形象更加鲜明，而作为资本利益的外在的政治保护人的形象

① 《马克思恩格斯全集》第46卷下，北京：人民出版社，1982年版。

② 这里的“计划部门”是指私营公司中的巨型财团，由于它们在整个国民经济中的计划性动向，故被制度经济学派称为“计划部门”。这里的“政府部门”是指公共经济中区别于社会服务性公用事业部门的赢利性经济部门，是政府控制的巨型经营性集团和事业。

则渐渐淡去。其二,国家对于经济生活的干预保留着某些传统的政治强制手段,但更多的却是转向经济化、市场化、民主化的方向。就“罗斯福新政”来说,国家对金融体系的干预,并没有改变美国所有银行包括联邦储备体系中的各商业银行作为私立银行的性质,但联邦储备银行实际上已成为中央银行,它以联邦储备体系管理委员会为中心通过销售和购买政府证券、确定法定储备比例、贴现率和存款利息率,以及实行存款保证金制度等手段,直接或间接地把全国绝大多数私人商业银行联结在一起,形成一种银行体系,使人很难区分谁是国家银行,谁是原来意义上的私人银行。国家不是采取超经济的政治强制从经济外部实行干预,而看上去更像一家“金融总行”、一家“托拉斯的最高母公司”在实行操作,使自己的干预行为“融入”经济过程之中、市场运作之中,“融入”整个社会过程中。国家在国民经济中的“经理处”隐喻由此获得。因而,经济学制度主义者加尔布雷斯建议美国建立苏联那样的国家计划委员会,而新自由主义者则攻之为“经济极权主义”。其三,国家把工会力量引入自身的调节和干预机制之中。“创造就业机会”和“控制通胀”一直是历届政府的竞选旗帜,原始积累时期的“绞架政策”、自由竞争时期的“低工资重新雇佣”政策都已经过时,国家不再以“就业强制者”的身份出现,而是以“就业合作者”的身份出现,创办社会福利和社会保险,创办就业介绍所和就业训练机构,兴办大规模的公共工程,通过财政、金融等手段调节投资力度和投资结构,通过各种政治的和商业的手段拓宽海外市场以创造机会等等。尽管经济生活中的雇佣劳动关系获得了更为“合理”因而也更为稳定的形式,而政治国家作为经济生活的“经理处”,却更具有了“公共性”的色彩。因此,这个以合理性形式实实在在地巩固着资本主义经济关系、维护并调节着资本利益的国家,却可以通过“非意识形态化”而描述为一个“公共管理处”。这种“公共管理处”隐喻的泛化,是现代资产阶级国家“隐身”而又最合理地找到自身的“避难所”。

三、功能主义政治分析所遇到的困难

垄断资本主义经济生活的新调节方式所造成的国家功能状态,是政治学功能主义的基础例证。然而,按照功能主义政治分析的思路,在垄断资本主义经济生活的实际运作中,如何才能抽去现代民族国家的价值取向?在从“护航炮舰”到“忠实的守夜人”,再到“总经理处”的历史分析面前,如何才能拒绝回答现代民族国家的本质属性问题?功能主义政治分析很快遇到了难以逾越的困难。

困难首先来自于60年代末70年代初酿就的一场先发于欧洲、继而延及北美的所谓"反文化革命"(Counter - Cultural Revolution,伊斯顿语)。这场"革命"的批判主要立足于抽象的人道主义立场,把矛头指向高度技术科层化管理国家,因而重提关于国家本质问题、价值问题。这场"反文化革命"延及美国,成为70年代上半期美国反政府运动的一个原因。这次反政府运动的深层次原因,在于60年代下半期开始表面化和尖锐化的一系列社会矛盾和危机,使美国人发出了"究竟谁在统治美国"的提问。这些社会矛盾和危机中最突出的如:经济衰退和通货膨胀、公共福利危机和税收增加、政治经济权力的集中和多元主义政治理念的幻灭、贫富差距的拉大与社会对立的加深、种族歧视和反种族歧视斗争、环境污染和能源危机、社会道德危机等等。这些问题的突出,使美国社会无法满足于决策程序、操作图式和行为方式模型之类,而不得不追问在政策的决策、国家的功能活动背后,实际发生作用的价值取向究竟是什么。国家的统治属性问题、政治意识形态问题,不可避免地"摆到桌面上来"了。达尔在《谁在统治》一书中所作的多元主义的回答,无论如何也不能使追问"究竟谁在统治美国"的人满意。

与此同时,欧美政治学界提出了"再意识形态化"的课题。由于多元主义、技治主义和政治学功能主义方法论蔚然成风,50、60年代欧洲曾盛行"非意识形态化"。美国社会学家丹尼尔·贝尔曾为此作论证而写了一本名为《意识形态终结》的著作,但是到了他写作《后工业社会的来临》一书时便放弃了前论,而声明原先的"意识形态终结"是指"旧的意识形态的衰竭引起寻求新意识形态的必要性"①。联邦德国社会学家E·伦伯格说,应当把意识形态当作"使人们在周围世界中确定方向和控制其行为的工具"②。L·J·宾克莱不反对技术主义的争论,但更看重价值的课题。他认为,人类各个国家、各个民族、各个思想家之间存在着重大分歧,这个分歧不仅是用什么样最好的方法才能达到一个更人道的世界的一个技术上的争论,而且更为重要的是它关系到这样一种人道世界可能为之献身的价值本身③。这些关于"再意识形态化"的课题,尽管并非真的在阶级关系上回答"谁在统治美国"这一类提问,但毕竟在功能主义、行为主义方法论盛极一时的时候,大声提出了价值问题。

在这个时候,美国主流派政治学才被迫对自身的方法论进行了检讨。行为主义政治学的领袖人物之一的戴维·伊斯顿1969年在他就任美国政治学会会

①② 达维久克·季塔连科,《从"非意识形态化"理论到"重新意识形态化观念"》,《文摘》,1984年第2期。

③ L·J·宾克莱,《理想的冲突——西方社会中变化着的价值观念》,北京:商务印书馆,1983年版。

长时发表就职演说中，承认“目前美国政治学中正在发生一场新的革命。前一场革命——行为主义革命，还没有完成就让我们时代日益增长的社会政治危机所取代了，而新的革命正在发生。我把这个新的挑战称为后行为主义革命。”①被称为美国行为主义政治学派经典著作之一的罗伯特·A·达尔的《现代政治分析》初版于1963年，1984年出版第四版时，达尔新增了第九章《政治评价》。他在序言中申明这是因罗尔斯发表了《正义论》以及由此引发的争论，从而引起“描述政治哲学的衰落和新近的复兴”的必要。

在“政治评价”这一章中，达尔表现出方法论上的相当的绅士风度。他重申了从孔德开始到维也纳学派和伦敦新实证主义对规范主义方法论的冲击，但转而认为“这些反对政治哲学能够成为合理的甚或有理的事业的论调，并不足以置政治哲学于死地”，因为“有知识和有思想的人们，包括政治学家和哲学家，继续认真严肃地介绍和讨论政治观念，他们在这样做时看来深信他们的讨论并不是漫无目标和不合理性的，不论新实证主义、决定论者、历史主义者或其他人可能怎么说”②。达尔始终认为这种“政治哲学”讨论，是一种关于“假设”的讨论。他在第三版序言中说，“在热心人的心目中，大智者很可能是一些光耀夺目的名字——柏拉图、亚里士多德、马基雅维利或马克思。”但是，在政治研究中“寻找政治大智者的行为是枉然的”，尽管二千多年来有不少光彩夺目的名人，“二千五百年来对政治的精心研究自然生产了许多很有道理、但不幸又是相互矛盾的假设。每个假设都可以得到常识的有力支持，只要人们固执陈旧的分析方法，每个假设都可以争论到世界末日。”③然而，他现在容忍这种讨论，因为“对政治思想，从而对道德哲学和政治哲学的若干基本问题的严肃关注，无疑是被20世纪的风云变幻所激发出来的。两次世界大战和难以计数的小规模战争、30年代的世界性的经济萧条、革命、若干国家民主政治的崩溃、核武器的使用和扩散、核毁灭的前景、60年代美国的城市骚乱、越南战争、水门事件、尼克松总统险遭弹劾和他的辞职，这种种事端甚至在美国人中都削弱了先前较为舒坦的和乐观的信念。”④只是因为这些原因，他同意为规范式讨论放行。他在关于这一段文字的注释中，借黑格尔名言“密涅欧的猫头鹰在黄昏时起飞”，来说明在当时这个“多事之秋”，“规范现在不再合适而受到质询时，哲学就会昌盛了”⑤。但他认为这种讨论并无为大厦建立基础的作用，也许只是“雷达屏幕上的一个脉冲”，因而认为“幸运的是，政治哲学的复兴不需要阻止经验分析的继续发展

① 弗莱德·I·格林斯坦，尼尔森·W·波斯毕，《政治学手册》第1卷，马萨诸塞：艾迪生—韦斯利出版公司，1975年版。

②③④⑤ 达尔，《现代政治分析》，上海：上海译文出版社，1987年版。

壮大,它甚至可以提出标准来帮助经验调查者判断它可能着手研究的问题的相对重要性,从而加强经验分析"[1]。他容忍了规范性讨论,但把它和自己的经验分析并无决定性关联地并列摆放着,无意于承认两者之间的统一。达尔在这一章中的观点,是后期行为主义学派学术取向的一个代表。他们只是出于一时的方法论上的妥协而重提价值问题,但只是把价值问题和功能问题互不关联地摆放着。在他们的实证主义方法论传统中,既无法实现也无意于实现这两者的统一。这种学术尴尬至今还未见大的改观。

四、关于国家职能的二元论

后期行为主义者始终经受着经验论和规范论二元并列的困扰。尽管达尔在《现代政治分析》新增第九章中所指出的那些现实问题实已无法回避,尽管对学界关于行为主义学派是"冷血的政治学"的指责必须作出回应,他们也还是没有解开对于国家本质问题的闭锁,而是采取了一个学术策略上的转向,即把学术视野转向了公共决策过程和公共政策研究,因为这一领域更适合于施展他们所擅长的过程分析的手段和方法。但是,在新的学术转向后,仍然把公共决策和公共政策封闭在"政治体系"(他们一般不以国家为概念工具)的功能过程之中,因而,总是面对决策主体、影响决策的利益集团的特殊的价值取向和公共政策作为"公共产品"的普遍性管理效能之间的对立。查尔斯·E·林德勃鲁姆引入经济学方法,用市场交易中的价格体系和价格谈判来弥合这一矛盾。他认为,政治领袖手中持有服务但需要权位,社会大众手中持有政治支持但需要服务,各社会利益集团都这样,各自持有特殊的商品,因而又有特殊的需要。于是这些集团和个人各自持有特殊的"商品"和特殊的"货币",像经济生活中的市场交易一样在政治体系中"交易",双方议价,讨价还价。市场上折衷的价格方案最易通过,政治中妥协的政策最易产生。因而所谓公共政策乃是各特殊利益方面相互妥协的产物。这种关于公共政策为"妥协产物"的结论,反映了林德勃鲁姆方法论中的妥协。他无法回避特殊利益集团的价值追求,尤其无法解释这种"公平的政治交易"过程中掩盖着的事实上的不公平,而只是坚称政策为"公共产品"。如果按照他的思路,即以市场交易为比喻,在表面平等的公平交易中,一方先定地享有的优势地位实际意味着对交易另一方的无可抵御的占有。这就是现代西方政治合理性内部的根本性对立。这一事实,在林德勃鲁姆的多元体制和交易妥协过程中是

① 达尔,《现代政治分析》,上海:上海译文出版社,1987 年版。

没法接受的。

这种在国家功能领域中的二元论和妥协，并非后期行为主义者的发明。在20世纪欧美政治学界，包括一些资本主义发达国家中的左翼政党的国家理论中，也是颇有影响的一种观点。这与新康德主义的影响有关。新康德主义者把本质和现象、应有和实有之间划开一条鸿沟，文德尔班说，“规律和事件乃是我们的世界观中最后的不可通约的数，永远处于对峙状态中”①。深受新康德主义影响的第二国际理论家伯恩斯坦认为，在各种社会阶级利益冲突和价值取向矛盾的条件下，能够“构成集体的全体成员的意志总合”，因而国家既可以是压迫机关和剥削机关，同时也是“一种共同生活的形式，是一种管理机关”②。以“现代的伯恩斯坦”自诩的英国工党战后主要理论家查理·克罗斯兰认为在当代这个“后资本主义社会”中，国家还具有一定镇压职能，但主要是管理职能③。这是英国费边社理论家观点的直接延伸，费边社理论家悉尼·韦伯夫妇在20年代就提出国家既有镇压职能，又有管理职能的观点。20世纪社会党国际的基本取向同样是这种切除了阶级本质的国家职能二元化，认为20世纪民族国家已逐步消去统治机关的职能，并不总是成为经济上占统治地位的阶级或有势力的利益集团的工具，断言“国家至少不再是阶级国家”④。圣地亚哥·卡里略在《“欧洲共产主义”与国家》一书中认为，“国家今天越来越明显地充当着所有方面的管理者，尤其是经济方面的管理者”，他并不因此认为现代国家已是非阶级的“所有人的国家”，因为“作为管理者的国家已经不再为整个资产阶级服务而在为控制着大垄断集团的部分资产阶级（他们经济上基础雄厚，但人数极少）服务了”⑤。但是，他把国家对大垄断资产阶级集团的服务和对所有方面的管理都放在国家功能领域中并立相举，这就等于在国家问题上让出一块地盘放置于他所不承认的“技术说了算”的地带，“置于技术发展所需要的没有阶级性的、有效能的无菌地带”⑥。这种国家职能的二元并举，就会使他所反对的由“技术新神”授予的“公共管理国家”的魅力不会消失⑦。对于这一问题的观察，还得回到本章开头所引波普和胡克对马克

① 洪谦，《西方现代资产阶级哲学论著选集》，北京：商务印书馆，1962年版。

② 伯恩斯坦，《伯恩斯坦言论》，北京：三联书店，1966年版。

③ 克罗斯兰，《社会主义的未来》，伦敦：Johnthan Cape，1956年版。

④ 蓝英，《社会主义政治学说史》，上海：上海人民出版社，1992年版。

⑤⑥ 圣地亚哥·卡里略，《“欧洲共产主义”与国家》，北京：商务印书馆，1982年版。

⑦ 如果这个问题不理清楚，也就总会出现这样的国家观，如：政治职能和公共职能的两分法、“国家的两重性”、国家的“阶级性和社会性”、“阶级国家和公共国家”。上海人民出版社1987年版王沪宁《比较政治分析》曾对此论述。

思国家学说的分裂性的解释。这种解释尽管来自不同角度，但有一个共同点，即拒绝对关于国家本质问题的回答，包括拒绝关于这一问题的提问。于是，关于国家的一切问题的观察和讨论，只能闭锁在现象界，只能定位在国家的功能领域之中，这就在逻辑上为对"技术这个新的神"的拥戴提供了御座。但是，论者无法回避诸如下述所引的这样的事实，"资产阶级国家一般总是倾向于由那些有权支配资本主义社会经济生活的'私营部分'(或'公营部分')并属于同一阶级的人管理。""资本主义社会的国家总是倾向于偏袒资本家的利益和资本家的企业。"[1]"由于作为先进资本主义特征的经济巨头的出现，使这一论点(指国家行为最容易受经济力量强大的社会集团的影响。——引者)变得更为有力。这些强大的联合大企业显然必定要成为政府的重要衡量标准。而且许多这样的企业是多国公司，这就意味着在这个问题上加进了重要的国际考虑。"[2]这些事实即如行为主义学派在60年代末到70年代初美国所遇到的问题一样是无法绕开的[3]。一方面是现实利益冲突无法绕开，另一方面是方法论上决不打开对国家的阶级本质问题的闭锁，所以就妥协式地在国家的功能领域中引入了利益(价值)关系，即一方面为价值机制所引导，另一方面为公共性技术机制所引导。

但是，既然国家被宣称为"公共管理机关"，这种二元的功能分析就无法与之获得逻辑上的统一。惟一的出路是恢复对国家功能和国家本质关系的寻找。这不是说在国家的现实存在之外，提供一个神学的、或者形而上的本质性"假设"，而是在现实的社会存在之中寻找人与人之间的现实的关系，以及这种关系在国家生活领域中的实现。这种可以由经验来确定的现实的关系，最基本、也是最核心的就是人的"生命的生产"中所发生的关系。只要存在分工和人们不得不"奴隶般"地服从分工，就必然有私人利益以及私人利益和公共利益的对立。但这种公共利益不是别的，乃是对于由客观物质生产发展水平所决定的、因而也是整个社会不得不接受的现存生产关系和其他社会关系的肯定和维护。其所以为公共利益，是因为它获得了"公共认可"(大体相当于"合法性"范畴，但只是在形式意义上的)，并成为所在社会中"生产力能够得到利用的条件"[4]。在现存社会条件下，没有什么抽象的公共利益，公共利益就是对现存生产关系及其相关社会关系秩序的保障，这在市民社会中已经被"公共地"(当然也是虚幻地)肯定为普遍性

①② 拉尔夫·密利本德，《马克思主义与政治学》，北京：商务印书馆，1984年版。

③ 按卡里略的分析，这些问题在相对繁荣的"肥牛时期"往往被掩盖着，而在"瘦牛时期"则暴露出来。

④ 马克思、恩格斯，《马克思恩格斯全集》第3卷，北京：人民出版社，1982年版。

的东西。无论私人利益采取何等个别、特殊的形式，这一“生产力所能够得到利用的条件”不得不被认为是普遍的。国家不是别的，国家正是这种被普遍认可的公共利益的化身。国家，正是以这种公共利益的身份而和私人利益相对立，它毫无疑义是公共管理机关，执行着“共同体的公共事务”的管理职能。这是国家最一般的、普遍的和核心的职能。从国家赖以存在的决定性因素来说，国家乃是执行作为共同体公共事务的管理职能的存在。即使是在各种革命的时刻，国家也还是以普遍社会秩序维护者（公共管理者）的身份宣布对革命的镇压或对反革命的镇压。由此也必然获得这样的结论，正是在这种国家作为公共利益体现者的身份中，表达了国家的本质。因为，这种公共利益不是别的，乃是对市民社会中私人利益的关系秩序的肯定，而换一个同样意思的表达方式，即对市民社会中统治阶级经济利益（也可以说包括“文化的领导权”，如葛兰西所表述的市民社会范畴）所要求的关系秩序的肯定。所以，这种公共利益乃是市民社会中特殊利益的“异化”，是市民社会中统治阶级利益的普遍性方式的表达。正是在这个意义上说，国家只是“一种虚幻的共同体形式”。从功能方面说，国家是公共管理机关；而从本质方面说，国家则是特殊群体意志的政治实现，或可谓政治统治。从功能方面观察，政治统治就是公共管理；从本质方面观察，公共管理就是实现着的政治统治。无论是重商主义时代和商人、船主“血肉相连、休戚与共”的国家，还是法兰西第二帝国时代具有相对独立性的波拿巴政权，还是实行着普遍社会保险和社会福利制度的20世纪的“福利国家”，都是这种公共管理机关，因而也都是一种虚幻的共同体。毫无疑义，公共管理作为一种管理，可以在技术上获得说明；但管理作为总体的活动，最终必须在主体间的现实相互关系中获得说明。

（原载《扬州大学学报》2006年第2期）

从韦伯关于官僚制的苦恼议及治理理论

——以非人格秩序神话背后的真实故事为观察点

现代民族国家是由普遍理性哺育成长并以权利平等的名义走上历史舞台的。这里存在着无法破解的形式与事实的对立、普遍和特殊的对峙、抽象和具体的对抗。非人格秩序的神话以及韦伯对非人格秩序范例的官僚制所产生的苦恼，就是这种对立、对峙和对抗的结果。但韦伯式的苦恼只是一种面对形式分析中的悖论产生的浅表层面的不安，而生活真实中的故事则是政府被俘获和役使，官僚制“钢铁外套”不过是社会强势集团合身的技术工装或政治礼服。这一真实故事的情节在治理、善治的形式外套中同样继续，“元治理”困境即为明证。

本文所述的非人格秩序，主要是指工业化背景中坐拥形式合理性权威的秩序，是由工具主义所论证并进而造就如马尔库塞所称“单面人”现象的权威化的秩序，而不是指前现代的神学秩序。由于这种秩序特别典型地体现在科层式的官僚制中，所以在本文中尤其特指被韦伯论证的在官僚制中的技术合理性秩序。现在的人们久已对官僚制这件“钢铁外套”愤愤不平，对这种官僚制的独立性深表憎恶，视之为以理性的名义使人遭受蒙昧和奴役的技术神话。所以，人们在谈论哲学时热衷于使之“祛魅”，瓦解其神话化的性灵，促使其“碎片化”；在谈论政治时则热衷于打破其独立性壁垒，寻找“最小政府”的当下乌托邦，或代之以政府和社会合作的“善治”。但是，生活并不理会这些用词句反对词句的言说，生活中的故事要比书斋里的逻辑更为鲜活，当学者们为官僚制独立性、为“钢铁外套”而苦恼时，真实的故事却是政府早被强势集团所俘获和役使,“钢铁外套”不过是这些集团合身的技术工装或政治礼服,在这个僵滞的形式里面实际展开着的是无比生动却常常令人憎恶的情节。因为这个故事与韦伯关系最密切,所以我们从韦伯和他的官僚制说起。

韦伯被迫面对“官员统治”、“灵魂分割”的苦恼

19世纪末,现代民族国家开始越出制宪时期而转向公共管理时期①,因而放弃了近代的民主政治理想,转向了管理的科学和技术,理性主义从理想原则转向了科学原则,官僚制也由此开始在技术合理性的框架中获得说明。这一论证的任务是由马克斯·韦伯完成的。但在韦伯之前,莫斯卡(Gaetano Mosca)和米歇尔斯(Robert Michels)已经作了过渡与铺垫。然而,实证主义的平庸限制了他们创造能力的发挥,分散性技术事实的说明不能解决官僚制的必然性问题,也无法冰释近代以来的对官僚制的伦理学批评。而马克斯·韦伯则突破了莫斯卡和米歇尔斯的方法论限制,在科学理性主义的意义上完成了对官僚制合理性的说明。

官僚制理论在韦伯的现代化理论中居于中心地位。“作为技术中心的科层制以及它在当代社会中不可遏止地增长”,是韦伯理论中“最广为人知的一面”。韦伯认为,官僚制的发展程度“给国家之现代化提供了决定性的尺度”②。在韦伯看来,欧洲现代化的过程,也就是西方理性主义在其中推进社会发展,从而日益实现生活“合理化”的过程。“科层制在所有这些不同的意义上都是‘理性’的范例。韦伯称科层制为‘特别理性的’,因为对其控制有知识的尤其是专门知识的根据;因为它有规定清楚的权限;因为它按照理智上可分析的规则而操作;最后因为在技术上它有取得最高成就的能力。这些‘理性’的特点保证科层制在技术行为上具有胜过其他行政形式的优势,其程度同机械与非机械生产形式的区别一样大。”③所以,韦伯认为:“它的发展是在西方国家的根基部分进行的。在其他条件都相同的情况下,倘若从技术观点来看,官僚管理制总是最合理的形式。那么民众管理的需求会使它在今天成为完全不可缺少。要么是采用官僚制,要么是削弱行政管理,否则别无选择。”④

这种被描述为拥有最高技术优势的“理性机械”式的官僚制,它的最基本点,即是组织内成员对于非人格秩序的服从,而且仅仅是对这种非人格秩序的服从。

---

① 周毅之,《近代以来民族国家合理性论证的范式流变》,《江海学刊》2004年第3期。

②③ 贝顿,《马克斯·韦伯与现代政治理论》,台北:久大文化股份有限公司等,1990年版。

④ 韦伯,《经济与社会》,纽约贝德敏斯特,1968年版。

这种否定了人格特性的非人格秩序的权威，具有排斥任何情感因素和传统因素介入的外在形象，是一种以精确计算的知识体系为基础支撑的权威。除了在技术上或通过技术方式可以获得精确论证的合理性外，韦伯不承认任何在价值规范或信仰权力上的合理性。他承认行动者为论证自己的优越性和追求价值的方式方法可以通过技术的途径，因而这只能是仅仅可算作合理性的方面。所以，可精确计算和检验的技术合理性乃是韦伯组织理论非人格秩序权威的核心，官僚制乃是这种技术合理性的最高范例，它被证明比任何其他组织类型都可以在技术上取得更高成就，同时也被证明可以抽象掉各种世俗的利益杂质、实现纯净价值中立的非人格秩序权威。

但是，包括韦伯自己在内，很快就发现这种作为技术合理性最高范例的官僚制，其理想类型和现实状态存在着极大的距离，或者可以说是无法弥合的矛盾。如批评者所言，韦伯的现代官僚制论证具有制定理想类型理论的特点。他以一种德国式历史哲学的方式来说明官僚制的必然性。而在现存事实中，理性官僚制却是沾满世俗杂质，常常面目可憎。英国社会学家马丁·阿尔布罗认为，对韦伯理性官僚制概念首加质疑的代表作，是默顿（Robert Merton）的短文《官僚制的结构与人格》。默顿认为，强调行政中的精确性和可行性，会导致自我拆台。统治，本来是被用为达到目的的手段，但它却可能自身就成为目的。官僚制的等级晋升阶梯，可以促使官员越出其被认为应当具备的德行——谨慎、守法、循规蹈矩——的界限。由相近的工作条件所决定，官员们形成了一种群体稳固性，它导致对必要变动的对抗。在要求官员服务于公众的地方，支配其行为的非人格化规章，却可能引起与公众个人的冲突①。默顿在这里显然是从效率的角度来观察现行官僚制悖论的，在这一观察中，他指出了官僚制对抗外部必要变动的“群体稳固性”。这就是困扰20世纪政治界的官僚制独立性问题。

韦伯的理论是一个庞大而复杂的体系。当他精心论证了官僚制的技术合理性的时候，他已经预见到默顿所指出的官僚制“群体稳固性”的危险，并千方百计设置对官僚制的限制。在《经济与社会》等著作中，韦伯强调官僚制的工具优势，有如工业机械一样，官僚制这种“人的机械”扩大了人的能力，增加了人在逐渐复杂的社会中达到目的的可能性。而在他的其他许多政论中，作为自由主义政治家的韦伯则强调官僚制作为独立的、具有自身特殊价值和影响各种社会目标的社会政治力量，这种力量有如工业机械对人的奴役一样，也能够使人成为其附庸，形成对于社会的奴役。他以德国和俄国的官僚制为案例作了分析，认为虽然

① 马丁·阿尔布罗，《官僚制》，知识出版社，1970年版。

从理论上说官僚制是非人格的组织部门，但是实际上在这些国家已经形成了政府中的独立群体，其拥有自身的特殊利益、价值和权力基础。官僚制的这种独立的利益存在，在于它维持并扩张着自身的行政地位和行政权力。它自认为（也时常被认为）“政治中立”，能够摆脱政党偏见，从而拥有解释民族利益的卓越资格。同时它的权力还在于拥有知识和经验，一是通过专业训练得到的专业知识，即广义上的“技术”；二是官场知识，即关于行政的具体知识和经验。本来，上述两点可以使官僚制成为特别有效的技术工具，但是这些优势又常常由于在“官方机密”的借口下“暗中行事”，实际成为政府中的官僚用来巩固自身作为特殊利益群体的力量，并对民主社会实行“不合法僭越”。韦伯在《重组的德意志中的议会与政府》（1918 年）这篇关于官僚制自主性扩张的重要政治论战性文章中，指出德意志国家中官僚制已产生了一种特殊的“官员统治”。这种“官员统治”是在俾斯麦政府中膨胀起来的，从而使德意志衰落为一个政治上一无是处的民族，其中非官僚阶级的活力根本不足以表现自身在国家中的存在。为了防止这种“官员统治”的发生，韦伯在多处设置过对官僚制的限制，比如罗马执政官式的和英国内阁式的会议制、美国参议院式的会议制、行政权分割和相互制约、非专业行政人员的介入、直接民主制等。他尤其看重的是代议制，认为这是制约官僚制的最主要的出路。但是，韦伯所热情追求的这种代议制的作用，在俾斯麦及其后的德国政府中荡然无存。即使在英、美这样具有议会制传统的国家，“恺撒主义”问题仍是有增无减。这种困境使韦伯深陷于对官僚制的苦恼。

如果说上述内容是政治自由主义者韦伯的苦恼的话，紧接着还有一个哲学家韦伯的苦恼。因为官僚制的合法性是从他的生活合理化的理性原则中获得论证的，因而是一个纯净的非人格秩序的权威体系。他很快发现对生活在尘世中的人来说，这个体系竟是一件“钢铁外套”。伊斯拉厄尔引述了韦伯关于这一矛盾命题的典型陈述：“集中的精神是一架无生命的机器。仅此一点便迫使人为它服务并如此支配性地决定其劳动生活的日常状态，就像这种情况在工厂里实际发生的那样，集中的精神也是这样一种活的机器，这种机器表现为官僚制，这种官僚制具有对其所肩负的专业劳动加以专门化、具有其权限的规定、其规章及其等级制度划分的服从关系。在与死机器的联盟中，它在工作中必然炮制出未来那种顺从的外罩。也许有朝一日，人们会像古代埃及国家中的农民那样被迫无奈地使自己顺从地进入这一外罩之中，如果对他们来说，某种纯技术上看来是好的，即是说某种合理的官僚制管理与供应，是那种应该决定其各种事情引导形式之最终与唯一的价值的话。因为官僚制之做出这些有着与任何其他的单位结构根本无法比拟的、极大的大同。”[1]这段陈述透露出韦伯内心的极度矛盾。他无法不钟爱“无可比拟”的官僚制，但这种体系却可能成为迫使人们顺从的“钢铁外套”。他有理由担心，对于这一文化发展的“最后的人们”来说，这样的判断会成为真理：“毫无精神的专家”、“毫无感情的享受者”。于是他又说：“至此，中心的问题并不是我们如何进一步发展和推动它（指官僚制——引者注），相反，却是我们如何反对这个机器，以维护人性免受灵魂的分割，免受普遍的科层生活理想的支配。”[2]至此，人们看到了另一个韦伯，一个为自己所论证的官僚制而频频苦恼的韦伯。人们似乎感悟到一种把巨灵从神灯中释放出来而又无法驾驭它的苦恼，以及韦伯之后的人们对这一巨灵的诅咒。但事情是否真的到此就算了结了呢？

神话的背后是政府被俘获和役使

其实事情并非如此简单。韦伯式的苦恼只是一种浅表层次的不安，是一种面对形式分析的悖论而产生的忧伤。在生活的真实当中，官僚制并非因韦伯而从神灯中被释放出来，也并非如神话中的巨灵那样特立独行、法力无边，甚至其只不过是社会强势集团手中的一个玩物而已。当这一巨灵的诅咒者们在抨击坐拥“官员统治”的官僚制独立性即默顿所称谓的“群体稳固性”时，生活中的情节却是“官员被统治”、政府被俘获和役使；当诅咒者们一再痛斥非人格秩序权威对人性实施“灵魂分割”时，生活中的情节却是这种“钢铁外套”其实只是社会某些强势集团合身的技术工装或显示身份的政治礼服，是拥有这套技术工装或合身礼服的人对其他人实施着“灵魂分割”。人们首先是不知不觉间被韦伯引导着把非人格秩序权威“真实地想象”出来，并使之神话化，然后再对这一神话造就的异化实行否定。思想中的逻辑是完成了，但在生活中却不予理睬，因为生活中的秩序权威的非人格特性其实只是一种“真实的想象”。当然，之所以被“真实地想象”，恰是这种“真实的想象”是必要的和有用的，甚至是必然的，因为这种技术合理化神话为俘获并役使政府的人提供了华丽炫目的礼服，并利用对其“独立性”的批判更有效地强化着这种俘获与役使。

在政治生活的具体实践中，我们无法不承认这样的事实：所谓官僚制的独立

① 苏国勋、刘小枫，《社会理论的开端与终结》，上海三联书店、华东师范大学出版社，2005年版。

② 贝顿，《马克斯·韦伯与现代政治理论》，台北：久大文化股份有限公司等，1990年版。

性除了组织成员中存在的类似职业个性和职业关联性的特点而外，再难有其他含义，因为官僚制事实上处于被掌控、被役使的状态，而难称独立性。如果说真有对“独立性”的抱怨，首先是役使者企求绝对掌控而对官僚制可能疏离的抱怨。我们以20世纪学者们对美国的观察为案例。赖特·米尔斯沿着韦伯的思路使官僚制泛化，形成多元精英统治的判断。他没有像帕森斯那样，把这种多元精英人物的统治理想化为“美国所具有的迄今最广泛的自由制度”，而是提出了凡研究美国政治的学者都公认为很有分量的看法：美国商界、军界和联邦政府的联盟。他认为20世纪美国政府已大不同于充斥着自由主义色彩的19世纪，而是出现了巨型的现代公司。《大街》所描写的夫妻老婆店中的小商人不再是美国经济的主角，唱主角的是身着整洁蓝条服装的体现现代美国经济特性的公司经理。现代公司促使商业组织改良发育成为现代官僚组织，大公司经理和所有者手中掌握了前所未有的权力，即使不是直接作出，起码也能影响对美国具有全国意义的决定。正因为有了这种与现代巨型公司的结盟，联邦政府的行政系统控制了美国公民的生活，而自身则被现代巨型公司所操控。这被认为是史无前例的事情，因为政府从未呈现出这样的控制力，但也从未以这样的方式被俘获和役使过。米尔斯针对商界、军界和联邦政府的联盟的论述，形成了“工业—军事复合体”的概念，被认为是可以和艾森豪威尔总统离职演说相提并论的观点。艾森豪威尔在1961年离职时的演说中指出：“美国正在把庞大的军事机构和大军火工业融为一体。各城市、各州政府、联邦政府的每间办公室，无不感受到其影响已遍布经济、政治、精神各方面。我们承认这样做已迫在眉睫。我们还必须体会到其巨大意义所在。为此我们必须付出汗水、资财和生命，我们的社会结构业已不能幸免。在政府的各部分中，我们都要抵御军事—工业联合体的不正当影响，不论这种影响是有意还是无心。滥用权力的现象已经增多，并将继续上升。我们决不允许强大的联合体损害自由和民主的进程。我们并不认为这是顺理成章的事情。”[①]然而，事情仍这样不以人的意志为转移“顺理成章”地发生和发展着。20世纪70年代的世界性能源危机和资本主义世界的经济震荡，使“工业—军事复合体”的联盟更加巩固。海湾战争、伊拉克战争中凸显的美国石油利益叙述了一个“工业—军事复合体”操纵政府的典型案例。阿道夫·伯利和加德纳·米恩斯在20世纪30年代作为实证主义观察家这样描述美国和美国的发展趋势：现代公司的崛起，已造成经济权力的集中，它堪与现代国家平起平坐——经济权力和政治权力，在各自领域里都很强大。一旦涉及切身利益，现代公司就企图左右

① 安东尼·奥罗姆，《政治社会学》，上海人民出版社，1989年版。

国家。将来也许会出现，以公司为代表的经济组织不仅和国家平起平坐，甚至可能取而代之，成为占统治地位的社会组织形式①。他们所预测的现象确实出现了。垄断资本集团的政治行为已经越出了19世纪自由主义时代的界限，直接进入国家生活领域，有如国家已越出19世纪时代界限，直接进入经济生活领域。所以，安东尼·奥罗姆在20世纪80年代评述伯利和米恩斯的预测时说："目前尚在世的人肯定能证实，伯利和米恩斯几乎在半个世纪前就提出的预言可谓是天才之见。"②在这种资本和国家的统一性关系已经走到社会关系体系前台的时候，如果谁还是站在议会制自由原则的立场上反对行政官僚制的"僭越"和独立性，那就完全可能被视为"害群之马"，因为这种"商业—军事—官僚制的复合体"、"一体化"、"统一性"（对于议会制自由原则来说是"僭越"）已经成为垄断资本政治行为的典型形式。一切都在这种科层化的"复合体"中作出决定，一切形式化的程序都不过是"复合体"决定的点缀和帮衬，这里还需要议论什么"僭越"和独立性呢？在这种情况下，与其讲官僚制的独立性，不如讲垄断资本和官僚制的统一性；与其讲官僚制的统治，不如讲"商业—军事—官僚制复合体"的统治；与其讲技术官僚的优先性，不如讲垄断资本对于技术官僚的优先性。所以，凡正视现实者，与其听信帕森斯关于"最广泛的自由制度"的乐观，不如相信托克维尔的先期预言："在我们眼皮底下成熟的工业寡头政体，依我之见，可谓世界上最苛刻的政体。然而，它却最多限制，最少危险。民主之士们务必密切关注此种政体将走向何方。倘若世界上再度出现长期不平等及寡头政治，则可以断言，工业寡头政体就是这种状况的开端。"③

再看官僚制作为使"人性遭受灵魂分割"的非人格秩序权威，更是一种被"真实地想象"出来的神秘力量。擅长用词句反对词句的西方左翼文化批判论者以及其他一些现代性批判论者在对这种神秘力量的"宗教解放"式的批判上，屡战不休。但是在这个强大的现代"技术巨灵"面前，他们的"心理革命"、"日常生活批判"、"人性复归"等从未成功地对付过那种"合理谋杀"（卡缪语）。如前所述，韦伯曾对自己不懈论证的官僚制会成为"钢铁外套"而深表忧伤。这是韦伯的审慎，也正因为审慎，才不至于使这种非人格秩序过度神秘化。在德国社会政策学会里与保守派所发生的争论中，马克斯·韦伯和他的长弟阿弗烈·韦伯是对抗保守派的主要人物，他们一致主张："科层制仅仅是一个技术工具……把科层组织想象成为具有独立于任何社会基础的性格是一个根本的错误。科层组织的社

① 伯利、米恩斯，《现代公司和私有财产》，纽约：乔瓦诺维奇出版公司，1968年版。

②③ 安东尼·奥罗姆，《政治社会学》，上海人民出版社，1989年版。

会基础在于那些控制社会组织的权力团体(Power group)之中。”[①]他们正确地指出德国的官僚制实际上是维持容克统治的工具。

只要是一个起码的理性主义者,就可以十分清楚这样一个事实:在社会生活领域中,没有一种非人格设施(自然界力量除外)能够不依赖人格化的力量而获得全社会的普遍顺从,乃至忍受其“灵魂的分割”。只有当这种设施被现实中的“历史契约”及拥有这一“契约”说明资格的强势集团所需要时,才能通过各种途径使之获得权威力量,抑或被神话化而获得非理性服从的神秘力量。19 世纪末工业卡特尔化和有组织劳工运动的成熟,传统自由的秩序老化,工业国家政治发展的一个总趋势就是要求产生一个“能管事的政府”。这个“能管事的政府”的理想类型就是官僚制。韦伯在技术合理性上论证了这个“能管事的政府”——官僚制的出现。但决定性的因素并不在技术,不在技术合理性,而在于终结了自由竞争经典时期后对一个“能管事的政府”的需要。从 19 世纪末 20 世纪初的大转折时期看,自由调节的市场实际上是毁于自己所塑造的复仇女神,并产生了两大结果:一是一些国家中出现了法西斯主义,二是另一些国家中出现了“福利国家政策”。二者的共同之处,就在于国家对于经济社会的全面干预。法西斯是用军事暴力毁灭了自由经济时代,而“福利国家”则用统制经济宣告了自由经济时代的结束。在这一进程中,法西斯需要官僚制,“福利国家”更需要官僚制。法西斯需要的是军事专制的官僚制,而“福利国家”需要的是文官式、公务员式的官僚制。法西斯国家失败了,“福利国家”站住了。官僚制没有随着法西斯的失败而消失,而是随着“福利国家”的存在而膨胀。在 19 世纪末到 20 世纪初的资本主义社会的意识形态中,可以发现一个重要的变化,即协作意识逐步取代竞争意识,义务意识逐步取代权利意识,秩序意识逐步取代个体自由意识,对国家的责任意识逐步取代对国家的主权意识,国家的公务意识逐步取代国家的代表意识,行政的积极意识逐步取代行政的消极意识,政治模式意识逐步取代政治平等意识。这一切都呼唤着官僚制走到前台。所以,不是技术合理性的理性运动要求官僚制,而是“工业卡特尔化”及其相关趋势需要官僚制;官僚制首先不是因为自身所拥有的技术优势而被需要,而是因为现代巨型公司对“总管家”(美国总统西奥多·罗斯福语)的需要而被需要;官僚制确实因自身的技术优势而被看重,但首先是因为现代社会中的强势集团需要这种技术优势才被看重。所以,与其说是这个“技术巨灵”使人性遭受灵魂分割,不如说是因拥有霸权身份而操纵这个“技术巨灵”的符咒者使人性遭受灵魂分割;与其说是官僚制群体实施着“不正当僭越”,不如

① 贝顿,《马克斯·韦伯与现代政治理论》,台北:久大文化股份有限公司等,1990 年版。

说是俘获并役使政府的群体在具体交往中实施着对抽象形式的“正当”僭越。

“钢铁外罩”可以更换，真实故事仍在继续

现代民族国家是由普遍理性哺育成长并以权利平等的名义走上历史舞台的。运用普遍理性作论证的普遍的平等权利和契约自由，是利益多元、对立、冲突的市民社会的合身“外套”。这里存在着一种无法破解的形式和事实的对立、普遍和特殊的对峙、抽象和具体的对抗。真实的故事在这件由普遍理性缝制的“外套”里面展开着各色情节，这些情节的真实含义恰恰是事实对于形式的役使和嘲笑、个别对于普遍的利用和亵渎、具体对于抽象的引诱和否定。

但是，思想家们只是在抽象普遍物的语义环境中言说和对话，而使生活的具体处于“不在场”状态。他们以理性（也包括通过典型化而被赋予理性含义的经验物）的名义造就超越性的普遍物，而后用来说明这个世界。而正是这个普遍的抽象物舍弃了（在思想中滤清了）或掩盖了生活中具体的、真实的集团分化与利益冲突。当人们在生活具体“不在场”的环境中用词句反对词句来相互诘难，生活中真实的故事却按照自己的剧情（常常是话语霸权者设计的剧情）从容不迫、稳健而顽强地展开着自己的情节。

以当下的一个话题为例。20世纪晚期以来，思想家们又像当年韦伯赤诚地论证科层制合理性一样，一往情深地论证治理学说、善治理论的合理性，似乎这是更换科层制“钢铁外套”以及更换因市场失败而备受牵累的诺齐克式“最小政府”设计的最佳选择。由于这一理论放弃了政府与市场对峙关系的传统视野，引入了“第三方”即引入了社会范畴，强调政府与社会的合作，倡导“还政于民”、公民自治、社会自组织体系、第三部门发育、谈判共识、“无形协议”以及谈判共识的制度供应、“元治理”等，因而看上去确是一件取代“钢铁外套”、颇具飘柔特点的新外套。

但是，新外套里面的故事却仍然是老情节。将治理理论引入社会范畴，并坦然认可社会中存在着多元价值主体，然后就通过“元治理”提供的体现权利平等、程序正义的制度供应，达成谈判共识（“无形协议”），实现治理中的合法性。在这里，即使把后续环节中的诸多悖论略去不论，也首先在最基础层面上就遇到“元治理”困境。因为“元治理”所提供的制度正义，其实只能是一种抽象的理性预设。这里的权利平等、程序正义，有如罗尔斯“无知之幕”中的生成物一样，不过是一种超越性的形式满足（特别要指出一个最具讽刺力的事实：在现代社会中，霸权价值的实现最需要的、最离不开的正是这种形式满足）。在思想者那里，形式中的故事情节总是这样安排的，即“先定规则，后分牌”；真实生活中的情节则

恰恰相反，是“先分牌，后定规则”。因而在事实的世界里，“好牌”的拥有者同时也拥有规则制定的优先权，拥有在规则谈判中的话语霸权，拥有主导“元治理”制度供应的实际资格。思想者们总是寻求形式上权利平等的满足，在治理的逻辑链接中寻求基于“反思的理性”、基于“交往和理解”而形成的谈判共识，由此来消解原先政府自上而下的专横，消解固有的市场外部性困境，实现社会、政府、市场间的和解。应该说，承认价值重叠、崇尚“反思的理性”、尊重谈判共识，较之于技术合理性、公共意志、科层制这些“钢铁外套”确实要有感情色彩，显得华丽而宽松。但是，在这件华丽而宽松的外套里，真实的故事仍是原先的情节，社会中的强势集团总是能够利用对价值重叠的承认来强化自己的价值优势，总是能够利用对“反思的理性”的崇尚而一再迫使弱势群体妥协，总是能够利用对谈判共识的尊重巩固已经注入了自身价值取向的契约的权威。当思想者们在国家、市场的序列中引入社会范畴，强势集团则实际操控着真实的社会；当思想者们描述着社会自组织体系，强势集团则实际把持着社会自组织体系；当思想者们谈论着“对相互保证安全的广泛协议和预期”，强势集团早已自诩是“相互保证安全”秩序的实际恩赐者。

其实，上述思想的故事与真实的故事之间的分离，只是一种表层现象。在更本质的层面上，思想的故事不过是真实的故事在思想形式上的一个局部情节。思想的言说常常就是生活中话语霸权拥有者的言说，并实际上为生活中的霸权实现其价值提供程序正义性的制度设计和制度阐释。一向强调自身不介入主权国家内部政治事务的世界银行极力倡导善治理论，倡导全球治理学说，却又把善治理论政治化为一种具有霸权色彩的尺度，使之成为对发展中国家贷款的主导政策思想，成为评估受援国条件的主要标准之一。联合国社会发展所副所长阿尔卡塔拉在分析这一点时指出，在实际干预受援国内部政治事务上，善治的概念最为有用，因为它使国际金融机构能从经济主义中摆脱出来，去思考与经济重组相关的关键性政治问题和社会问题。一个倡导善治的国际权威机构以善治的名义实施着霸权，善治在这里遭到了可怜的嘲弄。这就是在善治外衣下展开的真实故事情节。难怪这个故事情节还有另一个注脚，即 1997 年世界银行发展报告《变革世界中的政府》所指出的一种情形：在几乎所有的社会中，有钱有势者的需要和偏好在官方的目标和优先考虑中得到充分体现。但对于那些为使权力中心听到其呼声而奋斗的穷人和处于社会边缘的人们而言，这种情况却十分罕见。因此，这类人和其他影响力弱小的集团并没有从公共政策和服务中受益，即便那些最应当从中受益的人也是如此[①]。这就迫使我们不得不严肃地思考一个问题：

① 世界银行，《1997 年世界发展报告：变革世界中的政府》，中国财政经济出版社，1997 年版。

如果真有依据治理原则设计的制度环境，那也不得不警惕现代巨型公司以社会的名义实际俘获本国政府，又役使发展中国家政府；不得不警惕一些巨型国际经济或社会组织以社会的名义超越别国主权，实际实施着某些大国的霸权意图；不得不警惕一个国家内部坐视强势群体与弱势群体的不对称谈判，或以"为纳税人服务"的名义，实际实施着社会强势集团和政府的利益捆绑；不得不警惕话语霸权的实际拥有者以共识的名义迫使其他社会群落一再作出妥协。

（原载《江海学刊》2007年第5期）

对经济合理性论证的政府不经济的思考

——反思当代国家解读中的一种方法论思路

20世纪西方学界主流派解读国家的方式超越了此前规范主义的理性主义方式，启用了科学主义、技治主义、经济合理性为规则的语言系统。这套说明思路最终乃诉诸于市场交易的形式逻辑。本文反思了站在这同一逻辑基地上对“积极国家”、“积极国家批判”、“消极国家”的形形色色的阐释，以及这些阐释所无法摆脱的困境，从而不得不在更深的层次上表明关于国家学说的科学主义的经济合理性“范例”正在失去其主流意义上的操作价值。本文发表之关注点尤其在第四节关于“理性的自负”和“最低限度国家”之思考。

在圣奥古斯丁那里，国家是上帝手中的“鞭子”；在洛克那里，国家是自由财产权保护的契约机关；在卢梭那里，国家是“人民总意”的载体；在黑格尔那里，国家是终极理性的实现，如此等等。但20世纪以来，西方学界主流派人物渐渐在理性“悬设”的总名义下把这些关于国家的说明方式搁置起来，而启用了以科学主义、技治主义、经济合理性为规则的语言系统。新康德主义，特别是弗莱堡学派关于事实知识和价值知识的二元化论证、欧洲实证主义传统、美国实用主义精神为此提供了哲学背景。所以，我们的话题将从拥有这一哲学背景的韦伯开始反思这段思想历程，庶几有益于把握21世纪人类国家生活说明方式的走向，亦愿有助于形成中国特色的国家生活说明思路。

一、市场交易技术合理性的逻辑范型

马克思·韦伯把现代国家解释为拥有技术合理性的理性组织类型，而这种合理性的铸造和训练成型乃在于具有新教文化背景的职业生活之中，在于“和平性”形式上的获利的经营活动之中，或谓“我们现代生活中最决定命运的力量——资本主义”之中[①]，如果说韦伯把合理化的源头定位在“新教伦理”上，定位在“西方文化特有的理性主义”上，而整个生活的合理化形式则是铸就于资本主义经济实践之中：资本主义经济实践的形式规则也就成为包括国家生活在内的技术合理性论证的逻辑范型。

这里首先涉及韦伯给资本主义这一范畴的界说。韦伯认为，“获利的欲望、对营利、金钱并且是最大可能数额的金钱的追求，这本身与资本主义不相干”，“对财富的贪欲，根本就不等同于资本主义，更不是资本主义的精神：倒不如说，资本主义更多的是对这种非理性(irrational)欲望的一种抑制或至少是一种理性的缓解。不过，资本主义确实等同于靠持续的、理性的资本主义方式的企业活动来追求利润并且是不断再生的利润”[②]说明这一点，他把获利分为形式上“和平的行为”和“靠暴力的行为”两大类。前者是通过平等的双边自由交换来实现获利的行为，后者是有超经济性原因(当然主要表现为强制力量或暴力)介入其中的获利行为。他承认，企业发家者、大规模投机商、特许权猎取者、更为近代的那些热衷于发战争财的金融资本的获利行为中有非和平的、非理性的因素，但这不是本来含义上的资本主义。他说，“让我们给我们的术语下一个比通常的泛泛而言多少更加精当些的界说吧。我们可以给资本主义的经济行为下这样一个定义：资本主义的经济行为是依赖于利用交换机会来谋取利润的行为，亦即是依赖于(在形式上)和平的获利机会的行为。”[③]简单地说，资本主义是获利，但是在这种“纯净的”市场交易中的和平式获利。只有这种市场交易中的获利，才是理性的经济活动，才呈现出资本主义独有的经济理性或合理性精神。很显然，这里的资本主义，已不具有本质关系方面的含义，当然更不具有现实生产关系方面的含义。这里的资本主义，仅是一种经济活动的功能状态和运作形式，或者说是经济生活的一种技术方式。这种以及类似于这种给资本主义作定义界说的方法论，在20世纪颇为流行。但也正是在这种方法论框架中，市场交易过程便利得以失去资本主义生产关系方面的一切含义，而成为形式合理性的逻辑载体。

---

①②③ 马克斯·韦伯，《新教伦理与资本主义精神》，三联书店，1987年版。

正是在这种“纯净的”市场交易中，经济理性才得以成长（不是发源），具有普适性的技术合理性才有了自己的逻辑范型。这是因为，其一，市场交易被设想为完全独立、平等的双边自由交换，排斥任何情感因素和传统因素的介入。任何超经济性因素对市场的介入都会破坏交易原则。所以，任何进入市场交易的活动（韦伯称之为“事务”）都必须和家庭分离，这是技术合理性的首要前提。这是从传统社会走向现代社会的、并且“绝对支配着现代经济生活”的因素。桑巴特用来表述这一现象的是“需要的满足”和“获利”两个范畴的对立。即支配经济活动的形式和方向的目的，如果是个人需要的满足，那么物质的（非形式的）、价值的因素就会引入经济行为，这是传统社会的特点。而只有摆脱了这种个人需求满足的获利目的，才能造就理性的市场交易，这是现代社会的特征。正因为排除了这种物质的、价值的因素介入，排除了个人情感因素以及其他传统因素的介入，才可能有信用关系的拓展，也才可能有经理群体的出现，因而，才能有理性的经济组织和理性的组织行为。这是技术合理性的首要前提。

其二，理性的市场交易要求具有数学精确性的预计和核算，要求合乎理性的簿记方式。“只要资本主义的获利活动是按照理性来追求的，相应的行为就总要根据资本核算来调节。这就意味着，这种行为要适合于以这样一种方式来有条不紊地利用商品或人员劳务作为获利手段。在一个商业周期结束时，企业在货币资产上的收付差额或者在一连续营业的企业中，资产的定期估算货币价值要超过资本，亦即要超过用于在交换中获利的物质生产资料的估算价值。……在任何时候都具有重要意义的事实是，要以货币形式进行资本核算，无论是用现代的簿记方式，还是用其他不管多么原始和粗野的方式”。“只要这种交易是理性的，交易的合伙人每采取一步行动都要进行核算”①。正是在这个意义上，桑巴特把资本主义的整体精神概括为“布尔乔亚的精于计算和理性的企业精神”②。

其三，市场交易之区别于其他任何交换活动的一个根本点，是它拥有作为一般等价物的货币为媒介。货币作为交换价值的符号化身，使一切交换物在形式上都获得了同质性，因而都可以在交换价值这个统一的尺度下实行有效计量，并相互比较和按等价原则交换。这有如近代开始的科学中把自然数学化的逻辑方法那样，把在自然属性上相互区别的物品实行了形式上的相互通约，这使一切交易行为中的统一、明晰、准确的预算和核算成为可能，并对一切违反这种统一尺度计量与比较的行为实行否决。

① 马克斯·韦伯，《新教伦理与资本主义精神》，三联书店，1987年版。
② 汪丁丁，《经济发展与制度创新》，上海人民出版社，1995年版。

其四，市场交易为获利行为与个人需求满足相对称的得以实现的目标提供了可以无限加大的可能性，这种可能性就是交换价值的可以无限加大的积聚。这种交换价值可以无限加大的积聚，不仅从根本上否定了个人需求满足的界限，而且不断产生着在效益和成本比较中追求精神预见的合理性的永无止境的冲动。韦伯在《新教伦理和资本主义精神》中引用本杰明·富兰克林很长一段格言式的"教导"，其中一段为"切记，金钱具有孳生繁衍性。金钱可生金钱，孳生的金钱又可再生，如此生生不已。五先令经周转变成六先令，再周转变成七先令三便士，如此周转下去变到一百英镑。金钱越多，每次周转再生的钱也就越多，这样，收益也就增长得越快"[①]。这本是楚迪南德·古恩伯格在《美国文化览胜》中予以尖刻讽刺的所谓"美国佬的一份自白"，而韦伯则从中看到了增加自己资本的无穷责任和通过精确预见实现资本扩充的无限冲动。

上述四个方面，前二者通过市场交易阐明了技术合理性的逻辑前提和必发性，后二者则通过市场交易阐明了技术合理性的逻辑条件和内在驱动力。如果仅从形式分析的方面观察，韦伯关于形式合理性和市场交易的逻辑联系的阐述是颇为准确的。正是这种市场交易（理性的，因而也是"纯净"的）用形式上的统一性否定了自然本性上的差别性，用统一的尺度对各种不同质的物品和服务实行统一的计量、比较和核算，这正是技术合理性的逻辑本性。马克思称商品是"天生的平等派"，商品的本性是"随时准备不仅用自己的灵魂而且用自己的肉体去同任何别的商品交换"[②]。马克思精确阐明了的市场交换中的形式上的平等性、同质性和统一性，给韦伯很大启发。但是，马克思在阐明了这种形式上的统一和平等之后，还有关于事实上的不平等（雇佣劳动关系）方面的更深刻更丰富的内容，而韦伯则在形式分析上"就此打住"。其后的实用主义者、功能主义者、凯恩斯主义者以及其他学派，大多把资本主义经济分析闭锁在这种市场交易过程分析、形式分析的界限之内。凡是马克思看到"雇佣劳动关系"的地方，他们所看到的只是交易过程的"形式合理性"；凡是马克思看到"剩余价值剥夺"的地方，他们所看到的只是"市场交易中的和平获利"。于是，资本主义就成为理性化的市场交易过程，或者说市场交易中可以无限延伸的获利过程，这一过程所追求的是非人格化[③]的过程效率（"效益/成本"分析）。关于这种效率的精确核算，就是

① 马克斯·韦伯，《新教伦理与资本主义精神》，三联书店，1987 年版。

② 马克思，《资本论》第 1 卷，人民出版社，1975 年版。

③ 这里"非人格化"概念的含义，是指超越了个人需求满足、同时也排斥任何感情因素和传统因素介入的抽象形式上的含义，也就是韦伯和桑巴特所界定的含义。

技术合理性。或者说,技术合理性也就是关于可以精确核算的效率原则。这成为20世纪国家生活说明的一个重要方法论思路。

二、替换了民主价值的效率原则

韦伯"承认经济因素具有根本的重要性",尽管在他那里,问题最终归结为"实际是一个关于西方文化特有的理性主义的问题"。由于有这种"理性化的神秘观照","所有这些领域均可按照完全不同的终极价值和目的来加以理性化"[①]。除去这种关于"理性化的神秘观照"的新康德主义概念,可以看到,关于精确计算的效率原则(经济性、经济合理性)及其延伸的技术合理性,便成为国家生活的主要说明工具。不仅学界、包括社会的一般政治意识中,这种被认为可以精确核算的效率原则,这种经济合理性也成为国家合法性论证的主要基础。这一学理走向的出现,因应了欧美国家当时的政治潮流,即在国家生活领域中谋求权力配置秩序的制宪时期已基本结束,从而转向执行全面管理、全面干预时期的开始:转向技术合理性的资产阶级国家,优先选择的目标渐渐不再是民主的价值理想,而是效益和效率。它所做的第一件事就是用效益目标、效率目标驱逐了近代以来在国家生活中占据了主导地位的民主价值。所以列宁曾把这种转向称之为针对民主制的"政治反动"[②]。列宁所指出的对一般民主的否定,和韦伯所描述的因官僚制的迅速成长而使19世纪议会民主制理想失落的挽歌式的悲哀,所讲的是同一个过程,即资产阶级国家的制宪时期的近代传统意义上的民主价值的失落。

这个转折时期的资产阶级民族国家出现了两个危机,一是议会权力的危机,二是法律的"教条主义"的危机。这两个危机,都与科学主义的效率目标对于规范意义上的民主理想的冲击有关。议会权力危机直接导源于议会腐败和行政效率低下。19世纪议会制国家通行的政府管理原则是"官位恩赐制"(英国)、"政党分肥制"(美国),实际上是议会选举中获胜的多数党在"民主战场"上收缴获利品,并在自己内部实行分赃。因而在英国竟出现把掌玺处秘书预留给自己4岁的亲戚,让自己的儿子在政府中挂名而后让他拿公款去巴黎挥霍的怪事;而在美国则以官位公开贿选,最终发生总统被选举支持者因谋职未遂而暗杀的怪事[③]。普遍泛滥开来的腐败、政府效率低下、财政浪费和危机、政潮迭起,表明议会民主

① 马克斯·韦伯,《新教伦理与资本主义精神》,三联书店,1987年版。

② 列宁,《列宁全集》第33卷,人民出版社。

③ 张郧,《中国政府管理百科全书》,经济日报出版社,1992年版。

制的政治能量已经耗尽，资产阶级国家需要一次“制度创新”。实现这一创新的旗帜，当然不再是传统意义上的民主价值，而是技术意义上的效率目标。在制度实践方面代表这一趋势的是现代公务员制度（或称文官制度）的出现①。这一制度的出现至少包含两层含义，其一，从理论设计上说，这是一个“价值中立”、只服从效率目标的、可以按现代意义上的技术理性操作的合理性管理组织。这正是韦伯所说的理性组织的典型类型。因为它被设计为“价值中立”、“政治中立”，因而唯一有资格对它发号施令的就是效率原则。同时它也最有资格把自己的管理对象在技术上实行“同质化”，实行可以用数量模型来进行预测与核算为基础的高效管理。在它的组织内部，也最有可能通过职位的同质性实行非人格化的技术秩序，使之成为抽象的高效率的技术机械。其二，这一制度的出现意味着议会权力的架空和失落。这一公务员组织以其技术上的统一性和组织内部的协同机制，实际成为资产阶级国家统治权力的真正的组织基础。资产阶级国家把那些表面热闹的问题摔给了议会中喋喋不休的“民主争吵”，而把真正的管理理性和管理权力留给了政府。

与这一议会制权力危机密切相关的政治学理论表现是关于行政和政治相分离的理论，和具有实证科学色彩的公共行政理论的出现。行政和政治相分离的观点在官僚制发达的德国，在斯坦因、布隆赤里那里，以及在法国的狄克洛克那里已经有了。但真正在政治生活中产生巨大影响力的，是在 19 世纪末的美国，是通过“新民主运动”的理论旗手伍德罗·威尔逊和弗兰克·古德诺而获得广泛认同。此前在美国发生的“新个人主义思潮”努力维护日益腐败的议会权力，认为自由、民主已经在议会制中“一劳永逸”地解决，剩下的只是在民主猎场上捕获猎物。主张者中的经济实力派利用手中财力对议会发起攻势，影响议会决策，这使立法权的声望不断下降。“新民主运动”猛烈批判了早期的民主主义要求，反对权力分散和权力制衡，认为正是在 18 至 19 世纪中为追求宪政原则上的“高级目标”而培养起来的舆论至上、多数原则、个体至上等等民主物品，阻碍着国家的

① 英国文官制度的出现以 1870 年关于实施“诺斯科特—屈维廉报告”的第二个枢密院令为标志。此前，斯坦福·诺斯科特和查理·屈维廉于 1853 年拟就“关于建立英国常任文官制度的报告”（简称“诺斯科特—屈维廉报告”），主张文官考任制、功绩制、常任制和“政治中立”，被认为是“关于英国近代文官制度的基础文件”。此文件从形成到颁布实施，用了 16 年时间。在美国，1881 年发生谋职未遂者暗杀总统詹姆士·加菲尔德事件，1883 年通过乔治·彭德尔顿提出的“常任文官制度法”（简称“彭德尔顿法”），从而开始实行美国化了的英国式文官制度。加拿大于 1882 年建立英国式文官制度。法、德、日等国于第二次世界大战后以英、美，尤其是美国为蓝本建立文官制。这一制度现在各国已几近普及。而在更符合现代普遍理解的意义方面说，其名称译作“公务员制度”更适宜。

改革，阻止着行政效率的提高。所以，威尔逊说，“行政管理是置身于‘政治’所特有的范围之外的。行政管理的问题并不属于政治问题。虽则行政管理的任务是由政治加以确定的，但政治却无需乎自找麻烦地直接指挥行政管理机构。”他认为必须给行政机关充分授权，且把权力集中到首脑手中，因为“巨大的权力和不受限制的自由处置权限在我看来是承担责任的不可缺少的条件”。他并不因此而认为会改变自己“身上作为共和主义者的一个细胞”，而只是认为在民主的问题上，“孟德斯鸠的意见并不是最后的结论”①。

与议会权力危机相伴随或稍后一点发生的资产阶级国家的法律“教条主义”危机，同样以法律的社会效用对于僵化的“民主教条”的替换为特点。由于政治腐败使立法权的声望直线下降，议会制民主的政治理性主义趋于幻灭，而标榜效率、秩序和价值中立的行政权日益上升，这就和近代传统的宪政原则发生了冲突。伍德罗·威尔逊在竞选新泽西州州长时，声称将总揽州行政事务责任，如果这样做是违宪的话，他准备做一个违宪的州长。他认为，“宪法是生活的工具，不是生活的源泉”，“我所追求的是宪法的生命，而非宪法的文本，是行政的实践，而非行政的法规”②。传统的自然法学说这时候遇到了挑战，实用主义的哲学方法论、心理学和社会学的研究成果被引入法学领域。这里，首先是新康德主义对于自然法的重新解释，使自然法和实践法发生了不可逾越的分离，从而为批评实证法打开了通道。同时出现了心理法学派、社会法学派、“有利于自由法的运动”等等，其中以社会法学派最具代表性。社会法学派以实用主义哲学为自己的方法论基础，反对法的逻辑一元论，不赞成“天赋人权”的先验逻辑，认为“流通习惯”、“切身利益”、“物的本性”、“实际关系”、“法院判决”等等都可列为法，认为“法官的自由心证”、“社会同情”甚至“心理情绪”都会是法的渊源。因而反对死守法律的僵死文本，而主张法是“实践中形成的事实上的秩序”，是“生活关系”。他们不认为法是某种先验的理性逻辑的体现，而认为法只是“社会工程”的工具，是社会的稳定器，其实际的目的是社会妥协，即社会各种愿望、要求和利益的调和与协调，从而实现社会协作与社会稳定。所以，社会法学派认为自己的任务就是提高法充当社会监督的工具和达成社会妥协的工具的效率。在这一番危机中，19世纪高高飘扬在资产阶级国家上空的民主理性的旗帜被扯了下来，而代之以冉冉升起的技术理性的旗帜、效率价值的旗帜。经验的、实用主义的多元利益之间的协作和妥协（在20世纪下半期多元主义者的后期理论中，和在后行为主义的公

① 威尔逊，《行政学研究》，《国外政治学》1981年第6期。
② 王沪宁，《当代西方政治分析》，四川人民出版社，1988年版。

共决策理论中，这种协作和妥协被进一步技术量化，从而成为可以通过数理模型运算的各政治实力集团的交易过程)，取代民主价值理想而在国家学说领域中成为不断受到鼓励的范畴。20 世纪初协作主义理论在欧洲的声望便是一例。"协作"，本来就是孔德社会静力学中的一个范畴，是一个反对规范性概念的实证主义的范畴。协作主义理论用实证主义方法论发挥迪尔凯姆的"社会劳动分工"理论，认为社会集团(包括社会阶级)的划分只是社会范围中的技术性劳动分工，而这种劳动分工又是社会存在之必须，所以各参与分工者应该在社会生产体系中相互妥协，相互协作，相互承担义务。协作主义者反对规范论逻辑，其核心就是反对关于"个体的自然权利"的学说，主张个体对于社会的责任理论、义务理论。协作主义者雷・布尔茹阿在他的《协作关系》(1896 年)一书中，主张用《义务宣言》来补充《权利宣言》。协作主义理论代表人物莱翁・狄骥从有机体的细胞服从有机体的规律的社会生物学的观点出发，猛烈攻击"主体权利"，认为，"我们非常清楚地意识到，个人不是目的，而仅仅是手段。个人仅仅是社会有机体这个大机器上的一个齿轮。我们每一个个人存在的意义仅仅在于在社会建设事业中完成一定的工作。"[①]从否定"主体权利"开始，狄骥进而批判了"形而上学的国家学说"，认为卢梭的《社会契约论》虽然燃起过几代人的热情，并成为法国大革命的座右铭，但现在看来，在其华丽形式的背后，仅仅只是一系列的诡辩。他认为不存在任何关于公共权力的形而上的设定("人民总意"、"公我")等等，"承认有一种人格化的集体意志，那么这种意志永远是一种人类的意志，我们就不明白为什么这种集体意志高于个人意志，因为二者都是人类意志，我们不可能证明一种人类的意志会高于另一种人类的意志"[②]。他认为应该从社会职业分工的角度来观察国家[③]。这种国家只以公共服务性的职业分工为特点而区别于其他社会组织。在这种国家中，不再存在"人民主权"、"国家主权"，而只有"社会权力—工团的权力"。在这里，"公务概念就代替了公共权力的概念；国家变成一个劳动集团，不复是一种发号施令的权力。而握有公共权力的人们只有为了确保共同的合作才能使这种权力合法地动作起来"[④]。这种被视作为"劳动集团"的国家，狄骥称之

① 莫基切夫，《政治思想史》下，中国社会科学出版社，1979 年版。

②④ 狄骥，《宪法论》，商务印书馆，1959 年版。

③ 狄骥的社会分化理论认为，社会分化的第一阶段是基于人类本身生理之上的分化，诸如性别、智力体质等方面的差别，与之相适应的是神化自然的神学国家，父权权威的个人专制国家。社会分化的第二阶段是人类在数量上的分化，人数众多的集团和人数较少的集团之间的差异，与之相适应的是阶级的权力的国家，多数原则权威的国家。第三阶段是社会分工和职业间的差异，与之相适应的国家只是公共服务性的职业技术机关—工团国家。

为“工团国家”。这种作为“劳动集团”的“工团国家”，对社会具有职业性质上的“积极义务”，对有关国计民生的事业负有责任，需要实现促进教育进步、工业生活进步的职能，还包括保健、社会保险、劳动保护的职能。一句话，即国家对社会的全面管理、全面干预和这种管理中视同于经济、职业部门的积极的效率性。

但是，狄骥的“工团国家”理想后来颇不走运。极富讽刺意味的是，它被实现于1922年至1943年意大利的“同盟和组合院”中，实现于希特勒的“工人和企拥主联合会”中，法西斯军事专制的垮台宣告了这种“工团国家”理想的荒唐和破产。由此也可以获得一点启示：任何在职业、职能、功能技术的层面上反复拨弄国家概念的理论，都可能随时成为政治反动力量手中的玩物，或者成为这种力量的最后的殉葬品。因为这种理论所特具的政治保守性和方法论上的非批判性，以及拒绝关于国家的价值提问，最适宜于为政治上的极权势力所利用。在前文的分析中已经指出，自由市场经济培育了垄断资本，因而也培育了自己的两个复仇力量，一个是法西斯国家，一个是“福利国家”。此两者在外形上相距甚远，但本质上都是极权的“大政府”类型，都是对近代传统意义上的民主价值的否定。所以，狄骥的“工团国家”在法西斯国家中遭到毁灭性的破产，但其中关于职能国家的理论、服务国家的理论、国家的积极义务的理论，却在英美的多元主义国家学说中颇有影响和同道。在英国，哈罗德·拉斯基早期主张的多元主义国家观便是协作主义的隔海呼应。早期拉斯基视自己的理论任务为反对神秘一元主义的主权论国家观时，他所用的多元主义国家观一词，即来自于杜威的世界多元性中的多元主义(pluralism)一词。他认为国家问题不在于神秘一元论的国家逻辑，而在于国家的管理职能。国家是“分”(distributive)，而不是“集”(collective)，国家内部的各个部分从总体上来说和国家一样真实与自足。在整个社会中，国家不过是人类众多形式的团体中的一种，与诸如工会、职业组织、俱乐部等团体并无根本的不同。因此他批判“夜警国家”，称之为“消极国家”，而主张“积极国家”，即“社会服务国家”。但是，他在这种“积极国家”中，发现将“产生一种可能甚至超过其他任何制度的家长统治，这就必将阻碍我们希望的那种个人自由的出现”[①]。所以他反对国家对经济事务的干预。这是他一个精明的预见，也是他无法解决的矛盾，这导致他后期理论的自我调整。他的这种预见和理论困境，和协作主义者莫里斯·奥里乌默然相通。奥里乌鼓吹行政制度的成长，维护官僚制的技术优越性，但是警告要防止日益增长的官僚机关干预企业主动精神的自由。其实，这一矛盾不仅仅是、甚至主要不是国家理论中的矛盾，而是垄断

① 哈罗德·拉斯基，《现代国家的权威》，英文版。

资本出现后资本主义经济关系中的现实矛盾的政治反映，是20世纪始终困扰着资本主义国家政治生活和经济生活的难题。

但在20世纪30年代的危机之前，拉斯基、奥里乌所预见的问题并没有尖锐化，而在30年代美国“新政”和波及世界各国的“凯恩斯革命”的巨大声浪中这一矛盾则被视为已经毫无疑义地获得解决。30年代初的大危机，宣告了资本主义经典发展时代的终结，从而宣告了近代传统的民主制的终结，开始了以国家为“总经理处”的现代资本主义发展时期。替代近代国家民主理想的是“社会服务国家”、“劳动组织国家”、“积极国家”、“多元主义国家”、“福利国家”、“无国家政治系统”，是关于现代国家的功能目标和效率预算。这一过程以美国为代表。所以，20世纪西方政治学主流派乃成长于美国。在这个学派中，尽管还有一层“民主”的窗户纸没有捅破，但在他们真正的哲学理念中，是相信民主政制还是相信专制，这已经是一个“喜欢咖啡而不喜欢茶”的问题，一个“可以争论到世界末日”的问题①。

三、“政府失败”和效率原则受挫

民主价值的失落，在一段时期内给资本主义换来了效率“通货”，换来了福利国家的“甜饼”。战后资本主义世界的繁荣，从制度和技术层面上分析，这种系统化的组织管理应该是决定性的。这种效率原则制导的经济—技术协调系统有时会取得爆发性的效果。30年代英美的自由主义资本家们因为害怕“有一天会钉死在灯柱上”而被迫放弃了“粗朴的个人主义”，接受了国家干预。而到五六十年代，他们惊喜地发现，做大了的福利国家“蛋糕”使他们获得了比自由体制下多得无可比拟的财富。在这个犹如“鲜花着锦，烈火烹油”的气氛中，马尔库塞发出如此悲天悯人的叹息“可以这样来概括由技术合理性的政治所造成的遏制变革的前景，取决于福利国家的前景。福利国家似乎能够提高被行政管理的生活标准，这是一切发达的工业社会所固有的能力。在这些社会里，作为支配并超越个人之上的独立力量而建立起来的流水线技术装置，在其作用上则取决于生产力的猛烈发展和扩张。在这种情况下，削弱自由和对立，不是道德或精神的堕落与腐败的事情。毋宁说，就大量增长的商品和服务的生产与分配使顺从成为一种合理的技术态度而言，这是客观的社会进程。”②

① 罗伯特·达尔，《现代政治分析》，上海译文出版社，1987年版。

② 马尔库塞，《单向度的人》，重庆出版社，1988年版。

但是，被马尔库塞所痛恨的"福利国家似乎能够提高被行政管理的生活标准"的情形，并没有维持很久。法国经济学教授米歇尔·博德描述这段历史说"六十年代，危机似乎令人难以置信。七十年代，危机却已来到了，随之而来的后果是无法控制、无从管住。增长减退、失业增加、通货膨胀扩大、工人购买力下降，变化无常、焦虑不安、隐患潜伏，在欧洲和美国右派得势。第一次世界大战曾经在第一次'大萧条'之后，而第二次世界大战是由第二次世界'大危机'引起的，现在则存在着对这次第三次'大危机'导致第三次世界大战的担心害怕。我们是怎么达到这一论点呢？资本主义增长的必然性就意味着如此，这种积累方式的推动产生了积累所遇到的障碍。七十年代危机的种子就是六十年代繁荣所提供的"[①]。参与造就资本主义五六十年代繁荣的技术合理性国家，并不是保障资本主义永久繁荣的机器。保障资本主义永久繁荣的机器并没有铸造出来，而且也永远不可能铸造出来。60年代末开始出现的持续的"滞胀"，使凯恩斯主义的扩张政策陷于走投无路的困境，也使这一经济学合理性作了充分论证的"积极国家"，在执行"积极义务"中合理而有效率的国家陷于十分尴尬的境地。于是发生了对"积极国家"的效率原则的全面质疑。发动这场质疑的主要力量来自经济学，因为全面干预的合理性和福利国家的效率性论证正是经济学提供的，同时20世纪的经济学由于放弃了规范主义的价值论而变得更加能够洞明市场的技术性，且更加精于计算。所以伊斯顿称这个时期的国家理论存在于经济学中。

参与这场围剿凯恩斯主义、同时也是围剿"积极国家"的经济学派，其经济哲学的核心都是个人主义、自由主义、理性利己主义，以复兴资本主义古典式自由主义为标榜，因而常被统称为新保守主义。其中以货币主义学派、供应学派和理性预期学派为代表。米尔顿·弗里德曼代表的货币主义学派秉承芝加哥学派自由主义经济哲学的传统，把自由作为最终目标，把个人作为社会的最后实体。这个学派显然抓住了货币所具有的技术同质性的特征，以现代数量学派的形象力主采取控制货币数量的金融政策以消除通货膨胀，确保自由竞争市场的正常运行。他们深信自由竞争市场机制的巨大效率，而认为政府虽也追求效率，但是政府职能极有局限，政府行为极易出偏差，因而政府自身效率无可保障。同时如果采用建立在扩大政府权力逻辑上的"财政最重要"的凯恩斯主义政策，则势必破坏市场所拥有的巨大效率，造成全社会的低效率。

供给学派重新启动"供给会自动创造自己的需求"的萨伊定律，攻击凯恩斯主义鼓动下的福利国家政策，认为政府无限制地扩大普遍享有的福利开支以刺

---

① 米歇尔·博德，《资本主义史：1500—1980》，东方出版社，1986年版。

激需求，这是造成“滞胀”的根源。这一理论“使经济学家们首先关心各个生产者的动机和刺激，使他们从专心于分配和需求转过来，并再次集中于生产手段”，“集中在供给、集中在刺激的能力或资本的投资方面”①。因此，他们认为对政府干预的依赖是对效率原则的破坏。他们的经济哲学是“效率优先”，而平等则是竞争的机会均等，因而是自由竞争的保障条件。他们在设置了绝对机会均等的假设前提后，认为机会均等条件下的自由竞争才产生积极性、生产力和创新精神，这才是具有根本保障的效率。由此，他们论证了福利国家政策的低效率和无效率。理性预期学派用“理性预期”假设反对凯恩斯预期分析中的“无理性预期”，用具有个体主体性的因而也是理性的经济主体的效用最大化预期，来反对凯恩斯分析中在政府主体意识面前没有可靠基础的预期，从而证明政府的总需求管理不能实现产量和就业等真实变量的稳定，甚至短期稳定也不可能实现。

上述理论共同展示的，是凯恩斯主义“积极国家”对于整个社会的效率的破坏，尤其是对于市场机制所产生效率的破坏。而公共选择理论则集中分析政府自身效率的低下，从而论证了一个“政府——政治活动失败论”。詹姆斯·布坎南在1986年(这一年他因公共选择理论而获得诺贝尔经济学奖)说“公共选择理论与20世纪50年代的理论福利经济学中出现的‘市场失败论’一样，试图提供一个‘政府、政治活动失败论’”②。公共选择理论以非市场决策的政治决策、集体决策、政治行为尤其是政府行为为研究对象，但使用的是传统经济学延伸而来的方法，即把原先政治学研究的对象纳入经济学的分析框架之中。传统经济学发展到新古典主义阶段，主题就成为稀缺性资源的如何配置，侧重点是研究市场交易行为，其基本方法是“成本—收益分析法”。公共选择理论把这种“交易经济学”和“经济人”假设延伸到政治领域，政治过程就是政治市场中的交易过程，参与这一政治的交易过程中的人在本质上和市场交易过程中的人并无二致，都是“经济人”，即理性地追求效用最大化的个体。这种政治市场的交易过程即公共选择。这样，抽去了本质关系而具有技术同质性的市场交易过程，就成为政治市场交易行为分析的逻辑母体。参与政治市场交易的各方，包括选民、纳税人、政治家、政府官员等等，他们都作为“经济人”而对交易中发生的个人的成本与收益进行核算，以期使收益大于所需承担的成本，并追求效用最大化。交易经济学指明，决定这种效用最大化的不是主体的单方面选择，而是交换、交易的过程。因而在政治活动中，决定性的因素不是集团的决策，而是这些集团之间以及组成集

① 《吉尔德·财富与贫困》，上海译文出版社，1985年版。

② 布坎南.J·M·李伯特，《布赖顿的政府和市场》，威特舍夫书籍股份有限公司，1986年版。

团的个体之间出于自利动机而进行的一系列的交换。国家不是公共利益的代表者，而是参与政治活动者相互交易的市场。公共选择学派通过这种个体主义、人的经济学和交易理论，证明了政府缺陷的必然性，其中包括政府垄断公共物品供给，缺乏竞争机制公共物品生产难以实行有效成本核算，既缺乏降低成本的外部监督，又缺少降低成本的内部激励，政府机构不可避免的自我扩张趋势，包括人员增加和财政支出水平增加政府的寻租行为和利益集团通过政府的寻租行为。通过“经济人”假设和交易理论，公共选择理论证明了任何公共决策不存在“公共利益”的根据，在与公众有关的决策中，找不到“根据公共利益进行选择”的过程，而只存在各种特殊利益的讨价还价、相互妥协的“缔约”过程。而在国家机关内部的决策，并不存在向外界公开宣布的“公共利益”依据，而是以外部服务为借口实行的内部交易和相互服务，这种“内部效应”必然导致政府缺陷，导致公共物品供给和公共坏物品的克服的成本大大上升，社会资源大量浪费，经济效率大为降低，社会福利水平受损并难以为继。

公共选择理论证明了一个政府失败论，是为了批判凯恩斯主义的市场失败论，从而有效保护和利用市场机制，并把政府也纳入市场运作，犹如凯恩斯主义证明了市场失败论，是为了有效发挥政府干预的功能，使市场在政府的干预下有序运作。为此，凯恩斯主义提出的政策思路是通过财政渠道实施有效需求管理的刺激增长，而公共选择理论开出的药方是对政府的各种公共项目进行“成本—收益分析”，在政府内部启动竞争机制（比如让不同政府部门提供同一种公共物品或公共服务），允许私人生产者进入提供公共物品的领域，从而展开竞争等等。所以，凯恩斯主义和公共选择理论（也包括其他新保守主义经济学理论）的分歧是政府优先和市场优先的分歧，是把交易过程看作管理过程还是把管理过程看作交易过程的分歧，是担心“被钉死在灯柱上”而采取的政策和根本没有“被钉死在灯柱上”的担心而采取的政策的分歧。他们有一个共同点，都拒绝对过程、交易过程中的历史本质关系问题作出回答。对于他们来说，规范性问题争论的时期已经成为过去，这个已经成为过去的时代已经为他们奠定了巩固的价值前提，因此他们研究的范例就是过程（管理过程、交易过程），就是技术合理性这一研究范例之启端。如果说可上溯到世纪晚期马歇尔的经济学“边际革命”，那么完全转换的正是凯恩斯。新保守主义经济学的出现，在政策思路上对凯恩斯主义作出重大调整和补充，但总体上说仍然处于凯恩斯完成的范例转换的常规发展时期，这正是一个与当代资本的关系秩序相适应的时期。在这个学术时期，他们的理论，无论是凯恩斯主义者还是新保守主义者，都注定要陷于“政府干预”和“政府失败”的矛盾中。

四、“理性的自负”和“最低限度的国家”

我们并不想用某种短期的、暂时性的经验材料来说明具有长期倾向的历史趋势，但应该允许我们指出这样的历史事实，新保守主义经济学成为“政府经济学”以来，并没有给政府的效率形象带来预期的好处。因而在众多学者把政府的效率危机作为技术危机来治理的时候，还有两剂从伦理学方面开出的药方，一是哈耶克对“理性的自负”的抨击，一是诺齐克的“最低限度国家”。哈耶克是一位走了极端的自由主义经济学家，但他的著作有时更像伦理学或哲学。他的《通向奴役之路》曾名噪一时，而他晚年 1988 年发表的著作《致命的自负》①，更像一个哲学沉思录。他从人类“应付未知”乃是基于“习得传统”为立论基点，认为不是智慧、理性造就了道德，而是道德规范下的人际活动造就了理智：从动物本能到人类理性的进化桥梁是传统，这里人际活动的规范就是由财产权利发生的正义，“如果自由的人们想要共存，相互帮助，不妨碍彼此的发展，那么唯一的方式是承认人与人之间看不见的边界，在边界以内每个人得到保障的一块自由空间。”②他认为“理性主义者”、“科学主义者”的谬误在于对人的理性能力作了不真实的设定，即他们把在观测的基础上建立起来的“科学理性”，本只可能在观测者周围很小范围内理解和预测的事件，却不适当地被放大为可以通过与其他人的彻底交流和沟通观测并理解在广大范围内发生的事件，他认为，对于“未知”，理性毫无办法，只有依赖经历了无数未知而使人类幸免于难的“传统”。这样，在哈耶克的眼中，人类社会的整个秩序规则应是，在由道德传统提供的私有产权的基础上，通过“看不见的手”来运作，这对他在《通向奴役之路》中关于“常常使一个国家变成地狱的，正好是人们试图把国家变成天堂的东西”的观点作了哲学阐述。他在该书扉页引休谟的观点为自己的理论支点“道德的例律不是从我们推理的结论所得。”③由此，他批评了科学主义在哲学上的谬误和理性的“致命的自负”，即试图对传统进行整体设计和改造。这对于技术合理的国家无疑是当头一盆冷水，或者说是一剂苦得难以入口的猛药。然而，若是良药，苦又何妨，只是这一以理性怀疑主义、非理性的传统、不可知论为立论基点的自由主义观点，不仅早已陈腐，而且也挽救不了资本主义国家的效率危机。在 20 世纪以来生产越来越社会

① 该著作全称为《致命的自负：社会主义的谬误》，这里的谬误是指哲学上的，基本含义是指对理性的过度信赖。全书用大量篇幅讨论作为“自发的、非人设计的”、扩展秩序的资本主义。

②③ 汪丁丁，《经济发展与制度创新》，上海人民出版社，1995 年版。

化、越来越国际化、越来越组织化的大趋势下，管理理性已经是垄断资本得以存在的必不可少的条件，西方经济学许多关于政策无效性命题的统计检验的结果仍然有利于国家干预主义而不利于自由主义，即使是新保守主义经济学也都不敢全盘取消现代国家的“积极职能”，比如货币主义学派仍然必须肯定国家控制货币总量行为的合理性，供给学派仍然必须肯定国家通过财政手段(如税收)来刺激供给，以促使实现平衡；理性预期学派仍然承认政府提供经过全面收集、分析的信息的必要性。所以，标榜技术合理性的国家决不会喝下哈耶克这剂陈腐的苦药。

从伦理学论证中获得“最低限度国家”的诺齐克，尽管和罗尔斯一样声称复兴古典契约论的传统，但已和霍布士、洛克、卢梭大异其趣。他不是从作为历史分析的自然状态入手，而是从具有操作主义色彩的、仅是解释性目的的“自然状态”入手[①]，证明了一个不违反个人权利的“最低限度国家”的产生。这种“最低限度国家”，除了防止暴力、偷窃、欺诈和强制履行契约而外，没有更多的职能，否则将侵犯个人权利。这种“最低限度国家”最能鼓舞个人的探索精神、冒险精神、创新精神。诺齐克的论证乃是针对罗尔斯的社会协调型正义伦理而发，主张一种个人竞争型的社会伦理，一种仅限于保护个人自由权利的充分实现和绝对安全的“最低限度国家”。因而，罗尔斯所代表的是福利国家政策最为兴旺时期的政

---

① 诺齐克在《无政府、国家、乌托邦》第一章中预先声明，“政治哲学从自然状态理论开始有一种解释性的目的”、“对政治领域中的自然状态的解释、是对这一领域的基本的潜在解释，即使它们不正确，它们也仍然在解释方面取得了成绩，给我们以启发：我们从观察国家本来能够怎样产生的过程中学到了许多东西，即使国家并不曾如此产生，我们也将从辨明国家为什么不曾如此产生中，从解释与自然状态相歧异的现实世界的特殊成分，即人们如何把国家塑造成现在这个样子的尝试中获益匪浅。”参见《无政府国家、乌托邦》，中国社会科学出版社 1991 年版，第 1 页、第 16—17 页。这里的“自然状态”和罗尔斯的“未知之幕”在论证技术上完全相通。他们的“自然状态”、”未知之幕”中都有一个理性的经济人和相互(交换)交易的选择模型，因而其方法论更多借鉴了新自由主义经济学。戴维・伊斯顿在 1987 年说：“政治经济学的回归形成了政治研究的新方法：理性的人和公众选择模式这一方法是从经济学中移植来的。首先设想同假定的理性行为作出种种选择，再根据这种设想，建立政治行为的若干模式。经济学的这种技术创造，起初为经济行为研究所采用，尔后又推广到了诸如道德问题与其他政治学领域。在约翰・罗尔斯(John-Lawls)论述正义问题的著作的初始推动下，这种方法使政治哲学的一些基本内容与历史的和分析的研究相分离，使政治哲学家如以往那样关切研究正义和更高的道德性等实质问题：理性的模式使得新的政治哲学有可能要求与经济本身不分伯仲的逻辑性和精确性。因而，各种价值标准亦以一种合意的方式，觅见了自己返还科学研究的途径”。参见戴维・伊斯顿《政治生活的系统分析》，华夏出版社 1989 年版，第 4 页。这种方法论仍是 19 世纪末、20 世纪初开始的合理性的科学主义的延伸，而在新保守主义经济学中最为成熟，并由此向其他领域拓展。后行为主义政治学和“国家—社会关系”政治学派的出现在方法论上也受其影响很大。因而这种现象被称为“经济学大帝国主义”。

治哲学，而诺齐克代表的是减少国家干预的新保守主义经济政策抬头时期的政治哲学。两者的分歧，即如前面所分析，大体相当于害怕“钉死在灯柱上”的伦理和不顾虑“钉死在灯柱上”的伦理之间的分歧。所以，人们认为，罗尔斯的论说像是一个追求稳定秩序的福利型资本主义的“慈善家”，而诺齐克的论说更像是一个无所顾忌、精于冒险的“冷酷精悍的商人”。

对于标榜效率原则的“积极国家”来说，诺齐克的“最低限度国家”当然又是一剂苦药，但也并未被证明是良药。现代资本当然需要“冷酷精悍的商人”，但更需要具有“科学主义”头脑的专家，和善于进行技术核算的管理者以及技术上合理化的理性组织。从现代垄断资本的利益出发，可以对这种理性的组织作技术性的调整，但不容从根本上加以否定。所以，最后在诺齐克这里，“最低限度国家”更多的乃是一种具有鼓舞人心的力量的“乌托邦传统”，依据这一传统，“最低限度国家”只是作为一种“乌托邦结构”，能够允许和鼓舞人们基于自愿的探索、冒险与合作的乌托邦理想和精神。

（原载《江苏行政学院学报》2002 年第 5 期）

文化的怨怒与批判的软弱

——关于现代国家批判的一段不远的往事

“哲学家们只是用不同的方式解释世界”，这种故事总是不断重演。发生在上世纪关于现代国家的异化论批判，其叙事方式总体说仍是“用词句来反对词句”，即困守着文化批判的立场，以冷冷的怨怒和激愤的拒绝实现着虚幻的否定，呈现出至今已成定评的批判的软弱。不能仅是站在哲学的云端来反对现实的陆地，“问题在于改变世界”，这是学问家们不可不思考的一大问题。

关于现代国家，上世纪初以来西方主流政治学理论故事的中心情节，就是从各种不同角度（包括反思式批判的角度）为这种获得“总经理处”隐喻的国家作技术合理性论证①。这是在海德格尔称之为“技术时代”的文化背景下生成的政治学、哲学叙事。但是，在这种技术合理性论证的对面，现代国家的异化论批判（关键语汇集中在国家技术异化论批判）旗帜鲜明地构筑起自己的命题体系：技术理性并没有按照“上帝”的吩咐使人间变成天堂，而是使技术变成一种异己的、控制的、甚至是毁灭性的力量横亘在人类面前，窒息着人的生存价值和意义，使人类处于机械化了的、毫无希望的荒谬境况之中。技术理性引导着对自然的征服和蹂躏，从而使人类陷于环境污染、能源枯竭、人口膨胀、城市化病等等“自然的报复”之中；技术理性造就生产（也包括生活）的机制化和形式化，使人成为机械的附属品，其自然本性遭到了压抑；技术理性注重于效率和计划性的核算与目标追求，而使得人的需要（或价值）成为效

① 周毅之，《近代以来西方民族国家合理性论证的范式流变》，《江海学刊》2004 年第 3 期。

率目标的附属物；技术理性作为一种计算类型的理性，把一切具体物化约为抽象同一物，使质上的区别和非同一性强制性地纳入量的同一性之中，个性遭到否定，人也成为一种可计量的市场价值；技术理性崇尚技术规则的至上性，用技术过程取代一切，这导致人的物化、机械化和非人化，从而使人类丧失思想、丧失自由，陷于精神空虚和人格分裂中。所以，当技术理性展开了自身的进程，其形式结构就按照自身的逻辑而推进，从而成为支配一切的、尤其是支配个人的自在的目的。尽管这种技术理性具有可以通过计算的精确的合理性，但是它却用自己的方式毁弃了对终极价值的依托，遗弃了对生命意义的关怀。因而，近代社会以来，人类从宗教蒙昧主义中解放出来，却又陷入了技术蒙昧主义的黑暗之中，而这种技术蒙昧主义的政治图腾就是现代国家。这就是技术异化论者的主要批判思路，同时也是他们批判现代国家的主要立论基础。其中，在20世纪中期及稍后，尤以“西方马克思主义”总称谓下的法国存在主义的马克思主义、德国法兰克福学派的社会批判理论为引人注目。到现在，这段关于现代国家的批判已成渐去的理论往事，但回味起来，却对如何解读现代国家，如何建立今天人们对国家的现代叙事方式，应说有颇多可供反思的启示。

一、来自“超越性个人”的国家异化论的批判

凡对现代国家观展开异化论批判的，除了拉普等人的技术程序分析和新托马斯主义引导下的神学基础外，绝大多数都依托于人本学的立场，从抽象的人、人性、人的本质出发，以文化批判为其主要言说方式。属于这一统一立场中的批判首选当是存在主义哲学，其特殊出发点是“超越性个人”，是作为“个体自我”的人，是绝对优先的“个人主观性”。给当今时代以“技术时代”命名的海德格尔把克尔凯郭尔关于个人存在的思考系统化，创立了以“人的自我”存在为中心的体系，由此观察“技术时代”，人不过只是一种“技术展现”，是某种技术目的的“材料”[①]。雅斯贝尔斯从个人的“生活”和“体验”出发去寻求自己“本真”的存在，结果发现技术时代人被“平均化、机械化、大众化”，“个别的人已消失在类型之中”，“个人不再成为个人”[②]。以存在主义的马克思主义为中心论旨的萨特，视人的超越性存在、实为人的主观性标示着人比任何物都“具有更大的尊严”，所以他从

① 海德格尔，《林中路》//洪谦，《西方现代资产阶级哲学论著选辑》，北京：商务印书馆，1964年版。

② 雅斯贝尔斯，《存在主义哲学》，北京：商务印书馆，1963年版。

“个人的主观性”出发观察了官僚国家的异化存在。在萨特那里，现存的个人把他人当成非人工具，当成地狱（“等公共汽车排队者”的比喻），使实行恐怖统治和秩序控制的官僚国家成为必然。现代国家参与的这种外在的理性控制使人“公式化”，使作为实践主体的个人永远处于异化之中。

阿尔伯特·卡缪把这种个人的公式化、机械化概括为“荒谬”。在存在主义者论及国家的言论中，卡缪的政治哲学被西方学术界视为“显得奇特”。托马斯·索尔森在讨论卡缪的政治哲学时，首先引用利奥·施特劳斯关于当今政治哲学所处时代性困境的描述：“我们所处的基本困境是由现代自然科学的胜利所造成的。在这个基本问题没有得到解决之前，天赋权利问题的恰当解决办法是无法找到的。”正是在这种境况下，卡缪“像柏拉图那样，作为一个知识分子，他的主要任务就是寻找可以支持恢复秩序和正义的道理”。“卡缪思想的主题开始是人同宇宙的对抗，很快就变为人和国家的对抗。”①他和其他存在主义理论家一样从“单个个人存在”出发，认为在亚力斯多德形式逻辑精神引导下的世界中，“只有一个真正严肃的哲学问题，那就是谋杀”。“起床、乘车、四小时在办公室或工厂，吃饭、乘车、四小时工作、吃饭、睡觉，星期一、星期二、星期三、星期四、星期五、星期六，按照这种节奏周而复始——大部分光阴就这样流逝了。可是有一天提出了‘为什么如此的问题’，于是带着惊讶的神情对每件事开始感到厌烦。”②“你向我描述这个世界，又叫我把他加以分类，你列举出它的法则，而我由于渴求知识，于是信以为真。你把它的结构拆开，于是我的希望增长了。在最后的阶段你教给我，这个奇异多彩的世界可以分成原子，而原子本身又可以分成电子。你讲的这一切都是好的，我等你继续往下讲。但你给我讲肉眼看不到的行星体系，在那里电子吸引在原子核的周围。我认识到如果通过科学我能掌握现象并列举这些现象，但我却不能理解这个世界。”③这就是“思想清楚的现代人”，清楚得“永远不会懂得”，清楚得“永远不能理解”。这就是卡缪所概括的“荒谬”，是对个人的“谋杀”，一种“公开谋杀”。这是社会反对个人的行动，是国家实行的“合理谋杀”。所以他的政治哲学最终落脚于“为保卫人类以反抗政权而大声疾呼”④，为使人类摆脱西西弗斯式的命运而苦苦求索⑤。

卡缪在关于当代社会的“荒谬”的描述中，已经把批判引向日常生活领域。

---

①②③④ 托马斯·索尔森，卡缪，《政治哲学》//詹姆斯·古尔德，《现代政治思想》，北京：商务印书馆，1985年版。

⑤ 西西弗斯为古希腊神话中人物，因受天帝惩罚而在阴间服苦刑。其苦刑是把一块巨大的石头艰难地推到山顶，而刚一松开手，巨石又滚下山去。于是只得重新回到山下，再把巨石往山顶推，如此周而复始，永无止境。

关于日常生活的异化论批判，是存在主义哲学的一大特色。海德格尔在关于人的“日常共在”的分析中，虽然没有直接涉及国家问题，但已隐含着对“技术时代”的理性管理所造成的“常人”式的“平均状态”的否定。被称为当代日常生活批判大师的列菲伏尔正是在和海德格尔相接近的这种观点上，展开对现代国家的异化论批判的，并声称以此来重新理解和深化马克思的国家学说。

列菲伏尔坚决反对阿尔都塞关于在马克思和黑格尔之间存在“哲学断裂”的观点，认为在马克思和黑格尔之间存在的不是“哲学断裂”，而是“政治断裂”，即马克思对于黑格尔关于最高理性实现于国家的政治结论的否定，而代之以对国家的异化论批判和关于国家消亡的理论，并认为马克思完成这一政治断裂的方法论基础——异化论即来自于黑格尔。列菲伏尔认为马克思对黑格尔的“政治断裂”，不像阿尔都塞所认为的“哲学断裂”那样发生于《德意志意识形态》时期，而是发生于从《黑格尔法哲学批判》到《论犹太人问题》的著作时期，正是这两部著作奠定了马克思作为“国家评论家”的地位，其精华即是关于国家的异化理论。列伏菲尔重新恢复起青年马克思在国家异化理论中关于人的二重化的分析，认为正是这种“公民”和“私人”的分离使政治国家对于市民社会，犹如天上对于人间，是唯灵论的存在。认为在青年马克思看来，“国家拥有非人性的势力而支配着全部社会生活；它把这种势力巩固和确定下来。政治上的异化（连同政治迷信；正是这种迷信把凌驾于社会生活之上的一种生活归之于国家）在某种意义上是最严重的异化”[①]。但是，作为“存在主义的马克思主义者”的列菲伏尔对马克思国家学说的肯定大体也就到此为止，而他所肯定的恰恰也正是马克思很快就放弃并超越了的国家理论。列菲伏尔进而认为：“我要根据国家的概念来重新研究马克思主义，恢复马克思思想，重新研究异化、神秘、经常性和差异这些问题。”[②]由此开始了列菲伏尔对马克思的“补充”和“发挥”。

列菲伏尔在他的代表作《日常生活批判》中，猛烈抨击了发达资本主义国家共有的技术异化现象，这种技术异化使人们成为完全听命于技术和工具的奴隶，使生产、生活、业余活动以及家庭、婚姻、民族等日常生活一切领域单一化、标准化、规范化，从而压抑了人的本能，使人失去了自由、个性和主动性，处于一种普遍性的压抑性体系的统治之下。这个普遍的压抑性是由国家的普遍干预而参与形成的。因为现代国家要确保一切形式的生产和再生产。这种由国家普遍干预的介入而形成的压抑体系有两个特点。一是这种干预和压抑带着合理性的特征、“知”的特征，以一种公允的技术形象在社会中成为弥漫性的意识形态，并通

①② 亨利·列菲伏尔，《论国家》，重庆：重庆出版社，1988年版。

过现代化的宣传媒介和文化教育机构(教会、学校、各种文化设施),在社会各个角落里潜移默化。这使日常生活异化和国家异化相互推进,融为一体。列菲伏尔特别提到理论形态中的结构主义、控制论、技术性、科学性等各种具有现代性的形式主义,为这种由消费支配的官僚主义的社会提供了理性的外衣。据此,他在《论国家》中批判了福科在《古代的疯狂》中阐述的关于知识和国家的关联性理论。他指出:“在本书(指福科的《古代的疯狂》)的第一卷中,人们同样可以隐约看到现代国家和专门知识核心的组成之间的确定无疑地已取得的联系,也就是被强化了的、作为经济的组织者的、利用知识的国家和知识论幻想之间的联系。”①而这种“对知的量化、标准的确定,是一些体现,蕴涵着异化”②。

另一个特点是这种压抑普遍存在于生活的各个领域。列菲伏尔认为马克思制定了如“社会阶段”、“生产力”、“生产关系”等等概念,但在现代发达资本主义社会中,还必须加上消费、旅游、广告、城市社会以及诸如家庭、婚姻、两性关系、劳动场所、文化娱乐活动、消费方式、社会交往等等领域,因而还必须制定一些新的范畴。正是这些以现代福利国家名义生成的所有的范围、所有的时候、所有的方面实行的压力与压制所形成的“日常性”,对个人实行着规定,销蚀掉人的个性,分解掉人的创造力,使人在“福利国家”的氛围中把注意力转向生活方式,转向汽车、旅游、电视,而这正是资产阶级所支配着的消费和享乐。人正是在这种不知不觉的干预中“平均化”了,成为“常人”,而失去了“自己人”。

正是“在这个庞大而复杂的过程中,国家变成了社会和‘人’的尺度。它对所有的方面进行测量。计量制度象征着并且日益完善这种控制——国家对社会的尺度。”正是在这个过程中,人“通过了国家的卡夫丁峡谷”,人“缩小到了国家”。列菲伏尔认为,如果说在马克思时代,异化还表现为政治国家和市民社会的分离,而到现代发达资本主义时期,由于国家干预的普遍存在,经济基础和上层建筑的界限已经模糊,已经分不清公共政治生活和市民社会生活。异化已经“日常化”,表现为“人”和“自己人”的分离。他认为,在这种异化状态下,已不存在资产阶级国家的危机,而反倒存在着“公民的危机”,即“私人”日益把自己同国家视为一体,力图通过国家达到自己的私人利益,于是“公民正在消亡,与此同时,民主也在消亡”③。

由于已臻“高度精致”,文化批判论者们看不到“技术时代”国家这个“合理性”的政治巨灵的自身危机,有如沉沉暗夜中看不到一丝缝隙,批判展示出无可名状的苦恼与怨忿,时时在极度悲观中疾呼“拒绝”。列菲伏尔算是对膏肓之疾

①②③ 亨利·列菲伏尔,《论国家》,重庆:重庆出版社,1988年版。

开出了皮毛之药:微观革命——日常生活批判。简单地说,就是通过创造一种日常生活中异化形式的现象学,通过对这些异化形式作精巧的、丰富的描写来进行的问题研究,从而对日常生活领域中的异化现象进行批判。至今想来,这种批判不过是暗夜中飘忽的叹息。而在萨特,有的只是愤怒的抨击和无政府主义式的"拒绝",他在《七十岁自述》中说:"如果人们重读我的全部著作,人们将明白,我骨子里没有改变,我始终是无政府主义者。"[①]而卡缪却把自己的主题定为"自杀",为了反抗政权,反抗国家的"合理谋杀"而"反叛",同样带着无政府主义的色彩。他们中有的作家试图用异化论的新发挥来补充马克思,而不愿看到马克思已经实现了对这些方法论的超越。他们对马克思的补充之所以失败,多半是因为习惯使用胡塞尔的现象学方法,反对以人受社会存在、社会关系、生产关系等制约的观点来研究人,而只是从"孤独的个体"、"个体的主观性"、"单个人的存在"出发来观察人、观察"技术时代"和这个时代的国家。所以这种批判多半是悲观主义的诉说,他们不断地描写着人在技术国家这个现代政治巨灵面前的烦恼、恐惧、绝望和死亡,他们对现代国家的批判,常常满带悲怆,有时也颇为尖刻。这种悲怆,有如失却凭依者在黑暗的虚空中挣扎时的一种绝望情绪的流露;而那份尖刻,像是一个冷静的自杀者在临死前向人世间抛出的冷冷的怨怒。

二、关于技术化国家的"合理性——异化"分析

如果说存在主义者对国家的异化论批判更像孤独个体的内心体验的表述,而法兰克福学派的批判则表现出对社会的正面的干预性,他们称自己的理论为"社会批判理论"。他们用干预性的态度分析和批判"晚期资本主义"的社会问题:"一体化"、"同化"、"遏制质变"、"单面性"、"病态"、"合法性危机"等等。关于这些问题的制度性概括,哈贝马斯反复表达为这样两个趋势:"自 19 世纪最后 25 年以来,在先进的资本主义国家出现了两种引人注目的发展趋势:第一,国家的干预活动增强了,而这种干预活动必然保障制度的稳定性;第二,科学研究与技术之间的相互依赖性日益密切,而这种密切关系使诸种科学成了第一位的生产力。这两种趋势破坏了曾经是自由发展的资本主义特征的原有布局和状况。"[②]对这种趋势的强调,使他们对技术的异化论批判和国家的异化论批判密不可分,或者说,使技术合理化和国家干预的结合点——技术合理化国家成为他们

---

① 萨特,《七十岁自述》//全增嘏,《西方哲学史》下册,上海:上海人民出版社,1985 年版。

② 哈贝马斯,《作为"意识形态"的技术和科学》,《哲学译丛》1978 年第 6 期。

批判的重要对象。

社会批判理论的国家问题分析也有一个人学立场，但他们的人学立场是从“合理性——异化”的分析中体现出来的。这一分析，在他们这里的哲学前提是新康德主义关于价值理性和工具理性的分离，并由马克斯·韦伯对资本主义过程作了技术合理化的说明。韦伯把资本主义的经济和国家的机制领域，看作是技术合理性在其中推行社会发展的目的合理行动的从属体系，从而论证了资本主义过程的合理性特征，但同时他也满怀对资本主义前途的忧虑，预料到这种技术合理化的资本主义经济和国家机制的官僚主义化、社会关系的技术化，从而造成人的自由和人的思想的丧失，窒息合理安排生活的一种动员性的推动力。卢卡奇以对资本主义的否定而站在韦伯的对立面，用商品关系结构解释了这种“合理性”论题，并批判地将“合理化”表述为“物化”。因为这种商品关系结构要求人具有一种变为商品的职能，这种关系使“人际关系具有一种物的特征，这样它就获得了一种‘幻想的客观性’，一种自主性，似乎它成了如此精确的理性和包囊一切的东西，以至人际关系——它的这个根本性质的一切痕迹都被掩盖了”①。这种“物化是生活在资本主义社会每一个人所面临的必然的、直接的现实性”②。卢卡奇的物化理论和总体人的范畴，为法兰克福学派社会批判理论作了各方面的准备，但也把“对象化”、“物化”、“合理化”、“异化”概念上的含混而引起的误导留给了社会批判理论。阿多尔诺、霍克海默的技术理性批判就是以卢卡奇对作为物化的资本主义合理化的解释为基础，把对技术合理性的批判理解为“对物化的否定”③。但是，社会批判理论“对物化的否定”，比卢卡奇更多地引入了关于垄断出现后的现代资本主义现象的分析，突出指明“异化”已经丧失了它经济上贫困的明显形态，而更多地扩展到社会的文化精神领域。即因为发达工业化社会扩展了对自然的支配，创造了异常繁荣和轻松舒适的生活环境④，于是人在这种轻松自得中成为具有高度“合理性”工业文明的“奴隶”，成为屈从于社会政治需

①② 卢卡奇，《历史与阶级意识》，重庆：重庆出版社，1989 年版。

③ 哈贝马斯，《从卢卡奇到阿多尔诺：作为物化的合理化，交往行动理论》第 1 卷，重庆：重庆出版社，1994 年版。

④ 关于发达工业社会的繁荣与全球经济的两极分化、20 世纪“经济殖民主义”的关联，法兰克福学派极少给予关注，而只在论及卢森堡对马克思经济理论的补充时才被提到。他们把这种发达国家的繁荣主要归因于技术合理化进程和人的价值失落的代价，以完成他们的理论体系。如果引入“经济殖民主义”的经济学分析，那将势必严重破坏他们在发达工业文明封闭圈内对技术异化的文化心理批判的立论基点。这也是社会批判理论“重建历史唯物主义”努力中的一个困难环节。

要而又麻木地自感幸福的“单向度的人”。这种“单向度的人”在“合理性”的理智支配下，在自己并不意识到的过程中丧失了独立思考的自由，丧失了自主性。这就是“当代人的全面异化”。这就是社会批判理论分析现代国家的逻辑基础。

由此出发，社会批判理论在国家领域中集中批判了技术极权主义，因为这既是国家技术化的结果，也是因为对全社会合理化管理的技术理性所要求的国家对社会全面干预的结果。他们认为这种国家中的技术极权主义起源于启蒙运动。启蒙运动用理性精神使人从宗教蒙昧主义的统治中解放出来，但是，“启蒙总是致力于把人们从恐惧中拯救出来并且建立起他们的权威，然而经过启蒙的地球上都发散着洋洋得意的灾难。”“对于启蒙运动来说，凡是不符合计算和功利准则的都是可疑的”，一切都在“计算和功利准则”面前接受审判，因而“启蒙运动就是极权主义的。”①显然，霍克海默和阿多尔诺在这里所说的理性极权主义，是工具理性或技术理性的极权主义。即如马尔库塞说，正因为“凭借它组织自己的技术基础的方式，当代社会倾向于成为极权主义的。”②“现代国家和社会的复杂一体化已经产生一个技术行政制度，在这里，技术的合理性日益成为操纵的合理性。”③

对这种在国家领域中从“技术的合理性”向“操纵的合理性”的过渡，社会批判理论作了几个方面的分析。首先，技术合理性的国家干预参与造就了一种特殊的经济繁荣景象(同时也由于对自然的掠夺和对第三世界的掠夺，也包括对人的“精神的掠夺”，因而这种繁荣可称为“掠夺性繁荣”，这是社会批判论者有意无意忽略的重要之点。——作者按)，越来越多的消费品提供出来，社会“下层群众”就越来越牢固地被各种各样的统治官僚所束缚。于是，社会“面临着发达工业文明的一个最令人苦恼的方面：它的不合理性的合理特征。它的生产力和效率，它增加和扩大舒适面，把浪费变成需求，把破坏变成建设的能力，它把客观世界改造成人的心身延长物的程度，这一切使异化概念成了可怀疑的。人在他们的商品中识别出自身；他们在他们的汽车、高保真度音响设备、错层式房屋、厨房设备中找到自己的灵魂。那种使个人依附于他们的社会的根本机制已经变了，社会控制锚定在它已产生的新需求上”④。这种“锚定在它已产生的新需求上”的社会控制，就是现代国家的极权主义。马尔库塞认为，在这种“合理性”的极权

---

① 霍克海默，阿多尔诺，《启蒙的辩证法》//戴维·麦克莱伦，《马克思以后的马克思主义》，北京：中国社会科学出版社，1986年版。

②④ 马尔库塞，《单向度的人》，重庆：重庆出版社，1988年版。

③ 施罗尔，《晚期资本主义的批判理论》//《美国社会主义的复兴》，纽约，1971年版。

主义国家中,“为了抽象的自由观念而拒绝福利国家,这很难令人信服。经济自由和政治自由曾经是前两个世纪的真正业绩,而在能够使得被管理的生活安逸而舒适的国家里,这两种自由的丧失似乎是微不足道的损失”①。

接着,社会批判理论提出了“技术意识形态”范畴,用以说明正是科学技术为这种国家极权主义先定地设置了“拒绝发问”的意识形态,用至上的“合理性”论证了至上的“合法性”。“技术意识形态”范畴主要是针对本世纪上半期颇为流行的“意识形态终结”的理论而提出来的。“意识形态终结”理论是以强固的实证主义方法论传统的社会学结构——功能主义、政治学行为主义流派为主张,其主要论据就是管理时代取代了政治时代、技治政体取代了法理化政体,技术目的取代了意识形态(价值)目的,也就是说,是“公正、中立”的科学、技术的无可辩驳的地位使意识形态终结。而社会批判理论则针锋相对,认为科学技术“既是第一生产力,同时又是意识形态”,因为“在科学至上的思想支配下,科学和技术今天已经产生了意识形态的效果”②。本来,卢卡奇在《历史和阶级意识形态》中曾提出过,科学在资本主义生产中的全面泛化,已“转而成为资产阶级的意识形态武器”,“它必定把资本主义看作是由于自然和理性的永恒法则而预先注定永远存在的”③。把批判重心转向文化精神领域的社会批判理论大大发挥了这一观点,他们不仅认为科学技术会被作为意识形态的工具而受利用,而且直接就是意识形态,直接构成社会的“压制性”体系。“在一种新的意义上说,正盛行的社会控制形式是技术的。”④“社会的压制性管理愈是成为合理的、生产的、技术的和全面的,被管理的个人借以打碎他们的奴役枷锁并获得自由的手段和方式也就愈不可想象。可以肯定,把理性强加于整个社会,这是荒谬不堪的和丑恶可耻的观念。”⑤在此,社会批判理论对以实证主义为方法论基础的操作主义、行为主义、结构—功能主义展开了猛烈攻击,认为这些理论“构成了与社会要求的行为相一致的学术现象”⑥,“理论理性和实践理性、学术的行为主义和社会的行为主义在共同的基础上结合起来:发达社会使科学技术进步成为一种统治工具”⑦。

在上述分析的基础上,社会批判理论用技术极权主义范畴沟通了自由主义国家与法西斯主义国家之间的联系。他们认为,在单一的社会结构中,对技术理性的不断强调而达到固化为一种至上力量的统治的顶点,即是法西斯主义,而这

①④⑤⑥⑦ 马尔库塞,《单向度的人》,重庆:重庆出版社,1988年版。
② 哈贝马斯,《哲学在马克思主义中的作用》,《哲学译丛》1979年第5期。
③ 卢卡奇,《历史与阶级意识》,重庆:重庆出版社,1989年版。

种技术合理化正是启蒙运动的产物，并在自由主义国家奉行。因为在这种自由主义国家中，“在技术的面纱的背后，在民主政治的面纱背后，显示出这样一种现实：全面奴役，人的尊严在作预先规定的自由选择时沦丧。而权力机关……是残忍，它把所有对真理和公正的要求都踩在脚下。”[①]因而霍克海默曾说了一句著名的格言：不想论及资本主义的人，也应对法西斯主义保持沉默。马尔库塞补充了次级系统的所需条件说：“从自由主义向完全的极权主义的国家的转变在单一的社会结构中才会发生。由于注意到了这个经济基础的统一，我们才能说，是自由主义从它自身中‘产生’了整体国家，产生了完全的极权国家，作为它自己在一个更高的发展阶段上的完成。”[②]在这里，社会批判理论在技术极权主义的意义上，把法西斯主义国家看作是自由主义国家在一个更高的发展阶段上的完成。

在极权主义的含义上阐述了自由主义国家和法西斯主义国家之间的关联性，应该是社会批判理论在现代国家批判中的独到之处。但是，联系以上整个分析可以清楚地看到，这种关联性的基本含义是技术合理性对人的“全面奴役”，是“人的尊严在预先规定（技术理性的规定）的自由选择时沦丧”。因而可以说，社会批判理论关于国家的“合理化——异化”的分析，是以“技术——文化心理分析”为核心区域的。他们关于国家异化的结论，就是通过这种“技术——文化心理分析”获得的。他们认为，面对现代资本主义社会，分析中的生产力、生产关系、阶级、阶级冲突已经成为传统范畴，因而应该转向技术系统、合理性、一体化、单面性、人际关系异化等等。也就是说，用关于国家的“技术——文化心理分析”代替关于国家的“生产力——生产关系分析”。关于这一点，卢卡奇在述及自己的理论失误时认为，“《历史与阶级意识》跟着黑格尔后面，也将异化等同于对象化”[③]。这一失误被社会批判理论继承了，于是，人与自然关系系统中的技术系统，无条件地构成为异化的根源，并直接就是异化本身。由于对技术系统的必然存在和技术系统在资本主义生产关系中的功能状态的合一，社会批判理论就在保守的实证主义面前丢失了决定性的地盘，自愿地或者被迫地放弃对资本主义经济——社会关系的客观分析，而把自己的批判仅仅保留在文化心理分析的地盘上。所以，弗洛伊德主义方法论的引入，是社会批判理论学理传统的必然要求。

应该承认，“技术——文化心理分析”对于揭露现代资本主义的病态特征具有重要价值，因为与自由资本主义时期相比，这种病态特征已经以无可比拟的程

① 马尔库塞，《反革命与造反》//《工业社会与新左派》，北京：商务印书馆，1982年版。
② 戴维·麦克莱伦，《马克思以后的马克思主义》，北京：中国社会科学出版社，1986年版。
③ 卢卡奇，《卢卡奇自述》，北京：社会科学文献出版社，1986年版。

度深刻化和泛滥开来。但是，这决不意味着对资本主义的“技术——文化心理分析”已经可以代替“生产力——生产关系分析”。因为这两者的分析对象不是时间上的交替式的连续，而是资本主义社会基本矛盾及其所派生的病态特征的关系。现代资本主义社会中，物质消费水平的量上的变化取消了资本主义基本矛盾的内在冲突，这是社会批判理论的一个无根据的假设。由于这个假设，就把批判转向了文化心理领域，而把资本主义经济——社会关系的领地交给了保守的实证主义势力盘踞。所以，社会批判理论在硕大无比的技术极权主义国家面前，除了文化心理批判，除了一味地高呼“心理革命”、“意识革命”、“拒绝”、“人的复归”而外，再无其他出路；除了游民、移民、流氓无产者、部分青年知识分子之外，再无其他社会力量可以凭借。在他们关于技术文明蜕化为野蛮奴役的批判中，不乏有愤激而有震撼力的词句，但是，在野蛮的暗夜里却没有确有把握的文明亮点，因而尽管满纸忧愤，也只能是以浪漫式的批判作悲观主义的情绪宣泄。即使有哈贝马斯辈作后期“重建”，企求在“交往合理性”中消解这种异化，但正如戴维·麦克莱伦说，在关于免受歪曲和统治的、相互理解和统一的交往形式扩大的问题上，“不管怎样，必须承认哈贝马斯远未明确这个社会的实现”①。

三、批判，该走出“用词句来反对词句”的叙述方式

回顾上述异化论国家观批判，在抨击现代国家这个“自由的牢笼”、“无形的恐怖”时确有震撼人心的词句，对于消除异化、重建现代人文价值目标确有热切的追求。但是，这一切只是发生在哲学云端里的故事，风吹云去，地上的山还是那座山。这种文化上的拒绝，呈现出来的是批判的底气不足；这种悲观主义的怨叹，展示出来的是批判的软弱。

历史上的故事常有大同小异的情节。马克思曾批评青年黑格尔派只是用“哲学”去反对“德国”，尽管有“震撼世界”的词句，但仍是“用词句反对词句”。他说，布鲁诺·鲍威尔为代表的理论派“认为目前的斗争只是哲学同德国这个世界的批判斗争，而没有想到现存的哲学本身就属于这个世界，而且是这个世界的补充，虽然只是观念的补充……它的根本缺陷可以归结如下：它认为，不消灭哲学本身，就可以使哲学变成现实”②。在这里，马克思的思路是，在使哲学变成现实中，超越出“作为哲学”的哲学，也就是从哲学的云端降落到实践的陆地，实现在

① 戴维·麦克莱伦，《马克思以后的马克思主义》，北京：中国社会科学出版社，1986年版。
② 马克思、恩格斯，《马克思恩格斯全集》第1卷，北京：人民出版社，1961年版。

陆地上的行走与开掘，而不是沉湎于云端里的怨怒。

这种哲学云端里的沉湎，有一个方法论上的重要环扣值得关注。异化论国家批判有一个共同性的文化立场：对以科学、工业为支柱的现代化的疏远、逃避和拒绝。其他异化论批判家们也没超越这个巢穴。自卢卡奇而下，异化论批判家们大多把对象化和异化混为一谈，因而当他们论及消除“物化意识”的时候，实际上是在谈论用“唯灵论”式的唯心主义观点取消唯物主义；当他们谈论“扬弃异化”的时候，实际上是在做着把对象性的存在一并扬弃的说明。进到技术和国家的领域，则在反对“技术暴政”的同时，否定了技术系统的存在和进步；在批判技术极权主义国家的同时，宣扬一种不负责任的无政府主义或个人主义乌托邦。他们在批判中把技术系统推到了自己的对立面，把国家批判交给了技术批判，却正好把现实的生产关系以及其他社会关系的批判留在了无事端的冥冥之中。

应该说，技术异化、国家异化，只能是一个可以有限接受的提法，消除异化的思路也不可能存在于异化论理论家们的批判逻辑之中。所谓可以有限接受技术异化、国家异化的提法，只是说异化这一术语在人们普遍熟悉使用的含义下，能在一定程度上陈述资本主义社会的某种病态特征，即物对人的反对与奴役，非人格的技术系统对主体的约束和控制，以及由此延伸的国家管理技术系统对人的操纵。这种关于资本主义社会病态的异化论陈述可以作为对资本主义社会病态的一种批判，但远远不是对资本主义本质关系的终极分析。如果把这种关于资本主义社会病态的一种陈述，视为对资本主义的终极分析，并把这种批判看作为人道主义、人的解放的价值关怀的实现途径，就有点近乎一种现代的唯灵论。这种现代的唯灵论，遵循着抽象的人道主义的哲学思辩，固守“头脑的批判”，而排斥任何关于资本主义“生产生活”的客观的科学分析，从而在异化的玄机中把科学、技术扔进了黑暗的魔鬼之域。

“用词句反对词句”的故事，不敢说到今天就已经结束了全部的情节。在眼下企求通过各种词句式的“解构”，使现代国家“碎片化”的，依然不绝如缕。但是，这种努力常常如果不是沉没在彻底的虚无主义之中，便是在想象中真实地描绘着无法成为可能的幻影。这种把现实关系宣布为“圣物”(异化的果实)而后加以“葬送”的批判，只能是用一种对现存的东西的“解释”来反对原先对这种现存的东西的“解释”，而“绝不是反对现实的、现存的世界”。马克思称这里“满口讲的都是‘震撼世界’的词句，而实际上他们是最大的保守分子”[①]。但是，列菲伏尔曾经对自己的异化论批判充满信心：“是的，异化一词充当了显影剂和催化剂，它

① 马克思、恩格斯，《马克思恩格斯全集》第1卷，北京：人民出版社，1961年版。

把被修辞冲淡了的和被知识枯竭了的无数事实，集中于唯一的一个词。它比剩余价值或生产力有计划增长概念的真正的——必须重复一遍，精辟的——理论更有意义。由于有了这个词，遭受的痛苦就转变为清醒的力量。凡是拥有这种清醒力量的人，就会知道为什么而斗争，应该反对什么，反对谁，依靠什么，依靠谁。提出有关异化的一种形而上学的理论的黑格尔将政治异化弃之不顾。谁提到政治异化的？是马克思。只要参考一下政治异化，就能避免国家拜物教，也就是说，可以避免在力量的'神赐的能力'面前吓得发抖，也用不着接受国家借以合法化的政治体现。"[①]这里且不说对马克思关于国家异化问题全部理论线索的误读[②]，仅就当下世界并未因为这个宣称"痛苦就转变为清醒的力量"的批判，就再也"用不着接受国家借以合法化的政治体现"，这一事实表明，没有"改造世界"这一底气的批判显得何等脆弱。这段往事渐去了，但反思的成果是值得记取的，尤其是在我们要推动建设和谐世界的今天。

（原载《南京邮电大学学报（社会科学版）》2006年第3期）

① 亨利·列菲伏尔，《论国家》，重庆：重庆出版社，1988年版。

② 周毅之，《应当重申马克思已经实现的方法论超越》，《江苏行政学院学报》2005年第6期。

国家范畴在西方政治学中的复归及其原因考察

19 世纪末 20 世纪初开始的政治学科学主义，把国家置于经验观察、实证性研究的解剖刀下，传统价值含义失落，国家被视为“技术合理性”层面上的无意义的空壳，因而在政治学中失去独立的中心范畴地位。但此后与之相伴却是现实政治生活中的“巨型国家”的出现，和国家的独立价值取向的强化。这迫使人们不得不重新关注国家范畴，并在新保守主义和新自由主义思潮推动下重新认识国家范畴的价值含义。因而国家范畴在西方政治学中渐次得以复归，当然不是在 19 世纪国家范畴意义上的复归。

自 70 年代始，尤其是 80 年代以来，以美国为主导力量的西方政治学中，国家范畴获得了很大程度的复归。这一复归的发端潜在于后期行为主义政治学实行的“新的革命”，得力于法国“新马克思主义”政治理论家普兰查斯关于国家相对独立性的研究，而突出显现于“国家—社会关系”理论针对多元主义理论发起的争论，以及关于“权力精英统治”的研究。这一复归同时也折射着西方社会对 20 世纪巨型国家的批判，以及关于“究竟谁在统治美国”的问题求解。国内学界已开始注意到这一动向，并引起关于政治学、政治哲学，尤其是关于国家学说的新的思考。

一

国家范畴的复归，自然是针对国家范畴在政治学中的舍弃而言。国家范畴在政治学中的舍弃，从其学理渊源上说，是对高扬于

18世纪、延伸于19世纪的理性主义政治观的突破，是对本质主义、规范主义国家观的悖逆。由于理性主义政治观的高扬，在本世纪初以前的学术史上，国家范畴一直在欧洲，包括美国在内的政治学说中占据主导地位，是政治学研究不可或缺的核心概念工具。政治学在特别讲究学术体系严谨的德国，直接就称为“国家学”。在爱德华·史密斯和阿诺德·泽切尔合编的《美国政治词典》中，给政治学下的定义是“社会科学的一个分支，研究国家的理论、组织、政体和实践”；而给政治理论下的定义则是，“一般说来是关于国家的起源、形式、行为和目的整个学说。”①这一表述被指认为现代相对立的“19世纪政治观”的典型表现。

自上世纪末至本世纪初政治学作为独立的社会科学分支学科出现在美国。所谓“独立的”分支学科，主要是指政治学从原先无法分离的哲学、伦理学中独立出来，因而一开始就主张区别于哲学、伦理学的科学主义的研究取向，反对形而上的、规范主义的方法论。这样就把国家置于经验观察的、实证性研究的解剖刀下，价值原则开始失落，国家渐渐被视为“技术合理性”层面上的无“意义”的空壳。在美国，政治学早先的“历史—比较分析”学派和其后的“现实主义”学派，都在这个视角下观察国家。但尽管如此，国家仍不失为政治学研究的中心概念。

继后于本世纪二、三十年代兴起的美国“新政治学”运动中，情况开始发生变化。“新政治学”运动在方法论上和上世纪末科学主义一脉相承，特别强调放弃“哲学家的方法论”，用社会学、心理学、人类学、生物学、统计学、经济学、物理学的方法来改造和促进政治学研究。但一个重要的新现象是国家范畴中心地位的动摇开始表面化。“新政治学”运动领袖之一的乔治·卡特林认为，把政治学的领域界定为“研究国家”是“不自觉地带有国家主义的时代精神的偏见”。这里的“时代精神”指“近代”含义上的，卡特林认为国家是一个近代现象②。他在政治学研究中引进经济学方法，认为应像经济学把握“经济人”那样，政治学的分析对象应从国家转向“政治人”，并以此为对象进行自然科学式的“政治实验”。反对者仍然有，如威廉·Y·埃利奥特认为政治学无法做任何有价值的实验，政治学的目标是论证国家的真正目的和实现这些目的最有效的方法。这里的分歧既是政治学方法论上的，同时也是关于国家范畴的。但这种反对者的声势总是强弩之末。经过二、三十年代的“新政治学”运动，国家范畴在政治学中的地位便日渐衰落。

当“新政治学”运动在美国勃兴的时候，在欧洲政治学视野中，国家范畴仍然占据着主导地位。但是，对国家范畴的挑战也已经开始，这里自然应提到英国的

①② 詹姆斯·A.古尔特，文莱特·V.瑟斯比，《现代政治思想》，商务印书馆，1985年版。

哈罗德·拉斯基和法国的莱翁·狄骥。拉斯基前期思想中，猛烈地批判了关于国家的“神秘主义一元论”，从而视国家为多元的社会团体之一种，其性质和应该拥有“主权”的职业团体、工会以及其他组织如俱乐部之类是相同的，并借用杜威的世界多元论中的“多元主义”来描述所有这些理论对象。于此，国家范畴的一元化地位便开始在多元主义框架面前发生了动摇。而狄骥所论证的“工团国家”则是由工会团体、雇主团体、各种公职人员协会、农业协会、小工商业者协会等团体组成的一种“公共服务”性的“劳动集团”。他认为，在这里，“公务概念就代替了公共权力的概念；国家变成一个劳动集团，不复是一种发号施令的权力，而握有公共权力的人们只有为了确保共同的合作才能使这种权力合法地动作起来。”①这样，政治学观察的对象就必然是拥有“社会权力——工团的权力”的各种社会团体，国家只是其中作为“公共服务”的一个“劳动集团”，因而渐渐无需作为政治考察的中心范畴。

而真正在政治学领域中给国家范畴的主导地位以决定性否定的，还是“二战”后美国行为主义政治学的兴起。在欧洲，拉斯基并没有把自己的多元主义理论坚持到底，而狄骥的“工团国家”也不过是一种论证中的企望。美国的“新政治学”运动简单照搬自然科学方法、经济学方法，不足以形成完整的理论框架来取代以国家为核心范畴的政治学体系。而行为主义政治学则为打破国家的核心范畴地位提供了独特的方法论基础。行为主义方法论的核心是试图使政治学中的经验主义研究取向更具纯科学主义的特性，即如罗伯特·达尔所表述：“用已观察到的和可能观察到的人的行为来阐明一切政治现象。”②戴维·伊思顿强调彻底贯彻“经验取向”，因而必须以“政治系统”范畴取代国家范畴，以保证研究的明晰性、准确性、无“价值”杂质的纯科学性。这种方法论基础使政治学研究关注的是现实的政治运作而不是政治本体，是政治过程而不是政治性质，是关于政治生活中的“是怎样的”观察而不是关于“为什么”的思辩。因此，以经验观察的“行为”为基础的政治学就转向社会过程的研究，国家范畴因无法适应对社会过程各对象的统合而被放弃，并转向寻找新的范畴。哈罗德·拉斯韦尔认为政治学应研究政治中的影响因素和被施加影响者；戴维·杜鲁门认为政治学应研究利益集团的政治和调节利益集团利益冲突的过程；E·C·班费尔德认为政治学应研究解决和讨论问题的一般活动，如谈判、辩论、讨论、力量的运用和说服等等行为。此中最具代表性的是政治学系统主义者伊斯顿提出的“无国家政治系统”范

① 狄骥，《宪法论》，商务印书馆，1959年版。

② 辛格，《政治思想史：第2卷》，英文版，1980年版。

畴，结构——功能主义者加布里埃尔·阿尔蒙德提出作为比较政治分析的概念工具的“政治体系”范畴，多元主义者提出的研究多元社会力量角逐各种价值物的“矢量”与“矢量之和”。至此，国家范畴似乎已经“无地可容”，似乎已经被行为主义方法论者们从政治学领域中“扫地出门”了。

二

但是，1985 年纽约坎布里奇大学出版社出版了新政治经济学学者 P·B·埃文斯、D·鲁谢迈耶、T·斯科施波合著的《使国家回归》一书，代表着当时吁求“使国家回归”到政治分析中来的趋势。曾经自视用“无国家政治系统”范畴给“国家”范畴的核心地位以“毁灭性”打击的戴维·伊斯顿，敏锐地注意到这一点。在 1987 年的一篇序文中，他不得不承认，“政治科学中的一个旧式术语‘国家’(state)再度成为研究的热点”。“现在，人们已经相当普遍地把‘国家’作为分析的核心定向范畴予以采纳和适应。”他一面仍然过度自信地认为，政治系统分析“迄今尚未遇到竞争对手”，但同时又不得不慨叹，“这一术语(指国家范畴)与迄今仍然普遍使用的‘政治系统’概念比肩而立，两者之间的关系尴尬局促”①。1985 年在巴黎召开的国际政治学会第十三届世界大会，力图探讨当代政治学研究的新趋向，而其中心论题就是“国家的演化及其与国内社会和国际社会的相互作用”②。

国家范畴在西方政治学视野中的回归，其发端应该说可上寻到 70 年代美国后行为主义政治学者们对行为主义政治学研究取向的细微的修正。在 60 年代美国政治学界，行为主义方法论几乎可以说是占压倒性优势。但是，严峻的挑战紧随发生。一是国家范畴的缺失，使理论失去对现实政治生活中的激化起来的矛盾和冲突作本质把握和整体观照的能力。在严峻而活生生的政治现实面前，“非政治化”的、“真空实验室”式的行为主义政治学显得苍白无力，不得不采取回避现实或漠然置之的态度，使行为主义者被指责为“冷血的政治科学家”。二是用普遍主义的社会过程范畴彻底消除了国家范畴，虽然对国家行为的某些方面作出了科学主义的说明，但在说明 20 世纪巨型国家对社会生活的全面干预方面，在说明国家行为的独立性方面，却暴露出行为主义政治理论的许多薄弱环节。于是，行为主义论者对自己理论研究的取向不得不作出调整，实现一次行为

---

① 戴维·伊斯顿，《政治生活的系统分析》，华夏出版社，1989 年版。

② 王沪宁，《当代西方政治学分析》，四川人民出版社，1988 年版。

主义政治学的“新的革命”(伊斯顿语),从而出现了后行为主义政治学。后行为主义政治学肯定关于现实政治冲突、政治发展的研究比“纯科学主义”的“精确理论”重要得多,从而重新肯定价值原则对政治学研究的介入,肯定官僚集团成员们的价值偏好对公共政策的影响,从而肯定了“关于统治目标的系统的考察”。这样,后行为主义者们就从原先行为主义者关于纯抽象的社会政治过程的研究中,过滤出关于政府公共行政、公共政策、政府决策、国家公职人员价值偏好等等问题的研究。这实际上已开始给国家范畴让出了地位,尽管极为狭窄,极为朦胧。

后行为主义政治学强调引入古典经济学方法论,这一方法论的核心是“理性人”假设和理性选择模式。包涵于古典经济学的关于理性国家、国家和社会分离的理念,本身就包含着对行为主义政治学所持的普遍主义的社会过程国家观的悖逆,并自然地肯定规范研究的地位,引出国家范畴。戴维·伊斯顿很清楚地看到这一点。他在评述P·B·埃文斯等人所著的《使国家回归》一书时,指出其中关于对国家范畴回归的吁求,即是“以新的政治经济学的名义”[①]。但是70年代的后行为主义远未走到这一步,他们热衷的并不是国家,而是公共政策研究。按照伊拉·沙坎斯基概括,即为研究政府的重要活动[②]。按照托马斯·戴维的概括,即政府选择要做或不做的决定[③]。后行为主义关于公共政策的研究保持了行为主义关于政治过程分析的手段和方法,但观察的视野中已经突显了国家在社会生活中的作用,正如新多元主义代表西奥多·洛威认为,“公共行政管理必然构造和改变多元主义的运行体系”,否则,“无论是多元主义的理论还是多元主义的实践,都不会有任何意义”[④]。但是,由于行为主义的基本理论信条排斥国家范畴,因而不可能把国家的权力结构、政治法律制度、官僚组织体系等等,作为独立因素考察;他们可以把国家公职人员的个人价值偏好对公共政策的影响作为对象考察,但不可能把这一价值偏好作整体的、独立的意志来考察。

在欧洲,规范的、思辨的政治学传统始终没有断线。其中对现代技术官僚国家的批判十分激烈。这些批判有不同的哲学立足点,其中具代表性的如存在主义的、异化论的、弗洛伊德主义的、新康德主义的等等,并作为一个影响因素而介入60年代末和70年代初“欧洲风暴”。但是,这些批判,矛头对准现代科层制技

① 戴维·伊斯顿,《政治生活的系统分析》,华夏出版社,1989年版。

② 沙坎斯基,《公共行政:政府机构中的政策制定》,芝加哥,1972年版。

③ 托马斯·戴维,《理解公共政策》,新泽西,1978年版。

④ Theodore · J · Lowi, The End of 69。

术官僚国家的“荒谬性”、“单面性”、“技术专制”、“非人化”等等，其方法论从主导方面说是规范主义的、伦理学的。其中当然也不乏深刻之处，但在政治学、包括政治哲学领域中，都还难以和行为主义政治学抗衡，而只能保留“各说各的”权利。而能够给行为主义方法论以正面回应，在现代政治学意义上把国家范畴重新引入政治分析的，是尼科斯·普兰查斯。传统政治学中，国家范畴的核心地位主要是靠本质主义、规范主义方法论支撑的。行为主义之所以能在政治学领域中把国家范畴一举“放逐”，一个关键性的原因是对本质主义、规范主义方法论的突破(这也正是上述存在主义等等理论在政治学领域中无法和行为主义抗衡的一个重要原因)。而普兰查斯重新唤起对国家范畴的热情，其所凭借的方法论基础不是传统本质主义、规范主义，而恰恰是与之对立的结构主义。普兰查斯并非有意于和行为主义发起论争而形成自己的结构主义国家观，而是在和人道主义、历史主义的理论对立的意义上使用结构主义方法论的。流行于 20 世纪的结构主义哲学，既与传统的本质主义、人道主义观念相对立，同时也是对于归纳法、对于庸俗经验主义的突破。《大英百科全书》1977 年版给结构主义所下的定义是，“结构主义是对于社会、经济、政治与文化生活的模式的研究。研究的重点是现象之间的关系，而不是现象本身的性质”。结构主义关注的不是“现象本质的性质”，这就和本质主义区分开来；同时也不只是关注纯经验的现象本身，更多的是关注不能凭经验观察和证明的关系、过程、规律、结构等等，这就实现了对绝对经验主义的超越。它也标榜“科学的严谨性”和“绝对的客观性”，但是并不把自己窒息在纯实证的经验现象之中。普兰查斯正是在这一点上，并非有意地，但却是真实而有力地对行为主义方法论实行了超越。普兰查斯在结构主义的立足点上认真观察了“二战”后西方发达资本主义的技术官僚国家，作出了“国家的相对独立性”的概念。他视这种国家既非各垄断集团的“共同财产”，也不是一种空洞的、中性的、无意义的物，而是一种“关系”，是“各种力量平衡的集中体现”。国家的相对独立性表现为，以国家为一方，以垄断资本和整个资产阶级为另一方的两者之间的一种关系，一种总是根据阶级代表制和政治组织产生的关系[①]。普兰查斯关于“国家相对独立性”的观察，是在对行为主义方法论实现一种特殊的超越的基础上，把国家范畴重新列入政治学领域，在欧美政治学界产生了很大的影响。伊斯顿认为这是马克思主义对美国社会科学的第三次冲击(第一次是 19 世纪马克思在世时，第二次是 20 世纪 30 年代大萧条时期)。他说，“在第三次冲击的过程中，马克思主义，尤其是尼科斯·普兰查斯的著作中所阐述的结构主义的

① 《马克思主义研究参考资料》，总第 184 期。

马克思主义，对于当前社会科学的方向和某些理论已产生了重大影响。这种新生的马克思主义使‘国家’这一概念得到了复苏”①。他这里描述的不仅是欧洲，更多的是美国政治学领域的趋势。

国家范畴在美国政治学领域中的再度崛起是从80年代初开始的，其代表是在与多元主义政治学激烈争论中出现的“权力精英”理论，国家—社会关系理论。这些理论在美国政治社会中吸引着来自左右两个方面的支持者并激起很大反响。后期行为主义理论在对原先行为主义政治学研究取向作出某些调整时，虽然已经在社会政治过程中过滤出政府行为、公共行政、国家公职人员及其价值偏好等等观察对象，但由于他们一味地在伊斯顿所说的“宽轨理论”中走，因而无法对上述过滤出来的观察对象实行统合，只好任其悬浮于纷繁的社会过程之中。普兰查斯作为“结构主义的马克思主义者”，在分析“国家的相对独立性”时，强调这种国家在资本主义生产方式的结构中的地位，强调这种国家与资本主义生产方式中阶级斗争领域的特殊关系，因而其独立性具有相对性。而国家—社会关系理论则立足于国家在社会生活中的完全的独立自主性。他们在和多元主义者的论战中，强调权力精英统治。认为国家是构成官僚科层制集团的权力精英们控制的政治实体，独立于社会之上，对社会实行统治，国家具有独立的价值意向和自身利益。他们批评多元主义者只是一味地津津乐道于社会多元力量政治竞赛中的规则和程序，孜孜不倦地构筑一套符合具有“高度技术合理性的”操作图式；他们反问多元主义者：“对从来没有机会参加竞赛的人民大众来说，竞赛规则又有什么意义呢?”在回答“在美国政治竞赛中，谁在组织竞赛？谁(如果有的话)有控制竞赛的能力？谁胜、谁负？谁参加，谁没有参加”的问题时，他们直截了当地认为控制着政治竞赛的是国家官僚集团，是权力精英阶层。在对行为主义政治学已经厌烦的许多人看来，这种理论“更真实地描绘了美国的政治竞赛，这种理论的支持者把社会看成是联合起来的，不代表人民的精英所统治的。这些精英为他们的成员搞到重要的决定地位，而主张下面无权过问。这些掌权者并不代表社会上各种利益。他们只是追求自己的利益并且不让出现不同观点。美国政治不是相互之间保持权力平衡的多元群体的集合体，而是由没有异议的、冷漠无情地控制政治竞赛的经济、政治和军事领袖组成的精英统治”②。

这一理论明确主张政治学研究中国家范畴的复归。因为他们认为考究的是和社会过程相互独立的权力实体，因而无法回避国家作为重要概念工具的作用。

① 戴维·伊斯顿，《政治生活的系统分析》，华夏出版社，1989年版。

② 加里·沃塞曼，《美国政治基础》，中国社会科学出版社，1994年版。

E·A·诺特林泽在评论“使国家回归”这一理论召唤时，对关于国家的独立自主性理论的内容作了描述，其中包括：国家是一个政治行动的主体，国家制度是政治行为的基础和前提；国家内部制度结构上的因素，决定着国家公职人员的价值偏好对公共政策影响的范围和程度；国家的强大的独立自主性来自官僚组织内部的协调以及种种制度设施和手段；国家的制度结构和行为对社会力量、社会运行具有决定性的影响①。在这里，政治学所观察的是具有独立自主性的国家如何及在多大程度上影响了社会，而不是如行为主义者所观察的那样，是社会生活中宽泛无边的政治过程。行为主义者把政治学过度的社会学化，而国家—社会关系理论则把政治学观察定位在和社会相对而言是独立的、作用于社会、或和社会交互作用的国家之上。至此，国家范畴的回归就成了题中应有之义。

三

国家范畴在西方政治学研究中的回归，其涵义并不仅仅限于政治学学理传统的演变，同时也深刻地折射着20世纪西方发达资本主义社会中国家生活的变迁，甚至也折射着20世纪人类政治生活的某些重要方面。伊斯顿论及行为主义学理方向的后期修正时说，“与其说是科学的逻辑，还不如说是种种社会问题为社会科学确定了前提”②。

以卡特林为代表的一批学者曾认为，国家是一种“近代现象”。他们认为把政治学研究界定为“研究国家”，是“不自觉地带有国家主义的时代精神的偏见”。他们认为国家是一种“近代现象”的观点，似乎并未获得普遍认同。因为，国家不仅是一种近代现象，同时也难以否认是一种现代现象。问题不在于20世纪存在不存在国家，而在于20世纪的国家与近代国家所存在的区别。

20世纪西方社会中的国家，当以“二战”后五六十年代的状况为典型，和自由资本主义时代的国家相比发生了很大变化。这是资本主义从19世纪末开始的自身蜕变所引起的。从19世纪的后30年到20世纪的二次大战，资本主义世界有过两次短暂的繁荣期。一次是1895年至20世纪头10年，另一次是第一次世界大战后的恢复期，但总体上说，这段时间里始终笼罩着衰退的阴影。然而正是在这次大衰退期间，资本主义掌握了新的调节自身的手段，对自身实现了全面的重新组织。在19世纪前半期的危机中，资本主义的社会调节主要通过这样两

① 《美国政治科学评论》，1988年第82期。

② 戴维·伊斯顿，《政治生活的系统分析》，华夏出版社，1989年版。

种方式，一是价格下跌，兑现价格大幅下降，淘汰一批最脆弱的企业；二是失业和实际工资减少，工人消费能力锐减，从而重新开始以较低价格雇佣劳动力的新周期。这两种调节手段从本质上说都是依赖市场的力量，而国家则是忠实地充任着有产者的“守夜人”的角色。这个时期的国家，至少具有三个特征：其一，由于刚刚经过对神权国家的否定而来，因而呈理性国家形态，对国家的观察以规范主义方法论为主；其二，由于资本主义自身调节主要通过市场，所以国家是“小政府”型的；其三，国家是和社会过程分离的，因而作为政治学观察的视角必然定位于国家这个中心范畴，而不是关于社会过程的范畴。

而在经过上世纪末到本世纪初的大衰退之后，资本主义不得不放弃原先的两种调节手段，并采取新的手段。其一是工业资本的积累和集中，卡特尔、托拉斯组织的形成，金融资本和工业资本的融合，私营公司中的“计划部门”和公共经济中的“政府部门”迅速成长，进而走向国家垄断。对这一集中化的过程，人们原以为将窒息资本主义的生命，没想到却使资本主义对自身的调节大大增强了可检性程度和合理性程度。其二是资本主义不得不承认新的阶级力量对比和种种社会力量的成熟，不得不放弃旧式的、重新以较低价格雇佣劳动力实现新的循环的调节意图，而采取通过各种社会法案，通过新的管理方法，使包括工人阶级在内的社会力量成为资本主义调节的一个构成部分。最具代表性的是30年代美国工人运动成为罗斯福新政的重要社会力量。由此可见，资本主义两种新的调节手段并不否定市场，但从主导上说是依赖国家的力量。这个时期的国家，具有了和近代国家不同的新特征。其一，由于国家成为资本主义自身调节的主导性力量，因而出现了国家对社会的全面干预，并出现了一个庞大的科层制官僚集团。所以有人称20世纪国家为“巨型国家”，或谓患了“国家巨人症”。其二，20世纪“巨型国家”对社会生活过程，尤其是经济过程实行全面干预的方式，不同于近代国家那种独立于社会之上对社会实行纵向强制的方式，而是看上去似乎融通、统一于社会过程之中，通过社会的渠道、市场的渠道来实现。比如通过国家预算调节，开办公共经济，创建“帮助失业者劳动介绍所”，实施社会福利和社会服务，开办“社会谈判”等等，使国家看上去更像一个社会性的经济机关、福利机关、服务机关，而政府行政人员不过是属于如社会经济机构中的管理人员一样的“经理”范畴[1]。因而20世纪国家被视为“协作国家”、“工团国家”、“社会国家”、“服务国家”、“福利国家”等等。这种调节方式和行为，似乎使巨型国家一下子消融于社会过程之中，只剩下巨型的宽泛无边的“无国家政治系统”。其三，由于通

① 詹姆士·布恩汉姆，《经理革命》。

过社会法案等等方式，把包括工人阶级在内的各种社会力量作为资本主义自身调节的构成部分，因而国家看上去不再是有产者的“守夜人”，而成了“多元国家”，或者是社会多元力量“竞赛”的舞台，不再具有意识形态的、统治的特征，不再具有规范性、本质性意义上的属性。于是，政治学观察的视角就排斥了价值的介入，而从国家范畴移向“普遍主义”的社会过程。其四，由于资本主义自身调节的可检性程度的提高，作为政治参与力量的多元社会力量的成长，国家生活也渐渐失去神秘的、“形而上”的色彩，成为可理解且可操作的对象。于是对政治的观察似乎不仅不再需要国家为概念工具，而且其方法论基础主要是技术合理性，也无需价值的介入。这就是政治学中行为主义理论出现的大背景。

康德曾把近代化的时期看作“理性高扬”的时期，而韦伯则指出继近代理性精神之后出现的工具理性和价值理性的相悖，以及工具理性的张扬。行为主义政治学正是立足于这一工具理性原则，把20世纪巨型国家“通约”于社会过程之中，从而“漂净”其本质和意义，使之和一切社会过程中的观察对象都具有“通约性”、“可比较性”，于是一切只剩下对技术合理性的追求。20世纪的巨型国家，在这里实际被视为巨型技术工具。

但是，20世纪巨型国家无论怎样也无法掩去它对社会全面干预、全面垄断、全面控制的本性。刚经过30年代大萧条和二战的苦难，以“自由”换“福利”的意识在社会心理层面上还可以接受，因而行为主义方法论对国家的特殊视角一时成为热点。但是，人们不能长期满足于巨型国家之下的“全面受控”状态，更何况这种受控状态下的“福利”也日益暴露出危机，于是出现了60年代末到70年代初的“欧洲风暴”，并延及美国，继而出现美国的“反政府运动”。同时由于“福利国家”政策的危机引起经济生活中的新保守主义势力的抬头。这些都为认识国家对于社会的独立性、国家范畴在政治学视野中的重新回归创造了契机。

基于工具理性的关于国家的“纯技术合理性”设定，是单面的，因而也是不真实的。20世纪巨型国家对社会的全面干预以及与此相关的人的全面“受控”、“异化”状态，很快遭到来自人道主义方面的猛烈批判，并在60年代末和70年代初酿就一场先发于欧洲，延及北美的所谓“反文化的革命”(Counter—Cultural Revolution，伊斯顿语)。批判的矛头之一就是指向20世纪巨型国家，并指向论证这种国家的工具理性。存在主义政治理论家列菲伏尔把国家理论和异化理论一道，作为自己理论的“两条主导线”。而这“两条主导线”的关系并非并列，他是用存在主义的异化论方法来批判“异化”了的国家。他认为“国家拥有非人性的势力而支配着全部社会生活；它把这种势力巩固和确定下来。政治上的异化(连同着政治迷信，正是这种迷信把凌驾于社会生活的一种生活归之于国家)在某种意义上是最严重的异化"①。可视为西方60年代末"新左派运动"精神领袖的马尔库塞同样猛烈批判"由技术合理性的政治"所造成的"福利国家",认为其实质是"作为支配并超越个人之上的独立力量而建立起来的流水线技术装置",这种"流水线装置"实行着对"人"的专政。福利国家看上去保持着多元体制,但是,"在资本主义最发达的阶段上,这种社会是一种被征服的多元体系,其中,相互竞争的制度共同把整体凌驾于个人之上的权力凝固化。"在这种国家里,由于"被管理的生活被认为舒适的、好的",这样,"单向度的政治行为"就有了合理物质基础。"为了抽象的自由观念而拒绝福利国家,这很难令人信服",于是,"奴役永久化"就有了充分的理由②。而当这场欧洲"新左派运动"掀起的政治风潮沉寂之后,结构主义成了欧美"知识分子的鸦片"(法国社会学家阿隆语)。普兰查斯用结构主义的方法继续解剖垄断资本主义的国家,分析技术合理性设定而形成的科层制官僚集团,形成国家"相对独立性"范畴,在欧美政治学界被视为马克思主义的"第三次冲击",使国家概念进一步复苏。

西方的上述"反文化的革命"延及美国,同样引起对巨型国家的关注,并构成为70年代上半期美国反政府运动的一个原因。这次反政府运动的触发点是尼克松"水门事件"。但是,深知美国政治的人几乎没有人幼稚地把这场运动仅仅归因于那次"政治窃听"。其更深刻的原因,在于60年代下半期开始表面化和尖锐化的一系列社会矛盾和危机,使美国人发生了"究竟谁在统治美国"的思考。这些社会矛盾和危机中最突出的如:经济衰退和通货膨胀、公共福利危机和税收增加、政治经济权力的集中和多元主义政治理念的幻灭、贫富差距的拉大与社会对立、种族歧视和反种族歧视斗争、环境污染和能源危机、社会道德危机、越南战争、核军备竞赛等等。这些问题的突出,使美国社会不得不追问在政府决策背后实际发生作用的价值取向,而不仅仅是决策的操作程序和行为方式。国家的统治属性问题、政治意识形态问题,不可避免地"摆到桌面上来了"。关于美国现实社会生活,达尔在《谁在统治》一书中所作的多元主义的结论,无论如何也不能使追问"究竟谁在统治美国"的人满意。这也是卡特自称是"华盛顿以外的人"未受"政治污染",因而力主美国文官制度改革,一举竞选成功的政治原因。紧接着的美国文官制度改革和政府机构改革,正与对独立的国家官僚集团的关注互为因果。

七八十年代国家范畴的回归,另一个更深刻的原因是欧美经济生活中新保

① 亨利·列菲伏尔,《论国家》,重庆出版社,1988年版。

② 赫伯特·马尔库塞,《单向度的人》,重庆出版社,1988年版。

守主义势力的抬头。战后垄断资本主义的发展，经过五六十年代的“繁荣期”，到70年代出现了无可回避的“滞胀”。1974年由能源危机触发了经济衰退，宣告了凯恩斯主义理论和政策的失灵。继之而起的是以货币学派、供应学派为代表的新保守主义的抬头，并进而构成撒切尔政府、里根政府的政策哲学的基础。新保守主义学术旗帜就是恢复经典经济学的哲学信念来反对凯恩斯主义。经典经济学崇尚不受国家干预的自由市场，崇尚“自由”的个体对自身利益的理性选择。在这种经济学的哲学信念中，经济社会和政治国家是相互分离的；在他们的政治学视野中，国家和社会是分离的。以1929年的大危机为标志，宣布自由调节市场实际毁于它自己所塑的复仇女神，产生了两个结果，一是一些国家中出现了法西斯主义，二是另一些国家中出现了“福利国家”。其本质是一致的，即国家对经济社会全面恢复干预。而新保守主义的历史责任就是要重新把国家从经济社会中分离出来。他们认为，“日益增长的(美国)联邦政府宏观管理职能和社会安全措施在培育着一个正在发展的官僚政治，并促使经济决策政治化，这反过来又产生了无效率，失去对私人部门的刺激，并且还产生了这种行为，即利用增加政府项目之类的政治许诺来代替私人活动，拉拢那些动摇的投票者”①。这种经济意图引导或迫使政治学对国家作出独立的观察，把全面干预经济社会而患着“国家巨人症”的国家从一般社会过程中分离出来，对“使经济决策政治化”的特殊的官僚政治作出批判性分析，尤其是对这个巨型国家中，可以“用增加政府项目之类的政治许诺来代替私人活动”的官僚集团的利益、价值取向作出说明。“国家—社会关系学派”便在这种氛围中应运而生。他们重新把国家范畴恢复起来，用来分析“权力精英”集团是如何通过他们占有的地位、他们自己的“组织”来实行对社会的统治的。他们的结论和多元主义者相反：“经由政治竞赛产生的政策反映了精英同大多数人的冲突，也反映了精英对大多数人的统治。”“精英是通过他们的成员占有的地位来统治国家的。权力并非来自个人，而是来自组织。……(国家的)领导职位并不对一切人敞开。它们只准富豪和权贵，即这个国家的统治阶级来担任”，“这个有势力的阶级控制了国家经济，并基本上一致认为政治权力应该用来维护这种经济现状。”“社会结合在一起不是靠普遍的一致，而是靠强力和控制：精英对大多数人的控制。”②这一理论不仅在美国政治学界，而在美国社会激起了强烈的反响，主张国家范畴回归的新政治学运动由此走向热点。

① 查尔斯·K.威尔伯等，《经济学的贫困》，北京经济学院出版社，1993年版。

② 加里·沃塞曼，《美国政治基础》，中国社会科学出版社，1994年版。

四

国家范畴在政治学中的回归问题，至今仍是西方学界争论中的问题。未来走向还有待观察。但通过上述过程和原因的分析，有几点简要的结论是清晰可见的。

其一，80 年代以来国家范畴在西方政治学中的回归，表明资本主义自身调节手段的再一次变换已露端倪。20 世纪初的变换，是从仰赖市场为主导力量转向以国家为主导力量，这一次转换则是从以国家为主导力量转向再度肯定市场力量。当然，这一次转换的调节模式的选择仍在过程之中，但可断定不会回到自由资本主义状态中去。这一转换，可能预示着资本主义一次新的阶段性变迁和自身重组。

其二，在这个大背景下，政治学界争论中凡主张国家范畴回归的理论和学派，都强调官僚集团及其组织机构的独立的价值取向，强调这个独立主体对大多数人的统治和管理。这一结论得到来自左右两方面的支持。其中之一强调"精英政府"的合理性，认为应该充分保证社会个体（包括个人、公司、社会机构等）为实现自身利益而进行的竞争和选择，只有"市场"力量不触及的职能才归于政府，因而只能是一个"精英小政府"；而且，认为"被意识形态和爱国主义象征迷惑了的一般公众"，是无法弄清国家某些领域中的精英统治的。支持者的另一方强调对 20 世纪巨型国家的批判，强调批判多元政治掩盖下的权力精英对大多数人的统治和"全面控制"，因而要求对美国现行制度进行"根本性的变革"，从而建立真正的"多元民主"。而作为与上述理论争论另一方的多元主义政治论者，则认为美国已经有了多元的民主制度，而改革的手段和机制就包含在现在的制度之中，因而反对"根本性变革"的结论。由此也可以看出，行为主义政治学理论所具有的自由主义面目和政治保守主义本性。

其三，统观"二战"后行为主义政治学的兴起和发展，其政治倾向上都带着政治保守主义基调。这些研究都主张"排斥价值"或"价值中立"，坚持经验主义、实证主义、技术主义，而其实，无不先定地存在着一个对现行政治制度的价值肯定。这一点，从 60 年代末到 70 年代初芝加哥学派对美国国内政治冲突的冷漠中可以看到。而在结构—功能主义学派的代表加布里埃尔·阿尔蒙德等人进行比较政治研究时，其作为参照系的优先模式是美国的政治制度，因而在西方也有人称其难免"意识形态沙文主义"的嫌疑。多元主义者在与国家—社会关系理论的争论中，强调权力精英统治在美国并不存在，努力为现行政治制度辩护，也可证明上述判断。由此也可以从反向说明，直至现今以及今后相当一段时期内，观察政治无法回避政治评价，无法回避价值问题，无法回避国家范畴。即使说本质主义、形而上学的政治学研究已成理论的历史，但这一点绝不意味着政治学理论视野中应该舍弃国家范畴、价值范畴。

其四，应该承认，行为主义政治学打破国家范畴在政治学中主导一切的局面，使政治学获得了一次繁荣的机会，使研究领域从原先的国家的起源、形式、目的，以及宪法、政体、制衡、权利、自由、民主等等方面，迅速扩张到比较政治分析、政治系统、政治发展、政治结构模型、政治社会化、政治人格、政治心理、利益集团、公共决策、公共传媒、选民行为等等方面，出现了如政治经济学、政治社会学、政治心理学、政治人类学、发展政治学等等多门新的边缘学科，并为政治学研究开发出许多新的视角、新的课题、新的研究方法和新的技术手段。因而应该说对政治学的发展是有贡献的。但由于对国家范畴的舍弃和对价值原则的排斥，导致政治学研究过度地“非政治化”和社会学化，因而这种繁荣呈现出畸型的特征。而作为矫行为主义之枉的新政治学派的出现，重新提出了国家范畴的复归，这为观察垄断资本主义社会中的科层制官僚集团提供了新的视角。但是，由于过度地把国家和社会相互分离，在两者间的相互关联和中间地带的观察上留下了薄弱环节。争论的状况表明，他们注意到价值原则的地位，但仍然无力对付锋利的“休谟的铡刀”。现在西方经济学界正在这方面努力寻找出路，政治学也必须在这方面寻找出路，但恐怕还有一段相当长的坎坷跋涉。

其五，现在，在美国的政治学界，行为主义理论仍有相当实力，在公共政策研究中仍占优势；但是，国家——社会关系学派正日渐引起人们的关注。他们也把视野投向东方国家。美国学者 E·J·帕莱 1989 年在《世界政治》杂志第 4 期的一篇文章中说，“当代的中国，作为历史上最长久的政治体系的继承者，为国家——社会关系理论的研究提供了一个极好的实验场所。”[①]从一定意义上说，国家——社会关系理论的方法论可以为我们借鉴，以考察国家对社会的作用，以及国家和社会的双向关系。但是，作为东方社会主义大国的中国，其社会经济制度、国家制度、政治组织运行和发展的规则，与西方社会大异其途。抽象掉这些差异，仅作某些“可资比较”的共同性范畴的观察，有时难免要出差错。英国经济学方法论权威马克·布劳格在《经济学方法论》中称，20 世纪的经济学家很像《哈姆雷特》中的奥菲丽娅指责的那些“粗野的牧师”[②]。在政治学中，也应防止如布劳格所比喻的那些“粗野的牧师”使奥菲丽娅误入歧途。

（原载长春《社会科学战线》1996 年第 5 期）

① E. J. 帕莱，《当代中国的国家和社会》，世界政治，1989 年第 14 期。

② 马克·布劳格，《经济学方法论》，北京大学出版社，1990 年版。

应当重申马克思已经实现的方法论超越

——以马克思对国家问题的观察为案例的分析

应当重申马克思已经实现的方法论超越。这是因为，一些论者按自己的解释框架“捏塑”马克思的方法论；亦或有在“捏塑”之后宣布对马克思的“超越”，其实是重回马克思已经超越了的旧方法论立场。本文以马克思对国家问题的观察为案例，通过对马克思思想历程的重温，厘清马克思逐个超越旧方法论立场的历史唯物主义方法论生成线索，消解对马克思方法论的种种“捏塑”，澄清在“捏塑”后声称超越马克思的各色方法论立场其实只是已被马克思超越了的旧方法论立场的重新翻版。

一、有必要重温马克思的理论历程

凡是名人，都有一种危险，即被后人在构筑各自的学术体系时，随意捏塑，各逞自己的意图。套用中国经学史上的一句话谓“六经注我”，到临了“六经”尽失，剩下的只有“我”。抑或有在“捏塑”之后，宣布对这一理论及其方法论（实为已经“捏塑”了的前人理论）的超越。马克思的学说在当代就面临着这种困扰。美国多元主义政治学的主将罗伯特·达尔说，“在热心人的心目中，大智者很可能是一些光耀夺目的名字——柏拉图、亚里斯多德、马基雅维里或马克思”，但是，“寻找大智者的行为是枉然的。因为我相信，令人伤心的事实是，任何人不论怎样聪明，他所能提供的也不过是一丁点儿政治知识而已”①。因为他认为这些大智者两千多年

① 罗伯特·达尔，《现代政治分析》，上海：上海译文出版社，1987 年版。

来精心研究的大道理，不过是一种相互矛盾的假设。达尔把包括马克思在内的“大智者”划进本质主义的阵营，视马克思是一个规范论者，并用他以行为主义命名的实证的方法论，宣布对前人的超越。

与上述相反，也有把马克思阐述法、国家等现象时使用的“物质的生活关系的总和”①视为粗朴的经验直观的物质生活，并把历史唯物主义实际改写成绝对的经济主义和庸俗的经济决定论。这在第二国际一些理论家中尤其突出。弗罗姆描述这种情况时说：“在形形色色的说教中间，也许没有什么观念比马克思的‘唯物主义’观念传播得更为广泛了。在有些人看来，仿佛马克思认为人的最重要的心理动机是希望获得金钱和享受，这种为获得最大利润而作出的努力，构成个人生活和人类生活中的主要动力。作为对这种观念的补充的是下述这个同样流传的看法：马克思没有看到人的重要作用，马克思对人的精神需要既不重视，也不了解；马克思的‘理想人物’是那种吃得好、穿得好而‘没有灵魂的人’。”②

当然，作为法兰克福学派理论代表之一，弗罗姆本人并不认为马克思的学说就是用“经济主义范畴和唯物主义范畴”所构筑起来的“框架和模式”，而认为马克思主义实质是哲学的批判，人本主义的批判。这是法兰克福学派共同的理论观念，也是同存在主义的马克思主义学者们精神上的相通之处。萨特认为马克思的哲学是一种“人学辩证法”，是一面人道主义的旗帜。正是在这个意义上，他肯定马克思主义的生命力远未衰竭，它依然是我们时代的哲学。我们不能超越它，因为我们不曾超越产生它的历史条件。对这种把马克思人本学化的理论取向，阿尔都塞作了理论反思，又提供了一个“反人道主义”的马克思的形象。而自诩“纯学术”地研究马克思的阿尔文·古尔德纳则说：“我的论点也许就是，最初的马克思主义有一个‘原核矛盾’，而且它将产生和循环地再产生出这种精制理论的两个被圈围起来的子系统，我称之为‘科学的马克思主义’和‘批判的马克思主义’。”③

如果说，有规范主义的马克思、有实证主义的马克思、有人本主义的马克思、有科学主义的马克思，或者有两者兼而有之的马克思，如此等等，究其实际都不过是重塑于各个学派的方法论框架之中的马克思，而不是原本意义上的马克思（从这意义上说，我赞成“走进马克思”）。而真正马克思的学说，则是在对这些方

---

① 《马克思恩格斯选集》第 2 卷，北京：人民出版社，1995 年版。

② 弗罗姆，《马克思关于人的概念》，转引自《社会科学战线》1996 年第 3 期。

③ 阿尔文·古尔德纳，《两种马克思主义：理论发展中的矛盾和异例》，纽约：西伯里出版社，1980 年版。

法论(这些方法尽管屡有形式更新,但其内核在历史上也早“似曾相识”)实行超越而得以铸就的。马克思学说的形成历史,可以说正是对唯心主义、对形而上学、对庸俗经验论的超越的历史。所以,我们有必要重温马克思的理论历程,以寻求马克思已经实现的方法论超越。由于马克思早年方法论的生成与变化特别多地表现在政治批判中,所以本论题以马克思对国家的观察的方法变迁为案例。

二、理性国家:从卢梭、康德到黑格尔

在马克思主义的国家理论诞生之前,马克思最早不是理性国家的批判者,而是一位国家理性主义者。理性主义,曾是资产阶级民族国家的哲学旗帜和合法基础。马克思是在波恩大学和柏林大学初期,研究法哲学时从康德那里接受了理性主义政治学,并通过康德而实际接受了卢梭的影响[①]。但是,经过不到两年的短暂时间,马克思就越出了这一理性自由主义国家观的界区,转向黑格尔哲学。这在马克思关于民族国家认识历程上虽不算是一次根本性的超越,但也是为最终根本性超越作了重要铺垫的关键一步。

在波恩大学和转到柏林大学初期的时间里,马克思倾注精力,矢志于构建一个法哲学的体系,写成近三百印张的材料,但最终自己竟发现,“体系的纲目近似康德的纲目”[②],可见这段时间马克思的政治哲学受康德影响之深。当时的德国讲坛上,历史法学派正通过对雅各宾主义的批判来攻击理性主义国家观,宣传保守主义政治哲学,马克思一开始就与这种保守主义哲学相抵触而站到它的对立面。同时,黑格尔的国家学说、法哲学理论颇为风行,但其国家主义的言辞使潜在的革命性一时难以发现,马克思起初并“不喜欢它那种希奇古怪的调子”[③],马克思热衷的是康德(还部分包括费希特)的带着理想主义色彩的理性自由主义哲学。声称从卢梭那里“学会了尊重人”的康德,力主“以人为目的”,每个人为自己立法,作为公民人人平等,力主构成国家的自由、平等、独立的纯粹理性原则,这对马克思产生了很大的吸引力,以至起初并没有认真对待这种思想原则、这些“善良意志”的空泛与软弱。年轻的马克思不惜以拖垮身体为代价而精心构筑起来的法哲学体系,其关于实体法的学说中的“私法”部分,分为“A. 人对人的权

① 从马克思这段时期所遗文稿中,直接找到引用卢梭的地方并不多,但在马克思所构筑的先验的法哲学体系中已可见卢梭的“人服从自己立法才是自由”和“作为公民人人平等”的思想影响。而后来到《莱茵报》时期、克罗茨纳赫时期、《德法年鉴》时期,其前期影响的表现就比较明朗了。

②③《马克思恩格斯全集》第40卷,北京:人民出版社,1982年版。

利”、“B. 物权”、“C. 在物上人对人的权利”[①]，和康德关于权利的设计，即“人格权”、“物权”、“物质性质的人格权”几乎一一对应。而康德关于权利的设计则是按照他的理想主义方式接受契约论学说的结果，这些权利关系是根据契约而发生的[②]。但是，康德并不认为这种契约是现实的，而认为是理想的，是一个概念。他认为这种契约可以理解为每个人给自己的立法，这和卢梭的社会契约论相通，但他又无法认为这种每个人给自己立法是现实的，所以他说，“说明人民如何构成他自己的国家的活动就叫作原始契约。正确地说，这不过是表述出如何正当地构成自己的国家的过程的一个观念”[③]。他把自由、平等、独立描绘得十分动人，但最后交给了“彼岸世界”，这是他的哲学的致命缺陷。这一缺陷使马克思很快看到了全部体系的“虚假”[④]，而与之发生了决裂。

马克思与康德理性自由主义的决裂，还不是和理性主义的决裂，而是从卢梭、康德的理性主义转向黑格尔概念的理性主义。在当时是黑格尔最有力地批判了应有与现有的对立，指出“哲学所研究的对象是理念，而理念不会软弱到永远只是应当如此，而不是真实如此的地步”[⑤]。在黑格尔以前，已有人发现了近代自然法理论、理性主义国家学说的内部矛盾，休谟首先指出“理性”一词的内部矛盾，从而使自然法体系发生了动摇；卢梭在自然状态和现实状态的对比中，把友好、仁爱、善良的“心灵的理性”和理智、知识、科学进步的“头脑的理性”对立起来，为了寻找出路而把希望寄托在“心灵的理性”上；康德则希望在自然法动摇之际重建“理性的信仰”，他在此岸世界和彼岸世界的对立中，把自由、平等、独立这些原则视为先验的“外在的人权之纯粹理性原理”，“把这个善良意志的实现以及它与个人的需要和欲望之间的协调都推到彼岸世界”[⑥]。在“是”与“应该”、“实然”与“应然”的对立上，休谟、卢梭、康德的观点可说是在启蒙时期最具代表性的，他们的共同性在于方法论上的分析原则，把对立双方的各自领域分离开来，封闭起来，以企分而克之。而黑格尔却具雄图大略，希望通过一种最新、最强有力的综合逻辑，通过扩大了的理性概念，把被休谟、康德的分析所分割开来的概念加以整合，这就是黑格尔庞大的唯心主义辩证法体系。马克思抛开了自己法哲学体系中的那种从“应有”开始的推演，转向黑格尔的这个庞大体系，这个体系的开端是“存在”或“实有”。马克思讲述自己的这段转变：“我从理想主义……顺

①④ 《马克思恩格斯全集》第40卷，北京：人民出版社，1982年版。

② 黑格尔，《法哲学原理》，北京：商务印书馆，1982年版。

③ 全增嘏主编，《西方哲学史》下卷，上海：上海人民出版社，1985年版。

⑤ 黑格尔，《小逻辑》，北京：商务印书馆，1981年版。

⑥ 《马克思恩格斯全集》第3卷，北京：人民出版社，1960年版。

便提一提，我曾拿它同康德和费希特的理想主义作比较，并从其中吸取营养……转而向现实去寻求思想。如果说神先前是超脱尘世的，那么现在它们已经成为尘世的中心。”①“康德和费希特在太空飞翔，对未知世界在黑暗中探索；而我只求深入全面地领悟在地面上遇到的日常事物。”②

马克思的这一转变，尽管没有最终越出理性主义的界区，但在政治哲学中对先验的规范主义的方法论已是一个重要的阶段性突破。尽管这时马克思处于黑格尔的唯心主义理念论的阴影之中，但是已经找到了沟通“应有”与“实存”、消除其封闭与对立的辩证法思路。指明这一点，对于当代政治哲学中的争论很有意义，这不仅表明波普等人关于马克思国家学说具备本质意义特征的理解不符合马克思学说的事实，而且也表明当代政治理论中关于经验论和规范论、过程主义和本质主义的种种争论，尽管有不少提法翻新，但在基本取向上仍难免有旧话重提之感。马克思在和康德、费希特理想主义的理性论告别时，曾有一段对数学独断论的批判。他在批判自己的“法的形而上学”的体系时说：“这里首先出现的严重障碍正是现实的东西和应有的东西之间的对立，这种对立是唯心主义所固有的；它又成了拙劣的、错误的划分的根源。开头我搞的是我慨然称为法的形而上学的东西，也就是脱离了任何实际的法和法的任何实际形式的原则、思维、定义，这一切都是按费希特的那一套，只不过我的东西比他的更现代化，内容更空洞而已。在这种情况下，数学独断论的不科学的形式一开始就成了认识真理的障碍，在这种形式下，主体围绕着事物转，这样那样议论，可是事物并没有形成一种多方面展开的生动的东西。三角形使数学家有可能作图和论证；但它仍然不过是空间的一个概念，并没有发展成任何更高的形式；需要把它同其他某种事物对比，这时它才有了新的位置，而对同一对象采取的不同位置，就给三角形创造了各种不同的关系和真理。在生动的思想世界的具体表现方面，例如，在法、国家、自然界、全部哲学方面，情况就完全不同：在这里，我们必须从对象的发展上细心研究对象本身，决不应该任意分割它们；事物本身的理性在这里应当作为一种自身矛盾的东西展开，并且在自身求得自己的统一。”③重读马克思的这段批判，似可觉得马克思对当代政治哲学中先验的、形而上的独断论的衰落、伦理主义国家观的衰落已早有预言，而技术主义国家观的庸俗实证论的贫困亦属情理之中。马克思的这一转变应当说得益于黑格尔。正如列宁所说，“马克思和恩格斯不止一次地指出，他的智慧的发展，有很多地方得益于德国的大哲学家，尤其是黑格尔”④。从对于资产阶级民族国家的批判来说，黑格尔哲学大

①②③《马克思恩格斯全集》第40卷，北京：人民出版社，1982年版。

④ 《列宁全集》第2卷，北京：人民出版社，1984年版。

大缩短了马克思达到历史唯物主义水平的里程。

三、从市民社会出发的异化国家批判

马克思对理性国家的批判，在哲学上集中表现为对黑格尔国家学说的批判，指明这种“实现了的哲学”的国家，其实乃是一个异化了的国家（尽管关于异化的逻辑也得力于黑格尔），一个与市民社会分离的异化了的“政治世界的天国”。这不仅是对黑格尔的理性国家学说的超越，同时也为下阶段对异化论国家观的超越设下铺垫。

在黑格尔看来，柏拉图、亚力士多德、莱布尼茨、康德等都不是坚定的理性主义者，这有如他认为圣奥古斯丁、托马斯·阿奎那并不懂得“神性天意”。在奥古斯丁那里，上帝之城和世俗之城处于绝对的对立之中，作为永恒的序列和作为时间的序列没有调和之处，因而，神圣的神性在污浊的尘世面前无法实现。黑格尔以前的理性主义者，把感觉世界和理念世界绝对分开，把“现象界”和“实在界”绝对分开，奥古斯丁的上帝之城和世俗之城就是由柏拉图的“现象界”与“实在界”绝对区分的影响而来的。他们茫然不知现实经验世界与理念世界的关联，一味地把希望寄托在“理念”、“绝对本质”、“彼岸世界”、“抽象的道德秩序世界”、“神性”之上。而这些绝对道德秩序世界的东西，一旦进入“实有”的现实经验世界，必然发生一种幻灭，法国大革命就是明证。黑格尔在《精神现象学》中所讲的“自大狂”式的幻灭和破坏，就是针对法国大革命讲的。在这里，“自由、平等、博爱”等等这些最高道德观念在现实世界中采取了“残暴法令”、“恐怖专政”的苦难形式。与这种二元式的形而上学相对立，黑格尔提出了自己的历史哲学，声称为“遭到蔑视的实在”辩护，通过“时间（暂时性）”和“永恒（绝对性）”的辩证统一，建立起“实在”和“神圣的理念”之间的联系。理念不再是在绝对的虚空中存在，而是在自身不断运动变化的现实中通过“否定之否定”而得以展现。“哲学的主题便是在时间性稍纵即逝的假象中认识内在的实体和现存事物中的永久之物。”①在斯宾诺莎那里，静止的自然是神；而在黑格尔这里，运动的历史是神。当黑格尔顺着这一思路进入国家学说领域，他仍然是从“遭到歧视的实在”出发，从他逻辑推演的排列上，家庭和市民社会乃列于国家之前，家庭、市民社会、国家乃是伦理观念发展的三个阶段。家庭是“直接的或自然的伦理精神和狭窄的普遍性的领域”。市民社会是“特殊的领

① 黑格尔，《法哲学原理》，北京：商务印书馆，1982 年版。

域”，国家则是“普遍性与特殊性的顶点”，是“客观精神”发展的最高体现，是“绝对自在自为的理性东西”。在本质性的关系上，家庭和市民社会没有独立性，是从属于国家的。国家是它们追求的目的，是家庭和市民社会发展的“内在”动力。在黑格尔的逻辑体系中，“现实的理念，即精神，把自己分为自己概念的两个理想的领域，分为家庭和市民社会，即分为自己的有限的两个领域，目的是要超出这两个领域的理想性而成为自己的无限的现实精神”①。这种自为的无限的现实精神“即实现于国家之中”，国家是“自主的绝对精神”，是至高无上的最完美的现实，是在“尘世上走着的神”。这又是一种独断论。

转向了黑格尔的马克思很快展开了对这种“集法哲学和黑格尔全部哲学的神秘主义之大成”②的国家学说的批判。从马克思的《黑格尔法哲学批判》手稿来看，批判主要是针对《法哲学原理》第三篇《伦理》第三章《国家》的第一节“国家法”而展开的，因为正是在这里集中着黑格尔全部哲学的神秘主义。当然，马克思的批判并不仅仅由于哲学，而另有关于现实政治的更深刻的原因。马克思面对着“苦恼的疑问”：作为自为的绝对精神的实现的国家，何以会沦为私人利益的工具？或者说，从属于理性国家的私人利益的世俗世界，何以能够使国家成为“工具”？并且同时“第一次遇到对所谓物质利益发表意见的难事”③。这时候，费尔巴哈的人本学唯物主义曾给尚未完成对市民社会批判的马克思在方法论上的启发，即用“主宾颠倒”的方法来批判黑格尔思辨哲学（当马克思完成了对市民社会的批判，就不再依靠这种哲学形式上的“主宾颠倒”的方法）。然而后来论者却有过于看重这一方法，而陷于对马克思的机械论式的理解。

黑格尔把历史主义和理性主义结合起来，使破碎的“实有”与“应有”获得统一，但是这种统一乃实现于神秘理念的历史运动之中，所以一旦进入国家学说，其神秘主义就集中暴露出来。马克思对黑格尔国家学说批判的首要方法论成就，就是用“主宾颠倒”的方式否定了思辨哲学的神秘主义，开始了国家学说领域中的唯物主义方法论取向。首先，马克思否定了黑格尔国家学说中现实事物与理念、逻辑概念关系的颠倒，“主语”和“谓语”关系的颠倒，并把这种颠倒了的关系再颠倒过来。马克思指出，黑格尔进程的“根本缺陷”，就是“不是从实在的对象（主体）出发，而是从谓语、从一般规定出发（而这种规定的某一体现者总是应该有的），于是神秘的理念便成了这类体现者。黑格尔于是把普遍物看作一种现

---

① 黑格尔，《法哲学原理》，北京：商务印书馆，1982 年版。

② 《马克思恩格斯全集》第 1 卷，北京：人民出版社，1995 年版。

③ 《马克思恩格斯全集》第 13 卷，北京：人民出版社，1962 年版。

实的有限物(即现存的固定物)的现实本质,换句话说,他没有把现实的存在物看作无限物的真正主体,这正是二元论"[①]。正是这种神秘主义和二元论,把现实的主体的谓语神秘地变成这些谓语的主体,于是国家也就神秘地变成主体。

马克思指出,在黑格尔那里,家庭和市民社会乃是国家的黑暗的天然的基础,在这一基础上燃起国家的火焰。于是"理念变成了独立的主体,而家庭和市民社会对国家的现实关系变成了理念所具有的想象的内部活动。实际上,家庭和市民社会是国家的前提,它们才是真正的活动者;而思辨的思维却把这一切头足倒置"[②]。在通过对长子继承权、私有财产和国家的关系分析时,批判了黑格尔"倒因为果,倒果为因"的逻辑颠倒,得出了不是政治国家决定市民社会,而是市民社会决定政治国家的结论。继而,由于被颠倒的市民社会和国家的关系被重新颠倒,引发了被颠倒的人民主权和君主主权关系的颠倒。由于黑格尔视市民社会从属于国家,君主乃是"国家人格"、"国家的自我确信",所以,"如果没有自己的君主……人民就是一群无定型的东西"[③]。马克思把这种关系颠倒过来,指出"人民的主权不是从国王的主权中派生出来的,相反地,国王的主权倒是以人民的主权为基础的","正如同不是宗教创造人,而是人创造宗教一样,不是国家制度创造人民,而是人民创造国家制度"[④]。于是形成了"民主制是君主制的真理,君主制却不是民主制的真理"的结论[⑤]。马克思在这种批判思辨哲学神秘主义的"颠倒"中,超越了黑格尔的"绝对理念",导出了现实的主体,导出了市民社会决定政治国家,导出了民主制真理。虽然这里还没有超出理性主义的总体框架,理性的共和制国家仍然是国家理想,但国家学说中的唯物主义方向已开辟出来,这不仅仅是对国家学说中的伦理主义的超越,也比技术主义有着更强的哲学穿透力。

列伏菲尔认为,从《黑格尔法哲学批判》到《论犹太人问题》,马克思的主要成就是关于异化国家的理论,并认为是马克思在国家学说方面的主要成就。这一结论的产生,显然与列伏菲尔主要用异化论武器来批判当代民族国家密切有关,他把国家理论和异化理论作为自己理论的两个基点。列伏菲尔的看法表象性地描述了当时阶段马克思在国家问题上方法论立场的大体概貌。应当看到,如果马克思没有对黑格尔思辨哲学中的神秘主义的批判,没有对黑格尔绝对理念达到超越和现实主体的导出,即使实现了对国家异化论的批判,最终也还是在黑格尔的圈子里打转,甚至导致黑格尔式的国家保守主义。应该说,国家学说中的异

---

①②④⑤《马克思恩格斯全集》第1卷,北京:人民出版社,1995年版。

③ 黑格尔,《法哲学原理》,北京:商务印书馆,1982年版。

化论问题，在卢梭关于人类不平等起源、费希特关于“自我”的外化中已有展开，但系统阐述的应该是黑格尔。黑格尔的国家异化立足于政治国家和市民社会的分离，这是他的一大贡献。他是第一个在德国把市民社会理解为物质生活领域，从而认为，“市民社会是个人私利的战场，是一切人反对一切人的战场，同样，市民社会也是私人利益跟特殊公共事务冲突的舞台，并且是它们二者共同跟国家的最高观点和制度冲突的舞台”①。这里，他从政治国家和市民社会的分离，从国家的普遍利益和市民社会的特殊利益的对立，来说明国家与市民社会相异化、相冲突，把国家权力“看成同人的本质相异化的本质”。显然，这仍是现代的异化论者批判资产阶级国家的重要武器。但是，马克思指出，当黑格尔“把财富、国家权力等等看成同人的本质相异化的本质，这只是就它们的思想形式而言”。于是，对这种异化的扬弃和对已成为对象的本质力量的占有，只能在理念的秩序逻辑中进行，这便会发生和前述关于国家作为实现了的哲学的推演相一致的情况。马克思接着说，“因此，对于人的已成为对象而且是异化对象的本质力量的占有，首先不过是那种在意识中、在纯思维中即在抽象中发生的占有，是对这些作为思想和思想运动的对象的占有。因此，在《现象学》中，尽管已有一个完全否定的和批判的外表，尽管实际上已包含着那种往往早在后来发展之前就有的批判，黑格尔晚期著作的那种非批判的实证主义和同样非批判的唯心主义——现有经验在哲学上的分解和恢复——已经以一种潜在的方式，作为萌芽、潜能和秘密存在着了”②。这种“非批判的实证主义”和“非批判的唯心主义”的黑格尔的“陈年老酿”，在当代关于技术合理性国家问题的论争中，常可见到装进时髦的“新瓶”。

必须看到，黑格尔关于国家异化是从国家和市民社会的分离开始，但是，如前所述，在他的思辨体系中，“特殊利益”的市民社会最终扬弃在普遍利益的政治国家之中。马克思的异化国家理论也是从政治国家与市民社会的分离开始，但是马克思把黑格尔思辨体系中的政治国家与市民社会的关系颠倒过来，最终获得政治国家的异化乃决定于市民社会异化的结论。显然，这个时期，马克思的历史唯物主义尚在朦胧之中，但是毕竟已有了明确的唯物主义论证思路。他说，作为公共利益领域的国家，“是建筑在社会生活和私人生活之间的矛盾上，建筑在公共利益和私人利益的矛盾上”。市民社会中的“这种各个市民集团间的相互掠夺”、“这种分散性、这种卑鄙龌龊的行为、这种市民社会的奴隶制是现代国家借以存在的天然基础”③。在市民社会中，“实际需要、利己主义就是市民社会的原

①③《马克思恩格斯全集》第1卷，北京：人民出版社，1995年版。
② 《马克思恩格斯全集》第42卷，北京：人民出版社，1979年版。

则；只要政治国家从市民社会中彻底产生出来，这个原则就赤裸裸地显现出来。实际需要和自私自利的神就是钱”①。应该说，异化论国家观的形成，及其对资产阶级民族国家的批判，是一种深刻的批判。马克思新的观察国家的方法论正在孕育成熟。

四、国家学说中的历史唯物主义方法论

在当代针对具有“流水线专政”特征的资产阶级国家的批判中，异化国家观有过“‘震撼世界’的词句”②，然而他们的哲学总体取向上的悲观主义表明，这种批判仍不过是“用词句反对词句”。他们援引持异化论国家观的早年马克思为自己的理论源头，从而出现了关于“两个马克思的对立”的描述。但是如果不是为了特殊理论目的而构筑一种“对立”，那么所谓“两个马克思”，其实所说的不过是以历史唯物主义诞生为界线的早年马克思向成熟期马克思的转变。而在国家学说领域中，则是马克思创立的历史唯物主义国家观对异化论国家观的一种超越。

在异化论的框架中，宗教批判和政治批判相互映照，对“神学天国”的批判和对“政治天国”的批判形成一种叠印。马克思很快就抛弃了这种方法论。“哲学家们只是用不同的方式解释世界，问题在于改变世界。”③当诉诸无产阶级的“物质的力量”来摧毁这个“异化”了的市民社会和政治国家时，所需要的已不是“‘震撼世界’的词句”，而是关于可以“用纯粹经验的方法来确定”的“现实的个人”的活动和他们的物质生活条件的科学认识④。马克思曾努力改造黑格尔否定之否定的辩证法，用异化范畴大刀阔斧地批判了资产阶级政治国家的非人化的“世俗桎梏”的特性，试图用异化论来说明政治国家何以以普遍利益的身份而屈服于市民社会的特殊利益，屈服于私有制度，进而马克思试图用异化劳动范畴来说明人类社会中私有制度产生和灭亡的规律性问题。但是不久他就发现这个试图是不成功的，从人的类本质的异化无法说明私有制的产生、国家的起源、普遍利益和特殊利益的矛盾与对立、国家消亡的必然性等等。与思辨原则相反，他在这些问题的背后看到了“利益”的推动，从而把立论的出发点转向物质利益关系，转向“现实的个人”的实践，转向生产力和交往方式，最终形成了历史唯物主义的方法论。

马克思彻底否定了德国青年黑格尔派那种在纯粹思辨的圈子里用词句反对

① 《马克思恩格斯全集》第1卷，北京：人民出版社，1995年版。
②③④《马克思恩格斯全集》第3卷，北京：人民出版社，1960年版。

词句的批判，提出了批判的一个决定性前提，即批判所处的物质环境及其相互间联系。这个前提“是一些现实的个人，是他们的活动和他们的物质生活条件，包括他们得到的现成的和由他们自己的活动所创造出来的物质生活条件。因此，这些前提可以用纯粹经验的方法来确定”①。这就是历史唯物主义的前提，历史唯物主义所研究的是“以一定的方式进行生产活动的一定的个人，发生一定的社会关系和政治关系”，这是“通过经验来确定的”问题，“经验的观察在任何情况下都应该根据经验来揭示社会结构和政治结构同生产的联系，而不应当带有任何神秘和思辨的色彩。”“思辨终止的地方，即在现实生活面前，正是描述人们的实践活动和实际发展过程的真正实证的科学开始的地方。”②

上述所引马克思、恩格斯在《德意志意识形态》中所阐述的论点，表明他们历史观所发生的根本转变，同时也是方法论上的根本超越。这个时期，马克思已大量研究了英、法，特别是英国的国民经济学，并且不是在哲学人本学框架中简单地把它划入鄙俗的物欲领域，而基本上看作为一门科学，并要以对它的继承改造为基础建立起真正科学的社会理论③。但是，这决不是现代西方一些学者所说的维多利亚时代科学实证主义思潮的“诱惑”，马克思当时就十分明确地把自己的方法论和抽象的经验论划了界限。他指出，自己的观察方法的“前提是人，但不是处在某种幻想的与世隔绝的、离群索居状态的人，而是处在一定条件下进行的、现实的、可以通过经验观察到的发展过程中的人。只要描绘出这个能动的生活过程，历史就再不像那些本身还是抽象的经验论者所认为的那样，是一些僵死事实的搜集，也不再像唯心主义者所认为的那样，是想象的主体的想象的活动”④。“抽象的经验论者”所具有的庸俗实证方法，乃是抽象掉人的能动的生活过程，视对象为一堆僵死事实的垒砌，实际上乃证明着现在世界的永恒。

现实发展过程中的人的能动的生活，首先是物质生产活动，是物质生产活动中的生产力、生产关系和内部交往，并由此形成了关于生产力、生产关系、社会结构和政治结构完整的科学概念体系，国家现象便在这一以历史唯物主义命名的方法论引导下，在客观实践发展过程中获得科学的说明。物质生产活动是“许多个人的合作”，是“一定的共同活动的方式”。当生产力发展到一定的水平就出现分工，分工的发展程度反映着生产力的发展程度。与此同时，发生的也就是私有制，“分工和私有制是两个同义语，讲的是同一件事情。”“正是由于私人利益和公共利益的这种矛盾，公共利益才以国家的姿态而采取一种和实际利益（不论是单

①②④《马克思恩格斯全集》第3卷，北京：人民出版社，1960年版。

③ 孙伯鍨，《探索者道路的探索》，合肥：安徽人民出版社，1985年版。

个的还是共同的)脱离的独立形式,也就是说采取一种虚幻的共同体的形式。然而这始终是在每一个家庭或部落集团中现有的骨肉联系、语言联系、较大规模的分工联系以及其他利害关系的现实基础上,特别是在我们以后将要证明的各阶级利益的基础上发生的。这些阶级既然已经由于分工而分离开来,就在每一个这样的人群中分离开来,其中一个阶级统治着其他阶级。""正因为各个个人所追求的仅仅是自己的特殊的、对他们说来是同他们的共同利益不相符合的利益(普遍的东西本来就是一种虚幻的共同体的形式),所以他们认为这种共同利益是'异己的',是'不依赖'于他们的,也就是说,这仍旧是一种特殊的独特的'普遍'利益,或者是他们本身应该在这种分离的界限里活动,这种情况也发生在民主制中。另一方面,这些特殊利益始终在真正地反对共同利益和虚幻的共同利益,这些特殊利益的实际斗争使得以国家姿态出现的虚幻的'普遍'利益对特殊利益进行实际的干涉和约束成为必要。"①因而,国家作为"使一定的生产力能够得到利用的条件,是一定的社会阶级实行统治的条件"②。当关于国家各种矛盾在这种"用纯粹经验的方法来确定"的物质生产基础上获得说明时,国家的历史命运也就被揭示了出来。当生产力和交往手段在现存关系下只能带来灾难,这种生产力不是生产的力量,而是破坏的力量(机器和货币)时,革命斗争的锋芒就会指向统治阶级,指向现存国家。而当生产力的发展实现了消灭分工、消灭劳动,也就是消灭私有制、消灭阶级的时候,公共利益和私人利益的分裂就会消失,国家也随之消亡。至此,崭新的历史唯物主义国家观就诞生了,这是在对资产阶级理性国家的批判中不断实现了方法论超越的,因而最具批判力和科学性的国家观。

这种国家观从通过纯粹经验可以确定的物质生产及其过程中发生的交往关系出发,来认识采取了普遍利益的虚幻共同体形式的国家和国家演变的客观历史规律,因而,这一国家观是奠定在坚实的科学基础上的。而物质生产及其过程中发生的交往关系,乃是能动的现实个人的实践结果及实践本身,人(社会的、处于一定生产关系中的)的目的性含义包含于其中,并作为能动性方面参与不以个人的意志为转移的客观规律过程,国家的产生、历史类型变迁和消亡便在这一过程中获得说明。因而,这一国家观是最具批判力的。这一国家观对资产阶级理性国家的批判是对国家运动的客观历史规律的认识为基础的批判,因而是科学的批判;这一国家观把资产阶级民族国家作为可以通过经验确定的科学对象来认识,这里的经验事实不是分裂的、"原子化"的、僵死的事实累积,而是生动的、现实的人的活动,是阶级分化、阶级对立和阶级斗争的实践,因而,这种国家观作

①②《马克思恩格斯全集》第3卷,北京:人民出版社,1960年版。

为科学，乃是包含最深刻的批判意识的科学。这种国家观，超越了思辨哲学中的“理性国家”，也超越了实证哲学中的“工具国家”；超越了异化论国家观，也超越了技术论国家观。因而无论是对于19世纪巩固着自身伦理合理性形象的资产阶级国家，还是20世纪寻求着技术合理性论证的资产阶级国家，历史唯物主义国家观都显示着它强大的批判力和科学的生命力。这正是为什么应当重申马克思已经实现的方法论超越的原因，以及在社会问题观察的其他领域也应当重申这一方法论的原因。

（原载《江苏行政学院学报》2005年第6期）

全球化进程与公民对政府的合法性认同

在全球化进程中，政府与公民的互信和回应，是一个特别需要关注的问题。尤其是在全球化“游戏格局”中处于弱势地位的发展中国家更应强调这一问题的解决。在解决这一问题中，应强调主权原则仍是公民信任投入的前提，应强调重塑政府在公民中的效能形象，应强调建立政府和公民的新型合作关系。

公民对政府的合法性认同，对政府的信任投入，是政府实现其公共管理的重要资源之一。但是，由于全球化过程引起的连带效应，政府的这一管理资源面临着衰竭的可能性。这是一次挑战，又是一次机遇，全球化进程使政府的公共管理面临着一次适应性创新。这次适应性创新的前提仍然必然是主权原则。在这个前提下，政府应重新重视自身的功能定位，审视自身的适应性和回应性，振作公民对政府公共管理的信任投入。这不是说仅仅出于企求政府在社会中治理地位的维护，而是因为政府公共管理在当代社会生活中仍是无可置疑的必不可少的管理力量。

一、全球化进程使公民对政府的合法性认同受到冲击

从至今所发生的世界事实看，全球化过程主要是经济过程。这一过程是“至高的经济力量”推动着的过程，是现代科技革命提供了原发动力，由商业机会引导和利润冲动推进的过程。不得不承认这一过程的客观实在性：全球化“是生产力发展的必然结果和客观要求，是不以人的意志为转移的客观趋势”，人们不能拒绝参

与全球化。尤其是对于发展中国家来说，如果拒绝全球化，可能沦落到更加严峻的边缘化。但是，参与了全球化的人们，不能不面对这样一个已经发生了的事实：由于新的世界性运作机制的启动，跨国公司、全球金融市场、世界性经济组织等作为主要角色，组织国际联合，控制资源流向，操纵新闻媒体，影响经济生活，引导文化潮流，由此逐步侵入原先属于主权国家的公共管理领域，造成这些国家中公共管理效能弱化的种种条件。这种力量，甚至在一些势单力孤的国家中凌驾于公共管理的权力之上，抑或与这些国家政府中的腐败力量相勾结而侵害公民利益。这种倾向降低了公民对公共管理的合法性认同的水平，在个别国家甚至引发政府的合法性危机。就像我们在亚洲金融危机中所看到的一样。

上述事件的因果联系是这样发生的：在民族国家范围内，公民对政府公共管理的合法性认同，立足于三个来源，一是对产生公共管理的国家主权的信念，二是对政府公共管理效能的信任，三是对政府所提供的公共服务的预期。在全球化背景下，这三个来源遇到了多方面的挑战。

首先，从表面上看，全球化过程使一部分原先属于主权国家主权范围的治理权力，移向国际经济组织。比如，原属一国主权范围的关税税率标准、货币体制和财政政策等方面所能作出的许多规定和限制，这本来是主权国家的一种缔约行为，是“民族国家时代”中一国主权行为的题中应有之义，只是发生了量的扩张，并未发生质的改变。但是，在“主权过时论”的一再诱导下，这种现象造成双重效应，在发达国家中，公民因自身福利受损而获得“民族国家权威销蚀”的印象，在发展中国家，由于某些发达国家的先占优势而造就的不平等竞争和霸权政策，新的“全球化规则”实际损害了这些国家的主权，迷惑不解的公民因此而产生主权信念的动摇。

其次，全球化过程中发生的各种公共管理问题，不少国家的政府还没有准备好足以应对的资源、政策和方法思路，政府在这些新问题面前常常处于捉襟见肘的尴尬境地。比如，作为经济全球化支柱之一而出现的全球金融市场，使信用的创造和使用凭借电子技术连接成单一体，超出了民族国家的疆界，对这一市场的权威约束和信心支持的体系，在政府公共管理中几乎是一个盲点。再如，在经济全球化中常常充当先锋角色的不少公司，屡屡被利润动机所激励而破坏和污染环境，其破坏和污染的规模与他们的经济活动一样具有“全球性”，民族国家公共管理的约束对此无能为力。如此种种，在公民中产生政府公共管理效能减退的不良印象，引发公民对政府公共管理效能的信任动摇。

再次，从全球范围看，全球化过程公认拉大了贫富差距，而原先在民族国家范围内发生调控作用的政府在全球化引发的贫困问题、失业问题、贫富悬殊问题面前，尚拿不出有效对策。在美国，尽管关于贸易和工资关系的政策争论莫衷一是，但在政治上却极富吸引力和鼓动性。1996 年美国普选时投票人数之低为 1924 年以来所仅有，西方舆论认为“只有富人愿意投票”，这是一场“合法性危机”。而在欧洲，居高不下的失业率大大影响了公民对公共管理的认同水平。至于在许多发展中国家，这一形势就更为严峻。政府曾经在这种形势下所发生的“安全阀”式的调控作用，在全球化过程中已经是“旧日黄花”了。

除了上述各点，全球化过程中出现的官僚丧失责任精神的现象也日渐严重。即如一英国学者所描述的：全球化把权力从国家转向了公司，从而坐视国际官僚破坏了这种责任精神。在新出现的非国家权威中，没有一个是对人民负责的，透明度甚至更低。现在，不仅在欧洲，在美国和日本，在整个全球化的经济中，都存在着民主的匮乏。这种现象，自然进一步损害了公民对政府合法性认同的水平。

二、主权原则在全球化进程中仍然是合法性认同的前提

振作公民对政府公共管理的合法性认同，振作公民对公共管理的信任投入与合作，不仅事关一国公共管理的质量，而且事关全球化进程能否保持健康的发展走势。这是当代公共管理的一个新课题，而解决这个课题的前提首先是在新的背景下真正确认国家主权原则。

观察国家的主权原则问题，事实表明，尽管全球化声浪迭起，但主题仍然是经济的全球化，参与经济的全球化运作的仍然是主权国家；尽管“非国家行为主体”在国际社会中发生着重要作用，但是，这些行为主体在其合法性上仍是主权国家行为的产物；尽管国家主权的实现方式有所变动，但并未改变国家主权本身的属性，包括如在欧盟所发生的某些局部主权让渡也是国家行为，行使主权的行为。不能在全球化(主要仍然是经济全球化)声浪下，盲目夸大现代民族国家的主权问题。可以说至今在全球化进程中所发生的一切，都是在国家主权所允许的范围内进行的。尤其值得关注的是这样一种危险倾向的存在：一些据有先占优势的国家、公司在全球化的旗号下，极力宣扬“国界消失”、“国家主权销蚀”的言论，以企求在形式规则平等的框架中牟取由于先占优势而获得的巨额利益，以企求消弱主权国家和主权国家政府在国际治理中的主体地位，干涉别国内政，推行霸权主义政策。如果放任这种倾向假全球化之名而泛滥，不仅危害主权国家的政府公共管理，而且将严重扭曲全球化进程，使之成为推行某种霸权政策的“单极化”。

在关于全球化进程和主权政府管理权能的讨论中，以现代化了的保守主义者为代表的乐观一派，认为全球化侵蚀了国界，主权国家的政府已成为国际市场

的仆从，正日益失去约束和指挥经济的自由；而与此同时，世界从经济发展中获得利益的速度也大大加快，这是全球摆脱贫困的前所未有的机会，包括第三世界在内的广大人民都将从中受益。这是一种主权政府管理权能失落的利益补偿论。这种“补偿论”忽视了一个重要的世界事实：对不拥有国际竞争中的先占优势的国家来说，放任国家主权意义上的管理权能的失落，那就意味着丧失起码的国家经济安全，意味着丧失起码的经济主权，意味着容忍“弱肉强食”并亲受其害。在经济全球化进程中，南北差距日益扩大，据联合国开发计划署统计，世界人口中1/5的最富者与1/5的最穷者之间的收入差距，从1960年的30∶1扩大到1997年的74∶1；占世界1/5的高收入国家拥有全世界国内生产总值的86％，而占世界1/5的最穷的国家只有1％。出现这种现象的重要原因之一就是上述对国家主权的侵害，或者说是一种新的殖民主义政策的结果。“补偿论”者所说的经济技术的补偿，从到现在的情况看，也还只是一种精神上的安慰。即使对于拥有先占优势的国家和公司来说，这种“补偿”也不可能是永久的。因为在当今时代，主权原则的破损和主权国家政府管理权能的失落，不仅殃及一国的政治安定和经济发展，而且会殃及整个世界。如果没有主权原则这一前提，就没有一个安定的世界。

结论已经十分清楚，国家主权不应是全球化的牺牲品，而是全球化的推动者。在全球化背景下，不可能以牺牲主权政府管理权能为代价而获取经济上的好处，而只有坚持国家主权原则和维护主权政府公共管理权威，才能有一国经济利益、经济安全、经济发展的起码条件。如果放弃这个起码的原则和前提，就难以设想如何能够维系公民对政府公共管理的合法性认同。甚至可以这样说，至今发生的经济全球化过程，实际上仍是在民族国家的框架内，由政府诱导而非技术诱导的过程，比如，资本市场的开放就是政府行为的直接结果。公民对政府公共管理的政治预期绝不是容忍管理权能的失落，而是经济主权的维护和发展机会的利用。如果放弃主权原则而企求振作公民对政府公共管理的合法性认同，无疑是缘木求鱼。

三、政府管理行为在全球化背景下的适应性调整

在充分肯定国家主权原则的前提下，我们再来观察政府管理行为在全球化背景下的适应性调整。这种适应性调整，对于振作公民对政府公共管理的合法性认同、争取公民更多的信任投入来说，是一项基础性的工作。政府管理在公民中认同水平的下降，是十分令人难堪的。但是，全球化进程是不可拒绝的，而且

只要不被某些霸权政策所扭曲，这一进程在世界经济技术发展中的好处是不言而喻的。所以，政府必须对自身的管理行为做出调整，以适应全球化进程对公共管理的新的要求，以建树政府公共管理在公民中的新的合法形象和效率形象。

政府管理行为要作出适应性调整，首先必须解决的一个问题是政府管理在全球化情景下的价值肯定。那种“政府无能论”的观点是肤浅的和不真实的。这种观点认为在全球化背景下，全球金融市场是万能的，它迫使政府丧失能力，尤其是政府在货币和财政方面的调控和约束能力。这种观点没有真实描述当代各国政府的调控能力，不仅没有真实描述德国、日本的情况，甚至也没有真实描述美国、英国的情况，尽管这种看法在英、美比较流行，但其实只是新自由主义的一种意识形态，甚至是为了把经济紧缩政策“贩卖”给选民的一种策略。在全球化的新情景中，政府管理按传统方式确有许多盲点，但这只能说是传统方式管理“无能”，而不是“政府无能”。问题在于，这些公共管理盲点的存在恰恰证明社会对于公共管理需求的存在，解决问题的思路不是否定政府公共管理职能的存在价值，而是对政府公共管理做出全球化新情景下的适应性调整。公民之所以有对政府的信任投入，就是因为有对公共管理的需求，而新情景下的这种需求的满足依赖于政府管理行为的适应性调整。

其次，各国政府管理行为的调整，尽管是对全球化进程的适应性调整，但不等于有一个全球的统一的模式，更不应有哪个国家把本国的管理制度、管理观念，冠以“全球价值”而强加给别国。全球化是一个世界性的进程，但各国参与这一进程的路径和策略选择则应从本国具体特点出发，从本国国情与全球化进程的关系特点出发。与此相联系，政府管理行为在全球化背景下的适应性选择，也应尊重本国公民对公共管理的需求，从本国参与全球化进程的管理实际出发。惟其如此，政府管理行为的调整才能既具有对全球化的适应性，又具有本国、本民族的鲜明个性。正是在世界性和民族性的有机结合上所做出的选择，才能符合公民在新情景中的管理需求，才能获得公民的真心认同，才能真正激发公民对政府公共管理的信任投入。如果无视一国的国情特点和民族个性，把某种自许为具有“全球价值”的管理制度、管理观念、管理方式强加给这个国家，那就一定会遭到这个国家民众的强烈排拒，甚至会酿成一场政府的合法性危机。因而，在全球化进程中政府公共管理的适应性调整，必须以尊重本国公民的选择为原则，从而构建这一调整的真正合法性基础。

再次，从适应全球化趋势出发，政府管理行为的适应性调整必须重视“两个合作”。一是各国政府间的相互合作，二是政府与本国公民的合作。全球化使社会生活产生了世界性特点，因此，传统政府的自上而下的治理在公民中的认同感在下降，而对合作的认同感趋于上升。具体说，由于全球化的潮流，超越国界的经济往来、文化交流、人员流动日益频繁和扩大。这种日益世界化的交往和流动所发生的公共管理，就不专属于一国政府的管辖，而需要相关各国政府合作管辖。在这一背景下，公民对公共管理的合法性认可与认同，就必须要求政府间的平等合作和管理上的坦诚沟通。邓小平强调当今时代的主题是和平与发展，这也是当今全球化进程的基调。在这个时代，各国政府公共管理行为的调整，其所选择的应该是对话而不是对抗，是合作而不是冲突。只有以平等合作和沟通为基础建立的公共管理和服务，才能满足全球趋势下公民的需求，并在公民中获得合法性认可。同时，在全球化背景下，民间社会交往和流动的世界性特征，使传统的自上而下的政府治理难以胜任新的局面，因而在一国内应强调政府与公民的合作。现在公共管理界开始提出“善治”范畴，此中有一主要点值得看重，即政府与公民社会的合作。这是一种积极的适应性调整，是全球背景下重建公民对政府合法性认同的一条积极的思路。只是当今的世界政治生活太复杂，当我们在肯定“善治”思路的积极性时，还应提防有的国家机构按自己的价值尺度规定“善治”标准，对别国公共管理指手划脚。所以，在全球化进程中政府管理的适应性调整，还有一段漫长而曲折的路程。

（本文为《2000 国际行政院校联合会北京年会》论文，并作主题演讲。载于中国国家行政学院、国际行政院校联合会编：《中国行政改革政府的责任性、回应性和效率》第 111—119 页，国家行政学院出版社，2004 年版）

第二编

当代社会主义问题思考

二十世纪人类的成功选择

——世界宏观文明视角中的二十世纪社会主义的历史价值

20 世纪社会主义是对自由资本主义的超越性选择。资本主义对于现代文明进程的适应能力得益于对社会主义的利用。社会主义参与了 20 世纪所有重大问题的解决,作出了毫不逊色于资本主义的价值贡献;它必将在解决当代资本主义所无法解决的人类困境问题和争取人类文明发展进步上体现出它的新的历史价值。

处于世纪之交的人们,对 21 世纪社会主义的前景产生着种种揣测。毫不讳言,有一些带着明显的不乐观色彩。其中一个重要原因是对 20 世纪社会主义的历史价值不敢充分肯定。

这不奇怪。因为 20 世纪社会主义犯过不少幼稚的错误,世纪末又在原苏联东欧地带遭到失败。世界社会主义因此而陷于低潮,这就影响了人们对 21 世纪社会主义前景的看法。但是,如果不是把视野仅仅定格于 20 世纪社会主义的某些局部事件,不是用直观的"二分法"、"东风、西风"的框架来框定对社会主义价值的评估,那么,我们就可能有更高远的视角。本文力图在世界宏观文明进步的视野中对 20 世纪社会主义的历史价值作出阐释,以期说明 20 世纪社会主义给人类带来的福祉,说明社会主义是 20 世纪人类的一项成功的"集体选择"①。

① 必须说明,这里的"集体选择"是在恩格斯关于历史运动中的多个平行四边形合力原理的意义上表述的"集体的"选择,是指世界人口的各个群落以各自不同的方式、甚至是以否定和反对的方式参与了这一世界性的选择过程,而不是指某种直观的集体一致行为。

一、20 世纪社会主义是在自由资本主义时代陷于历史终结，人类在“生存下去”的重压下所作出的超越资本主义的选择

社会主义不是一种价值悬设，而是现实历史运动的结果。社会主义作为一种社会生活的关系方式，在 20 世纪成为人类的一种选择，当然是马克思主义在全世界广泛传播的成果；但是，在更决定性的层面上乃是当时社会历史运动、主要是资本主义历史运动在一定阶段上的必然结果；是在自由资本主义内部矛盾无法解脱，一次又一次的灾难使之几乎陷于“万劫不复”之困境的时候，人们才在“生存下去”的重压下作出了超越资本主义的社会主义选择。在这一重压下首先作出社会主义选择的当然是俄国以及其后相继选择社会主义的其他国家。列宁用“帝国主义薄弱环节”的俄国特殊性对此作了说明，毛泽东用帝国主义体系中的半封建半殖民地的中国国情对此作了说明。他们都看到了自 19 世纪晚期开始发生的资本主义的阶段性变化，并强调了这一变化给落后国家社会主义革命成功所造成的机遇。但是他们未及在更宽广的视角下观察社会主义如何在资本主义的困境中获得世界性的价值认可，以及社会主义因素在世界宏观文明中的成长。所以，这里想从自由资本主义作为一个经济时代的终结的更深更广的意义上，观察 20 世纪人类对社会主义的选择。

在 20 世纪初期之前，自由资本主义的中心舞台在欧洲，欧洲是世界经济体系和政治体系的核心地带。而支撑这个核心地带文明的是三根支柱：一是经济上的自由资本主义，二是法律宪政上的政治自由主义，三是社会阶级结构中占据中心支配地位的“食利者”资产阶级。自 19 世纪末到 20 世纪第二次世界大战，这三根支柱都遭到了致命的打击，一时被惊呼为“欧洲的沉陆”。其核心事件是 19 世纪末开始的严重经济衰退绵延半个多世纪，到 20 世纪 30 年代登峰造极，形成世界性的大萧条。这场衰退和大萧条，摧毁了大英帝国在资本主义世界中的霸主地位，摧毁了以英镑为核心的自由资本主义世界经济体系。以这场衰退和大萧条为分界，经典的自由资本主义的经济王国已成为“旧日黄花”。尤其是经历了 1929—1932 年的这道深谷后，这场衰退和大萧条宣告了一个经济时代的终结，宣告了在资本主义历史上自由资本主义生存方式的终结。当时用“日薄西山，气息奄奄”来描述这一阶段上资本主义的气数，并非是惊人之辞。1938 年在权威的美国经济协会（American Economic Association）上，就有人宣布：马克思的预言就要实现。只是当时的人们未能把资本主义的阶段性终结和资本主义的全部历史终结作出区分。恰在其时，唯有苏联显示出非凡的免疫力，出现了令大

萧条的西方为之瞠目结舌的强劲增长力。即使按最保守的估计，从 1929 年开始，一直到 1940 年，苏联工业产量增加了 3 倍。1929 年时，苏联经济总量在全球所占比重只有 5%，而到 1938 年则升到 18%。同一期间内，英、美、法三国经济总量所占比重，则从 59%下跌到 52%。在大战期间的 1943 年 1 月 23 日，伦敦《泰晤士报》社论写道："失业，仅次于战争，是我们这一代蔓延最广、噬蚀最深，最乘人不防而入的恶疾，是我们这个时代西方特有的社会弊病。"而这个期间，苏联境内根本就没有失业现象。在这个时候，大萧条的创伤越是深重，苏联境内的社会生活方式选择的光芒就越是夺目。别说世界各国的工人阶级、左翼政党和左翼社会力量，就连极具社会影响的西方保守派人士，也有不少到苏联去"取经"。他们当时在苏联所发现的最大秘密就是"计划"概念。其实当时苏联流行的"计划"概念还相当幼稚，还带着不少致命性的传统痕迹，和马克思关于人类摆脱经济外在性的奴役，实现人对自身经济活动的自觉支配的含义还相去甚远。但是，恰恰是这个尚属幼稚的计划概念及其衍生的各种政策理念，实际庇佑了其后数十年资本主义世界的经济繁荣，连里根政府和撒切尔政府都不能例外。在这个时候，人们对社会主义生活理念所作的认可与选择，尽管显得很幼稚和表面化，但人们的态度是认真的，社会主义由此也作为一种现实力量而进入人类生活。这是在"生存下去"的压力下所作出的选择，是自由资本主义已经无力解决人类问题时所作出的选择。经历了这一阶段后的资本主义开辟出自身发展的新的阶段形式，但这是在一定程度上得益于社会主义理念启发，是资本主义有效利用了社会主义的结果。尽管后来新保守主义重新鼓吹 19 世纪的自由主义"天堂"，但事实上，社会主义作为一种生活选择，在人类生活中已经无可替代。

与经济衰退和大萧条这一核心事件相联系，欧洲之宪政民主也在法西斯的铁蹄下被踩得粉碎。没有大萧条，就没有法西斯的出笼。大萧条把鼎盛于 19 世纪的欧洲传统宪政的根基毁坏了，所以自墨索里尼得以胜利"进军罗马"开始，一直到第二次世界大战期间轴心势力达于峰巅的 20 年间，"元首们"毫无顾忌地用上天的口吻谈论着人间的命运，迫使英、美、法的资本主义领袖们不得不乞求于苏联红军。所以，史学家霍布斯鲍姆说，"此时此刻，只有自由派资本主义与共产主义暂时携手，起来合作迎战，方才挽回了民主的一条小命"[①]。

至于在 19 世纪自由资本主义时期处于社会中心地位，且已经养得脑满肠肥的食利者资产阶级，在大萧条中也深感"日暮途穷"，时时为可能被"吊死在灯柱上"而提心吊胆。熊彼得对这个阶层的创新能力的失落作了非常精彩的描述，新

① 霍布斯鲍姆，《极端的年代》，郑明萱译，江苏人民出版社，1998 年版。

生代资产者正在取代他们。而且，工资领取者队伍的扩大和政治经验的成熟，也使这个食利者群落先前拥有的中心支配地位受到威胁。到20世纪之初，工资领取者在就业总人口当中的比例，英国达80％，美国达63％，德国达66％，法国达58％。大萧条使这部分人口处于失业这一仅次于战争的“恶疾”威胁之下。所以，克鲁泡特金写道：“只要过15天后再没有煤”，普通人就会立即“坚决地站出来转变他们的生活信仰”①。从这一历史背景分析，后来欧洲之所以出现以北欧国家为典型的“工会——政府——资产者”构成的“三角关系框架”，以取代食利者资产阶级的绝对支配地位，就完全可以理解了。

自由资本主义经济、宪政民主、食利者资产阶级的中心控制地位，这三根支柱的毁损，使“欧洲沉陆”。这主要不是一个地缘概念，而是历史进程的阶段性概念，即以19世纪欧洲自由资本主义为代表的一个历史时代的终结。在这个历史关头，社会主义为人类提供了一个超越资本主义的生活理念：反对资本对于劳动的奴役，追求“人的全面自由发展”。尽管第二次世界大战后的资本主义得益于对社会主义的利用而获得了自身发展的新的阶段形式，但社会主义对资本主义这种超越性，仍然显现于历史进程的前沿。这正是20世纪社会主义的首要成功之处。

二、社会主义参与了20世纪事关人类命运的所有重大问题的解决，带给人类至少毫不逊色于资本主义的价值贡献，并且为20世纪晚期人类难题的解决保留着优胜于资本主义的历史资格

当社会主义作为20世纪人类的一种选择时，它就是一种现实的实践力量，一种整合社会力量以参与20世纪历史运动的力量，并且卓有成效地参与了20世纪人类问题的解决。毫无疑义，在20世纪资本主义有过不可小视的功能。正是在这个意义上，建设社会主义必须利用资本主义所造就的文明成果。自由资本主义经济时代的终结，不是资本主义全部的历史的终结，其后资本主义开发出对现代文明进程的新的相当可观的适应能力，在20世纪人类问题的解决中显示了自身存在的历史理由。但是，在20世纪人类问题的解决中，社会主义所显示的巨大力量毫不逊色于资本主义。甚至可以说，资本主义对于现代文明进程的适应能力的获得在关键性的意义上乃是得益于对社会主义的利用。

20世纪的历史大体由三大时期组成，每个时期就像历史长剧中的一幕，每

① 米歇·博德，《资本主义史》，吴艾美译，东方出版社，1986年版。

一幕都有着特定的中心剧情。第一时期的中心剧情是战争和革命；第二时期的中心剧情是大萧条后的大繁荣，包括原落后国家迅猛的工业化进程；第三时期的中心剧情是新的困境和争取和平与发展。在世纪初的第一幕历史剧情中，赢得革命胜利后的社会主义在参与解决世界大战这一灾难性课题中发挥了决定性的作用。十月革命所建立的政权及其影响下的各国社会主义力量，对于20世纪人类的第一个大贡献，就是粉碎了法西斯蹂躏全世界的企图。第二次世界大战胜利的开端就是在斯大林格勒城下奠定的。为了赢得这场战争，苏联付出了占人口10%以上的生命，而英、美最多也只有1%。所以当罗斯福就是否和苏联合作而作民意测验时，赞成合作者的比例高达84%。当今的西方学者们依然公认："若无苏联付出的代价，若无在美国以外的西方世界，恐怕将只有各式各样的独裁政权，高唱着法西斯的曲调，而非今日这百花齐放的自由派国会政府了。这个奇异的世纪，其中最矛盾和讽刺的真相之一，就是以推翻资本主义为目的的十月革命，其所造成的最悠久的成效，却反而是救下它的死敌一命。"①其实这里并没有太多讽刺和矛盾的意味，社会主义从来就不应理解为偏狭的意识形态宗派，更不是堂·吉诃德式的志愿牺牲者，社会主义是人类文明的真诚守护者和人类未来文明的顽强追寻者。对历史的崇高责任感、对人类命运的终极关怀才是社会主义参与赢得这场战争的本来含义。社会主义力量，包括中国共产党人在这场战争中所作出的牺牲，乃是对人类文明进步的奉献。资本主义利用它未尽的生命力，也为赢得这场战争付出了努力。但在这场性命攸关的大搏斗中，是社会主义力量"救了它一命"。战后资本主义世界的繁荣，同样离不开从社会主义所获得的政策灵感。

20世纪第二幕历史的中心场景是大繁荣。说到大繁荣，20世纪末期的人们大多只把它表述为资本主义发达国家在战后20多年的所谓"黄金时代"，很少提起资本主义世界之外大片地区的工业化进程。也许"舆论常常倒向赢家一边"，但理论应保持自己应有的诚实。大繁荣毫无疑义应该包括原社会主义国家完成的至少是传统意义上的工业化进程，以及广大第三世界国家在民族民主革命胜利后所争取的发展。否则，所谓的"大繁荣"，只不过是在富人俱乐部里所夸夸其谈的20世纪的繁荣。

关于社会主义的工业化进程，这里不想列举早已是人们烂熟于心，但又被某些人故意遗忘的数字和事实，而只引述福山的一个看法。以谈论"历史终结"而出名的弗朗西斯·福山在述及社会主义在20世纪的适应性时，认为社会主义未

① 霍布斯鲍姆，《极端的年代》，郑明萱译，江苏人民出版社，1998年版。

能有对后工业现代性的适应性(这对从事社会主义事业的人们来说,应是一个很值得重视的反面提醒)。但是,他引用沃尔特·罗斯托的观点承认这一事实描述的正确性:社会主义是促成农业社会向城市工业社会飞跃的极为适当的经济制度①。对于20世纪在经济文化落后的历史背景下建立起社会主义制度的国家来说,这一概括表述了事实本身。尽管表述者的出发点是想把社会主义的适应性封死在“城市工业社会”的进程之中。这些国家,一度在全球占了近五分之一的陆地面积,四分之一的人口,三分之一的国民生产总值,是社会主义在这片国土上完成了“城市工业社会”的进程。而这些国家的历史证明,如果这里的人们当时选择资本主义,那么也许这一“城市工业社会”的进程至今仍在黑暗中摸索,因为早期资本主义早发工业化国家中完成这一历史进程的各项主要条件,这个时期在这些国家已经完全不复存在。

上述这一发达资本主义国家之外地区的“城市工业社会”进程,还应该包括大片第三世界国家。这些国家的战后发展并不都采取社会主义方式,但是这些国家的发展几乎都要以民族民主革命为前提,以旧式帝国主义殖民体系的崩溃为世界条件。这一前提形成的决定性因素仍在于社会主义的现实力量。20世纪人类在社会领域中有两大革命:一是社会主义革命,二是民族民主革命。两者的矛头所向最集中的就是旧式帝国主义体系,因而社会主义革命始终是“主帅”,民族民主革命则是“同盟军”。战后亚非拉有79个国家先后取得民族独立,建立起民族独立国家,其中近一半国家的执政党标榜自己走社会主义道路,效法社会主义国家推进本国的工业化。还有不少国家中,标榜社会主义的政党和社会力量在争取国家独立和民族解放中发生过重要作用,因而在独立后的工业化进程中发生着重要的政策影响。这些国家工业化进程的成就是构成20世纪第二幕历史的重要内容。当然,在这些国家中,有些工业化进程并不成功。这些不成功的原因很复杂,但首先是发达资本主义国家推行的一种被称为“新的经济帝国主义”、“新经济殖民体系”政策的结果,以及旧殖民体系造成的民族冲突的结果。“南北问题”的主要根源即在这里。不可否认,在这些国家发展受挫的原因中,有不少是因为照搬苏联那些扭曲了的社会主义的东西所造成的后果。对后种情况分析的正确的思路,应该是清除那些扭曲了的社会主义教条,而不是把一盆脏水统统泼在社会主义身上。

现在来看发达资本主义国家的战后繁荣。发达资本主义国家的战后繁荣首推美国。造就美国战后繁荣的财富积累始于战争,两次世界大战期间都是美国

① 《马克思主义与现实》1998年第5期。

经济增长率最高的年份，而其中尤以第二次世界大战为最，年增长率高达10%，远远超过非战时期。所以，如果说大萧条和世界大战是埋葬自由资本主义经济时期的葬礼，那么这笔巨大的葬礼开支主要落入了美国商人的钱袋。而美国能够成为战时、战后“独吃的大赢家”，除了地缘、民族历史的原因外，乃是其资本主义体制框架发生了超越自由资本主义的重构，形成了足以承载新繁荣的体制基础，其先期成果便是罗斯福新政。有人据新政而称罗斯福为“粉红色的社会主义者”。罗斯福不是一个社会主义者，他也不承认自己是资本主义者，他只抽象地承认自己为“基督徒”①。但他的政策灵感无疑来自对自由资本主义的衰落和当时受全世界关注的苏联式的“计划”原则的兴起的感悟。凯思斯主义的流行也正是这一经济生活潮流的产儿。前文述及西方学者认为20世纪社会主义的“最悠久成效”之一是“救下资本主义一命”，按他们的看法，这一表述既包含战时，也包含平时；是苏联式“计划”原则给了资本主义改革的政策灵感。当西方世界在大萧条中苦苦挣扎而苏联工业化突飞猛进的时期，按社会主义方式定义的“计划”一词成为西方政界最时髦的名词。这种经济生活潮流不仅在北欧迅速普及，连作为自由资本主义的经典的英国也形成莫逆之势。当时，英国政府官员不分党派地组织了智囊结构——“政治经济计划会”（Political and Economic Planning PEP），促进对经济的宏观的理性干预。英国政府中最受尊敬的元老、英国国教核心人物索特爵士（Sir Arthur Salter）著书鼓吹计划原则。许多年轻一代的保守党人士，如后来出任英国首相的麦克米伦也自命为计划派发言人。尽管当时苏联的“计划”实践也只不过是社会主义关于人类对自身经济生活的自觉支配、人是经济生活的主人这些原则的幼稚作业，但毕竟从此以后，人类对自身经济生活的宏观上的自觉把握总算破了题。对全国国民收入作统计分析，并据以管理经济事务，首开先例的是1925年的苏联和加拿大；而后到1939年增为9国，当时国际联盟则掌握26国的估算数字；第二次世界大战结束时达39国，50年代则达93国。时至20世纪晚期，这种统计分析和管理已如同一国的宪法、国旗那样不可或缺。战后资本主义的繁荣在体制上的构架即来自于这一政策灵感。

这里特别需要强调指出的是，正是这一政策灵感及其相应的体制架构催化了20世纪新科技文明的产生，并以自由资本主义时代无法想象的计划能力、管理能力、社会的综合协调能力孵化出20世纪的新科技生产力。这一不言而喻的事实表明，如果说以自由资本主义为特征的体制架构曾经容纳了“城市工业社会”的生产力发展，而新的体制架构则是服务业、信息业迅速成长，并取代传统工

① 内森·米勒，《罗斯福正传》，新华出版社，1985年版。

业产业所必不可少的条件。当其初始，哈耶克等一小批人以“通向奴役之路”这一主题批判社会主义。对这种议论本可以倒过来思考，即从反面获得一个提醒：时人不要对自身的时下有限理性能力估计过高，不要陷于过度的自负。但当时谁也不理会这种议论，谁也不忌讳在自己的政策用语中渗进社会主义的色彩。以维也纳学派为代表的这一反面提醒中无疑包含着保守的自由资本主义意识形态，但问题的另一方面是，自社会主义所获政策灵感只表明人类对自身经济生活自觉支配的意识生成，而和社会主义关于人摆脱经济外在性的奴役，人成为自然、社会、人自身的主人的价值规定还有质的区别。这只是一种幼稚的模仿，而幼稚的模仿走向极端势必陷于困境。困境和危机后来果然发生。这毫不奇怪。只是要申明这样一个事实，即使到20世纪晚期，危机真的发生，人们发现哈耶克的“提醒”并非一文不值时，也没有人认为历史应该倒转，认为当今的政策和体制应该或者能够重回19世纪自由资本主义的经典时代，包括里根政府、撒切尔夫人政府的政策哲学在内。

20世纪第三幕历史的中心场景是新的危机和争取和平与发展。危机首先于70年代发生在资本主义世界，而后是苏联东欧原社会主义国家的动荡和瓦解。危机使资本主义在第二次世界大战前的大萧条中最为人指责的贫穷、大量失业、混乱、不稳定等现象，也是在长达一代人时间的繁荣中被认为已经扫除的现象，在1973年后开始重现。经济增长，一再为严重的不景气打断。尤其是1987年美国及世界股市暴跌和1992年国际汇率危机，使许多人恐惧地提问：是否有可能再来一次大萧条？90年代欧洲有人认为，目前的经济难题已比30年代更糟糕。新保守主义的药方并未带来福音。罗伯特·萨缪尔森指出：资本主义“过度成熟”和“资本过剩”，引起全球大投机和广泛的泡沫经济，“破坏着贫穷国家的经济稳定，使富国投资者的利益受到重创”，这是“全球资本主义失败”①。而这二十来年的危机中，原社会主义国家所遇到的危机远比资本主义深巨。当危机之初，苏联还利用石油价格这一资本主义危机的诱导因素和丰富的石油、天然气资源，一时逞强于世界，向美国频频进逼，迫使其处于守势。但是，这时候的社会主义早已成为苏联的地缘政治企图和霸权政策取向的工具。他们手中的社会主义已经成为失去灵魂的躯壳。这种社会主义的后来瓦解，已是命中注定，在所难免。

苏联、东欧政治事件的发生，在西方意识形态专家的眼中，等于取消了社会主义参与解决当代人类问题的资格，似乎当代人类只有等待着自由派资本主义赐予福音。难道历史真的只剩下自由派资本主义的历史？在当代没有社会主义

① 罗伯特·萨缪尔森，《民主不是恩赐》，《洛杉矶时报》1998年9月9日。

力量的加入，诸如和平与发展这样的问题能够获得解决吗？要相信这一点，除非把西方某些意识形态神话当成历史运动的真实。且不说打赢世界大战和争得大繁荣，曾在决定性的程度上得力于社会主义，且不说当代自由派资本主义理念从来就没有在全部基础上构成发达资本主义国家的政策哲学，单就当代世界人类面临的诸多问题的解决，也就绝非资本主义所能胜任。例如：

1. 全球贫富日益悬殊。据联合国开发计划署 1999 年"人类发展年度报告"称，当今占世界总人口 20%的富有者消费着占世界总量 86%的各种商品和服务，占世界总人口 20%的贫困者则消费着仅占世界总量 1.3%的商品和服务。而后一个数字在 30 年前为 2.3%，即贫困者消费量占总消费量的比例几乎下降了一半。1980 年，占世界人口 20%的富有者所占人均国民收入是占世界人口 20%的贫困者的 30 倍，而 1997 年为 74 倍。全球有 26 亿人缺乏基本的医疗服务，11 亿人以上没有适当的住宅。而世界最富的 3 个人所占有的财富则超过 48 个不发达国家的全部国内生产总值之和。

2. 全球失业人数居高不下。当今发展中国家的失业、半失业人口超过 8 亿，这使发达国家本来已十分严重的失业问题雪上加霜。因为跨国资本流向发展中国家并剥削所在地极为廉价的劳动力，加上发展中国家人口流入发达国家，使这里的失业者面对既缺乏工作机会，又涌进廉价对手的双重挤压。在大萧条和世界大战期间，英国人曾哀叹失业是仅次于大战的"瘟疫"。这个"瘟疫"如今又重新降临。就整个欧洲的趋势，法国总统希拉克曾发出感慨："与 19 世纪以来的欧洲历史传统相反，欧洲，即欧盟，第一次处于贫困不断加重，不断扩大的境地。"①

3. 社会动荡不安。日益增多的贫困、失业、道德沦丧、政治冲突，以及其他因素，营造着社会动荡的环境和触发机制。这不仅发生在原苏联东欧国家、多灾多难的发展中国家，同样发生在发达国家。美国历史上十大屠杀案件，其中有 8 件是 1980 年以后发生的，而且犯案者多是 30—40 岁的白人中年男子。丹尼尔·贝尔称资本主义在这方面"欠账过多"②，但资本主义自身能够把这笔"欠账"还清吗？

4. 全球环境日趋恶化。且不说来自陆地、海洋、臭氧层的种种警报，仅就淡水资源一项，目前已有 15 亿人口没有可靠的饮用水水源。据预测，到 2025 年，这个数字将达到 30 亿人，届时争夺水资源将可能是世界冲突的重要因素。面对这样的困境，难以想象能够在自由派资本主义的原子化竞争机制的神话中找到出路。因为在这里资本主义直接就是困境的原因。所以，生态马克思主义者、生

① 《当代世界与社会主义》1998 年第 3 期。

② 贝尔，《资本主义文化矛盾》，三联书店，1989 年版。

态社会主义者把解除环境危机和消除资本主义社会中的"异化"相联系。

5. 冲突与战争。冷战结束后,西方世界不少人用"文化冲突"来解释时下的政治冲突、对抗和局部战争。应该说这些冲突、对抗和战争中有文化冲突因素,但用文化冲突论只能在局部方面、主要是诱发机制方面,而不是从根本方面解释这些冲突与战争,更找不到走出困境的途径。一个最简单的事实是,哪里有战争,那里就必定有美国插手,必定有"美国利益"在其中发生作用。所以,冲突和战争的真正奥秘主要是不在于文化差异,而在于资本的利益。

此类问题在当代资本主义制度框架里,根本就无从获得解决,甚至解决这些问题的目标取向本身就不是资本主义的题中之义。美国著名政治学家马丁·李普塞特在90年代苏联解体后,述及当代人类问题和资本主义关系时说:"资本主义没有允诺人类实现深刻的精神需求,或者消除不平等、贫困、种族与性别歧视、环境污染和战争。它也无法用理想语言去感染青年,对此用不着太感惊奇。"①出路在哪里?李普塞特开出的药方是"新社会运动"和"社群主义"。这是一个在某些方面吸收了社会主义价值含义的社会运动,但毕竟离当代人类问题的根本解决,离社会主义的真谛还有不近的距离。在这样一个时刻,人们应该客观、冷静和认真地重温20世纪的历史,重新认识社会主义在解决当代人类问题中的决定性地位。历史是诚实的,不诚实的只可能是理解者的说明框架。人们所经历的事实使人无法怀疑:没有社会主义力量的作用,当代人类上述问题的解决就只能是一个悬案。尽管20世纪晚期世界社会主义陷入了危机和困境,但这场危机的困境可以使人们对社会主义认识发生一次"凤凰涅槃"式的跃升。人们抛弃幼稚、变形、扭曲的社会主义,这毫不足惜,人们将在更高层次上选择社会主义。这就是20世纪晚期历史的主要贡献之一。而其最好的明证就是建设有中国特色社会主义事业的兴旺发达。1988年,尼克松写道:"我们时代的奇迹之一是中国在惨遭20世纪各种最可怕的天灾人祸之后,在21世纪必将成为世界上的一个头等大国。"②而德国的海纳·温克勒尔教授则这样认为:"当代资本主义信徒们显然都很不舒服。中国经济极度繁荣偏偏是在一种他们已宣判死刑的政治制度中完成的。这种腾飞给中国领导人的经济方针提供了充足的证据。而这一方针与西方授意的谋士们目前在苏联制造的混乱形成了强烈的对比。"③中国特色社

① 转引自《马克思主义与现实》杂志1998年第5期,第50—51页。原文见美国《民主杂志》1992年4月为纪念熊彼特《资本主义、社会主义和民主》一书发表50周年国际讨论会论文集。

② 尼克松,1999,《不战而胜》,世界知识出版社,1989年版。

③ 温克勒尔,《中国经济迅猛发展》,《新德意志报》1993年8月3日。

会主义建设的成就，给20世纪晚期历史提供了一个最为有力的例证：在解决当代人类最紧迫的和平与发展的问题上，社会主义仍保留着决定性参与者的历史资格。

三、20世纪晚期社会主义挫折是社会主义历史的初期阶段性和所在国度经济文化落后性所决定的，也正是这场挫折和失败使社会主义站到了新的历史起点上

现在我们来谈20世纪社会主义历史中的挫折。如果说20世纪社会主义历史的成功证明了社会主义在人类文明进步中的对资本主义的超越性定位，同时也证明了已经实现的这种超越仅仅是对自由资本主义历史阶段的超越。俄国社会主义革命是在资本主义一度陷于“天崩地裂”的时代出现的。但是，这不是整个资本主义历史的“天崩地裂”，而是资本主义的一个历史阶段——自由资本主义阶段的崩溃。社会主义，作为人类对资本主义的超越性的历史选择，在这一阶段上所能采取的具体实现形式就只能是超越自由资本主义阶段所获得的形式，而不可能是对资本主义实现最终超越的形式。因而这一阶段上社会主义选择的初期阶段性、幼稚性和不成熟性就显得十分突出。

还是以曾在社会主义名义下定义的计划范畴作分析。自由资本主义经济时代的终结，给人类所提出的最尖锐的问题是实现人类对自身经济生活的支配。这本来也是社会主义的题中应有之义。但是，社会主义关于人类对自身经济生活的支配，是和社会已经成为一个“自觉的社会”、一个“自由王国”，人成为自然、社会和人自身的主人相联系的；是和消除经济外在性对人的奴役，克服资本主义的异化状态相联系的；因而这也是一个“自由人联合体”对自身经济生活的自觉支配，而不是以“国家”名义实行的支配。解读马克思关于社会主义和计划的联系，可以看出，马克思从未脱离过这一历史前提。显然，在自由资本主义崩溃的时候，这一历史前提远未产生出来。这个时候的人们以社会主义名义所作出的现实选择，比如对计划概念的选择，就只能是对自由资本主义的超越性选择，而在现实实践上不可能是对整个资本主义的超越性选择。这是在资本主义阶段性“蝉蜕”中人们所作出的现实选择，所以并未突破资本主义的基本框架。正是在这个意义上说，“资本主义也有计划”。这又是一个资本主义在自身阶段性“蝉蜕”中只能作出的选择，因为资本主义正是凭藉这一政策理念，走出大衰退、大萧条、大战争的困境，完成了自身对自由资本主义经济时代的否定。正是在这个意义上说，是社会主义“救了资本主义一命”，有如黑格尔所表述的历史理性的“狡

诈”。而对资本主义来说，这又是一个符合其历史进程的合规律的选择，因为人类自身实现对经济外在性奴役的否定，成为自身经济生活主人的进程是一个逐渐逼近的过程，选择“计划”理念也就是这种“逼近”中的一步。这一步选择曾奠定了20世纪大繁荣的政策理念基础，但希翼不发生挫折和某种阶段性否定意义上的失败，几乎是不可能的。被列宁称为“聪明的资产阶级教授”的马克斯·韦伯曾预言过这一点。他认为，只要计划经济以取消货币核算和资本核算为必要条件，那就必须忍受形式的合理核算的削弱。在这种意义上，实质的合理性与形式的合理性的对立，是当下社会主义无法回避的矛盾①。持新康德主义观察框架的韦伯当然不会在实质合理性与形式合理性之间寻到出路，而从人类历史实践来说，这种出路也只能存在于经济外在性对人的奴役的“异化”状态的消除中。当资本主义为消除这种自身“异化”状态而生成的历史条件尚未成熟时，人们极难回避韦伯所说的这种幼稚的错误。20世纪的晚期危机，特别是社会主义危机，显然和这种计划理念选择的幼稚性密切相关。以社会主义的名义对计划理念的选择，是20世纪人类的一次“集体成功”，但也是一次“集体失误”。

最早代表这一选择成功的是苏联，而把这一选择的幼稚性和失误推向极端的也是苏联。1995年，戈尔巴乔夫回忆他上台后所面对的经济形势和体制运作状态时说：“我们的经济形势甚至迫使我们在政治局内建立一个又一个的委员会。”例如，“曾成立解决女式连袜裤脱销问题委员会”，“在我们党的机构中竟设立有机硅联合体部，你们可以想象，党的机关成了什么样子。这就是党的管理‘首脑’，这就是党自身忙着干的事。目前情况也是这样”。“我们本国产品的单位价值比‘世界价值’高0.5—1倍；消耗在单位国民收入上的能源、水泥、金属比国外多0.5—1倍。这是自杀性的浪费经济。”②这是苏式经济晚期衰落的一幅绝妙写照。尽管这种经济声称为“社会主义经济”，但是，在这幅景象中，哪里还有什么社会主义？社会主义关于消除经济外在性对人的奴役、人成为自身经济生活的主人的规定性，在这里已荡然无存。人重新被一种以行政权力为核心的经济关系所禁锢，这和本来意义上的社会主义已经割若天壤。像这样一幅传统计划经济的衰落景象，岂有不败之理？只是这里的失败很明显已不是社会主义本身，而是用社会主义词句表述着的别的东西。

这种用社会主义词句表述着的“别的东西”，就是列宁曾敏锐地意识到的俄罗斯所存在的“低于资产阶级文化水平”的东西③。在俄罗斯这片马克思称为“亚

---

①②《当代国外社会主义：理论与模式》，中央编译出版社，1998年版。

③ 《列宁全集》第36卷，北京：人民出版社，1980年版。

洲方式”的国土上，国家始终扮演着社会中心的角色，集权和国家统制常常是成功的秘诀，但又常常是导向失败的因子。革命后为推进苏联的初期工业化，国家力量曾发挥了决定性的作用。基于革命胜利的成功经验而形成的政治理念，日益集中到对国家力量的尊崇，并通过社会主义计划经济理论对这种国家力量作了说明。正是这种以“计划经济”名义实现功能的国家力量，有效集中和支配了全国的资源，迅速推进了苏联的工业化，使苏联在极短的时间里，奇迹般地成为世界上第二号工业强国。成功强化了人们的原初理念。当时的人们就是用这种国家统制的方式理解社会主义，理解社会主义计划经济，理解实现工业化的社会主义机制。今天的人们可以轻而易举地嘲笑这种计划经济概念的粗陋，但是，在当时却是唯一可能对计划经济范畴作现实诠释的方式。因为除了国家，没有其他组织化力量或社会联合体能够执行计划理念的现实功能。但是，这种计划经济中，掺杂着不少俄罗斯式的杂质。苏联共产党人，就像人不能拎着自己的头发离开地球一样，无法摆脱俄罗斯这片“落后国土”的制约。

所以，我们可以这样认为，20 世纪晚期被称之为社会主义失败的东西，其实早已不是真正意义上的社会主义，而是社会主义词句包装着的传统社会机制，或者说是强迫幼稚的社会主义背负着的落后国土上的沉重历史包袱。出现在原苏联、东欧社会主义国家的政治剧变，毁损了社会主义的名声，但并未毁损社会主义的真谛。与关于社会主义失败的喧闹正好相反，正是这次政治剧变使社会主义终于摆脱了充斥传统社会“辉煌垃圾”的沉重历史包袱，而重新赢得了自身。社会主义终于走完了在落后国土上行走的“幼稚阶段”，走出了一个历史阶段上的“炼狱”。这是社会主义在辩证法意义上的一次胜利。如果说要把这一过程看作是某种意义的“历史终结”，那就是传统社会回光返照的历史终结，而不是社会主义历史的终结。

不必为那种抽去了灵魂的社会主义的失败、为那种实为传统社会“辉煌垃圾”的历史终结而唏嘘叹息，应该庆幸社会主义摆脱了一个沉重的历史包袱，站到了一个新的历史起点上。这个新的历史起点至少包含着这样的涵义：社会主义将能够在解决当代资本主义所无法解决的人类困境问题和争取人类文明进步上，体现出对现阶段资本主义的超越性特征和历史价值，有如 20 世纪社会主义对自由资本主义所实现的历史超越。因而可以说，20 世纪世界宏观文明史昭示这样一个未来：21 世纪社会主义仍将成为人类的成功选择。

（原载上海社会科学院《学术季刊》2000 年第 3 期）

二十世纪社会主义的未竟思考

20世纪社会主义进程中的挫折，不是社会主义本质规定性意义上的挫折，是用社会主义词句包装着的传统社会机制、强迫幼稚的社会主义背负着的落后国土上的沉重历史包袱的崩溃。以对苏联的分析为典型，在发起革命以夺取俄国和组织管理俄国这两个任务上，苏联赢得双重成功，也犯下双重错误。一是依靠传统权威手段的成功和对传统权威手段的终极依赖，二是国家力量的决定性作用和对国家力量的崇拜，从而把社会主义拴在了彼得大帝式的政策目标的战车上。苏联的失败只是对俄国传统社会"辉煌垃圾"的淘汰。留给我们的思考是，必须搞清楚什么是社会主义，怎样搞社会主义。

现在我们来谈20世纪社会主义历史中的挫折。如果说20世纪社会主义历史的成功证明了社会主义在人类文明进步中的对资本主义的超越性定位，从而也证明了社会主义实现理论创新的充分的现实可能性；而20世纪社会主义历史中的挫折则表明社会主义实现理论创新的紧迫性。关于20世纪社会主义的理论思考，至今仍然是人们头脑中的"未竟的历史"。在这未竟的思考中，一个最突出的问题是，20世纪晚期社会主义陷于低潮，苏联东欧原社会主义国家出现大雪崩式的剧变，究竟归因于什么？答案的类型无非有两种：一是源于社会主义的本质规定性，二是源于社会主义发育初期的具体存在形式和各种附加在社会主义身上的特殊历史因素。如果答案属前者，那么，就只能同意如福山关于"历史终结"的一类观点；如果答案属后者，那么，就有一个重新认识究竟什么是社会主义的任务，这正是当代社会主义理论创新的关键之所在。围绕这一问题的分析无疑还得从俄国社会主义历史入手，因为20世纪晚期的社会主义大挫折以苏联社会主义失败为典型代表，其他发生政治剧变国家中社会主义的挫折大体都可以从这一失败的分析中获得基本说明。

俄国社会主义革命是在资本主义一度陷于“天崩地裂”的时代出现的。但是，这不是整个资本主义历史的“天崩地裂”，而是资本主义的一个历史阶段——自由资本主义阶段的崩溃。社会主义，作为人类对资本主义的超越性的历史选择，在这一阶段上所能采取的具体实现形式就只能是超越自由资本主义阶段所获得的形式，而不可能是对资本主义实现最终超越的形式。因而这一阶段上社会主义选择的初期阶段性、幼稚性和不成熟性就显得十分突出。自由资本主义经济时代的终结，给人类所提出的最尖锐的问题是实现人类对自身经济生活的支配。这本来是社会主义的题中应有之义。但是，社会主义关于人类对自身经济生活的支配，是和社会已经成为一个“自觉的社会”、一个“自由王国”，人成为自然、社会和人自身的主人相联系的；是和消除经济外在性对人的奴役，克服资本主义的异化状态相联系的；因而这也是一个“自由人联合体”对自身经济生活的自觉支配，而不是以“国家”名义实行的支配，解读马克思关于社会主义和计划的联系，可以看出，马克思从未脱离过这一历史前提。显然，在自由资本主义崩溃的时候，这一历史前提远未生产出来。这个时候的人们以社会主义名义所作出的现实选择，比如对计划概念的选择，就只能是对自由资本主义的超越性选择，而在现实实践上不可能是对整个资本主义的超越性选择。这是在资本主义阶段性“蝉蜕”中人们所作出的现实选择，所以甚至并未突破资本主义的基本框架，正是在这个意义上说，“资本主义也有计划”。这又是一个资本主义在自身阶段性“蝉蜕”中只能作出的选择，因为资本主义正是凭藉这一政策理念，走出大衰退、大萧条、大战争的困境，完成了自身对自由资本主义经济时代的否定。正是在这个意义上说，是社会主义“救了资本主义一命”，有如黑格尔所表述的历史理性的“狡诈”。由此可以表明，这又是一个资本主义历史进程的合规律的选择，因为人类自身实现对经济外在性奴役的否定，成为自身经济生活主人的进程是一个逐渐逼近的过程，正是在这个意义上说，选择“计划”理念也就是这种“逼近”中的一步。这显然是合理，却都是幼稚的、朦胧不清的一步选择。这一步选择曾奠定了20世纪大繁荣的政策理念基础，但希冀不发生挫折和某种阶段性否定意义上的失败，几乎是不可能的。被列宁称为“聪明的资产阶级教授”的马克斯·韦伯曾预言过这一点。他认为，只要计划经济以取消货币核算和资本核算为必要条件，那就必须忍受形式的合理核算的削弱。在这种意义上，实质的合理性与形式的合理性的对立，是社会主义无法回避的矛盾[①]。持新康德主义观察框架的韦伯当然不会在实质合理性与形式合理性之间寻到出路，而从人类历史实践来说，这种出路也只能存在于经济外在性对人的奴役的"异化"状态的消除中。当资本主义为消除这种自身"异化"状态而生成的历史条件尚未成熟时，人们极难回避韦伯所说的这种幼稚的错误。20 世纪的晚期危机，特别是社会主义危机，显然和这种计划理念选择的幼稚性密切相关。以社会主义的名义对计划理念的选择，是 20 世纪人类的一次"集体成功"，但也是一次"集体失误"。

最早代表这一选择成功的是苏联，而把这一选择的幼稚性和失误推向极端的也是苏联。苏联曾经依靠计划力量，有效支配和调控全国各类资源，保证了苏联工业化在极短时间内完成，也可以说造就了人类工业化进程中的奇迹。但是当把这种以国家名义支配着的计划理念推向极端，苏联工业化衰退乃至整个苏联的瓦解就在所难免。比如工业生产中的巨额资源浪费，据苏联官方统计，苏联工业生产中的资源消耗，按国民收入单位计算，比西方发达国家高出 1 至 2 倍，其中燃料和能源的消耗比西方发达国家高出 50%。金属的浪费和锈蚀每年达 2000—2500 万吨。30%的粗钢在加工过程中被浪费掉。因质量低劣每年约有 15—20%工业产品要报废或削价处理。苏联拥有金属加工设备比美国多 60%，但产值只及美国的 63%。2/3 的工业设备自然老化，机器使用期限比西方发达国家长 1—2 倍。

农业的情况更糟。苏联早就认识到农业是它的薄弱环节，企求加强农业。有人统计，勃列日涅夫执政 18 年间，通过和发布的有关改良农业的决议、决定总共有 250 多个。投资比例也不算少，1950 年到 1980 年间，用于农业的投资占国民经济总投资的 20%以上。但效益很差，农业大多数是亏损的。苏联农村劳动力虽然缺少，但也有 3000 万人，美国周期从事农业生产的只有 300 万人；苏联拖拉机比美国多，为美国的 4.8 倍，苏联使用的种子将近美国的 5 倍，但 1988 年苏联谷物产量只有美国的一半。苏联农业中浪费现象尤为严重。谷物每年浪费达 3500—4000 万吨，化肥损失 500—600 万吨，木材在采伐、运输和加工过程中耗费掉一半以上，每年拖拉机报废数量与新提供的数量相差无几。美国经济学家讲，苏联每年浪费的粮食正好等于每年进口的粮食数量。

苏联的科技人员是世界上最多的，1952—1978 年间增加了 7 倍，达 131 万人。70 年代以后，苏联科研经费年平均增长 10%，美国仅为 5%。但由于计划经济和产品经济理念，科研部门与生产部门脱节，有 2/3 左右的科研成果根本不能

① 《当代国外社会主义：理论与模式》，中央编译出版社，1998 年版。

运用于生产，不能产业化。特别当西方发达国家竭尽全力把以信息技术为中心的第四次科技革命的成果运用到国民经济各部门而转化为生产力，使传统工业逐步为新兴的高技术产业所取代时，苏联则仍然困守传统的体制和结构，满足于其传统工业的高额产量和大搞军务竞赛所取得的军事技术的进展，从而使它的整个经济发展水平、科技水平都呈下降趋势。80 年代，除军事技术外，世界上第一流的科研成果苏联只及美国的 1/10，苏联的劳动生产率只有美国的 40%。

1995 年，戈尔巴乔夫回忆他上台后所面对的经济形势和体制运作状态时说："我们的经济形势甚至迫使我们在政治局内建立一个又一个的委员会。为了形象地说明这些委员会做了些什么，我给你们举个例子。曾成立解决女式连裤袜脱销问题委员会，它由苏共中央委员会书记伊凡·卡皮托诺夫主持。我记不清了，似乎是 1978 年，发生了火柴'欠产'，中央委员会就去解决这些事情。还有大家记得的国家动力系统的失衡……它由叶戈·利加乔夫负责。最后当你们看到在我们党的机构中竟设立有机硅联合体部，你们可以想象，党的机关成了什么样子。这就是党的管理'首脑'，这就是党自身忙着干的事。目前情况也是这样。这就是我国经济状况的形象的说明和不充分的反映，赤字使我们喘不过气来，全国都在排队，但是预算赤字却被精心地隐瞒起来了，我们没有同任何人商量就把手伸向储蓄银行，用透支来抵补了这个赤字。诸如此类，更不用说我们本国产品的单位价值比'世界价值'高 0.5—1 倍；消耗在单位国民收入上的能源、水泥、金属比国外多 0.5—1 倍。这是自杀性的浪费经济。"①

这是苏式经济晚期衰落的一幅绝妙写照。尽管这种经济声称为"社会主义经济"，但是，在这种景象中，哪里还有什么被称作社会主义的东西？社会主义关于消除经济外在性对人的奴役、人成为自身经济生活的主人的规定性，在这里已荡然无存。人重新被一种以行政权力为核心的经济关系所禁锢，这和本来意义上的社会主义已经割若天壤。像这样一幅传统计划经济的衰落景象，岂有不败之理？只是这里失败的不是社会主义本身，而是用社会主义词句表述着的别的东西。

如果说 20 世纪人类选择社会主义在宏观视角下呈现的不成熟性，为苏式社会主义从成功到失败的蜕变的可能性提供了说明，那么这种可能性成为失败的事实，则是俄国这块"落后的国土"所具体决定。而且由于 20 世纪社会主义革命的胜利，绝大多数都是在经济文化落后国家实现的，所以，关于俄国的这一考察同样对别国具有说明价值。

关于苏联社会主义从成功走向失败，我们借用一段聪明的爱因斯坦在热情

① 《当代国外社会主义：理论与模式》，中央编译出版社，1998 年版。

肯定其胜利时所表示的担心："社会主义建成，需要解决一些极端困难的社会——政治问题：鉴于政治权力和经济权力的高度集中，怎样才有可能防止行政人员变成权力无限和傲慢自负呢？怎样才能够使个人权利得到保障，同时对于行政权力能够保有一种民主的平衡力量呢？""我也相信政治权力的集中和个人自由的限制不应当超过一定的界限，这界限是根据外部安全、国内稳定和计划经济的需要所作的考虑而定出来的。一个局外人难以得当地评价别国的状况和需要。不管怎样，苏维埃制度在教育、公共卫生、社会福利和经济领域里的成就无疑都是伟大的，而全体人民已从这些成就里得到了很大的益处"。"而且它在战争中的行动已显示出它在一切工业和技术领域里的伟大成就。从不发达的基础开始，过去25年中它那非常惊人的发展速度，实在是史无前例的。"爱因斯坦显然对苏联的社会主义成功欢欣鼓舞，但是已隐约觉得成功之中包涵着失败的可能性。即如黑格尔所说："在世界历史上，人们的行动结果往往不同于他们的计划和成就，不同于他们的直接感知和意图。他们达到了目的，但同时也产生了一些他们没有意识的、预料之外的、潜在于这些目的中的东西。"①

苏联社会主义事业进程中的成功里面所包含的失败因子，与布尔什维克们的认识水平有关，但最终乃来自于俄国这片"落后的国土"。对于在欧洲工业文明背景下俄国这片国土的落后性，列宁的认识应说是清醒的。十月革命胜利后，当许多人沉浸在胜利的兴奋中，大谈这一胜利的国际意义的时候，列宁说："如果忽略另外一点，同样也是错误的，那就是：无产阶级革命只要在一个先进国家里取得胜利，就很可能发生一个大变化，那时，俄国很快就不再是模范的国家，而又会成为落后的（在'苏维埃'的社会主义的意义上来说）国家了。"②什么是这个国家的落后性的本质内涵？列宁作过这样的说明。1922年，他说，俄国人"现在是按亚洲方式做买卖，但是为了善于做商人，就要按欧洲方式做买卖。他要做到这一点，还需要一整个时代"③。而关于苏维埃政治体制，他的评论是："国家机构的一般情况：坏极了，低于资产阶级的文化水平。"④他深刻分析了俄国像"汪洋大海"一样存在的小生产势力，认为这使苏维埃政权陷入前资本主义生产关系的"包围"之中，社会主义被"资本主义前的关系的层层密网缠绕着"⑤。所以，他称当时的俄罗斯为"野蛮的俄罗斯"，要更快地"仿效西方主义"，甚至"不拒绝使用

① 《共产国际·斯大林·中国革命》，求是出版社，1982年版。

②③《列宁选集》第4卷。

④ 《列宁全集》第36卷。

⑤ 《列宁选集》第2卷。

野蛮的斗争手段”。总起来说，列宁这些描述，总体上认为俄罗斯仍是一个前资本主义生产关系占主导地位、经济和文化发展仍处前工业化时期的国家，是一个落后于现代工业文明的传统社会阶段的国家。这就是俄国社会主义的基本背景。在这样一个尚不具备资本主义已经造就的现代工业文明的落后国度里，直接争取社会主义胜利的人们面对着双重任务：一是发起革命以夺取俄国；二是组织管理俄国，以迅速造就社会主义赖以存在的起码基础——现代工业文明。苏联在这两个任务上赢得双重成功，但也犯下了双重错误。

其一，为发起革命以夺取俄国，启动了传统的权威手段。这种传统的权威手段主要是超越合法性的暴力、集中制的权威组织、意识形态灌输而发动的群众运动。今天的人们可能很轻松地批评列宁提出“红色恐怖”这一概念，轻而易举地肯定卢森堡对列宁的批评。但是如果站到当时列宁的实际立场上，事情恐怕就不那么轻松。列宁并非自愿使用“红色恐怖”这个词。当 1917 年 11 月 7 日攻下冬宫，逮捕临时政府的部长们，没有发生流血和暴力，列宁非常高兴，认为可以通过不流血的方式夺取政权。但是，事与愿违，敌人很快组织了军队，形势陡然严峻，迫使列宁不得不放弃和平的愿望。沙皇军官克拉斯诺夫被捕后，表示不反对苏维埃，就把他放了。后来是他第一个带军队攻打彼得堡。为了对付各种社会的暴乱和破坏，不得不组织了非常委员会“契卡”，实行暴力镇压。这时候，列宁得出了一个一般性的认识：“没有一个严肃的马克思主义者会认为，不经过国内战争就能够从资本主义过渡到社会主义。”①而为了保证暴力革命的胜利，就必须有高度集中制的权威化组织和通过意识形态灌输而发动的革命群众运动。当喀朗斯塔特事件爆发时，俄共(布)十大的决议要求，“党组织的军事化就必须成为党的组织形式”，“党的工作方法总的说来趋向于战斗命令制”。而正是通过意识形态灌输动员起来的疾风暴雨式的阶级斗争摧毁了旧政权的全部基础。正是凭借这种传统的权威手段，俄国的社会主义革命才得以在这片落后的国土上获得成功。也正是这种传统的权威手段，日后成为苏联工业化走向成功的主要推动机制。

因为是在落后国家开始发起社会主义革命的冲击，首先就面临着社会主义目标与现实社会成熟程度之间存在的巨大差距，因而不得不需要特别强有力的革命手段、特别富于权威的革命方式。没有强大的杠杆，便不能搬起巨大的石块。然而，巨大的杠杆有时也会带着巨大的惯性，影响和制约着后来社会主义的发展。应该说，共产党人本可以有高度的自觉性和科学精神，能够审慎地既利用

① 《列宁选集》第 3 卷。

权威的革命方式这个巨大的杠杆，而又不至于发生过大的惯性消极影响。但是，共产党人也不是神仙，不是超越环境存在的先知先觉者，在毫无历史经验可循的情况下所作的探索，有时很难避免某些盲目性。这种盲目性的集中表现就是把社会主义革命中的成功经验，即为夺取革命胜利而启动的传统的权威手段，抽象化、绝对化为社会主义的根本原则。成功者最容易犯的、也是最危险的错误就是把成功经验教条化。苏联在革命后关于社会主义的理念中，有不少原则就是用社会主义词句包装的在革命中通行的权威机制。比如，对暴力的过分尊崇，对国家暴力职能的过度强调，对集中制、特别是中央集权、个人权威的过度崇拜，对“政治动员”的过度仰赖和行政统制式管理的不恰当的颂扬，等等。越到后来，这些政治理念越是集中到对国家力量（当然是以党政不分为前提的）的崇拜。当这种传统的权威机制被当作社会主义来信仰的时候，这种社会主义就和本来意义上的社会主义的距离越拉越大。因为胜利，人们欢欣鼓舞，以为自己已经先期进入了社会主义，忘了脚下仍是一片“落后的国土”，而这片“落后的国土”中的不少东西竟被自己当作理想中的“社会主义”而看重。这正是后来苏联悲剧的原因。

其二，为推进苏联的初期工业化，国家力量曾发挥了决定性的作用。基于革命胜利的成功经验而形成的政治理念，日益集中到对国家力量的尊崇，并通过社会主义计划经济理论对这种国家力量作了说明。正是这种以“计划经济”名义实现功能的国家力量，有效集中和支配了全国的资源，迅速推进了苏联的工业化，使苏联在极短的时间里，奇迹般地成为世界上第二号工业强国。成功强化了人们的原初理念。当时的人们就是用这种国家统制的方式理解社会主义，理解社会主义计划经济，理解实现工业化的社会主义机制。今天的人们可以轻而易举地嘲笑这种计划经济概念的粗陋，但是，在当时却是唯一可能对计划经济范畴作现实诠释的方式。因为除了国家，没有其他组织化力量或社会联合体能够执行计划理念的现实功能。所以，当时连西方右翼势力中的许多头面人物一时也成为“计划派”。从人类宏观文明进步的角度看，这可以理解为向人类自觉支配自身经济生活的未来逼近的一步。但是，无法回避这样一个事实：在苏联轰轰烈烈迈出的这一步中，掺杂着不少俄罗斯式的“野蛮”杂质。苏联共产党人，就像人不能拎着自己的头发使自己离开地球一样，无法摆脱俄罗斯这片“落后国土”的制约。

马克思曾说：“彼得大帝用野蛮征服了俄国的野蛮。”[①]列宁也说过，为了改造“野蛮的俄罗斯”而“不拒绝野蛮的斗争手段”。这里的“野蛮”显然不是文化个性

① 《马克思恩格斯选集》第2卷。

上的等次意识，而是指相对于西欧发达工业文明的俄罗斯的落后状态。俄罗斯“野蛮”的落后性就在于没有完整的、发达的现代工业文明，没有作为现代工业文明基础的商品经济以及相关的社会运行机制。处于传统社会的俄国，商品经济极不发展，而且是按照“亚洲方式”交换。革命前，在农村一直保留自然经济形态的村社——劳动组合传统。马克思说：“俄国是在全国广大范围内把土地公社占有制保存下来的欧洲唯一的国家。”①十月革命后，苏联农民基本上处于村社完全解体之后由个体农民起步发展的阶段。列宁的新经济政策证明，在占居民人口绝大多数的农民中间，大力发展商品关系仍是苏联经济发展的必由之路。但是，斯大林被这一新的社会现象吓住了，无法理解这片落后国土上的社会主义在前进中与商品经济的必然联姻，于是以向“无商品经济”的理想社会主义的“直接过渡”为旗帜，实际退回到早已溶化在血液中的自然经济生活方式和观念，并以社会主义公有制和计划经济的名义顽强贯彻。集体农庄，其实就是俄国村社在新条件下的复活。斯大林认为，农业集体化可以收到一箭双雕的效果：既可以避免农民走资本主义道路（在他看来，商品关系就等于资本主义关系），又便于剥夺农民，为工业化筹集资金。这样，斯大林实际上又回到了被列宁痛斥的俄国民粹主义的经济思想中去了。民粹主义经济思想的要害就是，必须保持村社，一定要抢在资本主义瓦解村社之前完成社会变革，只有这样，才能使俄国避免资本主义发展道路②。这种思想意识和马克思关于未来社会的预测被十分混乱地掺和在一起，成为当时人们对社会主义的典型理解。

在这种被马克思称为“亚洲方式”的国土上，国家毫无疑义地扮演着社会中心的角色，集权和国家统制常常是成功的秘诀，但又常常是导向失败的因子。在俄国，从 14 世纪莫斯科公国崛起之后，历来就是政治体制高度集中的社会。俄国历史上几次大折腾，都是在极权化统治的巅峰状态下完成的。15 世纪伊凡三世建立中央集权的统一的俄国和摆脱金帐汗国的统治，16 世纪伊凡雷帝成功地进行改革和领土扩张，18 世纪彼得大帝使沙俄跻身世界强国之列，以及随后的叶卡捷林娜二世更大规模地进行扩张等等，无一不是依靠加强中央集权，顺利贯彻君王意图的途径实现的。这就是“彼得大帝式的野蛮”。这种“彼得大帝式的野蛮”显然渗进了苏联的国家生活，并偷换掉苏联国家生活中的社会主义成分。以社会主义计划经济的名义执行功能的国家，实际推行着这样的政策目标：(1) 调动俄国优越的人力、物力资源，把庞大、软弱的俄国造就成一流的军事强

① 《马克思恩格斯全集》第 19 卷。

② 特卡乔夫，《俄国革命的宣传任务》，《俄国民粹派文选》，北京：人民出版社，1983 年版。

国，确立霸主地位；(2) 经济实力的首要目标是建立强大的军事工业，以及与此紧密相关的重工业，即使是轻工业的发展也同保证军需供应有关；(3) 大规模兴办教育的目的，也首先是为掌握与上述目标有关的技术、管理系统；(4) 为了保证军事——经济目标的实现，不允许任何分权制的存在，行政和军事改革直接为高度集权制服务。这正是彼得一世的政策目标！斯大林自豪地认为，彼得大帝无力完成的目标，社会主义能够完成。难以设想，这种被拴在彼得大帝式的政策目标的战车上的社会主义，还能够是真正意义的社会主义。后来，越是到“冷战”和“军备竞赛”的紧张时期，这种拴在战车上的社会主义越是成为一种僵硬的意识形态词句。如果说这时候的苏联经济仍然称社会主义计划经济，那这里的“社会主义”只是一种意识形态动员甚至是意识形态钳制的工具，而国民经济事实上则是彼得一世式的“野蛮”经济。这种经济在 20 世纪晚期的崩溃，已是无可幸免。但只要不是存心用这种崩溃来渲染社会主义的失败，那就很难把这种经济崩溃和社会主义捆在一起。这种崩溃的经济使用着社会主义的词句，但除了这些词句，已和社会主义再无更多的关联。

从上述分析，至少可以获得这样几点基本看法：

1. 20 世纪晚期以苏联为代表的一批原社会主义国家的政治剧变是 20 世纪社会主义的一次重大挫折。当初这些国家的共产党人和劳动人民真诚地发起了不经过发达资本主义阶段，而直接争取社会主义的革命，并且获得了成功，奠定了 20 世纪社会主义历史为成功历史的基础；同时，也是在超越资本主义意义上按他们自己的思维方式作出了社会主义的现实选择。但是，当时的人们在这片落后的国土上直接开始争取社会主义的努力时，本应警觉地意识到，在社会程度没有达到一定水平(最低限度是必须高于西欧、北美在资本主义条件下已经达到的程度)时，社会主义是不够格的。本应时时警觉地意识到，在这片落后土地上开始直接争取社会主义的努力，是极其困难的，各种有关社会主义的概念、规范、思想等等会遭到来自广泛的社会落后力量的粗暴排拒、荒唐扭曲和野蛮篡改，应该时时提防社会落后势力的侵蚀和腐化。列宁对这一点还比较清醒。然而，许多在这片落后的国土上从事着争取社会主义的人们，过分地为一时的表面上胜利所激动，显得过分地欢欣鼓舞，竟然忘记了自己脚下的基础和身边的危险，以为自己已经先于西欧、北美进入了社会主义，却没有意识到自己竟然陷身于小农社会和军事封建帝国主义早就为他们准备好的泥沼之中。当原初作为对资本主义实现超越的社会主义选择渐渐被掏空，而代之以落后国土上的传统社会的“辉煌垃圾”，曾经是真诚的社会主义选择的失败就已成定局了。

2. 20 世纪晚期被称之为社会主义失败的东西，其实早已不是真正意义上的社会主义，而是社会主义词句包装着的传统社会机制，或者说是强迫幼稚的社会主义背负着的落后国土上的沉重历史包袱。出现在苏联、东欧社会主义国家的政治剧变，毁损了社会主义的名声，但并未毁损社会主义的真谛。与关于社会主义失败的喧闹正好相反，正是这次政治剧变使社会主义终于摆脱了充斥传统社会“辉煌垃圾”的沉重历史包袱，而重新赢得了自身。社会主义终于走完了在落后国土上行走的“幼稚阶段”，走出了一个历史阶段上的“炼狱”。这是社会主义在辩证法意义上的一次胜利。如果说要把这一过程看作是某种意义的“历史终结”，那就是传统社会回光返照的历史终结，而不是社会主义历史的终结。

3. 不必为那种抽去了灵魂的社会主义的失败、为那种实为传统社会“辉煌垃圾”的历史终结而唏嘘叹息，应该庆幸社会主义摆脱了一个沉重的历史包袱，站到了一个新的历史起点上。从事社会主义事业的人们所要做的事情是，把自己头脑中曾经当作社会主义而其实不是社会主义的东西清除掉，重新把握社会主义对于资本主义的超越性含义，在新的历史起点上作出社会主义的新的现实选择。而所要弄清的问题的焦点，就是邓小平所说的，搞清楚什么是社会主义，怎样搞社会主义。

（本文为刘钰、周毅之著《走进新的理论境界——关于当代中国社会主义的性质、条件和一般目的的研究》中的第一章第二节，该书由江苏人民出版社 2002 年出版）

方法论重温:科学社会主义和实践的唯物主义

21 世纪社会主义事业的振兴,离不开马克思社会主义学说所提供的科学方法论。科学社会主义理论原初方法论的建构路径表明,以实践为核心的新唯物论是科学社会主义的方法论基础。所以,列宁提出从理解黑格尔来理解马克思,强调"只能根据经验来谈论社会主义"。在社会主义问题上的思想解放,必须放弃 20 世纪相当长时期社会主义运动中的教条主义和机械论,实现向以实践范畴为核心的历史唯物主义的方法思路的转换。

在苏联东欧政治剧变发生之后,以世界体系理论而著名的伊曼努尔·沃勒斯坦讲过这样一段话:"马克思经常被宣告死亡,他也经常被宣告复活。对于任何一位达到马克思那样高度的思想家来说,值得首先根据当前的现象重温他的著作。"[①]重温马克思,之所以如此重要,还基于这样一个学术事实:凡是长期影响历史的思想巨匠,都有一种危险,即被后人在构筑各自的学说体系时,随意捏塑,各逞自己的意图。套用中国经学史上的一句话,叫作"六经注我",而事情的临了,则是"六经"尽失,剩下的只有各色人等的"我"。马克思主义学说,包括马克思的社会主义学说,在 20 世纪就面临这种困扰。由于这一困扰,在 20 世纪晚期苏联东欧发生政治剧变之后,有人宣布这是马克思社会主义学说的"终结"。这如果不是别有用心,也是一种严重误释。正因为如此,聪明的沃勒斯坦提出了"区分'各政党的马克思主义'的论点(占统治的马克思主

① 俞可平主编,《全球化时代的"马克思主义"》,中央编译出版社,1998 年版。

义观）与马克思本人的论点（至少是他的思想和马克思主义实践的那些方面）的艰难任务”[①]。要完成这种“区分”，就必须重温马克思，“得根据当前现实重温他的著作”。这不是说重回马克思的所有结论，而是重温他建构科学社会主义的方法论。社会主义事业和马克思的名字不可分离。21世纪社会主义事业的振兴，离不开马克思社会主义学说所提供的科学思路。强调这一点，并不是说如20世纪某些政党那样按各自策略意图搬用马克思的现成结论，而是强调把握马克思解决社会主义问题的方法路径。21世纪社会主义事业的振兴，在理论的范式工具上来说，正是要舍弃以苏式教科书为代表的“六经注我”式的社会主义结论及其产生的思维路径，在当代的涵义下重振马克思解决社会主义问题的方法路径的强大生命力。从邓小平到江泽民，一再强调“新时期的思想解放”，其关键就是在“什么是社会主义、怎样建设社会主义”这个问题上的思想解放。实现这一思想解放的路径，正在于放弃在20世纪相当长时期的社会主义运动中处支配地位的教条主义和机械论，重新理解马克思解决社会主义问题的历史唯物主义方法论，重建这一方法论中的实践范畴的权威；正在于使人们的思维方式转换，从机械论、教条主义到以实践范畴为核心的历史唯物主义的方法思路的转换。所以，重温马克思，正是这一思想解放的起跑点。

科学社会主义理论原初方法论的建构路经

自苏联、东欧发生政治剧变之后，从社会心理的角度观察，有两件事值得一提：一是当20世纪向21世纪跨过的时刻，英国BBC电台发起评选“千年伟人”的网上投票，结果马克思超过爱因斯坦成为从公元1000年到2000这一千年中对人类影响最为深巨的首选人物。二是1996年《共产党宣言》在英国发行火爆，进入英国畅销书的行列。这两件事很难说明西方国家意识形态格局有什么大的变动，但可以说明当世界社会主义陷于低潮的时候，人们无可回避的必须思考马克思。即如俄罗斯《真理报》政治理论部主任鲍里斯·斯拉温所言：“整个左翼运动由于苏联和东欧各国的‘现实社会主义’的崩溃所经历的社会主义危机，迫使我们全面思考危机的原因和作出关于这些国家实现社会主义思想的前景的正确结论。必须重新向自己提出下面的问题：什么是社会主义？社会主义的历史必然性何在？为什么社会主义在俄罗斯垮台了，而在中国却继续蓬勃发展？从世界共产主义运动的正反经验中应当吸取什么教训？在当代西方社会民主主义的

① 俞可平主编，《全球化时代的“马克思主义”》，中央编译出版社，1998年版。

经验中，有什么正面的东西可以吸取，用什么东西应当避免？这些以及其他等等问题要求活跃马克思主义思想，抛弃以前的教条主义和机会主义的观点。”[①]

美国著名马克思主义学者、也是当代中国问题专家莫里斯·迈斯纳从另一角度表述了大体相同的观点：“再次重复下面这个老生常谈似乎有些陈腐：必须经常根据变化着的历史环境来反思和修正现存的思想范畴和理论假定。但不管陈腐与否，对马克思主义者来说，这仍然是一项特别紧迫的任务。这种紧迫性部分源自明显的政治需要和道德责任，即澄清马克思主义的理论概念与那些自己声称应用这些概念而产生的专制政治运动（尤其是那些归于‘斯大林主义’名下的专制政治运动）之间的关系。这种需要甚至也源于马克思主义理论本身的某些前提，尤其源于最为重要的‘理论与实践相统一’的思想。这一思想使得人们不能单纯地从理论的角度来讨论马克思主义。他要求把马克思主义理解成一种历史现象，按照理论所力图解释和改变的历史环境来分析马克思主义。进而言之，他要求根据具体的政治实践和变化着的历史条件对理论所产生的意义来分析马克思主义。”[②]

在这个问题上，邓小平的态度非常鲜明，他认为，巩固和发展社会主义事业，需要“几代人、十几代人，甚至几十代人坚持不懈地努力奋斗”，但是他同时指出：社会主义代替资本主义的历史总趋势“不可逆转”，“不要认为马克思主义就消失了，没用了，失败了。哪有这回事！”[③]这种态度和恩格斯1895年写《“法兰西阶级斗争”导言》时的想法很一致。恩格斯在写作这一《导言》时，谈到1848年革命爆发前认为“很快就可以铲除资本主义”的观点时写道：“历史表明，我们以及所有和我们有同样想法的人，都是不对的。历史清楚地表明，当时欧洲大陆经济发展的状况还远没有成熟到可以铲除资本主义生产的程度；历史用经济革命证明了这一点，从1848年起经济革命席卷了整个欧洲大陆，在法国、奥地利、匈牙利、波兰以及最近在俄国刚刚真正确立了大工业，而在德国简直就成了一个头等工业国，——这一切都是以资本主义为基础的，可见这个基础在1848年还具有很大的扩张能力。”[④]在这里，恩格斯认为资本主义“还具有很大的扩张能力”，但决不意味着他在《共产党宣言》提出的资本主义必然灭亡、社会主义必然胜利的结论有任何修改。列宁也曾对世界革命形势作了过于乐观的估计，后来进行了调整，

① 中央编译局世界社会主义研究所主编，《当代国外社会主义：理论与模式》，中央编译出版社，1998年版。

② 俞可平主编，《全球化时代的“马克思主义”》，中央编译出版社，1998年版。

③ 《邓小平文选》第3卷。

④ 《马克思恩格斯选集》第4卷。

但这也不意味着他对“两个必然”有任何修改。在这个问题上，从恩格斯、列宁到邓小平，都有立论和解决问题的统一立场，以及相通的科学态度。这就是马克思主义揭示社会主义必然取代资本主义的历史规律，以及解决当下社会主义现实实践的方法论。毫无疑义，这也是当代把握社会主义问题的根本立足点。

在19世纪三、四十年代，社会主义还是“有教养的”、“有身份的”人的运动，而共产主义还是诸如魏特林之辈的平民主义的学说和运动，马克思则怀着对历史进程和人类命运的真诚关切，在自己独到的思想路程上跋涉。这段时间里，他的思想发展经历了两次大的转变，第一次转变是从唯心主义转到一般唯物主义，从民主主义转到共产主义。在这次转变中，接受了费尔巴哈的一般唯物主义原则，实现了对黑格尔哲学的前提性颠倒，在马克思的思想中展现了一种全新的唯物主义逻辑，从而使对现实问题的分析从一般理性原则回到现实生活的一般基础。但这种现实生活的一般基础，沿着费尔巴哈的逻辑，仍然是抽象的“类”的分析，仍然是对生活的直观的和机械的把握，因而批判仍然主要立足于人本异化史观。但是，马克思很快就超越了费尔巴哈，他在利用人类异化史展开对资产阶级经济生活的批判时，就使费尔巴哈所沉醉的理论直观的人本学具有了现实的社会实践意义。到《1848年手稿》时，我们就明显地看出马克思正在实行对德国古典哲学、英国古典经济学和空想社会主义这些欧洲最先进的社会思想材料实现综合，并纯化、统合为一个新的思想体系。在《1848年手稿》中，我们看到马克思展开思考的有两个主题，一是对资本主义社会进行经济异化史观的批判分析，一是以人本学来论证共产主义社会的合理性。这两个主题的阐述，是以异化劳动为核心展开。其中有五个主要环节，即费尔巴哈的人本学、赫斯的行动哲学与金钱异化思想、政治经济学的劳动学说、黑格尔关于劳动的社会历史观提升以及社会主义关于改造世界的理论要求。由这五个环节的分析，阐明了资本主义社会的非人道主义特征，而对这种非人道主义特征实行否定的则是以自由自觉的、体现人的类本质的劳动来扬弃现实的异化劳动，从而也就对无产阶级使命的论证开始放到现实的社会生活境况中加以分析。但是，在这里对资本主义社会的批判，毕竟是经济异化论意义上的批判；而对共产主义社会合理性的论证，毕竟仍然是人本异化史观意义上的论证。这个话题到20世纪被重新发掘。在20世纪30年代至60年代的西方、50年代的东欧、80年代的苏联，这个话题几度被讨论得热闹非凡。但是，不管怎么说，以抽象的人的本质为基础的社会思想，可以是一种关于否定特定社会历史条件对主体压迫的强烈诉求，可以构筑一个人人心向往之的理想场景，但毕竟不是一定现实的历史条件下主体行动的科学指南。

马克思思想发展由此开始了第二次伟大变革，即通过对思辨唯心主义历史观的深刻批判和对人本异化论历史观的彻底超越，走向了以科学历史观为基础的历史唯物主义。在马克思作出界定的实践范畴之前，实践概念曾被许多哲学家讨论过。例如，在黑格尔那里，实践是观念本身的活动形式，人类实践表现了理性的机巧，实践概念阐发了黑格尔的理性能动性的原则。而在费尔巴哈那里，实践常常理解为犹太商人式的卑污活动，并由于对黑格尔绝对理性原则的批判，使实践的能动原则和辩证法一起被取消。马克思在《关于费尔巴哈提纲》中着重阐述实践范畴，否定费尔巴哈的直观的旧唯物主义，但是又绝不意味着要重新肯定脱离人类精神的理性能动性，而是把能动性原则赋予物质的自然界中的人，使实践体现为现实人的实践活动。也只有在这种现实个人的能动的实践的基础上，才能理解社会生活的本质和社会历史的规律。实践范畴是从物质范畴过渡到社会存在范畴的中介，是把认识论和社会本体论统一起来的关节点。这一范畴使新唯物主义的新使命不仅是解释世界，而且要改变世界。最终系统阐述这一历史观的方法论体系是《德意志意识形态》。这一著作标志着历史唯物主义原理体系的形成，其中心思想就是通过对唯物史观的展开探讨，论证了科学社会主义的思想体系，形成这样的科学命题："实践的唯物主义者即共产主义者"，对于实践的唯物主义者也就是共产主义者来说，"全部问题都在于使现存世界革命化，实际的反对并改变现存事物"①。这一方法理念的建立，恩格斯称其为获得"最好的工具和最锐利的武器"②，列宁称其为马克思主义的"根本的理论基础"，"马克思主义的活的灵魂"。只有在真正建立起这一方法论思路之后，马克思才能在如《资本论》这样的伟大思想工程中，实现"在批判旧世界中发现新世界"，科学地阐明"现代的生产条件就表现为正在扬弃自身，从而正在为新社会制度创造历史前提的生产条件"。

可见，实践的唯物主义问题，是形成科学社会主义理论体系、把握全部社会主义问题的方法论关键。重温马克思，首先和根本的是必须领悟马克思社会主义学说中的这一方法论核心，这同样是认识和把握当代社会主义的方法论基础。邓小平讲"老祖宗不能丢"，最根本的就是这一方法论基础不能丢。为什么这样提问题？我们从理论史的简要考察来分析。

恩格斯在《社会主义从空想到科学的发展》的一开始，就追述了这样一个理论事实："现代社会主义，就其内容来说，首先是对现代社会中普遍存在的有财产者和无财产者之间、资本家和雇佣工人之间的阶级对立以及生产中普遍存在的

① 《马克思恩格斯选集》第1卷。

② 《马克思恩格斯选集》第4卷。

无政府状态这两个方面进行考察的结果。但是，就其理论形式来说，它起初表现为18世纪法国伟大的启蒙学者们所提出的各种原则的进一步的、似乎更彻底的发展。同任何新的学说一样，它必须首先从已有的思想材料出发，虽然它的根子深深扎在物质的经济的事实中。"①早在马克思和恩格斯合作《神圣家族》中，就已经阐明了这一事实："笛卡尔的唯物主义成为真正的自然科学的财产，而法国唯物主义的另一派则直接成为社会主义和共产主义的财产"，"并不需要多大的聪明就可以看出，关于人性本善和人们智力平等，关于经验、习惯、教育的万能，关于外部环境对人的影响，关于工业的重大意义，关于享乐的合理性等等的唯物主义学说，同共产主义和社会主义之间有着必然的联系。既然人是从感性世界和感性世界中的经验中汲取自己的一切知识、感觉等等，那就必须这样安排周围的世界，使人在其中能认识和领悟真正合乎人性的东西，使他能认识到自己是人。既然正确理解的利益是整个道德的基础，这就必须使个别人的私人利益符合于全人类的利益。既然从唯物主义意义上来说仍是不自由的，就是说，既然人不是由于有逃避某种事物的消极力量，而是由于有表现本身的真正个性的积极力量才得到自由，那就不应当惩罚个别人的犯罪行为，而应当消灭犯罪行为的反社会的根源，并使每个人都有必要的社会活动场所来显露他的重要的生命力。既然人的性格是由环境造成的，那就必须使环境成为合乎人情的环境。既然人天生就是社会的生物，那它就只有在社会中才能发展自己的真正天性，而对于他的天性的力量的判断，也不应当以单个个人的力量为准绳，而应当以整个社会的力量为准绳"。马克思指出这种思想走向"直接导向社会主义"，此中不仅包括"法国有教养的分子"，尤其包括一些空想主义者，"傅立叶是直接从法国唯物主义者的学说出发的。巴贝夫主义者是粗鲁的、不文明的唯物主义者，但是成熟的共产主义也是直接起源于法国唯物主义的。这种唯物主义正是以爱尔维修所赋予的形式回到了它的祖国英国。边沁根据爱尔维修的道德学建立了他那正确理解的利益的体系，而欧文则从边沁的体系出发去论证英国的共产主义。亡命英国的法国人卡贝受到了当地共产主义思想的鼓舞，当他回到法国时，他已经成了一个最有声望然而也是最肤浅的共产主义的代表人物。比较有科学根据的法国共产主义者德萨米、盖伊等人，像欧文一样，也把唯物主义学说当作现实的人道主义学说和共产主义的逻辑基础加以发展"②。

毫无疑义，启蒙运动中为行将到来的法国革命启发过人们头脑的法国唯物主义者们，都是非常革命的。他们不承认任何外界的权威，不管这种权威是什么

①②《马克思恩格斯选集》第3卷。

样的。宗教、自然观、社会、国家制度，一切都受到了最无情的批判；一切都必须在理性的法庭面前为自己的存在作辩护或者放弃存在的权利。于是，思维着的知性成了衡量一切的唯一尺度。“理性的王国”出现了。但是，正如恩格斯所指出：这个理性的王国不过是资产阶级的理想化的王国。即使空想主义者把这一理想王国中的原则推向极致，并导出社会主义和共产主义，也仍然是理性原则基础上的美丽图画。旧唯物主义和社会主义的联结就此走到了尽头。马克思对旧唯物主义的革命性改造，就在于在核心层次上否定了抽象理性、直观的自然本性、包括费尔巴哈的“类本质”等等的基础地位，代之以实践范畴，从而使哲学(包括关于社会主义的学说)的生命不仅体现在解释世界，而更重要的是改造世界，“使现存世界革命化”。

以实践为核心范畴的新唯物主义，使社会主义学说出现了全新的面貌。我们从两个最基本的方面来作分析。其一，以实践为核心的新唯物主义推出了理解世界的新的方式，把唯物主义从注重物质的形态、注重事物的自然本性推到注重实践的形态、注重人的能动的实践的方面，使理论由追寻物质始基、常常也是抽象理性世界中的形而上的规定性变为对现实的、能动的人及其生活世界的关注。这就把关于社会主义的理解从法国旧唯物主义的以人的自然状态为先验假设的理性框架中解放出来，从由理性框架衍生的理想世界设计中解放出来；从而把关于社会主义的理解建立在现实人的实践、现实的实践关系，首先是物质生产中的关系上来。实践的新唯物主义的出现，尤其表现出对费尔巴哈的直观唯物主义的超越，把费尔巴哈唯物主义视野中那种抽象的生物学上的自然人变为活生生的社会人、历史人、具体人，把过去追逐的先人而在、与人无涉的纯粹抽象物质世界变成人在其中生活、活动的世界。人和世界的现实化全都聚焦在实践上；只有实践才把人和动物分开，动物适应自然、融于自然，而人则改变自然，用生产活动创造出自然界本来没有的生活资料以满足生命需求，并在实践活动中形成现实人的不同个性；自然界也绝非与人他在，而是经过人的实践活动的改造，实现自然人化，形成人化自然。所以，只有实践生成的人和自然，才是真正现实的人和自然，只有这种现实的人和自然，才是现代哲学的真正视点。由于坚持了自然的先在性，这种理解世界的方式是唯物主义的；由于用人的活动来说明现实的人和现实的世界，这种唯物主义又是从实践出发的。

在以实践为核心的新唯物主义的方法框架中理解社会主义，不是以理性框架中的人的自然本性为基础，而是以现实人的实践、现实的实践关系为根据的。这种关系，首先是物质生产中的关系，马克思的陈述是这样开始的：“人们为了能够'创造历史'，必须能够生活。但是为了生活，首先就需要吃喝住穿以及其他一些东西。因此第一个历史活动就是生产满足这些需要的资料，即生产物质生活本身。而且这是这样的历史活动，一切历史的一种基本条件，人们单是为了能够生活就必须每日每时去完成它，现在和几千年前都是这样。……因此任何历史观的第一件事情就是必须注意上述基本事实的全部意义和全部范围，应给予应有的重视。"[①]在马克思之前，历史学家和哲学家们总是追寻着人们应当如何如何生活的设计，却从没有追问过这些设计缘何而生。马克思赋予人类的生产活动以"一切历史的基本条件"的地位，并在此基础上完成了历史观的伟大变革，为这些问题提供了合理的答案。恩格斯在谈到马克思的这一伟大发现的意义时指出："历史破天荒第一次被置于它的真正基础上；一个很明显的而以前完全被人忽略的事实，即人们首先必须吃、喝、住、穿，就是说首先必须劳动，然后才能争取统治，从事政治、宗教和哲学等等，——这一很明显的事实在历史上的应有之义终于获得了承认。"[②]马克思的历史唯物主义学说，就是建立在这样一个不争的事实基础上的。要想颠覆这一学说，就必须颠覆这一事实。但是，即使是马克思的最激烈的反对者，恐怕也不会愚蠢到试图这样做。

正是在这个方法论基础上，我们关于社会主义的理解可以获得这样的结论，社会主义取代资本主义是历史的必然，是资本主义现实关系运动的必然结果，是建基于人类实践的科学结论。

以实践为核心的新唯物主义把社会主义放在现实人的能动的实践基础上来把握，从而使社会主义成为现实的运动，成为社会中的人们能动地"使现存世界革命化，实际的反对并改变现存的事物"的运动。这就使社会主义包含着能动的、发展的、追求解放的价值，而且呈现出反对一切教条和禁锢，在实践中不断追求创新的特征。我们看到，马克思前的法国唯物主义者虽然对复杂的社会生活持有颇多深刻的见解，但是这些见解都紧紧地束缚在哲学和书本上，他们不想也无力把他们的学说实践化，并在现实中得到回应。所以，法国唯物主义虽有社会主义意蕴，但和实际相距甚远，社会成员对他们来说只是逻辑和潜在的东西，被封闭在抽象理性之中，封闭在头脑之中，他们不愿意也不可能使之物化和对象化，满足不了历史在资本主义理想王国中再前进一步的现实需要。而空想社会主义的最大缺点是空想，而空想得以形成源于轻视实践。在空想社会主义者看来，社会主义重在构想，因为"社会主义是绝对真理、理性和正义的表现，只要把它发现出来，它就用自己的力量

---

① 《马克思恩格斯选集》第1卷。

② 《马克思恩格斯选集》第3卷。

征服世界”。正是马克思把唯物主义从绝对理性的禁锢、从对“卑污”的实践的轻视中拯救出来，实行革命改造，赋予唯物主义以“改变世界”的新功能。这就要把唯物主义从作为社会主义的“逻辑基础”、“直接导向”和“必然联系”的层面提高到实践活动的层面，在千百万人“改变世界”的活动中体现其“社会主义倾向”，兑现社会主义的宗旨和理想。唯物主义无需自我束缚和自我封闭，它只要从“解释世界”的纯粹理论形态进到“改变世界”的实践形态，其蕴含的社会主义理想和宗旨就会立即解放出来，化为现实的共产主义运动，这种理想和宗旨的实践者和身体力行者，自然也就是一个共产主义者。正是在这个意义上说，“实践的唯物主义者即共产主义者”。在这个命题当中，一方面是唯物主义的社会主义内蕴作充分肯定，揭示了社会主义的哲学根源，同时它又是对空想社会主义忽视实践而使社会主义流于空谈的超越。它以“改变世界”的崭新思想呼唤出实践概念，又以实践为中介，把唯物主义与社会主义和共产主义联结在一起。这里突出的核心是实践，因为只有实践才赋予哲学以“改变世界”的功能，只有实践形态的唯物主义才能把内蕴的社会主义、共产主义变为现实，从而才能真正地“改变世界”。马克思的逻辑是：实践把唯物主义提升为共产主义，付诸实践的唯物主义才能真正达到社会主义和共产主义，正因为有实践的唯物主义，所以才有实践的唯物主义者；而践行唯物主义的社会主义内蕴的人，当然也就是社会主义和共产主义者，他们的使命也就是进行共产主义革命，“实际的反对并改变现存的事物”。“使现存世界革命化”，也就是在现实实践中为人类解放而不断地探索和创新。

上述分析的两个方面，在当代社会主义的观察中特别重要。其决定性的原因是构建社会主义学说的实践的唯物主义的方法论，在20世纪一个长时期的社会主义理论与运动中被搁置起来，或者遭到扭曲。这使关于社会主义的理解重新脱离实践的根基，使社会主义学说重新被各种教条所封闭，使社会主义运动失去在现实生活中的创新活力。这使社会主义一方面难以应付种种自由主义的挑战，另一方面难以在现实历史进程中为自身发展开辟道路。

这段曲折经历与第二国际的理论家们的理论传统有关。由于19世纪晚期新康德主义和实证主义兴起的哲学背景，第二国际后期理论家，主要是伯恩斯坦和考茨基对马克思主义、社会主义学说做了两个基本倾向上的解说。在新康德主义的治学方法引导下，他们都把社会主义学说在“实然”和“应然”的关系上、在“是”和“应该”之间二元化，从而把社会主义的价值理想闭锁在价值悬设的“彼岸世界”之中，而把社会主义的实际进程锁定在实证主义的工具过程之中。这就造成了他们在解说马克思主义、解说社会主义学说时表现出这样两个基本倾向。第一，从马克思的以实践为核心的新唯物主义返回到18世纪法国式的旧唯物主义，在实证主义和经济主义的自然发生学框架阐述社会主义。伯恩斯坦自称是"实证主义哲学和社会学的信奉者"，他所理解的唯物主义是这样一种观点："不管从什么时刻起，此后的一切现象都是由已存在的物质的总和及它的各部分的力量关系所预先决定的。"①这显然是实证主义的基本立场，在社会历史观中必然导致机械论，机械的经济唯物主义，重复法国旧式唯物主义的老调。而考茨基和伯恩斯坦一样深受社会达尔文主义和新康德主义的影响。1901 年考茨基致普列汉诺夫的信中写道："在哲学上我从来都不是一个强者。我认为最好是不论及哲学问题，不过，我当然有自己的哲学信念……辩证唯物主义。我只是在想，在某种意义上可以成为新康德主义者和承认马克思主义的历史和经济的学说。"②由于这种辩证唯物主义的新康德主义理解，在考茨基这里，"马克思主义的历史和经济的学说"就变成了机械的经济决定论和历史宿命观。在这个逻辑视野中，人类社会历史的发展成为一个离开人而独立运动的自然自在的物质过程，人只是站在这一外在的物质过程边儿上的旁观者，历史便成为宿命的历史。于是，马克思主义便不再具有实践性和革命性，而只有科学主义意义上的"合理性"和"预成论"；马克思主义哲学中的实践为核心的唯物主义成为实证的唯物主义。按这种机械决定论解说的社会主义，只能是命定的外在结果；在论及社会主义的现实进程时，适用的只能是静态进化的社会达尔文主义；在论及社会党人的策略时，就只能是对既成现实的妥协与改良。

与上述第一种倾向密切相关的，是第二国际理论家们在解说马克思主义、社会主义学说上的教条式的意识形态化。这是他们的第二个理论倾向。新康德主义哲学背景下"应然"和"实然"的相互孤立，使伯恩斯坦、考茨基关于社会主义、共产主义价值理想，成为与人类现实实践相脱离的、宿命式的价值悬设，是与"实然"世界相对的、无法通过实证过程获得说明的教条式的意识形态，或者是一种与现实人类实践无关的命定的外在结果（考茨基）。这使马克思主义社会主义学说成为一种自话自说的合法性论证，成为一种政治观点的辩护，成为一种意识形态教条。正是在这个意义上，伯恩斯坦极力主张"最终目的是微不足道，运动就是一切"，主张社会主义政党应该把"自己的全部力量、全部精力用来达到某些最近的目标"，使党成为"通过民主改良和经济改良的手段来实现社会的社会主义改造的政党"③。这样，伯恩斯坦就以"清除马克思主义中的黑格尔主义"的名义，

① 麦克莱伦，《马克思以后的马克思主义》，中国社会科学出版社，1986 年版。
② 布赖奥维奇，《卡尔·考茨基及其观点的演变》，东方出版社，1986 年版。
③ 萧贵毓，《社会主义思想史纲》，中共中央党校出版社，1998 年版。

把社会主义学说中所包含的“使现存世界革命化”的原则、把社会主义的理想价值通过抽象意识形态化而搁置起来。即如卢卡奇所表述的，“最终目的和运动的分离不但曲解了对日常问题的估价，而且使最终目的成为乌托邦”[①]。而在考茨基那里，则以实证主义的经济决定论的思路，把社会主义学说本身实行了意识形态化，使之在工具理性的框架中体系化、公式化，使植根于实践的活生生的思想成为一套固定不变的操作格式，成为僵化的理论教条。这又是使社会主义的另一种乌托邦化。

现在人们在总结20世纪世界社会主义遭到挫折的教训时，都论及社会主义学说中出现的自我封闭、僵化保守、禁锢思想的教条主义。而在论及教条主义时，几乎都要提及斯大林。在这个问题上，斯大林确实难辞其咎。但是，其实斯大林名义下的教条主义，在理论思路上早已由第二国际的理论家，尤其是考茨基准备齐全，斯大林所做的只是依据俄国的经验，通过集权的力量使之成为国家化的意识形态。在斯大林的社会主义理论体系中，有两点很值得注意：其一，论证社会主义必然性的理论框架是机械的经济决定论和线型历史观。他视社会历史发展为一个外在的、自然预成的自组织过程，以一种宿命式的权威话语来讲述社会主义和共产主义，而这种宿命式的权威话语中的典型范例就是苏联模式。于是，俄国革命和其后发展中的工具模式就变成了不容置疑的理性规划，套用黑格尔关于法国旧唯物主义理论形象的描述，这时已成了用“俄国人”的头立地的时代，“俄国人”思维着的知性成了衡量一切的唯一尺度。斯大林继而以共产国际的名义把这种社会主义理论强加给其他共产党，包括中国共产党。对中国要么要求教条式的“布尔什维克化”和城市暴动，要么是反对在中国这块资本主义尚不发达的土地上选择社会主义的前途。这种关于社会主义的论说，实际上是从马克思的实践的唯物主义返回到法国旧式的唯物主义，把活生生的实践精神变成僵化的理性规则。这种关于社会主义的思维方式，毫无疑义是第二国际理论家们、特别是考茨基的遗产。包括苏式教科书中关于社会主义的语言系统，大多也已由考茨基准备妥帖。所不同的是，都在外在的线性决定论的框架中，考茨基命定式地奉行对欧洲资本主义现实的妥协，而斯大林则把苏联模式固定化、神圣化，要求对这一线性决定论说明中的苏联现实实行命定式的服从。其二，在斯大林的体系中，社会主义的价值目标是一种自然预成的世界结果，是和现实人的时间毫不相关的理性设定。当社会主义价值目标远离了现实人的活生生的实践而

---

① 卢卡奇，《列宁——关于列宁思想统一性的研究》，转张翼星，《列宁哲学思想的历史命运》，重庆出版社，1992年版。

在理性规则中加以说明时，事实上已经成了一种价值悬设。这种价值目标主导了苏联共产党和苏维埃国家关于社会主义建设的政策取向。这和考茨基的逻辑思路一脉相通。所不同的是在斯大林的体系中，这种社会主义的价值目标除了理论论说之外，还有一个实现的代表者，即苏联的国家力量，其核心是苏联共产党中央，是斯大林本人。

斯大林批判过考茨基，但那是借着列宁的革命辩证法的理论余力，他自己并没有跳出考茨基的理论巢穴。今天我们回顾20世纪社会主义的这段理论历史，其实是对马克思关于"实践的唯物主义者即共产主义者"的革命性方法论命题的重温。在今天的时代条件下，总结这段历史，探索当代观察社会主义问题的方法论创新，最主要的就是从那种导致社会主义巨大曲折的理论巢穴中摆脱出来，来一次真正的"换脑筋"。在这里，我们不能忘记列宁所作的努力，不能忘记列宁谈论社会主义所采取的方法论，但也必须认真面对列宁身后所出现的难题。

列宁：只能根据经验来谈论社会主义

当第二国际一些权威理论家们打着"清除马克思主义中的黑格尔主义"的旗帜，实际在清除历史唯物主义中的实践精神，熄灭历史唯物主义"使现存世界革命化"的方法论活力，而代之以僵化的经验决定论和线性历史观，代之以法国式旧唯物主义的自然预成论和实证理性的时候，列宁走上马克思主义哲学论坛。经历了自19世纪90年代中期至1914年约20多年的论战，列宁决定系统而深入地发掘黑格尔辩证法思想遗产。写作《哲学笔记》时，他写下了这样一段长时期被学界各色人物反复引用的话："要义：不钻研和不理解黑格尔的全部逻辑学，就不能完全理解马克思的《资本论》，特别是他的第一章。因此，半个世纪以来，没有一个马克思主义者是理解马克思的！"[①]论者对列宁这一"要义"的描述有各种各样的揣测，因而争论不休，但有一点是可以肯定，从《哲学笔记》也可以十分清楚地看出，列宁绝非有意塑造一个黑格尔化的马克思，也绝非有意在马克思主义中建立一个黑格尔传统。各种背景材料的相关性分析表明，列宁在这里的逻辑思路是，通过理解黑格尔对法国旧唯物主义、对休谟与康德实行超越的逻辑进程，在更深刻、更合理、更具人类认识史含义的视角下，理解马克思主义的历史唯物主义、历史辩证法的方法论，理解这一方法论对旧唯物主义、对康德主义的超越，同时也包括马克思对黑格尔唯心主义神秘体系的超越。这是从研究黑格尔

① 列宁，《哲学笔记》，北京：人民出版社，1974年版。

来理解马克思，这是构建理解马克思的一条通道，因为“半个世纪”以来有不少自称“马克思主义者”的人，特别是第二国际的权威的理论家们事实上从马克思主义退回到旧唯物主义，退回到机械的经济决定论，甚至尚未到达黑格尔水平，而只是一味地主张时髦的“回到康德去”的哲学口号。从这一哲学背景出发，就可以看到，列宁强调从理解黑格尔来理解马克思，是在当时的时代条件下，对马克思主义的历史辩证法和实践唯物主义的一次再探索，是对第二国际某些权威理论家们用旧式唯物主义的方法框架来阐释马克思主义的一种拨乱反正。

我们可以从这样几方面作分析。其一，列宁此时强调通过系统而深入的研究黑格尔来理解马克思，是对多年来批判第二国际的新康德主义、马赫主义的一次总结和反思。当然，从正常的逻辑线索上说，不用唯物主义方法研究和改造黑格尔的辩证法，就很难在贯通的意义上理解马克思主义的科学体系、马克思的《资本论》，特别是《资本论》的第一章。正如马克思在《资本论第一卷第二版跋》中所说，“我公开承认我是这位大思想家的学生，并且在关于价值理论的一章中，有些地方我甚至卖弄起黑格尔特有的表达方式。辩证法在黑格尔手中神秘化，但这决不妨碍他第一个全面的有意识地叙述了辩证法的一般运动形式。在他那里，辩证法是倒立着的。必须把它倒过来，以便发现神秘外壳中的合理内核”[①]。但即使是马克思讲这段话，也是针对当时德国站在庸俗唯物主义立场上，否定辩证法的革命与批判原则，寻求重回康德的毕希纳、朗格、杜林、费希特等人而讲的。所以，我们更应该关注列宁强调从研究黑格尔来理解马克思这一命题的批判性涵义，列宁紧靠上述“要义”写道：“关于批判现代康德主义、马赫主义等等的问题：要义二则：1. 普列汉诺夫批判康德主义（以及一般不可知论）多半是从庸俗唯物主义的观点出发，而很少从辩证唯物主义的观点出发，因为他只是不痛不痒地驳斥它的议论，而没有纠正（像黑格尔纠正康德那样）这些议论，没有加深、概括、扩大他们，没有指出一切的和任何的概念的联系和转化。2. 马克思主义者们（在20世纪初）批判康德主义者和休谟主义者多半是根据费尔巴哈的观点（和根据毕希纳的观点），而很少根据黑格尔的观点。”[②]这里，列宁显然是就20世纪初对新康德主义思潮批判的一次重新认识和清理，指出普列汉诺夫等人在批判中的一个基本缺陷，就是多半从庸俗唯物主义的观点出发，即基本停留在旧唯物主义的水平上，没有总结自然科学和社会实践的新成就，因而不能从方法论上彻底揭露新康德主义和马赫主义的实证主义本质，也缺乏对认识论根源和社会

① 《马克思恩格斯选集》第3卷。

② 列宁，《哲学笔记》，北京：人民出版社，1974年版。

阶级根源的深刻分析。产生这个缺陷的根本原因就在于他们不把辩证法当作完整的哲学科学来对待，不能把辩证法与认识论结合起来。列宁指出，普列汉诺夫不懂得“辩证法也就是（黑格尔和）马克思主义的认识论：正是问题的这一‘方面’（这不是问题的一个‘方面’，而是问题的本质）普列汉诺夫没有注意到，至于其他的马克思主义者就更不用说了”①。普列汉诺夫等人在对待辩证法理论实质方面存在的问题，是与他们对黑格尔的逻辑学重视、钻研不够密切相关的。而这正是第二国际时期那些理论家，如普列汉诺夫、考茨基、梅林、拉法格等人的比较普遍的缺陷。他们不理解“《资本论》逻辑”与黑格尔逻辑学的内在联系，因而也就不能深入理解马克思，不能深入理解《资本论》中所蕴藏的辩证思维的完整逻辑和丰富内容。恩格斯曾经在1868年11月6日的一封致马克思信中评论狄慈根的哲学思想时说：“术语自然还很混乱，因此缺乏精确性，并且常常用不同的表达方式重复同样的东西。其中也有辩证法，但多半是像火花一样地闪耀，而不是有联系地出现。”②马克思在回信中表示完全同意恩格斯的看法，并且指出：“他恰恰没有研究过黑格尔，这是他的不幸。”列宁所说“半世纪以来”，就是指《资本论》第一卷公开发表的半个世纪以来，第二国际时期的一般思想家，并不真正理解马克思。

其二，列宁此时强调通过研究黑格尔理解马克思，也是对俄国马克思主义理论队伍中把握社会历史发展、解决各种时代课题的方法论的一种反思，尤其是针对普列汉诺夫的庸俗唯物主义观点所作的反思与批判。列宁在这里写道，“普列汉诺夫批判康德主义（以及一般不可知论）多半是从庸俗唯物主义的观点出发，而很少从辩证唯物主义的观点出发”。并且认为，聪明的唯心主义比愚蠢的唯物主义更接近于聪明的唯物主义。在20世纪头十年的一个长时期里，列宁和普列汉诺夫在批判第二国际的新康德主义、马赫主义的论战中，基本保持共同的立场。列宁对普列汉诺夫作了高度肯定：“在国际社会民主党中，普列汉诺夫是从彻底的辩证唯物主义观点批判过修正主义者在这方面大肆散播的庸俗不堪的滥调的唯一马克思主义者。”③但在列宁写成《唯物主义和经验批判主义》时，和普列汉诺夫已经出现了一个原则性的分歧。分歧即在认识论中的实践范畴。这个时期讨论的重点是认识论问题。普列汉诺夫在认识论方面的研究不如他在哲学史、美学、社会历史观等方面那样专精，在他所写的《马克思主义的基本问题》中，

① 列宁，《哲学笔记》，北京：人民出版社，1974年版。

② 《马克思恩格斯选集》第4卷。

③ 《列宁全集》第17卷，中文第2版。

认为马克思的认识论的实际就是费尔巴哈的认识论，只不过因为马克思做了天才的修正而更加深化罢了。当时列宁在关于认识论的论战中和普列汉诺夫处在同一阵营，但是列宁论述的三个结论中，普列汉诺夫只承认前面两个，即肯定认识对象的客观实在性和可知性，而无视基于实践观点的认识过程的辩证性，基于实践的主体认识的飞跃性。在认识论的问题上，如果只强调认识对象的客观实在性和可知性，可以说强调了认识论的唯物主义观点，但是还没有超越旧唯物主义、包括费尔巴哈在内所达到的水平。只有在坚持认识论中的唯物主义观点的同时，坚持实践在认识过程中的核心地位，以及由此发生的认识过程的辩证法，由此而发生的主体认识框架的质的飞跃性，才能从根本上超越庸俗唯物主义，超越费尔巴哈，才能在更高的层次上应对新康德主义和马赫主义。有一点要在这里顺带指出，马克思重点阐述实践的唯物主义是1845年至1846年写作《德意志意识形态》、尤其是其中《费尔巴哈》一章时完成的，而包括本章在内的许多马克思早期著作，列宁生前都未见过，是在列宁身后才陆续发掘、整理和公开发表的。但这个时候，列宁即已把握住认识论中的实践观点和认识过程的辩证性，可见列宁确实在核心层次上领悟了马克思主义。列宁后来说："马克思主义的精髓，马克思主义的灵魂：对具体情况作具体分析。"[①]这是关于马克思主义的实践观点、辩证法原则的合理表述。也正是在这个关于实践、关于历史辩证法的核心观念上，列宁和普列汉诺夫发生分歧，到写作《哲学笔记》时，列宁明确称普列汉诺夫对康德主义实行批判的观点"多半是从庸俗唯物主义的观点出发"。到这个时候，列宁和普列汉诺夫在哲学上彻底分手，这实际上是在关于马克思主义的实践范畴上的分手，也是在如何运用马克思主义的活的灵魂以解决当时代的课题，适应时代、历史发展的要求问题上的分歧。也正是在这个意义上，卢卡奇在1924年出版的《列宁——关于列宁思想统一性的研究》中，称列宁的理论是"关于实践的理论"。他说："列宁的现实主义的目的，他的现实政治，就是最终排除一切乌托邦主义，具体完成马克思的纲领的内容：一种变为实践的理论，一种关于实践的理论。"缺乏实践观基础的旧唯物主义是导向乌托邦主义的桥梁，而列宁的"关于实践的理论"则导向"现实政治"。卢卡奇称这种"列宁的现实政治，追溯其历史环境和基础，被证明是通过唯物辩证法而达到的最高阶段"[②]。尽管卢卡奇较多地强调了列宁思想中的黑格尔遗产方面，但列宁的理论是"关于实践的理论"

① 《列宁选集》第4卷，北京：人民出版社，1995年版。

② 卢卡奇，《列宁——关于列宁思想统一性的研究》，转张翼星，《列宁哲学思想的历史命运》，重庆出版社，1992年版。

这一表述,在 1924 年时应说是极有见地的。

其三,列宁强调通过研究黑格尔来理解马克思,强调历史唯物主义的实践方面,强调贯彻理论与实践相统一的原则,在解决当时的时代课题方面,是要突破第二国际一些理论家把马克思主义"经济决定论"化,突破对于资本主义现存的妥协政策,敏锐地把握时代和历史发展的新特征,寻找社会主义事业的新突破口,推进社会主义事业在俄国的迅速发展。在哲学上,列宁对当时俄国浅薄的唯心主义和庸俗唯物主义的批判,其意义实际上超出俄国范围。因为在俄国国内这些哲学思潮的背后,还有整个国际资产阶级的唯心主义思潮。因此,列宁在理论上的彻底批判,不仅给予俄国国内的唯心主义和庸俗唯物主义派别一种致命的打击,而且把锋芒指向了第二次国际的修正主义思潮,同时震撼着国际上风靡一时的实证主义、新康德主义的思潮。从这一个侧面看,列宁的批判不但澄清了当时俄国社会民主党内和社会上的思想混乱,为布尔什维克党的建设和十月革命的胜利奠定了思想基础,而且对整个国际理论战线和思想斗争领域,都发挥了积极的历史作用。尤其是在第一次世界大战期间,列宁和普列汉诺夫在哲学上分手,从而在总结无产阶级革命实践经验基础上,通过对辩证法史和辩证法理论的系统研究,在对以普列汉诺夫、考茨基等人为代表的第二国际机会主义思潮的批判中,上升到哲学的更高水平和层次,把辩证法融化到认识论中,把辩证法、认识论、逻辑学统一为一门完整的哲学学说,多方面地进行了卓有成效的探索,作出了重要的理论贡献。这对于俄国的布尔什维克来说,是一次全新的马克思主义理论的武装。因为只有坚持马克思主义的实践的唯物主义立场,才能突破第二国际权威理论家们的经济决定论和教条主义;只有依据列宁的"关于实践的理论"而导向"现实政治",才能在俄国开创经济文化落后国家走向社会主义的道路。

正是把马克思主义在核心的方法论层面上理解为"关于实践的理论",使列宁在解决他所处时代的社会主义问题时,形成这样的重要的方法思路:"对于我国来说,根据书本争论社会主义纲领的时代已经过去了,我深信已经一去不复返了。今天只能根据经验来谈论社会主义。"①依据经验、依据现实生活中的人的生活实践来"谈论社会主义",这使列宁在俄国、在解决 20 世纪初社会主义问题上获得巨大成功。即如柏特隆·罗素当时就赞叹,20 世纪将作为列宁和爱因斯坦的世纪载入史册,具有列宁那种魄力的国务活动家是百年不遇的,我们当中许多人都不能活着再见到一位与他相比的人。直到 20 世纪晚期,布热津斯基在颇为

① 《列宁全集》第 34 卷,第 2 版。

知名的《大失败》中仍然承认，列宁所领导的俄国社会主义事业的胜利，几乎把20世纪变成了一个以共产主义的崛起和影响为主的时代。

但是，20世纪社会主义事业中的曲折，尤其是这一世纪晚期世界社会主义的严重挫折，使人们重新审视与列宁的名字相联系的社会主义的事业，包括重新审视列宁解决当时社会主义问题的方法思路。这很严峻，但很重要的，甚至可以说应视为珍贵。科学社会主义者不惧怕挫折，并且总是保持着对挫折反思所必要的冷静、理智和科学态度。也正是这种严峻的事实及其迫使人们不得不作出的反思，使人们更清楚地看到，列宁所执持的实践的唯物主义方法论（"马克思主义的革命辩证法"、"关于实践的理论"），是解决社会主义问题的最根本的方法论出路。列宁事业的成功，正在于这种方法论思路的合理性；其后社会主义事业挫折，在决定性的意义上应诉诸于对这一方法论思路的偏离。我们从如下三个事实作分析。

其一，关于十月革命对马克思主义的合法继承性问题。

不管如今各色人等对十月革命作如何评价，有一个基本事实必须承认：社会主义是20世纪人类的成功选择。这是从人类宏观文明的角度所作的观察。而这里所说的20世纪社会主义的起点，在实践的意义上当视为十月革命。如果没有十月革命，也许20世纪的人类历史将全部改写。但由于20世纪晚期苏联社会主义的失败，人们对十月革命的历史合法性问题，或者说十月革命在马克思关于历史规律的阐释系统中的合法地位问题，因而也是十月革命对马克思主义的合法继承性问题重开辩论。美国学者罗伯特·文森特·丹尼尔斯认为："人们回过头来看，就可以明了：俄国革命不是马克思所期望的革命；它窃据了马克思主义的合法继承性。"在他看来，俄国革命并不是像马克思设想的那种形势的产物；它不是工业成熟的果实，而恰恰是产生于模仿欧洲快速工业化时的困难局面。因此，人们可以说，这是一场违反一般规律的、在一个缺乏理想条件的国家里取得政权的社会主义运动。这个看法很具有代表性，但是并不新鲜。这种看法首先把马克思解释历史的阐释思路描述成宿命式的经济决定论和建立在实证基础上的线性历史观，然后在这说明框架中否定十月革命的历史合法性和对马克思主义继承的合法性。

这个话题其实是旧话重提。首先"权威式"地把马克思主义的历史观描述成机械的经济决定论的是考茨基。考茨基正是在这个由他作出阐释的"马克思主义历史观"的框架中否定十月革命的历史合法性，并发生和列宁的激烈论战。所以，这是一个20世纪初的老话题。不错，在19世纪70年代以前，马克思把世界革命的希望主要寄托在西欧，他在《政治经济学批判序言》、《资本论》、《哥达纲领批判》等著作中发挥的学说，既反映了社会历史发展的一般趋势，也包含比较明显的西欧国家的民族特色。但是，后来马克思本人曾谨慎地防止夸大自己在西欧发现的历史进程的普遍意义，多次强调"这一运动的'历史必然性'明确地限于西欧各国"。他曾指出，有人"一定要把我关于西欧资本主义起源的历史概述彻底变成一般发展道路的历史哲学理论，一切民族，不管他们所处的历史环境如何，都注定要走这条道路"，他明确表示，如果这样做，"会给我过多的荣誉，同时也会给我过多的侮辱"①。事情正如马克思所讲那样发生了，在19世纪末，不仅涌进德国社会民主党内的"青年派"大学生和著作家们持这种经济决定论的历史哲学，以新康德主义的实证理性为方法基础的考茨基同样按这种抽象的、经济决定论的历史哲学来阐释马克思的历史观。就这种历史现象的发生，恩格斯重申，"根据唯物史观，历史过程中的决定性因素归根到底是现实生活的生产和再生产。无论马克思和我都从来没有肯定过比这更多的东西。如果有人在这里加以歪曲，说经济因素是惟一决定性的因素，那么他就是把这个命题变成毫无内容的、抽象的、荒诞无稽的空话"②。

恩格斯在这里阐释的命题，是列宁与考茨基、普列汉诺夫、苏汉诺夫就十月革命历史合法性论争中的方法论立场。直到临近生命的最后一刻，列宁仍以高屋建瓴的气势径直提出质问："遇到第一次帝国主义战争时所造成的那种革命形势的人民，在毫无出路的处境影响下，难道不能挺身起来斗争吗？这种斗争至少会使他们有一些机会为进一步发展文明争得并不十分寻常的条件。""既然建设社会主义需要有一定的文化水平（虽然谁也说不出这个一定的'文化水平'究竟怎样，因为这在各个西欧国家都是不同的），我们为什么不能首先用革命手段取得达到这个一定水平的前提，然后在工农政权和苏维埃制度的基础上追上别国的人民呢？"③正是在这个意义上，列宁强调："马克思主义的精髓，马克思主义的活的灵魂：对具体情况作具体分析。"指出"马克思主义中有决定意义的东西，即马克思主义的革命辩证法"④。而第二国际的思想家们的通病，就在于不懂得这种深刻的辩证法，他们把马克思主义的理论的按照新康德主义的方法描述成抽象的历史哲学公式，取消了内在于唯物史观中的辩证法灵魂。列宁则是要把被他们忽视和钝化了的唯物史观的革命锋芒重新磨砺起来，在探索和开创社会主义道路的理论和实践中，尽力恢复和深化历史辩证法的精髓。卢卡奇在列宁逝

① 《马克思恩格斯全集》第19卷。
② 《列宁选集》第3卷，北京：人民出版社，1972年版。
③④《列宁选集》第4卷，北京：人民出版社，1995年版。

世之后就指出:列宁主义意味着历史唯物主义理论已经更加靠近无产阶级的日常战斗,他已经变得比在马克思时代所能达到的更具有实践性了。因此,所谓列宁主义的传统,不过是不失真地和灵活地保持历史唯物主义的这种活跃、生长及创造的功能。他认为必须研究列宁,以便学习如何应用辩证法。

正是在这种根本方法论的意义上说,十月革命的成功,是"革命辩证法"的成功,是用实践的唯物主义方法具体解决俄国社会主义问题的成功。一场革命的历史合法性,并不仰赖某种抽象一般的历史哲学公式的证明,也不可能是按照某种抽象公式的要求等待一切参数条件具备而后结果自然在方程式中呈现。教条主义是一切历史进步的敌人。今天我们谈论十月革命、谈论列宁,所要认真把握的正是这种"革命辩证法",这种"关于实践的理论"。

其二,关于列宁"政治遗嘱"中的社会主义思路问题。

苏联社会主义事业的失败,产生了对列宁"政治遗嘱"的再一次深度思考的必要。如何解决当代的社会主义问题,从某种意义上来说,可以从列宁在"政治遗嘱"中把握社会主义的方法论中获得裨益。1923年1月至3月初,列宁在生命垂危的时刻,按照事先拟定篇目,通过口授形成了五篇论文和一组信件。五篇论文是:《日记摘录》、《论合作制》、《论我国革命(评尼·苏汉诺夫的札记)》、《怎样改组工农监察院(向党的第十二次代表大会提出的建议)》、《宁肯少些,但要好些》。一组信件是1956年才得以发表的三封信件:《给代表大会的信》、《关于使国家计划委员会具有立法职能》、《关于民族或"自治化"问题》。此外,还有列宁在1922年12月里写成的《在全俄苏维埃第十次代表大会上未发表的发言提纲》和十几封信件,可以看作列宁最后之作的附注。这些内容的整体,可以称之为列宁的"政治遗嘱"。"政治遗嘱"的形成,是列宁迫于严重病情而脱离日常工作,因而也就能超脱于迫在眉睫的实际事务,能以超然的态度凝神思索影响更远的战略问题的结果。"政治遗嘱"凝聚着列宁关于落后国家社会主义道路的最后思考,凝聚着"不得不承认我们对社会主义的整个看法根本改变"的探索性思路,是列宁"根据经验谈论社会主义"的这一方法论的深层展现。我们来梳理一下列宁"根据经验谈论社会主义"的思想历程,就可以看到这种方法思路的巨大活力。列宁在20世纪面临的重大时代课题,就是在帝国主义时代,如何紧密结合俄国的特殊国情,探索和开创落后国家走向社会主义、建设社会主义的道路问题。十月革命后,在短短七年的紧张实践中,列宁对这个问题的回答,也经历了反复探索和思考的曲折发展的过程。他曾经把这种探索比喻为"攀登一座还没有探测过的非常险峻的高山","在这里既没有车辆,也没有道路,什么也没有。根本没有预先试用过的东西!”[1]他深深体验到,与先进国家相比,在落后国家搞社会主义,是革命容易建设难,开始革命容易,要继续坚持到建成社会主义,是相当困难的。他说:“由于历史进程的曲折而不得不开始社会主义革命的那个国家愈落后,它由旧的资本主义关系过渡到社会主义关系就愈困难。”[2]列宁对落后国家走向社会主义的探索,其艰巨性和历史意义,并不亚于十月革命的伟大斗争。直到“政治遗嘱”之前,列宁在大的方面所作探索有五次。

第一次以明确“过渡时期”及其后的发展远景为特点。在十月革命前夕,列宁在《远方来信》、《四月提纲》、《国家与革命》中,比较粗略地勾画了社会主义政治经济的发展远景和各个阶段的基本特征。初步预见到不能立即实行社会主义,必须采取某些特殊的过渡阶段和过渡措施,与《两个策略》中通过中间环节的思想是相连续的。在政治上提出首先争得“民主共和国”,然后争得社会主义,在经济上提出革命民主专政条件下的国家资本主义是实现社会主义的一个或一些步骤。

第二次以明确在小农占优势的国度里必须通过无产阶级专政下的国家资本主义为中间阶段。1918年春天,列宁在《苏维埃政权的当前任务》和《论“左派”幼稚病和小资产阶级性》中认为,主要任务已经从政治上“夺取俄国”转变到从经济上“管理俄国”。必须注意到俄国具有五层楼梯式的的经济结构而小农经济占据优势。要求通过“国家资本主义”为中间环节,指出在苏维埃政权下,国家资本主义就是社会主义的入口。这里已经包含某些借助中间环节迂回地走向社会主义、建设社会主义经济基础的思想成分,并且把无产阶级专政条件下的国家资本主义看作某种中间环节。但这里所说的国家资本主义,还没有与市场相联系,主要是指对全国产品的生产和分配进行计算与监督。

第三次则是以明确“战时共产主义”为特征。这一思路是在1919年3月,在为党的第八次代表大会制定党纲时提出的。由于内外交困的战争环境和对世界革命形势的过高估计,加上认识上没有突破关于社会主义蓝图的某些传统观念,列宁一度中断了原来设想的迂回道路,明确地企图走直接过渡的道路,即在小生产大量存在的历史条件下,立即转入由国家组织生产和消费的完全社会主义产品经济的轨道。他曾设想,苏维埃政权现时的任务是坚定不移地继续在全国范围内用有计划有组织地产品分配来代替贸易,目的是把全体居民组织到生产消费公社中。合作社被看作和“利用资产阶级专家是同类任务”,“至于向共产主义

---

① 《列宁选集》第4卷,北京:人民出版社,1995年版。

② 《列宁选集》第3卷,北京:人民出版社,1972年版。

的农业过渡的办法，俄共将通过实践来检验在实际生活中创造出来的三个主要措施，即国营农场、农业公社和共耕社”①。当时试图把市场关系和货币作用降低到最低限度，准备取消货币，实现共产主义的产品直接交换的原则。这个设想带有“战时共产主义”的历史痕迹，是列宁探索过程中的一段曲折和岔道。

第四次以“全俄电气化”为特点。1920 年，在列宁亲自领导下制定了《全俄电气化计划》。当时集中 200 多位专家，用了将近一年的时间，编制了第一个10—15年的发展科学技术和国民经济的远景规划。这实际上是以电气化为中心，在俄国通过技术改造来发展经济的一个长远设想，从而把社会主义建立在现代物质生产基础上。

第五次以明确实行新经济政策为中心。1921 年春天转入新经济政策时期，列宁放弃了战时共产主义时期企图走“直接过渡”道路的不切实际的幻想，要求重新回到 1918 年春天设想的迂回道路上来：“在最近几年，必须善于考虑那些便于由宗法制度、由小生产过渡到社会主义的中间环节。”②列宁的这个设想与 1918 年的设想相比，又是有重大区别和发展的。在这里，无产阶级专政条件下的国家资本主义固然作为一个重要环节包含在新经济政策之中，但已下降到从属地位，而利用商品货币关系则是新提出来的首要因素，成为整个设想的有决定意义的基石。列宁强调指出，1918 年的设想没有提到商品、市场，而新的设想则把商品交换提到首要地位，把它作为新经济政策主要杠杆。1921 年春，列宁提出的任务，是回到国家资本主义、并“把商品交换这一形式固定下来”，而 1921 年 10 月以后，列宁进一步提到应从国家资本主义转到由国家调节买卖和货币流通，并认为在 1921 到 1922 年的各个过渡形式中，商业正是党和国家必须全力抓住的环节。同时，列宁指出，对农民实行更多的让步，是要防止资本主义复辟，保证走共产主义道路。至此，列宁关于落后国家迂回、渐进地向社会主义发展的思路基本成熟，从而使“政治遗嘱”深层次的和总结性的思考有了全面铺垫。

在“政治遗嘱”中，列宁按照“文化建设——经济建设——政治建设”的联系顺序展开关于社会主义建设道路的战略思考。其中，文化建设的中心思路是文化革命，即文化转型所需要的“整整一个历史时代”；经济建设的中心思路是发展商品经济，主要是新经济政策中形成的“以市场、商品为基础”的思路；政治建设的中心思路是民主政治建设。所有这些思考中，凝聚着列宁对社会主义时代课题的最后沉思，也凝聚着解决社会主义问题的最根本的方法思路。

① 《列宁全集》第 36 卷，中文第 2 版。

② 《列宁选集》第 4 卷，北京：人民出版社，1995 年版。

而在“政治遗嘱”中，这一方法思路的集中阐述，乃是《论我国革命》一文。苏联专攻这段历史的福齐也娃称《论我国革命》为列宁这段时期口授的“唯一的一篇论文”。“马克思主义中有决定意义的东西，即马克思主义的革命辩证法”这一杰出命题，就是在这篇论文中阐释的。列宁关于社会主义全部思考的方法论精髓，就是这种以“实践”、“现实生活”、“现实经验”为中心范畴的“马克思主义的革命辩证法”。理解“政治遗嘱”，首先必须理解《论我国革命》中的“革命辩证法”。在这篇文章中，列宁是以俄国革命、俄国社会主义选择这个具有世界性争论的问题为题目，通过总结俄国社会主义的历史经验，从根本上揭示反对俄国革命的各种错误观点的认识根源和哲学基础，从而阐释解决问题的根本方法论。文章指明俄国革命是时代和历史辩证法的产物，它充分显示出世界历史发展中一般与个别、统一性与多样性、主观与客观的辩证关系；必须打破社会主义只有西欧发达资本主义国家一条道路的死板公式，落后的俄国和东方必须探索不同于西欧的、社会主义的多样化的新道路。从苏汉诺夫到普列汉诺夫、考茨基，由于不懂得辩证法，把唯物史观关于五种社会经济形态的理论看成单线进化的机械图式，把生产力的决定性作用看成机械决定论的简单公式，因而他们总是带着有色眼镜来看待俄国社会主义的新道路，他们认为落后的俄国既然没有像西欧那样经历资本主义的充分发展，没有发达的生产力作物质前提，那么就不可能也不应当走上社会主义道路。他们的基本错误，就是使唯物史观离开了辩证法，因而钝化了唯物史观的革命锋芒。针对这种倾向，列宁正是要恢复并深化唯物史观中的辩证法精髓，使唯物史观在社会主义实践中更加充满生机。这也正是列宁在《哲学笔记》中为什么称“半世纪以来没有一个马克思主义者是理解马克思的”真正道理。

“马克思主义的革命辩证法”反对任何教条化的、抽象的历史哲学公式，强调立足于现实实践的具体性，这就使列宁关于各国社会主义道路的特殊性、多样性和民族特色的思想，成为整个“政治遗嘱”的重心和独到之处。马克思主义创始人在创立科学社会主义理论时，已经注意到社会主义道路在各个国家的特点，但还没有作出明确的理论和哲学的概括。列宁在《哲学笔记》中着重探讨和阐述了一般与个别的辩证关系，为阐明社会主义道路的特殊性和多样性奠定了哲学基础。1916 年，他进一步作出了明确的概括：“在人类从今天的帝国主义走向明天的社会主义革命的道路上，同样表现出这种多样性。一切民族都将走到社会主义，这是不可避免的。但是，一切民族的走法却不完全一样，在民主的这种或那种形式上，在无产阶级专政的这种和那种类型上，在社会生活各方面的社会主义改造的速度上，每个民族都会有自己的特点。”[①]十月革命后，他又具体分析了造成社会主义道路多样性的主要因素：由于开始建立社会主义所处的历史条件不同，这种过渡的具体条件和形式必然是而且应当是多种多样的；地方差别，经济结构的特点、生活方式、居民的觉悟程度和实现这种或那种计划的尝试等，都一定会在走向社会主义，建设社会主义道路的特点中反映出来。在《论我国革命》中，列宁又把这一思想提到历史哲学的高度来阐述：“世界历史发展的一般规律，不仅丝毫不排斥个别发展阶段在发展的形势和顺序上表现出特殊性，反是以此为前提的。”[②]这一思路就为揭示社会主义道路的统一性与多样性、开创社会主义事业的主观因素与客观因素、历史发展的一般与个别的辩证关系，提供了关于唯物史观思想实质的崭新理解。这一结论，打破了那种把唯物史观归结为五种生产方式机械演进的简单化倾向，打破了长期流行的社会主义只有一种模式的僵化观念。对列宁哲学思想产生过重大影响的车尔尼雪夫斯基，曾做过一次极其生动而富于历史哲学色彩的比喻：历史好比一位老祖母，是溺爱小孙女的，世界发展史上的落后民族也可能得天独厚，借助于先进国家的已有成果，超过某些中间阶段，从低级阶段一跃而达到较高阶段。经济的和政治的、国内的和国际的、传统的和创新的各种因素构成的合力，必然会促使某些民族，特别是某些落后民族走出自己的独特道路。这种历史发展中的一般与个别、统一性与多样性的深刻辩证法，正是列宁“遗嘱”的思想精髓之所在，也正是列宁解决俄国社会主义问题的思想活力之所在。

关于列宁的方法论思路和“斯大林主义”问题

毫无疑义，我们在阐述列宁解决社会主义问题的方法论成就时，必须理清线索，回答列宁的方法论思路和苏联社会主义事业失败的关联性问题。为了表述方便，这里不妨借用20世纪60年代后学界常使用的一个提法：“斯大林主义”。这里不想对这一提法作全面性评述，只是用这个提法来专指以斯大林为主导、为代表的解决社会主义问题的理论思路，主要是指方法论思路。从列宁的方法论思路和“斯大林主义”的比较关系分析中，也许能发现苏联社会主义事业失败的某些重要源头原因。先从这样两个理论事实说起：

第一，关于对列宁“政治遗嘱”的理解。关于对列宁“政治遗嘱”的理解有过

① 《列宁全集》第23卷，中文第1版。

② 《列宁选集》第4卷，北京：人民出版社，1995年版。

两次大争论。第一次是20世纪的二、三十年代，发生在俄国共产党党内的斯大林、布哈林、托洛茨基之间，第二次是20世纪50年代以后。这里只观察第一次争论中最热烈的关于合作制的话题。列宁在《论合作社》中阐述过这样的看法："国家支配着一切大的生产资料，无产阶级掌握着国家政权，这种无产阶级和千百万小农及极小农结成了联盟，这种无产阶级对农民的领导得到了保证，如此等等——难道这不是我们所需要的一切……建成完全的社会主义社会所必需的一切吗？"[①]当时在俄国共产党内处于主导地位的斯大林，特别着意于强调"建成完全的社会主义社会所必需的一切"，认为这是"过渡到集体农庄的道路"，并依据列宁的这些论述极力推行农业的"全盘集体化"，甚至不惜采用专政的手段，国家强制力的手段。

但是，列宁同在关于合作社的论述中，特别强调了这样的观点："现在我们有理由说，对我们来说，合作社的发展也就等于(……)社会主义的发展，与此同时我们不得不承认我们对社会主义的整个看法根本改变了。这种根本的改变表现在：从前我们是把重心放在而且也应该放在政治斗争、革命、夺取政权等等方面，而现在重心改变了，转到和平的'文化'组织工作上去了。"列宁认为，这需要整整一个历史时代。在最好的情况下，我们度过这个时代也要一二十年。在这整整一个历史时代里，文明进步所要达到的是使俄国人学会"商人的本领"，"做文明商人的本领"。列宁指出，俄国人现在是按亚洲方式做买卖，但是要能成为一个商人，就得按欧洲方式做买卖。而要做到这一点，还需要整整一个时代。显然，斯大林无视了列宁在阐述合作社问题时所强调的"对社会主义的整个看法根本改变"这一十分重要的理论思路，无视了列宁强调这一"根本改变"在于转向"文化革命"，而这一需要整整一个时代的"文化革命"所要达到的，是从"按亚洲方式做买卖"达到"按欧洲方式做买卖"，或者说"通过新经济政策使全体居民参加合作社"。换句话来说，斯大林无视了，或者根本就不理解列宁在解决这个问题时所凭借的根据现实经验来谈论社会主义的实践历史观，"马克思主义的革命辩证法"。

关于这一点，争论中失败的布哈林的理解也许是正确的。布哈林写了《到社会主义之路和工农联盟》与《列宁的政治遗嘱》，认为列宁把自己的最后之作看作是一个完整计划的表现，它构成列宁战略和策略的一个大的计划的各个有机部分。他在谈到自己上述两部著作时表明，那只是我写的列宁向我阐述的列宁思想的大纲。列宁遗嘱中重要之点是，可以不再对农民使用暴力而到达社会主义。显然，布哈林理解了列宁"文化革命"、"对社会主义的整个看法根本改变"等重要

---

① 《列宁选集》第4卷，北京：人民出版社，1995年版。

结论。所以，他把列宁的“政治遗嘱”作为反对强制实行“全盘集体化”的理论依据。后来的实践证明，苏联的“全盘集体化”产生了许多消极后果和遗留问题，苏联社会主义事业越来越失去活力而僵化起来，显然和这一段争论有关。而在这场争论中，斯大林的“全盘集体化”的社会主义思路，和列宁关于合作制、文化革命的社会主义思路是有很大距离的。斯大林在宿命式的线性历史观的框架中把握俄国社会主义问题，舍弃了列宁的“革命辩证法”。

第二，关于对列宁《哲学笔记》的理论态度。《唯物主义和经验批判主义》与《哲学笔记》，是列宁两部具有代表性的哲学著作。而从《唯物主义和经验批判主义》到《哲学笔记》，列宁的哲学思想确实有了重要转变和提升，关于这一点前文已有所论及。这里的关键点是《哲学笔记》所强调的通过黑格尔的通道来理解马克思，强调以实践为核心的唯物史观，强调真理的具体性，强调主体能动性的“革命辩证法”；反对从马克思向机械论的旧式唯物主义的倒退，反对庸俗经济决定论和线性历史观，反对脱离现实生活实践的教条主义。而从20世纪30年代中期到50年代中期，苏联共产党内的理论走向并没有沿着列宁的这条思路发展，而在斯大林的主导下，走了另一个方向，即在一个长时期内，比较孤立地强调《唯物主义和经验批判主义》的理论意义和历史地位，而轻视《哲学笔记》。在斯大林主持编写的《联共(布)党史简明教程》中，专门有一节说明《唯物主义和经验批判主义》是布尔什维克党的“理论基础”的代表作，而对《哲学笔记》则根本没有提及。苏联理论界曾依据40年代斯大林的一个论断，流行着对黑格尔哲学的一种评判：是德国贵族对法国革命的反动。这种说法显然影响了对《哲学笔记》理论价值的正确评论。因此，长期以来，人们只把《唯物主义和经验批判主义》看作列宁哲学思想的代表作，“马克思主义哲学史上的列宁阶段”也被简单地归结为这本书。《哲学笔记》在苏联编辑的《列宁全集》第二版、第三版中都没有被收入。50年代中期以后，苏联理论界提出深入研究列宁的哲学遗产，开始重视《哲学笔记》，但以往形成的理论格局的影响仍然较长时期存在。苏联科学院出版社1961年出版的敦尼克等人主编的《哲学史》第5卷，专列一章高度评价《唯物主义和经验批判主义》，而关于《哲学笔记》，则仍然只列为一节，作了较为概略的评价。

对列宁两部著作的厚此薄彼之分，显然反映了斯大林主导下的苏联共产党理论取向上，对列宁在《哲学笔记》中所强调的通过黑格尔理解马克思、强调实践范畴、主张“革命辩证法”的思路发生了偏离。相关问题很多，这里即从实践范畴来考察。首先必须指出，在《唯物主义和经验批判主义》中，列宁并非只讲反映论，不讲实践论。问题在于把握实践范畴的通道的选择以及当时论战的需要，实践范畴的展开留有一些缺憾。在俄国1905年革命时代后的革命低潮时期，列宁在认识论领域首先面临的是以马赫主义为代表的唯心主义思潮的进攻，因而在《唯物主义和经验批判主义》中，列宁着重强调和反复阐述的原则立场和基本观点是唯物主义的反映论，主要与唯心主义、不可知论划清界限。同时，列宁没有离开或忽视马克思主义的实践观点，并且已经提到"生活、实践的观点，应该是认识论的首先的和基本的观点"。到第一次世界大战期间，国际上正在酝酿新的革命高涨，而列宁直接面临的论战对象，主要是第二国际的机会主义者及其使用的诡辩论，列宁深入探索和阐明辩证法，在认识论方面，通过发掘黑格尔哲学中的合理因素，更全面地发挥了马克思主义的实践观。同时，列宁并没有放弃或离开唯物主义的反映论，比如他指出："自然界反映在人脑中。人在自己的实践中、技术中检验这些反应的正确性并运用它们，从而也就接近客观真理。"[①]在《唯物主义和经验批判主义》中，列宁主要是通过发掘狄德罗、费尔巴哈等唯物主义者的实践观因素来理解和发挥马克思主义的实践观，认为费尔巴哈把人类实践的总和当作认识论的基础。这看来对费尔巴哈的实践观的评价有些偏高，似乎马克思主义的实践观是与费尔巴哈的实践观点直接接近的，而在《哲学笔记》中，列宁主要通过深入发掘和改造黑格尔实践观中的合理因素，来把握和发挥马克思主义的实践观。他指出："毫无疑问，在黑格尔那里，在分析认识过程中，实践是一个环节"，"马克思的实践的标准列入认识论时，他的观点是直接和黑格尔接近的"。这说明列宁对马克思主义实践观的理论来源的理解上，发生了较大的变化。比较而言，列宁在《哲学笔记》中的观点，与马克思的观点更为一致。在阐述实践观的内容上，《唯物主义和经验批判主义》主要阐述了实践是检验认识的标准这个方面，对于实践在整个认识中的地位和作用，则并未展开论述。到《哲学笔记》中，列宁就比较全面的阐述了马克思主义的实践观点。列宁不仅说明了人的和人类的实践是认识的客观性的验证、准绳，而且对于实践的基本涵义、实践高于(理论的)认识的优点、实践经过千百次重复转变为逻辑的格，认识过程中实践与认识的交错关系，以及必须把认识和实践结合起来等方面，作了一系列重要的发挥和补充。显然，在这里，列宁舍弃了狄德罗、费尔巴哈的旧唯物主义通道，而从黑格尔通道来理解马克思的实践范畴，在决定性的层面上批判了第二国际理论家们的新康德主义立场以及向旧唯物主义的倒退，阻断了彰显机械决定论和教条主义的路径。这条哲学思路显然很不合"斯大林主义"的口味。

所以，"斯大林主义"者们对《哲学笔记》采取了尽可能贬抑的态度，并从另一

---

① 列宁，《哲学笔记》，北京：人民出版社，1974年版。

方面过度褒扬《唯物主义和经验批判主义》，因为这部著作中有些带着某些局限性的观点，以及后来在《哲学笔记》中被重新认识的观点，“斯大林主义”者们十分乐意使用，也十分顺手地使用。比如，以“斯大林主义”为主导的苏联共产党内的理论走向上偏重反映论而严重忽视实践论，在这一导向指引下的所有理论教科书中均强调认识的唯物主义路线，而忽略实践论和辩证法，这对导向机械决定论、导向线性历史观因而导向教条主义极为有利。所以，《唯物主义和经验批判主义》就可以成为以“列宁主义”的名义而被利用的著作。可以看到，《唯物主义和经验批判主义》对于辩证唯物主义的认识论的系统内容，它还没有实际地充分展开。值得注意的是，列宁在书中多次把反复强调的反映论称作辩证唯物主义认识论的“基础“或“前提”。面对唯心主义思潮的挑战，列宁在这里所做的，主要是“筑基”工作，对马克思主义认识论的这座大厦本身，它的一系列基本理论内容，比如实践作为整个认识论的基础，反映的实质与形式，认识的具体进程与规律，感性与理性、具体与抽象的关系，思维与主体的能动性，主体与客体的辩证关系等等，都基本上还没有展开论述。如果完全忽视《辩证唯物主义和经验批判主义》的这种历史的特点和局限，把反复阐述的认识论前提当作认识论本身或全体，把没有充分展开的认识论原则当作认识论内容的典范来加以利用，就可能导致认识论的贫乏化、机械性，导致认识论上的庸俗唯物主义，导致对被“唯物”地说明了的理性权威的绝对服从的要求。

“斯大林主义”营垒中的不少人很热衷于这种对被“唯物”地说明了的理性权威的绝对服从的要求，并把它和《唯物主义和经验批判主义》中所强调的哲学党性原则相联系。这实在是列宁始料所未及的。列宁在《唯物主义和经验批判主义》中阐述哲学的党性原则，基本内容包括两条，一是唯物主义和唯心主义是哲学上的两条基本路线，两个基本派别；二是哲学上两个基本派别的对立归根结底表现为现代社会中的敌对阶级的倾向和思想体系。这在当时时代、尤其在当时的俄国，应该说是很有道理的。但要先申明一句，即是如此，列宁在对待如波格丹诺夫、卢那察尔斯基，包括普列汉诺夫等这些哲学上的重要人物时，也没有把哲学观点和政治立场同等划线。可是我们不能不看到，列宁在写作《唯物主义和经验批判主义》时，在特定的历史条件下，对唯物主义与唯心主义的对立的方面强调较多，对二者的相互联系、相互作用的方面论述不够，并且由于当时列宁对俄国马赫主义者怀着强烈的义愤，不免带有感情色彩，因而使用过“反动哲学”、“反动分子”之类的术语。应当说，这在哲学的理论分析上是不够严谨的，哲学上的理论是非，主要是正确与错误、科学与非科学的对立。本来应当将列宁思想的实质与特定条件下的个别用语区别开来，避免和防止对这些党性原则的简单化理解和应用。可是，在“斯大林主义”的理论视野中，这是一根可以随便拿起来打人的“棍子”。列宁怎么也不会想到，他关于哲学党性原则的论述，后来被当作标签生硬地套用在哲学史和种种现实问题之中，套用在各种哲学的学术争论之上，被十分方便地进行政治上的无限上纲，成为政治上排斥异己、理论上打击不同见解以维护某个特殊的绝对权威的工具，并以“布尔什维克化”的名义对世界各国的共产党实行思想垄断，推销思想管制。

这是从列宁的倒退。列宁从《唯物主义和经验批判主义》到《哲学笔记》，实现了十分重要的哲学提升，在“实践的理论”和“革命辩证法”的哲学基础上解决了俄国十月革命选择、新经济政策选择和“文化革命”的方法思路，这是解决社会主义问题的根本方法思路。而抱“斯大林主义”的人们则从《唯物主义和经验批判主义》这部著作开始，实际和列宁在方法论上分道扬镳。列宁逝世后，斯大林1924年发表《论列宁主义基础》，把列宁主义归结为无产阶级革命的理论和策略，特别是无产阶级专政的理论和策略。这与列宁“政治遗嘱”中关于“对社会主义的整个看法根本改变”的思路严重偏离。方法论上的偏离产生了解决社会主义问题的思路上的偏离，为后来苏联社会主义的命运留下了令人遗憾的根源。尽管在相当长一段时期里，依靠列宁领导的革命事业所激发的“已经充分表现出来而且取得完全成功的革命气势、革命热情”，凭借惊人的牺牲获得惊人的成就，但解决社会主义问题的根本方法、根本思路上的机械性、保守性以及僵化的教条主义，终于导致了社会主义事业的危机。这正是今天解决社会主义问题的人们所必须始终关注的。

（本文为刘钰、周毅之著《走进新的理论境界——关于当代中国社会主义的性质、条件和一般目的的研究》中的第二章，该书由江苏人民出版社2002出版）

现代发展:邓小平理论的一个重要视野

——论由邓小平实现的马克思主义现代发展理论的第三次开拓

马克思主义现代发展理论是马克思主义理论中“最有益的部分”之一。这一理论首先开拓的当然是马克思和恩格斯,第二次开拓的是列宁。邓小平解决了列宁留下的难题,把现代发展和“西方化”、“欧洲化”区分开来,和“财产——阶级关系”方面的范畴区分开来,和非常态革命变革时期的社会关注点区分开来,把以工业化、市场化为特征的现代工业文明纳入社会主义的含义中,实现了马克思主义现代发展理论的第三次开拓。

“现代发展”,作为相对独立的理论观察对象,是指关于现代工业生产力对人类文明的伟大改造作用,关于由于这一伟大改造作用而引起人们生存方式、交往方式、相互关系结构、思维方式巨大变迁的特定的社会历史领域。“发展”作为专门范畴来表述工业化生产力为标志的现代社会的运动和变迁,这是西方社会学和现代化理论的概念。而在20世纪中后期,“发展”尤其指后发工业化国家的工业化、现代化过程。马克思关于现代工业生产力对人类文明的伟大改造作用的理论,和西方社会学、现代化理论在结构上大相径庭,但观察视野大体相通。马克思在这个观察领域中形成了科学的“现代”概念①,并对发展现象作了全面的科学考察(尽管没有形成明确的“发展”概念),从而开创了马克思主义现代发展理论,此中当然也有恩格斯的伟大贡献。继马克思、恩格斯之后,对这一理论作第二次开拓的是列宁,而作出第三次重要开拓,使20

① 《现代化理论与历史研究》,《历史研究》1986年第3期。

世纪现代发展和社会主义发生具有崭新含义的历史联系，且结出丰硕实践成果的，是邓小平。关于现代发展，尤其是20世纪中国的现代发展的观察，是邓小平理论的一个重要视野；邓小平对马克思主义现代发展理论的第三次开拓，构成了邓小平理论中极为重要的、甚至可以说是处于中心区位的理论部门。

一

英国马克思主义史学家霍布斯鲍姆对20世纪马克思主义理论研究中的倾向作分析时说，“在马克思恩格斯卓越的、但是不完整的和试验性的理论中，有些空白已被发现和弥补，但他们分析中某些最有益的部分也被任其从视野中消失”①。“这种最有益的部分”，其中就包括关于现代工业生产力对于人类文明伟大改造作用的理论，即马克思主义现代发展理论。与这一理论在视野中消失的现象密切相关，存在着这样一种现象：人们过多地把理论注意力投注于财产所有关系以及由此而发生的阶级关系，以此来涵盖对一切社会现象的观察，由此出发作出关于一切社会运动的说明。这样，现代发展问题、世界的现代化进程问题就被排斥在视野之外，或者被笼罩在资本主义的阴影之中。邓小平理论的伟大贡献之一就是把现代发展问题作为一个中心问题重新收回到马克思主义的理论视野之中，并把这一理论部门从用“财产——阶级关系”模式说明一切的思维框架中超脱出来，使人们从许许多多姓“资”姓“社”的无谓争论中解放出来，从那种脱离实际、内容空泛但代价惨重的理论逻辑中解放出来，实现了人的思想方式上的一种突破。

早在历史唯物主义创立之初，马克思、恩格斯就以极大的热忱关注现代工业生产力对人类文明的巨大改造作用，并由此形成关于“现代”的科学概念。他们明确论证了存在着一个由蒸汽动力和机器使用引起的工业生产的革命所开辟的世界历史发展的“现代”时期。这个现代时期是从16世纪以来世界逐步进入的“历史发展的一个新阶段”。这个“现代”时期以现代大工业及其创造的世界市场为基本特征，利用自然力来为工业服务，采用机器生产并实现日益广泛的和日益细密的分工，并引起当代政治经济的重大变化，其中包括从私有制到“现代私有制”，从中世纪手工业者到“现代工人”，从“历史上自然形成的等级资本”到“现代意义上的资本”，从中世纪国家到“现代国家”等等②。同时，他们也关注到当时非

① 《外国学者论亚细亚生产方式》，中国社会科学出版社，1981年版。

② 《马克思恩格斯选集》第1卷，北京：人民出版社，1995年版。

工业国家的现代发展进程问题，马克思在《资本论》第一卷序言中关于工业较发达国家向工业较不发达的国家所显示的，只是后者未来的景象的论述，至今仍被现代化论者们反复引用。关于西方殖民主义者对当时非工业国家发展的作用，马克思指出其双重历史使命："一个是破坏性的使命，即消灭旧的亚洲式的社会；另一个是建设性的使命，即在亚洲为西方式的社会奠定物质基础。"[①]关于这第一个使命的理论，在后来的马克思主义理论家当中获得很充分的发挥；但关于第二个使命的理论，后来却常常被有意无意地忽略。其实在19世纪，正是"建设性使命"的历史力量才使"破坏性使命"得以施其暴虐，真可谓历史真理在罪恶的世俗中行走。在马克思的理论视野中，正是现代工业生产的强大力量推动着世界的现代进程，当然这一进程在当时伴随着资本主义的血腥罪恶。关于世界的现代发展，是马克思历史唯物主义理论中的一个重要观测区，马克思恩格斯关于资本主义制度背景下的现代化发展的观察，在马克思主义的理论发展史上，是马克思主义现代发展理论的第一次开拓。

当然，我们也看到，马克思、恩格斯的后来理论注意力的集中点有所转移。他们过高估计了19世纪中期西欧现代发展的成熟程度，对西欧与这一发展相伴随的资本主义扩展能力估计不足，因而对现代社会走向的关注过快地集中到资本主义生产关系的崩溃和社会的革命性变革上。他们理论注意力的上述这一转移，对后来马克思主义理论视野发生与现代发展的偏离是有影响的。尽管晚年的马克思恩格斯对非工业化地带的现代发展问题仍然十分关注，但并未引起人们的足够的重视。到19世纪末，尤其是20世纪初以后相当长的一个年代里，马克思主义争论的理论注意力主要集中在世界资本主义的崩溃，稍后则进一步集中在如何利用战争危机以发起革命，加速资本主义的崩溃。在此期间，列宁在关于俄国资本主义的考察中，对大工业的社会改造作用、特别是对落后的俄国社会的改造作用作了充分而宝贵的分析。其主要成果应是列宁在苏维埃政权建立后提出，俄国在经济文化发展程度方面，比西欧最落后的国家还要落后[②]。因而，他认为，"俄国人现在是按亚洲方式做买卖，但是为了善于做商人，就得按欧洲方式作买卖。但要做到这一点，还需要一整个时代"[③]。而关于苏维埃政治体制，他的评价是："国家机构的一般情况：坏极了；低于资产阶级的文化水平。"[④]俄国像"汪洋大海"一样存在的小生产势力，认为这使苏维埃政权陷入前资本主义的力量的"包围"之中，社会主义"被资本

① 《马克思恩格斯选集》第2卷，北京：人民出版社，1995年版。

②③④《列宁选集》第4卷，北京：人民出版社，1972年版。

主义前的关系的层层密网缠绕着”[1]。所以,他称当时俄罗斯为“野蛮的俄罗斯”,认为“为了促使野蛮的俄罗斯”尽快实现现代发展,就必须“更快地仿效西方主义”,甚至为此而“不拒绝使用野蛮的斗争手段”[2]。基于这一观察,列宁果断地推进了新经济政策的试验,并且取得了公认具有重要历史的价值的成就。这可以说是马克思主义现代发展理论的第二次开拓。

列宁关于现代发展的思考有一个突出特点,即提出了社会主义国家政权建立后落后的俄罗斯如何实现现代发展的问题。但列宁的基本思路是“利用资本主义”以建设社会主义的大工业物质基础,是用资本主义的“砖头”来构建社会主义的“大厦”。这里就存在着一个逻辑上的难点,即在列宁的思路中,现代发展的“砖头”从总体上说还是资本主义的,只是可以为社会主义所利用,因而现代发展和社会主义的联系是策略层面上的一种“利用”,是具体手段层面上的一种联系,不存在必然的逻辑关联。

面对当今时代,必须解决现代发展和社会主义的逻辑联系问题,必须明确现代发展是社会主义的题中应有之义,而不仅仅是资本主义的专利。这是一个历史性的理论课题。尤其是在中国这样落后的农业大国在取得社会主义革命胜利后,现代发展成为国家存亡、民族存亡、社会主义制度存亡的关键,这个理论课题的解决就显得特别紧迫。这个历史性课题的解决正是马克思主义现代发展理论第三次开拓的一个关键点。

二

针对列宁留下的难题,邓小平毫不犹豫地从书本中、从既往经验概括中走了出来,走到当代活生生的现实生活当中,大胆地把现代发展,把以工业化、市场化为特征的现代工业文明纳入社会主义的含义之中,提出了建设有中国特色的社会主义理论,开拓了马克思主义现代发展理论的新阶段。在邓小平的理论中,现代发展和社会主义在逻辑上有着必然的统一,同时在实践中完成了成就辉煌的结合。围绕这一主题,邓小平在三个方面作了开拓性的理论努力。

其一,邓小平明确宣布,“我们所做的工作可以概括为一句话:要发展自己”[3]。“我们搞的现代化,是中国式的现代化”;“四个现代化前面有‘社会主义’

① 《列宁选集》第 2 卷,北京:人民出版社,1972 年版。

② 《列宁选集》第 4 卷,北京:人民出版社,1972 年版。

③ 《人民日报》1986 年 12 月 15 日(第 1 版)。

四个字，叫‘社会主义’四个现代化”，在当代世界，“要求全世界所有国家都照搬美、英、法的模式是办不到的。”[①]邓小平的这些结论显然是以20世纪现代发展的新的事实和新的规律性为基础的。这个新的规律性，即当代的现代发展是取多种模式的，是可以在不同制度依托下实现的。在马克思恩格斯所处的时代，现代发展就意味着以西欧工业化模式为典范的过程，非工业化国家的现代发展道路事实上就意味着“西方化”、“欧洲化”。这是一种原发型的现代发展类型。20世纪的现代发展所走的是和这种原发型完全不同的多种模式的道路。西方社会学的一些学者（比如帕森斯）认为非工业化国家必须引进和输入“异质”的西方文明，并把它转化成自身的文明要素，才能实现现代发展。这种“他化”的过程，在19世纪表现为“英国化”，在20世纪意味着“美国化”。据此，他们提出了“现代化＝西方化＝美国化”的公式。这种公式对于20世纪的现代发展进程来说是极为武断的。这实际上是一种新的历史命定论，或者说实际上是一种意识形态上的霸权主义。即如英国学者阿布拉姆斯批评帕森斯说，“他把美国视为特殊的现代化的体现者，视之为其他国家都要越来越趋近于它的领导国家，这种观点的依据是他的一个先入为主的理论信念……而不是根据在美国实际发生过的变化的趋向所作的历史论证，更没有提出任何事实根据，来证明现代化的效益优势只能通过它归之为美国特有的那种结构和文化特性才能实现。在作这种论证时，帕森斯岂不正是堕入了最坏的那种反历史的历史命定论了吗？”[②]正是基于对20世纪生活新特点的科学把握，邓小平指出：“要求全世界所有国家都照搬美、英、法的模式办不到的。世界上那么多伊斯兰国家就根本不可能实行美国的所谓民主制度，穆斯林人口占了世界人口的五分之一。中华人民共和国不会向美国学习资本主义制度，中国人口占了世界人口的五分之一。还有非洲，非洲统一组织的强烈的普遍的呼声就是要求别国不要干涉他们的内政。这是世界局势的一个大背景。”[③]在这个新的世界大背景下，原发型现代发展类型的特点已成过去，现代发展和资本主义的，和“西方化”的命定式的联系已被否定，因而，毫无疑义必须走“中国式的现代化”之路，建设“具有中国特色的社会主义现代化”，这是邓小平对在19世纪发展背景下形成的马克思主义现代发展理论的一个重要开拓。

其二，邓小平明确把现代发展范畴和“财产—阶级关系”方面的范畴、具意识形态对立含义的各种社会范畴区分开来，澄清了现代发展问题上意识形态争论的迷雾，还其超越意识形态对立的本来面目，从而为现代发展和社会主义的联系

①③《邓小平文选》第3卷，北京：人民出版社，1993年版。

② 转引自刘钰、周毅之著：《走出低谷之路》，南京出版社1994年版，第40页。

消除了主要的、也是最坚固的障碍。如果说对现代发展和"西方化"的命定式关联的否定还是建立在对20世纪经验事实作归纳的基础上的话，明确现代发展范畴和具有意识形态对立含义的诸社会范畴的区分，则在更基本的层次上铺设了社会主义和现代发展之间的通道。确实，在马克思和其他共产主义理论家著作的描述里，社会主义社会中没有商品，没有货币，没有市场经济，因而与此相联系的一切社会体制和社会运行规则都不存在，比如具有强制意义的服从分工、承认事实上不平等的权利平等、包含个人利益机制的责任制管理、技术专家在生产活动中的特殊地位、由于对资本的经营活动而引起的收入等等。这一切因为曾经在资本主义社会制度下存在而被视为社会主义的意识形态对立物。然而这一切正是现代发展的重要内涵。尤其是科学技术基础的工业化和商品货币关系高度发达的市场化，正是现代发展的两根最重要的支柱。如果说曾经对工业化尚可兼容，而对市场化则有着强烈的意识形态拒斥。然而，舍弃了这两根本支柱中的任何一根，都意味着舍弃相关的另外一根。事实证明，试图舍弃市场化而追求高于资本主义社会已经达到的工业化，等于是采用传统社会中的国家力量的手段，通过剥夺农民，建立一个很少实惠的工业化"空中楼阁"。所以，要工业化，就必须要市场化，现代发展是一个具有独立和完整的规定性的整体性范畴，不能任意肢解。

针对上述问题，当一些人仍然书生气十足地为市场经济姓"资"姓"社"而争论不休的时候，邓小平以马克思主义者的特有勇气，作出了一个石破天惊式的论断："计划多一点还是市场多一点，不是社会主义与资本主义的本质区别。计划经济不等于社会主义，资本主义也有计划；市场经济不等资本主义，社会主义也有市场。"[①]这个理论阀门一打开，就把长期以来云障雾绕的社会主义和市场经济联系沟通了。以此来观察中国的现代发展，就不难理解改革开放的各种举措的合理性。与这种论证模式相通，还有经济特区不等于资本主义，社会主义也可以有自己的经济特区；证券、股市不等于资本主义，社会主义也有自己的证券、股市；现代经济和管理制度与方法不等于资本主义，同样也属于社会主义；高新技术不专属于资本主义，社会主义也应该有高新技术；贫穷不等于社会主义，富裕起来不等于就是搞了资本主义。如此等等，归结到一点，就是现代发展不专属于资本主义，同样也属于社会主义，而且社会主义应该有更高更优越的现代发展。这种不专属于资本主义，同样也应该属于社会主义的现代工业文明的发展，是一个有着自身独立的规定性的社会范畴。这一范畴的核心层是现代工业化的生产

① 《邓小平文选》第3卷。

力，同时也包括以生产力为核心的外缘层的各种社会规范、行为规则、体制模式乃至生活方式和思维方式等等。毫不奇怪，这一范畴在外缘层上和以生产关系为核心的社会经济制度的外缘层有时有交叉重叠（如现代管理呈现的二重性指明，它既承担着生产协调和效率实现的职能，又承担某些基本经济制度所要求的职能，泰罗制即为其典型），但这并不排斥现代发展作为独立的社会范畴的存在。

其三，邓小平以严肃的实事求是的科学态度，宣布了两个重要结论，一是以阶级斗争为中心的时代已成为过去，二是当代世界"和平与发展"的主题取代了"战争和革命"的主题。这实际指明，社会历史运动已从明显变动的革命时期进入经常性发展时期。这一准确论断，使中国共产党人和中国人民在思想上获得一次大解放，即从革命时期以"财产—阶级关系"模式为意识中心的思维定势中解放出来，转向社会经常性发展时期以建设、发展为意识中心的思维方式，从而保证了现代发展在社会主义制度条件下的全部社会生活中的政策优先性。

在全部社会发展过程中，非常态的（也是相对短暂的）变革性时期和经常性的发展时期是交替出现的。在非常态的变革时期，社会的运动规则常常表现出阶级政治关系、财产经济关系的变动走在生产力发展的前面，人们对于"财产—阶级关系"的优先关注及其在各种社会力量的政策中的优先地位，是人们的思维对于社会运行状态的一种适应性表现。但是，在社会的经常性发展时期，生产力的发展、社会文明的进步则处于优先地位，生产关系政治关系更多地表现为适应的性质、有时甚至表现出滞后的状态。在这种时期，客观上发展的优先性要求决定人们思维中对发展的优先选择。尤其在中国这样一个落后的农业大国，在取得新民主主义革命和社会主义革命的相继胜利之后，现代发展更应是社会主义本身的题中应有之义。所以，党的十五大报告中讲，邓小平理论"开创了马克思主义理论的新境界"，也就是说邓小平的理论实际开启了人们整个思维方式转换的契机，从而改变了人们在社会非常态变革时期形成的观察模式，并大大拓宽了观察视野，使人们进入了一个崭新的理论境界。

上述三个方面的开拓，可以大体简略地表述为三个区分，即原发型现代发展和 20 世纪现代发展潮流的区分；以生产力为核心层延及社会体制、社会运作方式、生活方式和观念、人口素质等外缘层的现代发展范畴，和以生产关系为核心层的社会制度范畴的区分；经常性发展时期的社会运行规则和非常态变革时期社会运行规则的区分。由于这三个区分，邓小平开拓了马克思现代发展理论第三阶段，从而建立起现代发展所必然要求的社会主义体制改革理论，建立起适应 20 世纪现代发展的全球性趋势的开放理论，形成了具有中国特色的现代发展战略和一系列重要方针，并在中国社会主义现代化事业中结出了丰硕的实践成果。

三

由于上述三个区分和马克思主义现代发展理论领域的新开拓，不仅明确了现代发展范畴和以"财产—阶级关系"为特征的社会价值范畴、意识形态关系范畴的区分，圆满消解了现代发展和社会主义的人为的逻辑悖论，因而也使关于社会主义的认识上升到一个新的水平。在"什么是社会主义"和"怎样搞社会主义"问题上，邓小平顺理成章地突破陈规，提出了一系列具有阶段性意义的新观点。在这里，我们从社会主义与现代发展的联系这一角度来观察，先看邓小平认为什么不是他所要搞的社会主义。

其一，中国搞的社会主义不是几十年前或一百多年前的个别结论中所说的那样。他说："我们当然不会由科学的社会主义退回到空想的社会主义，也不会让马克思主义停留在几十年或一百多年前的个别论断的水平上。所以，我们反复说，解放思想，就是要运用马列主义、毛泽东思想的基本原理，研究新情况，解决新问题"，"什么是我国今天最重要的新情况，最重要的新问题呢？当然就是实现四个现代化，或者像我在前面说的，实现中国式的现代化"①。换句话来说，中国的社会主义是中国现代化所要求的社会主义。

其二，中国要搞的社会主义不是苏联式的社会主义。苏联搞了一个半军事化的"社会主义工业化"，但后来崩溃了，所以邓小平认为，"苏联搞社会主义，从1917年十月革命算起，已经六十三年了，但是怎么搞社会主义，它也吹不起牛皮"②。

其三，中国要搞的社会主义不是"四人帮"所鼓吹的社会主义。邓小平对"四人帮"的"穷社会主义"深恶痛绝，在许多场合下讲贫穷不是社会主义。"国家这么大，这么穷，不努力发展生产，日子怎么过？我们人民的生活如此困难，怎么体现出社会主义的优越性？'四人帮'叫嚷要搞'穷社会主义'、'穷共产主义'，胡说共产主义主要是精神方面的，简直是荒谬之极！"③

其四，中国要搞的社会主义也不等同于毛泽东思想框架中的社会主义。1978年，邓小平提请全党同志深思："如果在一个很长的历史时期内，社会主义国家的生产力发展的速度比资本主义慢，还谈什么优越性？我们要想一想，我们

---

①②《邓小平文选(一九七五—一九八二)》。

③ 《邓小平文选》第3卷，北京：人民出版社，1993年版。

给人民究竟做了多少事情呢?”[①]显然,邓小平这里指的“很长的历史时期”,是指三中全会以前的二三十年,这个时期中人们关于社会主义的观念中没有生产力发展的地位,没有人民生活富裕的地位。邓小平认为,这样就谈不上社会主义的优越性。

其五,中国要搞的社会主义也不是邓小平自己在“中苏论战”中所说的那些“空话”。他在回忆这场论战的谈话中说,“经过二十多年的实践,回过头来看,双方都讲了许多空话。马克思去世以后一百多年,究竟发生了什么变化,在变化的条件下,如何认识和发展马克思主义,没有搞清楚。”对于这场争论中的意识形态问题,“现在我们也不认为自己当时说的都是对的”[②]。在邓小平看来,任何关于社会主义的抽象的意识形态争论,都不过是“空话”,而“空话”决不能使社会主义巩固起来,而只能使社会主义国家的人民接受贫困这一惨重的代价。

从邓小平认为什么不是他所要搞的社会主义,可以看出他所否定的“社会主义”,是那种在抽象的、孤立的“财产—阶级关系”观察框架中的社会主义,是与苏联工业化相联系的社会主义,是“四人帮”那种没有任何现代发展内容的穷社会主义。在邓小平的观察视野中,社会主义者努力推进社会主义事业的发展,不是为了某种价值观念上的满足,也不仅仅局限于社会利益关系格局的变动,而更基本的是服务于现实生产力的解放和发展,服务于人民的富裕和幸福,服务于社会的文明进步。1988 年 5 月 18 日邓小平和莫桑比克总统希萨诺谈话时说,“有一个问题,你们根据自己的条件,可否考虑现在不要急于搞社会主义。确定走社会主义道路的方向是可以的,但首先要了解什么是社会主义,贫穷绝不是社会主义。”[③]1989 年 3 月 23 日邓小平和乌干达共和国总统莫塞韦尼谈话中说:“我很赞成你们在革命胜利后,不是一下子就搞社会主义。我和许多非洲朋友谈到不急于搞社会主义,也不要搞封闭政策,那样搞不会获得发展。在这方面,你们做对了。”[④]恐怕不会有人根据以上这些谈话认为邓小平不是社会主义者。那么为什么邓小平建议这些非洲国家领导人不要急于搞社会主义?因为在邓小平的思维框架中,搞社会主义不是某种原则、教条的要求,而是现实生活的活生生的历史进程。社会主义是共产党人的意识形态旗帜,但社会主义关系的形成、社会主义制度的建立,最终服务于生产力的解放和发展,在当代中国即服务于现代发展的文明进程,并使全体人民共同享有这一文明成果。所以,邓小平归纳社会主义的本质说,“社会主义的本质,是解放生产力,发展生产力,消灭剥削,消除两极分

① 《邓小平文选(一九七五——一九八二)》。

②③④《邓小平文选》第 3 卷,北京:人民出版社,1993 年版。

化，最终达到共同富裕”。[①] 这里清楚地表明，邓小平认识社会主义的思维框架，不是建立在某种抽象的意识形态教条的基础上，不是建立在某种简单的“财产—阶级关系”模式的基础上，而是立足于当代中国的现代发展。在当代中国，要弄清“什么是社会主义、怎样建设社会主义”这个根本问题，如果离开中国的现代发展这个立足点，那就是重蹈覆辙，或是误入歧途。正是在这个意义上说，真正理解邓小平的现代发展理论，是真正解放思想、领悟邓小平开拓的马克思主义新境界的一个关键。

（原载《社会主义研究》1999 年第 1 期）

① 《邓小平文选》第 3 卷，北京：人民出版社，1993 年版。

马克思主义现代发展理论第三次开拓的号角

——论邓小平关于党的十一届三中全会的主题报告在马克思主义理论史上的地位

邓小平关于十一届三中全会的主题报告突破了隔裂社会主义与现代发展关系的传统社会主义理论框架，否定了现代发展与西方化的命定式的联系，还其超越意识形态对立的本来面目，明确现代发展与社会主义的逻辑联系，对马克思主义现代发展理论进行了第三次重大的开拓与发展：1. 区分原发性现代发展和 20 世纪现代发展潮流；2. 区分以生产力为核心层延伸至社会体制的现代发展范畴和以生产关系为核心层的社会制度范畴；3. 区分经常性发展时期的社会运行规则和非常态变革时期社会运行规则，从而使马克思主义突破了 19 世纪以来的“财产—阶级关系”模式，在 20 世纪发展到崭新境界。

从 1978 年的 11 月 10 日到 12 月 15 日，中央工作会议开了 36 天。在会议的第 34 天，邓小平同志发表了《解放思想，实事求是，团结一致向前看》的重要讲话。这一重要讲话，实际上也就是 12 月 18 日开幕的党的十一届三中全会的主题报告。现在，当我们郑重评价党的十一届三中全会在中国社会主义历史上的重要地位时，同时也就郑重指明了邓小平关于三中全会的主题报告在中国的科学社会主义思想史上、在马克思主义理论史上的重要地位。

江泽民同志在党的十五大报告中指出：“一九七八年邓小平《解放思想，实事求是，团结一致向前看》这篇讲话，是在‘文化大革命’结束以后，中国面临向何处去的重大历史关头，冲破‘两个凡是’的禁锢，开辟新时期新道路、开创建设有中国特色社会主义新理论的宣言书。”这个宣言书，就是向历史、向世界宣告中国共产党人坚持解放思想，实事求是，在新的实践基础上继承前人又突破陈规，开创了马克思主义的新境界。

在这种马克思主义新境界的开拓中，有一个重要的理论领域，即马克思主义的现代发展理论。英国马克思主义史学家霍布斯鲍姆对20世纪马克思主义理论研究中的倾向作分析时说："在马克思恩格斯卓越的、但是不完整的和试验性的理论中，有些空白已被发现和弥补，但他们分析中某些最有益的部分也被任其从视野中消失。"[①]这种"最有益的部分"，就是关于现代工业生产力对人类文明的伟大改造作用而引起人们生产方式、交往方式、相互结构、思维方式巨大变迁的理论，即马克思主义的现代发展理论[②]。这一理论的第一开拓者当然是马克思和恩格斯；作出第二次开拓的是列宁；作出第三次重要开拓、使20世纪的现代发展和社会主义发生历史联系且结出丰硕实践成果的，是邓小平；而吹响马克思主义现代发展理论第三次开拓的号角的，就是邓小平为党的十一届三中全会所作的主题报告。

一、历史期待着第三次开拓的号角声

早在历史唯物主义创立之初，马克思、恩格斯就以极大的热忱关注现代工业生产力对人类文明的巨大改造作用，并由此而形成关于"现代"的科学概念。他们明确论证了存在着一个由蒸汽动力和机器使用引起的工业生产的革命所开辟的世界历史发展的"现代"时期。这个现代时期是从18世纪以来世界逐步进入的"历史发展的一个新阶段"。这个"现代"时期以现代大工业及其创造的世界市场为基本特征，利用自然力来为工业服务，采用机器生产并实现日益广泛和细密的分工，并引起当代政治经济的重大变化，其中包括从私有制到"现代私有制"，从中世纪手工业者到"现代工人"，从"历史上自然形成的等级资本"到"现代意义

① 参见《外国学者论亚细亚生产方式》，中国社会科学出版社1981年版，第35页。

② "发展"作为专门范畴用来表述以工业化生产力为标志的现代社会的运动和变迁，这是西方社会学和现代化理论的概念。而在20世纪中后期，"发展"尤其专指后发工业化国家的工业化、现代化过程。马克思关于现代工业生产力的人类文明的伟大改造作用的理论和西方社会学、现代化理论的结论大相径庭，但观察视野大体相通。所以这里把自马克思开始的这一理论部门称为马克思主义现代发展理论，尽管马克思有明确的"现代"范畴、而没有明确的"发展"范畴。也许有研究者不同意这一提法，这可以商榷。但无论如何无法否认马克思主义体系中这一理论部门的存在，故暂名之，以免发生理解上的歧义。

上的资本”,从中世纪国家到“现代国家”等等[①]。同时,他们也关注到当时非工业国家的现代发展进程问题,马克思在《资本论》第1卷序言中关于“工业较发达的国家向工业较不发达的国家所显示的,只是后者未来的景象”的论述,至今仍被现代化论者们反复引用。关于西方殖民主义者对当时非工业国家发展的作用,马克思指出其双重历史使命:“一个是破坏性的使命,即消灭旧的亚洲式的社会;另一个是建设性的使命,即在亚洲为西方式的社会奠定物质基础。”[②]关于这第一个使命的理论,在后来的马克思主义理论家当中获得很充分的发挥;但关于第二个使命的理论,后来却常常被有意无意地忽略。其实在19世纪,正是“建设性使命”的历史力量才使“破坏性使命”得以施其暴虐,真可谓历史真理在罪恶的世俗中行走。在马克思的理论视野中,正是现代工业生产的强大力量推动着世界的现代进程,当然这一进程在当时伴随着资本主义的血腥罪恶。关于世界的现代发展,是马克思历史唯物主义理论中的一个重要观测区,马克思、恩格斯关于资本主义制度背景下的现代发展的观察,在马克思主义的理论发展史上,是马克思主义现代发展理论的第一次开拓。

当然,我们也看到,马克思、恩格斯后来的理论注意力的集中点有所转移。他们对现代社会走向的关注集中到资本主义生产关系的崩溃和社会的革命性变革上。他们理论注意力的上述这一转移,对后来马克思主义理论视野发生与现代发展的偏离是有影响的。尽管晚年的马克思、恩格斯对非工业化地带的现代发展问题仍然十分关注,但并未引起人们的足够的重视。到19世纪末,尤其是20世纪初以后相当长的一个年代里,马克思主义的理论争论主要集中在世界资本主义的崩溃,稍后则进一步集中在如何利用战争危机以发起革命,加速资本主义的崩溃。在此期间,列宁在关于俄国资本主义的考察中,对大工业的社会改造作用、特别是对落后的俄国社会的改造作用作了充分而宝贵的分析。罗莎·卢森堡对非工业地区将被迫采纳资本主义生产方式实现工业化的分析[③],布哈林关于资本主义经济体系“从不合理的体系变成合理的组织”的分析[④],也应是这段时期现代发展问题上的思考成果。但其间最主要的成果应是列宁在苏维埃政权建立后提出的,即俄国在经济文化发展程度方面比西欧最落后的国家还要落后的见解,他认为“俄国人现在是按亚洲方式做买卖,但是为了善于做商人,就得按欧

① 《马克思恩格斯选集》第1卷,第63、24、59、62、64页等。

② 《马克思恩格斯选集》第2卷,第70页。

③ 卢森堡:《资本积累论》,三联书店1959年版,第334页。

④ 布哈林:《过渡时期经济学》,三联书店1981年版,第7页。

洲方式做买卖。但要做到这一点，还需要一整个时代”①。关于苏维埃政治体制，他的评价是“国家机构的一般情况：坏极了；低于资产阶级的文化水平”②；俄国像“汪洋大海”一样存在着小生产势力，这使苏维埃政权陷入前资本主义的力量的“包围”之中，社会主义“被资本主义前的关系的层层密网缠绕着”③。所以，他称当时俄罗斯为“野蛮的俄罗斯”，认为“为了促使野蛮的俄罗斯”尽快实现现代发展，就必须“更快地仿效西方主义”，甚至为此而“不拒绝使用野蛮的斗争手段”④。基于这一观察，列宁果断地推进了新经济政策的试验，并且取得了公认的具有重要历史价值的成就。这可以说是马克思主义现代发展理论的第二次开拓。

列宁关于现代发展的思考有一个突出特点，即提出了社会主义国家政权建立后落后的俄罗斯如何实现现代发展的问题。但列宁的基本思路是“利用资本主义”以建设社会主义的大工业物质基础，是用资本主义的“砖头”来构建社会主义的“大厦”。这里就存在着一个逻辑上的难点，即在列宁的思路中，现代发展的“砖头”从总体上说还是资本主义的，只是可以为社会主义所利用，因而现代发展和社会主义的联系是策略层面上的一种“利用”，是具体手段层面上的一种联系，不存在必然的逻辑关联。这带来两个后果，一是一旦经济状况好转，就使现代发展问题立即从理论视野中淡出，甚至被插上资本主义标签而遭放逐，在实践上则导致对现代发展方针的放弃，如后来的苏联所做的那样，不是用现代方式而是用落后国家特有的传统国家手段，让人民勒紧裤带和剥夺农民的工业化，并酿就了后来发生的“俄国灾难”，但一度却以此作为社会主义模式的“定尊”。第二个后果是当现代发展问题一提到议事日程，就面对姓“资”姓“社”问题争论的困扰。美国历史学家莫里斯·迈斯纳在80年代出版的《毛泽东的中国和后毛泽东的中国》一书中讲：“在改革派（指中国在三中全会后坚持改革开放的人——引者按）看来，由于资本主义在现代中国历史上的失败，社会主义时期依然存在着前资本主义社会经济生活方式和行为方式，从而使‘封建主义的残余’而不是资本主义成为中国现代经济的发展、因而也是真正的社会主义发展的最大障碍。因此，‘客观经济规律’要求一定程度上的资本主义。至于他们所提倡的资本主义手段与他们所追求的社会主义目的是否一致这个问题，改革派在多数情况下却缄口

① 《论粮食税》，《列宁选集》第4卷，第513页。

② 《列宁全集》第36卷，第610页。

③ 《列宁选集》第2卷，第801页。

④ 《列宁选集》第4卷，第509页。

默言，否则，他们就很可能会陷入窘境。”接着他预言：“在一个至今依然以社会主义国家自居的国家的经济生活里，随着资本主义的方式和实践日益突出显眼，上述问题就会像一个幽灵一样越发困扰着后毛泽东时代。”①迈斯纳“预言”后来还真有点“应验”的迹象，尽管迈斯纳自己事实上更极端地运用着一个同样的逻辑：现代化就是“西方化”，就是“资本主义化”。

面对当今时代，必须解决现代发展和社会主义的逻辑联系问题，必须明确现代发展是社会主义的题中应有之义，而不仅仅是资本主义的专利。这是一个历史性的理论课题。尤其是中国这样落后的农业大国在取得社会主义革命胜利后，现代发展成为国家存亡、民族存亡、社会主义制度存亡的关键，这个理论课题的解决就显得特别紧迫。这个历史性课题的解决正是马克思主义现代发展理论第三次开拓的一个关键点。谁抓住了这个关键点，谁就能开拓出马克思主义在世纪发展中的一个新境界。历史期待着这第三次开拓，中国期待着这第三次开拓，期待着这次开拓的第一声号角。

二、现代发展理论开拓在三中全会主题报告中的破题

早在60年代初国民经济调整期间，特别是邓小平主持国务院工作在全国实行治理整顿期间，邓小平为中国现代化事业的发展思路的开拓，为马克思主义现代发展理论的开拓作了许多理论准备和实践准备。但由于历史的原因，这些理论准备和实践准备的过程却一再被打断。而真正开始中国现代化发展思路开拓的，是党的十一届三中全会。与之紧密联系、标志着马克思主义现代发展理论真正实行第三次开拓的，是邓小平关于三中全会的主题报告。这个报告吹响了马克思主义现代发展理论第三次开拓的第一声号角。因为正是在这个报告中，宣告了现代发展和社会主义逻辑断裂的理论终结；宣告了社会主义的根本任务（“最大的政治”）是发展生产力，在中国即为实现现代发展；宣告了现代发展和社会主义在现实实践中的联结，即社会主义体制改革的开始；宣告了中国的改革是要把权力“下放”到企业和生产队，实现“经济民主”，允许一部分人先富起来，因而，事实上经济体制改革是以市场经济为取向。可以说，其后中国改革开放二十年的实践对马克思主义现代发展理论的各主要领域的开拓，在十一届三中全会的主题报告中都破了题。

① 莫里斯·迈斯纳：《毛泽东的中国及后毛泽东的中国》，四川人民出版社1990年版，第576页。

其一，报告明确宣布，“解放思想是当前的一个重大政治问题”[①]。而解放思想，打破“两个凡是”的禁锢，当然有解决历史遗留问题的目的，但最根本的目的是要突破此前社会主义理论中关于社会主义和现代化关系的传统理论框架，确定实现中国现代化的新的思路。十一届三中全会需要解决的问题很多，如胡耀邦同志当时所说，“事如山积”。但归纳起来最主要的是两项，一是历史遗留问题的解决，二是“向前看”，即中国社会主义现代化思路的开拓。两者相比较，最根本的是后者。邓小平同志报告的第三部分标题就是“处理遗留问题为的是向前看”[②]。正是从当时的历史条件出发，报告指出“解放思想，开动脑筋，实事求是，团结一致向前看，首先是解放思想。只有思想解放了，我们才能正确地以马列主义、毛泽东思想为指导，解决过去遗留的问题，解决新出现的一系列问题，正确地改革同生产力迅速发展不相适应的生产关系和上层建筑，根据我国的实际情况，确定实现四个现代化的具体道路、方针、方法和措施”[③]。

但是，在中国现代化事业的发展中，此前的理论导向一直框定在列宁和毛泽东的思维框架之中，所以按“财产—阶级关系”观察现代化问题而引发的“姓资姓社”问题始终是束缚现代化发展的绳索。在三中全会所要解决的实行改革开放促进中国现代化事业发展这一根本问题上，邓小平郑重指出：“一个党，一个国家，一个民族，如果一切从本本出发，思想僵化，迷信盛行，那它就不能前进，它的生机就停止了，就要亡党亡国。这是毛泽东同志在整风运动中反复讲过的。只有解放思想，坚持实事求是，一切从实际出发，理论联系实际，我们的社会主义现代化建设才能顺利进行，我们党的马列主义、毛泽东思想的理论才能顺利发展。从这个意义上说，关于真理标准问题的争论，的确是个思想路线问题，是个政治问题，是个关系到党和国家的前途和命运的问题。”[④]这就宣告了中国共产党人在中国社会主义现代化的问题上，将依据革命导师们提倡的思想路线，突破前人的理论陈规，在马克思主义现代发展的理论上开辟出一个新境界。这一宣告最根本的涵义，就是在中国现代化的问题上将突破“姓资姓社”的思维模式，从而为解决列宁留下的难题破了题。

其二，报告郑重宣告“把全党工作的重心转到实现四个现代化上来”，这是一项“根本指导方针”，是“今后最主要的政治”[⑤]。而在此前党和国家的工作重心是“两个阶级、两条道路、两条路线的斗争”，全部工作的“纲”是阶级斗争。在前

①③《邓小平文选》第 2 卷，第 141 页。
② 《邓小平文选》第 2 卷，第 147 页。
④⑤《邓小平文选》第 2 卷，第 143 页。

文已经指出，从世纪末以来的社会主义理论其观察问题的基本框架是“财产—阶级关系”模式，在列宁和毛泽东那里，观察现代化发展的框架同样运用这一模式。因而在关于什么是社会主义和如何搞社会主义的问题上，核心的内容始终是解决“财产—阶级关系”，是阶级斗争、革命和战争；在社会主义的核心日程上，没有现代化发展的地位，即使提及也只是服从阶级斗争需要的一种手段，一种对“资本主义的砖头”的利用。而邓小平在这一报告中，石破天惊地宣告，今后最主要的政治就是实现四个现代化，就是发展生产力。这就为社会主义和现代化发展的逻辑联系在根本上破了题。此前毛泽东也讲过把工作重点放到经济建设上来，但这只是一种策略性的安排，根本目的乃在于服务于生产关系的改变和新阶级关系的巩固。而邓小平则明确宣布关键是看“实行了先进的管理方法没有，技术革新进行得怎么样，劳动生产率提高了多少，利润增长了多少，劳动者的个人收入和集体福利增加了多少。各条战线的各级党委的领导，也都要用类似这样的标准来衡量。这就是今后主要的政治。”①这就宣告了对生产力发展的重视是为了满足人民的物质和文化生活的需要，为了人民的“最大利益”，而不是任何“空头政治”。这一宣告，表明为解决什么是社会主义、怎样搞社会主义，为明确社会主义的根本任务是解放和发展生产力的命题而破了题。

其三，报告郑重宣告，坚持解放思想，实事求是，就是要“正确地改革同生产力迅速发展不相适应的生产关系和上层建筑”，以保证实现四个现代化。“我们过去没有及时提出改革。但是如果现在再不实行改革，我们的现代化事业和社会主义事业就会被葬送”。正是在这个意义上可以说，“实现四个现代化是一场深刻的伟大革命”②。把中国的现代化发展事业宣布为一场深刻而伟大的革命，无疑是意味着在中国，现代化发展和社会主义事业发展在本质取向上的逻辑统一性。而实现这一逻辑统一性的实践途径，就是改革，通过对社会主义原先体制的改革以适应现代化事业的发展要求。如果没有这一改革就意味着既葬送了中国的现代化发展也葬送了中国的社会主义。所以，报告在社会主义和现代发展逻辑统一的实践形式选择上，即明确体制改革的思路方面旗帜鲜明地破了题。

其四，报告在改革的基本取向方面，虽然没有明确提出改革的社会主义市场经济取向，但是，报告在关于当时所能展开的改革思路中，实际已经有市场经济取向的所有基本方面。报告中首先明确“我国的经济管理体制权力过分集中，应该有计划地大胆下放”，放权就“应该让地方和企业、生产队有更多的经营管理的

① 《邓小平文选》第2卷，第150页。

② 《邓小平文选》第2卷，第141—152页。

自主权”[①]。这种经营权从政府向企业的转移，显然是以市场经济为取向的改革的根本内涵。其次，报告强调“重视物质利益”原则的作用，在管理制度上要“特别注意加强责任制”，要学会“用经济方法管理经济”。这里所强调的种种管理规则，实际反映了市场经济运行机制的规则要求。同时，报告明确提出在经济政策上“允许一部分地区、一部分企业、一部分工人农民，由于辛勤努力成绩大而收入先多一些，生活先好起来”，这样，“就会使整个国民经济不断地波浪式地向前发展，使全国各族人民都能比较快地富裕起来”[②]。在这里，虽未明确表述为社会主义市场经济，但这一体制下国民经济的发展格局和收入分配格局已经露出基本轮廓。因而可以说，以社会主义市场经济为取向的改革的基本方面，在报告中都已破了题。其实，在当时邓小平同志的思想中，关于社会主义市场经济的改革思路已经成熟。据现在公布可见的材料，就在这一次报告的第二年即 1979 年，邓小平会见美国《不列颠百科全书》副主编吉布尼时就明确表示，社会主义也可以搞市场经济[③]。只是由于时代条件的限制，未明确和公开地表达，而其基本内容则在关于三中全会的报告中破了题。

三、破题后的继续开拓

邓小平《解放思想，实事求是，团结一致向前看》的报告，终于吹响了马克思主义现代发展理论第三次开拓的号角。其后邓小平同志在领导中国人民实行改革开放、推进社会主义现代化事业的伟大实践中，为这一开拓继续作出了光辉的理论努力。

第一，邓小平继续旗帜鲜明地坚持社会主义和现代发展的统一，明确宣布，“我们搞的现代化，是中国式的现代化”；“四个现代化前面有‘社会主义’四个字，叫‘社会主义’四个现代化”，在当代世界，“要求全世界所有国家都照搬美、英、法的模式是办不到的”[④]。邓小平的这些结论显然是以 20 世纪现代发展的新的事实和新的规律性为基础的，这个新的规律性，即当代的现代发展是取多种模式的，是可以在不同制度依托下实现的。在马克思、恩格斯所处的时代，现代发展就意味着以西欧工业化模式为典范的进程，非工业化国家的现代发展道路事实

① 《邓小平文选》第 2 卷，第 145—146 页。
② 《邓小平文选》第 2 卷，第 152 页。
③ 参见《文汇报》1992 年 4 月 15 日龚育之的文章《解放思想，解放生产力》。
④ 参见《邓小平文选》第 3 卷，第 29、139 页。

上就意味着“西方化”、“欧洲化”，这是一种原发型的现代发展类型。20 世纪的现代发展所走的是和这种原发型完全不同的多种模式的道路。西方社会学的一些学者比如帕森斯认为非工业化国家必须引进和输入“异质”的西方文明，并把它转化成自身的文明要素，才能实现现代发展，这种“他化”的过程，在 19 世纪表现为“英国化”，在 20 世纪意味着“美国化”，他们据此提出了“现代化＝西方化＝美国化”的公式。这种公式对于 20 世纪的现代发展进程来说是极为武断的。这实际上是一种新的历史定命论，或者说实际上是一种意识形态上的霸权主义。即如英国学者阿布拉姆斯批评帕森斯说：“他把美国视为特殊的现代化的体现者，视之为其他国家都要越来越趋近于它的领导国家，这种观点的依据是他的一个先入为主的理论信念……而不是根据在美国实际发生过的变化的趋向所作的历史论证，更没有提出任何事实根据，来证明现代化的效益优势只能通过它归之为美国特有的那种结构和文化特性才能实现。在作这种论证时，帕森斯岂不正是堕入了最坏的那种反历史的历史命定论了吗？”①正是基于对 20 世纪世界生活新特点的科学把握，邓小平指出：“要求全世界所有国家都照搬美、英、法的模式是办不到的。世界上那么多伊斯兰国家就根本不可能实行美国的所谓民主制度，穆斯林人口占了世界人口的五分之一。中华人民共和国不会向美国学习资本主义制度，中国人口也占了世界人口的五分之一。还有非洲，非洲统一组织的强烈的普遍的呼声就是要求别国不要干涉他们的内政。这是世界局势的一个大背景。”②在这个新的世界大背景下，原发型现代发展类型的特点已成过去，现代发展和资本主义的、和“西方化”的命定式的联系已被否定，因而，毫无疑义必须走“中国式的现代化”之路，建设“具有中国特色的社会主义现代化”，这是邓小平对在 20 世纪发展背景下形成的马克思主义现代发展理论的一个重要开拓。

第二，邓小平明确地把现代发展范畴和“财产—阶级关系”方面的范畴、具意识形态对立含义的各种社会范畴区分开来，澄清了现代发展问题上意识形态争论的迷雾，还其超越意识形态对立的本来面目，从而为现代发展和社会主义的联系消除了主要的、也是最坚固的障碍。如果说对现代发展和“西方化”的命定式关联的否定是建立在对 20 世纪经验事实作归纳的基础上的话，明确区分现代发展范畴和具意识形态对立含义的诸社会范畴之间的不同，则在更基本的层次上铺设了社会主义和现代发展之间的通道。确实，在马克思和其他共产主义理论家著作的描述里，社会主义社会中没有商品，没有货币，没有市场经济，因而与此

① 转引自刘钰、周毅之著：《走出低谷之路》，南京出版杜 1994 年版，第 40 页。

② 参见《邓小平文选》第 3 卷，359—360 页。

相联系的一切社会体制和社会运行规则都不存在，比如具有强制意义的服从分工、承认事实上不平等的权利平等、包含个人利益机制的责任制管理、技术专家在生产活动中的特殊地位、由于对资本的经营活动而引起的收入等等。这一切因为曾经在资本主义社会制度下存在而被视为社会主义的意识形态对立物。然而这一切正是现代发展的重要内涵，尤其是科学技术基础的工业化和商品货币关系高度发达的市场化，正是现代发展的两根最重要的支柱，舍弃了这两根支柱中的任何一根，都意味着舍弃相关的另外一根。事实证明，试图舍弃市场化而追求高于资本主义社会已经达到的工业化，等于是采用传统社会中的国家力量的手段，通过剥夺农民，建立一个很少实惠的工业化“空中楼阁”。所以，要工业化，就必须要市场化，现代发展是一个具有独立的和完整的规定性的整体性范畴，不能任意肢解。但由于市场化问题长时间里一直笼罩在意识形态对立的迷雾中，所以，现代发展也就难以显示其作为独立社会范畴的面目。

针对上述问题，当一些人仍然书生气十足地为市场经济姓“资”姓“社”而争论不休的时候，邓小平以马克思主义者的特有勇气，作出了一个石破天惊式的论断：“计划多一点还是市场多一点，不是社会主义与资本主义的本质区别。计划经济不等于社会主义，资本主义也有计划；市场经济不等于资本主义，社会主义也有市场。”[①]这个理论阀门一打开，就把长期以来云障雾绕的社会主义和市场经济的联系沟通了。以此来观察中国的现代发展，就不难理解改革开放的各种举措的合理性。与这种论证模式相通，还有经济特区不等于资本主义，社会主义也可以有自己的经济特区；证券、股市不等于资本主义，社会主义也有自己的证券股市；现代经济和管理制度与方法不等于资本主义，同样也属于社会主义；高新技术不专属于资本主义，社会主义也应该有高新技术；贫穷不等于社会主义，富裕起来不等于就是搞了资本主义。如此等等，归结到一点，就是现代发展不专属于资本主义，同样也属于社会主义，而且社会主义应该有更高更优越的现代发展。这种不专属于资本主义、同样也应该属于社会主义的现代工业文明的发展，是一个有着自身独立规定性的社会范畴。这一范畴的核心层是现代工业化的生产力，同时也包括以生产力为核心的外缘层的各种社会规范、行为规则、体制模式乃至生活方式和思维方式等等。毫不奇怪，这一范畴在外缘层上和以生产关系为核心的社会经济制度的外缘层有时有交叉重叠（如现代管理呈现的二重性指明它既承担着生产协调和效率实现的职能，又承担某些基本经济制度所要求的职能，泰罗制即为其典型），但这并不排斥现代发展作为独立的社会范畴的存在。

---

① 《邓小平文选》第3卷，第373页。

第三,邓小平以严肃的实事求是的科学态度,宣布了两个重要结论,一是以阶级斗争为中心的时代已成为过去,二是当代世界以"和平与发展"的主题取代了"战争和革命"的主题。这实际上指明,社会历史运动已从明显变动的革命时期进入经常性发展时期。这一准确论断,使中国共产党人和中国人民在思想上获得一次大解放,即从革命时期以"财产—阶级关系"模式为意识中心的思维定势中解放出来,转向社会经常性发展时期以建设、发展为意识中心的思维方式,从而保证了现代发展在社会主义制度条件下的全部社会生活中的政策优先性。

在全部社会发展过程中,非常态的也是相对短暂的变革性时期和经常性的发展时期是交替出现的。在非常态的变革时期,社会的运动规则常常表现出阶级政治关系、财产经济关系的变动走在生产力发展的前面,人们对于"财产—阶级关系"的优先关注及其在各种社会力量的政策中的优先地位,是人们的思维对于社会运行状态的一种适应性表现。但是,在社会的经常性发展时期,生产力的发展、社会文明的进步则处于优先地位,生产关系、政治关系更多地表现为适应的性质、有时甚至表现出滞后的状态。在这种时期,客观上要求人们思维中对发展作出优先选择。尤其在中国这样一个落后的农业大国,在取得新民主主义革命和社会主义革命的相继胜利之后,现代发展更应是社会主义本身的题中应有之义。所以,党的十五大报告指出,邓小平理论"开创了马克思主义理论的新境界",也就是说邓小平的理论实际开启了人们整个思维方式转换的契机,从而改变了人们在社会非常态变革时期形成的观察模式并大大拓宽了观察视野,使人们进入了一个崭新的理论境界。

上述三个方面的开拓,可以大体简略地表述为三个区分:原发型现代发展和20世纪现代发展潮流的区分;以生产力为核心层延及社会体制、社会运作方式、生活方式和观念、人口素质等外缘层的现代发展范畴,和以生产关系为核心层的社会制度范畴的区分;经常性发展时期的社会运行规则和非常态变革时期社会运行规则的区分。由于这三个区分,邓小平开拓了马克思现代发展理论第三阶段,从而建立起现代发展所必然要求的社会主义体制改革理论,建立起适应20世纪现代发展的全球性趋势的开放理论,形成了具有中国特色的现代发展战略和一系列重要方针,并在中国社会主义现代化事业中结出了丰硕的实践成果。而这一切重要开拓的第一声号角就是邓小平关于十一届三中全会的主题报告。当我们今天正把中国社会主义现代化事业全面推向新世纪的时候,这第一声号角仍然显现出激动人心的巨大理论力量。

(原载《学术月刊》1998年第12期)

对历史的负责任的选择

——中国社会主义市场经济的历史特殊性

邓小平提出中国社会主义市场经济的思想，是对中国、对中国人民、因而也是对历史的负责任的选择。这一选择产生了在当时中国这个特定历史环境中的市场经济的特殊历史个性，以及由于这一特殊个性而发生的各种特殊运行规则的复杂性。只有把握历史的辩证法，才能解开社会主义市场经济中的种种悖论之谜，解决市场经济与人的社会关系物化的难题。历史辩证法不是神秘的外在定则，而是种种具体性、特殊性和复杂性中所展开的活生生的创造。

历史是具体的。正因为是具体的，所以它常常走着曲折回环的道路，生成各种时空条件下异彩纷呈、鲜活丰美的特殊个性。对于固守灰色的逻辑定则的人来说，中国社会主义市场经济也许是一个充满悖论而不可理解的"怪物"。但是邓小平提出中国社会主义市场经济的思想，却是对中国、中国人民，因而也是对历史的负责任的选择。毫不讳言，市场经济的存在不是永恒的历史命题，在共产党人的未来理想社会中，市场经济所特有的人对外在经济关系被迫服从的特性将不复存在，但对于现时代、对于发展已成为存亡之关键的中国来说，却是不容置疑的选择。邓小平是在中国经历了长期的艰难跋涉，付出了沉重代价之后，清醒地选择了市场经济，同时努力把市场经济和具有未来理想社会"起点"含义的社会主义联系起来，这无疑是一个创造。也正因为是创造，所以就产生了中国社会主义市场经济的特殊历史个性，以及由于这一特殊个性而发生的各种特殊运行规则的复杂性。如果说历史辩证法不是什么神秘的外在定则，那么我们正是在这种特殊性和复杂性中看到了活生生的创造。

一、中国社会主义市场经济的历史定位

历史唯物主义的理论指明人类社会的历史是一个有规律的过程，并在社会生产关系变迁的视角下描述了五种社会经济形态的大体演变线索，同时又在人的发展、社会分工和生产工具为代表的生产力进步视角下描述了三大社会形态的演变线索。但是，马克思从来不认为这种描述是某种命定式的形而上的历史日程安排。马克思认为，谁作如此看法，谁就是带给他一种过多的和莫名其妙的“殊荣”，同时也是一种令他无法忍受的事实上的“侮辱”。在这一哲学立场上，邓小平和马克思是一脉相承的。关于社会主义市场经济的特殊历史含义，也只有在这一特殊的哲学立场上，才能真正阐述清楚，才能对其作出特殊含义上的历史定位。

（一）社会主义起点意义上的经济形式

本世纪社会主义运动的历史提出了一个十分严峻的问题：经济文化落后国家在取得共产党领导的社会主义革命胜利后，现代意义上的发展为何发生由盛而衰的逆转？这些国家在革命后初期，经济都有一个较好的发展时期，比如苏联在20年代末到30年代初的工业化运动，中国50年代的“一五”计划的成功。然而，继此而后就渐渐转向假性繁荣，增长停滞和缓慢衰退，许多国家在接连受挫之后，终致放弃了初期“高歌猛进式”的成功呢？原因在于，这种“高歌猛进式”的成功主要靠两点支撑：一是人民群众在社会主义革命后产生的“迸发”式的“解放感”和“迸发”式的政治热情；二是革命战争时期形成并达到高度完善的政治动员、政治组织和政治调控制度，这是一种具有军事化、准军事化特征，以纵向行政指令为核心的组织系统，这一系统进入社会经济生活被视为“社会主义的计划经济”。这两根支柱在革命后初期可以保证有效集中全国的人力资源和财力、物力资源，保障行政的既定目标的实现。然而，这两根支柱在现阶段社会的经常性发展时期是无法长时间完全仰赖的。

西方制度学派经济学家哈罗德·德姆塞茨有过一段分析：“设计一种经济体制必须从现有的实际状况出发，即现在人们的思想状态是什么，而不是从一个理想的状态出发。人们有什么样的思想就有什么样的行动。有时候人们是非常高尚的，为别人着想，特别是在自己的家庭成员中，人们是很照顾他人的，但人们不能以这样的基础来建构经济体制。因为经济体制所要处理的是每时每日在进行的经济活动和经济管理，它所处理的问题并不是在国家处于紧急状态的时候，打交道的对象也不是家庭成员而是生活中的人。”[1]显然，德姆塞茨的分析中隐含着一个形而上的设定：人的自利心是永恒的。但是，如果撇开这一永恒性的设定，而仅从现实状况的分析出发，则无法回避这一命题：现阶段的体制设计还不得不承认“经济人”假设仍然具有基础性的工具意义。承认这一命题，就得承认市场经济为主要特征的经济形式选择是不可避免的选择。这是由生产力发展水平所决定的，因为在现有生产力发展水平上，劳动依然主要是谋生的手段。

“经济人”假设不是马克思描述社会主义制度的逻辑构成物，而恰恰是批判和否定的对象。然而当生产力的现有发展水平还没有提供彻底否定这一逻辑构成物的条件的时候，我们就应该放弃社会主义的选择吗？显然这正是庸俗的经济决定论者、形而上学的历史宿命论者所要做的。邓小平没有让这一理论上的难题捆住自己的手脚。他提出了两个著名论点，一是现阶段的社会主义还“不够格”，二是现在我国仍然处于社会主义初级阶段。两个论点的一个共同原则，是现阶段中国必须坚持社会主义的制度选择。社会主义还“不够格”的论点指明了中国社会主义处于成长之中，还未发育成熟；社会主义初级阶段的论点指明社会主义发育的现阶段，就是在社会主义的制度框架中发展工业化、市场化和民主化的阶段，完成社会文明的现代发展过程。当这个文明基础还没有造就之前，社会主义就必定是“不够格”的。

显然我们还仅仅是站在社会主义的起点上。当我们讲我们坚持着社会主义的时候，同时应该清楚这一社会主义还处于发育之中，现在还“不够格”。而当我们讲现阶段发展生产的商品化、促进市场经济成长的时候，同时应该清楚这是社会主义制度框架中的市场经济。然而，社会主义制度框架中的市场经济是可能的吗？

这是一个经学式的提问。问题的正确提法应该是：在现阶段的中国，只要不是准备重复资本主义市场经济近两三个世纪来的苦难历程（20 世纪的世界环境事实上已不允许这样的重复），就只能在社会主义制度框架中发展市场经济。马克思和恩格斯一生都反对社会主义运动中提出任何“强制性的信仰象征”[2]。他们认为：“共产主义对我们来说不是应当确立的状况，不是现实应当与之相适应的理想。我们所称为共产主义的是那种消灭现存状况的现实的运动。”[3]只要不是将自己禁锢于某种“象征”体系之中，只要放弃那种“非此即彼”的形而上学的

---

① 李兴耕，《当代国外经济学家论市场经济》，中共中央党校出版社，1994 年版。
② 《马克思恩格斯选集》第 3 卷，人民出版社，1995 年版。
③ 《马克思恩格斯选集》第 1 卷，人民出版社，1995 年版。

逻辑习惯，甚至可以看到，即使在当代发达资本主义国家中，那些对市场目标实行矫枉的社会主义目标的成长，超越权利平等的某些社会权利法案的出现，“绿色运动”、反种族歧视等新社会运动中超越市场规则的进步要求，如此等等，也应该看作是当代社会主义运动的一个构成部分、社会主义因素的一种成长，因而同时也是社会主义因素对市场经济的一种渗入，一种来自主体自觉意义上的导引。而何况在中国，在这样一个有近一个世纪为争取和维护社会主义而努力的国度里，社会主义的制度原则完全应该而且能够导入市场经济之中，使市场经济成为社会主义经济的构成形式，以实现社会主义中国的现代发展进程，创造社会主义的现代文明。正是在这个意义上说，社会主义市场经济是社会主义起点意义上的经济形式。而尤其要指出的是，这一经济形式是中国这样一个特殊国度里不可避免地出现的经济形式。

(二) 与资本主义经济关系发生分离的市场经济

毋庸讳言，在马克思那里，市场经济关系和以现代私有制为核心内容的资本主义经济关系几乎是同义语。马克思关于资本主义基本矛盾的阐述和对资本主义经济关系的批判，实际上也就是通过对市场经济逻辑的分析和批判来实现的；同时也正是在对市场经济中的物化关系的否定而获得人的全面自由发展，人的自由自觉的生存方式的结论，即关于社会主义的结论。在列宁那里，这一学理逻辑基本没有改变。列宁在革命后的新经济政策时期力主苏维埃俄国发展商品货币关系，但并不认为这种关系是社会主义的可能构成物，而只是用资本主义的“砖头”来构筑社会主义的“大厦”①。这一理论为后来苏联工业化实践中对商品货币关系的否定留了通道。

但是，20世纪世界经济生活的事实表明，市场经济的逻辑和资本主义经济关系的逻辑是相互区别、并非本质同一的。市场经济的产生，是生产力发展到机器时代，分工摆脱自然规则而寻找新的规则时出现的。这个取代自然分工规则的新的规则是社会分工规则，是通过等量劳动相交换为机制的分工，是“交易”中的分工。正是这种交易中的分工和分工的交易，完成对资源尤其是稀缺资源的配置，以及在价值意义上的优化配置。所以，市场经济的逻辑在更基本的层次上更接近于生产力的范畴。毫无疑义，交易过程以个别的和清晰的产权关系为前提，而且在本世纪之前，这种个别的清晰的产权关系直接就是资本主义私有制关系。但是，从20世纪经济生活事实看，这种清晰的和个别的产权关系可以是资本主义私有制关系，但不绝对就是资本主义私有制关系。不能不承认法国“左

---

① 周毅之，《论马克思主义现代发展理论的第三次开拓》，《南京社会科学》1998年第2期。

翼”经济学家勃拉尔顿所描述的这样的事实:“市场经济是资本主义制度的动力,但是它不等于资本主义制度,它的逻辑与资本主义的逻辑是极其不同的。自由企业制度即企业家在生产和交换方面自由决策的制度可以应用于具有各种不同法律地位的企业,这些企业可以是私有企业、合作企业、共同所有企业、混合企业,也可以是国有企业。核心问题不是法律地位问题,而是企业家是否能自由决策并对决策负责。市场经济证明,只要企业家有决策的自由并对决策负责,它都能有效地发挥作用。对市场经济来说,生产资料在法律上的归属问题没有什么意义。相反,资本主义却把生产资料私有权以外的任何所有权都看作是追求最大物质利益的障碍。此外,市场经济追求的目标不仅仅是利润,重要的是追求经济发展提高实际生产率,因而提高居民的实际收入。相反,资本主义追求的只是企业利润。”①在这位西方“左翼”经济学家的价值理念中,只要引入“全体当事人协商与决策”和“经济进步和社会进步最大化”目标,就能够使“资本主义逻辑消失”。关于这一理念的社会实践价值也许还很难说有把握,但我们必须承认,这里所说的私有企业、合作企业、共同所有企业、混合企业、国有企业,以及其他各种企业,都可以作为个别的和清晰的产权主体进入市场交易,并不因生产资料在法律上的归属问题而造成交易上的逻辑障碍。这是 20 世纪经济生活中的事实。

把市场经济逻辑表述为与所有制关系逻辑相分离的一般性逻辑,这是西方庸俗经济学的一大特点。当代西方经济学的对象论也是建立在这一基础上的,因而经济资源的优化配置问题则成为经济学对象的中心课题。比如最具代表性的萨缪尔森的表述:“经济学研究人和社会如何做出最终抉择。在使用或不使用货币的情况下,使用可以有其他用途的稀缺的生产性资源来为现在或将来生产各种商品,并把商品分配给社会的各个成员或集团以供消费之用。它分析改善资源配置形式所需的代价和可能得到的利益。”②毫无疑义,当代西方经济学的对象论把资源优化配置确定为中心课题,从而在经济学对象中完全排斥了资本主义生产关系的内容、社会各阶级相互间经济利益关系的内容,这是从欧洲古典经济学,尤其是从大卫·李嘉图的一种倒退,并且实际上有意无意地隐含着一种意识形态目的。但是,必须承认,当代西方经济学关于以市场为基础手段实行资源优化配置的研究,取得许多合理的和具有重要科研价值的成果。这些成果表明,市场经济本身确有独立的运作规则,而这些运作规则的运行不仰赖生产资料在法律上的归属。这一认识也许在萨伊和穆勒那里能找到影子,但是在萨伊和穆

① 李兴耕,《当代国外经济学家论市场经济》,中共中央党校出版社,1994 年版。

② 萨缪尔森,《经济学》,商务印书馆,1982 年版。

勒那里意识形态特征特别鲜明，表现出一种刻意逃避资本主义特殊经济法则的意图，而较少表现出市场经济逻辑和资本主义经济关系逻辑的可分离的合理分析。这是因为在他们的经济生活中，市场经济的动力机制和资本主义经济关系的动力机制还是混然一体的，企业个别决策和私有财产目标追求是合一的，因而作为市场经济的一般经济法则和资本主义特殊经济法则还难以作合理区分。而当自由资本主义时代渐渐成为过去，卡特尔、托拉斯组织的形成，金融资本和工业资本的融合，私营企业中的“计划部门”和公共经济中的“政府部门”的迅速成长，经营权和所有权的分离渐渐成为新的体制特征，从而不同产权归属的自由企业的决策功能和财产法定归属的所有者的决策功能发生了分离，使经济生活中市场经济的作用机制和资本主义经济关系的作用机制发生了分离，市场经济运行的独立性规则由此以与资本主义经济关系规则相区别的面目而显现出来。这一新特点表明，从市场经济自身的发育来说，已经从与资本主义经济关系混然一体向与资本主义经济关系发生功能分离的方向迈出了一步。所以从 19 世纪末至今，如果说资本主义在自身发展上迈进了一个新的阶段，那么市场经济在发育上同样也迈进了一个新的阶段。当代西方经济学正是在这个发展了的经济生活事实的基础上，对市场经济一般规律作出了自己的描述，对经济资源的优化配置作出了自己的说明，从而在发展了的事实基础上获得了具有合理性的成果。如果说当代西方经济学并没有真正超脱意识形态框架，而实际仍然执行对于资本主义经济关系的维护功能的话，那就是企图动用这些合理成果为资产阶级政府经济决策提供政策哲学，或者在学理上论证资本主义经济关系的永恒合理性。拨去这些意识形态的阴云，当代西方经济学所提供的则是关于当代市场经济新特点的某种合理性描述。

如果说上世纪初欧洲古典经济学理论为马克思主义的形成提供了必要的思想材料，那么现在也可以这样说，当代西方经济学的合理成果为中国社会主义市场经济理论提供了不少可供借鉴的理论思路。邓小平密切关注发展了的不同于 19 世纪的世界经济事实，在对市场经济新特点作出新概括的基础上，明确提出了市场经济是经济手段的结论。他说：“计划多一点还是市场多一点，不是社会主义与资本主义的本质区别。计划经济不等于社会主义，资本主义也有计划；市场经济不等于资本主义，社会主义也有市场。计划和市场都是经济手段。”[①]邓小平这里所表述的市场经济，显然是作为资源配置基础手段含义上的市场经济，是和资本主义经济关系实行明确的功能分离的市场经济，而不是 19 世纪或更早一

① 《邓小平文选》第 3 卷，人民出版社，1993 年版。

点的原发资本主义市场经济。正是这种市场经济，因为其自身运作规则的实现不再依托于资本主义经济关系，因而作为手段可以成为社会主义的构成物，进入社会主义的制度框架，形成具有中国特色的社会主义市场经济。也正是沿着这一社会主义的制度框架、理论思路，党的十四大明确提出了以市场经济为基础，实现经济资源优化配置的中心课题。随着这一中心课题的逐步解决，中国的社会主义将获得具有自身特点的现代文明。前文已经说过，我们还是在社会主义起点的意义上寻找合适的经济形式，那么已经超越了原发型资本主义市场经济的、在自身发育上已经显现出新的特点的市场经济，正是构成这一经济形式的基础内容。因为这样的市场经济作为资源配置的基础手段，能够与之相适应地导入社会主义的制度原则。所以，正是这种超越了原发型资本主义市场经济的现代市场经济，与社会主义制度原则获得了适应性兼容，从而构成中国这样的特殊国度里在社会主义起点意义上的经济形式，即社会主义市场经济。

二、社会主义市场经济中的悖论问题

历史辩证法从不允诺给人类提供完美无缺的“历史礼品”。邓小平以对中国负责任的严格科学的态度，提出了中国社会主义市场经济为现阶段经济形式选择的命题，并非认为市场经济就是永恒的历史命题，也并非认为市场经济就是价值上绝对完美的经济形式。他多次强调要合理强化政府对经济生活的调控能力，尤其是中央的调控能力，强调政府在维护经济稳定、控制人口增长、保护自然资源和生态环境、调节社会分配和组织社会保障等方面的功能；强调在允许一部分人先富起来的同时必须坚持共同富裕的目标，认为“社会主义的目的就是要全国人民共同富裕，不是两极分化。如果我们的政策导致两极分化，我们就失败了；如果产生了什么新的资产阶级，那我们就真是走了邪路了”[①]。所以，实现社会主义市场经济是一个具有重大历史进步意义的选择；同时又必须看到，发展社会主义市场经济的过程也是进步与代价相互较量的过程。社会主义市场经济仍然是市场经济，其自身固有的悖论问题仍将在新的制度环境中表现出来，并且带上各种新的特点。

（一）自由经济决策和普遍社会目标

当分工已经从自然分工转化为社会分工，交换经济成为生产的必要前提，对交换价值的追求就会大大扩张起来。因为市场交易为获利行为（按桑巴特定义，

① 《邓小平文选》第3卷，人民出版社，1993年版。

这里的“获利”和“需要的满足”是完全不同的范畴)得以实现的目标提供了可以无限加大的可能性,这种可能性就是交换价值的可以无限加大的积聚。这种积聚不仅否定了自然个人(包括家庭)需求满足的界限,而且不断产生经济当事人在决策中追求效益和成本最优比例的永无止境的冲动,同时也不断造就经济当事人之间的相互认可的永无止境的竞争。这种永无止境的竞争和永无止境的对交换价值的追求,是市场经济条件下自由企业决策的原发动力,因而也是市场经济运作的原发动力,也是当初原发型资本主义市场经济能够像呼唤魔鬼一样把生产力从地平线下呼唤出来的重要原因。舍去社会制度原因,我国现阶段只能选择市场经济机制,其必然性正植根于此,即如邓小平所说,概括起来一句话,为了解放和发展生产力,为了发展我们自己。

但是,对于整个社会来说,经济生活的稳定、健康、协调和持续发展是具有普遍价值的目标。“要想得到和各种不同的需要量相适应的产品量,就要付出各种不同的和一定量的社会总劳动量。这种按一定比例分配社会劳动的必要性,决不可能被社会生产的一定形式所取消,而可能改变的只是它的表现方式,这是不言而喻的。”①马克思这里所表述的社会劳动按比例分配和经济资源优化配置的观察视野大体是一致的,即对普遍性社会目标的确认。这种普遍性社会目标的存在是人类生存和发展的必要条件,这是自然规律,而“自然规律是根本不能取消的”②。至此,问题便发生了,即市场经济条件下的自由企业决策和普遍社会目标如何才能统一。经济生活所提供的情况常常是,强调了前者的原发冲动力,就可能损害后者目标的实现,最后迫使后者所代表的自然规律以危机的形式对社会经济生活实现报复;或者是强调后者的目标规范性,就可能压抑前者的经济冲动力,导致增长乏力或衰退。这是一个既古老又新鲜的悖论。对于正实现着社会主义市场经济体制选择的中国人来说,这是一个曾经只在书本上读到,而现在则必须从头开始认真对待的难题。

为了给这一悖论双方寻找统一,亚当·斯密提出了人所共知的“看不见的手”的理论,即每个“经济人”都追求自己的利益,通常也不打算促进公共的利益,但是,他却受着“一只看不见手的指导,去尽力达到一个并非他本意想要达到的目的。……他追求自己的利益,往往使他能比在真正出于本意的情况下更有效地促进社会的利益”③。所以,“竞争愈自由、愈普遍,那事业就愈有利于社会”④。但正是这一著名的“看不见的手”打破了社会劳动分工的合理的“比例”,破坏了

①②《马克思恩格斯选集》第4卷,人民出版社,1995年版。

③④ 斯密,《国民财富的性质和原因的研究(上卷)》,商务印书馆,1972年版。

资源配置的应有平衡，制造了一次次危机，包括本世纪30年代的大危机。继之而起的“凯恩斯革命”，提出了另一个“看得见的手”的理论，主张通过国家干预，通过政府的财政政策和货币政策来刺激有效需求，消除失业，促进供求总量平衡。然而经过一段“起飞”之后，这只“看得见的手”又在西方制造出一个“滞胀”。“滞胀”使自由经济理论重新登台，出现了新保守主义的经济哲学，这是近20年来西方经济界的典型思路；但奇迹还是没有像原来预期的那样出现，倒是如萨缪尔森所言：“西方已进入了自己的秋季。”①这段人所共知的历史向人们证明了什么？这段市场经济的历史表明，自由企业决策和普遍社会目标之间的悖论，在西方世界并没有寻找到实现双方统一的逻辑途径。

同样人所共知的是马克思的观点：“资产阶级社会的症结正是在于，对生产自始就不存在有意识的社会调节。合理的东西和自然必需的东西都只是作为盲目起作用的平均数而实现。”②因而他让我们“设想有一个自由人联合体，他们用公共的生产资料进行劳动，并且自觉地把他们许多个人劳动力当作一个社会劳动力来使用。在那里，鲁滨逊的劳动的一切规定又重演了，不过不是在个人身上，而是在社会范围内重演”③。在这个“社会鲁滨逊”的联合体中，每个个人的决策直接体现出社会决策的特征，而任何社会的普遍目标直接就是每个自由人个体的个别目标。悖论消失了。但是，马克思又小心翼翼地指出：“这需要有一定的社会物质基础或一系列物质生存条件，而这些条件本身又是长期的、痛苦的历史发展的自然产物。”④显然，我国现阶段还不是马克思所描述的条件具备而有可能实现其设想的时候。

所以，我们必须强调坚持邓小平那种对待历史的唯物主义立场，冷静地正视现阶段经济生活中自由企业决策和普遍社会目标之间的悖论问题。回顾这20年来中国经济的进程，中国已经过几次波动。如果说90年代上半期之前的波动主要还是由于传统体制的行政干预过度所致，那么近期波动的原因在市场机制自身调节功能的固有障碍方面的表现渐渐突出。近年的有效需求振作乏力，失业人口比例上升和中央调控能力不足，地方政府干预热情过高等现象同时并存，因而使政府、投资者、消费者等等的决策陷于一系列的两难选择之中。这种两难状况将随着旧体制的消失和转入市场机制的单一轨道而趋于典型化，但也可能更深刻化。所以在社会主义初级阶段，我们不能凭主观意志漫无根据地否定它

① 威尔伯、詹姆森，《经济学的贫困》，北京经济学院出版社，1993年版。

② 《马克思恩格斯全集》第32卷，人民出版社，1974年版。

③④ 马克思，《资本论》第1卷，人民出版社，1975年版。

的存在，不切实际地用某种未来社会的理想原则（事实上这些原则在理解中大多被扭曲）来取代它的存在；同时，我们也不能宿命式地崇拜这一悖论，在它的存在面前丧失自己的历史主动性。至少可以这样认为，尽管资本主义在解决这一难题上积累了不少的经验，但是，社会主义凭藉自身的制度优势，将一定能做得更好。

（二）效率原则和公平原则

与自由企业决策和社会目标的悖论问题密切关联，还存在一个效率原则和公平原则的悖论问题。唯心论者把效率和公平看作是人类社会永恒的“二律背反”，这和人类历史及其向未来的发展事实相矛盾。但是，只要市场经济关系存在，效率原则和公平原则的悖论关系就必然存在，这应该说是一个事实。因为在商品最原初的本质内涵中，就包含着抽象劳动和具体劳动的对立，在其价值构成中则包含着社会必要劳动量和社会个别劳动量的对立。商品的市场交换，严格遵循着等量交换的原则，只按照商品的交换价值，即包含的社会必要劳动量相等价的原则进行，而丝毫不理会个别劳动者支付于商品之中的具体劳动量。这种经济关系最基本的原则就是权利平等，即形式上的平等，以及这一形式上的平等中所包含的事实上的不平等。效率原则和公平原则的悖论即由此产生。

在市场经济环境中，效率在纯经济学的角度上看，是指资源配置方式中的投入与产出的比例。这一比例，表现在微观层次上，是单个经济主体劳动消耗与成果之间的比例，而在宏观层次上则是全社会劳动耗费与成果之间的比例。这种纯经济学意义上的效率，投射到社会哲学的更高层次上，则是整个社会以及社会中的每个个体（或个体的联合）都尽可能地追求以最少的耗费来获得最优的成果。在市场经济条件下，实现这种最少消耗以获得最优成果的效率目标，基本的、也是最主要的手段是机会均等原则下的自由竞争。在这里，社会所追求的效率目标是市场创设的，谁无视这个目标，谁就被市场规则所淘汰；而实现这一效率目标的效率化手段，也是市场提供的，谁舍弃这种手段，谁就被市场取消其实现目标的可能性。市场经济下的效率原则，在这个意义上说也就是市场的原则。通过市场机制，可以获得资源配置的最优状态，最大限度地推动资源向生产效率高的产业部门和企业流动，为社会提供尽可能多的产品，最大限度地满足社会的需求。通过市场规则，可以创设整个社会的竞争氛围，既激励同时又强制性地要求每个社会成员开拓进取，为整个社会生活注入发展的活力。市场规则在具体经济生活中，创设了一整套自由与责任、活动与压力相联系的责任机制和约束机制，使经济运转具有内在动力、硬性制约和自我调节功能；而这种关系投射在整个社会生活中，则形成权利关系上的相互独立、自由、平等的主体，以及主体间的均等机会条件下的竞争和约束、自主选择和责任约束，赋予各个社会层面以自发的动力和自主的积极性。

但是，当效率原则关注着消耗与成果的最优比例，并通过权利平等前提下的自由竞争以实现这一最优比例的时候，公平原则则关注着这种权利平等和自由竞争状态下存在的事实上的不平等，关注着对这种事实上的不平等的制约与尽可能的消除。于是，公平与效率间的一切矛盾便由此产生了。

第一，社会资源宏观配置的最优化和防止各阶层收入过于悬殊的矛盾。在市场经济条件下，资源利用率的最大化，在决定性的意义上依靠资源配置中市场机制的发挥，依靠在权利平等原则前提下按照市场信号自由竞争而达到最优化。在这种市场机制作用下，事实上不平等的竞争者按平等的身份和权利进入市场竞争，因而在其结果状态上必然发生不同竞争者获利的差距。越是处于接近完全竞争的状态，这种获利差距就越大；反映在社会的宏观层面上，各阶层收入的差距就会迅速拉开并有扩大的趋势。这种趋势，和社会各阶层不能过于悬殊的公平要求便发生了矛盾。从历史的经验来看，凡是实现市场经济的国家，都无法回避这个矛盾的发生。在资本主义制度下，这种矛盾的必然结果就是各阶层的两极分化。

第二，独立的市场行为主体为追求效率所必需实行的激励机制和责任原则，与利益分配中的兼顾原则之间的矛盾。在市场体制下，追求利润最大化是企业行为的目标，最大限度地获得最大报酬则是个人努力的激励因素。与这种激励机制相关联的是市场行为主体对自己经济活动负责的责任原则。责任原则是实现效率最大化的保障。但是，由于激励机制和责任原则作用的发生，在市场经济规则下，就不承认任何与企业竞争获利和个人努力报酬相脱离的获利行为的发生，不承认任何不承担经济责任的经济收益的发生。但是，在现实社会生活中，却不可能没有与企业竞争获利、个人努力报酬不相一致的利益分配，不可能要求任何利益享有者都是相关的经济责任人。公平原则要求有对社会成员各方面的利益兼顾。于是，利益兼顾的要求和激励原则、责任原则的矛盾就不可避免。

第三，在社会价值观念的取向上，效率原则所鼓励起来的竞争精神、创新精神、冒险精神，与反对个人主义、拜金主义、提倡友爱精神的公平观念之间的矛盾。这种矛盾使许多研究市场经济问题的经济学家、社会学家、哲学家们深感棘手，难以排解。自由派经济学家对这一矛盾的分析虽有走极端的感觉，但却很透辟。比如，古尔德在《财富与贫困》一书中指出，市场经济体制取得成功的秘密，就在于把追求安全转变为追求冒险的能力。艾哈德在《来自竞争的繁荣》一书中则认为，市场经济秩序中如果排除了私人创业精神、深远的目光及责任心，甚至在个人无法表现这类优秀品德时，就会变得问题百出。他们认为，追求效率、敢于创新、甘愿冒险的事业精神给经济注入了活力；并进而认为，如果过多地提倡收入分配上的公平兼顾，搞过多的福利计划，过多地反对个人对自身利益的追求，就等于给人们买了一份“社会保险单”，使人们耽于“过分的安全感”而产生偷懒心理，并在社会生活中实际抬高了“贫穷”的价值，助长了人们对恩赐的追求，这不仅会降低社会的经济效率，而且会使社会道德沦丧。这些观点确实过于极端，但是这些观点所指出的市场经济条件下效率与公平的矛盾是客观存在的，而且只要市场经济仍然存在，这种矛盾就无法获得最终解决。

当然，效率原则和公平原则的悖论状态不是人类永恒的难题。在私有制出现以前的社会中，对社会财富增加的追求或者说关于效率的追求，不是通过个别人对财产占有的欲望推动的，不是通过不同成员间利益占有上的区别来激励的，而是通过全体成员的需要的满足来推动的，因而也常常是由个人的自我能力的实现来激励的。在这里，效率和公平在极低水平下实现了直接的合一。而在进入私有制社会后，这种效率与公平的直接合一被打碎，两者间的对立、冲突和寻求协调，成为历久不衰的社会课题，并在市场经济中发展到它的最精致的形式，即在权利平等下展开着的事实上的不平等。马克思认为，要最终消除这种状况，必须具备这样的条件，即社会物质财富充分涌流，以致“劳动已经不仅仅是谋生的手段，而且本身成了生活的第一需要”[①]，因而社会能够把“各尽所能，按需分配”写在自己的旗帜上。那时候权利平等的原则才会终结，代之以“每个人的自由发展是一切人的自由发展的条件”的原则，效率和公平在一个极高的水平上重新实现直接的合一。

显然，这种效率和公平的直接的合一在现阶段还不可能实现。邓小平以对待历史进程的真正唯物主义的态度清醒地看到这一点，因而实事求是地提出应该允许和鼓励一部分人先富起来的政策，因为在现阶段舍此便难以贯彻发展和效率的原则，而只能导致普遍的平均和普遍的贫穷。但是，邓小平在客观地、现实地提出这一政策构思的同时，又坚定不移地提出共同富裕的政策目标。承认公平原则与效率原则的悖论最终消失的历史阶段还没有到来，绝不意味着对现阶段寻找效率与公平协调关系的努力的否定。因为历史的总过程不是实现于“奇迹式”的断裂与变幻之中，而是实现于连续的具体历史环节的辩证否定之中。效率与公平问题的总解决，乃是实现于一个个具体的阶段性历史环节之中，实现于各个历史环节中的效率与公平矛盾的相对解决之中。这个观点给我们指明了

① 《马克思恩格斯全集》第19卷，人民出版社，1963年版。

解决公平与效率问题两个基本观点:一是现阶段效率与公平问题解决,必须从现阶段环境、历史条件出发,寻找两者在现阶段历史水平上实现统一与协调的基础和模式。这不仅是可能的,而且是必要的。而任何离开现阶段历史实际的关于公平和效率的议论,都不过是毫无用处的空谈。二是现阶段效率与公平问题的具体解决,是效率与公平问题的历史地最终解决中的一个具体环节,因而这一解决的方式是前进的,而不应是后退的,是指向历史本质所决定的未来的,而不是指向已经被否定的过去的。邓小平正是因为清醒地认识到这一点,所以自改革开放以来始终强调在发展社会主义市场经济的同时,一定要防止出现两极分化,坚持共同富裕的目标。他多次指出:"社会主义原则,第一是发展生产,第二是共同致富。"[①]在这里,前者讲的是效率问题,后者讲的是公平问题。他显示出充分的信心,相信社会主义将为寻找两者间的协调开拓出崭新的思路。

三、市场经济与人的社会关系物化问题

市场经济所固有的上述悖论现象在现阶段的存在表明,在我国社会主义初级阶段上,人还没有在物的关系中获得马克思所描述的未来社会中的那种完全的自由,物的关系对人的关系的制约还没有完全成为过去,甚至在商品经济关系刚刚启动的意义上说,这种取代人对共同体的依赖、对等级的依附而出现的人对物的依赖关系,还刚刚开始。这当然不是说我们准备再度重复西方社会在市场经济环境中出现的那种人的关系的"异化"、"物化",人与自然的对立和人与人的疏离的境况,而是说一开始启动市场经济机制的时候,就应该建立起对于人的社会关系物化倾向的批判意识和批判态势。

(一)人的社会关系物化的可能性

物化这一概念,马克思曾用来批判资本主义制度下人与物的关系的颠倒、物对人的奴役。但是,马克思清楚地区分了两种物化,因而深刻揭示了资本主义制度下人对人的奴役的实质。在工业生产中,人第一次占有他自己的和自然的力量,使自己对象化,为自己创造人的生活条件,这是一般意义上的物化,实际专指人的对象化。但是,在资本主义条件下,这种对象化的过程,同时又是把人贬低为一种创造财富的工具,使整个人类社会成为创造财富的机器,那种违反自己意志而无意识创造的生产力成为控制人的力量,这就是马克思所指的特殊意义上的物化。马克思对资本主义的科学批判指明这种物化的原因不在工业本身,而

① 《邓小平文选》第3卷,人民出版社,1993年版。

在资本主义生产关系，在于资本主义的私有制度和雇佣劳动制度。这里体现为物对人的统治、死劳动对活劳动的统治、产品对生产者的统治的实质，是资本家对工人的统治。“关键不在于物化，而在于异化，外化，外在化，在于巨大的物的权力不归工人所有，而归人格化的生产条件即资本所有，这种物的权力把社会劳动本身当作自身的一个要素而置于同自己相对立的地位。”①

马克思的批判思路指明了这样一个事实：如果用物化来描述物对人的支配、控制乃至统治的话，在资本主义制度下造成物化的原因是资本主义生产关系，是资本所有者对劳动者的奴役。那么，为什么在近、现代社会中，资本主义的人对人的奴役，何以采取物对人的奴役的形式，而不是其他形式？这必须从历史的近、现代化过程中来观察。在传统自然经济社会中，人对共同体的依赖、对等级关系的依附是基本的关系特征，所以出现在这一历史阶段中的人对人的统治关系，必然体现为“先赋性”的等级奴役关系，表现为拥有“先赋性”特权的等级对其他等级实行统治的形式。随着商品经济社会对自然经济社会的取代，“先赋性”的等级关系被平等的商品交换关系所打破，人对等级关系的依附转换成人对物的依赖。于是，在存在着人对人的统治制度条件下，等级的统治形式相应地就转换成物的统治形式，或者说是转换成商品、货币、资本对人的统治的形式，资产者对劳动者的统治表现为金钱对人的奴役。所以，如果说物化的根源在于资本主义生产关系，而采取物化的形式则是市场经济所提供的。因为商品交换原则所通行的是权利平等原则，而这一原则下则掩盖着事实上的不平等。正是这种事实上的不平等使一部分人可以利用物的“特权”，以权利平等的名义实行对另一部分人的统治，于是人对人的统治便表现为人与人的平等和物对人的统治。

在我国，由于社会主义制度的建立，从根本制度方面说已经否定了人对人的奴役，建立起根本利益一致基础上的人与人之间的新型平等关系。但是，由于我国仍然处于特定的社会主义初级阶段，社会主义制度原则的发育还处于起步阶段，因而在根本利益一致基础上的人与人之间，仍然存在着具体利益的差别和具体利益上的矛盾；也正因为如此，才不可能完全实现马克思所描述的未来社会中个别利益与社会整体利益的直接合一，而只能选择市场经济的经济形式，仍然需要通行权利平等的原则。这种权利平等原则的通行和事实上的利益差别（不平等，当然已不是根本利益的对立）的存在，就使物对人的支配现象可能发生，或者说人的关系的物化就可能发生。比如，其一，市场经济推进社会的深度分工，以及个别劳动与社会劳动的分离。对于在现阶段仍然实际存在着差别的个人来

① 《马克思恩格斯全集》第46卷，人民出版社，1980年版。

说，这种实现深度分工的、和社会劳动相分离的个别劳动，会把个人限制在一定的特殊的活动范围内，使他难以超出这一范围，并可能因被强制性地接受这一范围而使个人能力畸形发展，也可能使他因追求个人的特殊的利益而限制同他人在人学意义上的交往。其二，市场经济关系中的平等原则实质上是物的平等，是交换价值的平等。对于在现阶段实际存在差别的个人来说，市场经济会使他们强制性地接受物的平等，也就是说对于这种实际存在的差别强制性地接受物的尺度的度量，因而人与人之间的关系就可能演化为物与物之间的关系。其三，市场经济推动着个别利益追求和自由的个别决策，而由这些自由个别决策所汇合而成的社会经济过程是难以由个人控制的。对于现阶段仍然不能表现为社会整体的个人来说，这种以自发性为特性的经济过程仍可能表现为一种支配性的力量。其四，市场经济在以物的尺度为基准的形式平等下，实际激励着各个具体社会成员间利益差别的形成，并推进这一差别呈现扩大的趋势。这种趋势会刺激人们的物欲。而在社会主义初级阶段，由于人们在具体利益上仍然存在着差别和矛盾，因而更容易因这种刺激而驱使自己用物的尺度来评估自身，评估自己和他人的关系，评估自己和社会的关系，以及评估社会各方面人与人之间的关系，并按照这种评估来操作社会关系，不自觉地接受了物的支配。如此等等。这些现象在社会主义初级阶段是可能发生的，而且事实上已经发生。所以，问题已不是这些现象是否可能发生，而是如何认识它的历史特殊性，使之不至于走向在西方社会中已经出现的物与人的对抗和冲突。

（二）人的社会关系演进的特殊性

当我们对人的社会关系的物化的可能性不能不抱着审慎的历史批判的态度的时候，我们还必须历史地承认，市场经济所引起的人的关系的新变化，对于现阶段中国来说又是一个重要的历史进步。因为这一变化实际意味着从传统自然经济基础上的社会关系向现代工业文明的社会关系的变迁，从社会的等级关系和人对等级的依附关系向"成功性"、"效率性"为基础的人与人的平等关系的变迁，从身份等级制关系向"技术凭证"制关系的变迁。这一变迁表明人的社会关系发展进入了一个相对成熟的状态。这一变迁对于中国来说，不仅是必然的，而且是必要的；不仅是必经的过程，而且对于现阶段中国生产力的解放和发展，对于中国的工业化和现代化有着无可估量的重要意义。推进中国的改革，培育市场经济的发育，也正在促进这一关系变迁的完成。

这种人的社会关系方式的历史性变迁，也正是马克思关于人类社会三大形态理论中所描述的从第一形态到第二形态演进的历史进步。这种进步，在欧美资本主义制度下出现过。在资本主义制度下，这种人的社会关系采取物对人的统治的形式，其本质内容是资本对劳动的统治，因而这种物化了的人的社会关系表现为人与人的根本利益的冲突，人与人之间的对抗。这是由资本主义制度的特性所决定的。而在现阶段的中国，在社会主义制度条件下，这种人的社会关系方式的变迁，则会呈现出与资本主义制度条件下完全不同的新的特点。

首先，从最基本的方面说，在现阶段社会主义条件下，上述人的社会关系方式的变迁的本质内容已经不再是资本和劳动的对立，而是社会主义国家中劳动者群众在根本利益一致基础上的差别和矛盾。在社会主义现阶段，劳动仍然主要是谋生的手段，人们“奴隶般”服从分工的状况还没有根本改变。但因为资本主义雇佣劳动制度的基本消除，这种强制性的对分工的服从不再是在“饥饿纪律”下被迫接受资本的驱使；这种强制性地接受分工可能会给个人能力发展带来某些限制，但不会使人成为资本的机器上赚取利润的零件，因为社会主义公有制度的建立并在社会经济生活中占有主体地位，劳动者从主体方面说已经成为生产条件的主人。因而，尽管他们相互间由于自然的、教育的、文化的、技术的等等原因而存在利益差别，并在市场经济关系中接受物的度量，使人与人之间的联系表现为物与物之间的联系；但是劳动者不再是生产条件的奴仆，换句话说不再是生产条件拥有者的奴仆，因为社会主义制度已经使他们在作为生产条件所有者的前提下操作市场经济条件下的物的关系。

其次，正因为现阶段人的社会关系方式建构的本质内容已是根本利益一致基础上的具体利益差别和矛盾，所以人的关系的物化现象并不表现为不可调和的利益冲突和对抗，其发展趋势不是日益深刻化和日趋激烈，而是由于社会主义的自觉统摄而日趋消解。尽管现阶段正发育起来的市场经济会使具有自发性特征的社会经济过程表现为一种支配性的力量，但是这种力量的本质已不是资本对利润的追逐，因而并不会因为不可调和的利益对抗而使这种物的支配力量绝对化和神圣化，而是因为公有制经济的主体地位能够使这种力量逐步呈现出可控制的特征。同时也正由于社会主义制度的建立，应该而且可以防止以物的尺度为基准的形式平等下的事实上的不平等走向社会的两极分化，并通过各种方式的有效调节实现共同富裕的目标。所以现阶段人的社会关系建构仍然可能出现某些物化倾向，但其外在形式不会如资本主义制度下那样走向绝对的对抗，而只会日趋缓和。当然，这些目标的实现，不会是自发地出现，而是要依靠社会主义在现阶段市场经济关系中的自觉统摄作用。

四、经济体制中的社会主义自觉统摄

中国现阶段市场经济发展的一切特殊性，从最基本的方面说来源于社会主义制度基础的存在。毫不讳言，社会主义的历史含义中包含着将会形成一种超越现存市场经济关系的新型社会关系体系。所以，我们既讲现阶段作出市场经济的选择是无可避免的，同时也指出，市场经济的存在不是人类永恒的命题。按比例分配社会劳动是人类社会存在和发展的基础性规律，但这种分配过程决不意味着只能采取交换价值的方式，只能通过市场经济的自发机制。承认在现阶段市场经济机制对于资源配置的基础性功能，但同时一开始我们就指出，这一机制的启动本身就包含着自由个别决策和普遍社会目标之间的悖论、效率原则和公平原则的悖论，包含着人的社会关系物化的可能性。所以，承认市场经济对于行政集权式计划经济的取代是一个历史性的进步，因而毫不动摇地坚持以市场经济为取向的改革；同时我们也明确认为，当社会文明发展到社会主体对社会生产关系调节的自觉机制高度成熟的时候，以自发机制为特征的市场经济就将逐步消亡。这种自觉机制形成、发育和成熟的依据，就是社会主义制度的成长和成熟。这是就历史的长阶段变迁而言的。就现阶段的历史特点说，我国现在还处于社会主义的初级阶段即社会主义的日程仍然是起步的阶段，社会主体调节社会生产和社会生活的自觉机制远没有成熟起来，所以，我们还必须利用市场经济手段为资源配置的基础性机制。但是，只要不是让中国再次重复西方国家原发型市场经济发展的老路，只要不是让中国在占据着世界市场优势地位的对手面前处于被动，我们就不能自陷于对市场经济自发机制的崇拜当中，就不能仅讲市场经济而不讲社会主义的市场经济，并且就必须努力发挥社会主义在市场经济中的自觉统摄作用。这就是邓小平反复强调中国必须坚持社会主义的重要原因之一。邓小平历史理论的一个重要特点，就是强调对具体历史阶段的具体分析和辩证把握；我们正是应该在这个哲学立场上分析社会主义和市场经济的具体关系，坚持社会主义对市场经济的自觉统摄。

（一）体制转换过程中的自觉控制

从80年代初开始的以市场经济为基本取向的经济体制改革，已经给中国的经济发展带来了巨大的好处，改革初始时期所追求的“解决温饱问题”的任务已基本完成，在全国范围意义上的小康目标也正在接近。但是，已经取得的成就远不是改革的最终目标，中国改革距社会主义市场经济新体制的成熟还有相当长一段路要走。正是在这个意义上说，中国现阶段仍然处于体制转换的进程之中，而且是一个具有攻坚性意义的进程之中。由于中国这一体制转换是在西方资本主义势力经营数百年而已抢占优势地位的环境下进行的，是在特殊的“挑战应战”的环境格局中进行的，而不是如西方社会那样自发地萌生的，所以，这一进程具有特殊的艰巨性。而且中国是一个大国，人口占世界 1/5；受帝国主义 100 多年欺负，极端贫困落后；不像一个小岛、一个小国那样依靠某个大国的扶持就能明显见效。在中国搞现代化，必须能够保证充分动员社会资源，以较小的代价和利用较短的时间，理智地克服我国工业化所面临的积累不足和积累机制不良的障碍，赢得经济总量的迅速增长，并有效地促进结构的转换；必须能够保证有效地调整社会各方面的经济利益关系和社会关系，处理好社会各方面的问题，能够稳住中国，避免动乱因素的滋长而中断现代化进程；必须能够保持有秩序有成效地进行体制改革，使传统农业社会中的体制在破裂的过程中不至于产生西方式的“羊吃人”、“黑奴买卖”、“种族灭绝”的苦难，能够避免引起现代化进程中的自下而上的破坏性冲击；必须能够保证国家的统一和稳定，把一个大国的人力、物力凝聚为一个紧密而有序的整体，形成在国际竞争中的重要的实力地位，防止发达国家垄断集团在我国发展道路上投下阻碍前进的阴影，而不是奢望发达国家的获利者们自动给我们腾出生存和发展的空间……能够做到这一切的，只有社会主义。中国的现代化，如果没有社会主义的制度依托，至少还要经历更加漫长、更加苦痛的历程。别的不说，如果仅仅是欧洲工业化进程中农村破产的历史在 20 世纪的中国重演的话，那实际上就意味着这个大国的崩溃。所以邓小平这样看问题：“人们说，你们搞什么社会主义！我们说，中国搞资本主义不行，必须搞社会主义。……‘不坚持社会主义，中国的小康社会形成不了’。”①中国共产党在中国已经有了 70 多年的历史，搞社会主义也有了 40 多年的历史，社会主义已经在中国土地上扎下了根；而且现在的社会主义制度正在成为推进改革开放的有效保障，成果是明显的。如果这时候丢掉这些成果，那就意味着中国社会制度进程的中断，意味着剧烈的社会震荡的来临，也就意味着中国改革进程和现代化进程的中断。邓小平在 1987 年和美国前国务卿舒尔茨谈话时说：“中国根据自己的经验，不可能走资本主义道路。道理很简单，中国十亿人口，现在还处于落后状态，如果走资本主义道路，可能在某些局部地区少数人更快地富起来，形成一个新的资产阶级，产生一批百万富翁，但顶多也不会达到人口的百分之一，而大量的人仍然摆脱不了贫穷，甚至连温饱问题都不可能解决。只有社会主义制度才能从根本上解决摆脱贫穷的问题。”②

①②《邓小平文选》第 3 卷，人民出版社，1993 年版。

（二）公有制主导经济力量的自觉导向

从作为资源配置的一种基本方式的意义上说，市场经济本身并没有社会制度含义上的区分。西方资本主义制度下可以有市场经济，中国社会主义条件下也可以有市场经济。但是，当市场经济出现在各个国家时，这些国家的基本社会制度对市场经济的运行必然会发生影响而使其呈现出不同的特性。一个最基本的问题是，市场经济都必然以自发机制为基础手段，但在不同社会制度下，这种自发机制的作用方式和作用程度是不同的。在资本主义条件下，市场经济自发机制的作用是绝对优先的，因为私有制所决定的利益追求是神圣至上的。20世纪起，资本主义国家曾对市场经济自发机制的作用力图作出某些调节；但从其本质内涵来说，它所实现的只能是资产阶级的阶级战略，只能是资本的终极利益，而且为了资本的利益，他们也随时准备放弃这些调节。而在我国，社会主义公有制作为市场经济的基本制度依托，则能够而且必然要求对市场经济的运行注入自觉机制，发生自觉导向的功能。

在马克思主义经典作家关于未来社会的描述中，社会主义表现为私有制的消灭，表现为人“能够实现自己的充分的、不再受限制的自主活动，这种自主活动就是对生产力总和的占有以及由此而来的才能总和的发挥”①。只有在这个时候，“各个人的全面的依存关系、他们的这种自然形成的世界历史性的共同活动的最初形式，由于这种共产主义革命而转化为对下述力量的控制和自觉的驾驭，这些力量本来是由人们的相互作用产生的，但是迄今为止对他们来说都作为完全异己的力量威慑和驾驭着他们”②。这种全社会对生产力总和的占有以及由此决定的对经济力量的自觉的控制和驾驭，是未来社会的主要特征。显然现阶段的中国距离这一社会特征的出现还有一个长期而遥远的进程。但是，马克思从对现实社会矛盾的科学分析出发而指出的未来社会走向，则表现出一种历史规律性的趋势，这应该成为我们观察现阶段具体进程的指南。邓小平始终强调在市场经济改革中要坚持公有制主体地位，坚持公有制经济对全部经济生活的控制作用，其理论的一个重要源头也就在这里。

中国已经形成强大的社会主义公有制经济力量。这一强大的经济力量，只要摆脱行政集权式的计划经济体制的束缚，就完全能够在市场经济的运行中发挥自觉导向的功能。所以，《中共中央关于建立社会主义市场经济体制若干问题的决议》根据邓小平的一贯思想强调：“必须坚持以公有制为主体、多种经济成分共同发展的方针。在积极促进国有经济和集体经济发展的同时，鼓励个体、私

①②《马克思恩格斯选集》第1卷，人民出版社，1995年版。

营、外资经济发展，并依法加强管理。随着产权的流动和重组，财产混合所有的经济单位越来越多，将会形成新的财产所有结构。就全国来说，公有制在国民经济中应占主导地位，有的地方、有的产业可以有所差别。公有制的主体地位主要体现在国家和集体所有制的资产在社会总资产中占优势，国有经济控制国民经济命脉及其对经济发展的主导作用等方面。”由于公有制经济的主导地位，所以也就能够有效地发挥对经济生活和经济发展的主导作用。这种主导地位及其所决定的主导作用，正是社会主义在市场经济中所表现出来的一种自觉导向的功能。当然这一自觉导向和马克思所描述的未来社会中对经济力量完全自觉的控制和驾驭比较，还有很大的历史距离，但不能不承认这实际上已开始了向这种自觉的控制和驾驭相接近的进程。也唯其如此，才能在中国这样一个特殊的国度里，既能充分利用市场经济在资源配置中的有效基础作用，又能不致重复西方资本主义市场经济发展中那种两极分化、社会矛盾尖锐对立的苦难历程。

所以，中国共产党第十五次全国代表大会在阐述“调整和完善所有制结构”问题时，强调“必须坚持公有制作为社会主义经济制度的基础”。由于这一基础，公有制经济的力量就能够“控制国民经济命脉，对经济发展起主导作用”。而这一主导作用，“主要体现在控制力上”[①]。这种由于公有制经济的存在而表现出来的对经济生活的控制力，显然还不是马克思所说的未来社会中自觉的控制和驾驭，而只是在市场经济运作中所表现出来的一种调节能力。但是，正是这种公有制经济力量所发生的控制力，体现了社会主义起点阶段上的工人阶级的历史意志，体现了中国共产党人依据邓小平理论所产生的历史主动性。

（三）社会主义国家政权的自觉调控

动用国家政权的力量对市场经济运行进行调控，这不是社会主义市场经济所特有的现象，不能把是否存在国家计划调控作为社会主义和资本主义的分界线。正如邓小平所讲，“资本主义也有计划”。但是，在资本主义制度下，无论是动用政府这一“看得见的手”来矫治市场失灵，还是重新启动市场权威来匡正“政府失败”，其根本点都只能是从资本利益出发而作的资产阶级阶级战略的调整，再有效的政府手段也只能是资产阶级阶级意志的表现。在资本主义制度下，由于社会矛盾的根本对立，任何政府手段所实施的调节都只能体现个别利益和个别意志的要求，而不可能体现整个社会的普遍性目标。因为在这个社会里真正的普遍性社会目标还没有出现，被称之为普遍社会目标的东西其实只是统治阶级的阶级目标。所以，这只不过是出于个别意志，而使另一部分人完全处于受控

① 《中国共产党第十五次全国代表大会文件汇编》，人民出版社，1997 年版。

状态的调节，并非全社会意义上的自觉调节。而在社会主义制度下，社会主义国家政权表现为全体人民的公共意志，是真正的人民的公共权力，它能够以社会普遍利益目标代表者的身份对市场经济运行实施调控。尽管这一调控处于未成熟的状态，但是毕竟是从社会普遍利益目标出发的，因而是具有真正历史意义的自觉控制的萌芽。

当然，这种社会主义国家政权对经济生活的调控，曾经遭到过极度的扭曲，即在生产力水平还相对低下、几乎仍然处于自然经济阶段的情况下，强制性地排斥市场经济机制的作用，使整个社会经济生活陷于集权式的行政等级控制之中，窒息了经济发展的生命力。中国所进行的经济体制改革的一个基本含义就是要革除这种实际上是放大了的小生产方式的体制，以建立以市场机制为资源配置基础手段的现代体制。但是，这一改革决不意味着完全放弃国家的有效计划调节，“资本主义也有计划”，社会主义国家的经济生活当然更应该“有计划”。如果说资本主义的“有计划”是在形式上的自觉调控下掩盖着事实上的对全社会普遍目标的盲目性，那么社会主义的“有计划”则应该是根据全体人民的利益和意志作出的自觉调控。这种社会主义国家的自觉调控，在技术含义上决不是对市场经济自发机制调节功能的否定，而是从普遍社会目标出发对市场失灵的一种真正自觉意义上的匡正。所以，政府管理经济职能的设计主要是制定和执行宏观调控政策，搞好基础设施建设，创造良好的经济发展环境；同时要培育市场体系、监督市场运行和维护平等竞争，调节社会分配和组织社会保障，控制人口增长，保护自然资源和生态环境，管理国有资产和监督国有资产经营，实现国家的经济和社会发展目标。政府动用经济手段、法律手段和必要的行政手段管理国民经济，不直接干预企业的生产经营活动。尤其值得注意的是社会主义市场经济必须有健全的宏观调控体系，政府执行宏观调控的主要任务应该是：保持经济总量的基本平衡，促进经济结构的优化，引导国民经济持续、快速、健康发展，推动社会全面进步。

同样，这种社会主义国家的自觉调控，在价值含义上也决不是对市场经济所承认的个别利益的否定，而是从全社会人民根本利益一致的目标出发，对市场经济所造成的利益差距实行的一种自觉调节。这种调节可以通过行政干预、计划调节、法律规范、财税杠杆、金融政策、社会动员等等手段，首先对自由市场竞争所引起的事实上的不平等进行事前限制，即尽可能地争取竞争主体事实上、而不仅仅是形式上处于平等地位。比如，通过立法和行政的手段反对地方、行业个别社会群落对资源的垄断，尤其要反对资源的行政垄断；通过对转赠财产的税收、全民义务教育以及其他社会福利措施，尽可能地创设竞争主体在先定条件与能力上的平等。第二，对自由市场竞争过程中的事实上的不平等现象作事中调节，即尽可能地防止竞争中的事实不平等而发生的垄断行为，阻止事实上先定的非市场性非竞争性条件在竞争过程中的作用，防止由于竞争过程的盲目性引起社会收入差距的过度拉大。第三，对自由市场竞争结果所引起的事实上的不平等实行事后补偿，即当竞争结果事实上发生了获得的多寡以及收入的过度悬殊情况时，采取各种措施对收入相对短少者实行利益补偿。这种利益关系上的自觉调控，不仅可能满足国家安全、社会安定、基本人权、人道主义伦理等方面的要求，并对效率原则从不同侧面给以"反哺"，同时也能为全社会创造超越于经济利益之上的道德环境和心理氛围。这正是社会主义的优势之所在。

（原载孙伯鍨顾问、张一兵主编《邓小平理论与历史辩证法》，为该书第九章。安徽人民出版社 1999 年出版）

权利平等和国家与社会的分离

一切"平等",都是一定的历史产物。"平等"以一定方式的实现,都需要一定的历史关系。认识一个社会"平等"的质的规定性,首先要认识这个社会的历史基础。国家是凌驾于社会之上的公共权力机关,当"平等"以一定的方式实现时,必然要求国家与社会的关系采取相应的形式。以人的依附性为特征的自然经济社会,平等实现的方式是社会特权和政治特权的叠合,它要求国家与社会的合一;以对物的依赖性和交换平等为特征的商品经济社会,平等实现的方式是权利平等,它要求国家与社会的分离;以对社会生产自觉控制为特征的自由联合劳动社会,平等的实现才是社会平等,它要求国家在社会中的消融。中国正处于发展商品经济的社会主义初级阶段,它对平等实现的选择,还只能主要是权利平等。它要求否定社会特权化,要求国家与社会的分离,因之应从各方面促进这一分离,如确保国家执行"公共意志",不以公共权力身份介入私法关系,一切公职向社会开放,一切公务活动法律化、制度化等等。

处在社会主义初级阶段的中国,正在经历着从落后的农业大国向现代工业化文明迈进的"文化变迁",社会也正在审视着自身存在中的许多基本原则,并作出新的选择。本文拟就社会主义初级阶段"平等",实现的特殊形式、以及实现这一特殊形式的平等所要求的政治前提,作一探索性的思考。

一、“平等”发展的一般历史序列，以及国家与社会从分离到复归

在人类社会中，“平等”从来就不是一种永恒的抽象原则。它在人类社会演进的自然历史过程中，有一个从始初到终结的各历史类型依次更替的发展序列。与这个序列胶着在一起的是国家与社会从合一到分离，再从分离到新的合一的演化过程。

“一切人，作为人来说，都有某些共同点，在这些共同点所及的范围内，他们是平等的。”[①]这种古老的原始平等，如果还能说是平等的话，那是一种人类最低限度生存条件下的自然状态的“平等”，因而不需要特殊的强制力量来保护这种“平等”。

而当日渐增多的剩余产品孵化出特权，迫使人类放弃了原始自然状态的平等，整个社会也就落入了特权的掌心。在这个时候，“如果认为希腊人和野蛮人、自由民和奴隶、公民和被保护民、罗马的公民和罗马的臣民指广义而言，都可以要求平等的政治地位，那么这在古代人看来必定是发了疯。”[②]而后，日耳曼人在西欧的横行，“逐渐建立了空前复杂的社会和政治的等级制度，从而在几个世纪内消除了一切平等观念”[③]。在中国，则是“溥天之下，莫非王士，率土之滨，莫非王臣”[④]。在这种特权所有者和特权奴役者共存的条件下，国家以公共权力的身份维系了整个社会的存在。国家一开始登上历史舞台，就以公共权力的身份凌驾于社会之上。自然经济基础所产生的人的特殊的依附性，使特权贵族把自己的特权变成了“公共权力”，使这时的国家和他们的特权制度直接合一，使地产的主人直接就是王公贵族，财产占有上的等级差别直接表现为国家生活中的政治等级差别。这时的特权制度，表现为社会特权和政治特权的叠合，而国家则直接体现了这种特权制度，并以自身特有的强制力量保护了这种特权制度。

历史要克服政治特权和社会特权相与叠加的如此沉重的不平等的包袱，一下子是做不到的。人类所能迈出的第一步是使自身从政治等级中摆脱出来，从而在国家生活中否定特权，实现法权关系上的平等。这一过程是随着商品经济迅猛发展而实现的。普遍的商品生产和商品交换，形成普遍的社会物质交换和全面的社会联系，使人摆脱了对人的特权依赖，而进入对物，对商品、货币的依赖，使人从依附化走向独立化。摆脱了依附关系的独立的个人，是自由的个体，

---

①②④《马克思恩格斯选集》第 3 卷，北京：人民出版社，1965 年版。

③ 《马克思恩格斯全集》第 20 卷，北京：人民出版社，1956 年版。

享有自由的权利。但是,这种独立个体的自由不能发生对别的个体的自由的侵害,于是每个个体的自由就必须是以社会公共契约关系为基础的法定的自由。因此,在商品经济基础上,每个独立的个体的权利——法律所确认的自由,都是同等的。这就是权利平等。这种权利平等取代了特权制度,使人类的平等关系大大向前迈进了一步。但是,在这里,经济社会中经济利益的不平等依然存在着,所以这里的平等仍然仅仅是法权关系上的平等。这种法权关系上的平等,就必然要求国家从中世纪和经济社会直接合一的状态中分离出来、超脱经济社会中的事实上的不平等,直接体现权利平等。

在人类历史上,是资产阶级率先适应了这一历史的趋势,以资本主义的特有的方式完成了国家与市民社会的分离,完成政治等级与社会等级的分离,实现了人们在国家生活中、在法权关系上的一律平等。但是,资产阶级在以自己特有的方式实现权利平等的过程中,往往本能地强化经济社会中的事实上的不平等对权利平等的对立和冲击。

权利平等以每个社会成员争取个人利益的机会均等为特征,它给社会注入了活力。但是,人类不会永久满足于权利平等而保留经济社会中的实际不平等。当生产力的发展使整个社会可能实行自由联合劳动,整个社会结成自由人联合体的时候,人类社会消灭原先的法权关系上的平等和经济社会中事实的不平等之间的矛盾,实现生产条件占有上的平等、劳动的平等和报酬平等,即实现真正的社会平等。自由人联合体内部的每一个共同劳动者同时又是社会公共生活的共同管理者,整个社会是一个所有劳动者都参加管理的"管理处"。显然,这时国家消灭了,如果还称之为"国家"的话,也是在全新的基础上与社会结合为一体。

当"平等"以社会平等的方式实现时,个人消费品分配中还存在某种不平等,但这种不平等已是基于人的自然天赋而形成的,因而属于自然形态的不平等,而不是社会关系中的不平等。随着生产力的高度发展,社会财富充分涌流而能满足一切人的自由全面发展的需要时,这种自然形态的不平等也就不再存在。一旦人类在自然形态基础上实现了平等,作为特殊社会意义上的"平等"也就自然消亡了。与此相应,具有特殊社会规范力量的国家就完全融化在社会之中而不复存在了。

据此可以得出这样几点认识:(1)一切"平等"都是一定的历史的产物。"平等"以一定方式的实现,"需要一定的历史关系,而这种历史关系本身又以长期的以往的历史为前程。"认识一个社会的平等的质的规定性,首先要认识这个社会的历史基础。(2)当"平等"以一定的方式实现时,必然要求国家与社会的关系采取相应的一定形式。人类社会的平等从低级向高级历史类型的进化过程,也是国家从低级向高级的演变过程。(3)“平等”以权利平等的方式实现，是商品经济发展的必然结果，是在全社会的自由联合劳动还没有形成前“平等”发展的必然阶段，是从社会特权化通向社会平等的必经历程。权利平等以否定社会特权化为标志，必然要求国家与社会的分离。

二、中国现阶段平等的实现方式的选择

中国绕过了资本主义的“卡夫丁峡谷”，进入了社会主义，但也注定必须经历一个从自然经济向商品经济、从农业国向工业化社会的“文化变迁”。在这一阶段，“平等”类型的选择不外乎两种：一是社会平等，一是权利平等。

共产主义(含其低级阶段)就意味着消灭私有制和旧式分工，消灭商品货币关系，消灭事实上的不平等，以社会平等取代权利平等。这是马克思始终论证的观点。他在《德法年鉴》时期就用“人类解放”和资产阶级革命的“政治解放”相区别，指出资产阶级的“政治解放”只实现了权利平等，并导致了政治异化，而人类应该争取实现社会平等的“人类解放”[①]。在《德意志意识形态》中明确指出，这种解放实现于未来必定实现的共产主义社会。到1875年写作《哥达纲领批判》时，马克思从共产主义社会中分出第一阶段，指出这个阶段存在按劳分配，其中有权利平等的“旧痕迹”，但“内容和形式都改变了”，而整个社会的平等仍然是社会平等。相应地认为工人阶级将“把国家由一个站在社会之上的机关变成完全服从这个社会的机关。”[②]这一理论在其后的社会主义运动中，一直占主导地位。

但是，社会主义的历史实践与马克思预见的历史进程图，在空间和时间上都发生了较大的错位。社会主义不是首先在西欧，而是在落后的东方国家取得胜利。这些国家还没有能形成全社会的自由联合劳动，甚至仍然主要是以自然经济为基础，没有经过权利平等高度发育的阶段。这些国家在社会主义胜利后，立即面临着不可逾越的商品经济发展要求及其相应的平等原则要求的困扰，在理论上陷入一系列无可自释的悖论：实现社会平等和无法否认的事实上的不平等的悖论，否认抽象化的具体人的平等和法律面前人人平等的悖论，整个社会应该成为一个“管理处”和国家仍然是公共权力机关的悖论，等等。马克思曾坚决反对人们把历史发展规律加以公式化的应用，甚至把《资本论》中有关资本主义运

① 《马克思恩格斯全集》第20卷，北京：人民出版社，1956年版。

② 《马克思恩格斯选集》第3卷，北京：人民出版社，1965年版。

动的"'历史必然性'明确地限于西欧各国"[①]。这就给后人思考东方落后国家的社会主义发展道路留下了广阔的理论空间。同时，马克思在1857年的《经济学手稿》中关于把人类社会划分为三大形态，即以自然经济基础的人的依赖关系为特征的第一形态；以商品经济基础上的，由于对物的依赖而产生的人的独立性为特征的第二形态；以人们"共同的社会生产能力成为他们的社会财富"基础上的人的这一全面自由发展为特征的第三形态。马克思对人类社会的这一划分，为我们思考问题提供了新的线索。按照这一划分，现阶段的中国只能是处于正进入"第二形态"的阶段。社会主义制度已经建立并巩固起来，但基础还是商品经济，以全社会自由联合劳动为基础的"第三形态"还只能是遥远的未来，因而社会平等就不能是今天的选择。

现代发展理论也从不同的角度指明，从传统农业社会转向现代工业社会，生产的专业化和分工将日益强化，形成发达的市场经济和货币经济，社会的契约关系将必定代替社会的等级关系，从而在竞争的多元主义基础上形成平等的社会。竞争的多元主体之间的平等，当然也就是权利平等。这和依据马克思关于三个社会形态理论所得出的结论有着基本的共同之处，两者都指明权利平等是现代工业社会的特征之一，社会工业化的过程必然包括权利平等的实现过程。

历史实践也证明了以上结论的必然性。我们中国，曾经有过一段坚决排拒权利平等、企图立即实现社会平等的历史。历史的实践无情地告诉人们，在自然经济基础上企图实现社会平等，造成的结果不是实现社会平等而是扭曲社会平等，使之成为实际上的平均主义，并合法地泛滥开来。而在这种"平等"的旁边，特权现象宛如它的孪生兄弟一样渐渐滋长起来。当平均主义冒充社会平等而浸透到社会各部分机体时，维系社会存在的必定是个人崇拜中的被崇拜者的绝对权威。实际存在的个人集权、终身制、指定接班人、自上而下的委任制，构成了一种特殊的个人政治特权。以此为起点，衍生出具有森严级差的政治级别，享有依次更迭的特殊权力。一切社会成员的社会地位都通过政治级别的高低来折算，腐败就利用这特别有权利的温床而蔓延开来。如果说初衷还只是要实现社会平等，后果却是回到了权利平等实现以前的状态。想快进一步，实际却后退了两步。这是一出令人痛心的悲剧。历史的规律是从来不可当儿戏的。只要不是想把以往的悲剧继续下去，就必须放弃立即实现社会平等的企图，而作出权利平等的选择。

① 《马克思恩格斯全集》第19卷，北京：人民出版社，1956年版。

三、特殊历史件下的特殊的权利平等

权利平等在西方资本主义制度下，已经有了数百年的历史，日渐积累的经验也使它日益精致起来。但是，在东方的中国，在社会主义制度已经确立的特定条件下，权利平等的实现还是一个崭新的课题。

社会主义在中国的发展，正经历着以商品经济的成长为基础的阶段。这一实际决定了中国社会权利平等的特殊内容和特点。第一，平等的主体之间的实际不平等是非对抗性的差别。社会主义的权利平等，是存在着利益差别的劳动者之间的权利平等，不是对立阶级之间的权利平等，不是“百万富翁”和“穷光蛋”之间的权利平等。第二，法权关系上的平等和经济社会中的不平等之间的矛盾是非冲突性的。社会主义条件下的权利平等主体之间并无根本对立的阶级关系，国家机器也不会堕落为某个特殊阶级手中的工具。这就从根本上防止了经济社会中的不平等引起对权利平等的冲击和否定。第三，权利平等的原则不仅在于保护平等主体各自争取个人利益的统一规范，而且包括积极激励平等主体为促进社会的宏观进步而作出努力。第四，权利平等和社会公平的协调性。权利平等按其本性只承认社会的机会均等，而不关心实际享有利益的差别。而社会公平不仅要体现机会均等，还要照顾到社会的实际利益享有上的合理性和兼顾性。社会主义社会是一个文明发展的社会，社会主义的权利平等不但不否定对社会公平的关切，而且把社会公平原则兼容在自己的原则之中，即把自己的机会分配均等原则注入社会公平，并使之成为社会公平的灵魂，同时也包括实际不能允许利用平等机会的特殊个体享有社会照顾的权利。

社会主义权利平等的这些进步特征，将随着中国社会的发展而日益显示出来。它将给中国社会创造新的行为原则，注入新的生机和活力。但是，由于中国历史留给我们的不是平等的坦途，而是等级制的沉重包袱，所以在现阶段，我们应该在一些基本的方面作出努力。

国家主权享有平等，这是权利平等的首要原则。马克思主义要求无产阶级和人民群众要懂得享有和懂得行使自己的民主政治权利，以争取自己的政治解放。从本世纪的实践来看，社会主义革命的胜利并没有结束这一“解放”的过程，而仅仅是这一过程的开始。尤其在中国，数千年封建宗法社会的历史积淀仍然死死缠绕着今天的社会，这一“解放”实现的过程就更显得艰难。这一“解放”在现阶段的中心内容就是健全代议制民主。其首要的关键是确认国家的人民主权基础，否定在人民代议机构之上还存在其他的权力主体，或者还存在某种个人权力主体。人民主权的不可分割性只承认人民代议机关是最高权力机关，人民主权的平等性不承认有任何独立于法律之外的特殊公民。同时，人民主权的行使，还必须有各种内外部条件的创设，其中尤为突出的是制度和体制的建设，如选举制度、监督制度、撤换制度等等。同时要在法律上确保公民平等地享有对国家机关施政行为的了解权、批评权、监督权和要求赔偿的权利。

产权享有平等，这是现阶段权利平等的基础。社会主义在中国的实现，使所有制关系在总体上具有了公有制的抽象同质性，但是这并没有排斥产权主体的多元性。所有制和产权是两个有联系而又有严格区别的范畴。所有制表明生产关系的阶级本质及其发展规律，决定产权关系的根本性质，而产权则表明在法律上特定主体对特定社会财产、社会资源享有聚敛、使用、处置、获利的权利以及承担相应责任的关系。在社会主义商品经济条件下，必须确认各产权主体对各自所属财产享有权利的平等，而且这是整个社会的权利平等的基础。在这里，首先在承认投资主体多元化的基础上，确认原始产权享有平等，确认在法律范围内，法人和自然人都享有平等投资资格。其次，在承认企业法人独立（而不是相对独立）的基础上，确认企业产权享有平等，确认所有的法人企业一律平等地按产权资格拥有经营权、支配权、收益权，享有民法范围内的民事权利和承担民事责任。同时，确认所有劳动者对自身所有的智力资源和体力资源一律平等地享有支配权、使用权和获利权，根据各自的劳动智能和实际贡献取得相应的收入。

公民人格平等，也是现阶段权利平等的一项重要内容。确认公民人格平等，首先，要确认一切公民都平等地享有法律范围内的自由权利，不承认任何人对其他人享有特权。一切公民都是政治上独立的主体，不对任何人发生依附关系，也不对任何人发生连带责任。每个公民的自由、尊严和价值受到尊重，不容侵犯。其次，要努力把权利意识注入全社会，消除儒家政治哲学所留给人们的克己、去私、无欲、奉公（“公”即“公室”、“皇家”之义）的精神包袱，使每个公民能够依据法律行使自己的主权和保护自己的自由权利。再次，要保护全社会成员自由发挥个人智慧和才能的平等权利，保护每个公民在宪法和法律范围内自由表达自己思想的权利，而不必人为地去造成一种“君临一切”的“官方理论”、“官方哲学”、“官方文化”。因为连资产阶级也懂这样的道理：“真理是能够自主的。”

四、特殊历史条件下的国家与社会的分离

在本文第一部分已经指明，权利平等的实现过程，从来就是国家与社会的分离的过程。资本主义以其特有的方式，至少在形式上完成了这一过程。在中国

这样一个古老的东方农业大国，今天也正在经历这一过程。但是，特殊的历史条件已使这一进程不再是重复西方国家的老路，而有其独特的发展道路。

所谓国家与社会的分离，其实质也就是实现国家作为超脱于社会之上的公共权力机关的本性，实现国家作为“公法同盟”的本性。唯其如此，才能保障对不同的社会个体适用同一规范（权利的和义务的）。

冷静地思考一下历史所提供给我们的事实。国家自登上历史舞台，就是以公共权力机关的身份出现的。它在古代和中世纪，和特定的经济社会直接合一，使“公权”变为“私权”而成为直接维护等级特权的工具。消灭这种合一的，首先是资产阶级，因而使之至少在形式上实现了公共权力机关的本性，尽管财富仍可间接发生作用。而在社会主义条件下，在社会主义仍然在商品经济基础上发展的条件下则应该说，国家可以在事实上，而不仅仅在形式上实现为公共权力机关，成为事实上包括全体公民的“公法同盟”，因为经济社会中的阶级对立已经消灭，政府同人民大众相对立的特殊职能已经消褪殆尽，管理社会公共事务则日益成为国家的全部职能。也正是这种社会主义条件下的公共权力机关，才真正是权利平等的基本政治保障，并本身就直接体现了全社会的权利平等。为了权利平等的实现，整个社会应该推进这一“分离”，促进国家形式的进化。

首先，必须确保国家只执行公民的“公共意志”。国家一切行为的最终决定，在于公民意志自由表达和按法定程序综合的基础上形成的共同意志，除此而外，国家不执行任何个人的个别意志，不执行任何特殊社会集团的个别意志。无产阶级政党是工人阶级和人民群众行使管理国家权力的工具。除了工人阶级的意志、人民的意志，没有任何特殊的党的意志。党为人民当家作主服务，但并不以特殊的党的意志强加给国家，或者代替国家去行使“公权”。党的国家化，行政化，与党所争取的工人阶级和全人类的解放的宗旨是相悖的，与社会主义国家的公共权力机关的性质是相悖的。

其次，国家不以公共权力主体的身份介入私法关系。经济社会中的一切交往和关系，应该是平等的双边契约关系，国家作为公共权力的身份只能是保护这种自由的契约关系，保护契约双方的平等关系，保护平等竞争和机会均等，维护“赛场规则”，而不是以权力主体的身份横插其中，破坏交往双方的自由双边关系，发生各种对经济生活的超经济强制。至于国家以国有资产所有者的身份在私法范围的出现，则必须遵守平等竞争、等价交换、自由契约的规则。这就要求国家作为权力主体身份和作为国有资产所有者身份实行分离。

再次，国家的一切公职向社会开放。国家对社会公共事务的管理，应视为和其他社会劳动具有同质性的社会劳动，而不是由个别集团或少数人垄断的特权。

因此，应该确立这样的原则：国家的一切公职向全社会开放，而不应保留给特殊的个人或特殊的社会集团；在机会均等的前提下，使全体国家主权的平等享有者参与选择国家管理劳动的平等竞争，包括选票竞争和考试竞争，社会则择优录用。

又次，唯有坚持国家活动的法律化、制度化，才能确保国家的一切活动控制在公民的公共意志的范围以内，才能从根本上消除国家权力成为个人或少数人手中的工具的可能性，保障全体公民对国家主权的平等享有。

（原载《江海学刊》1988年第6期）

超越政治解放与当代中国的探索

——谈邓小平政治理论的历史主题

从政治解放到人类解放，是马克思主义政治哲学的支柱性命题。邓小平政治理论和政治实践的使命就是实现对政治解放的超越，尤其是追寻当代中国超越政治解放的特殊路径。把握邓小平政治理论的主旨，要明确在当代世界，政治解放并没有造就历史的终结，政治社会并没有在形式平等中“热寂”。处于社会主义初级阶段的中国，利用政治解放的文明成果，积累超越政治解放的社会历史条件，使邓小平的政治理论应运而生并开始了社会主义政治思想史上的一次范式创新。

一、马克思的命题和邓小平政治理论的主旨

超越黑格尔国家哲学是马克思完成历史唯物主义发现的重要关键点。在这一理论超越的过程中，马克思形成了“从政治解放走向人类解放”的重要思想。这是马克思政治哲学的一个重要命题，也是历史唯物主义理论的一个支柱性命题。“政治解放本身还不是人类解放”①。只有超越政治解放，克服市民社会，使现实的个人同时成为类存在物，人类才能实现解放。具体而言，这个命题规定了1844年以后马克思的工作中心，构成了马克思后来的中心工作——政治经济学研究的前提和基础，还说明了社会主义运动中政治实践的历史内涵。此后的社会主义政治实践，就以扬弃政治解放和争取人类解放的目标作为自身的历史规定性和主要哲学基础。

① 《马克思恩格斯全集》第1卷，北京：人民出版社，1956年版。

然而,20世纪社会主义的政治实践,曾经显示出难以尽言的幼稚,并在某些根本性、全局性、稳定性和长期性的问题上屡屡再现悲剧和扭曲。直到20世纪70年代末,社会主义中国第二代领导集体的核心人物——邓小平以顽强精神展开民主和法制的实践创新、理论探索之时,所面对的是社会主义政治建设经验的严重不足及至少是形式民主意义上的民主传统的严重缺乏。在论及中国政治制度改革的使命时,邓小平是这样提出问题的:"旧中国留给我们的,封建专制传统比较多,民主法制传统很少。解放以后,我们也没有自觉地、系统地建立保障人民民主权利的各项制度,法制很不完备,也很不受重视。"①"我们过去发生的各种错误,固然与某些领导人的思想、作风有关,但……制度方面的问题更重要。……制度好可以使坏人无法任意横行,制度不好可以使好人无法充分做好事,甚至会走向反面。即使像毛泽东同志这样伟大的人物,也受到一些不好的制度的严重影响,以至对党对国家对他个人都造成了很大的不幸。我们今天再不健全社会主义制度,人们就会说,为什么资本主义制度所能解决的一些问题,社会主义制度反而不能解决呢? ……斯大林严重破坏社会主义法制,毛泽东同志就说过,这样的事件在英、法、美这样的西方国家不可能发生。他虽然认识到这一点,但是由于没有在实际上解决领导制度问题以及其他一些原因,仍然导致了'文化大革命'的十年浩劫。这个教训是极其深刻的。不是说个人没有责任,而是说领导制度、组织制度问题更带有根本性、全局性、稳定性和长期性。这种制度问题,关系到党和国家是否改变颜色,必须引起全党的高度重视。"②

敢于直面冷峻的事实,敢于应对历史的诘难,这是邓小平的政治理论品格。他以马克思主义政治家的高度责任心,真实地表述了20世纪社会主义政治史上的一个不幸:以扬弃资本主义用"政治解放"的名义为人类政治文明所提供的高度成熟的制度成果为己任的社会主义政治实践,却未能解决在资本主义政治框架内已经解决了的问题。苏联的肃反扩大化和中国的文化大革命,就是最沉重的历史注脚。而苏联和东欧国家的政治剧变是这些问题未获解决的必然结局。

"社会主义还十分年轻"。这是事实,但不能成为"我们过去发生错误"的充分依据和辩护借口。社会主义的政治实践至少要解决在资本主义政治框架内已经解决的问题,或者说至少不要发生在资本主义政治框架内都不会发生的弊端。以扬弃政治解放、追求人类解放为历史使命的政治实践,当然不能低于政治解放已经达到的历史水准,而只能超越这一水准,为实现自身的历史使命积累条件。已经发生的事情,使20世纪晚期世界社会主义运动中的不少政治力量产生了种

①②《邓小平文选》第2卷,北京:人民出版社,1994年版。

种困惑和彷徨。在历史转折的重要关头，邓小平明确表示，“我们共产党人是彻底的唯物主义者，只能实事求是地肯定应当肯定的东西，否定应当否定的东西。”[①]他坚持“老祖宗不能丢”，坚信社会主义“不会倒”，坚定追求人类解放的使命不容改变，同时用社会主义初级阶段理论对既往的事实作出说明，也为中国的社会主义政治建设和政治发展作出阐释。他带领全党和全国各族人民努力建设新中国建国以后没有自觉实行和系统建立起来的、保障人民民主权利的各项制度。“切实改革并完善党和国家的制度，从制度上保证党和国家政治生活的民主化、经济管理的民主化、整个社会生活的民主化，促进现代化建设事业的顺利发展。”[②]

“党和国家政治生活的民主化、经济管理的民主化、整个社会生活的民主化”，这在20世纪社会主义国家的政治理论中，是一套具有范式革命意义的、新的话语系统，一套崭新的观察和说明框架，因为此前话语体系的中心词是阶级斗争、暴力革命、一个阶级对另一个阶级的专政。自从马克思建立起“从政治解放走向人类解放”的革命命题，在历史哲学的层面上完成了对资产阶级政治革命及其形式民主的成果——政治解放的批判以来，我们不能不承认，争取社会主义目标的人们长期重视的是阶级斗争、无产阶级革命、无产阶级专政，而民主政治、法治、平等、自由等权利体系的诸范畴，长期被排斥在他们的理论视野之外，或以抽象、笼统的“已完成批判”为由，或以盲目自大的理论奢侈为满足，弃之不顾。在苏联和东欧国家发生政治巨变的时候，哈贝马斯写了一篇反思性长文，认为马克思主义缺乏令人满意的法学传统，这是左派要记取的最重要教训之一。美国学者海尔布隆纳早就有这样的看法：社会主义国家在诸如“自由”这样的主要战场上“打了败仗”[③]。实际上，如果说有“败”，那也是初期遭遇战中的挫折。挫折带给我们的启示是，必须建立超越政治解放的、新的理论思路和实践路径。正是在这样的历史前提和理论背景中，邓小平矢志不移地建设中国人民民主权利的社会主义保障制度，努力实现“国家政治生活的民主化、经济管理的民主化、整个社会生活的民主化”。他把马克思关于“从政治解放走向人类解放”的命题加以展开，提升到新的历史层面和新的理论境界，以寻求当代中国的现代政治价值和积累超越政治解放的社会历史条件。

①②《邓小平文选》第2卷，北京：人民出版社，1994年版。

③ R·L.海尔布隆纳，《马克思主义：赞成与反对》，北京：中国社会科学院情报研究所，1982年版。

二、政治解放并非不可超越的“历史终结”

在当代中国推进民主政治建设，建设社会主义法治国家，必须从头开始建设未曾由“旧中国留给我们的”民主法制传统；必须另起“炉灶”建设解放后“没有自觉地、系统地建立”、或者虽有初建却又被摧毁殆尽的保障人民民主权利的制度；必须解决“资本主义制度所能解决”、“社会主义制度反而不能解决”的问题；必须在带有根本性、全局性、稳定性和长期性的制度建设上探索新的政治思路，防止“在英、法、美这样的西方国家不可能发生”的事件在社会主义国家再度发生。

当邓小平把解决这些问题提到议事日程的时候，西方舆论界高度关注。美国《时代》周刊记者罗斯·门罗当时便称，“邓正在将中国纳入一种非共产主义的轨道”①。弗雷德里克·C·泰韦斯则认为，“邓小平推动中国的政治体制从各方面向法定—理性的合法性方向前进的努力是真诚的，在某些方面给人留下了深刻的印象”②。泰韦斯用马克斯·韦伯的三种权威类型理论中的“法理权威”来说明邓小平的政治追求，而韦伯的“法理权威”其实并没有超出资本主义“形式平等”的政治框架。

上述这些看法与20世纪晚期西方的一种社会思潮有关。它利用20世纪社会主义政治实践的挫折，论证资产阶级政治理念的普遍价值；通过苏联东欧的政治剧变，证明“自由与民主的理念”“无可匹敌”，而“从政治解放走向人类解放”是乌托邦。在此基础上，资产阶级政治解放的各项原则被归结为是永恒合理的。从这种永恒合理性中可以得到新的“历史终结论”，即弗兰西斯·福山在其著作《历史的终结》扉页题辞所述：“自由与民主的理念已无可匹敌，历史的演进过程已走向完成。”

如果历史的演进过程真的已经“走向完成”，资产阶级政治解放所形成的“自由与民主的理念”真的表述了终极理念，那么，对于邓小平的改革探索和理论努力，就只能在实用主义、功利主义、形式民主的框架中理解。这样一来，就等于抽去了邓小平改革思想的灵魂，抽去了当代中国改革事业的生命线。但是，历史进程并非就此“热寂”，政治解放远非人类解放，历史不会终结于形式平等的人类生活状态。这是历史哲学的一个坚实结论，也是把握邓小平政治理论的根本立足点。人类解放是现实生活的结论而非乌托邦式的价值悬设。面对世界社会主义事业遇到严重挫折，陷于低潮，邓小平说，“不要惊慌失措，不要认为马克思主义

①② 齐欣等，《世界著名政治家、学者论邓小平》，上海：上海人民出版社，1995年版。

就消失了,没用了,失败了。哪有这回事"①,马克思主义者有足够的政治信心和理论力量来谈论政治解放和"历史终结"的问题。

宣布以形式平等为特征的资产阶级自由、民主理念为永恒的真理、为人类政治生活的终极性表述,并非弗兰西斯·福山的发明。在欧洲早期新教改革者那里、在近代自然法理论当中,在整个启蒙时代,以及 19 世纪自由主义政治理论,都从不同视角、不同层次论证了形式平等掩盖下的自由、民主理念,均将其当作人类政治生活中具有永恒价值的终极性表述。只是在 20 世纪晚期特殊的世界背景下,福山宣布了一个"现实的"历史终结,认为"黑格尔和马克思都相信,人类社会的进化不是无限连续,而是在人类完成一个社会形态,一旦这个社会形态会满足最深入又最基本的憧憬时,就会终结。换言之,他们都设定了一个'历史的终结'。对黑格尔而言,这是自由国家;对马克思而言,则是共产主义社会。"②无疑,福山在建立自己的哲学立场时,曾经求助于黑格尔的人类"普遍史"和"历史终结论",即如雅克·德里达所指出:"福山必然要去求助于……黑格尔对历史的非唯物主义的阐释。"③

在马克思的历史辩证法的论域中,没有历史的终结论。马克思主义正是在否定黑格尔神秘主义的历史终结论中,形成从政治解放走向人类解放的命题。黑格尔的政治哲学是此前的资产阶级政治思想的集大成。所以,它又成为资产阶级政治思想发展史上的分水岭。对于形成资本主义政治的基本原则来说,黑格尔之后的人能够增添的东西很难说带有根本性,大多做的是"土拨鼠式"的枝节工作。因而可以说,在黑格尔这里,资产阶级的政治历史在其思想形式上达到了"完成"。这种"完成"使黑格尔有资格宣布一种"永恒价值"和"惟一真理"的出现、一种"历史的终结",尽管这个宣布与他的辩证法主旨相悖。就在福山笨拙地因循黑格尔框架构思着一个"历史终结"的地方,马克思早已超越了黑格尔。

马克思对黑格尔超越的最初发源,与黑格尔的逻辑语源密切相关。黑格尔在批判法国大革命兼及康德、费希特时,发现了理想主义自由观念的"纯粹形式性",而这种"纯粹形式性"包含着"应有"与"实有"的、无法调和的对立。黑格尔用庞大的辩证法体系来整合"应有"与"实有",其开端就是"实存"、"实有"、"现有"。他从"现有"中发现"应有",通过"应有"来扬弃"实有",继而发现市民社会与国家相分离这一重要命题。这是马克思和黑格尔的"共同语汇",也是马克思

① 《邓小平文选》第 3 卷,北京:人民出版社,1993 年版。
② 弗兰西斯·福山,《历史的终结》,本书翻译组译。呼和浩特:远方出版社,1998 年版。
③ 俞可平,《全球化时代的马克思主义》,北京:中央编译出版社,1998 年版。

超越黑格尔的起始跳板。但是，黑格尔从“遭到歧视的实在”出发，经过他的逻辑推演，完成的却是一个终结式的神秘主义国家哲学。马克思正是从这里突破黑格尔的思想边界，展开对“集法哲学和黑格尔全部哲学的神秘主义之大成”①的国家学说的批判，形成对黑格尔的超越。马克思分析历史上实存的市民社会开始发生与国家相分离的问题，指出：“旧的市民社会直接地具有政治性质，就是说，市民生活的要素，如财产、家庭、劳动方式，已经以领主权、等级和同业公会的形式升为国家生活的要素。”而资产阶级的“政治革命打倒了这种专制权力，把国家事务提升为人民事务，把政治国家确定为普遍事务，即真实的国家；这种革命必然要摧毁一切等级、公会、行帮和特权，因为这些都是使人民脱离自己政治共同体的各种各样的表现。于是，政治革命也就消灭了市民社会的政治性质”②。在这里，市民社会在资产阶级政治革命中获得解放，国家获得抽象的、形式上的普遍性，市民社会保留具体的、实质上的特殊性。随着这一政治上的解放，市民社会的人也被政治国家夺去了自己的类本质、共同性和普遍性，成为“原子化”的孤立的个人，在把别人看作工具的同时，自己也降为工具。这是形式的普遍性与实存的特殊性的分离和对立。资产阶级的政治解放造就了这种分离和对立，并且不可能在政治解放的框架中消除这种分离和对立。

基于这一认识，马克思在全新的理论框架中对打着人权、自由、平等、安全等旗帜的政治解放，做出了远远超越于黑格尔之上的说明：通过政治解放而确立的“所谓人权无非是市民社会的成员的权利，即脱离了人的本质和共同体的利己主义的人的权利”。具体地说：自由“是作为孤立的、封闭在自身的单子里的那种人的自由”，“自由这一人权的实际应用就是私有财产这一人权”；“平等无非是上述自由的平等，即每个人都同样被看做孤独的单子”，安全是“利己主义的保障”。可见，“任何一种所谓人权都没有超出利己主义的人，没有超出作为市民社会的成员的人，即作为封闭于自身、私人利益、私人任性、同时脱离社会整体的个人的人。”③这是马克思考察法国1791年宪法、1793年宪法、1795年宪法，以及美国《宾夕法尼亚宪法》和《新罕普什尔宪法》等资产阶级政治解放的重要成果时作出的论说。黑格尔就是在综合法国革命、美国革命的精神原则中宣布了“历史的终结”。马克思的结论是，以人权、自由、平等为旗帜的政治解放，乃是市民社会获得的政治解放；政治解放当然是人类政治文明的一次历史进步，但决非历史的终结。他说：“政治解放本身还不是人类解放。”“只有当现实的个人同时也是抽象的公民，并且作为个人，在自己的经验生活、自己的个人劳动、自己的个人关系中

①②③《马克思恩格斯全集》第1卷，北京：人民出版社，1956年版。

间，成为类存在物的时候，只有当人认识到自己的'原有力量'并把这种力量组织成为社会力量因而不再把社会力量当做政治力量跟自己分开的时候，只有到了那个时候，人类解放才能完成。"[①]黑格尔被马克思远远地抛在了后面，而弗兰西斯·福山至今还在黑格尔的边界内打圈子。邓小平正是在这一历史哲学批判成果的基础之上，探索超越政治解放在当代中国的实践路径。

三、超越政治解放的文明积累过程

历史是具体的。它常常走着曲折回环的道路，生成各种时空条件下异彩纷呈、鲜活丰美的特殊个性。对于固守灰色的逻辑定则的人来说，或者对于盲目满足于批判的成果而又肆意挥霍乃至践踏批判的理论财富的人来说，邓小平顽强的改革探索是一种充满悖论而不可理解的努力。他们难以理解邓小平的政治探索与马克思的命题之间的关系。

出现这种情况，固然在于未能真实把握中国现实的发展状况。但是，如果仅仅依赖于现状的把握，就可能陷入对问题的实用式说明。所以，在把握中国现实发展状况的同时，要坚持历史辩证法的分析思路，从更根本的层次上弄清楚邓小平何以在这种发展状况下，不仅要解决"资本主义制度所能解决的"问题，而且有足够的信心既利用各国政治文明的已有成果，又超越各国政治文明的发展现状，在社会主义中国建设起"世界上最好的制度"，使马克思命题所揭示的历史使命实现于中国特色社会主义这一具体的政治实践之中。

这需要有创新的历史态度，一种和马克思建立的、从政治解放走向人类解放的命题相通的哲学立场。马克思主义的政治理论超越整个政治解放及其各项原则，是在人类文明进步的更高历史层面上用人类解放否定政治解放。这种否定，不是主观价值上的否定，不是康德式的"应有"中的否定，而是更高的历史批判意义上的超越。只有在历史的辩证运动中实现批判，才能真正理解马克思的这种否定，才能充分肯定政治解放在人类政治文明中的进步价值，才能合理说明在历史文明的延伸中对政治解放及其原则的扬弃。

马克思认为，对于中世纪"动物时代"的政治蒙昧来说，"政治解放当然是一大进步；尽管它不是一般人类解放的最后形式"[②]。政治解放使"市民社会从政治中获得解放"，使国家事务变成普遍的公民事务，使政治生活领域成为具有普遍性的公共生活领域。政治解放摧毁了一切等级、公社、行帮和特权，解除了市

①②《马克思恩格斯全集》第1卷，北京：人民出版社，1956年版。

民社会的羁绊，使人们脱离旧的、直接的政治共同体，成为独立的个人，获得作为利己主义的人的自由并承认这种自由。于是，“政治解放一方面把人变成市民社会的成员，变成利己的、独立的个人；另一方面把人变成公民，变成法人”①。人尽管被迫在这种分裂的人格中生存，但毕竟不是曾经蜷曲在中世纪马厩里的“动物化”的人，而至少已是具有普遍性质的“政治天国”中的公民。这一解放所形成的、以形式平等为特征的民主、自由原则及相应的政治设施，是资本主义带给人类政治文明的一份“历史礼品”。像中国这样的经济文化落后的国家，却并未充分获得这份“历史礼品”。

如此在历史合理性方面肯定政治解放的成果，并不是为了论理过程上的满足，而是要在超越政治解放的意义上，合理利用政治解放的成果。政治解放不是人类解放，但是如果没有政治解放，就难以设想人类解放。如果没有政治解放的成果，就难以设想有人类解放的现实进程。当政治解放使人被迫在双重人格中生活的时候，虽然政治生活中的平等只是一种“政治天国”中的平等，但毕竟在形式上实现了平等。于是，历史的任务就变成了消除形式平等和事实不平等的对立，而不是消灭形式平等及其各项原则本身。实现人类解放和克服市民社会是一个统一的过程。克服市民社会是消除形式平等的形式性，而不是消灭平等本身；是要从形式与实质的对立走向统一，而不是用实质去消灭形式。如果把超越政治解放理解为消除民主、自由，那就等于重回政治蒙昧。站在这样的历史辩证法立场上，《共产党宣言》宣布：“工人革命的第一步就是使无产阶级上升为统治阶级，争得民主。”②

“争得民主”，这是人类解放扬弃政治解放的一个重要论断，是人类政治文明的一笔特殊财富在政治解放到人类解放历史进程中的传承，是马克思主义政治学的核心命题——从政治解放走向人类解放的题中应有之义。实践证明，在当代人类政治生活中，马克思主义的民主观和自由观是一种具有更高综合性的、更能够有效解决人类困境的政治观，比起经典自由主义更能够说明现代社会生活各个领域中的民主问题和自由问题。但是，当人们反思20世纪社会主义政治实践的时候，不能不承认这是一个远未展开的主题。尤其对于像中国这样未能充分享有政治解放的“历史礼品”的国家，解决诸如民主、自由、法治、人权等问题，更需要超越性的历史视角和创造性的理论思路。否则，就可能如美国的“马克思主义哲学”教授道格拉斯·凯尔纳在苏联东欧政治剧变后所谈论的那样，“必须承认，‘现实存在的共产主义社会’从来没有把马克思主义经典作家在某种

①②《马克思恩格斯全集》第1卷，北京：人民出版社，1956年版。

程度上强调的权利、个人自由和民主等资产阶级传统具体化。没能恰如其分地把自由主义的进步遗产运用于马克思主义的政治理论,使得它容易遭致自由主义的批判,并容易使人们相信只有自由主义才能提供真正的民主和自由。马克思主义应当使自己成为这些政治价值的先锋。"①凯尔纳在这里把权利、个人自由和民主归结为资产阶级传统,这不是历史事实的准确表述。但是,在20世纪社会主义政治实践中,没有恰如其分地利用这些进步遗产,却是事实。民主和自由,不是资产阶级的专利。把自由和民主等同于自由主义,这是一个历史性的错误判断。不过,马克思主义应当是自由、民主这些政治价值的先锋,这在当代政治生活中是一个正确命题。

尤其是20世纪晚期,民主价值的选择问题和全球化问题被捆绑在一起,成为热门话题。从世界文明的客观进程看,当今的全球化是历史成为世界历史的先兆现象。其基础性进程主要是技术的全球化和经济的全球化。而西方学界的一些理论家总把这一进程染上他们自己的价值色彩,把全球化描述为由柏林墙的倒塌、冷战的结束、"铁幕"的消失所推进的过程,描述为政治的全球化过程,描述为西方民主价值观的全球化过程。亨廷顿把现代民主明确规定为西方文明的专利,认为"现代民主是西方文明的产物",并且在总体上仍然"仅存于西方之中"。而20世纪晚期的"第三波"民主浪潮,就是西方政治价值观的普遍化、全球化过程。"第三波的一个成就就是西方文明中的民主获得普遍性,并促进了民主在其他文明中的传播。其未来就是民主在非西方社会的扩展"②。在这里,亨廷顿描写了将资产阶级政治解放的各项原则普遍化的现代图景。至此,马克思主义必须再度向世界说明自身的使命,必须显示超越政治解放的实践力量。

因而,中国的社会主义政治建设自然被特别关注。在东欧发生政治剧变的1989年,邓小平说:"只要中国社会主义不倒,社会主义在世界将始终站得住。"③邓小平建设有中国特色社会主义民主和法制的理论开拓及改革实践,正是保证"社会主义在世界将始终站得住"的一种探索,是历史将超越政治解放而走向人类解放的具体路径,是马克思主义对人类政治文明的自由、民主价值作出超越性说明的力量展现。20世纪是一个风云激荡的"极端年代"。社会主义曾以革命为中心概念建树起自己的历史形象,而在邓小平这里,这个形象的中心概念转向

① 俞可平,《全球化时代的马克思主义》,北京:中央编译出版社,1998年版。

② 塞缪尔·亨廷顿,《第三波——20世纪后期的民主化浪潮》,刘军宁译,上海:上海三联书店,1998年版。

③ 《邓小平文选》第3卷,北京:人民出版社,1993年版。

了建设。在社会主义的政治理论史上,邓小平的政治理论从建设的意义上获得了开创性的定位。建设有中国特色社会主义民主政治的理论和实践,同革命时期“武器批判”的全套思路不同。这里有一个整体的“话语”体系转换,是社会主义政治理论史上的一次“范式”创新。

马克思主义政治学说提出和论证无产阶级从政治解放走向人类解放的历史使命。这种对政治解放的超越曾经实现在历史批判的理论之中,继而实现在暴力革命的实践否定之中,后来则实现在更高历史类型的政治建设之中。邓小平正是把社会主义政治和中国社会主义的观察从批判的视角转向建设的视角,从权力型计划经济背景转向社会主义市场经济背景,从抽象的政治伦理主义转向现实的政治法治主义。这是认识当代中国政治的一个全新的理论境界,也是认识整个社会主义政治的一种全新的理论发展。

(原载《中共中央党校学报》2002 年第 1 期)

从革命到执政：理论创新的复杂进程

——关于“三个代表”重要思想和党的历史方位的思考

“三个代表”重要思想是中国共产党指导思想发展的一次重大创新。这一创新的社会历史基础是党所处的全新历史方位。党处于革命和战争的历史方位时，曾有过卓越而成功的理论创新，但在党的历史方位转向执政和领导建设时，这一创新中的有些成果被凝固化、偶像化，扭曲为党的事业发展的障碍。必须自觉地科学判断党在当今所处时代的历史方位，以与时俱进的理论品质把握党的历史方位从革命到执政的转换所必然要求的指导思想创新，这是理解“三个代表”重要思想历史内涵的一个关键。

一

在观察和把握人类社会生活方面，共产党人是历史唯物主义者。共产党人从不把自己的理论、自己的指导思想看作是“必须背得烂熟并机械地加以重复的教条”[①]。在关于社会和历史的理论和党的指导思想方面，共产党人的任务“不是推断未来和宣布一些适合将来任何时候的一劳永逸的决定”，不是让“愚昧的凡俗世界只需张开嘴来接受绝对科学的烤松鸡就得了”的“社会主义先生”[②]。共产党人的指导思想及其理论基础，是不断发展、不断丰富的思想和理论，是在历史实践中不断获得新的历史内涵的思想和理论，是

① 《马克思恩格斯选集》第4卷，北京：人民出版社，1995年版。
② 《马克思恩格斯全集》第1卷，北京：人民出版社，1956年版。

在马克思主义科学方法论指导下，依据党所处时代的历史环境、党所面对的历史任务，依据人民对党的愿望，集中全党智慧结晶而升华的思想理论。党的十六大正是在这个意义上强调，"'三个代表'重要思想，是在科学判断党的历史方位的基础上提出来的"①。正确把握我们党在当今时代所处历史方位，是在历史唯物主义方法论基础上正确理解"三个代表"重要思想的基础。

关于我们党在当今时代所处的历史方位，江泽民在党的十六大报告中作出了这样的归纳：我们党历经革命、建设和改革的长期奋斗，到今天已经发生了两大变化：一是"已经从领导人民为夺取全国政权而奋斗的党，成为领导人民掌握全国政权并长期执政的党"；二是"已经从受到外部封锁和实行计划经济条件下领导国家建设的党，成为对外开放和发展社会主义市场经济条件下领导国家建设的党。"②这两大变化，集中反映了我们党八十多年历史发展所取得的全部胜利、成就和进步；另一方面，又集中地反映了我们党今天所面临的全部挑战和考验。我们永远铭记党领导人民为夺取全国政权而奋斗所取得的全部胜利和成就，但我们更要看到党领导人民掌握全国政权并长期执政所面对的挑战和考验。对这种挑战和考验，我们比较容易把握的是来自外部的竞争和压力，比较难以把握的是来自自身的理论观念和体制传统的束缚，因为其中有许多是革命时期的经验在执政时期的不合时宜的延伸。江泽民强调理解和贯彻"三个代表"重要思想的关键是坚持"与时俱进"的理论品质，坚持敢于"突破前人"，敢于"把思想认识从那些不合时宜的观念、做法和体制的束缚中解放出来"，其核心就是要解决这种来自自身的理论观念和体制传统的束缚。这个问题之所以被视为关键，之所以把握有一定难度，就在于对党的历史方位的能否准确而科学地作出判断。因为有许多思想观念、体制方式在党处于革命和战争的历史方位时，曾经是成功的选择，是胜利的保障。因为革命的胜利和成功，这些思想观念、体制方式就可能凝固化，偶像化，被视为党处在任何历史方位都应尊崇的"万应灵药"，乃至于在党处在执政和领导建设的全新历史方位时，仍被十分顺手地或"理所当然"地因承下来。这是一种历史进程中的迟滞性反应。当我们不能对党所处新的历史方位自觉地作出准确而科学的判断时，就可能被束缚于这种历史的迟滞性反应之中。"三个代表"重要思想的提出，正是对这种不合时宜的思想观念和体制传统的根本性突破，是党从革命和战争的历史方位转到执政的历史方位必须完成的一次根本性的理论创新。

---

①② 江泽民，《全面建设小康社会，开创中国特色社会主义事业新局面》，北京：人民出版社，2002年版。

在我们党的理论历史上，这种从革命到执政的历史方位转换所要求的理论创新，是一个十分复杂而艰辛的进程，是一个曾经付出过高昂代价的曲折的进程。深刻把握这一复杂的思想历史及其留给我们的种种挑战与考验，科学地理解党的全部历史方位对理论创新的根本要求，是我们理解“三个代表”重要思想在马克思主义中国化进程中所作全新贡献的关键点。

二

中国共产党诞生时，所面对的政治主题就是革命，而且不久后就翻然悟出必须是通过“枪杆子里面出政权”的方式所实现的革命。当时，党处在战争与革命的时代，党的指导思想及其理论基础正是在党的这一历史方位上所做出的选择。毛泽东是这一理论选择和创新的杰出代表。可以说，毛泽东的主要政治经验、思想理论的成长与成熟，即建基于这一革命的历史进程中。邓小平在1978年党的十一届三中全会主题报告中说：“毛泽东同志在长期革命斗争中立下的伟大功勋是永远不可磨灭的。回想在一九二七年革命失败以后，如果没有毛泽东同志的卓越领导，中国革命有极大的可能到现在还没有胜利，那样，中国各族人民就还处在帝国主义、封建主义、官僚资本主义的反动统治之下，我们的党就还在黑暗中苦斗。所以说，没有毛泽东就没有新中国，这丝毫不是什么夸张，毛泽东思想培育了我们整整一代人。”[①]这整整一代人，是党处在领导人民夺取全国政权而进行革命这一历史方位的时刻走在时代前列的一代人。当时人们的政治经验、思想理论无可避免地打上这一历史方位、这一时代的烙印。

研究这一“烙印”，必须先考察发起革命国家的社会历史条件。20世纪为争取社会主义而发起的革命冲击主要发生在经济文化相对比较落后的国家。中国的革命尤其是如此。列宁在描述俄国社会主义革命在特殊历史机会中的突破时，称自己的原先的国家即是一个“落后国家”，在革命的意义上可以说“先进”，但在一种情况下“又会成为落后的国家”，即当革命在一个先进国家取得胜利时。这种“先进”和“落后”比较的参照系是欧洲、北美的工业资本主义国家。相比之下，前资本主义生产关系和传统农业社会落后因素在“落后国家”仍大量存在，甚至占主导性地位。在这样的国度里，发起社会主义革命的冲击，首先就面临着社会主义革命目标与现实社会近、现代化成熟程度的巨大反差，因而要能够发起革命冲击并取得成功，在革命的组织方式、动员方式、斗争形式等方面，必须保证这几点要求的满足。

---

① 《邓小平文选》第2卷，北京：人民出版社，1994年版。

其一，必须足以动员农民以开展农民战争。在19世纪，恩格斯仍然认为在德国和法国“农民到处都是人口、生产和政治力量的非常重要的因素。”[①]显然更不用说在东方落后国家，农民在社会生活中更是具有举足轻重的影响。在俄国革命中，列宁认为：“最根本、最重大的问题，就是工人阶级同农民的关系问题，工人阶级同农民的联盟问题。”[②]从一定意义上说，俄国的十月革命，是一场无产阶级的革命，又是一场农民战争。因而，在这种类型的国家里，必须以有效的机制推进农民进入革命热潮，并形成一场真正的农民战争。在中国更是如此。

其二，必须足以组织社会推翻封建专制统治。革命前的东方落后国家，都存在着野蛮的封建专制政权，或者是带着浓重封建色彩的官僚资本政权，在国内实行着独裁恐怖统治，近代工业社会的民主政治或者根本没有，或者只有一种装潢门面的幌子。要推翻这种传统的野蛮统治，不得不借用传统社会的武器，因为新的机制还无从发育起来。毛泽东分析中国的历史与现状，认为“由于中国没有资产阶级民主，反动统治阶级凭借武装力量对人民实行独裁恐怖统治，革命只能以长期的武装斗争为主要形式。中国武装斗争，是无产阶级领导的以农民为主体的革命战争”[③]。

其三，必须足以有效地引导和控制社会，以实现领导阶级及其政党的政治意图。落后的农业国家里，社会的自组织程度非常低，就像马克思所比喻的“一口袋马铃薯”。共产党人要在这样的社会里实现直接争取社会主义的努力，就必须以强有力的机制聚拢社会、引导社会、控制社会，推动社会以实现自己的政治追求。甚至在共产党人夺取政权后，仍然继续面对着“汪洋大海”一般的小生产者，因而不得不保留某些社会控制中的刚性机制。

从满足这些要求出发，革命方式的选择必须特别富有权威性的特征。首先是暴力革命的手段成为普遍性的选择。从俄国开始而后引向东欧、亚洲的直接争取社会主义的革命斗争，无一例外地都采取了暴力的形式。所有社会主义国家在建立新政权之前，无一例外地都经历了一段武装夺取政权的斗争历程。整个十月革命的历史，就是一部暴力革命史。所以，列宁说：“在十月革命中，革命暴力取得了辉煌的胜利。”[④]毛泽东则进一步指出了用革命暴力取得胜利的历史意义，说：“俄国共产党的枪杆子造了一个社会主义。……帝国主义时代的阶级

① 《马克思恩格斯选集》第4卷，北京：人民出版社，1995年版。

② 《列宁全集》第33卷，北京：人民出版社，1957年版。

③ 《三中全会以来重要文献选编(下)》，北京：人民出版社，1982年版。

④ 《列宁全集》第29卷，北京：人民出版社，1956年版。

斗争的经验告诉我们，工人阶级和劳动群众，只有用枪杆子的力量才能战胜武装的资产阶级和地主，在这个意义上，我们可以说，整个世界只有用枪杆子才可以改造。"[①]暴力的作用机制，之所以获得如此高度的价值评估，因为直接争取社会主义的努力是在落后的农业国家开始的，共产党面对的是封建色彩浓厚的专制统治，反动的暴力不能容忍任何民主的火星，因而迫使社会不得不使用暴力。"谁承认阶级斗争，谁就不能不承认国内战争。"[②]

其次，在一个仍然保留中世纪传统落后成分的国度里，要足以发动、组织农民投入革命，必须十分强调领袖人物的权威作用、号召作用、教育作用，否则，就难于使分散的、非组织化的农民进入革命，并服从革命所必要的纪律。这就是集中制组织原则，包括向领袖人物个人集中的倾向成为主导性的组织取向。再加上在落后的专制统治国家开展革命斗争的特殊环境，就使得集中制的取向获得充分的强化。俄国革命的最初的发动，是处在沙皇的野蛮专制统治之下，民粹派恐怖主义的暗杀，从反面刺激了这一专制统治更加走向残暴。1905 年革命失败后，全国到处都是"斯托雷平的领带"(绞刑架)。国家杜马形同虚设，没有合法斗争的一点儿缝隙，没有反对党存在的任何余地。因此，俄国社会民主党不得不长期处于地下状态，从事着秘密斗争。在中国，革命党利用民主讲坛开展合法斗争的政治传统更是几乎等于零。中国共产党人在解放前，除了两党短暂的国共合作和解放区外，都自始至终处于"非合法"的状态。这种特殊的斗争环境，决定了集中制和领袖个人作用的强化。

再次，要造成风起云涌的群众运动，必须依靠从外部向工农群众灌输革命思想。从外部的灌输，是各国发动并引导革命走向胜利的必要保障。因为俄国、中国这样的农业大国，是一个具有封闭性特征的庞然大物，往往必须经历一个中断性的、剧烈的社会震荡，才能向前移动半步。社会主义在这样的国度里起步，必须用极大的力量去动员群众，把革命意识传播到革命群众和可能参加革命的其他社会各阶层去，激荡他们对苦痛而黑暗的现实社会的仇恨，点燃起革命的烈火，引导人们走向革命斗争的道路。这种动员工农、组织人民的过程，便是思想灌输的过程。本世纪各社会主义国家的领袖们，他们是革命家，但大多数同时又是思想家、理论家。他们从马克思主义的经典理论出发，构筑起各自的思想体系，从而成为本国革命运动中的思想权威，有的则在国际性的共产党人组织中获得这种权威影响。这些思想体系，首先在共产党内获得统一认识，成为指导思想

① 《毛泽东选集》第 2 卷，北京：人民出版社，1991 年版。
② 《列宁选集》第 2 卷，北京：人民出版社，1972 年版。

的理论基础。其次，在工农群众中广泛传播，形成人民思想行为上的权威导向。同时还通过各种思想斗争、思想批判、“整风”、“学习”等方式，保证人们坚持这一革命的思想方向。通过这一灌输，在思想的层面上，把人们聚集起来，组织起来，形成一场声势浩大的群众运动，由此推动他们去实现一场伟大的革命变革。

这种历史条件和国情特点的制约性，使中国共产党在领导人民实现夺取全国政权的革命中，必须把马克思主义中国化，必须有自己独特的革命战略。这个革命战略认为，社会主义运动在中国的日程安排是：首先通过武装斗争夺取政权，然后在社会主义政权条件下建立社会主义生产关系，再发展生产力。革命先于建设，政治先于经济。政权问题是根本问题。政治是一切工作的“生命线”。这个革命战略认为，在中国，武装夺取政权的根据地在农村，武装夺取政权的主体力量是农民。工人阶级是领导阶级，对农民的领导主要通过中国共产党在农村发动、组织、指挥农民进行武装斗争的形式来实现，通过党所领导的军队作为“宣传队、工作队”的形式来体现。因而，党组织、党的军队和农民群众的紧密的联系与结合是革命成败的关键。这个革命战略认为，要在农村组织和发动农民投入革命运动，必须通过思想动员、思想教育。而在以农民为主体的革命队伍中，则必须加强思想改造，其主要方式就是思想斗争和思想改造。除了思想动员、思想教育、思想改造外，还必须有强有力的集中制，保证组织上的按级服从。这个革命战略还认为，通过以上发动和组织起来的农民革命力量，建立起农村革命根据地。农村革命根据地的“星星之火”发展到“可以燎原”，就可以出现全国性的“急风暴雨式的群众的阶级斗争”。这种群众性的阶级斗争最终将控制所有农村，夺取“孤岛式”的城市，进而夺取全国政权，建立起新中国。

三

现在我们可以看清，正因为在落后国家开始发起社会主义革命的冲击，正因为面临着社会主义目标与现实社会成熟程度之间存在的巨大差距，所以需要特别强有力的革命手段、特别富于权威的革命方式。但是，共产党人也不是神仙，不是“算命先生”，在毫无历史经验可循的情况下所作的探索，其中包括对于革命时期经验的认识、对于革命时期所形成的理论取向的选择上有时很难避免某些盲目性。这种盲目性是一种惯性裹胁，是一种传统崇拜。这种盲目性正是革命胜利后相当长一个时期许多“严重问题”出现的重要主观原因。我们可以从这些方面看。

其一，革命暴力无疑是最权威的手段，尤其是在落后国家利用帝国主义危机和大战而实现的革命突破中更是如此。但是,在本世纪以来的社会主义运动中,人们却在暴力的问题上倾注了过多的热情,在某种意义上说,还出现了对暴力的崇拜。因为胜利,人们便热情地赞颂取得胜利的手段;因为在落后国家用暴力造就了"社会主义",人们便把暴力看作是社会主义的题中应有之义;因为暴力带来了一个新社会,所以新社会中仍然通行着暴力的原则。这种把暴力原则的抽象化、绝对化和普遍化,在新的国家政权和社会生活中留下了自己的深刻印记。人们本应把暴力在无产阶级专政的本质含义中给以科学合理的界定,以保持其革命进步的价值意义。但是,后来的事实并不尽如人意。比如:(1) 某些领袖人物却把暴力理论体系化、范式化,使之成为一切国家在一切时期内实现社会主义革命的普遍规律。同时在国际共产主义运动中,把一大批不赞成这种理论的革命党人,当作"右倾机会主义"、"修正主义"批判。对于社会,则通过各种宣传、教育渠道,注入暴力理论意识。这就不仅在组织内获得了对暴力理论的统一认识,同时也在整个社会中使人们产生对暴力的普遍认同。这是社会主义国家政权产生蜕变可能的一种潜在因素。(2) 暴力机器的非正常的强化。毫无疑义,在现在的世界条件下,国家仍然需要暴力机器,但必须控制在法定的正常的范围之内。可是,在有的国家,非正常的暴力机器恶性滋生,无视法律,甚至成为个人政治斗争的工具。(3) 暴力手段的滥用。由于对法治化、程序化政治范畴的排斥,暴力手段的使用失去必要的约束。其作用的范围,从原来对武装的敌对阶级的镇压,转化为对非武装敌对力量的镇压,发展为对不同政治意见分歧的镇压,进而实行对思想理论和文学艺术不同观点、风格的镇压。这里存在着一种巨大的危险,即现代意义上的法治文化有可能被传统意义上的暴力挤压到地平线的下面去了。

其二,集中制无疑是革命中必要的权威组织方式,正如列宁所说:"在黑暗的专制制度下,在宪警到处进行选择的情况下,党组织的'广泛民主制'只是一种毫无意思而且有害的儿戏。"①"无产阶级在争取政权的斗争中,除了组织而外,没有别的武器。"② 但是,革命中对这种集中制的强调本应在革命后及时受到调整,尤其是在历史上缺乏民主传统的落后国家中,更应冷静而自觉地选择这种调整,坚持党内民主集中制,大力推进社会主义民主政治建设,以调动全党、全民建设社会主义的积极性。但是,后来的情况却是在一些社会主义国家中始终保持着对过度集中制的强调,甚至形成某种集中制崇拜。比如,党内高度集权,全国党代表大会不能按期举行,中央委员会不能正常履行职责,越来越向政治局集权,最后向党的领袖人物个人集权,领袖个人实行事实上的终身制。党内残酷斗争,以

①② 《列宁选集》第 1 卷,北京:人民出版社,1972 年版。

"清党"的名义在党内对持不同意见的同志无情打击，直到肉体上大规模地消灭。宣布党是工人阶级"最高组织"，形成其他组织事实上只能放弃自身的组织个性，只执行党的决议和要求的局面。这种模式中甚至还包括了国家组织。捷共在总结失败的原因时，沉痛地认识到党内缺乏民主机制是一个重要原因。捷共前任中央第一书记莫霍里塔说，剧变前"基层党组织虽然注意到了日益紧张的局势和矛盾的不断加剧，但由于党内民主机制涣散，党员的任何警告对党的领导人的决策都不能起任何作用"。可惜，到此时方才醒悟，为时晚矣。

领袖人物在革命中的权威作用是至关重要的，但也造成了领袖人物凌驾于党的民主机器之上的倾向。而在革命时期结束之后，本应及时转变领导体制，使领袖个人权威置于党的民主制度之中，处于有效的监督之下。可是，后来的实践证明，这一转变没有顺利实现。而是相反，因为胜利，人们不仅没有及时意识到领袖权威凌驾于民主机器之上的危险，反而使东方社会特有的感恩心理充分爆发出来，大大巩固了领袖权威与政治机器的传统关系，并使之在体制上凝固化。这就是在组织体系中逐步形成了领导职务的终身制，以及接班人的指定制。因为革命斗争的胜利，人们往往忘记了这一胜利的特殊背景及其未来的艰难历程，而把领袖在斗争中的作用神圣化，进而把领袖个人偶像化。这就在社会文化心理的层面上把领袖个人牢牢固置在领导职位上，造成了领导职务终身制的浓烈氛围。

其三，通过思想动员、思想灌输而掀起的急风暴雨式的群众运动，在革命中无疑能形成摧枯拉朽式的气势，迅速打开革命的局面。但是，进入建设时期，这种依靠"政治动员"而掀起的群众运动，和经济运行的正常规律之间形成了剧烈的摩擦。首先是人们过高地估计了思想灌输的作用，形成了"思想万能"、"思想第一"的观念，强调只要用个别领袖人物的思想去"统一"人们的思想，就能成为他们的"自觉行动"，就能什么样的人间奇迹都可以创造出来。这实际上是用主观意志去取代经济规律，导致建设中的盲目蛮干、瞎指挥、严重的资源浪费和人民利益的严重损失。其次，这种对思想动员和群众运动的过分崇拜，还导致了一些国家运用"大搞群众运动"的方式去"运动群众"，领袖人物的号召和全部宣传机器的开动，强制性地向社会注入某种政治意识，引起整个社会思维的不合理倾斜，从而造成了社会政治生活和经济生活的失衡，甚至引起"文化大革命"这样的动乱。

其四，在激烈的意识形态对立和冲突中，追求意识形态的纯洁性和一致性，并以此来求得革命队伍组织上的一致性和行动上的一致性。这在落后的传统环境中，为适应"非合法"斗争的需要是必要的，尤其是在以暴力形式为主的革命中，在你死我活的战场上，这种意识形态上的一致性更显得重要。但是，这种意识形态上的一致性追求，如果走向极端，变成与某个领袖人物个人思想的“纯而又纯”的一致性，把这种追求绝对化为一种强制性的“思想整合”，通过非思想性强制的方法、追究“思想罪”的方法来保持这种“一致性”，那就很危险了。这首先会在整个思想政治领域形成僵化、保守、排斥发展的停滞局面。同时，这种倾向会蔓延到整个精神文化领域，造成对非国家指定的意识形态、文化样式、精神产品和精神生活方式的绝对排斥，甚至通过行政强制、政治斗争的方式来实现这种事实上不可能的排斥。

尤其需要强调指出的是，上述种种对革命时期政治经验凝固化、教条化的倾向，在前资本主义社会因素大量存在的经济文化落后国度里，很容易获得来自社会的鼓励。因为这种小生产充斥的社会中，最容易产生对革命中获胜的权威的崇拜，和对革命中权威思想的神圣化。本来，在这片“落后的国土”上当初是否应该发起革命，列宁和考茨基、普列汉诺夫有过一番激烈的争论。历史实践证明列宁选择的正确性。无产阶级及其政党的历史主动性即在于能够尽一切努力，抓住历史的机会，把社会尽可能向前推进一步，创造这些国家文明发展的新的历史条件。尽管到 20 世纪末世界社会主义出现严重挫折，但社会主义仍是 20 世纪人类的成功选择。总结这段历史经验，现在的问题不是争论是否有利用机会实现革命突破的必要，而是应该清醒地认识到，无产阶级在这片落后的土地上直接开始争取社会主义的努力时，必须时时警觉地意识到，在社会文明程度没有达到一定水平（最低限度是必须高于西欧、北美在资本主义条件下已经达到的程度）时，争取社会主义的革命性努力有时是会遭到来自前资本主义社会因素方面的种种扭曲而出现变形。并且还必须时时警觉地意识到，在这片落后土地上开始争取社会主义的努力，是极其困难的，各种有关社会主义的概念、规范、思想等，会遭到来自广泛的社会落后力量的粗暴排拒、荒唐扭曲和野蛮篡改，应该时时提防社会落后势力的侵蚀与腐化。然而，许多在这片落后的国土上从事着争取社会主义的人们，过分地为一时的表面上的胜利所激动，显得过分地欢欣鼓舞，竟然忘记了自己脚步下的基础和身边的危险，以为自己已经先于西欧、北美进入了社会主义，却没有意识到自己竟然渐渐陷身于小农社会的、传统落后的前现代的社会因素早就为他们准备好的泥沼之中。

四

具体的历史问题放在具体的历史条件下考察，“具体问题具体分析”，这是马克思主义者的根本方法论。用这种方法论来观察上述问题，我们十分清楚地懂得，党处在革命的历史方位上的时候，在领导全国人民为夺取全国政权而进行的长期艰苦的革命斗争中，曾经作出过非常正确、非常成功的政治战略选择和重大理论创新。其中有许多至今仍然是我们的宝贵的政治财富和理论财富。但是，如果把党在革命的历史方位上的经验、理论固定化、神圣化、乃至僵化，那是一种极大的危险。20世纪大部分时间里的世界社会主义事业，大致是由两大事件组成，一是成功的革命，二是由一度成功而后严重受挫的建设。在不少国家，共产党领导的民族民主革命和社会主义革命，曾以摧枯拉朽之势，清扫了旧政权，剥夺了剥夺者。但是，当共产党员进入执政时期，领导国内建设曾有过凭藉革命惯性的辉煌，但是继续按照革命时期的思路和经验来应对执政和建设中的问题，就迅速出现失误不断，步履维艰，甚至犯下全局性的严重错误，引起国内政治生活、经济生活乃至整个社会局面的严重震荡。大震荡的结果使苏联和东欧的大批社会主义国家的共产党失去执政地位，世界社会主义转向低潮。世界社会主义事业进入低潮的原因是多方面的，但是在指导思想方面说，过度陷于对革命时期理论和经验的崇拜，不能不说是一个重要原因。所以，江泽民同志在党的十六大上说："我们要突破前人，后人也必然会突破我们。这是社会前进的必然规律。我们一定要适应实践的发展，以实践来检验一切，自觉地把思想认识从那些不合时宜的观念、做法和体制的束缚中解放出来，从对马克思主义的错误的和教条式的理解中解放出来，从主观主义和形而上学的桎梏中解放出来。要坚持马克思主义基本原理，又要谱写新的理论篇章，要发扬革命传统，又要创造新鲜经验。"①正是在这种历史唯物主义的方法论指导下，我们党形成了关于党的新的历史方位的科学判断，明确认识到党"已经从领导人民为夺取全国政权而奋斗的党，成为领导人民掌握全国政权并长期执政的党"。在当代中国"领导人民掌握政权并长期执政的党"所必须长期坚持的指导思想，应该是马克思主义在中国的全新发展。毫无疑义，我们必须维护革命成果，继续"发扬革命传统"，但是，我们必须在党的新历史方位上"创造新鲜经验"，要在马克思主义在当代的中国化方面"谱写新的理论篇章"。这一"新的理论篇章"就是"三个代表"重要思想。

在我们党"从领导人民为夺取全国政权而奋斗的党，成为领导人民掌握全国政权并长期执政的党"的时候，党的使命、党的责任，就是能不能在新世纪，在新的世界情况、中国情况和党的情况的历史方位上，真正代表中国先进生产力的发展要求，代表中国先进文化的前进方向，代表中国最广大人民的根本利益，从而

---

① 江泽民，《全面建设小康社会，开创中国特色社会主义事业新局面》，北京：人民出版社，2002年版。

不断推进理论创新、科技创新、文化创新以及其他各方面的创新，不断发展社会主义市场经济、社会主义民主政治和社会主义先进文化，不断促进社会主义物质文明、政治文明和精神文明的协调发展，以利于团结和带领全国各族人民，抓住机遇，迎接挑战，胜利实现党在新世纪继续推进现代化建设、完成祖国统一、维护世界和平与促进共同发展这三大历史任务，在中国特色社会主义道路上实现中华民族的伟大复兴。“三个代表”重要思想的提出，正是基于党所处的这种历史方位的科学判断，是从革命到执政的历史方位转换所实现的党的指导思想的重大创新。

（原载《江苏行政学院学报》2003 年第 3 期）

邓小平对科学社会主义政治学说的一项重要贡献

——关于社会主义政治文明命题的理论准备

邓小平拓展了科学社会主义政治学说一个新的理论视域，即在宏观文明进步、现代文明成果积累的观察与分析框架中说明中国社会主义政治发展和民主政治问题。这一观察与分析框架的建立，为社会主义政治文明命题的形成开辟了理论路径。这一观察与分析框架是邓小平关于中国政治发展长期探索的基本理论线索。由此形成了一系列重要的基本看法：现代政治文明成果不是资产阶级的专利，对政治解放的扬弃不等于排斥对政治文明成果的继承和利用，工人阶级和劳动人民争得国家政权，不等于政治文明问题的全部解决，在历史哲学中完成对政治解放的批判，不等于科学社会主义政治学说的理论完成。

江泽民提出的建设社会主义政治文明的重要命题，是科学社会主义政治学说发展的一次重要创新，是"三个代表"重要思想继承和发展邓小平理论的一个理论典范。这一重要命题的建立，在理论方法的意义上展开了在宏观文明进步、现代文明成果积累的分析框架中阐明当代中国政治发展和民主政治问题的思路，这正是邓小平关于中国特色社会主义政治建设探索中所准备的基本思路。理解"建设社会主义政治文明"命题的重要理论通道，在于邓小平所建树的关于观察、说明中国社会政治发展，特别是民主政治建设的基本方法框架。如果没有邓小平，也许人们在很长时期里仍然主要在"阶级和阶级斗争"的观察框架中谈论问题。如果没有邓小平力倡在现代化发展的意义上谈论民主政治问题，也许人们要付出更长时间和更多代价来寻求理解当代中国政治发展的现代文明含义。这是一次真正的思想解放，一次关于当代中国政治发展的思维范式转换，一次为“建设社会主义政治文明”命题所作的基础方法论准备，因而也是邓小平对科学社会主义政治学说发展的一项重要贡献。

一、社会主义从政治革命向政治建设转换中遭遇到的严峻课题

科学社会主义政治实践的一个历史总主题，就是“从政治解放走向人类解放”。超越黑格尔国家哲学是马克思完成历史唯物主义发现的重要关键点。在这一理论超越的过程中，马克思获得了一个支柱性的重要命题“政治解放本身还不是人类解放”①。只有超越政治解放，克服市民社会，使现实的个人同时成为类存在物，人类才能实现解放。这个命题规定了以后马克思的工作中心，构成了马克思后来的中心工作——政治经济学研究的前提和基础，这个命题阐明了社会主义运动中政治实践的历史内涵。此后的社会主义政治实践，包括政治革命和政治建设，都是以扬弃政治解放和争取人类解放的目标作为自身的历史规定性和主要哲学基础。

可以毫无愧色地说，社会主义曾经有过成功的政治革命实践，打碎了以阶级压迫为本质的旧国家机器，然而在其后社会主义政治建设、实现文明进步意义上的政治成果积累的实践中，虽说不无诸多成就与经验，但总体上说显示出难以尽言的幼稚，在某些“根本性、全局性、稳定性和长期性”的问题上屡屡再现悲剧和扭曲。直到20世纪70年代末，邓小平以顽强精神展开民主和法制的实践创新、理论探索，当他论及所面对的社会主义政治建设经验严重不足，以及至少是在形式民主意义上的民主传统的严重缺乏时说“旧中国留给我们的，封建专制传统比较多，民主法制传统很少。解放以后，我们也没有自觉地、系统地建立保障人民民主权利的各项制度，法制很不完备，也很不受重视”②。“我们过去发生的各种错误，固然与某些领导人的思想、作风有关，但制度方面的问题更重要。……制度好可以使坏人无法任意横行，制度不好可以使好人无法充分做好事，甚至会走向反面”③。

敢于直陈严峻的事实，敢于直面理论的窘境，这是邓小平的政治理论品格。他以马克思主义政治家的高度责任心，真实地表述了20世纪社会主义政治史上的一个不幸：资本主义用“政治解放”的名义为人类政治文明提供相当成熟的制

① 《马克思恩格斯全集》第1卷，北京：人民出版社，1956年版。

②③《邓小平文选》第2卷，北京：人民出版社，1994年版。

度成果，而以扬弃政治解放为己任的社会主义政治实践，却未能解决某些在资本主义政治框架内已经解决了的问题。苏联的肃反扩大化和中国的“文化大革命”，就是最沉重的历史注脚，而苏联和东欧国家的政治剧变则是这些问题未获解决的必然结局。这是社会主义政治实践和政治理论所面对的严峻课题。

“社会主义还十分年轻”。这是事实，但不能成为“我们过去发生错误”的充分依据和辩护借口。社会主义的政治实践至少要解决在资本主义政治框架内已经解决的问题，或者说至少不要发生在资本主义政治框架内都不会发生的弊端。以扬弃政治解放、追求人类解放为历史使命的政治实践，当然不能低于政治解放已经达到的文明水准，而只能超越这一文明水准，为实现自身的历史使命积累条件。但是，已经发生的事情，使 20 世纪晚期世界社会主义运动中的不少政治力量产生了种种困惑和彷徨，出现“政治解放究竟能否被超越”的疑问，而西方意识形态专家们则趁机把政治解放成果渲染为“历史终结”。在历史转折的这一重要关头，邓小平明确表示“我们共产党人是彻底的唯物主义者，只能实事求是地肯定应当肯定的东西，否定应当否定的东西。”①他坚持“老祖宗不能丢”，坚信社会主义“不会倒”，坚定追求人类解放的使命不容改变。但是，信念并不是说明全部事实和实践策略的所有理论工具，到了邓小平这里，最需要的是把“从政治解放走向人类解放”的使命成为当代中国社会主义政治建设的历史具体，因而在实践上需要解决的是从通过政治革命实现政权归属的阶级转移，转向通过政治建设实现社会文明进步意义上的政治成果积累。为此，在理论上需要的是能够超越曾经成功地适应政治革命实践的理论说明框架，开辟出能够成功说明政治建设实践的理论路径。这是 20 世纪晚期科学社会主义政治学说发展的一个关键点。

二、路径探索在现代文明积累的视域中

观察社会主义政治发展问题之所以把上述转换看作科学社会主义政治学说发展的一个关键点，因为此前社会主义政治理论的整个话语体系的中心词是阶级斗争、暴力革命、一个阶级对另一个阶级的专政。自从马克思建立起“从政治解放走向人类解放”的革命命题，在历史哲学的层面上完成了对资产阶级政治革命及其形式民主——政治解放的批判以来，我们不能不承认，争取社会主义目标的人们长期重视的是阶级斗争、无产阶级革命、无产阶级专政，而民主政治、法治、平等、自由等权利体系的诸范畴，长期被排斥在他们的理论视野之外，或以抽象、笼统的“已完成

① 《邓小平文选》第 2 卷，北京：人民出版社，1994 年版。

批判”为由，或以盲目自大的理论奢侈为满足，弃之不顾。在苏东政治剧变后仍然毫不动摇地宣称自己是“马克思主义者”的前波兰统一工人党中央委员、“人道主义的马克思主义”的理论家亚当·沙夫，以一种悲观的口吻谈到，在经典社会主义理论中，同资本主义相比，社会主义应拥有更高的民主，但是，“比资本主义国家的民主制度更高的民主究竟是什么样子，谁也说不清楚”①。这一看法虽属于悲观，但可以使从事社会主义事业的人们冷静地看清这一点。工人阶级和劳动人民在革命胜利后可以说是“争得民主”，但并不等于直接就有了比资本主义更高的民主，并不等于就解决了现代政治文明意义上的民主政治问题。邓小平的政治理论对于经典社会主义学说所作的创新恰恰就是在这里开始。

以邓小平的名字来界定的具有独特内容的社会主义政治发展理论，应说是从党的十一届三中全会开始提出，并逐渐形成和发展为一个理论系统的。邓小平作为马克思主义者，在社会主义政治理论方面早有自己独到的思想底蕴。但是，作为中国特色社会主义政治理论史上划阶段性地提出一种理论体系的，是从邓小平在十一届三中全会所作主题报告中开始的。邓小平当时是这样提出问题的：“当前这个时期，特别需要强调民主。因为在过去相当长的一个时间内，民主集中制没有真正实行，离开民主讲集中，民主太少。”②

中国现代化的实践取向，是邓小平民主政治理论的最初出发点，他是从中国进入现代化世界文明潮流来思考中国的民主问题的。邓小平特别强调民主政治的发展，是把它作为中国现代化的政治基础来定位的。三中全会刚结束，邓小平在一九七九年一月一日的全国政协座谈会上指出，建设社会主义民主政治局面，“是实现四个现代化的政治基础。没有这样的政治局面，四个现代化是不可能实现的”③。其后不久，一九七九年三月三十日，邓小平在党的理论工作务虚会上提出了著名论断：“没有民主就没有社会主义，就没有社会主义的现代化。”④理论界研究邓小平的民主理论，给这个论断的前半部分以特别的关注，这是可以理解的。因为20世纪社会主义国家政治实践中，民主政治建设存在严重失误，民主政治和社会主义的逻辑关联、历史关联在理论上没有给出令人信服的说明，同时，长时期的理论传统也使研究者们形成了一种思想习惯，凡讲民主，只讲民主与“阶级”、“阶级关系”、意识形态取向的关联，而很少言及其他。所以，人们特别关注“没有民主就没有社会主义”的命题。其实，从邓小平的理论个性来说，尤其值得关注的是这个论断的后半部分，即没有民主就没有社会主义的现代化。没

① 沙夫，《做马克思主义者不做教条主义者》，《马克思主义与现实》1999年第6期。
②③④《邓小平文选》第2卷，北京：人民出版社，1994年版。

有民主就没有社会主义这个命题在列宁那里已经出现。列宁提出“没有民主，就不可能有社会主义，这包括两个意思：无产阶级如果不通过争取民主的斗争为社会主义革命作好准备，它就不能实现这个革命；胜利了的社会主义如果不实现充分的民主，就不能保持它所取得的胜利，并且引导人类走向国家的消亡”①。列宁这段论述的前半部分上承恩格斯对十九世纪下半期欧洲社会主义运动的经验总结，其后却为西方民主社会主义者极力扩张，而列宁论述的后半部分，在二十世纪社会主义国家的政治实践中长期未能取得成功的经验，甚至使社会主义遭到严重挫折，这就愈显示出列宁关于社会主义必须有“充分的民主”、“没有民主，就不可能有社会主义”论断的珍贵。所以，人们总是关注这个命题。而邓小平提出“没有民主就没有社会主义”，在理论逻辑上与列宁的提法是一脉相承的。当然，这里必须指出，邓小平表述中的与社会主义相联系的“民主”，在观察方法、历史特性、具体内涵上有很大的超越和发展，具有全新的历史涵义，但总体上说是一脉相承的关系。当理清这种一脉相承关系后，就可以发现邓小平作出独特贡献的，是在党的理论工作务虚会上所提论断的后半部分，即没有民主，“就没有社会主义现代化”这一命题。这是在列宁、包括毛泽东的视野中还没有真正出现的命题，因而更具有邓小平民主政治理论的独特个性。列宁、毛泽东主要是在实现革命和维护革命的制度成果方面谈论民主问题，而邓小平则把民主放在现代化历史潮流中作出分析和说明，从而更具个性地显现出邓小平民主政治理论真正的逻辑基础和实践起点。

关于这一点，研究者中有一种看法，认为当时邓小平从解放思想的角度提出民主问题，而不是直接从“什么是民主、什么是专制”等概念提出问题，这样“易于理解和接受，能够收到而且确实收到了预期的效果。这充分体现了一个娴熟的马克思主义政治家和思想家的智慧和求实精神。可以设想，如果换一个角度，例如直接针对当时的政治格局提出民主问题，那很可能事与愿违，不但得不到理解和支持，反而会被引伸到别的问题上去”②。这种看法对邓小平民主政治理论的把握有一点是准确的，即肯定了民主政治格局的形成和“解放思想，实事求是”思想格局形成的密切关联。但是，并不因此就表明邓小平回避了“直接针对当时的政治格局提出民主问题”。当时，邓小平多次说过，坚持解放思想、实事求是，是一个重大“政治问题”③。解放思想问题，直接就是民主政治格局的开创问题。在

① 《列宁全集》第2卷，北京：人民出版社，1995年版。
② 崔佩亭等，《邓小平政治民主化思想研究》，北京：中共中央党校出版社，1997年版。
③ 《邓小平文选》第2卷，北京：人民出版社，1994年版。

这里，邓小平没有如上述研究者所认为的那样是“换一个角度”，没有回避“直接针对当时的政治格局提出民主问题”。三中全会期间，邓小平提出要“特别强调民主”，就是直接针对当时“假马克思主义的禁锢圈”，针对“思想僵化，迷信盛行”，针对全国上下“鸦雀无声”，针对“权力过分集中”和“官僚主义盛行”，针对“民主集中制遭到严重破坏”，针对“长期缺乏政治民主”、“民主太少”。汇总起来，邓小平提出民主政治建设，直接就是“针对当时的政治格局”。

更应看到，邓小平是在中国现代化的实践逻辑中展开民主政治理论的叙述。这一点，正是研究者们常常未给以充分关注的。人们习惯于这样的思维方式，凡涉及民主，首先就是“民主和专制”的概念，首先就是“阶级的民主和阶级的专政”，首先就是“谁有民主和对谁专政”。人们还不习惯于如下这样的分析与叙述思路，民主是现代化的“政治基础”，民主是现代文明的构成物，民主和现代化同在一个现代发展的进程中，“一步一步地前进”，解放思想的根本问题是“充分的民主”问题，民主在中国，也是摆脱传统社会禁锢、获得现代“一切文明成果”的问题。邓小平正是独辟新的分析与叙述思路，在中国现代化的实践逻辑中展开政治民主的叙述，为人们提供了观察政治发展的一个崭新的观察框架。

我们说邓小平从中国现代文明发展、中国现代化开始叙述民主政治问题，这是他特有的叙述逻辑。同时，这种叙述逻辑又是他的民主政治理论的真实逻辑，因为邓小平全部理论思维的意识中心正是现代化、现代文明在中国的发展。这是他的政治思维的一种超越，是他和毛泽东政治思维的区别之所在。毛泽东全部理论思维活动的意识中心是革命，是通过阶级斗争的方式夺取政权和巩固政权。这曾经对于中国十分宝贵，但随着历史的发展必须被超越。革命是什么，在邓小平的思维框架中，革命决不是革命本身，也不是为了某种抽象的制度形式。革命服务于一个根本的历史目的即解放生产力。邓小平说：“革命是解放生产力，改革也是解放生产力。推翻帝国主义、封建主义、官僚资本主义的反动统治，使中国人民的生产力获得解放，这是革命，所以革命是解放生产力。”[1]而从当代中国来说，就是为了现代化。舍此而言革命，不过是一场代价惨重的革命游戏。邓小平正是在这种中国现代化的实践逻辑中来说明民主政治和政治发展，所以，邓小平从十一届三中全会开始的关于民主政治发展的叙述逻辑，也同样是他关于民主政治发展的真实逻辑。

① 《邓小平文选》第3卷，北京：人民出版社，1993年版。

三、邓小平探索中国政治发展的长期理论线索

从政治发展的现代性、文明的政治成果积累的视域中来观察和说明中国社会主义政治发展、民主政治问题，这是邓小平政治理论中早就潜藏着的线索。在阶级矛盾极为尖锐、阶级斗争极为激烈的革命战争年代，邓小平在论述抗日根据地民主政权建设时，就显露出现代政治文明所特有的民主逻辑特性。1941 年他发表在中共中央北方局出版的《党的生活》杂志上的《党与抗日民主政权建设》一文中，开宗明义称“三三制政权的实质是民主”。这种民主的含义是，“必然在政权中反映出不同的利益、不同的政治立场、不同党派阶级的民主政治的斗争”。共产党的领导和政治优势，“更基本的是从民主政治斗争中去取得”。显然这种民主是在不同政治力量之间的有秩序的政治竞争。邓小平在这时称“政治斗争”的民主，是以权利平等为核心内涵的现代式民主。正是在这种具有现代政治文明特性的民主框架中，邓小平极力反对“以党治国”的观念。他是这样分析问题的：假如说中国是半封建的缺乏民主的国家，则反映到党内的是共产党员一般缺乏民主的习惯，缺乏民主政治斗争的常识与锻炼。“假如说西欧共产党带有若干社会民主党的不良传统，则中国党或多或少带有一些国民党的不良传统。某些同志的‘以党治国’的观念，就是国民党恶劣传统反映到我们党内的具体表现。”“这实在是最大的蠢笨。”①

从以上分析，我们可以体悟出当时邓小平关于民主政治的理论中所存在的一个基本看法：西欧共产党有民主传统，但是常常出现民主的资产阶级化倾向，而当时的中国共产党中则是“一般缺乏民主”，缺乏现代民主政治的“常识与锻炼”，直到党的十一届三中全会期间，邓小平仍然认为党内长期是“民主太少”。在他看来，中国共产党在民主政治方面所要解决的问题和西欧共产党不同，首先要解决的不是社会民主党的那种民主的资产阶级化影响，而是克服“国民党的不良传统”的影响，解决民主习惯缺乏的问题，建立西欧共产党已经获得充分“常识与锻炼”的现代民主政治传统。这种现代民主政治传统，当然首先产生于资本主义发达的社会，甚至可以说是资本主义发展过程中对人类政治文明的一项贡献。但是，这一政治文明成果绝不仅仅是资产阶级的贡献，更主要的是平民等级中的劳动人民长期斗争的结果。为争取“政治解放”这一历史进步，资产阶级举起过民主的旗帜，但在历史天平上产生决定性份量的还是平民等级中的劳动者。英

① 《邓小平文选》第 1 卷，北京：人民出版社，1994 年版。

国革命中的破产农民、法国革命中的“第三等级”、宪章运动中的英国工人、欧洲革命中的各国劳动者阶级和阶层，无不以自身的历史力量在西欧近现代史上申明了这一论点。现代民主政治作为现代民主成果，不是资产阶级的专利，而是属于全人类的，是人类社会历史进步的成果，是人类文明的政治成果的一种积累。即如恩格斯当年所说：“当各民族的无产阶级政党彼此联合起来的时候，它们完全有权把‘民主’一词写在自己的旗帜上。”①但是，资产阶级把这一文明成果篡取在自己的手中，打上自己阶级的烙印，使之成为阶级统治的工具。正是在这个意义上，《共产党宣言》强调工人阶级革命的第一步就是“争得民主”。正是在这个具体的历史实践中，毫无疑义民主都带着阶级的烙印，但是烙印并非就是民主政治本身，并不改变民主作为现代政治文明而区别于传统专制政治的特性。尤其刚刚开始从传统政治社会摆脱出来，长期缺乏民主传统的国家来说，更应关注民主的这种现代文明特性；而对于由于社会主义基本制度已经建立、剥削阶级作为一个阶级已经被消灭、社会主义政治建设成为社会政治生活主题的国家来说，当然也更应关注民主作为现代政治文明的成长和对于既往民主政治经验的超越。此两个“更应关注”的条件，在中国都存在。所以，在中国谈论民主问题，首先应该特别关注现代政治文明在中国的成长，关注中国现代化进程中的民主政治发展的战略安排。这正是邓小平阐述中国民主问题的基础逻辑。在上述两个“更应关注”的条件中，如果说早年的时候邓小平更为关注前一个条件，那么，到十一届三中全会时，更为关注的则是后一个条件。这不是说邓小平的民主政治理论不关注民主的阶级烙印，不关注在阶级关系和阶级斗争中说明民主问题，而是说在不同的实践环境中应有不同的观察视角，有不同的理论意识中心。对于邓小平的政治发展理论来说，正确阐述社会主义政治发展、现代文明和中国现代化进程的关联，是理解这一理论的关键。

四、社会主义政治文明理念生成的重要理论准备

在现代宏观文明的视域中观察和分析政治发展问题，这一理论路径的开辟促成了一些重要的基本看法的成熟。这些基本看法超越了为解决国家政权归属问题而实现政治革命时期的通行观念，为通向社会主义政治文明理念作了理论准备。

第一，现代政治文明成果不是资产阶级的专利。现代政治文明成果确实曾

① 《马克思恩格斯全集》第2卷，北京：人民出版社，1957年版。

经被抓在资产阶级手中，外在实现于资产阶级的具体政治设计之中，就像市场经济曾经一直和资本主义经济关系结伴同行。但是20世纪以来的世界事实表明，市场经济和资本主义经济关系的区分是一种准确的科学分析思路，邓小平为此作出了巨大的努力，同样，现代政治文明和资产阶级意志的区分，也是无可回避的事实。只有完成这种科学的区分，才能真正在科学的意义上，而不是一般政治口号的意义上说明为什么“没有民主，就没有社会主义”。列宁曾经说过，“苏维埃的历史使命就是充当资产阶级议会制度以及整个资产阶级民主的掘墓人、后继人和继承人。”[①]显然，列宁在这里没有对作为现代政治文明的民主和资产阶级民主作出区分，但是，凭着这位马克思主义理论家特有的睿智，列宁已经看到，概括在“资产阶级民主”这一范畴中的全部内涵里，除了民主的资产阶级统治性质，还有社会主义政治生活所必不可少的现代政治文明成分。要埋葬的是资产阶级的具体民主，要继承的则是实现在这一具体民主中的现代民主规则，因而，列宁在述及苏维埃国家机构时曾一度要求“仿效西方主义”。邓小平则明确提出“社会主义要赢得与资本主义相比较的优势，就必须大胆吸收和借鉴人类社会创造的一切文明成果。”[②]这显然包括现代政治文明成果，所以他在谈及中国的社会主义民主政治建设时，强调要“从世界各国吸收进步因素”。同时，这绝不意味着照搬被一些西方政治家反复标榜为现代民主楷模的西方民主。对于资产阶级的民主价值体系、体现资产阶级价值追求的民主，在邓小平这里，是和作为现代政治文明的民主作了明确区分的，因而明确“中国不能搞”。

第二，对政治解放的扬弃不等于排斥对政治文明成果的继承和利用。马克思主义科学揭示了政治解放并不是人类解放的历史事实，以及扬弃政治解放、走向人类解放的历史规律。同时，历史辩证法指明扬弃政治解放，并不意味着对政治解放全部文明成果的全盘拒绝，共产主义必须继承人类全部历史的文明成果。正是在这种真正马克思主义的辩证立场上，邓小平强调，建设社会主义法治国家，必须从头开始建设未曾由“旧中国留给我们的”民主法制传统，必须建设解放后“没有自觉地、系统地建立”，或者虽有初建却又被摧毁殆尽的保障人民民主权利的制度，必须解决“资本主义制度所能解决”、“社会主义制度反而不能解决”的问题，必须在带有“根本性、全局性、稳定性和长期性”的制度建设中探索新的政治思路，防止“在英、法、美这样的西方国家不可能发生”的事件在社会主义国家再度发展。这样提出和把握问题，对于固守灰色的逻辑定则的人来说，或者对于

① 《列宁全集》第30卷，北京：人民出版社，1995年版。

② 《邓小平文选》第3卷，北京：人民出版社，1993年版。

盲目满足于批判的成果而又肆意挥霍乃至践踏批判的理论财富的人来说，似乎邓小平顽强的改革探索是一种充满悖论而不可理解的努力。他们难以理解邓小平的政治探索与马克思的命题之间的关系。这里需要有创新的历史态度，一种和马克思建立的、从政治解放走向人类解放的命题相通的哲学立场。马克思主义的政治理论超越整个政治解放及其各项原则，是在人类文明进步的更高历史层面上用人类解放否定政治解放。这种否定，不是主观价值上的否定，不是康德式的"应有"中的否定，而是更高的历史批判意义上的超越。只有在历史的辩证运动中实现批判，才能真正理解马克思的这种否定。政治解放不是人类解放，但是如果没有政治解放，就难以设想人类解放。如果没有政治解放的成果，就难以设想有人类解放的现实进程。当政治解放使人被迫在双重人格中生活的时候，虽然政治生活中的平等只是一种"政治天国"中的平等，但毕竟在形式上实现了平等。于是，历史的任务就变成了消除形式平等和事实不平等的对立，而不是消灭形式平等及其各项原则本身。实现人类解放和克服市民社会是一个统一的过程。克服市民社会是消除形式平等的形式性，而不是消灭平等本身；是要从形式与实质的对立走向统一，而不是用实质去消灭形式。如果把超越政治解放理解为消除民主、自由，那就等于重回政治蒙昧。站在这样的历史辩证法立场上，《共产党宣言》宣布"工人革命的第一步就是使无产阶级上升为统治阶级，争得民主。"①

第三，工人阶级和所有劳动人民争得国家政权，不等于政治文明问题的全部解决。比如作为现代政治文明核心的民主，当然首先是国家制度问题，首先有民主权力的阶级归属问题。20 世纪社会主义革命所解决的首要问题就是这个问题。但是，关于民主，绝非哪个具体阶级获得民主权力（大体相当于获得国家政权、统治权）而宣称争得了民主，就算完成了现代民主政治规则的建设，就算有了民主。所以，在民主具体归属于一定社会主体之后，有一个作为当代政治文明一般规则的民主问题，这是一定历史条件下人们在政治生活中的适应性选择。处于革命时期的革命阶级，把民主的阶级归属、阶级属性提到首要位置，这很正常，也很合理。但是，民主归属的社会主体的改变，只可以为民主在文明进步意义上的提升创造可能性，而这种可能性变为现实性还必须看享有民主的主体能否准确把握现代政治文明潮流中民主的进步规律，并使之在现代文明积累的意义上获得实现。只在政权归属改变意义上"争得民主"的阶级如果只是陶醉于意识形态中的历史优越感，而不能在现代发展的意义上创造和积累先进的政治文明，那

---

① 《马克思恩格斯全集》第 1 卷，北京：人民出版社，1956 年版。

就必定发生毛泽东、邓小平所共同认为的“资本主义制度所能解决的一些问题，社会主义制度反而不能解决”，就会出现斯大林式的悲剧，就会出现“四人帮”式的法西斯专政。

第四，在历史哲学中完成对政治解放的批判，不等于社会主义民主政治建设在理论和实践上的完成，甚至在经济文化落后国家的社会主义初级阶段还不等于政治解放在历史实践中的完全完成。马克思在历史哲学中完成了对政治解放的批判，提出了从政治解放走向人类解放的著名命题，但这不等于对政治解放的超越性否定在历史实践中的实现。而在历史实践中的这种超越性否定，至少必须完成两件事，一是在现代政治文明发展和积累的范畴中阐明政治解放的成果及其自我扬弃。二是完成对资本主义民主政治的批判和社会主义民主政治建设的说明。也就是说，马克思完成了一个历史哲学意义上的政治学批判，需要补充和完整化的是社会主义政治文明积累的探索。我们注意到马克思在阐述政治解放时包含了许多关于现代政治文明发展的“卓越的、有益的部分”，但这些部分和对资本主义民主政治的批判捆绑在一起，尤其是后来马克思、恩格斯对19世纪中后期欧洲资本主义发展的成熟程度估计过高，因而理论注意力更多地集中在资本主义关系的危机和社会的革命性变革上。这样对资本主义民主政治批判的主题日显突出，并逐渐占据了理论的主导视野。这种理论注意力的转移，是后来马克思主义政治理论中关于民主的阶级属性分析的主题优先性、对资本主义民主否定的优先性这一理论习惯的先期原因。其后的理论历程以及这一理论习惯对20世纪社会主义建设所造成的影响自不必细述，而邓小平民主政治理论所要做的正是摆脱这种理论习惯，走出这种思维定势，首先在人类社会政治文明发展和积累的思路上探索从政治解放走向人类解放的实践历史进程，从而在对资本主义民主政治的扬弃中探索社会主义民主政治建设的理论与战略。研究和实践邓小平政治理论，如果不能走出那种长期积淀的理论习惯，也就很难真正理解邓小平社会主义政治发展理论的内在逻辑。把握江泽民“建设社会主义政治文明”的命题，首先必须深刻领悟的正是这种理论的内在逻辑。

（原载《江苏行政学院学报》2004年第5期）

马克思的人类解放命题与邓小平政治理论的使命

马克思完成了对政治解放的历史批判，建立起"从政治解放到人类解放"的著名命题。邓小平把这一命题的展开提到了新的历史层面和新的理论境界。邓小平的政治努力以超越政治解放为使命，实际回应了"历史终结论"，回应了"第三波"。邓小平的政治努力实现了中国社会主义政治话语体系的转换，成功地在中国开始了超越政治解放的路径探索。

一、邓小平如何提出问题？

对黑格尔国家哲学的超越是马克思完成历史唯物主义发现的重要关键点。在这一超越的理论过程中，马克思形成了"从政治解放走向人类解放"的重要命题。这是马克思政治哲学的第一个也可以说是最重要的一个命题，同时也是历史唯物主义早期理论史上的一个支柱性的命题。"政治解放本身还不是人类解放"[①]，只有超越政治解放，克服市民社会，使现实的个人同时也是类存在物的时候，才能实现人类解放。这一命题规定了 1844 年以后马克思的工作中心，构成马克思其后中心工作的政治经济学研究的前提和基础。同时，这一命题也为社会主义运动中的政治实践的历史内涵作了说明。从此以后，社会主义政治实践就是以实现对政治解放的扬弃和争取人类解放的目标为自身的历史规定性和主要哲学基础。

① 《马克思恩格斯全集》第 1 卷，北京：人民出版社，1956 年版。

但是，在20世纪社会主义历史上，以否定政治解放，争取人类解放为旗帜的政治实践却显现出难以尽言的幼稚，在一些根本性、全局性、稳定性和长期性的问题上，屡屡出现悲剧式的扭曲。到20世纪晚期，邓小平以不屈不挠的顽强精神展开建设社会主义民主和法制的实践努力和理论努力时，所面对的是社会主义政治建设经验的严重不足，以及至少是形式民主意义上的民主传统的严重缺乏。在论及推进中国政治制度改革和完善的使命时（关于政治制度改革，1979年邓小平的提法是："改革和完善社会主义的经济制度和政治制度，发展高度的社会主义民主和完备的社会主义法制。"[①]在1977年到1982年间，邓小平稳定使用的范畴是改革和完善"政治制度"，明确要改革的是"带有根本性、全局性、稳定性和长期性"的制度范畴。1982年在胡耀邦所作党的十二大报告中，以及1983年十二届二中全会邓小平的讲话中，正式使用"政治体制改革"的提法。此后，中国共产党的各种文件，邓小平的讲话和文章里，不再使用"政治制度改革"一语，对于处于复杂的国际政治格局和工业化初、中期进程中的中国来说，这一提法改变的理由是十分清楚的。至于本文的表述，将在更接近邓小平原意的意义上主要使用"政治制度"这一范畴。——作者按），邓小平是这样提出问题的：

"旧中国留给我们的，封建专制传统比较多，民主法制传统很少。解放以后，我们也没有自觉地、系统地建立保障人民民主权利的各项制度，法制很不完备，也很不受重视"[②]。

"我们过去发生的各种错误，固然与某些领导人的思想、作风有关，但是组织制度、工作制度方面的问题更重要。这些方面的制度好可以使坏人无法任意横行，制度不好可以使好人无法充分做好事，甚至会走向反面。即使像毛泽东同志这样伟大的人物，也受到一些不好的制度的严重影响，以至对党对国家对他个人都造成了很大的不幸。我们今天再不健全社会主义制度，人们就会说，为什么资本主义制度所能解决的一些问题，社会主义制度反而不能解决呢？这种比较方法虽然不全面，但是我们不能因此而不加以重视。斯大林严重破坏社会主义法制，毛泽东同志就说过，这样的事件在英、法、美这样的西方国家不可能发生。他虽然认识到这一点，但是由于没有在实际上解决领导制度问题以及其他一些原因，仍然导致了'文化大革命'的十年浩劫。这个教训是极其深刻的。不是说个人没有责任，而是说领导制度、组织制度问题更带有根本性、全局性、稳定性和长期性。这种制度问题，关系到党和国家是否改变颜色，必须引起全党的高度重视。"[③]

①②③《邓小平文选》第2卷，北京：人民出版社，1994年版。

在这里，邓小平以一位真正的马克思主义政治家的政治责任心以及一种历史哲学家的忧思陈述着20世纪社会主义政治史上一个不容回避的悲剧性事实：当资本主义以“政治解放”的名义为人类政治文明所提供的成果、特别是制度成果高度成熟，而以扬弃资本主义政治文明成果为己任的社会主义政治实践却显得如此的不成熟，乃至于在资本主义政治框架中都已解决好的问题，在社会主义政治实践中还未能解决好。面对这一事实，邓小平给自己规定的政治实践努力和政治理论努力的使命是，在中国建立旧中国没有留下的、新中国建国后又没有自觉及系统地建立的保障人民民主权利的政治制度，“是切实改革并完善党和国家的制度，从制度上保证党和国家政治生活的民主化、经济管理的民主化、整个社会生活的民主化，促进现代化建设事业的顺利发展”①。他坚定地认为，“我们的制度将一天天完善起来，它将吸收我们可以从世界各国吸收的进步因素，成为世界上最好的制度”②。他以毛泽东在战争年代就十分赞许他的那种“能吃夹生饭”的意志和魄力，矢志不渝地要啃下社会主义政治建设这颗远未成熟、因而满带酸涩的果子，他坚信在社会主义中国能够建设出“世界上最好的制度”。

“党和国家政治生活的民主化、经济管理的民主化、整个社会生活的民主化”，这在20世纪社会主义国家的政治理论中，是一套具有范式革命意义的新的话语系统，一套新的观察和说明框架，因为此前话语体系的中心词是阶级斗争、暴力革命、一个阶级对另一阶级的专政。当然，这段时间里出现了戈尔巴乔夫式的“公开性”、“民主化”，但那是在西方形式民主的框架中所作的论说。在马克思政治理论史上，邓小平的努力是独创性、划阶段的。邓小平矢志于中国这样特殊的土地上，探索人类政治文明历史进步的真正具有建设性价值的具体途径，因而，也在理论上探索一个马克思主义理论视野长期未能获得应有关切的民主政治的学理领域。

科莱蒂有一个看法，他认为“马克思主义缺少一个真正的政治理论”③。这不符合马克思主义的理论事实，因为由马克思所建立的“从政治解放走向人类解放”的命题，已在历史哲学的层面上完成了对资产阶级政治革命——政治解放的批判，已在根本上建立起马克思政治学、政治哲学的完整的论证逻辑。但是，我们也不能不承认这样一个事实，除了阶级斗争、无产阶级革命、无产阶级专政而外，在民主政治、法治、平等、自由等权利体系中的诸范畴，长期处于马克思主义研究者们的理论视野之外，或以一种抽象、笼统的“已完成批判”的理由，以一种

①②《邓小平文选》第2卷，北京：人民出版社，1994年版。

③ L.科莱蒂，《政治和哲学的对话》，《新左派评论》1974年第7—8月号。

盲目自大的理论奢侈而弃之不顾。如果我们借用列宁的一种表述方法，把马克思所建立的“从政治解放走向人类解放”的完整的话语体系作为大写字母的政治学理论，那么，在民主政治、法治、平等、自由等权利体系中的诸范畴观察则是小写字母的政治学理论。经过这样的分析，我们就不能不承认面对这样一个事实：马克思主义有一个大写字母的政治学体系，但长期缺少一个小写字母的政治学传统。

在苏联东欧政治剧变的时候，哈贝马斯写了一篇反思性的长文，其中认为，马克思主义缺乏一个令人满意的法学传统，是左派要记取的最重要教训之一。而海尔布隆纳早就有这样的看法：社会主义国家在诸如“自由”这样的主要战场上“打了败仗”①。不得不承认 20 世纪后期社会主义遇到严重挫折，而挫折的一些重要原因不能不说与哈贝马斯所说的“法学传统”的缺乏有关。历史实践给我们提供了反思的丰富材料。问题应该这样看，如果在大写字母的含义上来谈论马克思主义的政治学传统，那么哈贝马斯的看法未必中肯；如果在小写字母的含义上谈论马克思主义的政治和法的理论传统，那么不能不承认哈贝马斯的看法实属无可厚非。而且还应该补充说，20 世纪社会主义实践中展开马克思“从政治解放走向人类解放”这一命题的努力，与马克思这一命题的本质内涵在许多方面发生了大的偏离。在不少时候，理论被幼稚甚至野蛮地扭曲，陷于悲剧式的境地。

正是在这种历史和理论的背景中，邓小平矢志于在社会主义中国建设起保障人民民主权利的制度，矢志于展开马克思主义关于民主政治和法的学理领域，在中国实现“国家政治的民主化、经济管理的民主化、整个社会生活的民主化”。他把马克思关于“从政治解放走向人类解放”命题的展开提到了新的历史层面和新的理论境界，并在历史哲学的视野中对这一命题的展开与当代中国的现代性政治价值追求的统一作了根本性的说明。

二、政治解放、历史终结和人类解放

当邓小平在社会主义中国推进民主政治和法治国家的建设时，他面对着各种长期未能获得解决思路的问题任务：必须从头开始建设未曾由“旧中国留给我们的”民主法制传统；必须另起“炉灶”，重建解放后“没有自觉地、系统地建立”、或者虽有初建却又迅速被摧毁殆尽的保障人民民主权利的制度；必须解决“资本主义制度所能解决”、而“社会主义制度反而不能解决”的问题；必须在带有根本

① R. L. 海尔布隆纳，《马克思主义：赞成与反对》，中国社会科学院情报研究所，1982 年版。

性、全局性、稳定性和长期性的制度建设上探索新的政治思路，防止“在英、法、美这样的西方国家不可能发生”的事件在社会主义国土上再度发生。

当邓小平把这些问题的解决提到议事日程的时候，西方舆论界称邓小平是“中国的托马斯·潘恩”。美国《时代》周刊记者罗斯·门罗当时称：“邓正在将中国纳入一种非共产主义的轨道。”[①]弗雷德里克·C.泰韦斯则认为：“邓小平推动中国的政治体制从各方面向法定——理性的合法性方向前进的努力是真诚的，而且在某些方面给人留下了深刻的印象。”[②]泰韦斯这里是用韦伯的三种权威类型理论中的“法理权威”来说明邓小平的政治追求，而韦伯的“法理权威”其实并没有超出资本主义“形式平等”的政治框架。当然也有视邓小平为一种政治上的实用主义者，为现实功利而放弃意识形态原则(此论并不少见，但在比较严肃的学者中要数霍布斯鲍姆)[③]。

对邓小平政治努力和理论努力的这些理解与看法，与20世纪晚期西方出现的一种思潮有关。这种思潮利用20世纪社会主义政治实践的挫折，论证资产阶级在政治革命——政治解决中获得充分论证的“自由与民主的理念”的普遍价值；通过苏联东欧政治剧变来证明“自由与民主的理念”的“无可匹敌”，以及“从政治解放走向人类解放”的乌托邦特性；并进而归结为政治解放的各项原则的永恒合理性，从这种永恒合理性中概括一个新的“历史终结论”，即如弗兰西斯·福山论文《历史的终结》扉页题辞所述：“自由与民主的理念已无可匹敌，历史的演进过程已走向完成。”[④]

如果历史的演进过程真的已“走向完成”，资产阶级政治解放中形成的“自由与民主的理念”真的表述了终极理论，那么，对邓小平的改革探索和理论努力就只能用实用主义、功利主义、形式民主的框架来理解。这就等于抽去了邓小平全部改革努力的灵魂，抽去了中国全部改革事业的生命线。但是，历史进程并未就此“热寂”，政治解放远非人类解放，历史不会终结于形式平等的人类生活状态。

把以形式平等为核心的自由与民主的理念宣布为永恒的真理，宣布为人类政治生活的终极性表述，并非弗兰西斯·福山的发明。在欧洲的早期新教改革者那里、在近代自然法理论当中，以及整个启蒙时代，也包括19世纪自由主义政治理论当中，形式平等原则从不同视角、在不同层次上获得论证，所有这些论证无不视这一原则为核心的自由、民主理论为人类政治生活中具有永恒价值的终

①② 《世界著名政治家、学者论邓小平》，上海人民出版社，1999年版。

③ 霍布斯鲍姆，《极端的年代(下)》，江苏人民出版社，1998年版。

④ 弗兰西斯·福山，《历史的终结》，远方出版社，1998年版。

极性表述。只是在20世纪晚期特殊世界背景下，福山宣布了一个“现实的”历史终结，因而显得特别惹眼。由于以扬弃政治解放为历史责任的政治实践的不成熟和各种挫折，使形式民主理念的意识形态反弹和向更广阔地带扩展，获得了反向的动力，其普遍价值和永恒价值似乎真的被证明了。哈贝马斯描述这种意识形态倾向时指出：“从自由主义的观点来看，对社会主义具有价值的每一种东西都已经在社会民主时代得到实践。”“官僚社会主义的革命性溃崩似乎表明现代性正在开拓边界——西方精神不仅作为一种技术文明，而且作为一种民主传统正在夺取东方。”[①]塞缪尔·亨廷顿面对苏联东欧政治剧变，并由此向前推移到1974年苏亚雷斯在葡萄牙阻滞共产党执政趋势而获得执政地位，以及这段时间里由于经济保守主义而引发的政治动向，用“第三次民主长波”作了概括。他的概括是：“第三波的一个成就就是使西方文明中的民主获得了普遍性，并促进了民主在其他文明中的传播。如果第三波有一个未来，这个未来就在于民主在非西方社会的扩展。”[②]撒切尔夫人作为保守党国际头面人物，早就对这种“扩展”雄心勃勃，在1983年保守党国际大会上讲话时就说：“未来属于自由民主政体，这是历史的发展。”“我们必须争取用一切和平的手段在每一个可能的会议上把这些伟大的真理传播到全世界。”[③]后来发生的苏联东欧政治剧变，使这位保守党国际的头面人物得遂了“历史发展”和“真理传播”的心愿。而福山只是在历史哲学中宣布了一个“历史终结论”，即终结于西方式的民主传统，终结于形式平等的“自由和民主的理念”。

福山认为，“如此理解的历史与德国伟大的哲学家黑格尔关系最密切”。他甚至搬出马克思，认为“马克思从黑格尔借来这种‘历史’概念，把它转化为我们的日常性的一般常识。”“黑格尔和马克思都相信，人类社会的进化不是无限连续，而是在人类完成一个社会形态，一旦这个社会形态满足最深又最基本的憧憬时，就会终结。换言之，他们都设定了一个‘历史的终结’；对黑格尔而言，这是自由国家，对马克思则是共产主义社会。”[④]无疑，福山在建立自己的哲学立场时求助于黑格尔的人类“普遍史”和“历史终结论”，即如雅克·德里达所指出：“福山必须要去求助于他所谓的以‘为认识而奋斗’为基础的黑格尔对历史的非唯物主义的阐释。”[⑤]

首先必须指出，在马克思的历史辩证法的语言体系中，没有一个历史的终结

①⑤ 俞可平，《全球化时代的“马克思主义”》，中央编译出版社，1998年版。

② 塞缪尔·亨廷顿，《第三波——20世纪后期民主化浪潮》，刘军宁译，上海三联书店，1998年版。

③ 辛灿，《西方政界要人谈和平演变》，新华出版社，1989年版。

④ 弗兰西斯·福山，《历史的终结》，远方出版社，1998年版。

论。马克思正是在否定黑格尔神秘主义的历史终结论中，形成从政治解放走向人类解放的命题。黑格尔的政治哲学是他之前的资产阶级政治思想的集大成者。也正因为是集大成者，所以是资本主义政治历史中的一个分水岭，至少是思想上的分水岭。对于形成资本主义政治设施的基本架构的原则来说，黑格尔之后的人所能增添的很难说有根本性的东西，而大多是“土拨鼠式”的枝节工作。因而可以说在黑格尔这里，资产阶级的政治历史在其思想形式上达到了“完成”。这种“完成”，使黑格尔宣布了一种“永恒价值”的出现，一种“唯一的真理”，一种“历史的终结”，尽管这种宣布与他的辩证法主旨相悖。

福山抓住了黑格尔的这一“终结”的观念，来描述他所处的时代，并给出一个终结性的历史定位。福山注意到了黑格尔对盎格鲁—撒克逊式的自由主义的批评，但他正是利用这种批评割裂了黑格尔作为集大成者与英美自由主义的联系①，而通过“自己的地位和尊严获得承认”这一柏拉图的古老命题把黑格尔纳入了“福山式”的表述：“黑格尔主张，历史因美国独立和法国革命而走向终结，因为驱动历史过程承认斗争的愿望，在以普遍而交互的承认为特征的社会中，才获得了满足。没有其他的人类制度更能满足这种愿望，所以今后根本不可能发生历史的变化。”②

对福山笨拙地因循黑格尔框架构思着一个“历史终结”的地方，马克思早已超越了黑格尔。

马克思对黑格尔超越的最初发源，与黑格尔的逻辑语源密切相关。黑格尔在批判法国大革命兼及康德、费希特时，发现了理想主义自由观念的“纯粹形式性”，而这种“纯粹形式性”包含着“应有”与“实有”的无法调和的对立。黑格尔用他庞大的辩证法体系来整合“应有”与“实有”，这一体系的开端就是“实存”、“实有”、“现有”。他从“现有”中发现“应有”，通过“应有”来扬弃“实有”，继而发现市民社会与国家相分离这一重要命题。这正是马克思和黑格尔的“共同语汇”，也

① 关于这种“联系”，学界公认黑格尔作为分水岭式人物对英国自由主义传统的涵盖力。萨拜因甚至展开分析了黑格尔对英国典型的政治保守主义者柏克的各种原则的涵盖。柏克猛烈批评法国大革命，但是他不得不这样表述他对革命的这个根本看法：“那些坚持反对这一人间强大潮流的人，将显得与其说是单单反对人的意图，不如说是反对天命本身。”这几乎直接就是黑格尔式的表述。所以萨拜因认为，“黑格尔的哲学系统地含有柏克零星发表的所有原则。”更不用说黑格尔在他关于市民社会和国家理论中对自由主义的表述已非当时的所有盎格鲁—撒克逊式的表述所能及。引文参见乔治·萨拜因《政治学说史》，刘山等译，商务印书馆 1986 年版，第 690—691 页。

② 弗兰西斯·福山，《历史的终结》，远方出版社，1998 年版。

是马克思超越黑格尔的起始跳板。但是，当黑格尔从“遭到歧视的存在”出发，经过他的逻辑推演，完成的却是一个终结式的神秘主义国家哲学。马克思正是在这里突破黑格尔的边界，展开对“集法哲学和黑格尔全部哲学的神秘主义之大成”①的国家学说的批判，形成对黑格尔的超越。

马克思从历史上实存的市民社会与国家分离的发生分析起：“旧的市民社会直接地具有政治性质，就是说，市民生活的要素，如财产、家庭、劳动方式，已经以领主权、等级和同业公会的形式升为国家生活的要素。”而资产阶级的“政治革命打倒了这种专制权力，把国家事务提升为人民事务，把政治国家确定为普遍事务，即真实的国家；这种革命必须要摧毁一切等级、公会、行帮和特权，因为这些都是使人民脱离自己政治共同体的各种各样的表现。于是，政治革命也就消灭了市民社会的政治性质”②。在这里，市民社会在资产阶级政治革命中获得政治上的解放，国家获得抽象的、形式上的普遍性，市民社会保留具体的、实质上的特殊性。随着这一政治上的解放，市民社会的人也被政治国家夺去了自己的类本质、共同性和普遍性，成为“原子化”的孤立的个人，把别人看作工具，自己也降为工具。这是形式的普遍性与实存的特殊性的分离和对立，资产阶级的政治解放造就了这种分离和对立，而且在政治解放的框架中不可能消除这种分离和对立。

面对这种分离和对立，黑格尔用国家的普遍性来综合市民社会的特殊性。马克思则对这种神秘主义逻辑作了一种伽利略式的“辩证的实验方法”的反思。马克思所经历的经验事实表明，市民社会的“欲求对于国家来说是一个严重和切实的考验”，“私人利益力图并且正在把国家贬为私人利益的工具”③，“因为私有制不能上升到国家的立场上来，所以国家就应该使自己降到私有制的与理性和法相抵触的行为方式”④。正像大球和小球一起从比萨斜塔上落下时对千年理念所构成的挑战一样，市民社会的经验事实对黑格尔的国家普遍性构成挑战。到 1859 年，马克思回顾自己的这一段思想经历时曾说：“1842－1843 年间，我作为《莱茵报》的编辑，第一次遇到要对所谓物质利益发表意见的难事。……为了解决使我苦恼的疑问，我写的第一部著作是对黑格尔法哲学的批判性的分析，这部著作的导言曾发表在 1844 年巴黎出版的《德法年鉴》上。我的研究得到这样一个结果：法的关系正像国家的形式一样，既不能从它们本身来理解，也不能从所谓人类精神的一般发展来理解，相反，它们根源于物质的生活关系，这种物质的生活关系的总和，黑格尔按照 18 世纪英国人和法国人的先例，概括为‘市民社

①②③④《马克思恩格斯全集》第 1 卷，北京：人民出版社，1956 年版。

会'。"[①]经历了这一番"苦恼的疑问"和"对物质利益发表意见的难事",马克思获得了不是政治国家决定市民社会,而是市民社会决定政治国家的重要结论。这是历史唯物主义思想上第一个重要结论[②]。

基于这一结论,马克思在一个新的理论框架中对以人权、自由、平等、安全等为旗帜的政治解放,作出了远远超越于黑格尔之上的说明:通过政治解放而确立的"所谓人权无非是市民社会的成员的权利,即脱离了人的本质和共同体的利己主义的人的权利"。具体地说:自由"是作为独立的、封闭的自身的单子里的那种人的自由","自由这一人权的实际应用就是私有财产这一人权";"平等无非是上述自由的平等,即每个人都同样被看做孤独的单子",安全是"利己主义的保障"。可见,"任何一种所谓人权都没有超出利己主义的人,没有超出作为市民社会的成员的人,即作为封闭于自身、私人利益、私人任性、同时脱离社会整体的个人的人"[③]。这是马克思考察法国1791年宪法、1793年宪法、1795年宪法,以及美国《宾夕法尼亚宪法》和《新罕普什尔宪法》所作出的论说,而这些宪法成果却是资产阶级所提供的政治解放的重要成果。黑格尔正是综合法国革命、美国革命的精神原则宣布了一个"历史的终结"。马克思的结论是,以人权、自由、平等为旗帜的政治解放,乃是市民社会从政治中的解放;政治解放当然是人类政治文明的一次历史进步,但决非历史的终结。他说:"政治解放本身还不是人类解放。"[④]"只有当现实的个人同时也是抽象的公民,并且作为个人,在自己的经验生活、自己的个人劳动、自己的个人关系中间,成为类存在物的时候,只有当人认识到自己的'原有力量'并把这种力量组织成为社会力量因而不再把社会力量当作政治力量跟自己分开的时候,只有到了那个时候,人类解放才能完成。"[⑤]黑格尔被马克思远远抛在了后面,而弗兰西斯·福山至今还在黑格尔的边界内打圈子。

三、马克思批判的历史视角

在对上述命题作出历史哲学中的说明的同时,必须强调指出,历史是具体的。正因为历史是具体的,所以它常常走着曲折回环的道路,生成各种时空条件

---

① 《马克思恩格斯选集》第2卷,人民出版社,1995年版。

② 不少论者认为,马克思获得这一结论,得力于费尔巴哈的"主谓颠倒"的方法。此论有一定道理,在历史唯物主义观念仍然处于朦胧状态,对市民社会的批判远未成熟,费尔巴哈的"主谓颠倒"方法对马克思确实起过助推作用。但是,马克思从来就没有真正站在费尔巴哈的直观的自然唯物主义立场上批判过黑格尔。——作者按。

③④⑤《马克思恩格斯全集》第1卷,人民出版社,1956年版。

下异彩纷呈、鲜活丰美的特殊个性。对于固守灰色的逻辑定则的人来说，或者对于盲目满足于批判的成果而又肆意挥霍乃至践踏批判的理论财富的人来说，邓小平顽强的改革探索是一种充满悖论而不可理解的努力。当邓小平实事求是地提出建设未曾由"旧中国留给我们的"民主法制传统的任务，强调防止"在英、法、美这样的西方国家不可能发生"的事件在社会主义国土上再度发生，因而西方舆论有称邓小平为"中国的托马斯·潘恩"时，有人在邓小平政治探索的使命与马克思命题之间关系的理解上遇到了困难。

这种理解上的困难的发生，当然可以诉诸于未能对中国现实发展状况的真实把握。这是一种正确的分析思路。但是，如果仅仅依赖于这种现实状况的把握，陷于对问题的实用式的说明，就可能陷于对邓小平政治理论和政治战略的一种机会主义式的理解。所以，在强调对中国现实发展状况的把握的同时，要弄清邓小平何以能够在这种发展状况下不仅解决"资本主义制度所能解决"的所有问题，而且有足够的信心超越各国政治文明的发展现状，在社会主义中国建设起"世界上最好的制度"，从而使马克思命题的历史使命实现于中国特色社会主义这一具体的政治实践之中。

这需要一种超越性的历史态度，一种和马克思建立从政治解放走向人类解放的命题相通的哲学立场。马克思对整个政治解放及其各项原则的超越，是在人类文明进步的更高历史层面上用人类解放对政治解放所实现的否定。这种否定，不是主观价值上的否定，不是康德式的"应有"中的否定，而是更高的历史批判意义上的超越。只有在历史的辩证运动中实现批判的视角下，才能真正理解马克思的这种否定，因而也才能对政治解放在人类政治文明进步中的价值作出合理肯定，才能在历史文明延伸中对政治解放及其原则在扬弃意义上的传承与利用作出合理说明。

卡尔·波普尔是一位聪明的哲学家。他在批评马克思对形式平等的民主、自由现象的否定时，看上去颇具几分合理地发现了马克思的一个疏忽："他疏忽了一个最有希望改善多数经济弱者处境的重要理论，同时也疏忽了一种潜在的对人类自由最具危险的东西。"[①]他认为这种疏忽集中表现在马克思对于"形式民主"和"形式自由"的否定上，即马克思由于过分强调经济方面"事实不平等"，因而对公民在法律上的平等权利，尤其是他们选择政治的权力一律轻蔑地视为"形式上的民主"。波普尔认为马克思的证据是，"谁有金钱，谁就有力量，因为如果必要的话，他可以用金钱购买枪杆子甚至盗匪"。然后他接着证明，其实"金钱并

① 卡尔·波普，《开放社会及其敌人》，台北，795—796页。

不是特别有危险的。只有当金钱能购买力量（直接购买或奴役为了生活而必须出卖自己的经济弱者）时，才具有危险”。因而必须控制金钱（经济）对力量的购买，这就需要依靠政治权力，即“人民有权来选择他们的政府的民主政治”①。如果马克思仅仅是一位同情、关心多数经济弱者利益的伦理主义者，因而讨论问题的视界就如福山所认为的那样，“不是构成自由社会的原理，而是自由与平等的适当平衡点究竟想在哪个地方的问题”②，那么波普尔的批评倒是颇为聪明和精巧的。但是，马克思从根本上说并不是一位伦理主义者，马克思对形式平等的自由、民主观念的批判决远不是从同情和关心经济弱者的利益而展开的否定。

马克思对形式平等的民主、自由理念的否定，是在历史批判的高度上的否定，是人类社会实践的历史运动本身所产生的一种必然性否定。在资产阶级政治解放的各项原则中暴露出无法弥合的形式理性与现实实存的二律背反时，黑格尔力图用历史来整合“应有”与“实有”，最终神秘主义地实现于“自由国家”之中。而在马克思这里，历史是现实生活的历史，人类社会实践的历史。在人类社会实践的历史中，作为民主、自由理念核心的形式平等和市民社会的事实不平等是一个特定阶段上的相互依存物，因而对形式平等的超越和克服市民社会是一个统一的历史过程。这个过程就是人类解放对于政治解放的超越。所以，当波普尔一辈以及福山同辈努力寻找自由与平等、形式平等与事实平等的“适当平衡点”的时候，马克思不是如一个伦理主义者那样站在其中的一边，疏漏或否定其中的另一边，而是在人类历史运动的辩证特性的说明中否定了“平衡点”寻找本身，否定了这种对立状态存在的全部历史理由。

在历史批判的高度上理清马克思否定政治解放及其原则的立场，也就可以在同样的高度上理清马克思肯定政治解放及其原则的历史进步性的立场。他的结论是，对于中世纪“动物时代”的政治蒙昧来说，“政治解放是一大进步”，尽管“它不是一般人类解放的最后形式”③。政治解放使“市民社会从政治中获得解放”，使国家事务变成普遍的公民事务，使政治生活领域成为具有普遍性质的公共生活领域；政治解放摧毁一切等级、行帮和特权，解除了市民社会的羁绊，使人们脱离了旧的直接的政治共同体，成为独立的个人，获得了作为利己主义的人的自由并承认了这种自由。于是，“政治解放一方面把人变成市民社会的成员，变成利己的、独立的个人；另一方面把人变成公民，变成法人”④。人尽管被迫在这

① 卡尔·波普，《开放社会及其敌人》，台北，795—796页。

② 弗兰西斯·福山，《历史的终结》，远方出版社，1998年版。

③④《马克思恩格斯全集》第1卷，北京：人民出版社，1956年版。

种分裂的人格中生存，但毕竟已不是蜷曲在中世纪马厩里的“动物化”的人，而至少已是具有普遍性质的“政治天国”中的普通公民。由于这一解放而形成的以形式平等为核心的民主、自由原则以及相适应的政治设施，是资本主义给人类政治文明所提交的一份历史礼品。

如此在历史合理性方面肯定政治解放的成果，并不是为了论理过程上的一种满足，而是要在超越政治解放的意义上合理利用政治解放的成果。政治解放不是人类解放，但是如果没有政治解放，就难以设想有人类解放。如果没有政治解放的成果，就难以设想有人类解放的现实进程。当政治解放使人被迫在双重人格中生活的时候，虽然政治生活中的平等只是一种“政治天国”中的平等，但毕竟在形式上实现了平等。于是，历史形成的任务是消除形式平等和事实不平等的对立，而不是消灭平等及其各项原则本身。实现人类解放和克服市民社会是一个统一的过程，克服市民社会是消除了形式平等的形式性，而不是消灭平等本身；是要从形式和实质的对立走向统一，而不是用实质去消灭形式。如果把对政治解放的超越，理解为对民主、自由理论的清除，那就等于重回政治蒙昧。正是在这样的历史辩证法的哲学立场上，马克思和恩格斯在《共产党宣言》中宣布：“工人革命的第一步就是使无产阶级上升为统治阶级，争得民主。”①

四、超越政治解放的路径探索

“争得民主”，这是实现人类解放对政治解放的扬弃中的一个重要结论，是人类政治文明的一笔特殊财富在政治解放到人类解放历史进程中的传承，是马克思大写字母的政治学的核心命题——从政治解放走向人类解放的题中应有之义。在当代人类政治生活中，完全有资格说，马克思主义的民主和自由观是一种具有更高综合性的、更能解决人类政治困境的民主观，比经典自由主义更能说明现代社会生活各个领域中的民主和自由问题。但是当人们反思 20 世纪社会主义政治实践时，不能不承认这是一个远未展开的主题。特别是 20 世纪晚期，民主价值的选择问题和全球化问题被捆绑在一起，成为热门话题。从世界文明的客观进程看，当今的全球化是历史成为世界历史的先兆现象。作为一个客观现象，至今其基础性的进程仍主要是技术和经济的全球化。但是，西方学界的一些理论家总是把这一进程染上他们自己的价值色彩，把全球化描述为由柏林墙的倒塌、冷战的结束、“铁幕”的消失推进的过程，描述为政治的全球化过程，描述为

① 《马克思恩格斯全集》第 1 卷，北京：人民出版社，1956 年版。

西方民主价值的全球化过程。到了这个时候，马克思主义必须就自身的使命再度向世界作出说明，必须对于政治解放的超越在实践中显示出力量。

因而，中国的社会主义政治建设自然被特别关注。在东欧发生政治剧变的1989年，邓小平说，“只要中国社会主义不倒，社会主义在世界将始终站得住。”①邓小平建设有中国特色社会主义民主和法制的理论开拓及改革实践，正是如何保证“社会主义在世界将始终站得住”的一种探索，是历史将超越政治解放而走向人类解放的具体路径的寻找，是马克思主义对人类政治文明中自由、民主价值作出超越性说明的理论力量的展现。20世纪是一个风云激荡的“极端年代”，社会主义曾以革命为中心概念树起自己的历史形象，而在邓小平这里，这个形象的中心概念转向了建设。在社会主义的政治理论史上，邓小平的政治理论在建设的意义上获得了一个开创性的定位：如果说以列宁领导的十月革命为典型，证明在经济文化落后国家工人阶级上升为统治阶级、争得民主成为可能；那么，邓小平建设有中国特色社会主义民主政治的理论和实践，则是在经济文化落后国家寻找超越政治解放的政治文明建设的具体路径。和革命时期“武器批判”的全套思路不同，这里有一个整体的“话语”体系的转换，这是社会主义政治理论史上的一次“范式”创新。

中国共产党第十五次代表大会的报告在评述邓小平理论时认为：“邓小平理论坚持解放思想、实事求是，在新的实践基础上继承前人又突破陈规，开拓了马克思主义的新境界。”②解放思想、实事求是，构成了邓小平对如政治解放、形式民主、社会主义政治实践和理论等各种问题进行反思的认识论基础和历史观基础，使邓小平开创了马克思主义政治学说的全新理论境界。如果说，马克思主义政治学说以从政治解放走向人类解放为使命，那么这种对政治解放的超越曾经实现在历史批判的理论之中，继而实现在暴力革命的实践否定之中，那么在邓小平这里，则实现在更高历史类型的政治建设之中。邓小平把对政治理论的观察从批判的视角转向建设的视角，从权力型计划经济背景转向社会主义市场经济背景，从抽象的政治伦理主义转向现实的政治法治主义，这是认识中国政治的一个新的理论境界，也是认识社会主义政治的一个新的理论境界。

（原载《江苏行政学院学报》2001年第1期）

① 《邓小平文选》第3卷，北京：人民出版社，1993年版。

② 江泽民，《高举邓小平理论伟大旗帜，把建设有中国特色社会主义事业全面推向二十一世纪》，北京：人民出版社，2002年版。

通向政治文明的理论路径

——邓小平在现代文明积累的视域中审视社会主义政治发展的哲学思路

理解江泽民最近所提"建设社会主义政治文明"命题的重要理论通道,在于邓小平所建树的关于观察、说明中国社会主义政治发展、特别是民主政治问题的基本方法框架。这一基本方法框架的核心内涵,主要不是在"阶级和阶级对立"的观察框架中,而主要是在宏观文明进步、现代文明积累的观察框架中说明当代中国的政治发展和民主政治问题。在政治文明积累的意义上说明当代中国政治发展问题,是对马克思主义政治学说的哲学方法论的继承和发展,是对列宁、毛泽东解决社会主义民主问题的方法思路的超越,因而也是理解"社会主义政治文明"范畴的重要基础。

如果没有邓小平,也许人们至今仍主要在"阶级和阶级对立"的观察框架中谈论现实政治问题。邓小平力倡在现代化发展的意义上谈论民主政治问题,这就为理解当代中国政治发展创设了一个以现代文明积累为标识的观察框架。这是一次真正的思想解放,一次关于当代中国政治发展的思维范式的转换。江泽民同志提出"建设社会主义政治文明"的命题①,正是邓小平在这一领域中所实现的思想解放成果的更加鲜明、更加精辟的概括。准确把握、深刻领悟邓小平为分析和说明中国社会主义政治发展问题,特别是民主政治问题所建立的观察框架以及思维方式,是理解江泽民"建设社会主义政治文明"命题的重要理论通道。

① 江泽民,《2002 年 5 月 31 日在中共党校省部级干部进修班毕业典礼上的讲话》,《人民日报》2002 年 6 月 3 日。

一、邓小平：在现代化发展的意义上谈民主政治问题

以邓小平的名字来界定的具有独特内容的社会主义政治发展理论，是从党的十一届三中全会开始提出，并逐渐形成发展为一个理论系统的。邓小平作为马克思主义者，在社会主义民主政治理论方面早有自己独到的思想底蕴。但是，作为中国社会主义民主政治理论史上划阶段性地提出一种理论体系的，是从邓小平在十一届三中全会所作主题报告中开始的。邓小平当时是这样提出问题的：

“当前这个时期，特别需要强调民主。因为在过去相当长的一个时间内，民主集中制没有真正实行，离开民主讲集中，民主太少。现在敢出来说话的，还是少数先进分子。我们这次会议先进分子多一点，但就全党、全国来看，许多人还不是那么敢讲话。好的意见不那么敢讲，对坏人坏事不那么敢反对，这种状况不改变，怎么能叫大家解放思想，开动脑筋？四个现代化怎么化法？”①

请注意邓小平提出“特别需要强调民主”的最原初的出发点，他关心“民主太少”问题的解决，他关心解放思想、实事求是的思想局面的形成，而从根本上说他最为关心的是“四个现代化怎么化法”。中国现代化的实践取向，是邓小平民主政治理论的最初出发点，他是从中国进入现代化世界文明潮流来思考中国的民主问题的。在党的十一届三中全会上，由于邓小平的极力主张，全会明确了这样一个根本认识：实现现代化是“中国最大的政治”、“主要的政治”、“一场深刻的伟大的革命”。“特别需要强调民主”，正是这一“最大的政治”、“伟大的革命”所决定的重要政治思路。邓小平特别强调民主政治的发展，是把它作为中国现代化的政治基础来定位的。三中全会刚结束，邓小平在1979年元旦的全国政协座谈会上指出，建设社会主义民主政治局面，“是实现四个现代化的政治基础。没有这样的政治局面，四个现代化是不可能实现的”②。

其后不久，1979年3月30日，邓小平在党的理论务虚工作会上提出了著名论断：“没有民主就没有社会主义，就没有社会主义的现代化。”③理论界研究邓小平的民主理论，给这个论断的前半部分以特别的关注。这是可以理解的。因为在20世纪社会主义国家的政治实践中，民主政治建设存在严重失误，民主政治和社会主义的逻辑关联、历史关联在理论上没有给出令人信服的说明；同时，长时期的理论传统也使研究者们形成了一种思想习惯，凡讲民主，

①②③《邓小平文选》第2卷，北京：人民出版社，1983年版。

只讲民主与“阶级”、“阶级关系”、意识形态取向的关联，而很少言及其他。所以，人们特别关注“没有民主就没有社会主义”的命题。其实，从邓小平的理论个性来说，尤其值得关注的是这个论断的后半部分，即没有民主就没有社会主义的现代化。没有民主就没有社会主义这个命题在列宁那里已经出现。列宁提出：“没有民主，就不可能有社会主义，这包括两个意思：（1）无产阶级如果不通过争取民主的斗争为社会主义革命作好准备，它就不能实现这个革命；（2）胜利了的社会主义如果不实现充分的民主，就不能保持它所取得的胜利，并且引导人类走向国家的消亡。”[①]列宁这段论述的前半部分上承恩格斯对19世纪下半叶欧洲社会主义运动的经验总结，而列宁论述的后半部分，在20世纪社会主义国家的政治实践中长期未能取得成功的经验，甚至使社会主义遭到严重挫折，这就愈显出列宁关于社会主义必须有“充分的民主”、“没有民主，就不可能有社会主义”论断的珍贵。所以，人们总是关注这个命题。而邓小平提出“没有民主就没有社会主义”，在理论逻辑上与列宁的提法是一脉相承的。当然，这里必须指出，邓小平表述中的与社会主义相联系的“民主”，在观察方法、历史特性、具体内涵上有很大的超越和发展，具有全新的历史涵义，但总体上说存在着理论上一脉相承的关系。当理清这种一脉相承关系后，就可以发现邓小平作出独特贡献的，是在党的理论工作务虚会上所提论断的后半部分，即没有民主，“就没有社会主义现代化”这一命题。这是在列宁、包括毛泽东的视野中还没有真正出现的命题，因而更具有邓小平民主政治理论的独特个性。列宁、毛泽东主要是在实现革命和维护革命的制度成果方面谈论民主问题，而邓小平则把民主放在现代化历史潮流中作出分析和说明，从而更具个性，显现出邓小平民主政治理论真正的逻辑基础和实践起点。

关于这一点，研究者中有一种看法，认为当时邓小平从解放思想的角度提出民主问题，而不是直接从“什么是民主、什么是专制”等概念提出问题，这样“易于理解和接受，能够收到而且确实收到了预期的效果。这充分体现了一个娴熟的马克思主义政治家和思想家的智慧和求实精神。可以设想，如果换一个角度，例如直接针对当时的政治格局提出民主问题，那很可能事与愿违，不但得不到理解和支持，反而会被引申到别的问题上去。”[②]这种看法对邓小平民主政治理论的把握有一点是准确的，即肯定了民主政治格局的形成和“解放思想，实事求是”思想格局形成的密切关联。但是，并不因此就表明邓小平回避了“直接针对当时的政

① 《列宁选集》第2卷，北京：人民出版社，1972年版。

② 崔佩亭、孙代尧，《邓小平政治民主化思想研究》，中共中央党校出版社，1997年版。

治格局提出民主问题”。当时，邓小平多次说过，坚持解放思想、实事求是，是一个重大的“政治问题”[①]。解放思想问题，直接就是民主政治格局的开创问题。在这里，邓小平没有如上述研究者所认为的那样是“换一个角度”，没有回避“直接针对当时的政治格局提出民主问题”。三中全会期间，邓小平提出要“特别强调民主”，就是直接针对当时“假马克思主义的禁锢圈”，针对“思想僵化，迷信盛行”，针对全国上下“鸦雀无声”，针对“权力过分集中”和“官僚主义盛行”，针对“民主集中制遭到严重破坏”，针对“长期缺乏政治民主”、“民主太少”。汇总起来，邓小平提出民主政治建设，直接就是“针对当时的政治格局”。

当然，这里有个理论的叙述逻辑问题。邓小平在这里作理论叙述的逻辑起点，不是那种经院式的“什么是民主、什么是专制”之类的概念。那套经院式的概念领域已是一块被多少代人耕耘得疲惫不堪的思想土地。邓小平从不受这种经院式叙述的困扰，他直截了当地从实践起点开始，提出中国的现代化如何“化法”的问题，他是在中国现代化的实践逻辑中展开民主政治理论的叙述。这一点，正是研究者们常常未能给以充分关注的。人们习惯于这样的思维方式：凡涉及民主，首先就是“民主和专制”的概念，首先就是“阶级的民主和阶级的专政”。首先就是“谁有民主和对谁专政”。人们还不习惯于这样的分析与叙述思路：民主是现代化的“政治基础”，民主是现代文明的构成物；民主和现代化同在一个现代发展的进程中，“一步一步地前进”；解放思想的根本问题是“充分的民主”问题；民主在中国，也是摆脱传统社会禁锢、获得现代文明的问题。邓小平正是独辟新的分析与叙述思路，在中国现代化的实践逻辑中展开政治民主的叙述，为人们提供了观察民主的一个崭新的观察框架。

我们说邓小平从中国现代文明发展、中国现代化开始叙述民主政治问题，这是他特有的叙述逻辑。同时，这种叙述逻辑又是他的民主政治理论的真实逻辑，因为邓小平全部理论思维的意识中心正是现代化、现代文明在中国的发展。这是他的政治思维的一种超越，是他和毛泽东政治思维的区别之所在。毛泽东全部理论思维活动的意识中心是革命，是通过阶级斗争的方式夺取政权和巩固政权。这曾经对于中国十分宝贵，但随着历史的发展必须被超越。革命是什么？在邓小平的思维框架中，革命决不是革命本身，也不是为了某种抽象的制度形式。革命服务于一个根本的历史目的：解放生产力。邓小平说：“革命是解放生产力，改革也是解放生产力。推翻帝国主义、封建主义、官僚资本主义的反动统治，使中国人民的生产力

---

① 《邓小平文选》第 2 卷，北京：人民出版社，1983 年版。

获得解放,这是革命,所以革命是解放生产力。"[①]而从当代中国来说,就是为了现代化。舍此而言革命,不过是一场代价惨重的革命游戏。邓小平正是在这种中国现代化的实践逻辑中来说明民主政治,所以,邓小平从十一届三中全会开始的关于民主的叙述逻辑,也同样是他关于民主的真实逻辑。

二、关于对邓小平政治文明发展战略的误释

当我们强调说明邓小平民主政治理论的实践逻辑,或者说强调在中国现代化的进程中说明邓小平的民主政治理论的时候,常常遇到一个对邓小平政治发展战略思路的准确把握问题。简列几种看法如下:

美国的中国史学者费正清认为,中国文化因素正发生日新月异的变化,"以适应那名之曰'现代化'的物质积累"。各种以实现"现代化"为目标的改革政策,"受到公众的欢迎,就像秦始皇暴政后的汉朝,以及祸国殃民的隋朝之后的唐朝一样,人民是欢迎的"[②]。

美国学者石池雨认为,"邓小平推行大胆的经济政策。他把市场社会主义的概念引入到中国。他认可了对个人实行物质刺激的合法性。他的政策允许个人在一定限度内进行经济决策,决策范围远比以前宽得多。在某种程度上,他把'政治挂帅'变为'经济挂帅'"。这一思想构成邓小平的"现代化计划"[③]。

美国学者阚哈叶称"邓小平是位现实主义者,一位精明的生意人和一位善于使可能变成现实的实践家"。认为"邓小平明白而实用的家庭出身施政方针(不论白猫黑猫,逮住老鼠就是好猫),迎合了毛泽东之后中国人的心理状态。他没有高喊什么口号,而大谈提高生活水平。他看不起那些理论家,并指责他们死抱教条的保守主义。他强调中国需要从西方获取知识和技术,以实现国防、农业和工业的现代化"[④]。

澳大利亚学者大卫·古德曼盛赞邓小平"领导了把中国带入 21 世纪的现代化进程",而同时认为,"在西方,有一种倾向,认为经济现代化运动一般与民主政治的出现是形影相随的,这种情况可能最终在中国发生,但并一定说那些在毛后的时代倡导经济现代化的人肯定就是政治上的开明人士,只是这些人更愿搞经济建设而不愿搞阶级斗争"[⑤]。

此类看法还可以列出一些,这里不准备对所有看法一一作出评说。只是有

---

① 《邓小平文选》第 3 卷,北京:人民出版社,1993 年版。

②③④⑤ 齐欣等,《世界著名政治家、学者论邓小平》,上海人民出版社,1999 年版。

必要指出，上述各种看法中对邓小平的理论有两个明显不符合事实的倾向：其一，认为邓小平的理论就是经济的现代化理论，“经济挂帅”的现代化理论，关于“物质积累”的现代化理论，只关注经济问题解决的现代化理论；其二，关注经济的现代化，不一定政治上就开明，即如尼克松所理解的邓小平，“是一个希望中国具有强大经济和军事力量的民族主义者”①。

第一个倾向误释了邓小平的现代化理论。毫无疑义，作为完整体系的邓小平理论形成时期，有一个重大事件，即党的十一届三中全会的召开，而十一届三中全会最重要的成就之一就是使党和国家的工作中心从“以阶级斗争为纲”转向经济建设。“以经济建设为中心”，确是邓小平现代发展理论中的重要思想，并且构成为党在社会主义初级阶段的基本路线的核心内容之一。但是，邓小平并非是一个实用的经济现代化主义者。由于中国的特殊国情，邓小平作为坚持实事求是原则、对中国现代化事业负责任的政治家，当然十分关注经济问题的解决，关注生产力的发展和经济现代化进展。但是，他深知，在曾经“民主太少”的中国，如果继续没有民主，“就没有社会主义现代化”。这一理论，构成邓小平现代化理论的重要支柱。1985 年，他总结十一届三中全会及其以后的政策成就时说：“在总结经验的基础上，党的十一届三中全会提出一系列新的政策。就国内政策而言，最重大的有两条，一条是政治上发展民主，一条是经济上进行改革，同时相应地进行社会其他领域的改革。”②在这里，邓小平说三中全会的最重大的政策成就为两大方面：一是政治上发展民主（请注意，邓小平有时提“发扬民主”，但在许多重要表述中用“发展民主”。他在 20 世纪 40 年代根据地民主政治建设中就用“发展民主”。“发展”和“发扬”各自相对应的主词的微妙区别，便反映出邓小平政治思维深处对中国传统民主意识的超越。——作者按）；二是经济上进行改革。作为两条最重大政策成果中的政治上发展民主，在这里邓小平还作为第一条而摆在经济上进行改革的前面。当然，这不是说邓小平对经济改革和建设的重要地位有丝毫的忽视，而是说在邓小平的现代化战略布局中，民主政治发展的地位也同样丝毫没有忽视。理解邓小平的理论，当然要坚持经济建设的中心地位的观点，但是，切莫忘记邓小平给我们的一个提示：1984 年 10 月 6 日，他在会见参加中外经济合作讨论会全体中外代表时说：“在经济问题上，我是个外行，也讲了一些话，都是从政治角度讲的。”③实践的成果表明邓小平在处理经济问题上并非外行而是里手。印度学者苏地生称邓小平“作为政治经济学家的信誉

① 齐欣等，《世界著名政治家、学者论邓小平》，上海人民出版社，1999 年版。

②③《邓小平文选》第 3 卷，北京：人民出版社，1993 年版。

是确定无疑的”，应该把诺贝尔经济学奖授给邓小平，这将“有助于使发展中国家的经济走上正轨”[①]。但是，我们在理解邓小平理论的时候，不要忘了邓小平自己的提示，即“从政治的角度”来把握。正因为应该“从政治的角度”来把握，从党和国家的前途和命运来把握，所以，才有邓小平在党的十一届三中全会上提出以经济建设为中心取代以阶级斗争为纲，以解放思想，实事求是取代“全国上下鸦雀无声”，因而“特别需要强调民主”，这是中国现代化的“政治基础”，是中国摆脱传统时代而开始现代文明的重要根基。

前述各种看法中的第二个倾向是误释了邓小平的现代化政治取向。在各个国家现代化发展的过程中，确有一些政治家追求经济现代化，而政治上不开明。但是邓小平绝不属于这类政治家。如果我们能够对“政治上开明”给出一个基本认同的看法，那大体上是指适应世界文明进步的潮流，主张民主和平等的取向。那么，使中国的政治从僵化、封闭、禁锢、“个人迷信”中走向开放、开明的，正是邓小平。别的不说，仅说邓小平个人政治生涯中的风风雨雨，“三起三落”，就可以深知他是一个对个人崇拜、保守僵化深恶痛绝的人。他在中国努力展开现代化战略，但最大的阻力正在于这种曾经给了他多次政治打击的政治上和思想上的僵化的势力，所以，他在党的十一届三中全会上力倡“解放思想，实事求是”，为此而力倡“特别需要强调民主”。所以，邓小平是当代真正力倡政治文明的开明的政治家。当然，中国的国情复杂而特殊，民主的政治文明发展在策略安排上不能不“一步一步地进行”。这种策略上的渐进性安排，才是战略上真正开明的政治家的选择，而民粹主义式的“民主喧闹”绝不可称得上开明。

至于尼克松对邓小平政治取向的解说自然另当别论，因为在他的思维框架中，有一个先定的规则，即现代民主只和资本主义相联系，而民主的发展就是对社会主义的取消。所以，尼克松认为，邓小平“作为一个共产党人，他不愿中国成为资本主义的或民主主义的国家。最主要的是，他是一个希望中国具有强大经济和军事力量的民族主义者，有了这种力量，中国才能推行使自己成为21世纪超级大国的外交和贸易政策。”[②] 即使存有这种意识形态屏障，尼克松也并不就此认为邓小平不开明，甚至凭藉他的现实主义政治经验，认为在邓小平经济改革中存有的一种政治发展取向：“尽管更多的政治自由并非邓的明确目标，但是如果经济改革深入下去，政治变化可随之而来。政治变化必须循序渐进，当然应该能尽快跟上人民的期望，但不应快得使现行政治结构应付不了。邓本人把这一点表述得再好不过了：‘如果我们得以使人民得以逐渐改善他们的生活，那么我

①② 齐欣等，《世界著名政治家、学者论邓小平》，上海人民出版社，1999年版。

认为这种政策本身就是其连续性的可靠保证。’……邓的观念取得成功将提高‘自由’的威望。”[①]尼克松在这里所表述的政治自由的目标中，显然包含由于他的意识形态所决定的资本主义含义。这层含义与邓小平经济改革的未来发展取向显然不相兼容。但是，在尼克松所表述的政治自由的目标中，确有属于现代文明潮流中的政治成果的内容，邓小平所说的我们没有自觉地、系统地建立的东西，“我们可以从世界各国中吸取的进步因素”，这正是邓小平整个改革战略设计和改革目标取向的题中必有之义。在这一点上，尼克松对邓小平的理解比起西方一些意识形态情绪浓烈而政治上短见的政治家们来说，是颇具见地的。

三、民主发育和现代政治文明积累

前面述及尼克松对邓小平经济改革中的政治发展目标的理解，其颇有见地之处在于从人所共知的邓小平经济现代化战略中发现了并非人人悟到的邓小平民主政治发展目标，尽管尼克松的看法中带着明显的资产阶级偏见。特别是在平息1989年政治风波的一段时间里，西方很少有人再提邓小平是“中国的托马斯·潘恩”，而尼克松认为：“邓小平——伟大的领导人往往这样——比这些专家们高瞻远瞩，他看到的未来是他们所无法想象的。”[②]在邓小平关于中国现代化的战略全局当中，从未缺失过民主政治发展的地位。从党的十一届三中全会开始，邓小平就把民主政治发展视为建构中国现代化的政治基础，这正是邓小平民主政治理论的实践出发点；而在邓小平关于中国现代化全部文明积累的构思中，不可或缺地包含着争取民主政治发展，建设“世界上最好的制度”。从现代化文明积累来观察、分析和说明民主政治问题，这是邓小平解决民主政治问题的主导性的思维取向；强调民主政治发展和现代化历史潮流的必然联系，是邓小平阐述民主问题的基础性的逻辑线索。

从政治发展的现代性、政治文明的现代化来观察和说明民主政治，这是邓小平政治理论中早就潜藏着的线索。在阶级矛盾极为尖锐、阶级斗争极为激烈的革命战争年代，邓小平在论述抗日根据地民主政权建设时，就显露出现代政治文明所特有的民主逻辑特性。1941年他发表在中共中央北方局出版的《党的生活》杂志上的《党与抗日民主政权建设》一文中，开宗明义称“三三制政权的实质是民主”。这种民主的含义是，“必然在政权中反映出不同的利益、不同的政治立

① 齐欣等，《世界著名政治家、学者论邓小平》，上海人民出版社，1999年版。

② 尼克松，《1999：不战而胜》，世界知识出版社，1989年版。

场、不同党派阶级的民主政治的斗争”。共产党的领导和政治优势，“更基本的是从民主政治斗争中去取得”。显然这种民主是从不同政治力量之间的有秩序的政治竞争（邓小平在这时称“政治斗争”）的民主，是以权利平等为核心内涵的现代式民主。正是在这种具有现代政治文明特性的民主框架中，邓小平极力反对“以党治国”的观念。他是这样分析问题的：假如说中国是半封建的缺乏民主的国家，则反映到党内的是：共产党员一般缺乏民主的习惯，缺乏民主政治斗争的常识与锻炼。“假如说西欧共产党带有若干社会民主党的不良传统，则中国党或多或少带有一些国民党的不良传统。某些同志的‘以党治国’的观念，就是国民党恶劣传统反映到我们党内的具体表现。”“这实在是最大的蠢笨。”①

从以上分析，我们可以体悟出当时邓小平关于民主政治的理论中所存在的一个基本看法：西欧共产党有民主传统，但是常常出现民主的资产阶级化倾向；而当时的中国共产党中则是“一般缺乏民主”，缺乏现代民主政治的“常识与锻炼”，直到党的十一届三中全会期间，邓小平仍然认为党内长期是“民主太少”。在他看来，中国共产党在民主政治方面所要解决的问题和西欧共产党不同，首先所要解决的不是社会民主党的那种民主的资产阶级化影响，而是克服“国民党的不良传统”的影响，解决民主习惯缺乏的问题，建立西欧共产党已经获得充分“常识与锻炼”的现代民主政治传统。这种现代民主政治传统，当然首先产生于资本主义发达的社会，甚至可以说是资本主义发展过程对人类政治文明的一项贡献。但是，这一政治文明成果绝不仅仅是资产阶级的贡献，更主要的是资产阶级和劳动人民长期斗争的结果。为争取“政治解放”这一历史进步，资产阶级举起过民主的旗帜，但在历史天平上产生决定性分量的还是平民等级中的劳动者。英国革命中的破产农民、法国革命中的“第三等级”、宪章运动中的英国工人、1848 年欧洲革命中的各国劳动者阶级和阶层，无不以自身的历史力量在西欧近现代史上申明了这一论点。现代民主政治作为现代民主成果，不是资产阶级的专利，而是属于全人类的，是人类社会历史进步的成果，是人类文明的政治成果的一种积累。即如恩格斯当年所说：“当各民族的无产阶级政党彼此联合起来的时候，它们完全有权把‘民主’一词写在自己的旗帜上。”②但是，资产阶级把这一文明成果篡取在自己的手中，打上自己阶级的烙印，使之成为统治阶级的工具。正是在这个意义上，《共产党宣言》强调工人阶级革命的第一步就是“争得民主”。正是在这个具体的历史实践中，毫无疑义民主都带着阶级的烙印，但是烙印并非就是民

① 《邓小平文选》第 1 卷，北京：人民出版社，1989 年版。

② 《马克思恩格斯全集》第 1 卷，北京：人民出版社，1956 年版。

主政治本身，并不改变民主作为现代政治文明而区别于传统专制政治的特性。尤其刚刚开始从传统政治社会摆脱出来，长期缺乏民主传统的国家来说，更应关注民主的这种现代文明特性；而对于由于社会主义基本制度已经建立、剥削阶级作为一个阶级已经被消灭、社会主义政治建设成为社会主题的国家来说，当然也更应关注民主作为现代政治文明的成长和对于既往民主政治经验的超越。此两个“更应关注”的条件，在中国都存在。所以，在中国谈论民主问题，首先应关注现代政治文明在中国的成长，关注中国现代化进程中的民主政治发展的战略安排。这正是邓小平阐述中国民主问题的基本逻辑。在上述两个“更应关注”的条件中，如果说在1941年的时候邓小平更为关注前一个条件，那么，到十一届三中全会时，更为关注的则是后一个条件。这不是说邓小平的民主政治理论不关注民主的阶级烙印，不关注在阶级关系和阶级斗争中说明民主问题，而是说在不同的实践环境中应有不同的观察视角，有不同的理论意识中心。对于邓小平的民主政治理论来说，正确阐述民主政治发展和中国社会现代化进程的关联，则是理解这一理论的关键。

四、关于在现代政治文明中理解的民主范畴

当我们沿着邓小平的这一理论逻辑把握现代民主问题，就可以获得超越具体民主主体之上的作为现代政治文明的一般规则的民主范畴。无须回避问题，在这里会遇到关于民主问题的阶级性的提问。邓小平的民主政治理论在民主的阶级性、社会主义民主与资产阶级民主的区分等问题上，始终有着十分清醒的把握，他以十分严肃的科学态度宣布：“中国人民今天所需要的民主，只能是社会主义民主或称人民民主，而不是资产阶级的个人主义的民主。”[①]“我们实行的是社会主义民主，不是资本主义民主。”[②]毋庸讳言，民主总是归属于一定具体社会主体的民主，凡是获得民主权利的阶级、阶层、社会群落，都会对民主运作方式按自己的意志作一番设计，所以，民主总会具有阶级的属性。但是，关于民主，绝非在关于它的阶级性言说中就完成了所有内涵的阐释。或者在实践上说，绝非哪个具体阶级获得民主权力（大体相当于获得国家政权、统治权）而宣称争得了民主，就算完成了现代民主政治规划的建设，就算有了民主。所以，在民主具体归属于一定社会主体之前，有一个作为当代政治文明一般规则的民主问题，这是一定历史条件下人们在政治生活中的适应性选择。处于革命时期的革命阶级，把民主

①②《邓小平文选》第2卷，北京：人民出版社，1983年版。

的阶级归属、阶级属性提到首要位置，这很正常，也很合理。但是，在经常性的建设、发展时期，对民主的观察就不能总是拘守这一框架之中。革命和争得民主权力，并非问题的全部，革命最终是为了解放生产力、发展生产力，并由于先进生产力的巨大改造作用而造就最能实现和保护人权、自由、安全、幸福的政治生活规则。正因为如此，不同主体归属的民主之间才能有可比性，才能理解为什么列宁能够一方面宣称可以保证“无产阶级民主比任何资产阶级民主要民主百万倍”①，另一方面又指出苏维埃国家机构“低于资产阶级的文化水平”；才能够理解什么是邓小平所指出的“民主太少”，为什么邓小平能提出建设“世界上最好的制度”。理清了这一思路，至少可以获得这样一些基本看法：

第一，作为现代政治文明的民主不等于资产阶级民主。资产阶级在其推翻封建专制制度的革命中为现代民主政治发展作出过重要贡献，同时也给现代民主打上自己阶级的烙印。但是，现代民主毕竟是整个社会进步阶级、阶层，特别是劳动者阶级共同奋斗的成果，而不是资产阶级的专利。现代民主确实曾经被抓在资产阶级手中，外在实现于资产阶级的具体民主当中，就像市场经济曾经一直和资本主义经济关系结伴同行。但是20世纪以来的世界事实表明，市场经济和资本主义经济关系的区分是一种准确的科学分析思路，邓小平为此作出了巨大的努力；同样，现代政治民主和资产阶级民主的区分，也是无可回避的事实。只有完成这种科学的区分，才能真正在科学的意义上，而不是一般政治口号的意义上说明为什么“没有民主，就没有社会主义”。列宁曾经说过，“苏维埃的历史使命就是充当资产阶级议会制度以及整个资产阶级民主的掘墓人、后继人和继承人”②。显然列宁在这里没有对作为现代政治文明的民主和资产阶级民主作出区分，但是，凭着一位马克思主义理论家特有的才智，列宁已经看到，概括在“资产阶级民主”这一范畴中的全部内涵里，除了民主的资产阶级统治性质，还有社会主义政治生活所必不可少的现代政治文明成分；要埋葬的是资产阶级的具体民主，要继承的则是实现在这一具体民主中的现代民主规则，因而，列宁在述及苏维埃国家机构时曾一度要求“仿效西方主义”。邓小平则明确提出：“社会主义要赢得与资本主义相比较的优势，就必须大胆吸收和借鉴人类社会创造的一切文明成果。”③这显然包括现代政治文明成果，所以他在谈及中国的社会主义民主政治建设时，强调要“从世界各国吸收进步因素”。同时，这绝不意味着照搬被一些西方政治家反复标榜为现代民主楷模的西方民主。对于资产阶级的民主价

①②《列宁全集》第28卷，北京：人民出版社，1957年版。
③ 《邓小平文选》第3卷，北京：人民出版社，1993年版。

值体系、体现资产阶级价值追求的民主设施和设计，在邓小平这里，是和作为现代政治文明的民主作了明确区分的，因而明确“中国不能搞”。

第二，工人阶级和所有劳动人民争得国家政权，不等于民主问题的解决。民主所归属的社会主体的改变，当然可以为民主在文明进步意义上的提升创造可能性，但是，这种可能性变为现实性乃在于享有民主的主体能否准确把握现代政治文明潮流中民主的进步规律，并使之在现代文明积累的意义上获得实现。只在政权归属改变意义上“争得民主”的阶级如果只是陶醉于意识形态中的历史优越感，而不能在现代发展的意义上创造和积累先进的政治文明，那就必定发生毛泽东、邓小平所共同认为的“资本主义制度所能解决的一些问题，社会主义制度反而不能解决”，就会出现斯大林式的悲剧，就会出现“四人帮”式的法西斯专政。在苏东政治剧变后仍然毫不动摇地宣称自己是“马克思主义者”的前波兰统一工人党中央委员、“人道主义的马克思主义”的理论家亚当·沙夫，以一种悲观的口吻谈到，在经典社会主义理论中，同资本主义相比，社会主义应拥有更高的民主，但是，“比资本主义国家的民主制度更高的民主究竟是什么样子，谁也说不清楚”[①]。这一看法虽属于悲观，但可以使从事社会主义事业的人们冷静地看清这一点：工人阶级和劳动人民在革命胜利后可以说是“争得民主”，但并不等于直接就有了比资本主义更高的民主，并不等于就解决了现代政治文明意义上的民主政治问题。邓小平民主政治理论对于经典社会主义学说所作的创新恰恰就是在这里开始。

第三，在历史哲学中完成对政治解放的批判，不等于社会主义民主政治建设在理论和实践上的完成，甚至在经济文化落后国家的社会主义初期阶段还不等于政治解放在历史实践上的完成。马克思在历史哲学中完成了对政治解放的批判，提出了从政治解放走向人类解放的著名命题，但这不等于对政治解放的超越性否定在历史实践中的实现。而在历史实践中的这种超越性否定，至少必须完成两件事：一是在现代政治文明发展和积累的范畴中阐明政治解放的成果及其自我扬弃；二是完成对资本主义民主政治的批判和社会主义民主政治建设的说明。也就是说，马克思完成了一个历史哲学意义上的政治学批判，需要补充和完整化的是社会主义政治文明积累的探索。我们注意到马克思在阐述政治解放时包含了许多关于现代政治文明发展的“卓越的、有益的部分”，但这些部分和对资本主义民主政治的批判捆绑在一起；尤其是后来马克思、恩格斯对19世纪中后期欧洲资本主义发展的成熟程度估计过高，因而理论注意力更多地集中在资本

---

① 沙夫，《做马克思主义者，不做教条主义者》，《马克思主义与现实》1999年第6期。

主义关系的危机和社会的革命性变革上。这样对资本主义民主政治批判的主题日显突出,并逐渐占据了理论的主导视野。这种理论注意力的转移,是后来马克思主义政治理论中关于民主的阶级属性分析的主题优先性、对资本主义民主否定的优先性这一理论习惯的先期原因。其后的理论历程以及这一理论习惯对20世纪社会主义建设所造成的影响自不必细述,而邓小平民主政治理论所要做的正是摆脱这种理论习惯,走出这种思维定势,首先在人类社会政治文明发展和积累的思路上探索从政治解放走向人类解放的实践历史进程,从而在对资本主义民主政治的扬弃中探索社会主义民主政治建设的理论与战略。研究和实践邓小平政治理论,如果不能走出那长期积淀的理论习惯,也就很难真正理解邓小平社会主义政治发展理论的内在逻辑。把握江泽民"建设社会主义政治文明"的命题,首先必须深刻领悟的,正是这一理论的内在逻辑。

(原载《南京社会科学》2002年第10期)

目前阶段的公平问题和政府的政策取向

进入20世纪90年代中期，公平问题在中国各类社会问题的构成及相互关系体系中令人注目地突显起来。中国可能出现一个关于公平的新的“问题期”。因此应及早进行政府政策取向的调整，防止政策取向调整的“时期未到论”的影响。

20世纪70年代末开始改革开放以来，我国经济的高速增长，给了人们极为深刻的印象。与此同时，中国社会各阶层的利益关系格局也相应加速发生变化，公平问题在中国各类社会问题的构成及相互关系体系中令人注目地突显起来。这预示着可能出现一个关于公平的新的“问题期”。面对社会利益关系格局的新的急剧变化，政府的政策取向应及早作出适应性调整，形成与80年代到90年代初不同的新的政策框架，以保证规范社会、引导社会和推动社会安全渡过这一“问题期”，走向新的发展层面。如果政策选择上失去时机或选择失当，就有可能使矛盾激化，到时虽力图调控而已无能为力。

一、公平问题演变的三个时期

自1949年建国至今，由于经济建设的发展水平、体制选择的具体形式、人们社会观念的变迁等等原因，效率与公平间矛盾与协调的方式大体经历了下述三个时期。

第一个时期，从建国初到70年代末开始改革开放前。在这个时期，效率主要是通过政治动员、行政约束和伦理激励所实现的效率，公平则主要以平均主义为特征的，因而必须通过伦理信念和行政约束保障实现的公平。这段时期里，人们过度理想主义地排斥效率与公平关系的物质利益基础，把一切诉诸政治原则和伦理原则基础上的抽象的统一。而当这些原则暴露出自身的空虚之后，物质利益矛盾就会暴露出来，必起而宣告效率与公平原先的抽象统一的破裂，同时也宣告体制改革已势在必行。

第二个时期，从 70 年代末实行改革开放开始，到 90 年代上半期，其间约近 15 年。在这个时期，全社会为消除贫穷，先是解决温饱，继而追求“小康”，使效率原则获得了势如破竹式的优先认同。政府推行“允许和鼓励一部分人先富起来”的政策，获得巨大成功。这个时期的效率，已明确与物质利益挂钩，逐步建立在市场经济的原则基础上，以机会均等条件下的竞争获利为原动力。毫无疑义，这一效率原则的出现本身包含着形式上的平等掩盖着事实上的不公平，“一部分人先富”中并不先定地包含“共同富裕”的前提，而恰恰自发地包含着贫富分化的潜在趋势。但是这一点对被平均主义体制“窒息”效率达 20 余年的中国人来说，似乎并不重要，许多人甚至长时间没有意识到这一问题的存在，或认为仅仅是“次要问题”。公平问题并没有在社会面前突显出来。

第三个时期，从 90 年代中期开始，具体可以说从 1993 年下半年通胀恶化开始，并由此延伸下去。由于上一个时期的政策积累、经验积累和社会心理积累，效率原则继续获得社会认同，并获得政策保障和体制保障。但是，公平问题也在它的对面悄然突起。上一个时期，由于人们对效率的爆发式追求，把公平弃置于极次要的地位，或视之为嘲笑的对象，而现在人们发现，事实上的不公平就在对效率的追求中迅速滋长，并一步步构成对效率的威胁和对社会安定的威胁。上一个时期的人们还站在平均主义的地平线上通过“攀比”来表达某种落后的公平要求；而现在人们发现，公平问题已不是平均主义的“攀比”所引发的呼声，而是实实在在的贫富分化的严峻事实。上一个时期的人们还指望着通过政府的“父爱式”保护来满足自己的某些“公平”要求；而现在人们发现，大量发生的不正常、不合法的行政介入越发加剧了“分利集团化”的倾向，使自己陷入“被相对剥夺”的境地，越发加剧了社会分配的不公。如果说，公平问题在上一个时期还处于“悄然隐没”的状态，或者只是在并不被公认为合理的攀比机制中隐约显现，而现在则以收入差距的贫富分化和分利集团化的严峻事实突显在社会面前，并以难以遏止的“相对剥夺感”和与之相联系的不安定情绪而突显在社会心理层面上，这表明，公众对富裕阶层收入的合法性、合理性的否定已延及对政府某些行为的批评。

二、公平问题形成的两种机制

公平问题之所以在90年代中期开始突显，在决定性的意义上是由两种社会机制的特殊状态及相互关系所决定的。

其一，成长起来但并未成熟的市场经济机制。经过15年的改革开放，到90年代中期，以市场经济为基础的经济关系结构和运行机制开始建立起来，并在社会经济生活中日益显示其特有的经济规定性。市场经济活动的本身就包含着一种难以抑制的自发的倾向，即自发地使不同社会阶层的利益收入趋向贫富不等和分化。而且，这种分化"天然地"有利于经营者阶层、企业家阶层，并使这种利益关系格局维持和扩大化。

同时，中国现阶段收入差距的拉开既源于市场经济机制的成长，又源于市场经济机制的不成熟。因为这种不成熟，带来两方面问题：一是不规范的、低水平的竞争大量存在，造成投机行为、欺诈行为、非法暴利、野蛮垄断、甚至犯罪行为等等现象泛滥成害，大大强化了社会收入分配的不公正和不公平，并诱发社会对高收入阶层的强烈不满。二是政府适应市场经济环境的调节手段不成熟，不仅因财力不足而引起调节乏力，更因为如何实施有效调节的调控方式尚未选择定型，因而难有适从。这无疑使收入差距的拉开更如脱缰之马，难以羁束。

其二，仍在发生作用的行政集权式经济机制。虽经15年的艰苦改革，我国仍未完全脱出体制转型期，传统的体制因素仍保留着某些方面的合法的、或非正式的影响力。在这种行政集权式的经济体制下，任何分配都是按行政等级序列进行的，因而所谓普遍的平均乃是以行政序列的等级化为基础框架设计的。在改革过程中，当这种体制和市场经济并存并发生冲突时，首先被打破的是普遍的平均，而不是行政等级序列，不是由行政等级序列所引起的权力自我保护和行政层级、部门、地方的自我保护式的封锁。甚至由于市场竞争的激烈，这种自我保护和自我封锁会被刺激反弹而不正常地强化，因而这种自我保护和自我封锁所引起的获利追求也更为强烈。这种传统经济体制的影响，从各个方面加剧着社会收入差距的拉开和拉大。试举其要，一是行政的地方、部门各据一方，相互分割封锁，利用自身拥有的行政的力量凌驾于一切经济行为之上，不仅保护而且尽可能地扩张自身所享有的特殊利益。这是一种特殊形式的行政垄断，并在社会中形成一种特殊的垄断获利，以"超市场"、"超经济"的力量强化了社会分配不公。二是政府的权力非正常地、或非法地干扰市场经济的运行，官商串通，权钱交易，凭藉手中掌握的权力、财力，为私人在市场活动中(特别是"泡沫经济"的活动中)争取暴利。三是在本来正常的政府经济行为中，尤其是在宏观调控的行为中，渗入不正常的交易行为，使某些阶层、企业、个人可以独享政府创设的经济机会，非法垄断市场，牟取惊人的高额收益。比如，据统计，从 1991 年到 1993 年的 3 年中，国有资产流失竟达 2200 亿元，平均每天流失 1 亿。流失的这笔资产自然是进入了某些个人的腰包、某些小单位的“小金库”(甚至流失到境外)，构成为某些高收入群体的获利来源。

上述两种机制的共同作用，使公平问题在 1993 年下半年开始越来越突显出来，这鲜明而又集中表现在从那段时期开始、特别是 1994 年的严重的通货膨胀所造成的社会后果上。由于 15 年的改革，一个代表市场经济力量的“企业家阶层”形成起来，他们是高收入阶层的主要构成者之一。通货膨胀重新造就利益关系格局，其首先打击的是广大城乡低收入阶层，而实现向有利于“企业家阶层”的利益转移。这是一种不正当的、甚至带点残忍的利益转移。简单地说，1994 年通胀率突破 20%，即使银行存款利率已高达 11%，但仍有 10 个百分点的负利率，1 年内造成约 3000 亿元的利差。从存款人手中剥夺的这部分利差，首先转移到贷款者，主要是企业主、经营者的手中，继而通过各种的“分割”使其中一部分反流到政府、银行的权力拥有者手中。这种“坐吃利差”的行为，几乎是不可遏制地会使政府一些部门、金融界和企业界的腐败加剧，并将严重腐蚀整个社会的经济关系，这实际上已经造成了一批期望通过高通货膨胀剥夺存款人利益的“食利集团”。由于通胀加剧，在“泡沫经济”中投机以争取暴利的行为越发猖獗。“泡沫经济”需要大量的货币涌入，在中国涌入的当然是大量公款，这一方面在权力拥有者中造就一批靠公款使自己暴富的集团，另一方面挤占大量建设资金，甚至农副产品收购资金，因而造成各种资金缺口。这些最终都得由政府负责填平和兑现，于是转而成为新的货币发行，给中国一直存在的“货币发行倒逼机制”火上浇油，造成恶性的通胀循环。这正是这部分食利者集团所希望的局面，因为这等于又给他们造就新的暴利获取的机会。据统计，这个特殊的食利者阶层已经拥有 3000 亿元投机资本。

三、政府政策取向的调整

从许多国家的经验看，解决公平问题的思路有两条，一是社会自发解决，二是通过政府自觉调节来解决。而社会自发解决，只能是低收入阶层自发发起的“社会冲击”(这常常又是高收入阶层的过度行为所引发)，这无疑是一场社会危机。危机过后，社会的利益关系会重新组合，使公平问题上的矛盾缓解，但社会必然经历一场动乱、停滞的痛苦。第二种通过政府调节来自觉解决，而且只能通过政府。因为社会自身在现存条件下还几乎无法产生自觉调节的动力机制。民间“先富帮后富”式的互济可以使个别矛盾有所缓解,但于整体社会矛盾的解决实无大补。因为这种互济行为主要得力于道德推动(其间也可能夹杂着冷漠的交易行为,这里姑且不论),是可以鼓励而无法最终依赖的。所以,当公平问题突显的时候,政府必须以主要调控者的身份出现,及时地、负责任地调整政策取向,维护社会的稳定和发展,防止不正常的社会自发调节的发生。如果借用现代经济学关于效率与公平交替关系中的“政策周期”概念,那么通过上文分析可以作出结论说,一个以公平为取向的政策周期正在我国开始。这一周期内政府的政策取向必须突出对公平问题的关注,并相应形成新的政策原则。

(一)必须把解决“超市场性”的权力关系所造成的公平问题放在第一位。由于我国社会各方面的关系结构仍未脱出转型期的特征,因而政府所面对的公平问题是双重性的。其一是市场机制造就的不公平,其二是“超市场”的权力关系造就的不公平。这就增加了所解决问题的复杂性和政策选择的难度,因而必须理清思路、权衡轻重缓急,选择政策突破口。在现阶段的政策选择中,应把解决“超市场”性的权力关系所造成的公平问题放在第一位。这是因为:① 二者比较,“超市场”的权力关系引起的公平问题,不仅严重损害着社会追求中的公平目标,而且严重损害着社会追求中的效率目标。它腐蚀着市场经济体制的正常发育,破坏着正常的效率机制的形成。它在某些条件下可能鼓动起虚假的速度,而带来的是经济的全面紧张和通胀的恶化,造成全社会的资源浪费和低效率。② 二者比较,“超市场”的权力关系造成的公平问题,比市场经济中的公平问题更突出,因为它有数十年积累的体制根基和社会心理积淀,且通过超经济的权力体系发生作用,所以为虐更甚。③ 在社会心理层面上,人们最敏锐地感觉到的,也最为不满的正是这种特权因素造成的不公平。④ 如果这种公平问题不优先解决,市场关系所造成的不公平问题就几乎无法解决。因为“超市场”的力量会从外部强制性地使市场关系中的不平等进一步恶化,而市场关系中公平问题的恶化又会反过来腐蚀政府行为,使政府的各种调控行为变型、变质。

(二)政策安排上不仅要有利益分配上的调节,更重要的是体制上的改革和完善。由于近年来社会收入差距拉得过快过大而使公平问题突显出来,因而在政策安排上毫无疑义要作出利益分配上的调节,控制高收入阶层的收入幅度,通过一定渠道对低收入阶层实行“公平补偿”,把社会收入差距调节到尽可能合适的区间。因而政府必须调整经济生活各方面的数量关系,加大二、三次分配的力度。但是,处于体制转型期的中国,仅靠一个时期在利益分配的数量关系上的调节,往往治标而不治本,甚至出现调控结果和政策出发点相背离的情况。比如,现在高收入阶层中有大量获利，是通过行政垄断、权力干涉、市场和权力的交易行为、体制摩擦造成的经济秩序混乱等等条件而取得的，是凭藉传统体制影响而取得的。只要体制问题不解决，他们的这部分获利就完全可以游离于政府调控的范围之外，甚至更可悲的是，有一部分人可能利用政府的调控行为再度捞取利益。再如在低收入阶层中的救助、保障行为，如果没有平等竞争的体制为依托，就可能助长依赖倾向而损害效率，将使公平问题更为恶化。所以，政策安排上的利益分配调节必须和体制改革的深化联系在一起。

目前，从体制上说，首先必须从根本上铲除"超市场"性关系引起的社会分配不公和贫富分化的体制基础，打破这些现象的发生机制，并有效防范市场经济环境中政府正常的宏观调控行为向传统计划经济中的政府行为方式的退化。其次必须尽快创设"赛场敞开"、"机会均等"、"平等竞争"的规范体系和政策框架，防止可能发生的各种形式的垄断，坚决遏制"分利集团化"倾向的滋长和膨胀，密切注视社会中的主要利益集团的动向，防止其向恶性的垄断性集团的演变，必要时应采取强硬的行政措施。同时必须尽快创设在市场经济体制基础上解决社会公平问题的政策框架，如扶持全民教育、发展公益事业、优化公共设施、健全社会保障体系、完善调节收入差距的税收制度、创造劳动力流动的有利条件等等方面，要形成全面的政策设施。要能够通过产业政策、社会政策、财税政策、金融政策、计划指导、法律规范、社会动员等等多种方式，造就针对自由的市场竞争所引起的事实上的不公平的有效的事前限制、事中调节和事后补偿。

（三）必须强化社会整合机制。现阶段我国公平问题突显的原因，很重要的一个方面是市场不规范，经济秩序混乱，以及社会其他领域中同样存在的管理失范。即拿 1994 年通胀中的情况看，由于秩序混乱和失控，社会中各个利益集团的利益实现和利益交换就缺乏有效的整合机制，于是纷纷采用涨价这种不正当手段牟取利益，垄断价格到处出现。不规范的"泡沫经济"猖獗，"暴利"现象成为高收入阶层获利的突出方式，由此而刺激投机行为、寻租行为、欺诈行为、犯罪行为的滋长，促使政府腐败现象恶化。这可说是一场社会整合的危机。因而，要造就和维护社会的公平格局，必须强化社会的整合机制。根据发展中国家在工业化初期的经验，"软政府"的管理失范和社会整合危机将沉重打击工业化的进程。所以政府必须能够有效管理社会，规范市场，使竞争有序化，防止秩序混乱和失控，防止社会行为的非理性和盲目性。从这一要求出发，政府必须尽快加强自身的调控能力，提高自身的管理功能，尤其要强化中央政府的调控权威。同时，必须强化政府行为的规范性和统一性，坚决消除盲目的集权倾向和实际管理中的自行其是并存的状态。坚决刹住以"敢闯"、"变通"、"绕道走"的名义抵制政令，为"小地方"、"小群体"、"小部门"谋取特殊利益的行为。加大惩治腐败的力度，在体制上和立法上阻止政府权力向市场生活的不正常的渗透和市场交易行为向政府行为的渗透，切断社会中的利益集团向政府游说，企图左右政府决策的通道，保障政府体系运转的整体健康。

四、关于政策取向调整的"时期未到论"

从现阶段情况看，在公平问题上的政策取向调整有很大难度，其障碍因素来自多方面。首先当然是关于社会总问题的不同判断（这一点在前文已作了大量分析和说明），同时还有政策理念、政策思路上的阻力，以及社会利益集团的压力等等。其中最具代表性的是解决公平问题的"时期未到论"，即认为现在社会发展目标的主要指向是经济增长，为了经济增长而应该允许和鼓励一部分人先富起来。只有到经济增长阶段完成，才能着手解决公平问题，现在还不到时候。

应该说，增长确是我国社会所面临的重大课题。但是，如前文所分析，现阶段开始突显的公平问题，已经从劳动生产率、社会政治环境、经济运行状态等几个方面严重制约着经济增长，扭曲着经济增长，并且滞碍着未来经济增长所依赖的市场经济体制的正常成长和定型。如果说现在有志于解决增长问题，那就必须着手解决公平问题。今后的增长仍将伴随着收入的差距，但是这种日益扩大的收入差距将不再是政府为了增长而"允许"和"鼓励"起来的致富手段，而恰恰是政府应有效加以调控的对象；它将不再是增长的原因，而只是增长的结果，而且是应该加以政策调控的结果。事实上，进入 90 年代中期以来，允许和鼓励一部分人先富起来，已经成为一部分高收入阶层的保护性外衣，大大不同于 80 年代所产生的社会功能。

关于这一点，邓小平同志有过很敏锐的预见。他在 1990 年 12 月的一次谈话中指出，"共同致富，我们从改革一开始就讲，将来总有一天要成为中心课题"。到 1992 年 1 月视察南方谈话中就解决贫富差距问题指出，"什么时候突出地提出和解决这个问题，在什么基础上提出和解决这个问题，要研究。可以设想，在本世纪末达到小康水平的时候，就要突出地提出和解决这个问题"①。体会其中思想，一是总有一天要突出解决收入贫富差距问题，二是"这一天"大体在本世纪末达到小康水平的时候。由于我国经济增长的加速，有可能提前实现"翻两番"，进入小康水平；而且随着地区差距的拉开，现在我国已有相当一部分地区提前进

① 《邓小平文选》第 3 卷，第 364 页，北京：人民出版社，1993 年版。

入小康水平，因而把公平作为“突出问题”来解决的时期可能提前。现在已越来越接近小平同志预见的时期，所以必须尽早作出政策安排。

再从发展中国家的经验看，我国现在也已处在必须正视公平问题的关键时期。诺贝尔奖金获得者库兹涅茨通过对印度、锡兰、波多黎各、英国、美国等国家收入分配的统计分析，认为经济发展水平是决定一个国家收入分配是否公平的主要因素，并依据这一点提出了“倒 U 字型”假说，即一个国家收入分配的不平等性会随着早期经济发展而恶化，达到最高点后，又随着后期经济发展而改善。其后，帕恩克通过对 56 个国家的统计研究，得出这样一个结论：收入不平等达到最高点的时期，是人均国民收入在 300—500 美元的时期。这个数据当然很难用来套一切国家和一切时期，但可以作为政策安排的一个重要参考。当我国 80 年代人均国民收入在 200 美上下时，公平问题尚未在社会问题系中突显；而现在已超过 400 美元，可以说进入了库兹涅茨所说的“倒 U 字型”的顶点区，联系已经出现的社会动向，应该说公平问题已进入了“风浪区”。

尤其应该引起关注的是，来自一些社会利益集团对公平政策取向形成的阻力。他们主要是在现存体制框架和社会环境中获得高额收益、获得暴利而迅速富起来的高收入阶层。在现在的情况下，他们不喜欢市场竞争的有序化和政府对市场的规范管理，而希望在混乱无序的经济环境中寻找投机获取暴利的机会；不喜欢通过深化改革形成“机会均等”的竞争机制，而坚持维护自己在市场竞争中已经占有的垄断地位；不喜欢割断自己与权力关系的纽带，不希望政府行为的规范与整肃，而希望总是拥有自己获利渠道所必不可少的权力后盾；不喜欢政府实行合理而有效的宏观调控，而喜欢通过行政动员而发起的“排浪式”的投资热潮，以及由此而引起的经济全面紧张和通货膨胀。他们总认为现在提对公平问题的关注为时尚早。他们的这种态度倾向，常常能够获得一些紧紧抱住“行政动员下的指标经济”观念的政府决策人员的认同。因为这样才能造成“爆发式”的“政绩”，而这种“政绩”与他们在行政序列中的升迁有着密切的关系。而正是这种行政动员下的“排浪式”的投资热潮所造成的经济全面紧张，将使政府无暇顾及也无力顾及公平问题的解决；由此而引发的通货膨胀，必定严重损害低收入阶层的利益；由此引起的经济秩序混乱，又为某些阶层造成投机、寻租、暴富的机会。这种利益关系格局促使他们以各种方式影响政策决策。诸如“经济与物价同步增长论”、“失业比通货膨胀更加危险论”、“物价与工资挂钩”等等问题上的争论，已经从一个侧面反映了利益集团化的背景，而越出了学术性的界限。

（原载《江海学刊》1996 年第 3 期）

关于接近“倒U字型”顶点区的忧思

这是一篇时政随笔。进入90年代中期以来,“贫富问题”已经不是可以“一笑置之”的问题。官方统计分析指出:基尼系数超过0.40,城乡居民消费性结构上的时间差为12年,“东:中:西”的数值在迅速扩张,存在一个高收入阶层并趋向稳定,相应出现一个低收入阶层也趋向稳定,社会中的相对剥夺感在上升。在排浪式的投资热潮和通货膨胀中,实行着一种不正当的、甚至带点残忍的利益转移。食利者们试图通过种种渠道影响政策,一部分官员最有可能成为他们的“经济合伙人”。邓小平将此作为“中心课题”来解决的时期设想在本世纪末,看来此时期可能提前。

1997年获诺贝尔经济学奖的英国经济学家詹姆士·E·米德,针对古典自由主义经济学中对价格机制的崇拜,认为价格机制所导致的“效率”与“公平”的“二难困境”,是社会中“基本的经济上的两难困境的矛盾”。这种“两难困境”尤其在不发达的经济中,会以“其最激烈的形式展现出来”。在这种不发达经济中,随着经济增长和自动化的发展,“效率与分配之间的两难困境也会变得更难解决”。那么,究竟这种“增长和自动化的发展”到达什么样的程度,就会真的“变得更难解决”呢?米德没有说。

另一位诺贝尔资金获得者库兹涅茨通过对印度、锡兰、波多黎各、英国、美国等国家收入分配的统计分析,认为经济发展水平是决定一个国家收入分配是否公平的主要因素,并依据这一点提出“倒U字型”的假说,即一个国家收入分配的不平等性会随着早期经济发展而恶化,达到最高点后,又随着后期经济发展而改善。其后，帕恩克通过对56个国家的统计研究，得出这样一个结论：收入不平等达到最高点的时期，是人均国民收入在300—500美元的时期。这个数据当然很难用来套一切国家和一切时期，但作为一个经济性的参照点应是有价值的。当我国80年代上半期人均国民收入在200美元上下时，贫富差距虽然存在，但绝未成为社会关注的热点，而恰恰相反，社会关注的是如何“拉开差距”。而现在，人均国民收入已经超过400美元，情况是否发生了变化？“贫富问题”是否仍然是社会可以对它“一笑置之”的问题？

一、统计分析这样告诉我们

有人这样写道：“中国一代新富豪迅速崛起，‘百万富翁’、‘千万富翁’、‘亿万富翁’甚至‘数亿万富翁’一个接一个地冒出来。有的所谓大款们如作品中所描述，挣得容易，化得淋漓；随心所欲，为所欲为；占有一切，标榜地位；买房租‘妻’，尽享风情。而另一极却存在着‘少、边、远’地区广大尚未得到温饱的农民和千千万万需要‘希望工程’接济的失学儿童。”我不赞成用这样的描述来概括当前的社会问题。这多少有点表面性特征，还可能遭到“伦理上的激愤”，或对“吃不到葡萄的恼怒”等等指责。

我们应该学一学李鹏总理在去年五中全会讲话中的那段有分寸的概括：“不同社会群体之间一部分人收入差距过大，是当前各方面关注的问题。特别是对那些利用经济体制转轨时期法规和政策不健全的漏洞，通过侵吞公有资产、搞不正当竞争、偷漏税、骗税和走私等不法行为所造成的暴富，已引起社会各界的强烈反应”。

一切应该用可以数量化的经验事实来说话。这里，我们暂且把一切非官方的、非官方认为是权威的统计分析和量化估测统通搁置一边。下面所引资料都是官方的、或官方认定为权威的统计分析结果。尽管有人指责这类经济分析中有“水分”，但我们还是以此为据。因为在这类统计分析的一切程序和结果中，都不大可能掺入夸大贫富差距的水分。所以，以此为依据，尽可能大胆地引出结论。那么，这些统计分析可以告诉人们什么呢？

1. 超过0.4的基尼系数。根据国家统计局对10万户城乡居民统计计算，以20%的低收入户和20%的高收入户的人均收入作比较，城镇居民的贫富差距1978年为1：1.8，1993年上升为1：2.9，1994年上升为1：3.6；农村居民的贫富差距1978年为1：2.9，1994年上升到1：6.6，城乡居民加权平均1：5.6。如果按全社会角度计算，农村中20%的低收入户和城镇中20%的高收入户的贫富差距为1∶13。这个比例已经超过了美国、我国台湾省在60到70年代的差距水平(约为1∶10到11)。根据经验,经济学界一般把基尼系数的适宜值定在0.25—0.30之间,全社会的平均富裕程度高,基尼系数可相对大一些,反之则宜小一些。1972年,美国的基尼系数为0.32,同期瑞典为0.27。根据测算,我国农村居民收入分配的基尼系数在1992年为0.37,据中国人民大学社会学系调查,1994年则为0.40。城市居民中的情况可能缓和一些,但是,从全社会的角度把城乡统一起来测算,基尼系数会因城乡差距的介入而进一步加大。在发展经济学中,常把60年代上半期的印度引为经济发展而贫富差距拉开的的典型例子,这时印度的基尼系数为0.418。由此可见,我国个人收入的差距已开始突破一般公认的正常界限,进入波谲云诡的风浪区。

2. 城乡居民消费性结构上的时间差为12年。根据10万户城乡居民调查分析,农村人均纯收入和城镇居民人均生活费收入的比例,在1992年为1∶2.1,1993年为1∶2.5,1994年为1∶2.6。如果加上城市居民所享受的住房补贴、物价补贴、廉价的公用设施和文化教育卫生设施,和计入农民所承受的本社区的各种摊派,则上述差距的比例应越出1∶4的界限。由于生活费收入差距引起了消费性结构在升级换代上的时间差。在这方面,我国农民1992年的水平相当于城市居民1980年的水平,期间的时间差长达12年。而且还是我国城镇居民收入高速增长、农民生活水平的增速不易达到的12年。从趋势上看,1994年城镇居民人均消费收入实际增长8.2%,而农村人均纯收入增长5%左右。这一势头继续拉开着城乡差距。

3. "东∶中∶西"的数值在迅速扩张。根据东、中、西部三大地域的统计,1993年城镇居民人均生活费收入的比例为:东∶中∶西=1∶0.66∶0.71,而1994年的这一比例为:东∶中∶西=1∶0.64∶0.67,农村人均纯收入1992年的比例为:东∶中∶西=1∶0.69∶0.66,1993年的比例为:东∶中∶西=1∶0.66∶0.54,1994年的比例为:东∶中∶西=1∶0.64∶0.58。在这些平均化的统计数据中,还掩盖着许多突出的矛盾。比如,1993年按省份统计的城镇居民最高收入(广东,人均4275元)与最低收入(内蒙古,人均1710元)之间的比值已达2.50∶1,而在1987年时这一比值为1.72∶1,1991年时为1.15∶1。而同期深圳的居民人均生活费收入为7070.5元,又高出广东省平均水平65%。仍以1993年为例,全国35个大中城市人均生活费收入比上年平均增长31%(未扣除物价上涨因素),而其中宁波则增长51.1%,上海增长42.8%,北京增长39.4%,均在东部区域。所以,东部一些市县在1994年机关和事业单位工资套改时抱怨工资增幅过低时,中西部有些省区60%—70%的市县因财政紧张而未能进行工资套改，甚至不少市县长期拖欠机关干部的工资。

4. 存在一些高收入阶层并趋向稳定。由于收入差距的拉开已经越出一定限度，因而，开始出现一个高收入阶层，并趋于相对稳定。据国家计委人力所“城镇居民个人分配状况典型调查”课题组的调查结果，高收入层由14类人员构成：股票证券经营中的获高利者，部分收入很高的个体工商户，部分私营企业主，出场费很高的歌星、影星、舞星，部分新办公司的负责人，部分经营者与承包者，部分三资企业中的中方管理人员，某些行业紧缺的专业人才(限在可以自由就业的范围内)，承包开发科技成果的科研人员，出租汽车司机，部分银行工作人员，经济效益好的企业职工，部分从事第二职业的人员，再就业的部分离退人员。这一调查判断中有两点值得注意。其一，这一判断和近几年的各种调查的结果基本吻合，表明高收入层的构成已基本稳定。其二，这一判断和1994年10月中国社会科学院社会学所与国家统计局社会司合作对2万名各阶层城乡公众进行的问卷调查的统计结果有一点不同。这次问卷调查中，对现在“哪一部分人受益最多”的回答表明，公众认为受益程度的排序为：1. 私营企业家(49.66%)；2. 个体户(40.99%)；3. 机关干部(34.11%)；4. 专业技术人员(22.39%)；5. 国有企业家(17.86%)；6. 自由职业者(16.21%)；7. 农民(7.86%)；8. 其他(5.23%)；9. 工人(4.24%)。这一受益程度高低顺序排列中的高收入层和国家计委的前述调查判断总体吻合，所不同的一点是公众认为高收入层中有机关干部，而国家计委的调查中没有。这里原因很简单，因为我国政府干部的收入是不公开的，近年来急剧膨胀的隐形收入、灰色收入、黑色收入进入了政府各层级干部、特别是握有实权的干部的钱袋，大大改变了他们的收入构成。这一点不可能进入计委所作的调查，但在公众的眼里却能作出更接近实际的判断。因而，事实上高收入层的构成主要是两部分人：一是从事经济活动的企业家和其他经营者、管理者、“泡沫经济”中的投机家；二是在社会行政等级序列中占有一定地位和拥有一定权力的人们。

上述判断还只是一个总体概数。由于现阶段社会收入的公开性和规范性水平很低，高收入阶层的真实收入水平到现在仍是一个迷，其内部分配状况也不甚清楚，但有些是很能说明问题的。据1993年统计估测，全国年收入在3万元以上的430万人，年收入10万元以上的约100万人，年收入达数10万甚至百万以上的也非罕见。在城乡居民储蓄存款总额中，占全国总人口2%的高收入阶层所占有份额在1991年即为26%，1992年上升为28%，1993年上升为30%。各种调查表明，这一比例在1994年仍在上升。即使按1993年所占份额，仅这部分高收入层的储蓄存款的利息收入，就超过占全国人口8%以上的贫困人口的全部生活收入近1倍。作为一个事实上不可能的假设,仅这2%人口的存款利息就可使全部贫困人口脱贫。

再以高收入层中的私营企业主为例。据工商部门统计,至1994年底,经注册登记的私营企业主达40万户(不包括戴“红帽子”、“小帽子”、“洋帽子”的私营企业主),平均每户注册资金30多万元,其中资产在百万元以上的近1万户,资产超亿元的在海南省就有60多户。据1993年统计,全国私营企业主和个体工商户人均拥有储蓄存款3.7万元,相当于同期居民平均水平的10多倍。从趋势看,私营企业从1993年起有了“直线上升式”的发展(见下表),并将延伸下去。由于中国已拥有个人金融资产2.5万亿元,大量的剩余劳动力寻找新的甚至不惜是廉价的就业空间,私营企业的产业结构和区位结构又与国家的政策倾向相顺应,所以,私营企业主阶层必将继续扩大。这是高收入阶层稳定构成的一个基本方面。有人据此认为,中国已经出现了一个真正意义上的资产阶级。对这个结论尚不敢轻易认同,但现象总是时不时地叫人联想到这一点。

	1989—1991(年平均)	1992	1993	1994(1—6)
户数增加(%)	不足10	28.8	70.4	78.3
从业人数增加(%)	不足10	26.0	60.7	81.3
注册资金增加(%)	不足10	79.8	207.6	129.9

5. 相应也出现了一个低收入阶层趋向稳定。无论是统计分析还是对社会公众的问卷调查,都表明一个低收入阶层业已形成,其构成主要是城镇经济效益差的职工和贫困地区乡村的农民。如果从整个社会的角度来统观相对的高收入人群,那么相对低收入的群落还是职工和农民。据统计,1994年城镇失业率为3%,显性失业约500多万人,因而,企业停产、半停产、开工不足等等引起的隐性失业则多达2000多万人。在这支庞大的队伍中,领取失业保险金的只有130万人。1994年的痛苦指数(指菲利普曲线,失业率和通胀率之和为“痛苦指数”)高达26%以上,大大超过了10%的警戒线。通货膨胀首先打击的是这部分低收入阶层。由于医疗、教育、住房等改革方案的出台以及部分文化、教育有偿化,造成家庭经济不堪重负的首先也是这部分人。在收入多元化的形势下收入增加更多依赖于机会的获得,而机会最少的也是这部分人。据1994年上半年统计,人均月收入在103元以下的城镇居民有2000万人,而落后地区的贫困农民则有8000万人。这不低于1亿的贫困人口,构成我国一个大的社会难题。根据国际经验,发生贫困人口比例达到10%时,贫困问题的解决就进入瓶颈阶段。现在我国每年通过扶贫有60—70万户居民脱贫,但每年新进入贫困状态的也有60到70万

户居民。而这一部分人还只是低收入阶层的一个构成部分，即其中的绝对低收入者，此外还有一个并非少数的相对低收入者。

6. 认为贫富差距“严重”的社会公众占总数的70％—80％。经过15年的改革开放，社会公众对收入差距的拉开，应该是积累了思想准备的。但是，从已经发生的情况看，这种思想准备还不足以承受已经发生的贫富分化的事实。据中国人民大学社会学系1994年所作问卷调查，社会各阶层公众中，认为贫富差距问题“很严重”和“比较严重”的比例高达72.8％，而认为“一般”的则占12.6％，回答“不严重”和“不太严重”的只占7.0％。对贫富差距认为“严重”的看法，各阶层都有很强的一致性，在工人中占75.3％。由中国社会经济调查所所作的“社会形势分析和预测”的专家问卷调查中，专家们对1994年各社会领域进行的评价认为，进展“显著”的首选项目是“推进外交”，“很不显著”的首选项目是“缩小地区差距”，接着是“抑制通货膨胀”。

在社会贫富分化的序列中，公众认为受益最少的是农民和工人。据1994年中国科学院社会学所和国家统计局社会司合作的2万名社会公众问卷调查中，公认现在获得最少的是工人和农民。在同一个调查中，工人对物价上涨引起的生活压力感受最强烈，不满者达83.71％，因而对未来一年社会形势持“说不清”观点的也最多，占36.75％，高出各阶层平均数6个多百分点。农民无疑是整个社会中收入的绝对值最低的阶层，他们对1994年形势的评估，是认为“基本稳定”的最少比例的阶层之一，仅次于工人。

7. “相对剥夺感”：一种不安全的情绪。进入90年代以来，毫无疑义社会各阶层的生活总体水平有了提高，但是公众的满意度却不断下降，即所谓普遍存在的“端起碗来吃肉，放下筷子骂娘”，其原因概在于收入差距拉大而引起的“相对剥夺感”。这种“骂娘”情绪，主要产生于对自我收入状况的满意度不断降低。据国家科委研究中心连续进行的问卷调查表明，被调查者中对自己收入表示“满意”和“比较满意”的比例在1988年为52.4％，1991年为22.8％，1993年为17.8％（据富永健一的《经济社会学》所引资料，日本在1958—1972年间，社会公众的这种满意度没有低于57％，有时高达66％。据英国《金融时报》引最近权威调查，目前俄罗斯公众的这种满意度为22％）。这样的低满意度并非说明多数社会成员的收入状况都实际降低了，而是在同他人生活水平的比较中觉得自己降低了，这就是一种“相对的价值剥夺感”。

和相对剥夺感密切相关联的是对高收入阶层收入的“合法”和“合理”的否定。据中国人民大学社会学系问卷调查，社会公众回答“您认为目前社会上的一些富人中，有多少是通过正当手段致富的”的问题时，认为“很多”的只有5.3％，

“较多”的也只有 14.5%，两者总共不足 20%。而回答“不太多”的占 48.5%，回答“几乎没有”的占 10.7%，另有 20.8%的人回答“不知道”，三者总数超过 80%。可见社会公众大多数成员对高收入阶层的收入的合法性和合理性持怀疑和否定的态度。这种怀疑和否定尤其集中在针对行政垄断、官商串通、权钱交易、以权谋私上。在上述同一个调查中，回答“真正要赚大钱还得有权力作后盾”这样的问题时，“同意”和“非常同意”的占 75.17%，而“不同意”和“很不同意”者仅占 16.7%。各阶层对这个问题的回答基本一致。这表明，公众对富裕阶层收入的合法性、合理性的否定已和对政府某些行为的批评挂了钩。

数字，官方认可的数字，增添了我们一层层的忧思。现在还拿不出新的事实来对库兹涅茨那个“倒 U 字型”的魔鬼假说实行证伪。

二、邓小平的预见：“总有一天要成为中心课题”

中国人素来讨厌贫富不均。但是平均主义也使中国人吃够了苦头。所以，70 年代末开始改革开放，一打头就把矛头指向平均主义。在这方面，邓小平以其无可代替的政治地位和无可匹敌的政治胆略，为中国社会的进步作出巨大的贡献。他不忌讳任何责难，提出了“允许一部分人先富起来”政策理念以及一系列的相关政策设施，并取得了巨大的成功，为中国开辟了一个“效率优先”的时代。

在整个 80 年代，“效率优先”的冲击波一浪高过一浪，到 90 年代初，特别是 1992 年达到高峰。其间也有对社会收入差距的拉开发起责疑的，但真正作冷静思考的不多，其主要成分不过是一种虽被不少人眷恋，但始终未能获得社会真正认可的攀比机制。这种攀比机制主要来自两个方面。其一，由于这段时期的总特征是体制转轨，因而存在着双轨并存的局面。开放市场经济轨道使一部分地方、企业和个人获得高收益，而另一部分地方、企业和社会阶层却由于传统体制的作用，不能像在完全市场竞争环境中那样自由地转移资本和其他生产要素去追求平均利润率。这就导致高额获利者的收益事实上并不完全是由于平等的市场竞争而获得，而在很大程度上是由于国家的“优惠政策”、行政垄断、行政保护所获得。针对这种高收益的攀比，对劳动生产率的提高起过消极作用，但并不构成足以震动社会的公平问题，相反却形成为一种社会压力，迫使“效率优先”、“允许和鼓励一部分人先富起来”为基本取向的改革更加深化。其二，不少在旧体制下生活惯了的人，一时无法适应市场经济下的竞争环境，仍然希望在传统的“父爱式”的体制下获得均等的利益，因而形成与高收入人群的攀比冲动，表现为对旧体制的留恋和对新体制的排拒。这显然是一种落后的公平追求，将很快为社会所淘汰。在这个时期，政府的政策取向始终坚持以“允许和鼓励一部分人先富起来”、“效率优先、兼顾公平”为特点，甚至通过行政方式拉开社会收入的差距。虽然也有过“照顾左邻右舍”之类的提法，那只是出于对社会不安定因素的滋生的一种防范，而不是基本经济政策上的努力。因为只有这样才有利于推进以市场为取向的体制改革，有利于效率原则在社会中的成长，有利于使前一种攀比追求转变为对完全竞争环境的追求和对效率优先原则的支持，有利于尽快淘汰后一种攀比机制，消除平均主义体制影响。应该说当时政府的基本政策取向是合理的，有成效的。这里没有半点空泛褒扬的意思。

可是，从1993年下半年通货恶化开始，特别是1994年严重通货膨胀所造成的社会后果，使人们不能不重新审视在自己身边正悄悄地、而且也是迅速发生的变化。这时候人们发现了，经过15年的改革，一个代表市场经济力量的“企业家阶层”形成起来，他们是高收入阶层的主要构成者之一。通货膨胀重新造就利益关系格局，其首先打击的是城乡低收入阶层，而实现向有利于“企业家阶层”的利益的转移。这是一种不正当的、甚至带有一些残忍的利益转移。简单地说，1994年通胀率突破20%，即使银行存款利率已高达11%，但仍有10个百分点的负利率，1年内造成3000亿元的利差。从存款人手中剥夺的这部分利差，首先转移到贷款者，主要是企业主、经营者的手中，继而通过各种的“分割”使其中一部分反流到政府、银行的权力拥有者手中。这种“坐吃利差”的行为，几乎是不可遏制地会使政府一些部门、金融界和企业界的腐败加剧，并将严重腐蚀整个社会的经济关系，这实际上已经造成了一批期望通过高通货膨胀剥夺存款人利益的“食利集团”。由于通胀加剧，在“泡沫经济”中投机以争取暴利的行为越发猖獗。“泡沫经济”需要大量的货币涌入，在中国涌入的当然是大量公款，这一方面在权力拥有者中造就一批靠公款使自己暴富的集团，另一方面挤占大量建设资金，甚至农副产品收购资金，因而造成各种资金缺口。这些最终都得由政府负责填平和兑现，于是转而成为新的货币发行，给中国一直存在的“货币发行倒逼机制”火上浇油，造成恶性的通胀循环。这正是这部分食利者集团所希望的局面，因为这等于又给他们造就新的暴利获取的机会。据统计，这个特殊的食利者阶层已经拥有3000亿元投机资本。他们试图通过各种渠道影响中央的决策，试图在地方各级政府寻找自己的利益认同者。而那些最喜欢在“排浪式”的投资热潮中构造出自己“爆发式”的“政绩”的官员们，最可能成为他们的“精神同道”；而以谋取私利为“政策目标”的官员们最可能成为他们的“经济合伙人”。

当这部分食利者们利用严重通胀的机会，依靠手中的金钱和权力兴风作浪，生活上挥霍无度、纸醉金迷之际，低收入阶层却在“温饱线”上为生活而烦恼。通胀最大的受害者是低收入阶层，因为他们尽管收入低下，却要在飞升的物价指数面前被迫和高收入者“人人平等”。据国家统计局公布，1994 年有 20％的家庭生活下降，另有一大部分仅与上年持平。而据 35 个大中城市城调队调查，则有三分之一家庭生活下降，不胜重负。而据 2 万名居民问卷调查，则有 90％家庭回答处于持平和下降之中。据城调队调查，去年 35 个大中城市中，重庆、西安等 7 个城市居民实际收入增长不足 3％，太原、南京、乌鲁木齐 3 市居民实际收入处于下降之中，而四川全省有 45％的居民实际生活水平下降。“豪门一席酒，贫家三年粮”的现象已非文人浮辞。这大概就是李鹏所说的“引起社会各界强烈反应”的现象。

观察和议论“贫富分化”问题，最好不要纠缠于“两极分化”、“阶级关系”等等空泛的意识形态争论之中。应该十分现实主义地观察中国现阶段的问题。从 90 年代中期开始，中国的改革和发展正处于十分关键的时期。我们应该十分现实地思考如何保证使突显的贫富分化问题，不至于造成新一轮的“劳动生产率困境”(如已经在一大批陷入“效益困境”中的国有企业、在被称为“农业大县、经济小县、财政穷县、收入落后县”里、在贫困地区所看到的现象)，不至于危及 90 年代下半期的经济增长，不至于危及改革开放和发展所必需的社会政治环境，不至于给国家和民族的发展造成阴影。所以，邓小平说解决这个问题“总有一天要成为中心课题”。

“允许和鼓励一部分人先富起来”，邓小平的这一政治理念为中国的现代化进程注入了巨大的推动力。但是，“一部分人先富起来”并不先定地成为“共同富裕”的前提，而恰恰相反，此中包含着贫富分化的潜在趋势。到了 90 年代中期，社会的现实是，已经无需“允许”和“鼓励”，社会就自发地产生着“先富”和“不富”，而且由于政府调控乏力、或者关于增长的宏观政策的牵拉而使这种差距自发地加大。可以肯定地说，如果“允许一部分人先富”的政策理念还应该保留，那么“鼓励一部分人先富”(实际的实现形式为政府按行政方式特许和扶持一部分人先富)的政策理念，已不可能再是中国经济增长的合理原因，而恰恰应当是政府必须加以有效调控和约束的对象。关于这一点，邓小平同志有过很敏锐的预见。他在 1990 年 12 月的一次谈话中指出，“共同致富，我们从改革一开始就讲，将来总有一天要成为中心课题”①。到 1992 年 1 月视察南方谈话中就解决贫富差距问题指出，“什么时候突出地提出和解决这个问题，在什么基础上提出和解

① 《邓小平文选》第 3 卷，第 364 页。

决这个问题，要研究。可以设想，在本世界末达到小康的时候，就要突出地提出和解决这个问题”[①]。体会其中思想，一是总有一天要突出解决收入贫富差距问题，二是“这一天”大体在本世纪末达到小康水平的时候。由于我国经济增长的加速，有可能提前实现“翻两番”，进入小康水平；而且随着地区差距的拉开，现在我国已有相当一部分地区提前进入小康水平，因而把“贫富分化”问题作为“突出问题”来解决的时期可能提前。

写到这里，只算一篇文章写了个开头，纵其量不过是提出问题而已。文章还要继续做，研究者要做，全社会要做，政府决策层更要做。

（原载《唯实》1996年第1期）

① 《邓小平文选》第3卷，第374页。

全球化进程中的国家主权原则和公民与政府的合作关系

在全球化进程中，政府与公民的互信和回应，是一个需要特别关注的问题。尤其是在全球化“游戏”格局中处于弱势地位的发展中国家更应强调这一问题的合理解决。在解决这一问题中，应强调主权原则仍是公民对政府的信任与支持的前提；应强调重塑政府在公民中的形象；应强调建立政府与公民的新型合作关系。

全球化进程中公民对政府的信任与支持问题，正在日益成为跨进21世纪的民族国家在政府管理中日益引起关注的问题。尽管全球主义者们大声谈论“民族国家时代正在成为过去”，但是，撇开其可能包含着的意识形态内容不说，主权国家的政府在当今及今后一个长时期里仍然是组织、管理社会生活的基本工具，却是一个无可争辩的事实。尤其在发展中国家，政府与公民的互信和回应，更是一个需要特别关注的问题，因为处于全球化背景中的发展中国家，政府与公民的有效合作和政府对经济生活的高水准调控，已是维护国家经济主权、经济发展、经济利益的最后盾牌。所以，分析这一世界事实及其走向，对于促进我国政府管理创新以应对全球化挑战，显然是很有价值的。

一、全球化进程使公民对政府的信任与支持受到冲击

时下人们谈论的全球化，其更准确的含义应该是经济全球化。从人类社会历史发展的事实来看，全球化进程主要是经济过程，是现代科技革命提供了原发动力，由商业机会引导和利润冲动推进

的过程。人们不能拒绝参与经济全球化。尤其是对于发展中国家来说，如果拒绝经济全球化，就可能沦落到更加严峻的境地。但是，参与了经济全球化的人们，不能不面对这样一个已经发生了的事实：由于新的世界性经济运作机制的启动，跨国公司、全球性金融机构、世界性经济组织等成为主要角色，它们组织国际联合，控制资源流向，操纵新闻媒体，影响经济生活，引导文化潮流，由此逐步侵入原先属于主权国家的公共管理领域，造成公民对政府公共管理的疏离感，动摇公民对政府的信任与支持，引发政府管理效能弱化，甚至在一些势单力薄的国家中凌驾于公共管理的权力之上，抑或与这些国家政府中的腐败力量相勾结而侵害公民利益。这种倾向大大降低了公民对政府公共管理的合法性认同的水平，在个别国家甚至引发政府的合法性危机。

公民对政府的信任与支持，历来是政府实现其管理功能的重要资源之一。在现代民族国家的政治框架中，公民对政府的合法性认同及其引起的信任与支持，主要基于三个来源：一是对产生公共管理的国家主权的信念；二是对政府公共管理效能的信任；三是对政府所提供的公共服务的预期。在全球化背景下，这三个来源遇到了多方面的挑战。

首先，全球化过程中出现的跨国性行为主体，如国际或区域性组织、跨国公司和全球金融机构的势力越来越大。这些跨国性行为主体不仅在国际生活中作出越来越多的决定，而且越来越多地影响到一部分原先属于民族国家主权范围内的管辖事务，如关税、外汇管制、货币政策、财政政策等等。这种现象，加上“主权过时论”的一再诱导，造成“民族国家主权销蚀”的印象。在发展中国家，由于其他发达国家的先占优势而造成的不平等竞争与霸权政策，某些“全球化规则”实际损害了这些国家的主权和利益，因而上述印象更为强烈。近代社会以来，公民在形式平等的价值基础上通过“契约式”政治过程建树起对国家主权的信念，现在这一信念遭遇到挑战。也就是说，如果政府不作出对全球化情景的适应性调整，它在公民社会中的“履约”形象便受到怀疑。

其次，全球化过程中发生的各种公共管理问题。不少国家的政府还没有准备好足以应对的资源、政策和思路，政府在这些新问题面前常常处于捉襟见肘的尴尬境地。比如，作为经济全球化支柱之一而出现的全球金融市场，使信用的创造与使用凭借电子技术连接成单一体系，越出了民族国家的疆界，对这一市场的权威约束和信心支持的体系，在政府公共管理中几乎是个盲点。再如，在经济全球化中常常充当先锋角色的不少公司，屡屡被利润动机所激励而破坏和污染环境，其破坏和污染的规模与他们的经济活动一样具有“全球性”，民族国家公共管理的约束对此还没有成功的应对思路。而且，全球化过程对政府管理行为的要求，不仅是个别管理领域的改进，而是适应新环境的政府行为的全面创新。这一创新是一个较长时期的过程，此中难免发生新旧体制冲突，引发管理上的种种错位和“空白地带”。如此种种，在公众中产生政府公共管理效能衰减的不良印象，引发公民对政府公共管理效能的信任动摇。

再次，20 世纪晚期的全球化走向在极广的层面上，实际采用了新自由主义意识形态，追逐全球商业利润的力量以极大的攻势夺取或限制政府提供公共服务的能力，推进政府管理的“空心化”，并通过传播媒体引发公民对政府公共服务的失望心理，甚至在发展中国家通过种种诱导使一部分社会力量的利益预期转向国际资本体系。加上政府在解决全球化引发的各种经济、社会问题方面仍然未见成效，从而使公民对政府的公共服务的心理预期愈发难以振作，即使在美国，莫衷一是的关于贸易和工资关系的政策争论，每每造成公民政治热情衰减。1996 年美国普选人数之低即为 1924 年以来所少见，西方舆论认为“只有富人愿意投票”，这是一场“合法性危机”①。至于在许多发展中国家，情况则极为不同。第二次世界大战之后一大批新独立的民族国家的政府，曾经凭藉国民在革命中激发出来的民族情感和对新生民族国家的忠诚，得以在社会中发挥过积极的动员、调控和稳定的作用。但是，这种政府作用方式的传统的社会基础，在近年来的全球化浪潮中一再受到冲击，因而这种政府作用本身也渐渐成为“昨日黄花”。

二、主权原则在全球化进程中仍然是公民信任与支持的前提

振作公民对政府公共管理的认同水平，振作公民对公共管理的信任、支持与合作，不仅事关一国政府管理所需资源的集聚和管理质量的提高，而且事关全球化进程能否保持健康的发展走势。这是当代政府管理的一个新课题，而解决这个课题的首要前提是在新的世界发展形势与背景下再度确认国家主权原则。

至少到今天所发生的事情表明，关于国家主权的信念是公民对政府信任与支持的首要来源。公民对国家主权的信念，是政府管理的合法性、权威性的基础。但是，在全球化情景中炒得最热门的话题就是这一基础的动摇。关于“国家主权销蚀”的话题之所以如此之热，原因有二：一是对全球化情景中某些现象的误释；二是某些强权国家实际抱着假全球化之名企图弱化其他国家主权的意图。放下后者不谈，让我们先分析当今的世界形势：尽管全球化声浪迭起，但主题仍然是经济的全球化，参与经济全球化运作的仍然是主权国家。尽管“非国家行为

① 丁一凡，《大浪潮》，中国发展出版社，1998 年版。

主体”在国际社会中发生着重要作用，一部分原先属于主权国家的治理权力移向这些国际性行为主体，但是，这些行为主体在合法性上仍然是主权国家行为的产物，具体说就是主权国家缔约行为的产物，是在缔约中发生的局部治理权的让度，因而事实上只是国家主权行为的延伸、量的扩张、实现方式的改变，而不是质的丧失。把国家主权运作方式的改变理解为国家主权“销蚀”，是误释全球化的一个重要的认识上的原因，因而也是重振主权信念必须克服的一个认识障碍。

但是，更值得关注的是这样一种危险倾向的存在：一些据有先占优势的国家、公司在全球化的旗号下，极力宣扬“国界消失”、“国家主权销蚀”的言论，企图削弱主权国家和政府在国内、国际治理中的主体地位，干涉别国内政，推行某些霸权主义政策，以求在形式规则平等的框架中牟取由于先占优势而获得的巨额利益。强调这一点，对于发展中国家来说有着特别重要的意义。表面上看，原属民族国家主权范畴的不少权威性行为现在由跨国性行为主体承担，但事实上这些跨国性行为主体有不少是以发达国家，首先是以美国为后台。它们的权威行为向民族国家主权领域的扩张，其实常常就是发达国家、首先是美国主权的扩张，尤其是向发展中国家主权领域的扩张。正是在这个意义上，美国哈佛大学肯尼迪政治学院院长约瑟夫·奈在论及国家利益、国家主权的重新定义时指出，美国希望在“分享资源和环境等各种各样的问题上影响远方的政府和组织”①。所以，首先并严峻地发生主权问题的是发展中国家。如果放任这种倾向假全球化的名义以图弱化他国主权的意图和行动泛滥，那么，全球化就成为个别国家霸权政策下的“单极化”。所以，首先是发展中国家应有关于维护主权的清醒意识，保护本国公民的主权信念，形成国家主权力量和公民力量的良好的合作与互动，以应对复杂而严峻的主权问题局面。

在关于全球化进程和主权政府管理权能的讨论中，还有一种“补偿论”不可轻视。以现代化了的保守主义者为代表的乐观派，认为全球化侵蚀了国界，主权国家的政府已成为国际市场的仆从；而与此同时，世界从经济发展中获得利益的速度也大大加快，这是全球摆脱贫困的前所未有的机会，包括第三世界国家在内的广大人民都将从中获益。这是一种主权政府管理权能失落的“利益补偿论”。当然，对于广大发展中国来说，全球化确实是一次本国经济发展的重要机遇，但是，对于这次机遇的利用，决不意味着要以国家主权的牺牲为代价。这种“补偿论”掩盖了一个重要的事实：对不拥有国际竞争中先占优势的国家来说，放任国家主权意义上的管理权能的失落，那就意味着丧失起码的国家经济安全，意味着

① 美国:《外交》,1999年(7—8月号)。

丧失起码的经济主权，意味着容忍弱肉强食并深受其害。在经济全球化进程中，南北差距的迅速扩大，环境危机、生态危机向发展中国家的转加，发展中国家贫困问题加剧和国际竞争地位的下降，越来越充分地证明了这一点。不能不承认，在当今全球化潮流中，事实上存在着一种新的经济殖民主义政策的杂质。而凡是殖民主义政策论者，都以持"文明补偿论"为意识形态特征，推行其弱肉强食的实际政策目标。在当今时代，即使对于一般的发达国家来说，以牺牲主权为代价而获得增长"补偿"也是一种政策神话。因为主权原则的破损和主权国家政府管理权能的失落，意味着丧失本国发展的起码条件，丧失在国际谈判桌上、在各种国际交易活动中的地位。在这个问题上，发展中国家的处境及其政策选择上的困难程度自然毋庸赘述。发展中国家的公民能够理解政府在这一处境中的决策难度，但不会容忍以牺牲主权来获得某种虚幻的发展"补偿"。在这一点上，政府应该和公民同心同德，"拧成一股绳"，建立起关于本国经济发展、经济安全、经济利益的巩固的政策统一性的思想基础。

三、提高政府在全球化情景中的管理效能

如果说国家主权的维护、公民对国家主权的信念是公民对政府管理信任与支持的首要前提，那么政府管理行为在公民中建树的效能形象则是公民信任与支持的重要源泉。在现代的形式平等的"契约式"政治生活框架中，政府的效能和公民对政府的信任与支持存在着一种互动的正相关关系。政府管理效能水平的高低制约着公民信任与支持的涨落。正是这种互动的正相关关系，迫使政府在全球化的管理情境中尽快提高自身的管理效能。

现在看来，没有哪个谋求发展的国家能够拒绝全球化过程，因而没有哪个谋求发展的国家的政府能够拒绝对全球化新管理情景的适应性调整。民族国家的政府经过数百年的努力，已经在一国范围内追求管理效能方面积累了丰富的经验，并且获得了公民社会的认可。但是，公民对政府在全球化管理情景中的效能，现在则不能不产生种种疑虑。疑虑之一，市场的国际化使原先政府与市场的职能边界发生错乱，政府对经济生活的调控功能没有明确定位。疑虑之二，全球化使大量原先属于内政事务的管理国际化，于是内政和外交的边界模糊，政府的社会管理功能没有明确定位。疑虑之三，由于国际行为主体的活跃，使日久形成的公民对政府公共服务的心理预期发生波动，而民族国家政府尚拿不出成熟思路约束这些国际行为主体，承担起对公民的责任，连现在的欧盟成员国也难免于此。疑虑之四，全球化进程使社会生活个体的自主性和流动性大为增强，使原先

强调自上而下治理的政府模式受到冲击，而足以替代的新治理形式尚不成熟。如此等等，不再在此一一罗列。仅此足以表明，公民对政府的新形象的期待，已不是个别改革、枝节调整所能满足的。这是一次世界性的政府管理创新，不仅是管理体制、管理方法的创新，而且也是管理哲学的创新。尤其是发展中国家，要实现这种创新，则需要解决更多更艰巨的难题，需要本国政府作出更为艰辛和富于创造性的努力，需要真正对本国发展负责任的政治家、思想家的探索性思考与操作。非此不足以重塑全球化背景中的政府形象，非此不足以改变发展中国家最终“边缘化”的命运。

但是，值得关注的是，与全球化进程中暴富起来的、或享受着新的垄断利润的阶层有着密切联系的新自由主义思想家们，利用公民社会对政府在全球化管理情景中的效能现状的疑虑，利用民族国家政府形象重塑中的“不成熟性”，鼓吹一种“政府无能论”。这种“政府无能论”推波助澜，企图扩大公民社会对政府的不信任情绪，阻碍政府对于全球化管理情景的适应性调整。应该据实承认在全球化的新情景中，政府的适应性管理能力的成长仍处于发育初期，传统的政府管理类型对于新的管理情景确实存在不少“盲点”。这种状况使政府对公民的责任性、回应性打了折扣。但这只能表明政府传统方式管理的“无能”，而不是政府存在价值的消失。当社会一再指出政府管理“盲点”的存在，当公民总是感觉到政府应有的责任性、回应性打了折扣，那么这证明的正是社会对于政府管理的需求的存在，以及为适应这一需求而重塑政府形象的紧迫，而并不证明政府的存在已不再成为必要。根据历史唯物主义关于未来社会的预测，人类在未来将会有政府不再成为必要、而和青铜斧之类的古董一齐放进博物馆的时代，但当代世界还远没有进到这个时代。

其实，新自由主义的思想家们在描绘着这种“政府无能”的神话时，实际推销着某种特殊的意识形态：在发达国家，曾首先是为了把“紧缩政策”、特别是“福利紧缩政策”推销给选民，以期借资本国际化的名义瓦解公民对民选政府的效用预期，把社会权力移向商界，移向跨国资本。其次是过度神化商界在全球化背景中的能力，谋求商界对民族国家政府、特别是发展中国家政府的控制。比如极力抬举国际经济的协议能力和政策行动能力（其实这些能力至今仍不过是民族国家缔约行为的结果），以期否定主权国家政府采取行动的能力。而这些国际经济组织常常实际执行着凌驾于其他阶层之上的全球上流阶层和以跨国公司垄断为特征的新贸易保护主义受益者的利益要求。再如宣称全球金融市场的“全能”，以否定政府在货币、财政等方面的调控和约束能力，甚至常常运用“撤资”、“退出项目”等等为要挟，试图迫使发展中国家政府就范。再次是一方面向公民社会鼓吹

"政府无能论",另一方面与某些不负责任的乃至背离公共价值取向的政府及其官僚相勾结,达成一种默契,使政府坐视孤立的公民个体与垄断性的跨国大公司"讨价还价",成为他人刀俎下的鱼肉;抑或声称商界对政府的"援手",实际以新型的官商勾结来剥夺社会。所以,对本民族发展和本国公民利益负责任的政府,不能相信"政府无能论"的宣传,不能放弃提高政府效能的重大政治责任。面对着全球化情景中种种挑战和困难的发展中国家的政府,在这方面存在着一种恶性循环的危险:新的管理情景使传统管理方式陷于困境,困境使西方关于"政府无能论"的宣传成为"想象中的真实",这种"想象中的真实"使政府形象重塑成为泡影,这种泡影的破灭使政府越发陷于难以自拔的困境。这不仅使政府最终完全失去公民的支持,而且使整个国家陷于危难之中。所以,一个十分紧迫的问题是,全球化要求迅速实现政府管理创新,人民将完全能够理解和支持这一创新。

四、建立政府与公民的新型合作关系

全球化情景中政府管理创新的一个重要目标是构建政府与公民的新型合作关系。这种新的关系,是保证公民对政府有效信任与支持的一种新的基础,一种不同于传统公共行政中政府与公民关系的新型关系。在传统的公共行政中,政府与公民的关系主要是自上而下的治理(governance),在法制上追求政府管理的规范与透明,以及公民对管理的认同与监督;在伦理上追求政府对公民的道义责任,以及公民对政府道义感召或政治动员的追随。而随着全球化进程的出现,政府与公民的关系开始发生大的改变。从一般意义上说,投资来源的"非本国化",经营活动的"非本土化",交换的"电子信息化",国际民间组织力量的日益"自治化"等等因素,正促成一种趋势,使公民和公民社会在国际社会生活中的自治能力、与境外各种力量的横向协调能力、承受各种风险的自主能力大大加强。这本是人类文明成长的一段进程,政府可以凭藉这一趋势退出许多原先必须对社会承担责任的管理领域,而把管理力量集中到由于全球化而新发生的管理领域和以往力未能及的管理领域,改善政府管理和更好地履行政府的社会职能;而且,政府可以在这一趋势中从公民社会获得更多的管理资源,形成和公民社会更密切的协调与合作。但是西方某些全球化的意识形态专家们常据此宣称"新市民社会"对于公共领域的取代,对政府管理的取代,以期封杀广大发展中国家致力于政府创新、政府与公民实现新的合作关系的可能性。这是在市民社会中已经拥有"霸主地位"的阶层的利益表述。其实在西方发达国家也并非按此操作,值得注意的倒是随着政府与公民新关系定位出现的趋势,他们抓紧推进公共管理改革，实行“还政于民”的分权管理，逐步放开自上而下的治理方式，建立网络式社会调控机制，出现了诸如“新公共管理（NPM）”、“善治（good governance）”等等新的管理潮流。在这一管理潮流中，在政府类型选择上，有人提出超越“最小政府”和“积极政府”，走向政府力量与市民社会之间合作互动的良性关系①；在政府与产业界关系上，有人提出“催化剂政府”思路，即政府既积极“催化”经济发展战略联盟的成立与发展，又独立于战略联盟之外（这是米切尔·林德的用语）②；而在法国，则有人提出建立“承保人式政府”、“中间人式政府”、“钟表师式政府”的混合，形成应对全球化情景的政府与企业的特殊合作③。

上述在发达国家中出现的政府和公民关系的新走向，撇开与之相关的各种意识形态背景，应说是正在展开的对全球化进程的有章法的应对。这些应对思路，对于发展中国家重建政府与公民关系具有重要的借鉴价值。但是，在强调这一借鉴价值的同时，必须指出，发展中国家还不能直接照搬发达国家的应对思路。这是因为，在现今出现的全球化“游戏”中，发展中国家不仅与发达国家存在不同国情，而且存在着毋庸讳言的利益冲突。一个基本的事实是，在全球化“游戏”格局中已经获得先占优势的发达国家，可以放手让本国资本力量投入国际竞争，而政府力量则转向不介入“反应”的“催化剂”功能，以“催化”这一竞争过程，实际造就着本国的经济赢家地位。而在这场“游戏”格局中处于弱势地位的发展中国家，如果政府不能有效整合本国经济力量，不能实现“集中力量办大事”的战略构思，而是坐视本国资本、劳力在与发达国家的强大对手的竞争中摊牌，那就恐怕很难改变输家的结局。所以，发展中国家在全球化情景中寻找政府与公民关系的新的定位时，应该吸收和利用发达国家的某些管理成就，但一定要从本国国情出发，充分利用本国的政治优势，增强本国的民族凝聚力，同时在公共管理的体制选择和公共政策取向上，实现政府与公民在应对全球化挑战方面的政策共识，体现“集中力量办大事”的优越性，从而不仅在形式上，而且在根本性的利益上形成更加巩固的政府与公民的合作。

但是，我们不能不指出这样一个事实：一些西方政要、一些国际机构代表人物、一些西方治理理论的提倡者们有时把某种特定的管理制度、管理观念，冠以“全球价值”而强行推销给别国。比如，一向强调自身不介入主权国家内部政治事务的世界银行提倡“善治”理论，却又把“善治”理论作为对第三世界国家贷款

① 安东尼·吉登斯，《震荡派瘫痪之后》，《新政治家》，1998 年 5 月 1 日。

② 英国：《新左派评论》，1997 年(9/10 月号)。

③ 《法国地缘经济杂志》，1999 年 4 月(7—14)。

的主导政策思想，作为评估受援国条件的主要标准之一。联合国社会发展研究所副所长阿尔卡塔拉分析这一点时指出，在实际干预受援国内部政治事务上，“善治的概念极为有用。因为它使国际金融机构能从经济主义中摆脱出来，去思考与经济重组相关的关键性政治问题和社会问题”①。事情很明白，国际金融机构以“善治”名义绕开了敏感的政治争端，而实际介入了别国内部政治事务。而事情的结果，等于是要发展中国家的政府坐视本国弱势力量与强大对手的角斗。所以，发展中国家如果不能清醒地看到事情的真相，盲目地在所谓“全球价值”的名义下削弱自己的政治优势，丧失本国本民族的管理个性，那就有可能付出牺牲本国公民利益、动摇本国经济安全甚至政治安定的代价。这就会从根本上瓦解政府与公民的合作，甚至酿就政府的合法性危机。所以，建构政府与公民的新合作方式，必须以尊重本国公民的选择为首要原则。

（原载《政治学研究》2001 年第 3 期）

① R·A·W·罗茨，《新的治理》，英国《政治学研究》，1996 年第 154 期。

超越政治解放：从革命操作走向文明积累

——为中国改革开放30年而作

解读中国改革开放30年，应该重温邓小平。要坦然应对对中国改革开放中政治实践的责难，应该抱持“从政治解放走向人类解放”的超越性历史理念，彻悟邓小平关于建设中国人自己的“世界上最好的制度”的战略构思。要理直气壮地突破“政治解放终结历史”的观念崇拜，理直气壮地在超越政治解放中承接政治解放的文明成果，理直气壮地在超越政治解放的实践观念上从革命操作转向文明累积。

中国改革开放30年，成就举世瞩目。这30年尤其以卓越的经济业绩令世人惊叹，连长期自视为对手者也不能不瞠目于当下的景象，以致在非技术层面上一时无从发难。但是，对中国改革开放30年的责难并未因此平静。责难的矛刺所向，尤为集中在政治发展。应该说，中国在这30年中从破除“两个凡是”、“特别强调民主”，继而提出“依法治国”、建设政治文明，到适应时代潮流，探索和谐社会中的政治生活方式，已属艰难跋涉，步步推进，“日新”之貌人所共见，自不可随意轻薄。但是，轻薄者仍时有所见，其据以责难的主要尺度，则是“西式典范的自由与民主”，即马克思所界定的“政治解放”意义上的制度成果及规则。

责难之中，有森严的意识形态屏障而引起的种种褊狭，有挥之不去的冷战思维所留下的解不开的情结。但于我们自身，也确有“剪不断，理还乱”的思绪没有理清。对手的矛刺所向，也许正是我们的“阿喀琉斯之踵”。

要坦然面对时下的责难，要正确解读中国改革开放30年，还是应该回到邓小平。要明晰我们据以立论的逻辑基点，把握我们展开布局的战略起点，追寻继续前行的路径，应该重回中国改革开放总设计师的思考境域。

一、马克思的命题和邓小平的战略关切

“从政治解放走向人类解放”，是马克思政治哲学的第一个也可以说是最重要的一个命题，同时也是历史唯物主义早期理论史上的一个支柱性命题。“政治解放本身还不是人类解放”[①]，只有超越政治解放，克服市民社会，使现实的个人同时也是类存在物的时候，才能实现人类解放。这一命题规定了1844年以后马克思的工作中心，构成马克思其后作为中心工作的政治经济学研究的前提和基础。同时，这一命题也为社会主义运动中的政治实践的历史内涵作了说明。从此以后，社会主义政治实践就是以实现对政治解放的超越和争取人类解放的目标为自身的历史规定性和主要哲学基础。

但是，在20世纪社会主义历史上，以超越政治解放、争取人类解放为旗帜的政治实践却显现出难以尽言的幼稚，在一些根本性、全局性、稳定性和长期性的问题上，屡屡出现悲剧式的扭曲。到20世纪晚期，邓小平以不屈不挠的顽强精神展开中国改革开放的战略布局时，所面对的是社会主义政治建设经验的严重不足，乃至于形式民主意义上的民主传统都严重缺乏。在论及推进中国政治制度改革和完善的使命时[②]，邓小平这样提出问题：“旧中国留给我们的，封建专制传统比较多，民主法制传统很少。解放以后，我们也没有自觉地、系统地建立保障人民民主权利的各项制度，法制很不完备，也很不受重视。”[③]“我们过去发生的各种错误，固然与某些领导人的思想、作风有关，但是组织制度、工作制度方面的问题更重要。这些方面的制度好可以使坏人无法任意横行，制度不好可以使好人无法充分做好事，甚至会走向反面。即使像毛泽东同志这样伟大的人物，也受

① 《马克思恩格斯全集》第1卷，北京：人民出版社，1956年版。

② 关于政治制度改革，1979年邓小平的提法是：“改革和完善社会主义的经济制度和政治制度，发展高度的社会主义民主和完备的社会主义法制。”（《邓小平文选》第2卷，人民出版社1994年版，第208页）在1977年到1982年间，邓小平稳定使用的范畴是改革和完善“政治制度”，明确要改革的是“带有根本性、全局性、稳定性和长期性”的制度范畴。在1982年胡耀邦所作的党的十二大报告以及1983年十二届二中全会邓小平的讲话中，正式使用了“政治体制改革”的提法。此后，中国共产党的各种文件、邓小平的讲话和文章里，不再使用“政治制度改革”一语。对于处于复杂的国际政治格局和工业化初、中期进程中的中国来说，这一提法改变的理由是十分清楚的。至于本文的表述，将在更接近邓小平原意的意义上主要使用“政治制度”这一范畴。

③ 《邓小平文选》第2卷，北京：人民出版社，1994年版。

到一些不好的制度的严重影响，以致对党对国家对他个人都造成了很大的不幸。我们今天再不健全社会主义制度，人们就会说，为什么资本主义制度所能解决的一些问题，社会主义制度反而不能解决呢？这种比较方法虽然不全面，但是我们不能因此而不加以重视。斯大林严重破坏社会主义法制，毛泽东同志就说过，这样的事件在英、法、美这样的西方国家不可能发生。他虽然认识到这一点，但是由于没有在实际上解决领导制度问题以及其他一些原因，仍然导致了'文化大革命'的十年浩劫。这个教训是极其深刻的。不是说个人没有责任，而是说领导制度、组织制度问题更带有根本性、全局性、稳定性和长期性。这种制度问题，关系到党和国家是否改变颜色，必须引起全党的高度重视。"①

在这里，邓小平以一位真正的马克思主义政治家的政治责任心以及一种历史哲学家的忧思，陈述着20世纪社会主义政治史上一个不容回避的悲剧性事实：当资本主义以"政治解放"的名义为人类政治文明所提供的成果特别是制度成果高度成熟时，以超越资本主义政治文明成果为己任的社会主义政治实践却显得如此不成熟，乃至于在资本主义政治框架中都已解决好的问题，在社会主义政治实践中还未能解决好。如此尖锐地提出问题，使邓小平在中国改革开放的布局中清晰地显示出他的战略关切点：

1978年，在公认为中国改革开放宣言书的十一届三中全会主题报告中，邓小平说："当前这个时期，特别需要强调民主。因为在过去一个相当长的时间内，民主集中制没有真正实行，离开民主讲集中，民主太少……这种状况不改变，怎么能叫大家解放思想，开动脑筋？四个现代化怎么化法？"②

1985年，在总结十一届三中全会精神及全会以后的政策成就时，邓小平说："在总结经验的基础上，党的十一届三中全会提出一系列新的政策。就国内政策而言，最重大的有两条，一条是政治上发展民主③，一条是经济上进行改革，同时相应地进行社会其他领域的改革。"④

在中国改革开放的战略进程中，邓小平以毛泽东在战争年代就十分赞许的他的那种"能吃夹生饭"的意志和毅力，矢志不渝地要啃下社会主义政治建设这颗远未成熟因而带着酸涩的果子。他坚信："我们的制度将一天天完善起来，它

①②《邓小平文选》第2卷，北京：人民出版社，1994年版。

③ 在20世纪中期以后，邓小平有时提"发扬民主"，但晚年在许多重要表述中用"发展民主"。他在20世纪40年代根据地民主政治建设中就用"发展民主"。"发展"和"发扬"各自相对应主词的微妙区别，便反映出邓小平政治思维深处对中国传统民主意识的超越。

④ 《邓小平文选》第3卷，北京：人民出版社，1993年版。

将吸收我们可以从世界各国吸收的进步因素，成为世界上最好的制度。”①

现在世界上的制度成果，从总体上说仍然是以政治解放为基本含义的制度成果。邓小平在中国改革开放战略中明确要吸收其中的进步因素，但“吸收”不是重复这些制度成果，而是超越这些制度成果，建设“世界上最好的制度”。这就明确阐述了中国政治建设从政治解放走向人类解放的历史规定性，并为其构筑了根本的价值导向。这就是邓小平作为马克思主义者在中国改革开放中的政治关切点。

二、超越政治解放必须突破对“政治解放终结历史”的观念崇拜

在邓小平这里，以超越政治解放为历史规定性的中国政治建设的追求，是要在中国改革开放中建设“世界上最好的制度”。但是，在对中国改革开放 30 年的看法中，也正是这一点受到远比经济发展要多得多的责难。当然，这首先应说到超越政治解放所作努力的不成熟性，新生的不够成熟的制度实践遭遇来自制度成果高度成熟方面的嘲笑，并不稀见，故存而不论。而在更基本层面上的责难则是基于这样一种历史观念：政治解放已经终结了历史，实现了人类生活关系秩序的最高境界或终极状态。政治解放所达到的制度成果已经在全部历史进程的意义上实现了“最好”，因而不可能有“更好”。即如弗兰西斯·福山所宣告：“自由与民主的理念已无可匹敌，历史的演进过程已走向完成。”②尽管并非持上述观念者皆认可福山的论证，但其共同点则是把政治解放的制度成果典范化、终极化甚至偶像化，使之成为种种政治论述的无需证明的公理性前提，因而也成为评述中国政治建设的不必思考也不容思考的公设。这是一种观念崇拜，一种对政治解放偶像化的崇拜。抱着这种观念崇拜，自然把超越政治解放的任何努力都视为异类，视为不可理解而顿起责难。

如果历史的演进过程真的已“走向完成”，政治解放中形成的“自由与民主的理念”真的表述了终极理念，那么，对邓小平的改革探索和理论努力就只能用实用主义、功利主义、形式民主的框架来理解。这就等于抽去了邓小平全部改革努力的灵魂，抽去了中国全部改革事业的生命线。但是，历史进程并未成就一个“热寂”的故事，政治解放远非人类解放，历史不会终结于形式平等的人类生活状态。

---

① 《邓小平文选》第 2 卷，北京：人民出版社，1994 年版。

② 弗兰西斯·福山，《历史的终结》，远方出版社，1998 年版，扉页题辞。

把以形式平等为核心的自由与民主的理念宣布为永恒的真理，宣布为人类政治生活的终极性的表述，并非弗兰西斯·福山的发明。在欧洲早期的新教改革者那里，在近代自然法理论当中以及整个启蒙时代，也包括在19世纪自由主义政治理论当中，形式平等原则从不同视角、在不同层次上获得论证，所有这些论证无不视以这一原则为核心的自由、民主理念为人类政治生活中具有永恒价值的终极性表述。只是在20世纪晚期特殊世界背景下，福山宣布了一个“现实的”历史终结，因而显得特别惹眼。由于以扬弃政治解放为历史责任的政治实践的不成熟和各种挫折，使形式民主理念的意识形态反弹和向更广阔地带扩展，获得了反向的动力，其普遍价值和永恒价值似乎真的被证明了。哈贝马斯在描述时下这种意识形态景象时说：“从自由主义的观点来看，对社会主义具有价值的每一种东西都已经在社会民主时代得到实践。”[①]“官僚社会主义的革命性溃崩似乎表明现代性正在开拓边界——西方精神不仅作为一种技术文明，而且作为一种民主传统正在夺取东方。”[②]

这种“西方精神”、西方式“民主传统”真的带着上帝的旨意、带着历史宿命式的安排来“夺取东方”，并从而终结历史吗？如此来理解历史，本身就是一种神圣的荒诞。雅克·德里达在评述这种终结论的虚幻性时，指出如福山等的论证“必须去求助于他所谓的以‘为认识而奋斗’为基础的黑格尔对历史的非唯物主义的阐释”[③]。在黑格尔那里，资产阶级的政治历史在其思想形式上达到了“完成”。这种“完成”，使黑格尔宣布了一种“永恒价值”的出现，一种“唯一的真理”，一种“理性的实现”和“历史的终结”，尽管这种宣布与他的辩证法的主旨相悖。但正是在终结论者们因循黑格尔框架构思着一个“历史终结”的地方，马克思早已超越了黑格尔。马克思的结论是，以人权、自由、平等为旗帜的政治解放，只是市民社会从政治中的解放；政治解放当然是人类政治文明的一次历史进步，但绝非历史的终结。他说，“政治解放本身还不是人类解放”[④]，“只有当现实的个人同时也是抽象的公民，并且作为个人，在自己的经验生活、自己的个人劳动、自己的个人关系中间，成为类存在物的时候，只有当人认识到自己的‘原有力量’并把这种力量组织成为社会力量因而不再把社会力量当作政治力量跟自己分开的时候，只有到了那个时候，人类解放才能完成”[⑤]。黑格尔被马克思远远抛在后面，而终结论者们却还在黑格尔的边界内打转。

政治解放并未终结历史。历史并未在法国革命、美国革命的精神原则中“就

---

①②③ 俞可平，《全球化时代的“马克思主义”》，中央编译出版社，1998年版。

④⑤《马克思恩格斯全集》第1卷，北京：人民出版社，1956年版。

此打住”。以为“西方精神”及其“民主传统”已经终结历史，只是一种被“真实地”理解着的虚幻影像。当20世纪90年代初有人以为“马克思主义消失了，没用了，失败了”，邓小平从容断言：“哪有这回事！”[①]对当下世界，只有持这种历史的理解和哲学的把握，才能坦然面对针对中国政治建设的责难，才能理解什么是邓小平所说的“世界上最好的制度”。否则就只能沉迷于上述虚幻影像之中，膜拜于政治解放的至上性之前，有心或无心地以之为逻辑前提来评说中国的改革开放。

三、超越政治解放和承接政治解放的文明成果

比之于针对政治解放终结历史的哲学式否定来说，中国改革开放中的政治建设实践则显得更为生动，也更为复杂和艰难。历史是具体的。正因为历史是具体的，所以它常常走着曲折回环的道路，生成种种时空条件下异彩纷呈、鲜活丰美的特殊个性。对于固守灰色的逻辑定则的人来说，或者对于盲目满足于批判的成果而又肆意挥霍乃至践踏批判的理论财富的人来说，邓小平的顽强的改革探索是一种充满悖论而不可理解的努力，中国的政治建设实践的价值走向似乎呈现出扑朔迷离的景象。所以，当邓小平声言“特别需要强调民主”，强调防止“在英、法、美这样的西方国家不可能发生”的事情在中国发生时，西方舆论便欢称邓小平为“中国的托马斯·潘恩”，“邓正在将中国纳入非共产主义的轨道”[②]。而当邓小平拒绝照搬西方式政治制度，强调政治发展“走自己的路”，则又被视为政治上“不开明”，或者是一个实用的现代化主义者，“是一个希望中国具有强大经济和军事力量的民族主义者”[③]。这些纷繁复杂、相互抵牾的看法，继续延伸在关于中国改革开放30年的评说中。

这与中国改革开放启程时脚下的历史地基有关。旧中国没有真正享受政治解放的成果，新中国因为革命意识的极度强调也几乎拒绝思考对政治解放成果的承接。于是，在中国这块特定土地上以实现超越政治解放为规定性的政治发展实践，就发生了对政治解放成果的政策立场问题。

邓小平绝非在中国的土地上重复托马斯·潘恩曾在美国国土上的事业，但是在中国社会主义政治发展中承接政治解放的文明成果，则始终是邓小平政治思维中稳定存在的线索。1941年，他在中共中央北方局论及根据地民主政治建

---

① 《邓小平文选》第3卷，北京：人民出版社，1993年版。

②③ 齐欣等，《世界著名政治家、学者论邓小平》，上海人民出版社，1999年版。

设、反对“以党治国”时就这样分析问题：假如说中国是半封建的缺乏民主的国家，则反映到党内的是：共产党员一般缺乏民主的习惯，缺乏民主政治斗争的常识与锻炼。“假如说西欧共产党带有若干社会民主党的不良传统，则中国党或多或少带有一些国民党的不良传统。某些同志的‘以党治国’的观念，就是国民党恶劣传统反映到我们党内的具体表现。”“这实在是最大的蠢笨。”①

从以上分析我们可以体悟出当时邓小平关于民主政治的思考中所存在的一个基本看法：西欧共产党有民主传统，但是常常出现民主的资产阶级化倾向；而当时的中国共产党中则是“一般缺乏民主”，缺乏现代民主政治的“常识与锻炼”。直到党的十一届三中全会期间，邓小平仍然认为党内长期是“民主太少”。在他看来，中国共产党在民主政治方面所要解决的问题和西欧共产党不同，首先要解决的不是社会民主党的那种民主的资产阶级化影响，而是克服“国民党的不良传统”的影响，解决民主习惯缺乏的问题，建立西欧共产党已经获得充分“常识与锻炼”的现代民主政治传统。这种现代民主政治传统，正是生成于政治解放的进程之中，是以政治解放名义而获得的制度成果。这种成果，也正是中国的政治发展所应承接与享用的文明成果，正是邓小平所说的“我们可以从世界各国吸收的进步因素”。在邓小平的思考中，以超越政治解放为规定性的中国政治发展，历史性地包含着对政治解放文明成果的承接与享用。

在超越政治解放中包含对政治解放文明成果的承接与享用，这需要一种历史批判上的更高立场，一种和马克思建立从政治解放走向人类解放的命题相通的哲学立场。马克思的结论是，对于中世纪“动物时代”的政治蒙昧来说，“政治解放是一大进步”，尽管“它不是一般人类解放的最后形式”②。政治解放使“市民社会从政治中获得解放”，使国家事务变成普遍的公民事务，使政治生活领域成为具有普遍性质的公共生活领域；政治解放摧毁一切等级、行帮和特权，解除了市民社会的羁绊，使人们脱离了旧的直接的政治共同体，成为独立的个人，获得了作为个人主义的人的自由并承认了这种自由。于是，“政治解放一方面把人变成市民社会的成员，变成利己的、独立的个人；另一方面把人变成公民，变成法人”③。人尽管被迫在这种分裂的人格中生存，但毕竟已不是蜷曲在中世纪马厩里的“动物化”的人，而至少已是具有普遍性质的“政治天国”中的普遍性公民。由这一解放而形成的以形式平等为核心的民主、自由原则以及与此相适应的政治设施，是政治解放给人类政治文明所提交的一份历史礼品。

---

① 《邓小平文选》第1卷，北京：人民出版社，1994年版。

②③《马克思恩格斯全集》第1卷，北京：人民出版社，1956年版。

如此在历史合理性方面肯定政治解放的成果，并不是为了论理过程上的一种满足，而是要在超越政治解放的意义上合理利用政治解放的成果。政治解放不是人类解放，但是如果没有政治解放，就难以设想有人类解放；如果没有政治解放的成果，就难以设想有人类解放的现实进程。当政治解放使人被迫在双重人格中生活的时候，虽然政治生活中的平等只是一种“政治天国”中的平等，但毕竟在形式上实现了平等。于是，历史形成的任务是消除形式平等和事实不平等的对立，而不是消灭平等及其各项原则本身。实现人类解放和克服市民社会是一个统一的过程，克服市民社会是要消除形式平等的形式性，而不是消灭平等本身；是要从形式和实质的对立走向统一，而不是用实质去消灭形式。如果把对政治解放的超越理解为对民主、自由等形式规则的清除，那就等于重回政治蒙昧。这就是邓小平在中国政治发展中承接和享用政治解放成果的根本立场。

正是基于这一根本立场，邓小平特别强调民主，肯定“英、法、美这样的西方国家”的许多制度成果，却绝不是重复托马斯·潘恩。当然，也正是基于这一根本立场，邓小平拒绝照搬西方式政治制度，也绝不是“不开明”，更不可作实用的“民族主义者”的机会主义式理解。基于这一根本立场来审视对中国改革开放中政治实践的种种评说，既不可为轻比潘恩式的赞语而迷糊，也不可为“不开明”的指责而“觉得输理”，就挺不直腰杆；既不可轻信所谓西方式民主政治必将在中国经济现代化运动后“最终在中国发生”的判断而茫然不知所之，也不可慑于“经济实用主义”的妄评而失去方寸。本不在同一个立场或同一个平台上对话，种种屏障自然会阻隔了理解与交流，纷乱飘忽的种种责难本就不足为怪，抱持着一种超越性历史态度的人们自可“走自己的路”而泰然处之。

四、超越政治解放从革命操作走向文明累积

但是，要真正建设中国人自己的“世界上最好的制度”，要造就超越性的政治文明，对前述种种责难自可泰然处之，却切切不可漠然置之。因为其中所指有的可能正是压在我们肩上的包袱，正是我们应该认真对付的难题，冷静地从责难中获得放下包袱、破解难题的动力和理念，也许正可谓“他山之石，可以攻玉”。

中国改革开放中的政治建设，本就是背着沉重包袱启程的，其中包括社会操作的理念上的包袱。我们讲政治发展以超越政治解放为历史规定性，这种超越在社会操作上包括两个基本事项：第一，在权力归属的意义上为工人阶级和劳动人民“争得民主”，这是革命的操作；第二，在人类社会政治文明积累和进步的意义上创设实现人的全面发展的关系体系和公共生活的文明方式。马克思在历史

哲学中完成了对政治解放的批判，提出了从政治解放走向人类解放的著名命题，但这不等于对政治解放的超越性否定在历史实践中的实现。我们注意到马克思在阐述政治解放时包含了许多关于现代政治文明发展的“卓越的、有益的部分”，但这些部分与对资本主义民主政治的批判捆绑在一起，尤其是后来马克思、恩格斯对 19 世纪中后期欧洲资本主义发展的成熟程度估计过高，因而理论注意力更多地集中在资本主义关系的危机和社会的革命性变革上。这样，对资本主义民主政治批判的主题日显突出，并逐渐占据了理论的主导视野。这种理论注意力的转移，是后来马克思主义政治理论中关于民主的阶级属性分析的主题优先性、对资本主义民主否定的优先性这一理论习惯的先期原因。这种以“两个优先性”为特征的理论习惯，在后来的革命背景中一再受到激励，从而走向极端并成为观念上的一种包袱。这种观念上的包袱使通过革命而“争得民主”的人们常常陶醉于意识形态中的历史优越感，而弃置了政治文明积累和进步意义上建设性努力，乃至“资本主义制度所能解决的一些问题，社会主义制度反而不能解决”。在苏东政治剧变后仍然毫不动摇地宣称自己是“马克思主义者”的前波兰统一工人党中央委员、“人道主义的马克思主义”的理论家亚当·沙夫，以一种悲观的口吻谈到，在经典社会主义理论中，同资本主义相比，社会主义应拥有更高的民主，但是，“比资本主义国家的民主制度更高的民主究竟是什么样子，谁也说不清楚”①。这一看法虽属悲观，但可以使从事社会主义事业的人们冷静地看清这一点：工人阶级和劳动人民在革命胜利后可以说是“争得民主”，但并不等于直接就有了比资本主义更高的民主，并不等于就解决了现代政治文明意义上的民主政治问题。

邓小平清楚地看到并努力破解这种观念上的包袱。在很长时间里，人们习惯于这样的思维方式：凡涉及民主，首先就是“民主和专制”的概念，首先就是“阶级的民主和阶级的专政”，首先就是“谁有民主和对谁专政”。邓小平给人们提供的分析与叙述思路则是：民主是现代化的“政治基础”，民主是现代文明的构成物；民主和现代化同在一个现代发展的进程中，“一步一步地前进”；解放思想的根本问题是“充分的民主”问题；民主在中国，也是摆脱传统社会禁锢、获得现代文明的问题。循着这一分析和叙述思路，他甚至在 20 世纪 80 年代初就明确提出这样的政治建设理念：“政治生活的民主化、经济管理的民主化、整个社会生活的民主化。”②这是一个真正走在时代潮流前列、追求向人的全面发展境界逼近的

① 陈学明，《马克思主义在今天还有没有意义——从亚当·沙夫的回答说开去》，《马克思主义与现实》，1999 年第 6 期。

② 《邓小平文选》第 2 卷，北京：人民出版社，1994 年版。

政治建设理念，一个真正立足于中国的国情条件，对以政治国家与市民社会相分离、民主只是“政治天国”中的平等权利为特征的政治解放实现超越的政治文明理念。当把马克思作为自己理论渊源之一的吉登斯在思考着“解放政治”的诉求时[①]，邓小平在东方已开始致力于具有“生活政治”意味但更富于历史超越性的政治文明建设实践。进入21世纪后，中国共产党在社会主义和谐社会政治生活方式的建设中，继续把邓小平开始的这种实践探索性地向前推进。

这是一个需要创新理念和付出艰辛努力的进程。不解放思想，就不能推进这一进程；不放下早先长期背在身上的包袱，就无法理解邓小平的政治文明建设理念；不“换脑筋”，就难免时时遇到且无从应对来自不同方面的责难。解放思想，建设中国特色社会主义的崭新文明，正是我们重温中国改革开放30年、重温邓小平的根本点。

（原载《江海学刊》2008年第3期）

① 贺来，《论马克思实践哲学的政治意蕴》，《哲学研究》，2007年第1期。

论周恩来行政中的文化哲学精神

周恩来操持政务的“哲学习惯”植根于中华民族文化哲学根基。周恩来是中华民族文化哲学精神的优秀人格代表。周恩来行政，其行政资源的根本在于“人和”，管理关系是超越权利平等的人格平等，追求“各得其宜”的和谐境界，技术体制及其运作的特色在于“尊人”、“贵人”、“爱人”。这种传统文化精神在传统社会因文明内核和名教外壳的分裂而遭严重扭曲，周恩来努力对这种扭曲实行“矫枉”，使之复归文明本性的真诚，使中华民族文化精神在他的行政中得以升华。

一个民族的文化哲学精神，是这个民族存在的“缆绳”，是这个民族繁荣的根基。以周恩来为典范所代表的民族文明精神，是中华民族必定振兴的一个希望的支点。正因为如此，我们在纪念周恩来的时候，应该研究以周恩来为人格代表的文化哲学精神。

一

行政是国家对社会公共事务、也包括对国家自身事务的公共管理。20世纪是一个需要行政伟人的世纪，同时也造就了世纪性的行政伟人。他们在各自的民族舞台上动员资源、组织国力，追求发展和秩序；他们在国际社会中相互合作、相互抗衡；他们获得过举世瞩目的成功，但也遇到过体面或不体面的悲剧。正是在这种成功或悲剧性的境遇中，他们展示着自己的宇宙观、历史观、价值观和他们的思维方式，展示着对自己国家、自己民族文化哲学的理解和把握。一个国家的政府行政，是这个国家的民族文化精神的一种展示，也是行政首脑的哲学人格的一种展示。

即使是在西方文化背景下成长的管理学理论，也不得不承认这样的事实，任何行政人物的管理业绩，都必定以植根于一定文化土壤中的文化哲学意识为基石，也就是行政中的一种"哲学习惯"。尼克松把周恩来作为中国政府总理的卓越之处和成功之处归结为周恩来自己的这样的一句话，或者是说这样一种哲学态度："我首先是一个中国人。"[①]周恩来对自己的"哲学习惯"的这一概括，表明他把自己操持政务、主掌行政的"根"扎在中华民族的土壤中，立定在中华文明独具的文化哲学的基石之上。在万隆会议上，周恩来代表新中国所表现出来的坚信正义和人民的力量、礼披于外而力蕴于中的中国式外交风格，使各国与会人士折服。当时与会者评说，周恩来与板着面孔的莫洛托夫完全不同，"这一定是因为他的国家不但是共产党国家，也是孔子的国家"[②]。尼克松和基辛格对周恩来有同样的印象，"举止文雅庄重"、"心胸坦荡"、"表现出一种非凡的谦和和敦厚的品德"，"具有一种特殊的人品"。尼克松说，"孔夫子认为统治社会的'君子'和'士大夫'有才智、尊严、风雅、仁慈、决心和毅力。周的教养使他具备这些品质"，"周的儒家品德也使他得到了中国人民持久的爱戴"[③]。这些评述虽然把中华民族的文明精神和这种精神在封建宗法社会中的儒家理论表述严重地混为了一团，但是它们从一个特定的侧面指明周恩来操持政务的"哲学习惯"有着深厚的中华民族的文化哲学根基。

自 1949 年任政务院总理开始，周恩来操持新中国政务凡二十六年，在百废待兴之际收拾全局，在繁荣初现之际经纬万端，在国家动荡之际维持国运，鞠躬尽瘁，死而后已。他视自己为人民的"儿子"，视自己操持政务为对人民的"服役"。人民视周恩来为"自己的总理"，为"知心"，为"手足"，为"师友"，为"楷模"。周恩来的名字，能够在中国人民心中引起强烈的情感冲动，这种情感冲动所引起的自我趋动、自我调节、自我约束是任何理性制约所难以达到的，是任何技术主义行政所无法企及的。周恩来用十分朴素的语言表达他在行政中的"哲学习惯"，他以"忧济元元"之心承担着"为人民服务"的职责，但是，"领导群众的方式和态度，要使他们不感觉我们在领导"[④]。所以，英国学者狄克·威尔逊称周恩来

①③ 尼克松，《领导者》。

② 吕志孔，《外交巨擘》。

④ 《周恩来选集》上卷。

“拥有无数众多、不是组织起来的追随者”①。这是一种“治大国若烹小鲜”、“功成事遂，百姓皆谓我自然”的行政境界。理解周恩来的行政，必须在文化哲学的层面上领悟这种境界。

二

以20世纪西方主流派行政的技术主义、技治主义为参照系，中国行政素有“尊人”、“贵人”、“爱人”的人文化传统，即“视民如天”、“贵人而贱物”、“仁者爱人”的传统。周恩来的行政使这种人文化传统在社会主义制度下大放异彩。联合国第二任秘书长哈马舍尔德在和周恩来接触后，发出这样的感叹，“在周总理面前，竟使我无法不感觉到自己是个野蛮人”②。哈马舍尔德是深富欧洲文化修养的瑞典人，国际知名的政治家和经济学家，何以自愧为“野蛮人”？这里与“文明”对称的“野蛮”，不是史前文化的蒙昧或相对于欧洲文化复兴的中世纪的愚昧，而是与“尊人、贵人、爱人”的文化精神相对称的技术至上、技术对人的统治、物对人的奴役的文化精神，是欧洲科学主义、技术理性主义的一种极端延伸，是用灵魂去交换权力和知识的“浮士德主义”。与哈马舍尔德自愧“野蛮”的、以物对人的奴役为特性的行政文化相区别，周恩来的行政从对现实人的人格尊重出发来操作权力，操作知识和技术，而在世纪行政史上独树一帜。

在周恩来的行政中，行政资源的根本在于“人和”。行政资源毫无疑义包括人和物，“物”中还包括行政技术和技术化体制，但两者并非并行。周恩来认为，国家行政的“力量的源泉是人民，归根到底，一切胜利的取得依靠人民的力量”③，依靠人民的“支持和信任”，依靠政府和人民的沟通与共识。他所倾心追求的是政府目标和民心所向的一致性，是政府对人民的关怀和人民对政府的信任，是全国人民的亲密团结与和谐共处，是政府所有人员的齐心协力和诚恳合作。在周恩来行政的意识中心，“物利”不可偏废，但根本在于“人和”。

在周恩来的行政中，管理的主客体双方关系的基础是超越了权利平等的人格平等。权利平等是近代以来西方共和制行政中管理双方关系的一个基础性原则。这一原则以法律至上、合于技术理性的体制至上为前提，肯定行政中管理者与被管理者在法律面前人人平等。这一原则对于中世纪行政中的贵族特权是一种革命性

① 甄小英，《周恩来坚持党性的楷模》。

② 吕志孔，《外交巨擘》。

③ 《周恩来选集》下卷。

的否定，但是后来的发展却使管理者成为职位的奴隶，被管理者成为体制性符号。现实个人的事实上的不平等，在这种权利平等的形式化外衣下更趋深刻，这是现代西方行政中平等关系的异化。周恩来的行政之所以在西方行政界引起众多的倾慕，就是因为他坚定地认为，“个人是平等的，都是人民的勤务员”①。他赞成共和制行政的权利平等关系的进步性，甚至在 1957 年 7 月讲“西方议会的某些形式和方法还是可以学的”②。但是，他决不认为现实个人间的平等在按技术理性设计的体制中，通过权利和义务的平等交换就可以满足。在他这里，对现实个人的人格平等的关心，对他人人格的尊重，具有更优先的地位。这就可以理解，周恩来在访问印度时，对大使馆雇佣的专事打扫厕所、擦洗地板的印度下层社会成员当地其他种姓皆视其为“贱民”的人何以逐个慰问，一一握手致谢，而不以付给应有的工资就看成实现了“平等”。这在周恩来本是平常之事，但在印度却一时爆为新闻。这种已融于周恩来一生业绩中的人格平等原则，正是哈马舍尔德自惭的原因，也是尼克松作为美国总统来中国访问时，破例为周恩来亲手脱下大衣的原因。英国学者迪克·威尔逊评论周恩来的这种作风时说：“由于这种生活作风，使他享有盛名，其中主要的动机是深刻和认真的，即要打破旧的高人一等的政体模式。”③

在周恩来的行政决策思维中，追求一种“各得其宜”的和谐境界。郭沫若赋诗赞颂周恩来的国务活动为“经纬万端，各得其宜”。这“各得其宜”既可说是对周恩来行政的艺术概括，同时也是对周恩来行政的理性概括。“各得其宜”是东西方行政都努力追求的一种很难企及的和谐境界。行政的这种境界使众多管理对象能够展示各自个性，焕发出自身的生命力和创造性，以期在各得其所中实现全局的生生不息。这就是“治大国若烹小鲜”的境界，即周恩来自己所追求的“不感觉到是领导”的管理。在西方以技术理性主义为哲学基础的决策思维中，一切管理对象都在标准化的数学计量中失去自身的个性，被整齐划一地整合在实现按数理模型为最优化的目标的标准程序中。这种管理境界用中国一个术语表述，即谓“同”。周恩来的行政不以这种否定个性的强制性整合（“同”）的境界为追求，他坚持认为，“统一矛盾并不妨碍个性的发展”④。在他毕生的行政决策框架里，所追求的统一始终是个性发展的结果，而不是扼制个性发展的前提。他善于迅速把握对象和问题的全部内涵，在对象的自然运行中实现整体管理目标。他对管理对象既有战略家的宏观整体性把握，又不失战术家的严密审察。他融

---

① 《周恩来学术讨论会论文集》。

②④《周恩来选集》下卷。

③ 迪克·威尔逊，《周恩来传》。

对象于整体,会万物于一心,以对人民的“赤子之心”去“经纬万端”,追求行政整体的精美和谐。显然,这种和谐的整合是以对作为管理对象的现实个人的个性肯定和人格尊重为前提的,这是周恩来行政的基础前提。

在周恩来的行政中,对于理性的管理技术、技术体制有着足够的重视。周恩来有过在西方共和制行政下生活的经历,深知这一技术体制的形式和本质的深刻对立。但他也深知中国传统国家管理过分强调领导人人格形象的感召作用,这会导致对领导人道德的过分依赖,而忽视理性的体制在国家管理中的作用,所以,他在1957年这个重要年头提出为了“从不同方面来发现问题”,可以学习“西方议会的某些形式和方法”。但是,在周恩来的行政中,管理技术、技术体制的构思与运作,必须立足于“尊人”、“贵人”、“爱人”这个立足点。民主集中制,这本是在秘密斗争环境下无产阶级政党的基本组织原则,后来内容有了很大的丰富和发展,并成为政府管理活动的根本体制原则。在周恩来的理解中,这一制度的核心在于“充分表现了人民群众对于共产党和人民政府的信任和支持”,因而也是两者相互之间的“信任和支持”①。毛泽东在1957年2月《关于正确处理人民内部矛盾的问题》的讲话中说:“在人民内部,不可以没有自由,也不可以没有纪律;不可以没有民主,也不可以没有集中。这种民主和集中的统一,自由和纪律的统一,就是我们的民主集中制。”而在5个月后的7月发表的《一九五七年夏季的形势》一文中微妙地颠倒了表述的词序,说:“我们的目标,是想造成一个又有集中又有民主,又有纪律又有自由,又有统一意志又有个人心情舒畅、生动活泼,那样一种政治局面。”周恩来身处其境,全局了然在心,当然深知这一词序颠倒的原则内涵。但他在一个月后谈政治制度改革时说,“政治上的制度要适合社会主义的经济基础,也要改革,要改革成为民主集中制。又有民主,又有集中;又有自由,又有纪律;又有个性的发展,又有统一意志”②。把前面颠倒了的词序再颠倒过来,并且把“个人心情舒畅、生动活泼”改为“个性的发展”,于此可以悟出周恩来行政中对个人人格尊重、对个性发展尊重的一贯原则。这是周恩来行政最本源的一种哲学习惯。

三

中华民族文明精神有“尊人”、“贵人”、“爱人”的传统,这是周恩来行政的一个重要的文化哲学源头。这种文明精神,以自己对人和关于人的一切所特有的态度方式而生根世界的东方。这种文明精神,在人的此岸世界对于人格、人道、人的文

①②《周恩来选集》下卷。

化及其历史的存在、人的价值等等，实现充分的肯定与尊重，而不承认在人之上犹有超越存在、抽象至上的力量，不承认经验对象或所理解的对象对于人的控制，更不承认人与自然物的同化。这种文明精神，肯定与尊重人的存在与人的价值，但不表现为对个人利益和个人成功的强烈追求和崇尚，而是尊重人们相互依存的共同体的整体利益的实现，强调个人利益在整体价值中实现，因而视整体利益为人的价值本位。这种文明精神，肯定现实人自身所处社会关系和社会交往的维系，并不仰赖抽象绝对者对利益分离的个人的秩序维系，充分相信相依共存的人们由于共处需要而发生的惠加对方的自然德性。和世界其他文化圈中的情况一样，中华文明精神在各个不同的社会进步阶段总是获得不同的具体历史内容。在两千多年的封建宗法社会中，儒家学说成了这种文明精神的主要理论表述，从而使它打上名教的烙印。烙印之一是“名分”，即用对“父子——君臣”名分的肯定来表述对相互依存中人的现实关系的肯定，尽管不断重复“父慈子孝”、“兄友弟恭”、“君明臣忠”、“君亲民附”的说教，但等级统治的坚冰总是冷却了人间情怀的温馨。烙印之二是“礼”，“礼”是“名分”的总和与制度化，君主按“礼”成为社会整体价值的化身，于是整体利益异化为君主的个人利益，有“天”之名的民异化为“天子”的臣仆。烙印之三是“灭人欲”，即把现实人的共生性的道德良知“仁者爱人”的“仁”蜕变为守名分、循礼教的终极条件，并以“天理”的名义而否定了个体利益的合理存在和人的个性的自由发展。因此，中华民族文明精神中的人文化内核和儒家名教理论的形式外壳之间，必然发生矛盾、分裂和冲突。

周恩来正是在这种分裂和冲突进入临界状态、中国民主革命风起云涌之际开始了解中国社会、走上中国政治舞台的。周恩来受过儒家理论的教育和儒家伦理的熏陶。但是他自小就对这种理论和伦理环境产生了极大的“厌恨”，其第一最坏印象是“虚伪”。这种“虚伪”的本质，就在于文明内核和名教外壳之间的矛盾与分裂。周恩来牢牢把握住中华民族精神的文明内核，而对其虚伪的名教外壳发起冲击。在他这里，冲击之初所凭藉的思想武器主要是从西方介绍过来的“新思潮”，而后完成这一冲击的思想武器是马克思主义。他是用马克思主义的历史唯物主义方法论，扬弃了中华文明精神的名教外壳，而在自己民族的舞台上建树起使中华文明精神重放异彩的行政伟业。

首先，周恩来在自己的行政中使中华文明精神所肯定的核心概念——“人”，获得了“人民”的具体历史内容。他认为“人民的世纪到了”，所以，“为人民服务”成为他操持政务、总理万机、推动一切活动中的情感方式与态度方式的中心概念。人在此岸世界中所获得的肯定与尊重，在他的哲学原则中表现为人民的至上地位，中国人所向往的人间情怀的温馨，在他表现为对人民的满腔赤诚，他努力使自己的政府形象富于情感，充满爱心，是出于他对中华民族、中国人民的深厚感情。在他的行政里，“父子君臣”的名分关系被彻底否定，代之以“人民——人民的服务员”的关系。在他晚年的行政生活中，他始终认为自己是“人民的儿子”，自己所主持的政府是“人民自己的政府”，一切政务都是“为人民服务”。

其次，周恩来在自己的行政中努力使中国传统行政中的整体价值“神话”变为人民群众的现实利益。中国人是在相互依存的现世生活中，体悟到人与人之间的相互关怀、相互体恤、相互慰藉的极度宝贵性，因而人们理想中的管理者，总是在心中沉积着对于被管理者的更多的道德义务，怀着对被管理者的更多的忧虑。这就是所谓“先天下之忧而忧，后天下之乐而乐”的“古仁人之心”。但在封建宗法社会中，这只是一种虚幻的社会“神话”，君王和臣僚们在“民——天——君”混沌一体的“神话”中把恩典慷慨地撒向人间，而在现实世界中却用民脂民膏点亮自己圣明的烛台。“忧济元元”的“古仁人之心”对于周恩来的行政有着根深蒂固的影响，而“民——君——天”混沌一体的神话体系则在他的行政中被彻底粉碎。他把“忧济元元”的道德义务对象定位在被历史唯物主义说明了的历史主体、国家主人的劳动大众身上，把体现着社会整体价值的政府行政目标定位在人民群众的切身利益上。政府给予人民的只能是服务，而不是恩典。正因为如此，周恩来在全部行政生活中始终抱着“戒慎恐惧”、如履薄冰的管理心态，并常常陷于过度的自责，连毛泽东也说“周恩来自我批评做得太多了”[①]。但在周恩来，个人得失渺如浮云，人民利益重于泰山。

再次，周恩来在自己的行政中建树起了高尚的道德形象，因而使自己的管理行为具有巨大的感召力。但是，这种管理的和谐境界是绝非依靠“伦理一律”的“天理”、“名分”所维系，也非通过无情的“斗私批修”所能达到。周恩来行政的“哲学习惯”历来是在存异中求同，他是在对现实个人的人格、个性发展的尊重中实现整体谐协的管理大师。因而，周恩来的行政形象所给予人们的高尚的道德感，不是以“天理”名义表现出来的传统伦理的再现，而是源于共产主义者争取人类解放的责任感所产生的海纳百川式的博大胸怀。他在行政中的道德形象，不是传统社会中士大夫流理想道德风范的重复，而是与人民赤诚交往、心灵相通的内在精神的自然流露。可以说，中华民族的文明精神，在20世纪周恩来的行政中获得了一次升华。

（原载《党政干部论坛》1998年第2期，纪念周恩来诞辰100周年专版）

---

① 方矩成、姜桂侬，《周恩来传略》。

美国员工股份制度的几个问题

研究美国员工股份制度这个被视为“修正的资本主义”的制度形式，对于社会主义国家企业的所有权、控制权及经营方式或许有“他山之石”的作用。美国员工股份制度在六十年代末、七十年代初一度活跃，重要原因是在滞胀压力下企业界和政府寻找使可以转移出来的消费基金转化为生产基金，并在管理中追求把责任原则贯彻到权利意识中去的新思路。但是，员工股份制中的所有权和控制权的矛盾并未解决。美国一个拥有实力的管理阶层依然紧握企业的“钥匙”，员工虽兼有业主角色，但在经营管理中的参与依然被视为“不可理解”。

大凡对国外的员工股份制度（Worker Capitalism，或译为员工资本制度）的考察，都极为注意这一制度中的财务与法律的关系，以分析当代资本主义社会阶级关系的细微变动。本文所述及的美国员工股份制度的几个问题，虽与此不无联系，但主要是从经营管理的角度来看这一制度，因而更注重于人事与管理方面的问题。这一制度虽然出现于资本主义社会，但从不同角度加以考察，对发展商品化、社会化大生产或许能有“他山之石”的作用。

一、员工股份制度被许多企业采用的原因

员工股份制度应该说根源于英国。在 1900 年，英国就有合作企业 200 多家，但是到 80 年代初，仅剩下 26 家。而在美国却是另

一种情况。员工股份企业虽在三十年代大危机中遭到沉重打击，其后三四十年里也未有大的生长，但是在六十年代末、七十年代初之后，这一制度又活跃起来。仅在七十年代末，就有3000多家大公司订有正式的政策，鼓励员工持有股票，至于中小企业则远不止此数。1975年，民意测验专家哈特调查发现，所有美国人中有66%赞成“员工拥有公司大部分股份”。1978年，哈里斯民意测验发现，所有美国的办公室职员中，有64%的人觉得如果让“所有员工平均分享公司的利润”，那么他们的劳动生产率会更高。旧金山市适应此潮流，办了“新民主管理学院”，专门训练美国5000家料理膳宿的合作企业及一万家其他企业的管理人员，这一万家其他企业也都是工人自治的公司。

员工股份制度之所以在美国被许多企业采用，其原因是多方面的。从整个社会宏观经济的稳定与增长的角度看，这是在“滞胀”状态下使部分消费基金转化为生产基金的一种手段。在1929年经济大恐慌以后的三四十年里，凯恩斯主义曾风行于经济界，但是到六十年代末、七十年代初，这种经济方针中所隐含的矛盾完全暴露，不可遏止的通货膨胀与难以振作的投资萎缩同时出现。恶性通货膨胀迫使生活费用上涨和不得不接受新增工资的要求。由于劳动生产率提高的停滞，新增工资的要求又恶化了通货膨胀，形成一种恶性循环。华盛顿特区教育服务中心主席罗伯特·L·麦克坎博士描述说：“批评劳工运动的主要一点是，劳方甚至在通货膨胀时期也要求不断提高工资和改善工作条件。反对（劳工运动）者声称，合同往往是对通货膨胀火上加油。劳工则反驳说，最近增加的工资多数都是为了适应生活费用的上涨，实际生活水平并没有很大提高。劳工还在继续为提高工资而奋斗，而且成功地把新工人，如政府雇员和服务人员吸收到工会中来。到1979年6月，美国工厂工人的每小时平均工资为6.65美元。”[①]与此同时，劳动生产率并没有提高。自由派经济学家万特劳伯指出，“1979年全年平均薪资增加幅度可能达到8%，但人员劳动生产率下降约2.5%。因此，必然会发生通货膨胀性质的物价上涨现象，以弥补此一差距。……美国在七十年代大半的时间里劳动生产率只略增1%。而人们却多拿8%、10%、25%，这从算术测量而言，无疑是一记重大的打击”。他说现在“每一个人都想得到更多金钱，很多人现在也能够得到更多金钱——不管他们是否提高了劳动生产率，因而造成严重的经济问题”[②]。这种把通货膨胀简单归咎于人员劳动生产率下降的看法是片面的，但是这里揭露了一个基本事实，即可支付的消费能力的增长必须与劳动生

① 钟流译：《美国经济概貌》，第115页.

② 转引自詹姆士·奥图：《未来的企业》，第28页。

产率的提高相适应，超过过多则会成为通货膨胀的一个因素。因此，七十年代美国企业界和政府都在寻找使可以转移出来的消费基金转化为生产基金的路子。员工股份制度正好适应了这个要求。

具体说主要有两种情况，一是鼓励员工合股收买行将倒闭的企业。比如1975年史伯瑞兰道公司因为获利太低，宣布要关闭纽约州赫金莫市的图书馆设备制造工厂，这个厂的270名工人就自己筹措了200万美元，又从政府获得200万美元的贷款，收买了这家工厂，第一年就做成1300万美元的生意，获纯利87.5万美元，利润率达到了史伯瑞兰道公司原来所期望的指标。同年，南弯车床公司的500名员工靠政府贷款从安姆斯特企业手中买下这家公司，使公司的经营面目为之一新。这些收买大多得到政府的支持。因为工人从保留自己的工作机会出发愿意拿出自己的积蓄；而政府，特别是靠某一种行业维持存在的社区政府也为了不使社区经济崩溃，而愿支持这一收买。在七十年代，美国商业部经济发展委员会就曾经支持员工收购南弯车床公司等九家濒临倒闭的公司。1980年成立了美国消费者合作银行，这家银行由美国财政部提供3亿美元，向民间吸收30亿美元，以支持各种合作企业。毫无疑义，这种员工合股收买还带来一个好处，就是缓和了因企业倒闭而来的失业危机。尽管经济学界有人指责这种政府出钱支持倒闭企业继续存在的做法是有害的（另一看法又以员工股份企业经营状况好转的事实反驳这种看法），但这种收买方式仍在不断发生。另一种情况是把递延给付工人的报酬转化为员工的股份。这种递延给付的报酬包括奖金、退休基金以及其他福利等等，通常作为信托基金出现。公司将定额股票存入信托基金，再以此作为担保从银行获得贷款，贷款清偿后，信托基金中的股票就分配给员工。通过这种方式，纽约证券交易在新墨西哥的会员昆氏公司，两年内将百分之百的股票和投票权转移给该公司的130名员工。美国的一些大公司，如美孚石油公司、美国电话电报公司、大西洋瑞契福公司等也都采用了这种方式。但是员工股份在这些公司的总股份中只占极小一部分。

从管理效益的角度看员工股份制度在美国被接受的原因，乃是要把责任原则贯注到权利意识当中。六十年代末开始显露出来的劳动生产率下降的趋势使美国企业界非常烦恼。泰罗的“老掉了牙的模型”固然已无大作用，七十年代兴起的许多改革工作环境的实验、工作丰富化的实验以其他许多改革，都只如电光火石一般，几乎都未能维持到八十年代。“霍桑效果”也随着管理人员一旦不表示出对员工的“关心”，不表示出继续要和员工共同改变工作环境的态度，很快失去了“异彩”。马斯洛理论也因为越来越难以应付人们需要和价值观日益频繁的变动而显得捉襟见肘。再加上日本和欧洲（特别是联邦德国）的崛起，迫使美国经济界不得不思考改变整个管理哲学和组织结构。从美国管理与日本管理、联邦德国管理的对比中，他们得出的结论是美国人的权利意识和责任意识越来越不等价，即权利意识的不合理增溢伴随着责任意识的日益淡化。凡目睹过三十年代初的经济大恐慌，而后又经过大战阶段的老一辈员工都比较看重自己的工作机会，易于在自己的工作中获得满足，马斯洛理论的描述也更适用于他们的情况。但是从1968年起，战后出生的孩子已走上就业岗位，从此员工队伍出现了传统员工与战后新一代员工之间的交替。在战后经济迅速成长的基础上，政府依靠从纳税人那里征得越来越多的收入，推行了许多社会福利、社会安全计划。因而，新一代员工不再像老一辈员工那样强烈地受着工作收入、工作保障的吸引，也不再愿意背起老一辈员工一直背着的为就业和工资而不得不替垄断资本承担的过重的责任包袱。他们已不像传统员工那样畏惧“解雇”，有的甚至把短时间的失业当作一段“悠闲的假期”；他们也不畏惧管理阶层，管理阶层也不畏惧董事会。他们追求的“满足”往往不是在工作过程中和工作收入中实现，而希望在其他方面实现。所以雇主们不得不哀叹“要激励日渐增多的非传统主义工人非常困难”。加州社会学家贝克维斯认为，这种状况在美国和在苏联是差不多的。他认为这种权利的成长是经济成长的必然的副产品，而美国和苏联都趋向于同样的权利均值。

面对这种情况，美国管理界从日本管理和北欧管理中获得“灵感”，提出了把责任原则贯彻到权利意识中去的新的思路。当然这里不再是如传统方式那样逼迫员工消极地、机械地屈从于责任规范，而是激励员工积极地、能动地承担起责任和风险。根据这一要求，需要实行工作场所的差别性原则、自由选择原则、弹性原则、机动性原则，要推行员工的参与制度，与此同时，员工应该享有其所服务的公司的利润和股票所有权。詹姆士·奥图说：“只有在工人能直接分享其额外贡献所得的金钱利益时——或是成为其服务公司的股票持有人而间接获利时，他们似乎才愿意接受责任。”[①]八十年代初，美国商务部由康特和泰能堡主持作了关于员工股份企业的专门研究。他们研究了98家这种企业(平均销售额为2500万美元，平均员工人数为350人)，发现在其他情况相同时，员工所拥有的产权越多，公司获利越大。这是因为员工产权的比例和他们的态度、劳动生产率之间存在着一种正比关系：员工所拥有的产权愈多，他们的士气和绩效就愈好。这也是员工股份制度被美国许多企业所接受的一个重要原因。

---

① 詹姆士·奥图：《未来的企业》，第17页。

二、员工股份制企业的所有权与控制权

按照员工拥有股份的方式的不同，詹姆士·奥图把美国员工股份制企业大体分为三种类型。

第一种是合作制。公司的全体员工又都是公司所有股份的拥有者，相互之间股份相等，待遇相同，对公司事务的发言权相等。个别企业中也有少数几个员工，因工作特别繁重或困难，享有略多于他人的股份和待遇；也有的企业员工全体聘请一位专业管理人员来负责最高行政主管，主持例行性事务。这些现象并不影响整个企业股份制平等、待遇平等的基本特征，所以在这里，“平等和民主自治”是企业的主要特色。

第二种是合伙制。公司的股份分作两部分，一部分归公司创办人享有，另一部分归公司的员工享有。有时员工享有大部分的股权。而公司创办人有的是企业主个人，有的创办人股份全部上市，有的创办人股份属公司所在的社区。比如前节所述纽约州赫金莫市的图书馆设备制造工厂在员工依靠政府收买后，一半股份属于企业员工，一半股份属于赫金莫市的“全体市民”。

第三种是信托制。公司的股份通过信托基金的方式逐渐转移为本公司员工的股份。采取这种方式的一般都是大型公司，他们把定额股票存入信托基金，作为银行货款的担保。因为信托基金通常都是递延给付的员工的报酬，所以债务清偿后，信托基金中的股份按工资比例分配给员工。这种公司的总股份中，员工股份制占比例除个别特例外，一般都很小。

从对比三类企业的经营效益来看，采取合作制的公司相对来说能够激励员工的责任感和士气，经营也比较成功；采取合伙制的企业则较差一点，而采取信托制的企业获明显经济效益的更少，有人估计 3000 家此类企业中难得有 30 家。在这类企业中，员工拥有股票并没有增强工作的欲望，也没有提高工作的满足感、士气和对公司的责任心，相反地表现出对股票的漠不关心，轻易地把它卖给首先出价的人。这里的关键是员工的股份所有权能否实际上体现为对公司的控制权。鼓吹所谓“修正的资本主义”的哲学家艾德勃和律师凯索说出了个中奥秘：最主要的是“控制权”，不是所有权[①]。员工的士气、责任感、创新精神，事实上是与控制权相联系的，是在实际控制过程中不断激发的。对公司没有任何控制感的员工，也就无从产生责任心，当然也不愿意承担企业经营成败的风险。

---

① 詹姆士·奥图：《未来的企业》，第 151 页。

著名美国管理学者彼得·杜鲁克认为“退休基金制度”改变了美国企业的所有权，这过分夸大了事实。拥有一家公司的少量股份和真正拥有一家公司是不一样的。在通用汽车公司、美孚石油公司这样的公司里，一个通过“退休基金制度”或其他信托制度而持有公司股份的员工的地位，不会高于利用退休基金投资的其他员工，也不会高于互保公司人寿保险单的持有人这样的公司股份持有人，如没有得到管理当局的许可，甚至不能跨进公司一步。用美国管理界的一句话说就是“员工所有权制度并没有给你一把开启工厂的钥匙”。没有“钥匙”，也就是没有控制权，连公司的门也别想进。实际上，在对公司的控制上没有任何权利可言的员工事实上也对公司漠不关心。南加州一家中型工厂把奖金以股票的形式分配给员工时，遭到了许多人的埋怨，一位女工说“我想要一个新冰箱，他却给我一张纸片”。有的员工认为这项制度说得好听是“大家长式”作风，说得不好听就是为阻止工会采取行动所施的贿赂。更不用说像芝加哥和西北铁路那样，公司吹嘘自己是“工人所拥有的铁路公司”，而事实上 12000 名蓝领工人中只有 400 人加入了公司的投资行列，公司想从员工资本制度中获得经常利益是不可能的，因为工人觉得“公司在赚钱，我何必努力工作”。

而在员工真正成为企业的所有人，并能对企业实行控制或影响的公司里，则是另外一种情况。奥勃冈和华盛顿的 16 家合板工厂采取完全的合作制形式，工厂的股份百分之百地属于本厂员工，股份平均分配，采取“一个员工，一份所有权，一份投票权，一份薪水”的制度。工厂内部实行员工自治。为了提高效率，由选出的委员会或外聘的专业经理来做日常的例行性决定，而重大的非例行性决定则由全体员工表决。这种完全的所有权和实际上的控制权，给员工的精神上以很大的激励和满足。他们认为，“如果工厂是你自己的，你就会卖力工作，使它成功”。正因为此，这 16 家工厂一直维持高于同行业其他企业 30%的人均产出，而且在这个竞争激烈、周期性明显的行业中已经立足了四十余年。同样成功的还有旧金山市的收集垃圾的服务企业。全市的收集垃圾工作全由两个采取完全合作制的服务企业承担。企业内部实行员工的自治管理，因而员工的责任意识很强。人们描述“在旧金山，收集垃圾的人从一个垃圾桶到另一个垃圾桶之间是用‘跑的’”（按这里的“跑的”也有经营管理之意）。这项服务在旧金山不仅成本低，而且质量好，谁也没有想到要把它收归国有。而在纽约、洛杉矶等其他大城市，都由市政府负责收集垃圾，往往要以高薪和高额的退休金来吸引收垃圾的人员，但尽管如此，服务仍然很差。

一般说来，员工拥有多数或全部股权，对企业劳动生产率的提高都发生了有益的影响。但是，这里也常有例外。在美国，有一个拥有相当实力的管理阶层，他们依靠自己的社会地位、专业知识、法律保护和广泛的社会联系，实际上控制美国的许多企业。有人说，即使墨菲(美国通用汽车公司总经理)手中没有一股通用汽车的股票，他说通用汽车是他的公司，谁也不会笑他，因为墨菲和他手下的高级主管比公司的股东能享受更多的权利，他们手中有“钥匙”。在有些合作企业或员工股份占绝对优势的企业里，也有的专业经理不愿意把权利和责任交给员工。他们不肯放弃“钥匙”。当然有出于某种阶级(阶层)意识方面的原因，同时也有传统管理观念方面的原因。正如一家公司的经理所说，“我们的控制系统就是根据以下假定设计出来的。90%的人都是懒不可教的人，随时想躺下睡觉、骗人、偷窃、或对公司进行敲诈的人”。在这种情况下，员工股份持有人同样会因为决定对企业的控制感而丧失责任感，企业的经营往往会因为管理者和员工之间的摩擦、冲突而走下坡路，最终不是员工抛出股份，就是管理人员离开企业了事。美国维蒙石棉公司的全体员工合股买下这个企业后，由于拥有了自主权，三年内使企业股票的账面价值从每股50美元上升到2100美元。这时公司高级主管违背员工意志，擅自决定投资一项新的事业。这一决定付诸公司讨论时，有人描述说“这对身为股东的工人而言，无异于当面被打了一个耳光。他们原先以为，身为股东应该有发言权。结果却发现，即使是股东，也没有说话的权利，事情看来就这样结束了”。事实上，事情后来并没有就此结束，工人们觉得受了骗。就投票决定撤销原来的高级主管，把管理权交给当地一家承包商。这种员工兼业主和管理人员之间的冲突，有时酿成员工罢工来反对管理当局，但是管理当局往往能得到法院的保护。法院认为员工是股东，而不是业主，无权任意支配企业的财产。这时，员工就会觉得自己并不是企业的真正所有人，而完全丧失对企业的关心。

三、员工股份制企业管理中的员工参与

管理中的员工参与制度在美国不算发达。彼德斯和沃特曼描述美国传统管理哲学说，“依照泰勒老掉了牙的模型和今日的管理图式，人是天生的上智下愚”[①]。到了六十年代末七十年代初，这种传统的管理哲学越来越遭到日本管理和北欧管理的挑战。美国的工人是在领班和检查员的严格的规范化的管束下工作，而日本的工人更多的是在“家庭式”的管理环境中工作。所以，日本本田汽车厂领班和检查员对生产工人的比例是1∶200，而有些美国汽车工厂

① 彼德斯、沃特曼合著:《美国62家优秀工商业企业的最佳管理经验》，第68页。

的比例是 1∶10，这样不仅消弱工人的主动能力，而且增加很多劳工成本。美国摩托罗拉公司的奎瑟分公司的员工在传统管理下生产电视机，退货率达60%，使公司每年耗费在这一项上的成本达 2200 万美元。这家公司因无法继续经营而卖给日本松下公司，新的日本经理让工人提出管理方法，改善工作环境，并每天去装配单位举行会议，询问工人工作中的困难，征求提高劳动生产率和品质的意见，这样，竟使公司的退货率下降为 1%，在没有增加人数和设备的条件下，每天的电视机产量从 1000 台增加到 2000 台。这不得不使美国摩托罗拉公司的经理们为之瞪目。可见，这里并没有"天生的上智下愚"，关键在于员工的主动能力。这种主动能力则来自于参与而激发的责任感和创造性。在员工股份制企业，这种参与的要求与传统管理之间的冲突更为明显，参与制本身的发展也遇到许多麻烦和苦恼。

这里，首先遇到的矛盾是员工兼业主和管理当局之间的矛盾。在上节关于控制权的分析中，在关于维蒙石棉公司案例的分析中，可以看出管理层事实上并不愿意把对企业的控制权交给员工兼业主，他们凭藉自己的地位和美国现行法律，在某些情况下可以做到这一点。而在员工兼业主并不享有对企业的控制权的情况下，员工参与管理的制度也是不会有的。所以，在员工股份制企业，控制权是参与制的前提。没有控制权，也就没有参与制。但是有了控制权，未必就一定有参与制。当员工兼业主动用自己所控制的投票权逼使管理当局辞职后，下一个上台的管理者未必好一些，未必就会使公司的管理有向民主参与的转机。所以，美国管理学界大声疾呼要放弃传统的管理图式，改变整个管理哲学和管理工作的组织结构，认为这是恢复美国活力、和日本人一较短长的关键之一。

为此，美国一些人利用员工股份制度作为手段，推行民主、参与的改革运动。比如，"工作品质"运动，即重新设计工作环境，使员工可以在工作上发挥尽可能多的能力。再比如"企业民主"运动，还有"员工权利"运动，也就是把宪法所保护的各种权利引入工作场所，如就业保障的权利，人身安全的权利，反对不道德命令的权利，对公司活动拥有完全情报的权利，揭发雇主不合法、不道德行为的权利，等等。这些改革，都是要促成企业内部的员工参与、员工自治。但是，美国的管理阶层并不热心于这些改革，他们本来就不愿意把控制权交给企业员工，当然也不愿意为了适应和配合新的所有权型态，来改变管理中的权力结构，他们觉得管理人员为员工决定工作环境是天经地义的，而员工参与才是不可理解的。由于传统管理哲学的作用，使他们在理解员工股份企业中员工和管理的关系时，并不认为员工兼业主应该参与管理，而应该是他们管理的更加忠顺的服从者。尽管他们是完全错了，但要他们改变是很难的。所以，在美国实行员工股份制度的企业中，有不少在起初一、二年内经营状况明显好转，这是因为股份权给员工带来的短暂刺激所致；而当这段“蜜月”期间过去后，经营状况又出现逆转，原因大多是员工发现一切都还是管理当局说了算，因而发生摩擦和冲突。可见，没有真正的参与制做保证，员工股份制度的好处也维持不了多久。

其次，美国员工股份企业的员工参与管理制度遇到一个特殊的问题，即不少这类企业的管理机构运转不灵、作用疲软、效率低下等等。因为员工股份持有人既是员工，又是公司的所有者，这种一身二任的状况，在没有科学的管理制度、管理规范和员工缺乏必要的管理素质时，往往导致管理层次的混乱、管理机构遭到不合理干预而显得无力，造成管理上的“无政府”状况和低效率。这种状况往往给传统主义者引以为口实，反对员工参与制度，恢复独裁的集权式管理。这种管理上的“无政府”状况常发生在合作制企业和合伙制企业，比如在乔治亚州的麦坎维尔，有一家妇女自己设立的合作制成衣工厂，她们想按照“参与制民主”来经营企业。但是她们不知道什么时候应该由全体人员来做决定，什么时候可以由选任的人员来作出决定。相互目标撑拄，意见相左，无法形成决议，导致这家企业的经营很快走问崩溃。设在华盛顿的 IGP 公司也有这种情况。这家公司员工通过信托基金方式持有公司一半的股票，因而在董事会中占有一半的席位，其余一半由公司创办人派任。公司内还建了“工人议会和委员会制度”，有人说这家公司近乎采取了“无产阶级独裁”的方法。但是，实际情况却是，每次开会又吵又闹，相互争持不下，最后员工各自返回自己工作岗位，一事无成。从以上的事例可以看出，在美国的有些员工股份制企业中，员工兼业主无论是在最高决策层、还是在最低的操作层，都以既是企业所有者、又是员工的双重身份出现。在最高决策层以个别员工的身份出现，则往往导致对企业经营总目标的支解，导致意见分歧与无休止的争论，导致决策的平庸和决议的无力。而在最低操作层以企业所有人的身份出现，则往往导致对管理规范的漠视，对管理人员职权的无理干预，导致纪律松弛、管理失效和劳动生产率的降低。在这方面比较成功的是奥勒冈和华盛顿的 16 家合作制的合板工厂。在这里，员工作为企业所有者，享有一份股权和相应的一份投票权，以决定企业重大事务；而作为员工则在参与制管理体系中实行负责任的自治。负责例行性管理事务的外聘专业经理或选送出来的委员会，在不同的层面上都和他们合作得很协调。然而，这样成功的案例并不多。

（原载《江苏社会科学》1988 年第 5 期）

“方法”的解读和思想解放的活力

孙伯鍨先生不认为自己要自立一个关于马克思主义哲学的解读模式，而是主张在文本原义上“走进马克思”。这一“走进”的深层意蕴是，马克思主义从根本上说是认识世界、改造世界的方法。卢卡奇在马克思主义正统性的理解上也倾注于方法的旨趣，认为马克思主义“不是对这个或那个命题的信奉，也不是对‘圣书’的解释。与此相反，正统的马克思主义指的只是方法”[①]。但是，卢卡奇的主要立足点是超越性的人类活动，并由此生成的理论的理性反思与批判本性，包括理论本身的自我批判和自我超越。孙伯鍨先生所主张的马克思主义的方法论旨趣，认为马克思主义并不是基于超越性人类活动本性的反思与批判，当然更不是关于人、自然、历史的总体逻辑图式，而是认识与改变现存世界的方法，因而马克思主义在当代生活中的出场路径是认识和改造当下社会状态的科学的认识论和方法论。孙先生认为这样把握马克思主义哲学，并不代表一个关于马克思主义哲学的标新立异的解读模式，而只是严格依据马克思主义哲学经典文本的原意来解读马克思主义的哲学。正如恩格斯所说的，“马克思的整个世界观不是教义，而是方法。它提供的不是现成的教条，而是进一步研究的出发点和供这种研究使用的方法”[②]，正是这种哲学心路，构成了马克思主义哲学的开放的思想解放本性，也为马克思主义在当代生活中应对时代问题注入了思想解放的活力。也正是在这个意义上，孙伯鍨先生

① 卢卡奇，《历史和阶级意识》，重庆：重庆出版社，1989 年版。

② 《马克思恩格斯选集》第 4 卷，北京：人民出版社，1995 年版。

持论马克思主义哲学的主旨在于方法，既是以严肃的学术态度立论，又满怀着哲学对当代思想解放的使命意识，背负着当下时代的责任感。

众所共知，孙先生阐释马克思，不同意把马克思主义哲学视为一个人本哲学的理论体系，不认为马克思主义哲学本质上就是讲“人的问题”。他精心研读过马克思《1844 年经济学哲学手稿》，但不把这部手稿视为马克思的成熟之作。他认为，马克思确实受过费尔巴哈的影响，曾经要把费尔巴哈的人本主义批判方法作为自己理论探索的逻辑基础，谓之“实证的人道主义的和自然主义的批判”，因而说马克思早期哲学探索的起点和动机是人的问题，也无不可；但是，不能因此就得出结论说，整个马克思主义哲学就是一个人本哲学的体系；不能用把早期人道社会主义理想和马克思主义哲学衔接起来的办法来铺设复兴马克思主义哲学的道路；不能违背马克思思想发展的历史线路、用“走回去”的办法重塑一个马克思。

但是，这种用“走回去”的办法重塑一个马克思、企求“寻回”一个马克思主义的人本哲学体系的思潮，在中国一度却颇为流行。大潮激荡，鱼龙竞起，这本非怪事，不能指望所有人都在同一层面、同一水平上思考问题。毕竟那十年“文化大革命”中种种“非人道”、“反人道”、“不文明”、“反文明”的浩劫，至今仍使人“不触目，犹惊心”。这段历史自然激起人们对于人道主义精神的强烈追求，也容易引发对只要贴上人道主义标签就认为是良药的迷恋情绪，甚至发生以是否赞成与同情这种迷恋为标准来给思想是否解放划线的情况。同时，当时也确实发生了有人企求利用这种思潮来否定“四项基本原则”的事。

是否坚持“四项基本原则”，事关中华民族生存与发展之大计，是中国的一条政治底线。此事且不多论，这里仍就学理线索进行观察。在大潮涌起的时候，自然众说纷纭，但哲学家的言说不能仅仅随生活大潮的起伏而波动，哲学家的思考应该有更深层面上的追问。面对中国这一场具有历史转折意义的思想解放，哲学家应该承担起思想的责任。孙先生在对博士生们讲课时说，当然要讲“从人出发”！这并不新鲜，但不能到此为止，要害是现实中的人是怎样的？怎样才是“从人出发”？怎样才能“以人为本”？这一追问，远远超出了对人道主义精神的一般诉求，并且进而澄清了对人本哲学的形形色色的迷恋，在更深层次上开启了在中国实现“以人为本”的思考。孙先生片刻也没有停留在对既往“非人道”、“反人道”的批判上，他快步进入到在中国现实生活中如何才能实现“以人为本”的实践意义上的求索。这是更具根本意义的思想解放，是对时代负责任的思想解放，也是更具成熟个性的思想解放。这种样式的追问，为思想解放提供了更为深刻的、问题意义上的动力。正是在这个意义上我深以为孙先生是走在思想解放前沿的人。

讲解放思想，固然必须有对禁锢思想的僵化模式的批判，但是这种批判不能仅仅停留在对既往痛楚的撩拨，不能仅仅是激越的谴责或者哀婉幽绝的怨叹。问题在于现实生活实践中的“怎么办”。西方马克思主义的多数流派，最擅长的是文化批判，甚至可以说是有一种“美哲学”的文路。孙先生从未忽视过西方马克思主义群落中的作家们在解读马克思方面所取得的成就，而且也指出他们在指向“生活世界”、“日常生活语言”、“向世界敞开的人”等方面所作的努力，但他认为，总的说来，西方马克思主义作家们最大的弱点是缺乏现实社会关系问题的研究，或说有点文学、文化学方面的研究，其余的就缺乏发言权。这是“半截子”哲学，只是“唱唱对台戏”、“发发牢骚”罢了，对现实是无能为力的。讲了半天的“主体”、“异化”，只是个“开场锣鼓”，下面就没词儿了，其实好戏还在后头，但他们做不下去。就此孙先生认为，“以人为本”不是哪一个哲学派别的观点，讲马克思“以人为本”当然可以。马克思讲的是人类解放、人的全面自由发展。马克思讲对了。马克思是一个人道主义者，但是有更高类型的实现人道的追求。孙先生这样阐释马克思，是在讲马克思哲学思想的原貌，但他更是在讲中国如何推进思想解放的路径。

马克思主义哲学的实质在于“改变世界”。“哲学家们只是用不同的方式解释世界，而问题在于改变世界”[①]。孙伯鍨先生十分注重马克思主义哲学的这一理论实质，因而十分关注对现实生活问题的追问以及对改变现实生活世界问题的求索。孙先生认为，马克思主义哲学不是“体系哲学”，而是关于认识世界和改进世界的方法原理。他在和张一兵先生合作的《走进马克思》这部重头著作的序言中写道：“马克思主义的诞生地和落脚点不是在书斋里，也不是在讲台上，而是在各民族各阶层人民生活于其中的现实世界里。它的真理性、现实性和力量表现在它是否有能力以及在多大程度上干预和改变这个世界的实际进程。”[②]这也应该是当下时代所应珍视的哲学旨趣。

孙先生阐释马克思，同样贯彻马克思的方法。他无意于建立“任何一种标新立异的‘解读模式’”，他用马克思的历史方法阐释马克思的思想历史。正是在马克思思想历史的具体进程中，哲学抛弃了人本主义逻辑构想，走向理解和改变现实生活方式——从根本上说首先是社会生产方式的方法。他在《探索者道路的探索》中对早期马克思的思想历史有精湛的研究，这段历史表明，马克思意识到，他在哲学中所提出的问题不能在哲学中解决，于是他的理论视线冲破传统范围，

① 《马克思恩格斯选集》第4卷，北京：人民出版社，1995年版。

② 孙伯鍨、张一兵，《走进马克思》，南京：江苏人民出版社，2001年版。

转向物质生产方式。思辨终止的地方正是现实生活展开的地方，也是关于人们实践活动和实际发展过程的科学研究开始的地方。马克思不是把经济问题哲学化，而是把哲学问题经济学化。他不是“走回去”，也不是“断裂”，而是在同一个跑道上向前跑。他无需再跑回来了，经济学研究更加接近于他的终点。于是，哲学在这条思想史的道路上，再也不会回到关于自然、历史、精神的体系逻辑，而是指向实践、指向社会、指向现实中的历史和历史中的现实，其根本旨趣在于改变世界的方法。在马克思这里，没有黑格尔式的关于自然哲学、历史哲学、精神哲学的宏大体系，有的是关于认识现实社会和改变现存世界的方法。海德格尔因此认为马克思终结了西方的传统本体论，可以说是不无见地。孙先生认准马克思主义哲学的这一特质，久有志于编写一本符合马克思思想历程原样、原意的马克思主义哲学原理教材。他认为这项工作不同于续《红楼梦》，不能把与马克思几乎无关的东西、别人的或自己的东西加在马克思的头上。《走进马克思》也许就是这方面努力的一项成果。

孙先生这样阐释马克思，其旨趣当然在“走进”一个原样的、原意的马克思。但是，孙先生的立意并不止于此，因为他始终认为马克思主义哲学的真理性、现实性和力量表现在于它是否有能力以及在多大程度上干预和改变这个世界的实际进程。他关于马克思主义哲学特质在方法原理的阐释，在决定性的意义上解决了马克思主义哲学在当今时代、特别是当代中国的出场路径问题。孙先生逝世后4个多月，《新华文摘》2003年第9期转载了《河南大学学报》当年第2期所发孙先生的论文《浅谈马克思主义哲学的出场路径问题》。马克思主义哲学在当代的出场路径问题，是一个“关系到马克思主义哲学向何处去的大问题”，同时也是在当今时代如何认识马克思主义哲学的当代价值问题。解决问题的方法仍然是通过“从何处来”的思路思考“向何处去”，从“所来”的路径思考马克思主义哲学以何种面貌经何种路径出场。马克思主义哲学显然不能以重建本体论的面貌出场，因为马克思主义在“所来”的历史进程中已经否定了建立一个关于自然、历史、精神的总的逻辑图画的欧洲本体论传统，而转向对“改变世界”的方法追求。马克思主义哲学显然不能以面向存在论的研究面貌出场，因为马克思主义在“所来”的历史进程中已经超越出了抽象的人本主义逻辑，超越出了对抽象的生存实践的关注，而转向对具体历史阶段的现实关系中的人的关注。马克思主义哲学当然更不当以文化哲学的面貌出场，因为马克思主义哲学在“所来”的历史进程中已经超越了文化精神批判和对抽象现代性的批判，而转向现实社会关系批判。马克思主义哲学“所来”的历史进程直奔改变现存世界的方法，直奔认识和改造当下现实社会状态的科学的认识论和方法论。因此，马克思主义哲学的出场路径也只能是面向现实实践的科学认识论和方法论。

这是孙先生的一个重要提醒，提醒人们不要在马克思已经跑过来的思想历程上重新往回跑，跑回到马克思已经超越和否定的路径上去。这个问题的关键在于对马克思主义哲学的根本性质的理解。孙先生在《走进马克思》的序言中举现代西方的一些知识分子为例，指出他们远离现实运动、鄙视经济斗争、远离政治实践，惟一感兴趣的就是把现实的社会历史问题蒸发为逻辑的、直觉的、思辨的、抽象的哲学体系，用诸如还原、体验、领悟、澄清、释义、祛魅、去蔽、解构等现代概念魔术来取代马克思主义的科学认识论，用诸如“实存”、“本真”等形而上学的行话来代替对现存社会关系和客观历史规律的辩证把握。这就重新回落到马克思以前旧哲学的那种思辨和形而上学的状态，而在现实生活面前显现出哲学自身的苍白无力和束手无策。这是一个重要的参照系，告诫人们应该在怎样的意义上理解和把握马克思。

哲学如果只是矢志于给出关于世界的终极说明，企求构筑一个关于自然、历史、精神的总图景，那么无论构筑者何等聪明绝顶，理论的面貌终将是“灰色的”。作为指向现实实践、指向现存社会关系的科学方法，哲学才将呈现出源源不竭的活力，因为它和“生活之树”同在，因而与“生活之树”一样常青。孙伯鍨先生给学生们讲解马克思主义哲学，反复强调“方法是最具核心意义的，是最有活力的”。我深以为孙先生在思想解放的潮流中应有一席之地，原因主要就在这里。

在坚持马克思主义哲学并不是给出了一个关于自然、历史的总图景的立场上，孙先生有原则地赞成卢卡奇对斯大林时期哲学的策略主义倾向的批评，认为这种倾向使马克思主义哲学简单化、庸俗化，甚至被歪曲。哲学一旦被体系化、公式化，就失去了发展的活力，活生生的思想内容就变成了一套固定不变的操作话语，越来越落后于时代的脚步。孙先生力主马克思主义哲学的方法论旨趣，为走出这种策略主义思路下的体系哲学阴影打开了一条通道，为马克思主义解放思想、实事求是、与时俱进的品格作了关键性的学理说明。

循着这条思路，哲学的指向便是关于现实实践、现实的社会关系体系的科学分析，这正是马克思主义哲学具有源源不竭活力的一个重要关键。在思辨终止的地方，在现实生活面前，正是描述人们实践活动和实际发展过程的真正的实证科学开始的地方。关于意识的空话将终止，它们一定为真正的知识所代替。马克思的思想历程正是在从哲学指向科学的前进中展现了哲学的无穷活力。科学的对象是具体的，因而是生动的。马克思主义哲学正是在具体问题具体分析之中作出科学意义上的具体解决，因而不承认任何貌似神圣的意识形态禁锢，不承认任何公式化的教条，不承认任何程式化的过时规范，不承认有适用于任何时代或任何国家与民族的不变良药。中国特色社会主义这一命题，正是凭借了马克思主义哲学的这种方法论基础而建立起来，并在中国的具体国情背景下形成了关于社会主义初级阶段的经济、政治、文化等各个方面富有创新意义和科学价值的结论。只要不是情愿做孙先生所说的那种“半截子哲学家”，就应当面向现实生活，真诚地关切现实生活中的科学的对象，关切“真正的知识”，关切具体问题具体分析中的具体结论。确实，孙先生对这些具体探索中的具体结论也时有质疑，但这丝毫不影响孙先生对探索本身的方法论肯定，并且真诚地为之作出学理性的论证。

我这样理解孙先生的思路，当不会被误解为要哲学家们都去从事经济学、社会学、政治学等等实证意义上的科学研究，而是说要使马克思主义哲学成为在中国特色社会主义建设的各个实践领域中坚持解放思想、实事求是、与时俱进的思想武器。日本哲学家中江兆民有段话说：“哲学固然不一定有显著的功效可以让人看见或听见，也就是说，哲学对于顺差和逆差、银根的松紧、工商业的发展与否等，好像没有什么关系；然而国家没有哲学，恰像客厅里没有字画一样，不免降低了这个国家的品格和地位。康德和笛卡儿实在是德法两国的荣耀，是两国客厅的字画，对于两国人民的品格与地位，自然不是没有关系的。这既是一个无足轻重的问题，而又不是一个无足轻重的问题。没有哲学的人民，不论做什么事情，都没有深沉和远大的抱负，而不免流于浅薄。”[①]孙先生自然无意于视哲学为国家客厅的字画，他所十分珍重的是哲学对于一国人民“不论做什么事情”都不能“流于浅薄”的责任。他在《走进马克思》序言中留下一份期盼：“伴随着新世界的霞光一同升起的，将是一个文明、进步、独立、自强和现代化的社会主义新中国”，他接着说，“这一切没有马克思主义的理论指导和信念支撑是断然不能取得的。”[②]这种民族的责任感、时代的使命感使他在哲学的路上跋涉了一辈子，留下了令人敬佩的成果，而更可告慰的是他所培养的、和他共事的一个中青年哲学家群体也已经成长起来。

（原载《南京大学学报（哲学人文社科版）》2004年第3期）

① 陈先达，《评马克思主义哲学的“困境”》，《新华文摘》2002年第7期。

② 孙伯鍨、张一兵，《走进马克思》，南京：江苏人民出版社，2001年版。

周毅之论著要目

一、著作类

1.《周恩来的行政哲学》,上海人民出版社,1991 年版。
2.《帝王思维》(合著),上海人民出版社,1993 年版。
3.《邓小平的思维艺术》,上海人民出版社,1994 年版。
4.《走出低谷之路》(合著),南京出版社,1994 年版。
5.《走进新的理论境界》(合著),江苏人民出版社,2003 年版。
6.《现代政府管理通论》,江苏人民出版社,1999 年版。
7.《马克思主义基本理论研究》(主编),人民出版社,2004 年版。

二、论文类

1.《超越政治解放:从革命操作走向文明积累——为中国改革开放 30 年而作》,《江海学刊》2008 年第 3 期。
2.《全球化进程中的国家主权原则和公民与政府的合作关系》,《政治学研究》2001 年第 3 期。
3.《近代以来西方民族国家合理性论证的范式流变——一个政治生活主题变迁所决定的过程》,《江海学刊》2004 年第 3 期。
4.《技术合理性的政府阐释逻辑及其在 20 世纪的命运》,《南京邮电学院学报》2004 年第 3 期。
5.《关于公共管理国家的马克思主义观察——对上世纪以来西方国家学说的一个侧面作反思》,《扬州大学学报》2006 年第 2 期。

6.《从韦伯关于官僚制的苦恼议及治理理论——以非人格秩序神话背后的真实故事为观察点》,《江海学刊》2007 年第 5 期。
7.《对经济合理性论证的政府不经济的思考——反思当代国家解读中的一种方法论思路》,《江苏行政学院学报》2002 年第 5 期。
8.《文化的怨怒与批判的软弱——关于现代国家批判的一段不远的往事》,《南京邮电大学学报》2006 年第 3 期。
9.《国家范畴在西方政治学中的复归及其原因考察》,《社会科学战线》1996 年第 5 期》
10.《应当重申马克思已经实现的方法论超越——以马克思对国家问题的观察为案例的分析》,《江苏行政学院学报》2005 年第 6 期。
11.《全球化进程与公民对政府的合法性认同》(本文为《2000 国际行政院校联合会北京年会》论文,载于中国国家行政学院、国际行政院校联合会编:《中国行政改革政府的责任性、回应性和效率》第 111—119 页,国家行政学院出版社,2004 年版。)
12.《Globalization Processes and citizens' Identification with the validity of their government》(This article is "2000 Beijing Annual Meeting of International Institute of Administrative Sciences" the paper, carries in Margaret T. Gordon, Marie-Christine Meininger, Weilan Chen: Windows on China. By IOS press, 2004, pp 87—94.)
13.《腐败现象与行政道德失范》,《中国行政管理》1990 年第 2 期。
14.《向市场经济转换中的政府行为方式选择》,《江海学刊》1993 年第 5 期。
15.《人权不是资产阶级的专利品》,《皖江学刊》1992 年第 1 期。
16.《关于政治学科研究中的科学化走向》,《江苏社会科学》1998 年第 1 期。
17.《二十世纪人类的成功选择》,《学术季刊》2000 年第 3 期。
18.《20 世纪社会主义的历史价值》,《中共中央党校学报》2000 年第 3 期。
19.《现代发展:邓小平理论的一个重要视野》,《社会主义研究》1999 年第 1 期。
20.《马克思主义现代发展理论第三次开拓的号角》,《学术月刊》1998 年第 12 期。
21.《实践、时代和历史主动性》,《江苏行政学院学报》2006 年第 6 期。
22.《权利平等和国家与社会的分离》,《江海学刊》1988 年第 6 期。
23.《超越政治解放与当代中国的探索——谈邓小平政治理论的历史主题》,《中共中央党校学报》2002 年第 1 期。
24.《通向政治文明的理论路径》,《南京社会科学》2002 年第 10 期。

25.《从革命到执政:理论创新的复杂进程——关于“三个代表”重要思想和党的历史方位的思考》,《江苏行政学院学报》2003 年第 3 期。
26.《邓小平对科学社会主义政治学说的一项重要贡献——关于社会主义政治文明命题的理论准备》,《江苏行政学院学报》2004 年第 5 期。
27.《马克思的人类解放命题与邓小平政治理论的使命通向政治文明的理论路径——邓小平在现代文明积累的视域中审视社会主义政治发展的哲学思路》,《江苏行政学院学报》2001 年第 1 期。
28.《目前阶段的公平问题和政府的政策取向》,《江海学刊》1996 年第 3 期。
29.《关于接近“倒 U 字型”顶点区的忧思》,《唯实》1996 年第 1 期。
30.《从世界宏观文明看 20 世纪社会主义的历史价值》,《社会主义研究》2000 年第 6 期。
31.《北欧民主社会主义概述(上、下)》,《社科信息》1988 年第 11、12 期。
32.《美国的员工股份制度》,《外国经济管理》1988 年第 6 期。
33.《美国员工股份制度的几个问题》,《江苏社会科学》1988 年第 5 期。
34.《周恩来行政中的文化哲学精神》,《理论文萃》1997 年第 6 期。
35.《全球化进程与公民对政府的信任投入》,《江海学刊》2001 年第 1 期。
36.《“方法”的解读和思想解放的活力》,《南京大学学报》2004 年第 3 期。

后　记

一

这本自选集，选文只集中在两个主题：一是："当代政治问题批判"，二是"当代社会主义问题思考"。我平素用于学业的时光实不多，大量精力奉献于俗务。而我兴趣所及的学科群落又过于宽泛，比如在经济学关注过美国员工股份制度研究、库兹涅茨曲线和中国公平分配问题，在文化学关注过中国的祖宗崇拜，在文学关注过狄更斯眼中的维多利亚时代，在管理学关注过东西方管理哲学的差异，上世纪 80 年代还翻译发表过俄罗斯（当时为苏联）学者的哲学论文。所发这些文章散见于各类刊物，如今尽成回首中的烟云。视野过于宽泛，便常常心无专骛，主题分散。出自选集，显然不能悉数和盘托出，于是就选了近十多年来关注相对较多的两个主题。

二

"当代政治问题批判"这一主题下所选各篇，在成文和发表时的本意是观察当代西方国家合理性论证的整个理论故事，结果发现这整个理论故事中不少情节的虚幻性和构思逻辑的可证伪性。于是就把这些文章选出来，大体从不同逻辑视角相对成系统地阐述自己的基本看法，算以一家之言加入这一"故事场"中，虽未尽胸中之言，也可作"临场插评"者。近代以来西方民族国家的形成与成长过程，是一个不断寻求合理性意识形态的过程，因而也是国家合理性论证的范式演变过程。从革命时期的伦理合理性论证，经制宪时期的功利合理性论证到管理时期的技术合理性论证，整个理论故事乃是一个资产阶级民族国家政治生活主题的变迁对国家合理性论证范式实行选择性干预的故事。这一故事中各色情节构思的共同特性就是操作超越具体的抽象普遍性话语，用抽象普遍性弹压具体、遮蔽具体、消解具体、征服具体，而事实的情节却是，这种抽象普遍性的内核实为塞拉西马科斯对苏格拉底道出的很不高雅的实情：正义乃强者的利益。至于生活中的场景则是国家的“被俘获”。20 世纪，也丝毫未脱此巢穴。于是我选文的视野舍弃了对 19 世纪及此前的观察，而集中于当下主要是 20 世纪国家的技术合理性论证的反思。在这里，我敬重韦伯所构筑的非人格秩序的智慧，同感他对“钢铁外罩”的苦恼，但发现并未痛到最刻骨处；赞同伊斯顿所描述的方法论上的“经济学帝国主义”，但发现这个方法论上的“帝国之尊者”，常常充任了《哈姆雷特》中奥菲丽亚所指责的那些“粗野的牧师”的角色。也许 20 世纪西方发达国家变换了生活场量，原先“生存”意义上的竞争已变为“意见”意义上的竞争，“谁能活下去”的争议已变为“怎样活得更好”的讨论(其实恐怕未必尽然，姑且不论)，关于这一场景中政治生活合理性的言说，很佩服哈贝马斯交往合理性的设计，但又深恐其“理解”崇拜的虚幻；很欣赏罗尔斯的“重叠共识”、“权利优先于善”和“公共理性”的连环命题，但总有一种只求形式满足的逻辑在眼底挥之不去；但是很不欣赏西方马克思主义者们“用词句来反对词句”式的国家异化论批判，尽管这种站在哲学的云端来反对现实的陆地的叙事方式至今并未了结。即使到世纪之交，同样可以在治理理论、善治学说的“元治理”困境中发现强者的霸权。也正因为如此，事实使我们很难赞成把政治国家和公共管理国家强作分离的“国家二重性”流行命题。就这样把自己放置在这个议论“场”中，这次将一部分“此场中说”收入选本，显然还有不少事需要“继续说”。只要关于当代政治国家的理性主义故事没有讲完，就会总还是有话要说。

三

“当代社会主义问题思考”主题下所收诸篇，是我在这一主题视野中所发论文中的一小部分。但为说清我在这一领域中思考问题的方法论思路，以及照顾到观察对象的逻辑完整性，还是选录了做国家、省规划课题所完成著作中的两个章节，内容依然一字不增减，一字不改动。关于本主题的思考，实是本于当下我们自身的安身立命和民族的文明振兴，本于“十三亿人，十三亿个饭碗”。在这里，宁要现实主义的持重，不作“清流”者辈的激扬。风云变幻，视界应图高远；民胞物与，立论务求审慎。平心而论，20 世纪不是社会主义失败的世纪，社会主义是 20 世纪人类成功的一次集体选择。低潮的出现不过是对附着在社会主义名义下的传统社会机制这一“辉煌垃圾”的清洗。中国正在人类宏观文明进步潮流中开辟着自身文明发展的独特道路。当然，我们还有诸多弱项，不少不能尽如人意之处，甚至常处两难境地；我们面临着诸多压力和挑战，以及各色批评和诘难。诘难所指最多的自然是中国的政治发展问题，似乎这就是中国的“阿喀琉斯之踵”。所以，我在此领域中关注的重点、当然也是这本自选集选文的重点，就是关于中国政治文明的观察与分析，关于超越政治解放在当代中国的探索问题的思考。正因为“常遭诘难”，所以就越是要沉住气，坚持“走自己的路”；越是要既不抱门户之见，又恒持一份中华民族的自信心；越是要持论沉稳，抱战战兢兢、“如履薄冰、如临深渊”的心态，坚持缜密叙述的逻辑合理性。

四

当选文意图说到这里，又难免生惶恐之感。有些文章中的思考自觉依然不过是一个“故事梗概”，还得花很大的功夫“继续往下说”。比如“当代政治问题批判”中有几篇论文，是在孙伯鍨先生处所做博士论文中的部分章节，经不住一些编辑朋友的磨泡，“抠”出来发表的。当时有好多学界先辈劝我把博士论文整理出版，甚至有“加压”的意味。孙先生对我素来宽容，但在这事上似乎也有点“逼”我。但是，我想来想去，总觉得还有些话没有说透，还有好多想说的话没有说全。一个“透”，一个“全”，使我犹豫再三。这一犹豫，加上俗务缠身，就拖了十来年，想起来真有点抱愧于孙先生。全篇论文没有出成，“透”和“全”依然是水月镜花。选几篇进到这个集子，算是垫了底，以求往后再觅新境。

说到“透”和“全”，我在思考时还有一种别样感觉，即想到深处，常常发现自己身陷悖论式的夹缝中，有如苏格拉底式的“辩证法”境地，在正命题旁必然站有反命题。我又素来难脱凡尘，缺乏“行到水穷处、坐看云起时”的闲淡心境，于是挣扎着再找一条路来走。走来走去，有如西西弗斯推着巨石上陡坡。明知推到坡顶的巨石还会滚下来，但还是死命地往坡顶上推，往复再三，自甘其苦，实乃命中注定。

说面对“其苦”而能“自甘”，是从一种乐趣中延伸而来的。年轻时在城里读了两年高中，随上山下乡大潮回农村老家种地。一边伺候猪牛稼禾，一边读书。书有各种来路，其中不少是在扬州农学院（现并为扬州大学）读书的一位表弟从校图书馆借出来,“违规”寄给我,读过即还。如黑格尔的《哲学史讲演录》、卢梭的《论不平等的起源》、康德的《纯粹理性批判》、达尔文的《物种起源》等等,大多是这个时候开始读的。当时挣工分不易,且家境艰难,但生产队不上工便读书,尤其是夜里给公家“看场”,悬一带玻璃罩的小油灯读书,幻若隔世,诚可乐也。乐此不疲,没想到后来真的走上了这条西西弗斯式的路。编这本自选集的时候,我给在英国的女儿发电子邮件,说出这本自选集有点像画句号。接着就向女儿表态:“句号之后,另起一行。”于是女儿“插评”说,“有活力地生活着,真是一件好事情”。是为后记。